T0246019

Los jugadores de whist

VICENÇ PAGÈS JORDÀ

Los jugadores de whist

Traducción y epílogo Flavia Company

RANDOM HOUSE

Papel certificado por el Forest Stewardship Council®

Título original: *Els jugadors de whist*

Primera edición: junio de 2023

Printed in Spain – Impreso en España

ISBN: 978-84-397-4244-9
Depósito legal: B-7.948-2023

Compuesto en La Nueva Edimac, S .L.
Impreso en Unigraf (Móstoles, Madrid)

R H 4 2 4 4 9

Todos los personajes de este libro son ficticios,
pero la mayoría de los diálogos son reales.

ÍNDICE

PRIMERA PARTE: UNA MAÑANA DE ABRIL

21 de abril de 2007, 03.30 horas 17
El diario de Biel 22
La escuela 31
21 de abril de 2007, 06.30 horas 39
El diario de Biel 41
La belle inutile 55
21 de abril de 2007, 06.50 horas 59
Los límites de la traducción 60
El diario de Biel 62
El sol en la espalda 71
21 de abril de 2007, 11.25 horas 73
El diario de Biel 77
Cómo se conocieron 88
21 de abril de 2007, 11.50 horas 89
Cómo se conocieron 94
La familia de Jordi 95
21 de abril de 2007, 13.15 horas 99
¿Qué querían ser de mayores? 103
La familia de Churchill 105
21 de abril de 2007, 13.40 horas 111
Teoría del solar 113
Tres visiones 119
21 de abril de 2007, 14.15 horas 123
Alimentación natural 130
La familia de Biel 131
Just William (Los post de Chris) 136

21 de abril de 2007, 14.40 horas 139
Dos inscripciones 144
El blog intermitente de Tina: Venecia 146
21 de abril de 2007, 15.05 horas 147
Pico-zorro-zaina 149
Las formas del azar 153

SEGUNDA PARTE: UNA TARDE DE ABRIL

21 de abril de 2007, 15.40 horas 157
El instituto 161
En la fábrica abandonada 165
Sexo, drogas, rocanrol e informática 168
21 de abril de 2007, 16.15 horas 181
Cómo se conocieron 184
Blondie (Los post de Chris) 190
Dos náufragos 192
Los nombres de Blondie 195
21 de abril de 2007, 16.50 horas 197
Marta: el origen 203
La familia (auténtica) de Jordi 207
Dos miradas inaugurales 209
21 de abril de 2007, 17.15 horas 213
De proletario a aristócrata (Be-Bop-A-Lula) 216
Y ella, ¿qué quería ser de mayor? 220
Vidas que valdría la pena vivir (Los post de Chris) . . . 221
21 de abril de 2007, 17.35 horas 223
Escenas de la vida cotidiana 227
En la carnicería 231
¿Era aquello lo que quería hacer con su vida? 233
21 de abril de 2007, 17.50 horas 235
Private 240
De la temperatura y otras incompatibilidades 247
21 de abril de 2007, 18.10 horas 251
Perita en Dulce: una presentación 254
Su casa era donde tenía el ordenador 260

Los nombres de Perita en Dulce 266
La libreta Guerrero 267
21 de abril de 2007, 18.35 horas 269
Las tres etapas de Marta 274
La minirretroexcavadora 280
El blog intermitente de Tina: Madrid 283
21 de abril de 2007, 18.50 horas 285
Sus cachivaches 289
El bucle de los pensionistas 293
Vidas que valdría la pena vivir (Los post de Chris) . . 300
21 de abril de 2007, 19.10 horas 301
Pasar la ITV 305
Una implosión de colores 315
21 de abril de 2007, 19.40 horas 319
Déjà vu 321
21 de abril de 2007, 19.50 horas 331
La familia de Halley 340
Vidas que valdría la pena vivir (Los post de Chris) . . 344
21 de abril de 2007, 20.10 horas 345
Cómo se conocieron 354
21 de abril de 2007, 20.35 horas 357
¿Cuándo la cagaste? 364
21 de abril de 2007, 21.00 horas 367
Marcel Duchamp (Los post de Chris) 372
21 de abril de 2007, 21.35 horas 375
Vidas que valdría la pena vivir (Los post de Chris) . . 377
21 de abril de 2007, 22.10 horas 379

TERCERA PARTE: DE LA PRIMAVERA AL INVIERNO

22 de abril de 2007, 16.20 horas 383
Reír, llorar, gritar, correr (Los post de Chris) 391
22 de abril de 2007, 17.45 horas 393
Halley's interests (MySpace) 394
Finales de abril 396
Cómo ser Marta Recasens 399

Primavera 401
Por qué se enamoró de ella 406
El año de la confluencia 415
Instrucciones para crecer (Los post de Chris). 419

Verano 421
Halley's details (MySpace) 424
Los galanes de Audrey Hepburn 425
Setenta minutos 426
La música y ellos 429
Los órdenes del día 431
Los nombres de Halley 438
Las preocupaciones de Borat 439
El cometa (Un mail) 442
Antecedentes 443
Una escena de los años setenta 445
Los hechos de 1977 447
El whist (Los post de Chris). 454
La ruta del colesterol 456
El blog intermitente de Tina: Sevilla 462
Un silogismo 464
Una pesadilla corta 467
La torre y la cúpula 470
Revelación (Los post de Chris) 472
Una larga pesadilla 473
Escenas de sacrificio 475
Ne me quitte pas 476
Retrato de la artista 491

Otoño 493
Como una pared 499
A la + salvaje (Del fotolog de Halley) 501
Un dejo de Panamá 503
El Fondo Tulipán Negro 506

Invierno 511
Yuri Gagarin (Los post de Chris) 519
Las dificultades de evolucionar con dignidad 520

Bonus track 523
Cabos sueltos 525
Centro de reciclaje 530
Entre sombras 533
Dos escenas desestimadas 534

Epílogo. Un año y medio después 537

Una carta para Vicenç, por Flavia Company 545

PRIMERA PARTE

UNA MAÑANA DE ABRIL

Solíamos jugar juntos en la falda del castillo.
¡Qué tiempos tan hermosos!

FRANZ KAFKA, *El castillo*

21 DE ABRIL DE 2007

03.30 HORAS

Jordi Recasens puede pasarse días y días sin beber ni una sola Moritz, se obliga a sonreír cuando tiene ganas de mandar a paseo a un cliente, se frota el cráneo con minoxidil cada noche aunque se caiga de sueño, pero no puede dejar de poner en marcha el ordenador y navegar por la red de fotologs antes de apagar la luz. Es consciente de que este recorrido virtual lo desvela, o sea que después no tiene derecho a quejarse si no puede conciliar el sueño. Empieza con el fotolog de su hija –con el corazón en un puño, por si ha colgado alguna fotografía procaz–, y después va saltando de favorito en favorito exceptuando los del círculo de Bad Boy. Se adentra en los fotologs de Noia Labanda, de Sheena, de B3rt9, de Maldia, de Tres Martinis, de Dark Princess, de Laia4ever, de Pink Chameleon, de RockStar, de PsychoCandy, de Blinqui, de Le Diclone, de Girl in the Mirror, de Anna.K, de Monika_Shift, de Maixenka, en algún otro elegido al azar y, por fin, se zambulle en el de Halley. Oh, Halley, lánguida y feroz, frágil y enérgica, di: cuando renuevas tus fotografías, ¿no se te ocurre que a Jordi le provocan insomnio? Aquellas uñas de fuego, aquella mirada insolente, aquellas danzas sin música, aquellos poemas visuales, aquella piel sin mácula, aquella cara tan –innecesariamente– maquillada, aquella ingenua sofisticación: Halley en la bañera, Halley con sombrero, Halley ante el espejo, Halley haciendo muecas, Halley en la playa, Halley con piruleta, Halley besando a Sheena, Halley de vacaciones, Halley con su perro. Las botas de Halley, el pelo de Halley, el top de Halley. Y sobre todo, Jordi, ¿por qué lo miras a esas horas? ¿Crees que luego vas a dormir? ¿Estás seguro de que es el día adecuado? Mañana todo el mundo te va a observar y a fotografiar, y tú vas a tener unas ojeras que vas a poder suprimir con un buen programa de retoque, sí, pero que van a quedar grabadas en la memoria de los invitados.

La luz de la farola se cuela por debajo de la puerta que da a la calle. Jordi se ha tumbado en el futón, en un rincón del garaje que primero habilitó como estudio fotográfico y después como miniloft. Delante del futón tiene unas estanterías llenas de los juegos de la infancia, donde destaca el castillo gigante de Palotes y la estatuilla de Astérix. A la izquierda, la pantalla giratoria entre las dos mesas: la pública y la privada, cada una con su silla, sus cajones y sus carpetas. Al otro lado, la zona profesional, que comprende la impresora, los archivadores y el armario de negativos. La puerta del fondo conduce hasta un lavabo pequeño con ducha incorporada, el único tabique en treinta metros cuadrados. En el espacio que ahora ocupa el lavabo, Jordi había concentrado la zona húmeda en la que tiempo atrás colgaba, bajo la bombilla roja, los negativos en las pinzas Patterson y ampliaba los positivos en la vieja ampliadora Meopta, sólida y barata como un Skoda. A finales de los noventa empezó a digitalizar todo el proceso y más adelante fue trasladando los carros de revelado, las cubetas, los líquidos, el marginador, la ampliadora, la zona húmeda entera al trastero del pasillo («nadie puede tirar su biografía a la basura»: era su frase). Cuando le quedó espacio suficiente lo redistribuyó con un futón que se hizo traer de una tienda de mobiliario japonés de la calle Santa Clara de Girona. Con el tiempo acabó por añadir dos trastos de su abuela Quimeta: la mesilla de noche y la cómoda, habilitada como almacén de ropa.

Años atrás, cuando se le acumulaba el trabajo, Jordi se tumbaba en el futón a descansar un rato, pero con el tiempo se había acostumbrado a pasar allí la noche después de discutir con la mujer. Le resultaba muy violento quedarse tumbado a su lado en la cama de matrimonio, a oscuras, inmóvil y tenso, esperando un sueño que sabía que se le resistiría. Como sus discusiones no tenían fin –al contrario, la posibilidad de irse a dormir al garaje parecía estimularlas–, el futón había terminado por convertirse en su lugar de descanso habitual. Lo positivo era que se ahorraba los despertares violentos del domingo, ya que la lluvia de decibelios de Michi en la cadena musical de la sala quedaba atenuada por la distancia. Lo negativo era que, como dormía al lado del ordenador, se había acostumbrado al paseo nocturno por los fotologs de Marta y de sus amigas, que le impedían conciliar el sueño. Tumbado en la cama con los ojos cerrados, veía de nuevo las fotos mientras oía el zumbido de la nevera, el estrépito del camión de la basura, el concierto disonante que ofrecían los gatos de la calle, los aullidos del setter del vecino, las campanadas de San Pedro, que sonaban como gotas que caían, con la colita que tienen las gotas por arriba, que es como la vibración de la campana cuando se extingue entre los edificios de alrededor.

Antes de 1977, Jordi no había tenido problemas para dormir. Caía redondo en cuanto se metía en la cama, tanto en invierno, cansado de las clases, como en verano, agotado de andar por la calle y de jugar al fútbol. No oía ni a sus padres, ni a los vecinos, ni las motos con tubos de escape no homologados, ni tampoco la televisión, aunque solo lo separaba un tabique. Había llegado a dormirse en la peluquería de su madre, acunado por la cháchara inclemente de las clientas y el zumbido de los secadores. Antes del 77 no tenía dolores de cabeza, ni insomnios, ni obsesiones.

Hoy, en una de esas noches de vigilia pertinaz, las imágenes de los fotologs se mezclan con los recuerdos de los años ochenta, de cuando dormían los tres en la misma habitación, en el piso de la calle Panissars, de cuando ya se habían trasladado de Santa Margarida a Figueres, de entonces, cuando eran una familia. Su mujer y él, arrebujados en la cama de plaza y media; Marta, con escasos días de vida, en una cuna situada entre la cama y la pared. Cada tres horas, con una regularidad desacomplejada, Marta reclamaba su ración de leche. En aquella época su mujer era un mamífero que mantenía excelentes relaciones con la biología. Siempre sabía lo que debía hacer. Jordi se pasaba la noche en un duermevela de algodón, oyendo en un tranquilizador segundo plano la respiración pausada de la hembra y la criatura. El mundo entero estaba contenido entre aquellas cuatro paredes. Si se despertaba, solo tenía que aguzar el oído y enseguida oía los jadeos acompasados que lo llenaban de placidez y de orgullo. Era invierno. Ningún ruido lo molestaba excepto los dulces borboteos de Marta, el borboteo que producía aquella boca de piñón cuando dormía. Se acercaba al cuerpo cálido de la mujer y se abrazaban en el duermevela mientras, fuera, el viento se colaba por todos los rincones del edificio. A los pies de la cama habían conectado una lámpara piloto con forma de conejo, que bañaba la habitación de una leve claridad anaranjada. Cuando la mujer daba el pecho a Marta, él entreveía sus cuerpos en la penumbra y se daba la vuelta para dormir llevado por una sensación de plenitud que le ha sido imposible recuperar. Sí, también él era un mamífero en aquella época.

Unas semanas más tarde, Marta ya dormía en su habitación. La suegra les había regalado un par de intercomunicadores de oficina –colocaban uno en la habitación de la niña, el otro en la de los adultos– para que pudieran oírla si lloraba por la noche. Jordi estaba tan pendiente de aquel runrún –entrecortado, interferido, radiofónico– que no conciliaba el sueño. Bastaba que Marta tosiera para que el intercomunicador emitiese un estrépito ensordecedor. Cuando la oía respirar se dormía tranquilo, pero si el aparato se mantenía silencioso tenía que levantarse a comprobar que no se hubiera desconectado (de hecho, aunque él no se atreviera a confesárselo, para comprobar que la respiración de Marta no se hubiese interrumpido). Meses después, eliminados los intercomunicadores, Jordi todavía se levantaba casi cada noche y pegaba la oreja a la puerta de Marta. A veces tenía que acercarse a tientas hasta la cama para oírla. Entonces aspiraba aquel perfume de suavizante, de pañales, de colonia, de peluche. Cuando la llevaron a la guardería, aún mantenía este ritual.

Hasta que tuvo siete u ocho años, algunos domingos por la mañana Marta se les metía en la cama –que entonces ya era de matrimonio–, juntándolos y separándolos con su cuerpo rechoncho, caliente y tembloroso. A principios de los noventa, cuando la erosión matrimonial empezaba a manifestarse, las noches en que se encontraba especialmente nostálgico, cuando se acostaba esforzándose en no oír los ruiditos que emitía su mujer,

Jordi añoraba el viaje a Galicia de 1988: aquellas horas de conducción silenciosa, su esposa y su hija dormidas, el coche moviéndose como una burbuja que esquivaba los peligros. Cuando el insomnio no lo abandonaba, imaginaba un accidente mortal, un fundido en negro antes de que las cosas se estropearan. Aquel desenlace macabro se vinculaba a un recuerdo anterior: las impresiones que le había dejado el Memorial Hall de Hiroshima en 1985. El recuerdo de las miles de personas que murieron en un instante, sin darse cuenta, petrificadas cuando menos lo esperaban, se convertía en su utopía anacrónica. Qué no daría él por haber expirado durante una de aquellas noches de plenitud mamífera, cuando su mujer siempre acertaba con lo que había que hacer, cuando Marta no era una mujercita que estaba a punto de abandonarlos.

Incluso ahora, algunas noches abandona el garaje y entra en casa a oírla respirar. Pero muchas de esas noches, ay, Marta todavía no ha llegado. Y de todos modos, incluso eso se va a acabar en unas horas, cuando se case con aquel impresentable.

EL DIARIO DE BIEL

10 de enero de 1977

Me llamo Biel Sastre Madison. Mi padre es capitán de infantería y toca la guitarra. Mi madre –que se llama Melissa– es la mujer más guapa de Mallorca, de España y de Massachusetts. Tengo un gato que se llama Moix o Moixet, según el día. Ah, y una hermana pequeña. Bueno, y también está Belén, una señora regordeta que viene cada día a limpiar y a cocinar. Desde hace dos meses vivimos en una casa de la calle Presidente Kennedy, en Figueres.

Amigos que he dejado en la isla: Jaume Nadal, Joan Sorribas, Marc Tarragó. Amigos que he hecho aquí: Xavi Güibes, Jordi Recasens, Pep Cubeles, Pere Dalfó, Churchill, Pierre, Barneda, Bru, Calimero, Oliver...

El capitán y Melissa querían llevarme al colegio La Salle, pero no había sitio. Mejor. Con las sotanas de Ciutat ya tuve más que suficiente.

El colegio Sant Pau es como una colina. Para ir a clase hay que subir una rampa. Cuando estamos arriba, los chicos giramos a la izquierda. Las chicas están en la otra ala. En octavo hay dos profesores: Richelieu, que grita mucho, y Rochefort, que grita muchísimo. Richelieu lleva un bigote arreglado, como el del capitán Garfio, y fuma sin tregua. Rochefort es voluminoso, pero no buena persona.

11 de enero

Cuando llegamos a la escuela nos colocamos por clases en el patio mientras seguimos las órdenes que los maestros chillan desde la terraza. Nos cubrimos y formamos. Después subimos la rampa en fila, también por clases, y llegamos al vestíbulo, donde nos situamos en formación. Allí cantamos y después entramos en el aula. Damos clase, salimos al patio, volvemos a clase y acabamos. Me voy a casa, como, juego con Moixet, me peleo con Nora, vuelvo a la escuela y la tarde no se acaba nunca.

Por lo que le he oído decir a mi padre, este colegio parece el ejército.

12 de enero

Mi padre lleva el pelo más largo de la base militar. Lo tiene castaño y ondulado. Nora tiene el pelo largo de un rubio desleído. Casi siempre se hace una cola de caballo, pero ahora que le empiezan a salir granos se lo deja suelto para que le tape la cara. El mío es castaño y casi me cubre las orejas. Por la mañana me levanto con una cresta que solo desaparece –y a duras penas– cuando me la pego al parietal con la ayuda de unos cuantos litros de agua. Moix tiene la cara, las orejas y las patas de color marrón oscuro, y lo demás beis. El pelo es muy suave, pero no tan fino como el de mi madre, que es de color cerveza (cerveza católica de Boston). Cada semana va a la peluquería y vuelve todavía más guapa.

13 de enero

Melissa y yo leemos novelas, Nora lee el *Lily*, el capitán lee el *Tele/eXprés*, Moixet es un gandul.

Sé que en un diario como este no tengo que contar toda la verdad, sé que aquí no se puede mentir, sé que hay algo que tendría que explicar. Me refiero a ahora mismo. En Reyes me regalaron una bicicleta de carreras, una pelota de baloncesto, dos coches de Scalextric –Porsche y Chaparral con alerones– y una trenca con botones que parecían de marfil. También me encontré, muy bien envuelto, el *Diario de Daniel*, de Michel Quoist. Tengo que decir, después de leerlo, que no me ha entusiasmado. Pero sin él no tendría mi propio diario. De hecho, compré esta libreta Guerrero y la empecé a escribir en el momento en que lo acabé. Me dio la idea. Gracias, Michel. Bueno, ya lo he dicho.

14 de enero

Cuando se ha acabado la clase he acompañado a Jordi Recasens hasta su casa. Vive en la calle Sant Llàtzer, encima de la peluquería de su madre.

15 de enero

Cómo soy:
Política: de izquierdas.
Religión: puede que exista una divinidad, pero no sé cuál.
Amor: acepto el divorcio y la píldora.
Estación: primavera, por favor.

16 de enero

Se me ha pasado la mañana en un abrir y cerrar de ojos mientras escribía una redacción sobre la infancia.

17 de enero

Nuestra calle está cerca de la subida del castillo. Ayer, que hacía buen día, fui hasta allí paseando con las mujeres de la casa (el capitán tenía guardia). Entre nuestra urbanización y la colina hay un bosquecillo de pinos con el suelo cubierto de pinaza. En lo alto de la subida nos esperaban dos garitas blancas rematadas con un casco redondeado –como el que llevaba el káiser–, y un pináculo. Encima de la puerta de entrada hay una especie de ángeles. Después viene el túnel con el cuerpo de guardia y un puente que cruza el foso. Pero no hemos querido entrar. Hemos preferido tomar el camino de la derecha y dar la vuelta al castillo por fuera. Toda la vuelta: no se acababa nunca. Nada que ver con el de Bellver. Hemos visto kilómetros –no exagero– de murallas y de foso, un montón de garitas empotradas en los ángulos, puertas y ventanas –tapiadas, abiertas, rotas, bombardeadas–, y también un acueducto, pero el castillo no lo hemos encontrado por ninguna parte, tan solo un rompecabezas hecho de construcciones que no acaban de encajar. El foso, por ejemplo, no se limita a rodear el castillo, sino que se bifurca y después se vuelve a juntar, aislando fragmentos enteros de muralla. Algunos edificios están en ruinas, otros parecen inacabados. Las escaleras de piedra con musgo, sin barandillas, bajan al foso. Han puesto vallas de alambre para que no baje nadie, pero no son difíciles de saltar. De vez en cuando aparece un soldado en mangas de camisa mirando a uno y otro lado, como si se hubiera perdido. Hay trozos de pared llenos de zarzas impenetrables, de hiedras que trepan por la muralla y acebuches en lo alto. Así debía de ser el castillo de la Bella Durmiente.

18 de enero

Conocía el significado de la palabra «basto», pero no sabía que en Figueres es omnipresente. Se pronuncia con énfasis –escupiendo, en realidad–, con cara de asco. Todo es «basto»: una prenda de ropa, una expresión, un viejo, un restaurante. La gente de pueblo es basta. Cuando un basto actúa, hace «basteces».

–¿Has visto qué bastez?

–Este habla mallorquín: ¡qué basto!

–No digas basteces.

19 de enero

Tipos populares: el Patata. Los domingos pasea por la Rambla, se acerca a las pandillas de chicos y, con una excusa cualquiera, intenta manosearlos. Los chicos se ríen y, de vez en cuando, se les escapa una colleja o una coz. El Patata es bajito, lleva boina, tiene una nariz prominente y aspecto de pensionista de la Renfe.

20 de enero

Cuando mi padre toca la guitarra, nadie puede poner música en ningún lugar de la casa. ¿Es eso justo?

Menos mal que Belén nos ha preparado canelones.

21 de enero

Jibarización de *Dos años de vacaciones*: «En hombres».

Los almendros ya han florecido.

22 de enero

La Rambla es un misterio. Francamente, no sé qué le ven. Todo el mundo está enamorado de ella: caminan arriba y abajo como si estuvieran en un carrusel. Lo llaman «ramblear». Por la tarde incluso alquilan sillas, a diez pesetas. ¡Y qué triste está ahora con los árboles podados y los bancos de piedra rechonchos y pelados como hipopótamos! Y cómo echo de menos aquellos paseos con Jaume por la de Ciutat.

El verbo «arramblar»:

–¡A ese vigílalo, que arrambla con todo!

23 de enero

Cuando se ríe, Churchill explota de pronto lanzando salpicaduras contra quienes no han tenido la precaución de ponerse a cubierto. Pere Dalfó deja escapar el aire a ráfagas, como el Perro Pulgoso. Calimero se ríe como una vespino cuando no arranca.

25 de enero

Pere Dalfó cumple trece años. Para celebrarlo, nos invita a jugar al futbolín en el Astoria, que es –a pesar del nombre– un lugar un poco basto.

26 de enero

Mi madre me envía a buscar un vestido a una tienda de la plaza de la Palmera. «Al lado de la Rambla», me dice. Después de dar vueltas durante media hora, un transeúnte me informa de que se trata de un sitio señalizado con el nombre de plaza Calvo Sotelo. Mi búsqueda de una palmera en la zona –por pequeña que sea– resulta infructuosa. En cambio, descubro el balcón más hermoso de la ciudad. Cuando llego a casa, resulta que no llevo el vestido.

27 de enero

Me preocupa el herbario que vamos a tener que presentarle a Rochefort antes de final de curso. He subido al castillo para recoger plantas y otra vez he dado la vuelta por el camino de ronda. El castillo cada vez me parece más grande, más oculto, más inconcebible.

28 de enero

Melissa ha descubierto un sitio donde Nora podrá reanudar las clases de ballet, homologable con The Royal Academy of Dancing. Eso significa que no me estará tan encima. Últimamente entra en mi habitación sin avisar, me enseña una axila y me pregunta si le veo algún pelo. ¡Socorro!

29 de enero

Ante la insistencia de Churchill, vamos con Dalfó, Pierre, Mauri, Recasens y Cubeles a ver un partido de baloncesto femenino a La Casera, que está aproximadamente en el Quinto Pino, es decir, no demasiado lejos de las Quimbambas.

30 de enero

Toda la familia asistimos a una misa militar en la iglesia de San Pedro, que no es mucho más pequeña que la Seu, pero sí más tétrica. Por los altavoces, la voz del cura suena grave y confusa. Hay un Cristo tamaño natural dentro de un sepulcro transparente. Solo verlo, Nora se ha puesto a llorar. El fenómeno que me ha impresionado más ha sido una vieja que estaba en el pasillo, tendida en una especie de bicicleta horizontal –no sé definirla mejor– llena de ruedecitas y engranajes incomprensibles. Supongo que era paralítica.

2 de febrero

Ataques esporádicos de la banda del clip.

3 de febrero

And all I loved, I loved alone.

4 de febrero

La redacción de esta semana tiene que ser sobre el invierno. De momento, estoy en blanco.

5 de febrero

Etnias:

–Los gitanos: se concentran en la zona de poniente. Venden camisas de flores en el mercadillo de los jueves. Los domingos por la tarde van en grupo al centro, todos con las camisas abiertas, y no bajan la vista ante nadie. Tanto ellos como ellas son fibrosos, pero después del cambio se engordan sin parar.

–Los moros son dos o tres, de unos cincuenta años, y trabajan como barrenderos.

–Los chinos: la familia del restaurante Shangai.

–El negro: vive cerca de la calle Tapis.

6 de febrero

Domingo. Hombres solos que deambulan sin ir a ninguna parte, otros –o los mismos, cuando se cansan– que se detienen al final de la Rambla, se apoyan en la baranda de piedra –como en un bar– y observan a los que pasan. ¿Cuál es la alternativa? ¿Pasear un cochecito?

Vienen a comer los vecinos: él es teniente de aviación; ella, sus labores. El hijo, Alberto, tiene mi edad. Va a La Salle –lo llaman Los Fosos– y no habla mucho. Pasamos dos horas jugando con el Scalextric. Tiene una hermana de dieciocho años que está como un tren y que me recuerda a alguien. Después de comer, desaparece.

Por la tarde, sesión continua: *Ivanhoe* y *Un día en las carreras.*

7 de febrero

Hoy hemos tenido suerte: en vez de Richelieu ha venido la sustituta, que es preciosa.

Churchill ha tenido que escribir quinientas veces: «No haré gestos obscenos en clase».

8 de febrero

Nora ya asiste a la academia de ballet. A ver si ahora estoy un poco más tranquilo.

9 de febrero

Las nubes se deshilachan en el cielo de un azul estancado.

12 de febrero

¿Es posible querer a alguien? Aparte de mi madre, me refiero.

13 de febrero

Excursión familiar al Cabo de Creus. Aparcamos y comemos panecillos con queso y longaniza. Muchas ganas de volver y ponerme a leer o a escuchar música.

15 de febrero

En el Sant Pau, los de Figueres se ríen de los estudiantes que vienen de los pueblos. A mí me dejan en paz. Si alguien se mete conmigo, lo insulto en inglés (pero bajito).

16 de febrero

¿Ya he dicho que no soporto el pico-zorro-zaina?

18 de febrero

Ha florecido la mimosa.
Me temo que Moix está en celo.

19 de febrero

Sábado. El capitán me ha llevado al castillo a montar a caballo con el teniente y su hijo, Alberto, que es un jinete mediocre. Después de trotar un buen rato por el foso, sigo sin entender la lógica de esta fortaleza, si es que tiene alguna.

Para comer, pollo. No sé si tengo que añadir «No es tan bueno como antes», o «No es tan bueno como allá». Allá es Ciutat, claro. Con cada nuevo destino del capitán, el pollo pierde sabor. No quiero creer que es por culpa de Belén.

Jibarización de *Quo Vadis*: «Era domine».

20 de febrero

Vamos a comer a casa del teniente. La hija –aquella tía buena– ni me mira. Después de comer, desaparece y juego a damas con Alberto. Después vamos a la Catequística, donde vemos *Fantomas* y *El tesoro de Tarzán*. Esta última no está mal, pero prefiero las novelas de Burroughs.

21 de febrero

Richelieu ha vuelto. A veces nos enseña catalán, pero no sabe ni la mitad que mi abuela Caterina, que apenas aprendió a leer. Prefiero a la sustituta, que nos explica leyendas y además no fuma.

Jordi, Churchill y yo salimos cada día juntos de la escuela. Primero acompañamos a Churchill a su casa, y después Jordi y yo paseamos un rato hablando de los estudios, de las chicas, de la vida. Él quiere ser artista, pintor o quizás fotógrafo. Pasado mañana voy a ir a merendar a su casa. Mi madre se ha informado antes de dejarme ir. Su padre desempeña un trabajo cualificado en la aduana de La Jonquera: permiso concedido.

LA ESCUELA

Hoy en día es frecuente que los padres y los abuelos idealicen las formas de ocio anteriores a las consolas y a los juegos de ordenador, como si antes de los años ochenta –y, ya puestos, durante siglos– existiera una edad de oro en la que los niños y los adolescentes se entretenían de manera dulce y espontánea con juegos que los formaban para integrarse en la sociedad de un modo pacífico. La realidad, sin embargo, es otra, por lo menos en la Figueres de los años setenta.

[Bueno, ya te has dado cuenta de que las voces y los estilos narrativos son variados. No te preocupes, que ya te acostumbrarás: esto no ha hecho más que empezar].

Los juegos masculinos tenían como ingrediente principal la violencia. En el patio del colegio Sant Pau, el juego con más fieles era el pico-zorro-zaina, una versión del churro-mediamanga-mangotero que incorporaba el factor azar, y que consistía en proyectar y amontonar cuerpos humanos unos sobre otros hasta que se imponía un cambio de turno. Otro de los juegos más populares, llamado «matías», se basaba en el lanzamiento de pelotas contra las partes más sensibles de adversarios inmovilizados; el objetivo era provocar el máximo dolor posible. En otros juegos ni siquiera era necesaria la pelota: se trataba, simplemente, de seguir unas reglas mínimas que permitieran golpear con el puño cerrado alguna extremidad de un compañero. No era extraño, en aquellos años, que los niños se saludaran con puñetazos en el brazo o en el vientre, con golpes de rodilla en el muslo, con pellizcos en los puntos débiles, con estirones de pelo, con empujones, con pisotones en la punta de los pies, con guantazos sonoros en las mejillas y en la nuca. En contraste con esta dureza ambiental que puede recordar a *La naranja mecánica* –pero sin Beethoven–, los niños dibujados en los libros de texto hacían rodar un aro con un palo, como si se hubieran detenido en la época victoriana.

La violencia tenía lugar en estado puro, sin sujeción a regla alguna, en el terreno de la lucha. En aquellos años en que los maestros no bajaban al patio, durante la media hora de recreo se imponía el dominio del más fuerte. Las rivalidades se dirimían en combates a trompadas. Solían acabar en un cuerpo a cuerpo en el suelo, en medio de una nube de polvo, con un luchador encima del otro –abofeteándolo, estrangulándolo, tirándole de las orejas o de la nariz, metiéndole los dedos en los ojos, tirándole tierra en la boca, golpeándole el cráneo contra el pavimento– y un círculo de espectadores animándolo a no desfallecer. Jordi y Churchill no buscaban estas peleas, pero tampoco las evitaban. En general, la media de victorias de Churchill era más elevada. Los campeones absolutos provenían de la emigración, en aquel tiempo estrictamente peninsular (en toda la escuela no había ni un magrebí, ni un ecuatoriano, ni un rumano). Los estudiantes desarraigados habían descubierto que la violencia era uno de los mejores trampolines para obtener el reconocimiento social.

Como era difícil encontrar piedras en el patio, había que fabricar armas a partir de los elementos cotidianos. Uno de los inventos más eficaces era la combinación de un clip y una goma elástica. Bastaba con abrir el clip en ángulo y proyectarlo tirando de la goma hasta que tocaba o, a menudo, se clavaba en la víctima, indiscriminada pero siempre de menos edad que el atacante. En el cuerpo a cuerpo, algunos niños –como Barneda o Cubeles– se habían especializado en clavar bolígrafos o compases, o en el uso expeditivo de una grapadora, ya fuera como arma arrojadiza, como puño americano de emergencia –cuando el adversario estaba inmovilizado– o como aparato susceptible de clavar grapas en la carne.

La atracción que sentían aquellos adolescentes por la violencia no se puede separar de los usos pedagógicos de la época. En el colegio Sant Pau, aquellos años estuvieron marcados por una operación perversa llevada a cabo en el patio. En pocos días, el suelo de tierra fue sustituido por una pista de grava que parecía diseñada para propiciar caídas en los alumnos de todas las edades y para provocar heridas de consideración en los casos –frecuentes– en que alguna parte del cuerpo rozaba el suelo. Las piedrecitas se incrustaban con fuerza en las heridas de codos y rodillas y solo salían, cubiertas de sangre, con ayuda de unas pinzas chapuceramente utilizadas por el señor Octavi –el conserje–, por otra parte bienintencionado. La consistencia de la pista impidió que los chicos excavaran agujeros en el suelo, circunstancia que interrumpió el desarrollo de un juego tan civilizado como el de las canicas. En cambio, se mantuvieron las moreras; los alumnos usaban sus hojas para alimentar a los gusanos de seda que tenían en casa. ¿Qué hacían con aquellos invertebrados presos en cajas de zapatos? Más bien nada. Cuando habían fabricado el capullo y se habían metido dentro, los niños los hervían y los dejaban en algún cajón hasta que su madre los encontraba y los tiraba a la basura. La función de los gusanos era permitir que incluso los alumnos pudieran participar del festival represivo de la época.

No se podía correr, no se podía jugar a las canicas, no se podía hablar con niñas –que tenían turnos y espacios separados en el patio–, y lo primero que hacían los estudiantes cuando llegaban a la escuela era formar en filas, subir en formación hasta el vestíbulo y cantar himnos fascistas. ¿Quién puede reprocharles que reaccionaran con la agresividad propia de los cadetes de una academia militar? Añadamos las prácticas docentes, que iban en el mismo sentido.

Uno de los métodos del maestro que Biel bautizó con el nombre de Richelieu consistía en lanzar el borrador de madera a la cabeza de los alumnos cuando pretendía llamar su atención. En las escasas ocasiones en que fallaba el tiro, el alumno era generosamente compensado con coscorrones, bofetadas y collejas cuando se veía obligado a devolver el arma arrojadiza. El ritual, como se ve, combinaba las dosis justas de terror, dolor físico y humillación pública.

El arma del otro maestro, Rochefort, era una regla de madera corta pero de una dureza garantizada. Su método obedecía a los dictados de la pedagogía clásica: obligaba al alumno rebelde a levantar una mano con las puntas de los dedos unidas y descargaba un golpe enérgico con el extremo de la regla encima de las uñas. Este hábito se complementaba a la perfección con el masoquismo del alumno Oliver. Ambos, maestro y alumno, competían en largas sesiones de resistencia. A cada golpe recibido, Oliver contestaba con un gesto irrespetuoso o con algún comentario que estimulaba a Rochefort a volver a pegarle. La resistencia del maestro, sin embargo, debía de ser escasa, ya que –quizás a causa de la grasa que se le acumulaba por todo el cuerpo– se cansaba él antes de pegar que Oliver de recibir. Este alumno, por cierto, acabó sublimando su masoquismo con la creación de una librería especializada en poesía, operación mediante la que consiguió arruinar a varios familiares y amigos, comenzando por él mismo.

La educación física era un caso aparte. Saltaba a la vista que el objetivo del maestro que se encargaba de ella, un perturbado que provenía de algún cuerpo represivo del Estado, era torturar a los alumnos. Para conseguirlo, disponía de máquinas diseñadas para producir dolor, como por ejemplo el plinton o el potro, situadas en un espacio llamado pomposamente «gimnasio», húmedo como una mazmorra, y no mucho más grande.

Entre las maneras de proclamar la categoría socioeconómica que tenían los estudiantes, destacaba el estuche. A partir de la medida, el material, el número y tipo de bolígrafos, rotuladores, compases, etcétera, los compañeros se hacían una idea muy precisa de las rentas familiares. En el apartado de estuches ostentosos figuraba en primer lugar el de gama alta comercializado por la firma Carioca: una cincuentena de rotuladores alineados en dos hileras que seguían el espectro cromático, colocados dentro de un estuche de plástico rígido, de un color amarillo pálido por la parte inferior, y dotado de una tapa transparente. Uno de los dueños de esta pieza era el alumno al que los compañeros llamaban Calimero, quien solía sentarse en primera fila, con el estuche peligrosamente situado en el límite de la mesa.

–Ten cuidado, que se te va a caer... –le avisó un día Richelieu mientras se acariciaba el bigote.

La reacción de Calimero consistió en apartar unos milímetros el estuche del borde de la mesa. Minutos más tarde, en plena lección magistral sobre la dinastía de los Trastámara, el codo de Calimero rozó el estuche Carioca, que cayó de manera estrepitosa a los pies del maestro. Todos los rotuladores se desperdigaron por el suelo con la alegre disonancia de un mikado. Después de unos instantes de silencio, Richelieu se abalanzó sobre ellos para pisarlos y saltarles encima de forma encarnizada. El resultado fue que el estuche quedó inservible y un buen número de rotuladores sufrió baja laboral.

Pero Richelieu y Rochefort no eran en absoluto las figuras más temidas del colegio Sant Pau. Este honor recaía en el director. Cuando un alumno cometía alguna travesura de grado superlativo, el maestro lo conducía hasta el despacho del jefe supremo, donde todo indicaba que se llevaban a cabo ceremonias coercitivas de una cierta sofisticación, que extraían gran parte de su poder del secretismo. Comparada con la amenaza omnipresente y difusa del director, la cotidianidad represiva de los maestros resultaba más benigna.

El director era bajo y barrigudo. Poseía dos o –cuando se enfadaba– tres papadas y una voz amenazadoramente ronca. Recordaba ligeramente a Alfred Hitchcock, pero en la imaginación de los alumnos se parecía más al ogro de los cuentos infantiles. Conscientes de su eficacia ejemplar, los maestros lo utilizaban profusamente a modo de amenaza. Es probable que esta insistencia contribuyera a grabar en la mente de aquellos niños la vinculación entre la dirección y el horror. Durante años, ante un director –de centro docente, de sucursal bancaria, de recursos humanos, de lo que fuera–, la primera reacción de Jordi fue echarse a correr.

Puesto que la jubilación del director era inminente, los maestros invitaron a los alumnos a contribuir económicamente en un regalo de despedida. Jordi no sabría decir si lo había soñado o lo confundía con las colectas realizadas con motivo del Domund, pero guarda en la memoria la imagen de una larga fila de niños depositando dinero en una caja, dinero que acabó transformándose en un suntuoso reloj de oro. Aquella experiencia tuvo unos efectos didácticos notables. Los niños aprendieron que vivían en un mundo en que había que mostrar agradecimiento a quien les hacía el favor de aterrorizarlos.

Biel no era partidario de las expansiones violentas, ni siquiera de los juegos que propiciaban el contacto físico entre jugadores. Sus deportes preferidos tenían en común una red que separaba a los equipos: le gustaban el ping-pong y el voleibol –por aquel entonces considerado un juego de niñas–, y sobresalía en el tenis, que practicaba con regularidad en las pistas del Club Natación. Aunque no mostraba el mismo grado de entusiasmo que Jordi, también era partidario de los juegos de mesa. En clase, sentados uno al lado del otro en las largas tarde de invierno, cuando las lecciones de Rochefort sobre reptiles y batracios se sucedían con tediosa regularidad, se acostumbraron a jugar a barcos. Solo se necesitaban dos hojas de papel cuadriculado donde situar una flota estándar: cinco submarinos, cuatro destructores, tres acorazados, dos cruceros y un portaaviones. Finalmente, resultaban útiles los conocimientos adquiridos sobre los ejes de coordenadas. Al lado de las chapas y del ahorcado, los barcos eran el juego estrella del aula. Sin olvidar la cerbatana: un bolígrafo sin tinta que lanzaba trozos de papel empapados de saliva propulsados por pulmones adolescentes.

Era una época singular. Los universitarios participaban en manifestaciones prohibidas, repartían octavillas y corrían delante de la Policía Armada, pero aquellos escolares seguían viviendo como si la guerra civil se hubiese acabado el año anterior.

Un buen día, sin consigna ni organización previa, el retrato del general Franco que estaba colgado sobre la pizarra quedó blanco: las bolitas de papel empapadas de saliva habían encontrado un objetivo común. Para muchos de los participantes, aquella cerbatanada colectiva fue su primera actividad antifranquista, quizás una de las más espontáneas de la Transición, más meritoria todavía teniendo en cuenta el ambiente del colegio.

Eran tiempos de impunidad. Cualquier estudiante tenía derecho a atacar a otros más débiles sin que hiciera falta recurrir a ninguna excusa convincente. Los adultos tenían carta blanca para agredir verbal o físicamente a cualquier menor que consideraran que necesitaba una lección de urbanidad. La pirámide culminaba con los cuerpos uniformados, que imponían su autoridad sin trabas. No nos referimos solamente a las fuerzas de orden público: los conserjes y los revisores de tren actuaban con la misma brutalidad que la policía militar ante la soldadesca. Los derechos humanos eran cosa de extranjeros.

Pero volvamos a Biel y a sus amigos. ¿Cuáles eran sus juegos preferidos fuera de la escuela? Jordi se caracterizaba por un entusiasmo genérico, si bien seguía lo que podríamos llamar «ciclos lúdicos». En aquella época se interesaba por los juegos de cartas de adultos, en particular en el canario y, sobre todo, en la butifarra, a los que jugaba algunas tardes de domingo con alumnos de instituto en la sala interior del bar Royal, donde compartían espacio con los jugadores de ajedrez y de dominó, hieráticos los unos, bulliciosos los otros.

Churchill y sus hermanos disponían de un armario en el que apilaban juegos como un Fuerte Comansi, el Filomatic, un disfraz de policía y la caja de Magia Borrás. No se puede descartar que los padres, por otra parte no demasiado pródigos, los hubiesen adquirido para mantener a los hijos alejados de la tienda.

Los niños se dividían en dos grupos: los que tenían Scalextric y los otros. En casa de Biel, la pista estaba instalada de forma permanente en una habitación del piso superior, y resultaba un cebo irresistible para los amigos. Le gustaba jugar largas y silenciosas partidas de backgammon con su padre. Resultaba imbatible en el Monopoly y le entusiasmaba el Master Mind Cayro, aunque no encontraba contra quién jugar, ya que a su hermana no le gustaban «los juegos de pensar». De todos modos, su preferido era, con diferencia, el Scrabble. Los padres de Churchill le habían regalado el mismo juego años atrás, pero nunca había jugado. Bueno, sí que jugaba, pero a su manera: Churchill y su hermano elegían una ficha cada uno y hacían carreras soplándola por el suelo, ahora tú ahora yo, de la habitación a la cocina y volver.

Un recuerdo sentimental: el juego de la oca del siglo XVIII que los padres de Biel le habían traído de París en 1971, a la vuelta del viaje en que celebraban los diez años de casados. Lo tenía apoyado en una estantería de la habitación, un cartón deteriorado en el que a duras penas se distinguía el nombre de las casillas: *pont*, *puits*, *auberge*...

Un falso recuerdo: el Trivial Pursuit al que Jordi asegura haber jugado durante aquel verano en que todavía no se había inventado.

Jordi y Churchill eran competitivos. No jugaban para participar, sino para ganar, y se enfadaban si en el último momento perdían. Jordi casi experimentaba un cambio de personalidad cada vez que jugaba: se reía de forma estentórea, gritaba y podía llegar a comportarse con arrogancia si derrotaba a Churchill con una estrategia bien calculada. Era el signo de una rivalidad que se había agudizado con la llegada de Biel.

21 DE ABRIL DE 2007

06.30 HORAS

Jordi se ha obligado a no levantarse hasta que ha sonado la alarma del móvil. Se ha mantenido despierto en el futón del garaje dando vueltas a los últimos detalles de la ceremonia y, a continuación, a los imprevistos: el novio que no se presenta, el error burocrático, la correa de distribución del coche rota, la salmonela en la mayonesa, la caída durante el baile, la borrachera de algún pariente lejano, el accidente de tráfico a la vuelta. Le es más fácil asumir algunos de estos imprevistos que un yerno como el que le ha tocado en suerte.

Después de una noche tan larga, salir de la cama ha sido un descanso. Ha pulsado el botón de la cafetera y ha empezado a afeitarse en el lavabo. Cuando ha dado por buenas las mejillas, ha salido a buscar el cortado, que se ha bebido a sorbos pequeños mientras repasaba con la cuchilla los rincones más inaccesibles del cuello y la barbilla. Después se ha duchado con calma y se ha aplicado el champú anticaída. Cuando se ha secado, se ha puesto una camiseta, pantalones cortos y una bambas sin cordones, y ha vuelto a darle al botón de la cafetera. Hoy tiene que estar en condiciones.

A pesar de que vive en el garaje, en algunos aspectos todavía depende de la casa. De estos aspectos, el más importante es la lavadora. Después viene el armario vestidor. Cada vez que tiene que ir a una boda debe entrar en el armario vestidor situado al lado de la habitación de matrimonio, que es donde sigue guardando la ropa de vestir. Es hacia allí hacia donde se dirige después del segundo cortado. Como huele a tostadas, intenta no hacer ruido, pero sin esforzarse demasiado, ya que no quiere caer en el extremo de actuar como un intruso en su propia casa. Abre las puertas del armario con delicadeza, los cajones sin miramientos. Ya sabe qué se va a poner: pantalones negros, camisa negra, americana negra, zapatos negros (lo compró todo el mismo día en el Zara de la calle Ample). Se encasquetaría un sombrero negro si hubiese pensado en comprarlo.

Oye a su mujer y a su hija parlotear en la cocina sobre un telón de música technopop. La intención de Jordi es volver al garaje, dejar la ropa de vestir sobre la mesa, comer cuatro galletas y tumbarse en el futón a terminar de digerir el día que le espera. Pero se abre la puerta de la cocina y aparece su mujer con un batín:

–Hola, Jordi. ¿Vienes o no?

Justo en ese momento se acuerda. Días atrás acordaron que valía la pena que hoy desayunaran los tres juntos: como una familia normal.

EL DIARIO DE BIEL

22 de febrero de 1977

Como cada día limpia el Sant Pau, la madre de Pierre nos deja meternos por todas partes. Hoy que me he quedado a comer, hemos entrado en unas cuantas aulas. Centrado encima de la pizarra, en todas hay un crucifijo de madera con el cristo de metal brillante. A cada lado tiene un cuadro. Uno no falla nunca: es la fotografía del general Franco con cara de sello. El otro, depende. Puede ser la copia de un cuadro de Murillo con la Virgen ascendiendo hacia el cielo sobre nubes de algodón azucarado, acompañada de angelitos verdosos afectados de obesidad, pero también puede ser una fotografía de José Antonio Primo de Rivera con camisa azul y el pelo cortado como James Dean. Entonces son Cristo y los dos ladrones.

Ya he descubierto por qué a Pierre lo llaman así. Como es bajito y a menudo lleva un jersey verde de cuello alto, se parece al Pierre que aparece dibujado en el libro de francés.

Le han disparado un clip a la pierna a un niño de tercero. Un día de estos le van a sacar un ojo a alguien.

23 de febrero

Por la mañana, damos una vuelta con Churchill, Jordi y Cubeles. En nuestra ruta están las carteleras de Las Vegas, donde proyectan *El libro del buen amor.* Prometedora.

Por la tarde, la familia en pleno visitamos a un compañero de mi padre, hijo de Valldemosa, que es comandante de infantería y vive en un piso nuevo en la calle Santa Llogaia. Por alguna razón que se me escapa, el comandante y su esposa nos enseñan toda la casa, y cuando digo toda la casa incluyo el congelador de la nevera, las barras para colgar las toallas y los apliques de la habitación de invitados. No consigo encontrar nada especial en la disposición de la vivienda, que viene a ser como todas las demás: lavabo, cocina, habitaciones, etcétera. Después me quito el aburrimiento devorando galletas Trias en la sala de estar. Mi madre me deja beber un dedo de moscatel.

El comandante nos ha recibido en zapatillas. Eso significa que está acabado.

24 de febrero

Me parece que el comandante de ayer y su esposa son un «matrimonio». Sospecho que no saben qué decirse cuando se quedan solos. Tal vez por eso les gusta enseñar la casa a las visitas. Antes de ser «matrimonio» debían de ser «pareja», que es el estado en que los dos están bien juntos y no necesitan a nadie más.

Lady Melissa y el capitán Sastre, ¿son pareja o matrimonio? Entre Pinto y Valdemoro.

25 de febrero

Richelieu no ha venido. A la salida he hablado un momento con la sustituta. Cubeles dice que está «maciza».

Por la noche le he dicho «maciza» a Nora y me ha tirado la calculadora.

26 de febrero

Mi madre me pide ayuda para arrancar las malas hierbas del jardín. Después me besa y me da un billete de cien.

Una expresión que me gusta: «acariciar una idea». Por ejemplo: acaricio la idea de ir a ver *El libro del buen amor* con la hermana de Alberto, y sentarnos en la última fila.

27 de febrero

Despedidas locales:

«Hasta luego» se dice a los amigos.

«Adiós» se dice a los matrimonios.

«Que tenga un buen día» se dice a los maestros y a los vecinos de mayor graduación.

1 de marzo

Escribo una redacción para el concurso de la Coca-Cola.

Por la tarde, tenis.

2 de marzo

Cuando llego a casa, me encuentro a Nora y a tres amigas merendando en la cocina y riéndose como posesas. Un horror. No ha habido manera de comer.

3 de marzo

Tipos populares: el Papanatas. Unos treinta años. Va limpio y afeitado, pero lleva siempre la misma americana de color azul grisáceo. Camina muy despacio, con pasos cortos, la mirada perdida. Se para cada cinco o diez minutos, medio encogido, en suspensión, como si estuviera a punto de caerse. Después se recupera y se pone a caminar hasta que vuelve a pararse. Según parece, consumió demasiada heroína, o cocaína, o un mejunje de esos.

4 de marzo

Churchill y Calimero han ido de excursión a un pueblo que se llama Albanyà. Por la mañana, Jordi y yo hablamos mucho rato. ¿De qué? De la escuela, de tías, de fotografías y de tebeos. A él le gusta Jabato. Yo prefiero al sheriff King.

5 de marzo

La primera mosca.

6 de marzo

No enamorarse nunca. Ni siquiera de este diario.

7 de marzo

Fraseología local:
A fardar a Cabanes.
La madre de Mengano cuando era gitano.
Vete a parir panteras.
Métele mano que es de Ordis.

10 de marzo

Cumpleaños de mi madre. El capitán, Nora y yo nos hemos puesto de acuerdo y le hemos comprado un ramo de rosas. Se ha puesto muy contenta y nos ha prometido que iremos los cuatro al cine.

11 de marzo

He terminado un gran libro: *Drácula*.

12 de marzo

Ayer por la tarde, salida familiar a la Catequística a ver *Tiempos modernos*, de Charlot. Sobre todo les gustó a mis padres. Nora se durmió nada más empezar.

15 de marzo

Cómo tiene que sonar la música:
Según yo, alta
Según el capitán, baja.
Según Melissa, todo está bien si no molesta a los demás.
Según Nora, depende.
Según Moixet, ¡miau!

17 de marzo

Mi madre y yo subimos al castillo a buscar flores para el herbario. Hemos tenido que mirar por todos lados para encontrar alguna planta que no fuera cardo o romero. El muro que separa el camino del castillo está medio derruido, pero no es inútil, ya que, bellamente cubierto de liquen, sirve de parterre a pequeñas flores anónimas de colores vivos.

Los almendros se han vuelto de color rosa.

Al suroeste hay un prado de un verde pulcro adornado con franjas de amapolas: Bangladesh.

19 de marzo

Sábado. Las chicas de La Casera –diosas del baloncesto– han vuelto a dar una paliza. Hoy han dejado al Bescanó 94 a 10. Entre el público, aplaudiendo, estábamos Jordi, Churchill, Calimero y yo. Las chicas no solo están macizas, sino que además hay para todos los gustos. Hemos podido elegir una distinta cada uno. Ya decía yo que había visto a la hermana de Alberto en alguna parte: es una de las que más encesta. A partir de ahora la llamaré Ella, como la reina de los amahagger.

Por la tarde, Churchill y yo hemos ido a casa de Jordi a jugar al Monopoly. Churchill hacía trampas. Jordi lo ha demostrado y la cosa ha terminado como el rosario de la aurora (lluvia de billetes).

En el Juncaria echan *Tres novias para tres Rodríguez*. «Teta segura», que diría Cubeles (un chico un poco basto, ya se ve).

20 de marzo

Jordi me enseña nombres de plantas bonitos:

–santa espina, que no es una sardana sino un arbusto con un botón incorporado.

–flámula, la planta que fabrica plumas.

–majuelo, con la hoja como la bandera de Canadá.

–tomatillo, que forma frutas en miniatura.

«Cuando Majuelo zancadilleó a Tomatillo...» (así podría empezar una leyenda).

Por la tarde intentamos entrar en el Juncaria con Güibes y, curiosamente, nos dejan pasar. Debe de ser porque él es alto y corpulento. Vemos *Pat Garrett y Billy the Kid*, la historia de un hombre que se dedica a matar a sus amigos. La música, el no va más. Nos hemos quedado sentados en silencio hasta que se han encendido las luces.

22 de marzo

Cuando Richelieu ha salido del aula, Dalfó y Churchill han sacado las figuras geométricas de madera del armario y las han puesto en el suelo formando un triángulo. Después les lanzaban canicas. Cuando Richelieu ha vuelto, los ha cogido de la oreja y se los ha llevado a ver al director.

23 de marzo

Una expresión local: después de las clases, los estudiantes «van a conferencia», es decir, hacen los deberes con uno de los maestros a cambio de una cuota mensual. El maestro ayuda a los estudiantes uno por uno, pero no se produce nada parecido a una conferencia. Es un fenómeno que me recuerda la plaza de la Palmera sin palmera.

24 de marzo

A la hora del patio, Churchill y yo nos hemos metido en el lavabo. Churchill se ha bajado los pantalones y me ha enseñado el pito.

25 de marzo

Un gesto que he copiado de Melissa es el de frotarme las manos bien frotadas con romero.

Un proyecto: encontrar la fórmula de los caminos.

26 de marzo

Mi madre ha organizado un cóctel. Eso quiere decir que nuestra casa está llena de mujeres susurrándose secretitos al oído y riendo estrepitosamente. No me ha quedado más remedio que refugiarme en el Scalextric.

27 de marzo

Domingo. Antes de comer, he ido a explorar el castillo. He bajado al foso por unas escaleras medio derruidas y por poco me descubren unos soldados que patrullaban en jeep. Después he intentado meterme en las contraminas, pero estaban demasiado oscuras. He visitado la urbanización que se está construyendo en la cara este. Hay casas con piscina, de tres niveles, imponentes, un poco a lo Beverly Hills. Alguna está casi acabada y se puede entrar. Un día volveré con alguien.

Por la tarde, Oliver y yo intentamos ver *Cuando Conchita escapa, no hay tocata*, pero no nos dejan entrar. Puede que sea mejor así.

28 de marzo

Jordi me enseña nombres de plantas feos:
–tojo, pobre y punzante.
–dedos de rata, con un líquido blancuzco en el interior (puaj).
–cardota, que da una flor violeta.
–cardo borriquero: flor que pinta de lila las faldas del castillo. Expresión popular: esta tía es un cardo.

29 de marzo

Jibarización de *Los misterios de la jungla*, de Jules Verne: «El todo».

30 de marzo

Richelieu me ha dicho que la redacción de la Coca-Cola la copié de algún sitio. ¿Se puede ser más injusto?

Así que estoy descalificado.
Llantera.
Menos mal que Moix me entiende.

1 de abril

Como el director del Sant Pau se jubila, todos los alumnos tenemos que poner cuartos para hacerle un regalo.

Después de la escuela, Churchill y yo hemos escuchado discos de mi padre. El *Sgt. Pepper's Lonely Hearts Club Band* es el mejor. A mi madre también le gusta.

Churchill tiene una guitarra y sabe tocar *Let it be* con la cuerda de arriba.

2 de abril

El capitán y Melissa están en el cine-club de Agullana.

Ayer el capitán fue al acto de despedida del director del colegio. Con los cuartos que nos hicieron pagar le han comprado un reloj de marca. Al enterarse, Calimero se ha indignado. «¿Acaso no cobra bastante?», iba repitiendo.

3 de abril

Domingo.

Mi padre ha discutido con el teniente de aviación y ahora no se hablan.

Después de comer, mostramos respeto por la tradición local devorando una «mona» de chocolate, que no tiene forma de huevo, ni tampoco de mona, sino de muñeco, de caserón, de avión, según.

4 de abril

El capitán me ha traído un plano del castillo. Por primera vez, he podido comprobar que no es la obra de un loco. Me ha explicado qué son los baluartes, los revellines y los hornabeques, las contraguardias, las casamatas y los glacis. Se lo veía feliz porque hacía tiempo que no me interesaba nada de su trabajo. He pegado el plano en la pared de mi habitación, encima de la mesa.

El castillo tiene forma de tortuga. El hornabeque de San Zenón hace las veces de cabeza, las contraguardias son las extremidades anteriores y los dos hornabeques restantes, las inferiores. El acueducto viene a ser el cordón umbilical.

5 de abril

Los padres de Churchill son propietarios de un colmado en la Calle Nueva. Se pasan allí todo el día: ella en la caja registradora, él cambiando productos de lugar. Son un matrimonio. Viven detrás de la tienda, que siempre está abierta. Cuando entras en la sala de estar no ves nada, pero cuando se te acostumbran los ojos a la oscuridad descubres a los abuelos, que están sentados en silencio en el sofá.

Cuando he entrado yo, el abuelo ha bromeado un rato. Siempre está de guasa, el abuelo. El nombre de Churchill se lo puso él: cuando era pequeño se ve que siempre estaba con el chupete en la boca, y al abuelo le recordaba a aquel primer ministro inglés que no dejaba nunca el puro.

Churchill se pasa todo el día escuchando a los Stones en un tocadiscos monoaural en forma de maleta. Como no tiene calidad de sonido, pone el volumen a tope. ¿Acaso no sabe que las distorsiones acústicas pueden dejar secuelas psicológicas? Bueno, en él y en sus hermanos pequeños, que lo aguantan con resignación: el Pelusa y Montse, una niña que no hace más que mirar.

6 de abril

Como llueve, hacemos la clase de educación física en el gimnasio de la escuela. Dolor.

8 de abril

La sinceridad puede ser un síntoma de madurez, pero también puede convertirse en laxante.

9 de abril

Sábado. La Casera 126, Sant Josep de Girona 10. En lo que siento por Ella –meyba ajustado, once canastas– se mezclan los sentimientos y la admiración deportiva.

En nuestra casa, Nora me informa de que el capitán se ha pasado toda la mañana hablando por teléfono y que ella no ha podido quedar con sus amigas.

10 de abril

Estampa japonesa: una escuadra de jilgueros sobre un campo de olivos retorcidos.

Nora, Belén y yo ayudamos a Melissa a cambiar la ropa del armario.

12 de abril

Tipos populares: el Lagartija. Es un policía motorizado, delgado como un palillo y con cara de reptil (de ahí el nombre). Le gusta intimidar a las mujeres y a los niños. Aparenta unos doscientos años.

13 de abril

Mi cumpleaños. Mi madre me ha regalado una camisa nueva, de color crema, con bolsillos delante. También he recibido libros de Grandes Aventuras –gracias, capitán– y un sacapuntas en forma de váter (muy original, en serio, Nora).

Al salir de la escuela, Dalfó, Churchill, Calimero y yo vamos a fumar al rincón de Horta. Después, Churchill reparte chicles Cheiw para disimular el aliento.

14 de abril

Un insulto local: lepra. «Es que eres un lepra».

15 de abril

A la hora del patio, Churchill y Jordi se han medio peleado. A Jordi no le gusta en absoluto que lo llamen Jota-Erre.

16 de abril

El capitán y Melissa van a bailar a la boîte Pipers. El día menos pensado son capaces de meterse en la Discoteca Club 73. ¿Cómo se le llama a eso? ¿Segunda juventud? ¿O se trata de aprovechar cualquier ocasión antes de que todo se vaya al garete?

Para celebrar mi independencia, me bebo un quinto San Miguel, que le dejo probar a Nora.

18 de abril

Pico-zorro-zaina: Pierre se ha deslomado y le ha salido sangre de las rodillas. El señor Octavi se las ha rociado con mercromina a granel.

19 de abril

La consigna es: «Salvemos los humedales». Pegatinas generalizadas.

20 de abril

¿Es posible que Nora no se canse jamás de los jamases de escuchar el maldito programa *El disco del radioyente*?

21 de abril

Camino por los márgenes del castillo. Todas las ramas verdean. De repente, un aroma me invade: el tomillo ha florecido.

Al oeste, un rebaño de corderos pasta en un prado verde que es Irlanda.

Detrás del vertedero he hecho un descubrimiento. Ya llevaré a alguien.

22 de abril

Acompaño a Churchill al chatarrero. Está en la calle Clerch i Nicolau, detrás de una puerta que debe de ser de la época de los carlistas. Entramos en un cobertizo lleno de papel y de ropa, de tubos de plomo, de cubos de plástico, cada cosa en su montón, en un caos ordenado. Le llevamos una bolsa llena de botellas de champán y dos de papel, que el trapero pesa en una romana. Es un hombre bajo y enjuto, tocado con una gorra. Después de realizar unas operaciones en un papel que ha recogido del suelo, saca un fajo de billetes de cien del bolsillo de la americana y le da uno a Churchill. Después añade tres o cuatro monedas que saca de los bolsillos de los pantalones. No sé qué cálculos ha hecho, pero parece honrado.

23 de abril

Sant Jordi. Hoy daba gusto ver la Rambla. Había puestos del PSC, del PSUC, de CCOO... Muchas señeras. También vendían pósters de Karl Marx. El adhesivo del día es «Queremos el Estatuto». Incluso un moro lo llevaba en la solapa. Menos mal que el Lagartija no debía de estar de guardia.

Después de ver a Ella, he invertido en una rosa los cuartos que guardaba para una ocasión especial. Cuando he ido a regalársela, ella ya llevaba una y hablaba amistosamente con un energúmeno que debía de tener como mínimo veinte años. Al final se la he dado a Melissa, que me ha dicho que soy un «galán» y me ha abrazado con fuerza.

Mi padre sostiene que el Estatuto no cambiará nada, que todos los papeles pasarán por Barcelona en vez de pasar por Madrid. Ha vuelto a casa con una rosa para Nora. Mi madre se ha enfadado porque no llevaba ninguna para ella. Mi padre le ha dicho que ya tenía la mía. Mi madre le ha dicho que la mía no tenía nada que ver. «Tu hijo es más galante que tú».

24 de abril

Le digo al capitán que quiero ir al mitin del PSUC a la Catequística y le da un ataque de risa. Cuando se da cuenta de que hablo en serio, me lo prohíbe.

Encontrado en la revista *Ampurdán*: «¡Submarinistas, uníos!».

25 de abril

Cuando vuelvo de la escuela ya están las amigas de Nora en el sofá. Entro y empiezan a reírse. ¿Acaso hago tanta gracia?

Jibarización de un libro de mi madre que se llama *Rayuela*: «¿Encontraste pitillo?».

26 de abril

Como pan con nueces «al tomillo», o sea, rodeado de fragancia.

Un prado de flores blancas y rojas: Polonia.

¿Cuándo van a llegar por fin las ferias?

27 de abril

Tipos populares: la Vespa. Es una prostituta bajita, regordeta, ajada, sin duda retirada. Tiene los ojos gastados y la piel de pergamino. No hay nada que indique que alguna vez fue atractiva. Cuando alguien la encuentra por la calle, grita: «La Vespa, la Vespa», y de inmediato el resto del grupo se suma: «Puta, puta, más que puta».

28 de abril

Hemos ido a casa de Jordi a intercambiar tebeos y hemos puesto su disco de los Beach Boys. Me ha enseñado las fotografías que saca, casi todas de dedos, narices y orejas. Su madre ha subido muy alterada porque la música se oía desde la peluquería.

Mientras Jordi me acompañaba a casa, hemos hablado de las ferias que se acercan. Cuando ya llegábamos, todavía nos quedaban muchas cosas por decir, así que hemos vuelto atrás. Ya casi habíamos llegado a su casa cuando él se ha ofrecido a acompañarme. Finalmente, nos hemos despedido a medio camino, delante del ambulatorio. La cosa es más meritoria si se tiene en cuenta que llovía.

Por cierto, le gusta mucho mi camisa nueva.

29 de abril

Tramontana. Al salir de la escuela, Jordi, Dalfó, Churchill y yo vamos a explorar el castillo. Jordi ha cogido su cámara. Cuando regresábamos, he visto que el sol se ponía detrás del acueducto.

Las últimas amapolas coinciden con las flores de los cardos. La lila se combina con el tojo. Explosiones de retama, el arbusto más sociable. Los caminos se difuminan.

Desde el castillo, la mar es blanca.

LA BELLE INUTILE

La enormidad del castillo de Sant Ferran remite a las leyendas de Marco Polo o de las mil y una noches. Separado del exterior por murallas de trece metros de altura, tiene una superficie total de centenares de miles de metros cuadrados. Cuando fue construido, disponía de siete hornos que permitían elaborar doce mil raciones de pan diarias. Los almacenes podían alimentar a veinte mil personas durante dos años. Todos los datos son excesivos: las caballerizas permitían alojar a quinientos jinetes con sus caballos, el patio de armas tiene doce mil metros cuadrados, las cisternas pueden contener nueve millones de litros.

Es, en pocas palabras, el monumento más grande de Cataluña, la mayor fortaleza europea del siglo XVIII, la construcción de doble recinto más grande del mundo. Cualquier comparación con otros castillos de renombre no sirve más que para poner de relieve su magnitud: la guarnición cruzada de Siria era de 2.000 hombres, igual que la del gran castillo eslovaco de Spis.

Concebido como obra de la razón, con el tiempo se ha convertido en un monumento a la contradicción y a la ruina. A pesar de sus dimensiones resulta invisible, ya que es una fortificación en bajo relieve. Durante trece años, miles de constructores vaciaron la montaña de San Roque y después lo edificaron en el interior, utilizando las piedras originarias. Se puede considerar una escultura gigante, una obra de arte abierta a los cuatro vientos.

Levantado un siglo después de que se empezara a hablar de la obra, presentado como un corolario de la cultura y la tecnología de la época, el castillo de Figueres nació anticuado. A finales del siglo XVIII ya no constituía un obstáculo para un ejército que penetrara desde Francia, dado que podía dejarlo tranquilamente atrás. A raíz de la capitulación de 1794, los franceses lo llamaron «la belle inutile». Poema inacabado, se inauguró con partes todavía sin construir. Nunca se han completado ni la iglesia neoclásica de cinco altares, ni el edificio destinado a hospital, ni algunos de los pabellones de oficiales, ni la fortificación situada al oeste. Con el tiempo, el castillo aparece todavía más inacabado, sobre todo a partir de la autovoladura de 1939: los estragos más graves que ha sufrido se los ha producido su propia guarnición. Pasearse ahora por él es contemplar un sistema de grietas seculares, de maderas podridas, de patios llenos de zarzas, de tiempo petrificado.

Encima de la puerta principal, los constructores situaron un espacio en blanco para dejar constancia de sus gestas. Tras doscientos años sin victoria alguna que esculpir, la puerta fue dinamitada, y no precisamente por el ejército atacante.

Aunque nunca ha sufrido un ataque en toda regla, el castillo de Figueres se ha rendido siempre que ha tenido ocasión. En 1823 lo hizo armado con 139 piezas de artillería, 86.850 kilogramos de pólvora, 4.288 bombas y 1.432.426 cartuchos de fusil. Ni una sola vez ha sido tomado por la fuerza, sino por sorpresa o después de un asedio. A lo largo de los años ha mostrado una irrefrenable voluntad de capitular. En él se han rendido tropas reales y constitucionalistas; ha sido abandonado por revolucionarios, reaccionarios y brigadistas internacionales; lo han autodestruido monárquicos y republicanos. Durante muchos años ocupó más espacio que Figueres, la ciudad a la que no ha protegido nunca; decir lo contrario sería más exacto, ya que la ha bombardeado.

Lo expresó muy bien el capitán Joaquín de Navía-Osorio: «La plaza de San Fernando de Figueras, que no merece llevar el nombre de tan gran santo ni del justo rey que la mandó construir, tampoco merece el de fortaleza».

En efecto, las funciones militares no son las que mejor ha desempeñado el castillo. La lista, inevitablemente incompleta, supera todas las expectativas, ya que ha sido sede de las últimas Cortes de la República, prisión del último golpista de la democracia, sede de un Encuentro por la Paz, escenario de desfiles de ramos de novia, espacio de fiestas de mozos de escuadra, marco de presentaciones de libros, cuartel, depósito de obras de arte y de joyas, pista de exhibición ecuestre, centro de instrucción de reclutas, sede de un Congreso sobre Catástrofes, romería de la Casa de Andalucía, escenario de batallas de paint-ball, circuito de atletismo, prisión olímpica, muestra de caza, residencia militar, feria de animales de granja, sede del Ministerio de Tierra, plataforma de lanzamientos pirotécnicos, espacio de acampada de los Reyes Magos, asilo de mulas, simposio de abogados, escenario de ejecuciones, auditorio de conciertos, escenario de la Maratón de Pintura Rápida, sede de un encuentro de internautas, hogar de refugiados, sala de exposiciones de dibujos infantiles, espacio de performances, sede de homenajes anuales al general Álvarez de Castro, de una exposición sobre la carrera espacial, de encuentros de excursionistas, de comidas contra la leucemia, de la cena del final de temporada del Adepaf y de los arroces de los Amigos del Castillo. Los jugadores de la Peña Unionista Figueres se han retratado en sus instalaciones para el calendario, y también se ha grabado en ellas algún videoclip musical.

Pero tal vez resulta más chocante el uso del castillo como plató cinematográfico. Pocos escenarios son lo suficientemente versátiles como para que se rueden películas situadas en la Constantinopla del siglo XV (*Tirante el Blanco*), en la Francia del siglo XVIII (*El perfume*) o en la Austria del siglo XX (*Los hijos robados*).

No conforme con su inutilidad inicial, el castillo ha conseguido convertirse en un estorbo progresivo, ya que las grandes infraestructuras han sido destinadas a atravesarlo. Primero fue la autopista, que en 1974 destruyó parte del acueducto original. Después fue el tren de alta velocidad, destinado a perforarlo con un túnel de más de un kilómetro de longitud.

Absurdo y laberíntico, enorme e invisible, inmenso en espacios llenos y en espacios vacíos, culminación de la civilización militar, cénit de la desolación, homenaje al fracaso, bello como un grabado imposible de Escher, el castillo de Figueres se mantiene como un símbolo ruinoso e informe [el mejor escenario para una tragedia].

21 DE ABRIL DE 2007

06.50 HORAS

–¿A qué hora llega Tarik? –pregunta Marta.

–Quedamos a las ocho y media –responde Jordi.

–A esa hora quizás Berta y Jana ya estarán aquí –dice Marta.

–Da igual –asegura Jordi–. Tampoco hace falta que Tarik esté todo el rato. Son fotos de relleno.

Están sentados alrededor de la mesa de la cocina. Marta embadurna las tostadas en el yogur. Delante de ella, la madre pesca cucharadas de Special K en la taza llena de leche de soja. Perpendicular a las dos, Jordi sumerge la magdalena en el café con leche y deja que se le desmenuce en la boca.

La música ha desaparecido.

–¿Dónde está el padrino? –pregunta Jordi–. ¿A qué hora viene a leer el poema?

–Le dije que no llegara más tarde de las diez –dice Marta.

–Lo digo para no estar.

–Jordi, por favor.

–Déjalo, mamá. ¿No ves que está nervioso?

LOS LÍMITES DE LA TRADUCCIÓN

La transcripción literaria no puede reflejar la variedad lingüística con que cada hablante personaliza la lengua. En este libro hemos decidido servirnos de un castellano estándar, exceptuando algunas palabras que, esparcidas aquí y allá, pretenden insinuar el uso continuado de un dialecto, de un registro informal, de una modalidad de argot. Somos conscientes de los límites a la hora de recrear fielmente las flexiones de voz, las diferencias en la palatalización, el tono y el timbre de cada momento, las elisiones y las asimilaciones.

A ello se añade la pérdida de matices lingüísticos y de juegos de palabras que toda traducción conlleva. Una vez asumida esta limitación, autor y traductora hemos decidido olvidarnos de la fidelidad al original –así como de las enojosas notas a pie de página–, y sacar provecho de todas las posibilidades que nos proporcionaba el castellano. Es decir, hemos añadido detalles y matices para resarcir al lector de las inevitables pérdidas.

En ocasiones, el problema ha podido solventarse. En el diario original, Biel incluye, sin citarlo, el estribillo de la canción «Diguem no», del cantante valenciano Raimon: «Nosaltres no som d'eixe món». En la traducción, lo hemos sustituido por el estribillo de otra canción: «No nos moverán». No son equivalentes, pero forman parte de una misma idiosincracia y comparten el momento histórico, por lo que el cambio nos ha parecido pertinente.

Un caso aparte es el del personaje llamado Pruneta, es decir, Ciruelita. La ciruela es un fruto de sabor dulce pero también delicadamente ácido. «Pruneta» es, sin duda, un mote algo ridículo, pero muchísimo menos que Ciruelita. Después de darle vueltas, hemos optado por denominar al personaje Perita en Dulce. ¿Las razones? También es una fruta, y su falta de acidez se compensa con el contenido irónico que suele tener en castellano. Desde el punto de vista fonético resulta asimismo convincente.

Cuando no hemos dado con términos similares, y siempre que no se tratara de un pasaje decisivo, hemos suprimido palabras o frases. Más allá de la labor de traducción, hemos modificado algunos pasajes en la versión castellana para mejorar el efecto narrativo, o simplemente por cuestiones eufónicas. La traducción también ha servido para introducir palabras que no existen en catalán, pero por las que el autor siente especial cariño: «ademán», «ajada», «besuquear», «cachivache», «chambelán», «majadero», «mismísimo», «morcilla», «peripuesto», «pivón», «rechoncho», «trasegar».

EL DIARIO DE BIEL

30 de abril de 1977

Finalmente, empiezan las ferias. Por la mañana, voy con Jordi al concurso de rosas y a mirar maquinaria agrícola. Señores que llevan americanas oscuras que se les han quedado pequeñas caminan de manera solemne, las manos cogidas tras la espalda. Tedio.

Churchill no ha venido porque participa en una carrera pedestre.

Por suerte, están las musas, que son chicas de carne y hueso –más carne que huesos, por cierto–: la de la feria del Dibujo y un par de jóvenes pubillas. Jordi y yo nos inclinamos por la misma.

Por la tarde, Gran Circo Continental: Sandokan contra el tigre de Malasia –una tomadura de pelo–; Elsa, nacida libre –una leona visiblemente drogada–; Perros comediantes –psé–; Enanitos Pintores –estos no estaban mal– y El Hombre Eléctrico, el mejor con diferencia.

1 de mayo

Domingo. Churchill nos explica con todo lujo de detalles cómo le fue la carrera de ayer y cómo se clasificó a pesar del altísimo nivel de los participantes. Visitamos la Feria del Dibujo y la Pintura. Jordi critica cuadros. Ahora parece que le ha dado por ser pintor. Cuando vemos al Patata, lo insultamos hasta que da la vuelta a la esquina.

Por la tarde hemos ido al circuito de los Arcos, al lado del acueducto del castillo. Había una carrera de motocross. Accidentes interesantes.

Churchill se quiere comprar una Ossa para hacer motocross. Pierre prefiere una Cota de trial.

A la vuelta, pasamos por la potabilizadora. Comento que con tantos tubos por fuera parece un Beaubourg en miniatura, pero no saben de qué hablo.

2 de mayo

El nombre entero de nuestra musa predilecta es: «Pubilla de la agrupación filatélica y numismática del Casino Menestral». Nosotros la llamamos, simplemente, «la Morenaza».

Por la tarde dilapido los ahorros en carreras de coches en el Sport Móvil. He acabado invitando a Jordi, que se lo había gastado todo en autos de choque.

¿Cómo es posible que haya tantos feriantes con pinta de asesinos que siguen, sin estar convencidos, un tratamiento de rehabilitación?

En fin: lluvia.

3 de mayo

¡Oh, no! Otro cóctel de Melissa. ¿Acaso quiere batir algún récord de amistades? Me encierro en la habitación y escucho a los Beatles con los auriculares.

Por la noche, cuando se van a bailar al Erato, Nora y yo escuchamos a los Beatles sin auriculares.

All the lonely people, where do they all come from?

4 de mayo

Extraído del *9 País*: «Ya lo dijo Alexandre Dumas. A la historia se la puede violar a condición de hacerle hijos».

5 de mayo

¿Qué se puede esperar de una ciudad que organiza un concurso de cruces?

Mi padre nos lleva a la inauguración de una fuente en el Parque-Bosque. Feúcha.

Resulta que alguien ha exterminado las carpas del parque a pedradas. Los rumores mejor fundados apuntan a Cubeles y Churchill.

6 de mayo

Después de cenar y tras insistir mucho, logro convencer al capitán y a Melissa para que nos lleven a dar una vuelta a la calle de Peralada, donde se celebra una fiesta de calle con músicos y todo. Me ha parecido ver a mi jugadora preferida de La Casera, pero me he acercado y no era Ella. Tampoco estaba la Pubilla Morenaza.

Hace días que llueve. ¿No era el país de la tramontana, este?

En el jardín, vistas a contraluz, las telarañas llenas de gotas parecen perlas enhebradas en una tiara etrusca.

7 de mayo

Sábado. Por la mañana, tenis.

Los padres de Jordi están fuera, o sea que después de comer vamos a su casa. Su colección de juegos de mesa es fabulosa. Todo ha ido bien hasta que Churchill se ha empeñado en organizar un concurso de pajas.

El capitán y Melissa van al desfile de modelos de alta costura. Me bebo una Coca-Cola mientras escucho el *Black and Blue* de los Stones –aquí los llaman «los Rolling»– que me ha prestado Churchill. Intercambio miradas de complicidad con Moixet, que sigue en celo. El disco también le gusta.

Puede que suene ridículo, pero durante un rato he tocado el cielo con la punta de los dedos. *Memory motel, Melody, Fool to cry*... La música.

8 de mayo

Por la mañana, en los glacis del castillo había trial juvenil. Pierre tiene razón: es mejor que el motocross. Menos ruido y más nueces, por así decirlo. Ah, hemos visto a la Morenaza.

Un prado con florecitas blancas: Andalucía.

Después ha llegado lo que había estado esperando durante tanto tiempo. Churchill y Jordi me habían hablado con tal entusiasmo… Pues no hay para tanto. Me refiero al desfile de carrozas. Era mediodía. Las carrozas –unas moles remolcadas por tractores agrícolas apenas camuflados, conducidos por hombres con cara de pocos amigos– han dado vuelta a la Rambla muy lentamente. Subidos a las carrozas iban chicos y chicas que saludaban (euforia desatada, sonrisas en abundancia, gran surtido gestual). Lo más imponente eran las majorettes. Las había de Marignane, de Narbona y del Casino Menestral. Una cosa bárbara, con falditas plisadas, botas altas y un sombrero rematado con una pluma, o bien uno cordobés puesto de lado, con mucha malicia.

A la segunda vuelta ha dado comienzo la batalla de flores, confeti y serpentinas, que es una manera algo salvaje de trabar amistad con las jeunes filles. Delante del Continental, Churchill le ha cogido el bastón a una majorette de Narbona, que lo ha perseguido hasta la calle Monturiol.

Tipos populares: el Verruga. Es un cabezudo que va vestido de arlequín. Debajo de la calva, en una de las mejillas, tiene un bulto enorme. Pero su característica principal no es esta, sino su violencia extrema. Endilga zurriagazos a todo el que se le ponga por delante, incluidos los niños pequeños. Salta a la vista que está loco, pero todo el mundo se muere de risa.

Comemos en casa del teniente de aviación, con quien mi padre se ha reconciliado. Durante la sobremesa, intento decidir quién es más guapa: la Morenaza o Ella. Cuando se ha levantado, antes de desaparecer, me ha mirado un momento y me ha parecido que me guiñaba un ojo. Ah, la imaginación…

9 de mayo

Un verso que Ella no leerá: «Me tira y me atrapa como ojal a botón».

10 de mayo

Nora se queja de que Melissa la obligue a ponerse mi ropa. En cambio yo preferiría llevar vaqueros de segunda mano.

Al salir de la escuela vamos a la librería Can Pau. Mientras yo entretengo a la dependienta, Cubeles y Dalfó sustraen la revista *El motel de Venus*. Después nos repartimos las páginas en los jardines de Enric Morera. Me han tocado doce.

11 de mayo

Gotas de lluvia. Aparición de rebaños de turistas en pantalones cortos y sandalias con calcetines que han invadido la Rambla y las calles de los alrededores.

No nos moverán.

12 de mayo

¿Por qué nadie quiere jugar conmigo al Scrabble?

13 de mayo

Lluís Llach canta en El Jardín y no me dejan ir.

Tarde horrible. He acompañado a mi madre al Electro-bazar Albert a comprar un juego de sartenes.

Jibarización de uno de sus libros, *1984*: «A nada».

15 de mayo

Domingo. Al capitán lo vuelven loco las alcachofas. Ya hace días que Belén nos las prepara de todas las maneras, ya sea en ensalada, ya sea de guarnición... Cuando has separado las hojas demasiado duras, te encuentras en el interior con el corazón, blandito pero amargo.

Por la tarde, Calimero, Churchill y yo hemos ido a casa de Jordi. Nos ha sacado la caja grande de Juegos Reunidos, la de cuarenta y cinco, que tiene desde el tres en raya hasta la ruleta, del Ketekojo a la Merienda de Negros. Las horas nos han pasado en un abrir y cerrar de ojos.

17 de mayo

Récord de tiempo sin respirar: un minuto y diez segundos.
Moto preferida: Vespa primavera.
Cantante favorito: Raimon.
Canción favorita: «While My Guitar Gently Weeps».

18 de mayo

Más nomenclatura botánica:

–El nombre de Ginesta le pega a una chica dotada de belleza silvestre.

–La hierba de Santa Teresa es una planta que, si la arrancas, te ensucias con la savia lechosa que le corre por dentro. Me propongo poner de moda una exclamación: «¡Por la leche de Santa Teresa!».

19 de mayo

He estado mirando con Jordi las revistas que hay en la peluquería de su madre. Tenemos un proyecto en común: conocer a la princesa Carolina. Si resulta que Mónaco queda demasiado lejos, iremos a ver a Marisol que –aunque no tenga tanta clase– tampoco está mal.

20 de mayo

Una voluptuosidad no pecaminosa: adentrarse en un túnel de ginesta todavía húmeda por la lluvia.

Por encima, sin fin, escuadrones de vencejos.

¡Qué gusto, soplar dientes de león!

21 de mayo

Sábado. Por la tarde vamos a jugar al kiriki al Baviera. Hay unas primas navarras de Churchill que cuando se ríen enseñan la campanilla.

¡Por la leche de Santa Teresa!

23 de mayo

Las espigas son doradas como los cabellos de Ella.

24 de mayo

Carteles electorales por todas partes. ¿Dónde se habían metido, todos estos partidos?

Al salir de la escuela, Churchill nos invita a jugar al futbolín al Salón Dinámico. Después nos explica que los cuartos los ha birlado de la caja de la tienda.

El primer helado del año. Hay que tomárselo en Can Mira, como si no tuviera ninguna importancia que te atiendan sin mirarte.

25 de mayo

Eres grande, Stevenson.

27 de mayo

Hoy ha venido la sustituta. Mientras estaba explicando la lección, Churchill ha puesto los pies debajo de la silla de delante, o sea, debajo de Oliver, que con una patada le ha indicado que molestaba. Churchill, con otra patada, le ha contestado que no había para tanto. La sustituta, que ha observado este diálogo mudo, los ha expulsado a los dos y los ha amenazado con llevarlos ante el director. Debía de estar nerviosa porque al entrar al aula se ha encontrado con una fotografía de *El motel de Venus* en la pizarra. Por otra parte, es casi más guapa que Melissa.

Mi padre también está nervioso. Lo sé porque toca la guitarra demasiado rápido. Debe de pensar que es el único que tiene problemas.

De postre había fresas con nata. Eso quiere decir que al menos mi madre está contenta.

28 de mayo

Las rosas se abren.

En el cielo, las mismas nubes que en los cuadros de Murillo. Busco en vano la bandera de la República.

29 de mayo

Ayer encerraron a quince objetores de conciencia en la prisión del castillo.

30 de mayo

Lunes. La sustituta y Rochefort nos han tenido media hora sin hacer nada. Si no sale el que clavó la foto en la pizarra, dicen, va a haber un castigo general.

Cuando llego a casa, está llena de amigas de Nora. Lo único que me faltaba.

31 de mayo

Richelieu ha vuelto. Aumenta la presión para descubrir a los culpables. Los que tienen más puntos para ser castigados son Churchill y Dalfó, a causa del precedente de la partida de bowling que organizaron con las piezas de madera. Y sí, Dalfó está implicado, pero el otro no era Churchill, sino Cubeles.

Yo, que los acompañé a robar la revista, ¿debo considerarme cómplice?

1 de junio

Antes de formar en el patio, Churchill y Cubeles han empezado a pelearse, pero Güibes y Jordi los han separado. Por la tarde, Rochefort se los ha llevado, a ellos y a Dalfó, a ver al director. Me he puesto tan nervioso que he vomitado en clase. Me quería morir. En las baldosas del suelo podían distinguirse a la perfección los macarrones y la carne picada que había comido. Ha venido la madre de Pierre a tirar serrín y no se sabía quién estaba más avergonzado, si él o yo. ¿Por qué no se abre la tierra y se me traga de una vez?

3 de junio

Signos de recuperación.

4 de junio

Por la mañana, exploración del castillo. Al oeste, el viento trae olor de hinojo. Por todos lados salen al paso la ginesta, los cardos y los dientes de león. Pero en ninguna parte se abren las amapolas. Al final he encontrado un sucedáneo frente al hornabeque de San Roque. Resulta que las hojas de ginesta se vuelven rojas, así que al lado de los cardos morados y de las margaritas, ha surgido la bandera de la República.

EL SOL EN LA ESPALDA

Una mañana cualquiera, Churchill pasa a buscar a Jordi. Después se van a casa de Biel y suben los tres al castillo.

Pongamos por caso que ese día dan la vuelta al castillo por la parte izquierda. Uno tras otro, caminan por la senda que sale del lado del Banco del General. La hierba seca cruje cuando la pisan con el sol de cara. Si sopla el viento, el pararrayos silba. En la contraguardia de San Juan se acaban las últimas casas y surge un prado agostado donde pasta un rebaño de ovejas. Rumor de cigarras. En el hornabeque de San Zenón los saluda una pita. Olor de polvo y de tomillo chamuscado.

Hace mucho calor, pero solo los niños pequeños llevan pantalones cortos.

El hinojo está seco y alto. Pongamos por caso que aquel día deciden internarse en una contramina. Saltan las alambradas, bajan al foso por la escalera medio derruida, sin barandilla, y entran. Es un pasillo largo y oscuro, que se bifurca a derecha e izquierda en otros pasillos que mueren de pronto en una pared húmeda. El plano recordaría a la cruz de Lorena. Otro día volverán con linternas.

Ya vuelven a estar en el camino de ronda. Zumbido distante de vehículos a su paso por la autopista. A lo lejos, una nube de polvo se levanta de las canteras. Poco después encuentran un bancal de orquídeas de dama. A partir del acueducto, les dará el sol en la espalda.

Por debajo del camino de ronda, en círculos concéntricos, una corona de hinojo y de cardos: la bandera de Friuli.

Churchill quiere bajar al campo de tiro a buscar cascos de bala y a interesarse por el tanque que está abandonado delante de la Puerta de los Ingenieros. Biel prefiere recoger flores de rosal silvestre para su madre. Jordi lo apoya.

Una mariposa los sobrevuela. Por encima de los muros, vencidas y solitarias, se alzan raíces de higuera.

Un animal huye entre las zarzas, pongamos que se trata de una serpiente. Un hilo de brisa levanta olas en la hierba. Churchill se agacha y muestra victoriosamente una garrapata aplastada entre las uñas. Biel se frota las manos contra el romero y se las pasa por debajo de la nariz.

Bajo el sol de la tarde, al este, se levantan el campanario de Vilabertran y la mole sagrada de Castelló d'Empúries. Detrás, apaciguadas y benevolentes, las curvas de L'Albera, Palau-Saverdera trepando por la falda de la montaña, la ermita blanca de Sant Onofre, el collado de Requesens y la villa de Roses, salada y abrupta.

Cuando el sol se pone, la luz se desvanece como si cayera una lluvia de ceniza. Sobre la puerta de entrada al castillo, dos estatuas de ángeles con la cara borrada.

21 DE ABRIL DE 2007

11.25 HORAS

Francamente, él ya está de los versos de Martí i Pol hasta la coronilla. Y no es que las páginas selectas del apóstol san Pablo que leían antes los curas fueran mucho mejores, pero por lo menos estaba aquel fragmento inolvidable de la carta a los corintios, o quizás a los efesios: «Mujeres, someteos a vuestros maridos como todos nos sometemos al Señor». Uno de esos consejos que entran por un oído y salen por el otro.

Cuando sonaban las palabras de san Pablo, resultaba entretenido intentar descubrir qué pensaba la novia bajo todas aquellas capas de maquillaje.

Pero hoy la novia es su hija.

Jordi ha tenido que soportar toda aquella roña lírica: los apareados escritos con espray en sábanas unidas con cordeles entre las farolas de las rotondas, los anuncios con fotografías de baja calidad insertados en módulos en la prensa local, las fotocopias presuntamente ingeniosas pegadas en los postes de la luz, los versos del padrino –a medio camino entre el hip-hop y la poesía preescolar–, y ahora, para colmo, el *Querida Marta*. Previsible, por otra parte. A lo mejor se habría ahorrado los versos de Martí i Pol si la niña se hubiese llamado Carme, como quería la abuela. Pero ¿quién se lo podía imaginar?

Al final es posible que Jordi llore, pero no por Marta –por la suya, su querida Marta–, sino por aquella insulsa decoración corporativa. Porque: ¿es posible iniciar una relación feliz y duradera en un lugar tan impersonal, tan inhóspito como la sala de plenos de un Ayuntamiento? ¿Con un aforo tan limitado que la mitad de los invitados ha tenido que quedarse en la calle? ¿Con esos micrófonos raquíticos que llevan lucecitas rojas que parpadean como las de *El coche fantástico*? ¿Con esas sillas giratorias y esa iluminación cenital propia de una sala de urgencias? Eso sí, con tanta luz las fotos no saldrán oscuras. Y ya será mucho si el matrimonio llega a los cuatro años, como un gobierno municipal. Quizás sea incluso demasiado.

A la alcaldesa ni se la entiende cuando habla. La mitad de las palabras se las come. Pero es un acto importante. ¿No podría esmerarse un poquito? Tiene la mandíbula inferior desplazada hacia delante, como una gárgola al revés. No tendrá nunca sed cuando llueve. ¿Por eso habla tan deprisa y tan mal, como si fuera un notario con ganas de acabar rápidamente unas escrituras de trámite? Parece que lo único que desee sea terminar y sentarse en su despacho municipal a gestionar cambios de tuberías de agua y de luz, a negociar los días de fiesta del personal de la limpieza, a denegar licencias de obra, a subir el IBI, lo que sea que haga esa mujer cuando no tiene que casar a nadie. Libre consentimiento, comunidad de vida, domicilio conyugal común, bla, bla, bla.

Para casar hay que ser competente. Ahora piden el carné para cualquier cosa, excepto para esto.

–Consiento –dice él.

–Consiento –dice ella, como un eco.

Ahora vienen los anillos. Bad Boy rebusca en los bolsillos. Parece aturdido. No los tiene en los pantalones, ni en la americana, ni en el chaleco, ni en la camisa. ¿Es posible que se los haya olvidado? Alarma. ¿Acaso no estamos ya lo bastante nerviosos? Makinero y Maixenka se acercan. ¡Ya! ¡Por fin! Los ha encontrado. Se ríe sin parar. Era broma. Lo tenía preparado, el muy cabrón. Se podría meter las bromitas donde le cupieran.

El anillo que le encasqueta a Marta ni siquiera es de oro, sino de acero inoxidable, con un diamante que se ve de lejos que es falso. ¡Ay, Marta! ¿Ya sabes dónde te metes? Ahora se van hacia la mesa del rincón. Los invitados han tenido que abrir un pasillo para que pasaran. Estarán firmando el acta. ¿Costaría mucho hacerlo en otra sala? ¿Sería mucho pedir que tuvieran un poco de intimidad? Es esa moda de mostrarlo todo. Así todo el mundo puede ver que los padrinos no saben demasiado bien cuál es su cometido ni dónde ponerse.

Por lo menos Maixenka es atractiva, porque lo que es el otro, no lleva ni una camisa en condiciones. Los dos tienen esa mirada perdida del día siguiente a una despedida de soltero. Y de soltera. ¿Cuántas despedidas habrán hecho? Jordi recuerda lo que ocurrió tres días atrás. Cosas de hombres, o sea, silencio.

(Tal como ocurre en *Cuatro bodas y un funeral*, todo el mundo parece estar de acuerdo en que la fidelidad no es exigible hasta el día de la boda. Todo lo que ocurre antes, aunque sea la noche antes de la ceremonia, no se considera adulterio. Etiquetas: Andie McDowell, ella es la novia del amigo, tono humorístico, final conciliador).

La mujer de Jordi le coge la mano. Sus lágrimas no lo dejan indiferente. Todavía no. ¿Por qué llora? ¿Por los novios o por ellos dos? Quizás sí sea por ellos dos, por lo que eran y por lo que querían ser, por lo que querían ser y por lo que son, por lo que son y por lo que todavía les queda por ser. Todo empezó en un día como ese. Él a duras penas lo recuerda. Bueno, la iglesia sí. Jordi ha estado en Notre Dame, en la mezquita de Córdoba, en las catedrales de Winchester y de Santiago de Compostela, en el santuario sintoísta de Itsukushima. Nada lo ha impresionado tanto como la iglesia de Sant Pere donde se casó. Allí ha vivido un par de ceremonias inolvidables: un casamiento y un entierro [stop, no nos precipitemos]. Se casaron por la iglesia; no por convicción, sino por quedar bien con los padres, que eran los que pagaban. Señor, ten piedad. Aquel cura sin prisa, que aprovechaba que la iglesia estaba llena para reñir a los ateos, a los agnósticos y a los católicos no practicantes. Cristo, ten piedad. Sí, acepto, había dicho ella. Sí, acepto, había dicho él. El Cambio. Señor, ten piedad. Había llegado un gobierno socialista y ellos se casaban. Dos ilusiones.

No se puede decir que los niños ayuden a mejorar la ceremonia. Cuando no lloran, parlotean. Un poco de seriedad, que estamos en una boda. Ahora mismo un mocoso canta como si estuviera en el comedor de su casa. Si no sabe portarse bien, ¿por qué lo traen? Mira a los padres, cómo disimulan. ¿Quieren hacernos creer que no lo oyen? ¿No se ven con ánimos de educarlo? Pues que lo internen lejos. O que lo dejen con alguna abuela, que se haría cargo del niño bien contenta y lo manejaría mejor que ellos.

Mira a Bad Boy, cómo la morrea. La aferra por la cintura y se ensaña. Casi mil euros le ha costado el vestido de novia y él lo está manoseando como si fuera el papel de aluminio de la merienda. Marta, «tu embrujo me ha sometido por completo», Martona malograda, «que ya ni me duele la vida que no vivo». Qué bonitos los versos de Martí i Pol. Desde el banco donde está Jordi, el morreo parece bendecido por el presidente José Montilla, que proyecta una mirada inexpresiva desde la fotografía colgada por encima de la alcaldesa. Ni a Montilla ni a ella parece importarles demasiado que Bad Boy presione a Marta por debajo de la espalda, como si se abrazaran camuflados en la penumbra de un chill-out y no delante de los invitados, bajo un montón de flashes amateurs y uno profesional. Jordi no tiene ni idea de por qué aplauden. ¿Tiene mérito, besarse? ¿Se considera un éxito, esta boda? Los aplausos deben de ir dirigidos exclusivamente a Marta. Ya le conviene que la animen, con todo lo que está a punto de caerle encima.

Y qué preciosa está. Hoy ha tenido peluquera y esteticista a domicilio, Berta y Jana que la han ayudado a ponerse el vestido, los últimos retoques antes de la ceremonia y Tarik, que la ha fotografiado desde todos los ángulos, aprovechando la luz natural y los reflejos del espejo.

A Jordi le habría encantado fotografiar los pétalos lloviendo sobre las siluetas de los novios enmarcados por un arco románico. Siempre había pensado que cuando se casara su hija, él le haría esa fotografía desde la nave de la iglesia, y que toda la vida la tendrían en la repisa de la chimenea: una lluvia de pétalos rojos y amarillos sobre el fondo azul del cielo y dos figuras bajo el arco, una vestida de blanco y la otra de negro, él rodeándola con sus brazos fuertes, y ella riendo (de espaldas, aunque Jordi sabría que estaba riendo). Pero la puerta de la sala de actos es rectangular y tan pequeña que los novios han tenido que salir uno tras otro. Aparte, hace días que decidió que hoy dejaría la cámara en el coche. No está de humor. Si no fuera porque a Marta le hace ilusión, ni siquiera se encargaría de las fotos de exteriores.

EL DIARIO DE BIEL

5 de junio de 1977

Por la tarde voy al Jardín con Calimero y Churchill a ver *Westworld - Almas de metal.* Antes, compramos chucherías: kikos, nubes, conguitos y regaliz rojo o negro, que eso va a gustos. Churchill se pasa más de un cuarto de hora royendo ruidosamente los kikos. En la película, los cowboys resulta que son robots. No te puedes fiar de nadie. De noche sueño con ellos.

6 de junio

Tipos populares: la Ramona. Es propietaria de una tienda de juguetes en la calle Vilafant, que comercializa todo tipo de adhesivos a favor de Cataluña. Cuanto más la amenazan los Guerrilleros de Cristo Rey, más señeras pone ella en el escaparate. Defiende sus convicciones con ardor, de palabra y por escrito, en cualquier espacio público, sobre todo en la calle. Mi padre dice que tiene ansias de protagonismo. Mi madre y yo somos más ramonistas. Moix y Nora no tienen una opinión formada.

7 de junio

Las amigas de Melissa me obligan a merendar con ellas. No dicen más que disparates. ¿Cuándo te vuelves mayor? Cuando no entiendes a los jóvenes, o sea, a partir de los cuarenta años. Ay, Lady Madison, ¡que ya te acercas!

8 de junio

Churchill me lleva a su casa a ver los gusanos de seda. Los tiene metidos en una caja de zapatos en la que ha practicado unos agujeros con la punta de un bolígrafo. Los gusanos comen, expelen unos excrementos negros, deshilachados, y se trasladan de un lado a otro con unas contorsiones que no me hacen ninguna gracia.

9 de junio

Un rollo supremo: la jura de bandera en la base de Sant Climent. Mi padre me deja asistir a «la copa de vino español». Me parece que la manera de expresarse del coronel era un poco basta. Y que conste que no hago más que constatar un hecho.

Y por si esto fuera poco, llueve.

10 de junio

Una frase del libro de Françoise Sagan que me ha dejado Melissa: «Este abismo entre mis gestos y yo misma».

11 de junio

Récord de tiempo sin respirar: un minuto y dieciocho segundos.

Tengo problemas de adjetivos. La ginesta… ¿de qué amarillo es? Tenso, pleno, rabioso, eléctrico… ¿Y su olor? Sangrante, atrevido, carnoso… No, nada que ver.

Comida familiar en el Mas Pau. De postre, Nora pide pijama y resulta que no tienen.

15 de junio

La noticia del día es que Cubeles sale con una chica de séptimo. Transparente y repugnante como una medusa, nos explica todos los detalles.

Hace días que mi padre está de mal humor. «¿Qué te pasa?», le digo. «No lo entenderías». No hay problema. Cuando me pregunte qué me pasa, también le voy a decir: «No lo entenderías».

16 de junio

Las izquierdas han ganado las elecciones. En todas partes y en Figueres en particular. Euforia.

17 de junio

El tiempo de las cerezas. Concurso de lanzamiento de huesos con Dalfó, que me da una paliza.

18 de junio

Sábado. Pero solo los calcetines son capaces de darse la vuelta del revés.

19 de junio

Invasión de moscas. Durante media hora, me aburro un montón.

20 de junio

Mi padre sostiene que la política sirve para solucionar los problemas personales de los políticos.

22 de junio

El capitán y Melissa van a ver a Joan Manuel Serrat, que canta en el cine Las Vegas. Después de cenar, Nora y yo charlamos un rato. Me sorprende, esta chica. Según cómo, parece mayor, más pícara. Total, tiene once años... Me explica cosas sensacionales de sus amigas que yo no habría adivinado jamás. Hacemos un pacto. Yo juego un rato a las familias con ella, y después ella juega al Scalextric conmigo. Delante del espejo, resulta que nos parecemos.

23 de junio

Al salir de la escuela vamos a tomar una caña, al bar Dynamic, que no tiene nada que ver con el Salón Dinámico: ya se ve que por aquí con los nombres no se esfuerzan demasiado. Estamos Jordi, Churchill y yo. Hablamos un rato con unas pijas de octavo que conocemos de vista, hasta que Churchill las ataca sin miramientos.

–Mira que eres lepra, tío.

24 de junio

Me da pereza no ser yo.

25 de junio

Este fin de semana echan tres grandes películas, tres. En Las Vegas, *La vida privada de una señorita bien*; en el Juncaria-Jardín, *La violación*; en la Sala Edison, *Chicas de alquiler.* ¡Ah, quién tuviera dieciocho años!

26 de junio

Excursión en bicicleta a Borrassà. De camino, pasado Vilafant, nos paramos en un bosquecillo y nos medimos el pito: Jordi, 9 centímetros; Dalfó, 10 centímetros; yo, 8 centímetros; Churchill, 12. Siempre quiere ser más que los demás.

Cada día hace más calor. Llega el verano, la época en que se me notan más los defectos: los pies estrechos, las piernas largas, las rodillas grandes, los omoplatos salidos, la cara pálida, el vello incipiente del bigote.

27 de junio

Las parejas se besan, pero los matrimonios no. Los matrimonios no se quieren, pero viven juntos. ¿Alguien me lo puede explicar?

Repaso todo el dial y no encuentro ni una sola emisora satisfactoria. ¿Se trata de un síntoma? En caso afirmativo: ¿un síntoma de qué?

28 de junio

Tipos populares: Every-Twit. Es un ciego que vende cupones por la calle. Va barriendo la acera por delante de él con un bastón blanco y grita, con voz grave, «every-twit», seguramente la degeneración de alguna frase originariamente dotada de sentido. En inglés significa «cada memo».

Hacía días que no pasaba por la Rambla. Han instalado unas farolas algo rococó. Delante del Museo Dalí han plantificado un monumento horrible en lo alto de un olivo que no tiene culpa alguna. En verano, Figueres se acicala.

Jordi y Churchill vuelven a estar enfadados.

29 de junio

Fauna del castillo: muchas mariposas (negras, blancas, de color anaranjado con una mota negra). Solo reconozco a las Macao, de un amarillo pálido, grandes como pájaros. Moscas verdes y negras, pegajosas. Y abejas, mariquitas, escarabajos, lagartijas, caracoles.

¿Encontraré algún día la fórmula de los caminos?

5 de julio

Como lo aprobé todo –sobresaliente en Lenguaje y en Formación Religiosa– he pasado unos días en Deià, con la abuela Caterina, las tías y –¡sorpresa!– los primos de América. Ellos ya sabían que iba a estar allí. Me han traído unos discos: Santana, Jackson Browne, Neil Young, Jethro Tull, Peter Tosh. En Ciutat, he visto a Jaume Nadal y a Joan Sorribas. Es curioso cómo hemos llegado a distanciarnos en pocos meses.

Y dale que te pego, la abuela y las tías que se hacen cruces de lo alto que estoy. ¿Qué se creían? ¿Que iba a ser siempre un renacuajo?

Por la tarde jugábamos al escondite todos los de la calle, chicos y chicas. Estaba Clara, la vecina, Clarita, que se ha hecho mayor, y que debería llamarse Ginesta... El último día nos besamos, nos besamos y nos besamos. Por encima del vestido, palpo lo desconocido.

6 de julio

Churchill ha venido a escuchar los discos nuevos. Yo no quería dejarle ninguno, pero se ha llevado el de Santana.

¿Dónde estás, Clara?

7 de julio

Vamos en bici a Llers. Estamos Calimero, Mauri, Churchill, Jordi y yo. He tenido la precaución de llevar una linterna. A la vuelta, cogemos un camino que lleva al castillo y exploramos los corredores de las contraminas hasta que se nos hace tarde. No encontramos nada excepto barro, piedras y mucha humedad. Llego a casa ya casi de noche. Mi padre no está, pero mi madre me monta un número. «Tú no eras así», me dice.

He conseguido llegar a la habitación sin llorar.

8 de julio

El capitán me hace ir a su despacho y me dice que es el último verano que paso sin trabajar. Ayer hice enfadar mucho a mi madre y es porque tengo demasiado tiempo libre.

¿Dónde estás, Clara?

9 de julio

Se ve que hace días que Melissa va a comprar a la tienda de los padres de Churchill. Finalmente, se ha presentado a su madre. Me siento más o menos tan protegido como el delfín de Francia.

10 de julio

He soñado que iba a Marte y que era como el Cabo de Creus. Quería gritar el nombre de Clarita, Clara, pero no podía articularlo en medio de tanta desolación.

11 de julio

¿Queréis hacer el favor de no edificar en los humedales?

12 de julio

Jibarizaciones cardinales:
Los corsarios de las Bermudas: «El norte».
Cinco semanas en globo: «El este».

13 de julio

Las primeras moras.
Churchill me devuelve el disco de Santana, me deja uno de Black Sabbath –muy ruidoso– y se lleva el de Jethro Tull.

14 de julio

¿Ya he dicho que el capitán y Melissa no me entienden?
Oh, Clara.

15 de julio

Castillo: Jordi y yo exploramos un par de almacenes que hay detrás de los revellines. Las puertas, medio podridas, se abren sin dificultades. Dentro hay herramientas y rollos de alambre que estarán ahí desde la guerra. Al volver, compartimos un cigarrillo en la roca de los sacrificios. Después nos metemos en una casa en construcción, en la zona de Beverly Hills, y rompemos botellas de vidrio.

17 de julio

Jordi, Churchill y yo nos pasamos la tarde diseñando un juego. Queremos que sea tan largo que una sola partida dure todo el verano.

19 de julio

¿Ni siquiera puedo llorar un rato tranquilo?

20 de julio

Me he pasado la mañana pintando el tablero de juego.

21 de julio

Empiezo *Los tres mosqueteros*, ahora en traducción *unabridged*.

Por la tarde en casa de Jordi, jugando a nuestro juego. Hemos abierto un concurso para bautizarlo. Él propone llamarlo «El juego cuarenta y seis».

22 de julio

Tramontana.

En el castillo, aroma de hinojo. Clara, Clarita.

23 de julio

El capitán y Melissa se van a bailar a la fiesta mayor de no sé qué pueblo. Tranquilidad.

24 de julio

Nada. He existido.

25 de julio

Lluís Llach pensaba en mí cuando lo escribió:

«Y no lamento tener la boca cerrada

Sois vosotros quienes habéis hecho del silencio palabras».

26 de julio

He propuesto bautizar el nuevo juego con el nombre de «whist», que es el juego preferido de Phileas Fogg.

28 de juliol

Clara no contesta a ninguna de mis cartas.
Por suerte, están los mosqueteros.

30 de julio

Decididamente, la banda sonora de mi funeral debería ser «While My Guitar Gently Weeps», hermosa y triste como una buena despedida.

Lástima que después no podría ver cómo mis padres y Clara se sienten culpables.

31 de julio

He was out for his own ends.
Not just for pleasing his friends.
Ph. L.

1 de agosto

El sol ha vuelto. Calima. Desde el castillo no se ve la mar. Mi madre se queja de que regreso lleno de arañazos.

2 de agosto

La peor canción del siglo es *Linda*, de Miguel Bosé.

3 de agosto

Melissa no hace otra cosa que tomar el sol en el césped.
Yo busco una sombra y leo poemas de Joan Alcover.

4 de agosto

Jordi, Churchill y yo nos pasamos la tarde jugando a nuestro juego.

Churchill se puso de mi parte, así que ahora ya es oficial: se llama whist.

5 de agosto

Mastico hinojo, dulce y amargo.

6 de agosto

He acabado *Los tres mosqueteros*. Qué triste, la última frase de D'Artagnan: «¡Desde ahora ya no tendré amigos!».

7 de agosto

El cielo es como una sábana planchada.

Me sumo a una manifestación en la Rambla y grito contra los poderes fácticos.

8 de agosto

Tarde de whist.

Una palabra que me he inventado: *cermeñada*. El significado viene a ser: «Enormes dispendios de energía desprovistos de cualquier consecuencia positiva».

9 de agosto

Lo que faltaba: Jordi y Churchill no se hablan.

Día de lectura. Jibarización de *El conde de Montecristo*: «El esperar».

Mi madre me ha dicho que su abuelo jugaba al whist. Se ve que es parecido al bridge.

10 de agosto

Carta de Clara, que no quiere saber nada de mí. Me siento como Axel perdido en el interior del planeta.

Titán: aquel que le busca sentido a lo que no lo tiene.

11 de agosto

Un título de película para la reflexión: *Hasta que el matrimonio nos separe.*

Jordi y Churchill vuelven a ser amigos. Jugamos al whist y después vamos al castillo. Por detrás de un lentisco bajamos al campo de tiro y recogemos cascos de bala (de cetme y de pistola). Churchill dice que los venderá.

Desfallecimiento. El diccionario de sinónimos proporciona adjetivos que permiten hacerse una idea del calor que hace por las tardes en el castillo: martilleante, espeso, agobiante, ominoso, envolvente.

¿Tiene algún sentido, la vida, o es una pura cermeñada?

12 de agosto

Festival de insectos: libélulas, abejas, mariposas, cigarras, grillos y una escolopendra, enorme e infausta (más diccionario, no sé si se nota).

Diario de Werther, 14 de diciembre: «No espero nada, nada deseo. ¿No es mejor que me vaya?».

13 de agosto

El capitán y Melissa no entienden nada.

Como en un billar: yo soy la bola roja. Y no hago más que constatar un hecho.

14 de agosto

Esta sensación de irrealidad.

Estas ganas de irme.

15 de agosto

Mañana, whist en el castillo.

CÓMO SE CONOCIERON

Aunque Jordi y Churchill ingresaron en el colegio Sant Pau en el año 1969, no se relacionaron hasta inicios de 1975, en sexto, cuando –en una remodelación decidida después de un primer trimestre tumultuoso– el tutor hizo que se sentaran juntos. Churchill, que se iniciaba en la ley del mínimo esfuerzo, había conseguido aprobar todas las asignaturas, pero tenía problemas con la conducta y la puntualidad, si bien lo compensaba con el 9 en Educación Física. Jordi era más regular, ya que oscilaba entre el 6 en Lengua Francesa y los 8 de Pretecnología y de Formación Religiosa. El tutor pretendía que Jordi contagiara a su nuevo compañero un poco de amor al estudio pero, a consecuencia de una buena sintonía inicial y de una compenetración posterior, se convirtieron en lo que en las novelas juveniles se denomina «amigos inseparables», aunque era una amistad no exenta de tensiones.

Entretanto, Biel y Nora estudiaban en el colegio religioso San José, al norte de Palma.

21 DE ABRIL DE 2007

11.50 HORAS

–Hacen buena pareja... –le susurra la suegra bajo la pamela de color limón mientras su esposa conversa con Rosa, la madre de Bad Boy.

Los asistentes han abandonado el Ayuntamiento y se han reunido con los que habían tenido que quedarse en la plaza del pueblo, esperando entre los coches aparcados de cualquier manera. Se han formado pequeños círculos agrupados por familias, por empresas, por barrios, por pandillas. Primero uno, después otro, alguien se desprende de un grupo, se adhiere a algún otro invitado y se incorpora a un grupo nuevo, que se mantiene estable hasta el cambio siguiente. Tal vez sería necesario que alguien coordinara esas idas y venidas. Tal vez ese alguien debería ser Jordi. Pero está muy ocupado dando la mano a diestro y siniestro, recibiendo palmadas en la espalda y agradeciendo las felicitaciones. Como si hubiera alguna razón para felicitarlo.

–Enhorabuena.

¿Quién es ese león marino que acompaña a la madre del novio?

–Jordi –dice Rosa–, te presento a Anselm, un amigo de mi hermana Llúcia.

El pedazo de hombre que es Anselm contrasta con Rosa, que es más bien sencilla. Al tal Anselm le gusta hacer daño cuando da la mano.

Ahora sale la alcaldesa. Jordi no piensa saludarla. En primer lugar, porque va vestida de drag queen. En segundo lugar, porque está hasta las narices de los versos de Martí i Pol. Y en tercer lugar, porque cualquier persona mínimamente sensible se habría dado cuenta de que esa unión no tiene futuro alguno, se habría llevado a los novios aparte y, mirándolos a los ojos, les habría preguntado: «¿Estáis totalmente seguros?». Pero ella se ha limitado a actuar con el aire maquinal de un operario que se desentendiera del futuro de las piezas que manufactura.

Mientras hace tiempo, Jordi procura no pisar el arroz y los pétalos de flores desperdigados por el suelo. ¿Qué flores son? Ni idea. Él no se ha encargado de ese tema. Todavía recuerda los nombres que le había enseñado el abuelo Josep en los paseos por el castillo. Después, en el instituto, tuvo que confeccionar el interminable herbario de la vieja Magoo: al tomatillo había que llamarlo madreselva etrusca, y sin duda a la santa espina había que llamarla spina christi, porque la vieja Magoo no solo era una profesora de ciencias pequeña y miope, sino que militaba en la ultraderecha y actuaba como una auténtica spina christi para Jordi y unos cuantos más. Quizás por eso, desde la época del instituto las flores habían dejado de interesarle.

O bien la plaza es muy pequeña, o bien se ha presentado más gente de la que estaba prevista. Él mismo supervisó las invitaciones. Nadie podrá convencerlo de que no se han colado un par de docenas de aprovechados. Pues si creen que van a comer gratis, se equivocan.

–¡Qué calor! –se queja alguien.

–¿Cómo dice? –pregunta la madre de Rosa.

Jordi mira a su padre y a Cati. Parece que sean ellos quienes se casan. Todavía no se ha acostumbrado a verlo con otra mujer. Y tan escandalosa. Pero parecen felices. Comprensión, comprensión. Aguantar que su padre la llame «mi chica». Y si tanto lo quiere, que sea ella quien lo cuide cuando ya no pueda valerse por sí mismo.

Gibert filma a Tarik haciendo fotografías. Por principios, Jordi no se fía de los universitarios, sobre todo de los que llevan patillas en forma de hacha, pero qué se le va a hacer.

Todavía puede verse un baile de sobres vergonzoso, aquella tradición mafiosa, las miradas bajas mientras los billetes cambian de manos. ¿Tanto costaba ingresar el dinero en la cuenta corriente que él se había encargado de imprimir al dorso de las invitaciones? Como los vestidos de novia no tienen bolsillos, Bad Boy se va llenando de dinero la americana. Parece un personaje de *Uno de los nuestros* (los viernes los amigos salen –todos juntos– con las prostitutas, los sábados salen –todos juntos– con las esposas. Etiquetas: años setenta, tono violento, final macabro).

¿Qué lleva Jordi en la mano? Ah, sí, arrastra a su mujer, que todavía tiene los ojos húmedos.

–Ya está, nena –dice él–. Ya está.

Antes de salir de casa ya le había advertido que no se pintara tanto. Ha ido a unas trescientas bodas más que ella –no es broma– y ya sabe cómo acaban los cosméticos de la madre de la novia: chorreando por las mejillas. Pero ella no lo escucha.

–¿Vamos? –dice Marta, que ha salido de no se sabe dónde y lo coge del brazo.

Es su princesa. Una princesa malograda.

Jordi asiente mientras hace tintinear las llaves del coche. Cuando le recuerda a Rosa que va a tener que esperar hasta que vuelvan quiere sonreírle, pero no puede. No porque sea la madre de Bad Boy, sino porque desde que ha entrado al Ayuntamiento lleva incrustada una sonrisa de anuncio de zumo de frutas. Le duele la mandíbula de tanta felicidad como se ve obligado a aparentar. Un día es un día. Marta no se merece que muestre sus sentimientos.

Las madres de los novios imploran que les permitan acompañarlos.

–No –afirma Marta con seguridad desde el interior del coche–. Habíamos quedado así, ¿no?

Bad Boy recibe un abrazo apasionado de su abuela paterna. Después besa a un grupo de chicas y sube al coche. Las amigas de la novia se dividen en dos grupos. Uno está formado por las que se conocieron de pequeñas, que a pesar de la evolución divergente siguen profesándose un afecto sin mácula: es el grupo de Maixenka y Halley. El otro grupo lo forman las amistades más recientes, sobre todo las compañeras de la guardería donde trabaja Marta, con las que tiene más intereses en común aunque no comparten el pasado: es el grupo de Berta y Jana. Por lo que respecta a los amigos del novio, todos llevan cazadoras Puente Aéreo y el pelo cortado entre el cero y el dos.

Jordi no puede dejar de mirar a los novios por el retrovisor. Inclinan la cabeza el uno hacia el otro. Esa sería una fotografía bonita.

Cuando arranca el coche, lo mortifica un golpeteo de batería electrónica, un teclado que no se diferencia demasiado de un polifónico de móvil, un muchacho que quiere cantar como un hombre. Su mujer se había dejado uno de sus cedés.

Se apresura a darle al off.

–¿Por qué quitas la música? –se queja Marta.

–No vale la pena. Es un momento.

Solo faltaría que hoy también tuviera que aguantar a Michi.

Para un fotógrafo de bodas, los exteriores son como las zonas de setas: mucho más que un secreto profesional, más bien un patrimonio íntimo y no comunicable. Los tiene guardados en la cabeza como un equivalente de la fórmula de la Coca-Cola. Hace días que sabe a dónde irá a hacer las fotos. Cerca del pueblo, pero lo bastante lejos como para que ninguno de los invitados se presente por ahí.

Ha cogido un camino lateral y ha aparcado cerca de un olivo.

Baja, abre el maletero y saca el estuche de la cámara.

–Vamos, sé del lugar ideal para hacer las fotos de cuerpo entero.

–¿Dónde? –dice Bad Boy, que aparte de una moral dudosa debe de tener algún problema de visión.

A pocos metros, una rueda de carro está apoyada al lado de un campo de alfalfa repleto de amapolas, delante de una vista del Canigó que parece extraída de Triangle Postals. Sin restos de barro ni roderas de tractor, que romperían el encanto.

Jordi no está seguro de lo que ve hasta que lo encuadra con el visor de una cámara, hasta que busca la perspectiva adecuada, hasta que acciona el zoom, hasta que comprueba la luz.

–No hace falta que la abraces. Queda muy forzado.

Bad Boy se conforma besándole los labios. Ella le sonríe. Jordi encuadra la cara de ella cuando frunce la nariz. Pocas mujeres consiguen sonreír frunciendo la nariz más allá de la adolescencia sin parecer ridículas. Su hija es una de ellas. Su mujer, no.

Jordi acciona el zoom. Los novios se han colocado ante la extensión de amapolas, que contrastan con el color beis perla del vestido de ella y el gris marengo de él. El vestido de Marta, de escote asimétrico, le resigue la silueta hasta la cintura. Es lo bastante largo como para arrastrar un poco la cola, con unos pliegues en la parte inferior que forman olas. «Clásico y moderno», sentenció la dependienta de Coll Lady. Incluso vestida con una piel de asno estaría arrebatadora. Bad Boy, que no deja de toquetearla, lleva un tres piezas ceñido y un pañuelo negro en vez de corbata. La novia lo llama «estilo bohemio» y su mujer considera que se parece a Willy DeVille, pero en realidad tiene pinta de psicópata disfrazado de cantaor.

Hace demasiado sol. Las fotografías no tendrán suficiente contraste, pero intentará arreglarlo con el programa de retoque [bueno, esa es la intención. De hecho, no retocará ninguna].

Aunque detesta a los fotógrafos que obligan a los novios a adoptar posturas estúpidas, Jordi no puede evitar pedirle a Bad Boy que arranque una margarita y que se la ofrezca de rodillas a Marta. Después le sugiere que se cuelgue de una rama de olivo y que salte desde la rueda de carro. Así: simiesco. Una foto Tulipán Negro.

–No, no hace falta que le beses el cuello. Me gusta más así, separados... más... informal.

El ramo de flores silvestres –el *bouquet*, como lo llama el encargado del restaurante– es de estilo liliputiense. Aquí se ve la tacañería del padrino. La suegra de Jordi lo llama minimalismo. Si la suegra dice que la nieta es del tipo mediterráneo, significa que tiene las caderas anchas. Si dice que a la hija no le quedan bien las faldas, significa que tiene las piernas hinchadas. Si dice que a Bad Boy le gusta la colonia fuerte, significa que utiliza una marca barata.

Al cabo de un rato suben al coche y se dirigen a Llançà a tomar la segunda tanda de fotografías, ante las rocas y con el mar de fondo: una imagen de la erosión.

CÓMO SE CONOCIERON

Jordi y Churchill no han olvidado la primera vez que vieron a Biel. No se trata de un recuerdo único, sino que debe de ser común a gran parte de los alumnos que compartían aula con ellos, ya que en el año 1976 no resultaba habitual que un alumno comenzara las clases en el mes de noviembre.

A media mañana, la pizarra estaba llena de diagramas de Venn, conjuntos de triángulos, esferas y cuadrados pintados con tizas de colores. En la parte superior izquierda de la pizarra, detrás de la mesa del profesor, podía leerse la fecha y la frase del día. Jordi todavía la recuerda: «Quien bien te quiere te hará llorar».

Se oyeron unos golpecitos en la puerta. Generalmente, Rochefort indicaba a un alumno que abriera, pero en esta ocasión debía de estar prevenido porque se apresuró a hacerlo por sí mismo (las mejillas, fláccidas, le saltaban como una pelota que rebotara en el suelo). Salió del aula y mantuvo una charla breve. Desde el lugar donde estaba situado, Jordi no podía ver con quién hablaba, pero oyó una voz de mujer y la temible ronquera del director. Después Rochefort entró seguido de un niño y se colocaron delante de la pizarra. Jordi no se acordaba de cómo iba vestido el niño, pero sí de que llevaba el pelo largo –le tapaba las orejas–, de que miraba al suelo y de que tenía las mejillas del color del vino de Espolla.

–A ver, niños –dijo Rochefort–. Os presento a un nuevo compañero, Gabriel Sastre Madison. Espero que le prestéis ayuda si la necesita. Bienvenido, Sastre. Ya te puedes sentar.

Biel se dirigió al sitio que le indicaba el maestro. Entretanto, Nora hacía una entrada similar en el ala norte del mismo colegio. Ese día ya le hicieron ponerse la bata de cuadritos rosas y blancos.

LA FAMILIA DE JORDI

Jordi vivía en un piso de ochenta metros cuadrados en la calle Sant Llàtzer, entre la Calle Nueva y la Plaza Triangular. Sus amigos, cuando lo visitaban, coincidían en decir que despedía «olor a laca», el olor que subía desde la peluquería Carmina, situada en la planta baja del edificio. Pero no debía de ser solo de laca, sino también de champú, tinte, fijador, concentrado vitamínico y el resto de productos que su madre vertía encima de las cabezas de las clientas.

El padre, un funcionario de aduanas dotado de la misma nariz que Gene Hackman, estaba suscrito al *Reader's Digest*, coleccionaba corchos de champán y desprendía un olor persistente de masaje Geniol. Había intentado iniciar a Jordi en actividades viriles como el visionado de partidos de fútbol o la práctica de la pesca, pero no había tenido éxito. El hijo prefería los juegos de mesa: parchís, cartas, dominó, damas, Cluedo, Monopoly, Risk... Su habitación estaba llena.

La madre, bajita y charlatana, tenía en general buen carácter, pero cada tres o cuatro semanas, a causa del síndrome premenstrual, se ponía histérica por cualquier detalle fútil. Entonces se le hinchaba la vena de la nariz, resoplaba por nada, y los dos machos de la casa intercambiaban miradas de alarma mientras esperaban a que amainase el temporal. Era peor si no explotaba, ya que entonces se encerraba en sí misma y, a la mínima travesura que hiciese Jordi, lo miraba, dolida, y murmuraba, en voz bien baja pero con el énfasis de una tragedia griega: «Me obligas a beber del cáliz de la amargura». En una de estas crisis, cuando él cursaba quinto de primaria, su madre le había prohibido que pegara cosas en las paredes de la habitación. Puesto que la orden no había sido revocada, en las paredes persistía el color blanco de la pintura original.

Los padres de Jordi se habían conocido en el año 1958 en la carpa de la fiesta mayor de Figueres. Él era un soltero con buena pinta, destinado como auxiliar administrativo en La Jonquera; ella sabía arreglarse y se quería casar. Todo fue muy deprisa. El reparto de funciones resultó bien durante unos cuantos años, pero cuando Jordi dejó la casa para ir a la escuela la madre mostró síntomas de aburrimiento, tal vez de depresión. Con un préstamo añadido a unos ahorrillos, compraron el local de abajo y abrió la peluquería, que la mantuvo entretenida durante el resto de su vida.

En 1971 murió el abuelo Josep y, de rebote, la abuela Quimeta se fue a vivir con ellos. Por suerte, se valía por sí misma. Le gustaba sentarse en la peluquería y se mantenía informada sobre todos los chismes de Figueres y, por extensión, de la comarca. Cuando Jordi empezó a caminar, se lo llevaba a la estación a ver los trenes. La abuela Quimeta no creaba ningún problema; al contrario: a menudo su punto de vista servía para desbloquear discusiones enquistadas sobre la renovación de la tapicería del coche, sobre el lugar más apropiado para ir de vacaciones o sobre la conveniencia de un aumento en la asignación semanal de Jordi, que él reclamaba con insistencia.

Jordi no tenía hermanos, pero sí tres primos, hijos de la hermana de su madre, que vivían en el barrio de Horta d'en Capallera. Los abuelos paternos, que habían administrado una zapatería en Olot, vivían en un piso en su ciudad natal.

El padre de Jordi conducía un Citroen GS de color azul, aerodinámico y pretencioso, comprado a plazos. Cada fin de semana se encerraba en el garaje para lavarlo. No lo hacía por iniciativa propia, sino por indicación de la esposa, que dedicaba gran parte del tiempo libre a limpiar la casa, que mantenía –con la ayuda inestimable de la abuela– en perfecto estado de revista, como un ama de llaves que esperara a unos propietarios que no se presentaban nunca.

¿De qué se jactaba en secreto aquella familia? De haber progresado socialmente.

Jordi sacaba buenas notas en las asignaturas técnicas, sabía cómo se llamaban todas las jugadoras de baloncesto de La Casera y no conocía rival jugando al Monopoly.

Sus programas favoritos de televisión eran los siguientes: del padre: *El hombre y la tierra*; de la madre: *La casa de la pradera*; de la abuela: *Los payasos de la tele*; de Jordi: *Los Roper.*

El domingo por la tarde, la madre repasaba las cuentas de la peluquería y el padre se iba a pescar. Su playa preferida era la de Sant Pere Pescador, grande y familiar.

Algún fin de semana, Jordi oía gruñidos y jadeos que provenían de la habitación de sus padres. ¿Se querían? Él confiaba en que sí.

La divisa de la familia podría haber sido: «Intentemos quedar bien». Intentaban quedar bien con la mujer del director de la escuela cuando iba a la peluquería, y también intentaban quedar bien con Melissa Madison, aunque a sus espaldas la criticaban porque su marido era militar.

21 DE ABRIL DE 2007

13.15 HORAS

Cuando Jordi y los novios llegan de hacer las fotos en Llançà, en el porche casi no queda cóctel de gambas.

Las mesas y sillas de plástico rojo parecen más propias de un bar de carretera que de un restaurante de bodas. Los invitados se las arreglan para mantener el nivel de conversación sin dejar de devorar tostaditas con longaniza ibérica, choricitos a la brasa, tapas de sepia, canapés de escalibada, croquetas de pollo, tajadas de melón con jamón, dados de queso manchego y las «delicias ilicitanas» solicitadas por el novio, un apasionado de la combinación de cerdo y fruta.

Parece imposible, pero hay más gente en el porche engullendo los entrantes de la que se concentraba en la plaza del pueblo, y hay que ver la que había.

–¿Dónde nos ponemos? –dice Marta.

–Vamos para allá. Ahora que ya os tengo instruidos, será fácil.

Una parte del jardín está concebida como un plató fotográfico de tres ambientes: un jardín de rocalla, un muro de piedra seca y un obelisco con forma de falo.

Siempre que Jordi ve un jardín con un ambiente festivo y personas bien vestidas con la copa de cava en la mano –y si está Bad Boy todavía más–, piensa en una reunión de mafiosos, como la del inicio de *El Padrino*.

De pie en la puerta, los espera el encargado del restaurante, un hombre paticorto y mofletudo que los saluda con formalidad.

Tarik se acerca con dos cámaras que le cuelgan del cuello. Lo sigue Gibert, que no se quita la cámara de vídeo del hombro.

–Felicidades –dice Tarik, que abraza a Marta.

Después le da la mano a Bad Boy.

–Gracias, gracias –responden los novios.

Gibert también los felicita. Es un estudiante de Bellas Artes que ha venido recomendado por RockStar y que se ha ofrecido a filmar el making of de manera gratuita («como obra de arte»). No la ceremonia, la comida y el baile, sino la manera en que Tarik fotografía la ceremonia, la comida y el baile.

Jordi confía que con el material grabado por los invitados habrá bastante para montar una película, aunque sea corta. Se empeñó en que si su empresa asumía el reportaje fotográfico, la familia del novio tenía que hacerse cargo de la filmación. ¿El resultado? El único profesional de la ceremonia es Tarik, que ya tiene suficiente con la fotografía como para además encargarse del vídeo. Ya veremos qué sale. En todo caso, RockStar ha jurado que a la hora de filmar, Gibert es «el puto amo».

–Chicos –dice Jordi–, preparaos que os voy trayendo gente.

Mientras Marta y Bad Boy adoptan en el césped las posturas sugeridas por Tarik –asesorado, a su vez, por el encargado–, Jordi se planta en medio del porche.

–Primero las madres de los novios. A ver, Rosa, acércate. Claro que tienes que venir. Y mi mujer, ¿dónde se ha metido? Que empiecen a prepararse los abuelos. Acercaos. Venga, venga.

Jordi conduce a las madres de los novios al césped, delante de la rocalla. Él y su mujer se colocan al lado de Marta mientras Rosa coge a Bad Boy por la cintura. El cabrón se ha embolsado tantos sobres de dinero que ya no puede abrocharse la americana.

–Otra, por favor –dice Tarik–. No os mováis.

–Los abuelos –dice Jordi cuando han terminado–, deprisa, que a las dos hay que comer.

El padre de Jordi ha adelgazado con la edad. Con la americana de color beis tiene un aire entre digno y rural, como un senador de la América profunda. Cati, su amante, espera discretamente apoyada en una columna, dentro de un traje chaqueta de color morado; aunque pasa de los sesenta, tiene un aspecto mucho más dinámico que el que tenía la madre de Jordi. Después de negarse sin demasiada convicción, Cati acaba por añadirse al grupo. Paciencia.

La suegra de Jordi se ha vestido como si fuera al hipódromo de Ascot: pamela gigante, guantes largos, falda de tubo color rosa, tacones de vértigo. Parece dispuesta a robar todas las escenas que pueda. A su lado, los abuelos del novio tienen aspecto de tenderos vestidos de domingo.

Durante los veinte minutos siguientes, los novios no se mueven del sitio. Pronto queda claro que no es la primera vez que Jordi y Tarik trabajan juntos. Mientras Jordi se encarga de ir a buscar a la gente y de plantificarla delante de la cámara, Tarik aprieta el disparador a una velocidad febril. Una vez listas las fotos de cada grupo, despide a los miembros con un gesto, el grupo rompe filas y se forma otro. Llega el turno de los tíos, de los primos hermanos, de los tíos abuelos. Los invitados más pequeños se cansan de estar quietos y refunfuñan. Cada pocos minutos, Tarik renueva la tarjeta de memoria con la misma economía de movimientos con que los francotiradores cambian el cargador. Como ellos, se tumba en el césped, trepa a un árbol, busca ángulos imprevistos.

Los parientes americanos sonríen a todo el mundo y hablan a gritos, como si así pudieran subsanar los problemas de comunicación; de hecho, solo los entienden los invitados más jóvenes. Halley y Noia Labanda se encargan de la traducción simultánea, que retrasa el ritmo de trabajo de Tarik. Resaltemos que entre los americanos destacan tres adolescentes que –¿moda?, ¿parodia?, ¿coincidencia?, ¿homenaje?– van vestidos como iba Jordi en los años setenta.

Después llega el turno de los amigos del alma, de la peña, de los compañeros del trabajo. Los jóvenes no necesitan asesoramiento. Saben cómo situarse y emiten sonrisas radiantes en cadena; las chicas visten, se comportan y sonríen con la profesionalidad de las modelos de pasarela, con la dejadez estudiada de las estrellas de rock o del cine independiente.

En el porche, los invitados apuran las bandejas de entrantes, que los camareros reponen a medida que se vacían. Ahora llegan los huevos duros rellenos de atún, las croquetas de bacalao, las patatas bravas y más longaniza. Y tartaletas de salmonete con helado de tomate, una solicitud de la suegra que desaparece en pocos segundos.

Un hombre alto que viste una chaqueta oscura de estilo piel de tiburón se esfuerza por devorar las croquetas sin mancharse. Es Güibes.

–¿No te molesta trabajar en un día como este?

–Al contrario –contesta Jordi–. Mientras trabajo, no tengo tiempo de pensar.

¿QUÉ QUERÍAN SER DE MAYORES?

La primera cámara de Jordi fue una Kodak que le regalaron en el año 1974 los tíos de Olot por su cumpleaños. Era de bolsillo, llevaba flash incorporado, y no permitía graduar la velocidad ni la luz. Hacía fotos testimoniales y bienintencionadas. Al cabo de dos años consiguió que los padres le compraran una réflex pequeña y manejable, con la que se internó en el terreno de la abstracción: esquinas, calles desiertas, rocas cársticas, fragmentos de ruinas, árboles de otoño. En los primeros carretes no aparecía ni una sola persona. Después vinieron los meses de especialización en fragmentos anatómicos: uñas, lóbulos de oreja, mechones de pelo...

Aunque no dejaba de quemar etapas, en el año 1977 todavía no había tomado ningún retrato de cuerpo entero.

Las redacciones de Biel pronto fueron consideradas las mejores de la clase. Cada viernes, Richelieu les encargaba una con un título genérico: el otoño, las vacaciones, la infancia... Biel la acababa el sábado por la tarde y al día siguiente por la mañana la pasaba a limpio con su Olivetti Lettera 32, mientras de fondo sonaba alguno de los discos que le enviaban sus primos de Boston. Cuando Richelieu les anunció las bases del concurso de redacción de Coca-Cola, que otorgaba premios suculentos a ganadores y finalistas, todos los alumnos de la clase dieron por hecho que Biel sería el representante del colegio. Unas semanas después, el ganador resultó ser Josep Maria Peris –que, si bien cayó en la ronda siguiente, se pasó años recordando que había sido elegido, y siempre que tenía tiempo de beberse tres o cuatro cervezas en el Frankfurt Duran, cuando salía de la tienda de repuestos automovilísticos en la que trabajaba, recordaba su gesta a todo el que quisiera escucharlo, que en realidad no era demasiada gente.

¿Qué había ocurrido? Biel había descrito un sueño, y Richelieu había considerado que el argumento era tan «surrealista» –un adjetivo peyorativo, en aquella época– que por fuerza lo había copiado de algún sitio. No sirvió de nada que la madre esperara al maestro a la salida de clase, ni que invocara la presunción de inocencia. Una de las convicciones de Richelieu era que el personal docente no podía echarse atrás despúes de una decisión, aunque fuera un error, y de todos modos la madre de Biel no pudo demostrarle que la redacción se basara efectivamente en un sueño.

Churchill había empezado a tocar la guitarra en el año 1975 (un vecino amante del flamenco le había regalado una guitarra española casi nueva cuando se dio cuenta de que nunca sabría puntear «Entre dos aguas»). El 21 de noviembre, cuando Churchill estaba practicando la escala diatónica, su madre entró en la habitación y le propinó la que sería la última bofetada de su vida. Había muerto Franco y tocar la guitarra era «significarse».

Aunque los grupos preferidos de Churchill eran America y The Carpenters, ya se iniciaba en músicas más desgarradas. Cuanto más le gustaba la canción, más cuenta se daba de sus limitaciones como intérprete. También es verdad que, como él no se olvidaría de reprocharles toda la vida, sus padres se habían negado a pagarle clases de música.

LA FAMILIA DE CHURCHILL

En 1977, Churchill vivía en una planta baja de la Calle Nueva, entre la calle Sant Llàtzer y la plaza de la Fuente Luminosa. Sus padres se pasaban la vida en la tienda de alimentación adosada a la vivienda. El padre, que siempre llevaba jerséis holgados, se desplazaba arrastrando unas andrajosas zapatillas de cuadros. Sobre el pecho le colgaban unas gafas sujetas con una cadenita detrás de la nuca, donde las arrugas se prolongaban bajo los mechones de pelo canoso. La madre, pequeña y nerviosa, llevaba zapatos negros de suela dura, de manera que el tac-tac la precedía como un chambelán que anunciara a un invitado temible. Desde que abrían la tienda por la mañana, no abandonaba su posición detrás de la caja registradora. El padre se encargaba de los pedidos, de las facturas y de reponer la mercancía en los estantes.

Cuando el trabajo se acumulaba, los hijos ayudaban a etiquetar y a abrir cajas. Les gustaba utilizar la pinza provista de dos dedos metálicos, recubiertos de plástico negro, que se cerraban como alicates y que, acoplados a un palo de madera, servían para alcanzar los productos situados en las estanterías superiores (aparece uno en *La familia Savage*: Laura Linney lo utiliza para llegar a un paquete de cereales de la tienda. Sinopsis: su amante, que está casado, tiene un perro enfermo; Laura Linney despide al amante y se queda con el perro).

La cocina comedor estaba situada entre la tienda y la casa –como una cámara de descompresión destinada a suavizar el paso de la una a la otra–, detrás de las cortinas trenzadas de un verde apagado y pegajoso. La primera vez que Jordi entró seguía a Churchill, que le había dejado el cubilete y los dados de kiriki.

–Espera aquí –le dijo cuando hubieron traspasado las cortinas–. Ahora vuelvo.

La única claridad provenía de una ventana interior que daba a la tienda. Los ojos de Jordi tardaron unos segundos en habituarse a la penumbra. Poco a poco reconoció las formas del televisor, los fogones, la nevera, la mesa, el sofá. En los fogones humeaban dos cazuelas. Sobre el cristal de la mesa había un tapete, sobre el tapete un jarrón, y dentro del jarrón unas rosas de tela. A un lado de la mesa, sobre el hule plegado, reposaban –como una naturaleza muerta– una botella de agua Fonter, un vaso duralex y la cesta del pan.

Lo último que descubrió fueron los dos abuelos sentados en el sofá, que era de escay y tenía un siete por donde se colaba una hernia en forma de espuma de color amarillo jarabe.

–Hola, chaval –dijo el abuelo.

–Hola.

–¿Eres amigo de Churchill?

–Sí.

–¿Cómo te llamas?

–Jordi. Jordi Recasens.

–¿De los Requesens de Cantallops?

–No. De los Recasens de la Peluquería Carmina.

–Estás muy serio. ¿Nunca te han dicho que pareces Ironside?

El abuelo tenía la cabeza abombada, perfilada por la calvicie. La carne sobrante le colgaba por las mejillas y el cuello, como grasa que goteara, al estilo Charles Laughton. Por debajo de los tirantes de la camiseta imperio, sobre los hombros, emergían manojos de pelos blancos, como charreteras de ópera bufa. Se sentaba con las manos, castigadas y enormes, apoyadas en la barriga.

La abuela, más poca cosa, dormitaba con la cabeza caída hacia un lado. El delantal de flores le servía de manta.

Desde aquel día, siempre que Jordi entraba en la cocina comedor, encontraba a los abuelos en silencio, sentados en la penumbra, como si lo esperaran.

–Bendito sea este día, que viene el de la peluquería –le decía el abuelo.

O bien:

–No te hagas el sordi, que viene Jordi.

La situación se repetía con escasas variaciones. El abuelo improvisaba pareados que a Jordi no le hacían ninguna gracia; entretanto, la abuela dormía o lo fingía. Si la tele estaba en marcha, en un rincón del sofá nunca faltaba el Pelusa.

Estos eran los abuelos maternos, que habían nacido en la casa que más tarde se convertiría en colmado. El abuelo había sido recadero de La Activa Express hasta que se jubiló. Fue él quien animó a la hija a abrir el negocio. Churchill sostenía que, más que una idea, debía considerarse una de sus bromas. Por lo que se refiere a la abuela, se comportaba como si hubiera contraído la enfermedad del sueño.

Los abuelos paternos vivían en un piso de la zona Rally Sud que habían comprado después de vender la masía del pueblo, ahora reconvertida en alojamiento rural.

A fuerza de visitas, Jordi se había familiarizado con la casa, que también desempeñaba funciones de almacén, ya que en los lugares más impensados –bajo la pila del lavabo, en el interior de los armarios, encima de la nevera y de la librería– podían encontrarse cajas de chicles, de pilas, paquetes de litines, de cajas de cerillas, aquellas cerillas oleaginosas y amargas de color pergamino, que se desplegaban como una bandera y que culminaban con una cabeza de color blanco que se rompía cuando entraba en contacto con la lija toscamente pegada a un lado de la caja, decorada con dibujos naíf de toreros en acción.

Todos los cables de electricidad de la casa estaban a la vista, trepando por las paredes y serpenteando por el techo hasta que de pronto se adentraban en la lámpara en forma de cono, de pera, de araña. Cada espacio tenía un empapelado diferente; todos eran geométricos excepto el de la habitación de Churchill. Predominaban las sensaciones de calor y de oscuridad, así como el olor de legumbres que, procedente de las ollas en ebullición en los fogones de la cocina, llegaba a todos los rincones y se extendía hasta la tienda, donde se comercializaban en cucuruchos de dos medidas diferentes.

A Jordi, algunos detalles de la cocina comedor le pasaron por alto el primer día. En la pared, el reloj de cucú, la representación en relieve de la Santa Cena, los dos cuadros –marina y montaña–, el plato decorado con el escudo de Almería, la frase

LA NECESIDAD ENSEÑA MÁS QUE LA UNIVERSIDAD escrita en pintura azul sobre un plato de café. Un mueble bajo recorría la pared; encima había un bol con frutas de cerámica, un retrato de estudio de la familia al completo y un cenicero dorado, azul y rojo, marca Cinzano. El dorado parecía el color preferido de los habitantes de la casa, ya que predominaba en la mayoría de los bibelots y souvenirs que llenaban las estanterías, mayoritariamente procedentes de ciudades del sur de la Península, a donde los padres de Churchill habían hecho el primer y último viaje de su vida –el de la luna de miel– antes de recluirse a hacerse cargo de la tienda. Alineadas en la otra pared, tres sillas contribuían a la atmósfera de velatorio.

Las habitaciones estaban dentro. Jordi solo conocía la que compartían Churchill y su hermano menor, el Pelusa. Colgados de la pared, sobre el empapelado que representaba una cacería de zorros, había pósters de Bruce Lee, de Mariano Haro, de una Harley Davidson –«del 66», recalcaba Churchill–, de Neeskens –«un impetuoso que nunca ha lesionado a nadie», se podía leer abajo–, de los jugadores de la Unión Deportiva Figueres, de Sleepy LaBeef, de Farrah Fawcett en bañador.

Churchill sacaba buenas notas en educación física, se sabía de memoria las alineaciones de media docena de equipos de fútbol y era el terror del pico-zorro-zaina. En la habitación tenía un tocadiscos monoaural marca Cosmos, el regalo de promoción que acompañaba a la maleta de discos para aprender francés que sus padres le habían comprado a un viajante en un momento de debilidad que no se volvió a repetir. La habitación de al lado era la de Montse, la hermana menor, que cuando veía a Jordi se quedaba inmóvil mirándolo de arriba abajo, el pelo tieso y las pupilas fijas como un duende. No se movía ni para salir de en medio del pasillo. Jordi había aprendido a ignorarla, como hacía Churchill.

En la habitación, tumbado en la litera de arriba, solía estar el Pelusa. Jordi no sabía si era muy sabio o muy corto. Tenía una memoria descomunal, que utilizaba para repetir eslóganes televisivos.

–Juguete completo, juguete Comansi.

–Un libro al año no hace daño.

–Sal al balcón, tira un jamón, mira que viene Kinito.

Churchill hacía como si no estuviera, pero de vez en cuando le soltaba una colleja.

Vivir al lado –más bien dentro– de la tienda tenía muchas ventajas. Una era que para merendar cogían lo que querían –Pantera Rosa, Bonny, Bucanero, chocolate Torras, Toblerone o Crunch– sin tener que pagar. La otra era que, siempre que podía, Churchill se llevaba monedas de la caja.

El padre de Churchill caminaba como un sonámbulo, el mondadientes roído entre los labios, la camisa abrochada hasta arriba bajo el jersey de botones, la cabeza gacha a la manera de Groucho Marx pero sin hacer gracia. Se movía a cámara lenta, abrumado por las facturas, por los impuestos, por los productos que no se vendían, por los pedidos que no llegaban. Vivía, si es que en su caso puede utilizarse este verbo, para la tienda. La madre, que se mostraba empalagosamente servil con las clientas, solía dirigir –quizás para compensar– frases brutales a la familia, aunque de vez en cuando abrazaba a Churchill y lo besuqueaba con pasión. Con ella, el pacto no era posible. Las únicas opciones eran la sumisión o la enemistad.

Se habían conocido un poco antes de que la tienda entrara en funcionamiento. Hacía falta un hombre que ayudara en el negocio, y a él, que no tenía oficio ni beneficio, le pareció una buena oportunidad. No importaba que ella fuera bajita y gordinflona, ni que a él le saliera un poco de joroba. Como no eran demasiado sentimentales y se guiaban por intereses comunes, el matrimonio se mantenía estable. Cuando volvieron del viaje de novios, los padres de ella dejaron de ayudar en la tienda y ya no tuvieron que preguntarse qué iban a hacer con su vida.

Tenían un Renault 6 con asientos abatibles, que utilizaban para transportar género de los almacenes de los mayoristas a la tienda. El domingo por la mañana, el padre se lo llevaba al río Manol y lo repasaba con una bayeta acartonada.

¿De qué se jactaban en secreto? De ser sencillos y eficaces.

El ambiente habitual en la casa era el propio de una trastienda, con la atención siempre pendiente de la puerta. El domingo por la tarde se encerraban a repasar albaranes y a gestionar los cupones SPAR.

Sus programas favoritos de televisión eran los siguientes: del padre: *Los Ángeles de Charlie*; de la madre, el abuelo y la abuela: *Un, dos, tres... responda otra vez*; de Montse y del Pelusa: *Heidi*; de Churchill: *Shaft*.

Su playa preferida era Grifeu: pequeña y familiar, al lado de la carretera.

Cuando trajinaban por la tienda, los padres de Churchill solo se tocaban por error. ¿Se querían? ¿Habían estado enamorados alguna vez? Era difícil decirlo, ya que se pasaban juntos noche y día. Podemos asegurar, eso sí, que las demostraciones públicas de afecto eran inexistentes, y que no se les conoció nunca ningún episodio de infidelidad.

La característica principal de la familia era la dedicación absoluta a la economía.

La divisa habría podido ser: «Gasta poco, y si puede ser, nada».

21 DE ABRIL DE 2007

13.40 HORAS

El restaurante es una masía rehabilitada que años atrás había estado situada a las afueras del pueblo, no demasiado lejos de la casa solariega en que había nacido el bisabuelo paterno del novio, vendida a precio de saldo dieciocho años antes. Desde el cambio de siglo, el camino que conectaba el restaurante con el núcleo antiguo se ha llenado de casas adosadas y ha sido rebautizado como avenida President Macià. Solo un solar separa el restaurante de la nueva promoción de viviendas, de una rusticidad planificada, al alcance de las familias ahorradoras.

Los niños, que ya han visitado todos los espacios públicos del restaurante, hacen incursiones cada vez más osadas en el solar de al lado, que todavía puede ofrecer sorpresas. Los padres se aplican al arte de la conversación, propiciada por el cava que los camareros sirven con más liberalidad ahora que escasean algunos entrantes.

–¡No te subas ahí! –avisa la tía Montserrat, que sabe tener un ojo pendiente del hijo adoptado mientras con el otro vigila la llegada de nuevos canapés.

El niño, oriundo de África, baja del montículo de arena y vuelve a subirse de inmediato.

Los gorriones efectúan vuelos de reconocimiento del solar al porche y viceversa, a la búsqueda y captura de migajas.

La boda ha llegado a uno de aquellos momentos de parada técnica, cuando se ha acabado una actividad y todavía no ha comenzado la siguiente.

En una silla, un niño juega con una Game Boy. Unos metros por detrás de él, Calimero picotea aceitunas con anchoa. Ahora que nadie lo conoce con ese nombre es cuando más se parece a aquel pollito triste. Míralo bajo la parra: el cuerpo rechoncho, las piernas cortas, los labios delgados como un pico. Se ha presentado a la ceremonia con una camisa planchada a trozos, una americana de fondo de armario y una gota de sangre seca sobre la nuez del cuello (el rastro de una hoja de afeitar reutilizada).

La mujer de Jordi ha iniciado un debate sobre moda primaveral con Elisenda, una compañera de la agencia de viajes especializada en esoterismo que posee una voz estridente, que expele con generosidad. La suegra atiende con solicitud a los parientes americanos. La alcaldesa bebe una copa de cava y devora canapés sin dejar de charlar con los incautos que se le acercan. El hecho de tener boca de gárgola invertida le sirve para engullir con más velocidad.

Mientras intercambia comentarios rutinarios con los padres de Rosa, Jordi contempla el solar. Entre las hierbas altas, medio agostadas por el sol de primavera, se han enredado un montón de bolsas de plástico transportadas por la tramontana. El mundo se ha transformado, pero los solares a duras penas se diferencian de los de su adolescencia.

TEORÍA DEL SOLAR

El descampado y el solar son etapas sucesivas del proceso de urbanización. Un campo que deja de cultivarse se convierte en un erial. No es hasta que el núcleo urbano se expande que el erial se vuelve descampado. Cuando la empresa constructora se acerca, el descampado se transforma en solar, la última etapa antes de la conquista definitiva. Un día aparece un montón de arena, o una hormigonera, o una pila de ladrillos. Después alguien aparca un coche o un sofá viejo. Poco a poco se llena de colchones, jerséis estrujados, bolsas de plástico, ruedas de coche, cubos agujereados, alfombras, bidones, barras de metal o de madera, escombros, revistas, preservativos, recipientes con comida para gatos... Y he aquí el solar, este terreno híbrido situado a medio camino entre la naturaleza y la civilización. Como concentra materiales de los dos ámbitos, puesto que es cambiante e inexplorado, ya que actúa como una continua fuente de sorpresas, resulta ideal como terreno de juego. Situado fuera del circuito de padres y familiares, el solar permite actividades más o menos paleolíticas que ayudan a los niños a crecer y a integrarse en un entorno hostil y no obstante maleable. Un niño amontona baldosas, otro utiliza un rincón como urinario de emergencia, aquellos juegan al escondite, los otros olfatean olores agrios y los de más allá construyen una cabaña que no es un prodigio arquitectónico, pero es suya.

La esencia del solar es la provisionalidad. Cuando se levante un edificio, el solar lo habrá perdido todo, hasta el nombre de solar. En un pueblo no representa una pérdida grave porque las afueras están cerca, llenas de espacios por explorar. Pero cuando una ciudad pierde un solar deja de tener un espacio abierto, un laboratorio, una excepción.

En la Figueres de 1977, los solares eran abundantes y benignos. Al lado de los parques aburridos, de las calles peligrosas, de las habitaciones claustrofóbicas y al alcance de cualquier pariente, estos terrenos constituían un escenario decisivo en el ocio de la infancia. En el solar crecía la flora y la fauna de manera descontrolada. Allí, el juego no reglado, el descubrimiento de un ámbito inclemente y la iniciación a la vida adulta eran propicios. Los padres intentaban seducir a los niños con circos, ferias, parques de atracciones y sucedáneos estandarizados, pero el paso a la edad adulta no podía considerarse completo sin la aventura del solar.

Cada barrio tenía los suyos. Quien vivía en el extrarradio disponía de descampados y solares en abundancia, pero en el centro de la ciudad eran terrenos raros. Cerca de donde vivían Jordi y Churchill no había ninguno. Lo que más se acercaba era Horta, el patio del cine Juncaria que, aunque polivalente –punto de encuentro, ring de boxeo, campo de fútbol, pista de lanzamiento de piedras–, no podía considerarse exactamente un solar. El que había detrás de la fábrica Rieju, como quedaba por debajo del nivel de calle, se inundaba a menudo; con los años fue la sede de los almacenes Sánchez. Más lejos, destacaban los alrededores de la fábrica Ram y la zona de Los Fosos.

Un caso singular era el Parque-Bosque –«el pulmón de la ciudad», lo llaman los cronistas–, medio diseño y medio monte, al oeste de la Carretera Nacional. Los asiduos de este espacio solían ser ciudadanos situados por una u otra razón al margen del proceso productivo, es decir parados, vagabundos, turistas, mujeres con baja de maternidad, niños y jubilados. Era difícil encontrar ejecutivos con maletín como los que abundan en Central Park. Cada jueves, los hijos de los feriantes se apropiaban de él; por la mañana y sobre todo por la tarde los perros paseaban a sus dueños.

El Parque-Bosque es útil para corroborar la teoría junguiana del inconsciente colectivo: Jordi todavía recuerda el pequeño zoológico que dejó de existir antes de que él naciera. Al sur –y este recuerdo es demasiado preciso para ser falso– vivían unos monos inofensivos encerrados en jaulas que tuvieron que trasladarse a causa de los afanes torturadores de unos cuantos noctámbulos desocupados. El área de los toboganes, junto al Paseo Nuevo, era la sede de unas cuantas atracciones fatales: la ruleta de la muerte que proyectaba a los usuarios a gran velocidad contra los árboles cercanos, la enorme góndola asesina suspendida sobre unas poleas que producían un ruido infernal, el artilugio que giraba a la velocidad del sonido y que monsieur Guillotin habría aprobado con entusiasmo.

Estas atracciones simbolizaban el antiguo salvajismo. Cruzar el Parque-Bosque de noche constituía una prueba iniciática de valor demostrado, ya que este espacio ejercía una función semejante a la del río Grande de los westerns. La proximidad de los barrios periféricos lo convertía en frontera natural a partir de la cual la jurisdicción policial se atenuaba o desaparecía. Todos los bosques tienen lobos. Para muchos figuerenses, funcionaba como metonimia –avance, tráiler, etapa intermedia– del castillo de Sant Ferran.

En aquel entonces el Parque-Bosque era como un jardín abandonado, lleno de cachivaches que servían para recorrer el camino que va de la novedad al olvido. Más que un texto cohesionado, era una suma de pequeños inventos, de zonas yuxtapuestas, a menudo originales, casi siempre inútiles, separadas por espacios de transición repletos de matojos y de malas hierbas. ¿A qué gestor se le había ocurrido construir una piscina con gradas que enseguida algún otro había cubierto de tierra hasta arriba? ¿Por qué a nadie se le pasaba por la cabeza reparar las tablas de madera o eliminar el óxido de los toboganes? Las exploraciones reservaban hallazgos inesperados: junto a la Carretera Nacional se había inmovilizado una manada de jabalíes de piedra, esculpidos por Frederic Marès, a los que cualquier niño podía trepar con impunidad. Los troncos serrados a la manera del trono del rey Minos estaban al oeste. No demasiado lejos podía encontrarse la estatua de una mujer bellísima sentada en el suelo y un Manneken Pis mineral que recordaba que incluso las rocas tienen necesidades fisiológicas. En la fuente se procuraba su higiene diaria un clochard que dormía en un banco cercano; cuatro cartones en forma de colchón señalaban su lecho inviolable.

El Parque-Bosque se parecía mucho a un solar, pero le faltaba la sensación de provisionalidad. De hecho, era el espacio de los que no tenían espacio, y esto incluía, claro está, a los adolescentes, que tenían que compartirlo con los grupos de boy scouts de la Catequística que lo usufructuaban cada sábado por la tarde, con los adúlteros sin nido, con las bandas de jóvenes delincuentes que lo peinaban en busca de víctimas, con unos hombres vestidos de verde que lo regaban de manera generosa y arbitraria con mangueras polvorientas, gruesas como un brazo, y sin obtener resultados visibles. El Parque-Bosque solo servía de solar en caso de emergencia.

Churchill tenía otras preferencias. Los sábados se había acostumbrado a vagabundear por los almacenes que la Renfe había abandonado detrás de la estación, ejemplo de la arquitectura ferroviaria del franquismo: naves con entrada semicircular –de túnel–, construidas con piedras de varias medidas arremolinadas de manera precaria, con un tejado a dos aguas y aberturas rudamente enmarcadas por ladrillos. Era fácil entrar, fumar un cigarrillo mientras se repasaban formularios abandonados veinte años atrás, romper una ventana y orinar en el cajón de un escritorio metálico. Churchill solía internarse acompañado por Cubeles y Barneda, que vivían cerca. Por los alrededores había montones de vigas y de travesaños de madera, grúas oxidadas, vías muertas, piezas de hormigón, herramientas abandonadas, bobinas y unos enormes depósitos de metal situados encima de una peana, que habían servido para administrar agua a los trenes que pasaban por debajo antes de convertirse en armatostes peligrosos.

Más allá de donde agonizaba la calle Pere III, en la confluencia entre Sant Antoni y Méndez Núñez, en un polígono industrial abandonado, había un vertedero lleno de un extraño fluido químico de color rosa, que –junto con la piscina de ácido que había aparecido en un episodio de *Kung Fu*– formó parte de las pesadillas compartidas de aquella adolescencia. El fluido rosa estaba agrietado, con surcos que lo atravesaban y lo convertían en un damero orgánico, como un cuadro de Malévich ajado por los años. El reto era tirar una piedra sin tocar ninguno de los surcos principales. Cuanto mayor era la piedra, más espeluznaba el sonido, blando y viscoso, que producía al hundirse. Bajo la superficie, de un color de carne sucia, emergía entonces un fluido más claro, tierno como la piel de un recién nacido.

Pero el solar por excelencia de aquella época era el de Can Fita. Por la parte que daba a la calle Sud ya tomaba forma un edificio que los promotores, obvios o tal vez maliciosos, habían bautizado como Edificio Gris. Detrás, entre las nuevas edificaciones y la plaza de la Estación –donde después se situaron las marquesinas de los autobuses– se extendía un solar tan enorme que era factible jugar media docena de partidos de fútbol simultáneos. Iban de forma asidua grupos de niños provenientes de otros barrios, incluso los primos de Jordi, que vivían en Horta d'en Capallera. En unas caballerizas decrépitas situadas en la zona más próxima a la estación, era posible meterse en los abrevaderos o colgarse de los palos clavados en la pared. Alguien había trasladado hasta cerca de la calle Sud un carro que hacía el papel de atracción gratuita y oscilante. Se jugaba al escondite de manera incansable: entonces ocultarse con una niña detrás de las hierbas altas era una experiencia tórrida. También se intercambiaban publicaciones ingenuamente eróticas como *El Trompa* o *Play Lady*. Y, lo más importante: para acceder al solar había que saltar una pared, que no solo escenificaba la transgresión, sino que ocultaba el espacio a los ojos adultos.

Fue en un rincón del solar de Can Fita donde Churchill localizó, un día glorioso, el gato muerto. Desde entonces, lo visitaban cada día para comprobar los efectos de la descomposición. El gato se iba encogiendo gracias a la acción de montoncitos de gusanos blancos, de la medida de una semilla de girasol, que hormigueaban en el vientre con la velocidad constante y la presteza algo irrisoria con que se comportan los transeúntes en un cruce céntrico de Tokio. A partir de la postura lateral, el cadáver del gato fue girándose durante una semana hasta que quedó panza arriba y, finalmente, se redujo a dos dimensiones, excepto la cabeza, que adoptó la forma de una pasta grisácea y acartonada en la que alguien hubiera pegado una dentadura. El cadáver terminó pareciéndose a una alfombra arrebujada, tal vez de tigre, sobre todo porque la cabeza se resistía a la descomposición y se levantaba por encima del cuerpo con la determinación de una careta veneciana. Aquel gato disecado y horizontal, en transformación continua, sometido a los caprichos de los insectos, les proporcionó una experiencia directa –desprovista de sentimentalismos– con la muerte.

Pero para Jordi y Churchill, el mejor solar de los años setenta fue el castillo de Sant Ferran. Quien les hizo de guía fue Biel, que, aunque había llegado a Figueres no hacía mucho, lo tenía más cerca. Lo visitaba desde el mes de enero y empezó las exploraciones sistemáticas a finales de marzo. En abril los tres eran asiduos del lugar, al principio acompañados de otros amigos. En verano, el castillo se convirtió en el terreno de juego predilecto de los tres jugadores de whist.

TRES VISIONES

Para Churchill, el castillo de Sant Ferran había sido un circuito al aire libre, tres mil metros para correr si no hacía demasiado calor ni soplaba la tramontana. Subir hasta allí proporcionaba el calentamiento idóneo y bajar servía para recuperar el tono de la respiración, ya que cuando llegaba a la Carretera Nacional las pulsaciones se le habían estabilizado. A partir del verano del 77, el castillo se convirtió en un extenso territorio para explorar, siempre a rebufo de los hallazgos de Biel, el Livingstone de la zona.

Para Jordi, el castillo tenía un valor sentimental, ya que lo vinculaba al abuelo Josep, fallecido en 1971. Uno de los placeres del abuelo, aficionado a la botánica, consistía en llevarlo a dar la vuelta al castillo, que empezaba siempre por la izquierda. Mientras caminaban, le enseñaba el nombre de las plantas y de paso le contaba historias antiguas, le mostraba el mar o el macizo de Montgrí. Al cabo de un rato, surgida de repente de detrás de un baluarte o de un revellín, aparecía aquella pareja de la tercera edad. ¿Cómo podían ir cogidos de la mano por aquel camino tan angosto? Misterio. Era raro el día en que Jordi y su abuelo subían al castillo y no los encontraban. Ella solía llevar un ramo de margaritas o una mata de tomillo. Se apartaban a un lado y los dejaban pasar. «Buenos días», decía el abuelo Josep. «Buenos días», contestaban. Es difícil calcular los años que debían de tener. Unos sesenta largos, seguramente. Durante la infancia, la gente mayor forma un conjunto genérico, mal delimitado. Jordi se volvía y los miraba alejarse. Después el abuelo Josep le daba una endrina, que él escupía enseguida porque estaba demasiado verde.

Aquel verano del 77, a caballo entre la escuela y el instituto, el castillo se convirtió en un territorio de juegos. Más que el camino de ronda, a Jordi le interesaba la extrema variedad de los alrededores, donde podían encontrarse los siguientes elementos, siguiendo el sentido contrario a las agujas del reloj:

1) La vertiente derecha de la subida, formada por un bosque de pinos limitado por una valla de cipreses que daban a la carretera (alguno era practicable, de modo que podía realizarse uno de los sueños infantiles más recurrentes: la cabaña en lo alto del árbol). El bosque, tapizado de pinaza y recorrido por un riachuelo, era lo bastante espeso como para que los sorprendiera la presencia de algún paseante inesperado, y lo bastante claro como para avanzar con comodidad. Un edificio circular con el tejado medio en ruinas, con funciones de depósito de agua, era el elemento con más personalidad de la zona.

2) El Chingódromo, una pequeña plataforma situada por encima de la Carretera Nacional, donde aparcaban los amantes que disponían de coche en busca de la complicidad de las noches sin luna.

3) La urbanización Serra Floreta, que por aquel entonces se construía entre la entrada al castillo y la Carretera Nacional, formada por solares en tránsito hacia la parcela. El material de construcción permitía entretenimientos pluridisciplinares: dar vueltas a la hormigonera, amontonar ladrillos, fabricar pasta de cemento, trazar caminos de arena, meterse en espacios a medio construir. Añadamos los pozos de agua y las torres eléctricas, que garantizaban los mínimos de riesgo exigibles a toda exploración. Durante aquel verano raramente había albañiles, de modo que el acceso era libre.

4) La Muntanyeta, un circuito de trial, medida sendero, con desniveles bruscos donde siempre era posible romperse la clavícula al caerse de la bicicleta.

5) Els Arcs, un circuito de motocross, medida carretera. La velocidad que se imprimía a la bicicleta no bastaba para proyectarla en el aire en los cambios de rasante. Aparte de carreras de

motos, allí se celebraban deportes de riesgo durante la semana de ferias. Era uno de los espacios predilectos de Churchill.

6) El acueducto, que unía el castillo y la montaña de Llers, al otro lado de la autopista.

7) La depuradora, un edificio envuelto con tubos de colores que producía un ruido infernal. Delante de la depuradora estaba la valla de cipreses citada en el apartado 1).

8) Para Biel, lo más fascinante no era el camino de ronda ni los alrededores, sino el castillo en sí. Desde muy pequeño su padre lo había llevado al de Bellver, situado en las afueras de Palma, que es breve y circular, o sea, comprensible. Lo que le inquietaba del castillo de Figueres es que no le encontraba lógica alguna. Cuando andaba por el camino de ronda, no dejaba de mirar hacia todos lados. Las construcciones, desprovistas de cualquier utilidad visible, parecían dados caídos del cielo, como si nadie se hubiera preocupado de ellas desde hacía siglos. A un lado se veía la llanura, una sucesión armónica de pueblos y de campos, de bosques y de pastos; al otro, aquel armatoste absurdo. A un lado la mesura, al otro el caos. Y él, en medio.

21 DE ABRIL DE 2007

14.15 HORAS

No es que Jordi y Calimero sean grandes amigos. Le envió una invitación –a él y a los Güibes– porque le daba vergüenza que su mujer llevara a tanta gente y él, en cambio, no tuviera a nadie a quien avisar.

Solo quería saludarlo, pero Calimero lo ha cogido por el brazo.

–A mi madre le han extirpado un pecho –le informa.

Jordi la recuerda: una viuda de color ceniza provista de una dentadura equina. Calimero volvió a vivir con ella después de un matrimonio brevísimo. La excusa era que la madre se había roto el fémur al caerse de la acera, pero ya no volvió con su mujer. Desde entonces tiene el mismo aspecto que los miembros del grupo de cáncer de testículos que aparecen en *El club de la lucha*.

El porche está animado. Alrededor de los platos para ir picando se apiñan los más hambrientos, mientras que los que prefieren una conversación íntima se quedan sentados en las sillas. Detrás de una mesa llena de botellas, dos camareros distribuyen bebidas. Jordi no encuentra excusa para huir. Se alegraría incluso de ver a su esposa: la tomaría del brazo y se alejarían de Calimero sonriendo a los invitados. Por cierto que algunos empiezan a estar alegres, pero ninguno presenta síntomas de embriaguez, a pesar de la tentación de no parar de beber cuando es gratis. Quizás debería pedir que dejen de servir cava. Entretanto, Calimero se embala.

–La han metido en una habitación con una mujer a la que todavía no sé por qué no le dan el alta. Está fresca como una rosa, y tiene a toda su familia allí, día y noche están su marido y los hijos, que son unos bichos. Y por eso los debe de llevar, él: porque no sabrá qué hacer con ellos. Como la tele se pone en marcha cuando le metes una moneda, pues hala. Cuando están los niños, venga a ver dibujos animados, y cuando está el marido, fútbol todo el fin de semana. Y mi pobre madre sin pecho, mareada por completo, y la tele todo el día puesta...

Cuando Jordi era pequeño, sus dibujos preferidos eran los de Bugs Bunny y Vickie el vikingo. Se había pasado largos ratos ante el televisor, aunque no tantos como el Pelusa. Con la llegada de los japoneses, los dibujos habían perdido mucho. Antes contenían violencia, pero hoy en día no paran de darse palizas desde el principio hasta el final. Ahora bien, para palizas, aunque mentales, las de Calimero.

–... Y cuando se apaga la tele, se apresuran a poner otra moneda. Tengo ganas de decirles: que os metáis las monedas donde os quepan, que con tanto fútbol y tanta tontería no va a haber manera de que mi madre se cure. Pero bueno, ellos como si estuvieran en su casa. Ya no los aguanto más, a Matías Prats y a Doraemon...

Doraemon no era de los peores. Había visto algún episodio años atrás. Marta veía dibujos hasta que se hizo mayor. Se sentaban los dos delante del televisor y los comentaban, como recomiendan los psicopedagogos. De pequeña, Marta era muy cariñosa. Qué contenta se ponía cuando Jordi se la llevaba a la feria. El puesto que más le gustaba era el de una viejita pequeña y arrugada. Tenía unas tortugas, pequeñas y arrugadas como ella, que transportaban un gancho con un número en el caparazón. Nadaban en un circuito que se metía en un túnel hacia dentro del puesto y volvían a salir. Los niños tenían que pescarlas con una caña. Cuando pillaban una, la vieja los ayudaba a levantarla, y el animal movía las patitas en el aire hasta que volvía al agua. ¡Cuántas vueltas habrían dado al puesto, aquellas tortugas! Y la vieja miraba a Marta y le daba una pelota, o una muñeca, o un osito, lo que fuera. Siempre acertaba, la vieja, porque no miraba el número de la tortuga, sino la cara de los niños, y según la cara que tenían les tocaba un juguete u otro. A él de pequeño le había regalado una estrella de sheriff, que era lo que le convendría aquí y ahora: un Wyatt Earp que clavara el cañón del Colt en la sien del encargado y le dijera que contaría hasta diez y que, si la comida no estaba servida, dispararía.

–... El médico de guardia ni me mira. Yo le digo, oiga, ¿no habría alguna manera, no le digo de prohibir la tele, pero de controlar el rato que está encendida? Y él nada, que es un servicio para el enfermo, y que siempre pedimos y cuando nos conceden lo que pedimos, después no lo queremos. ¡Como si yo hubiera pedido una maldita tele en el hospital...!

A Jordi lo que le gustaba era disparar con la escopeta de balines. Solía ir con Churchill y Cubeles. Si estaban en las últimas, le daban a los cigarrillos de colores –verdes, rosas, los llamaban «cigarrillos turcos»–, y si habían ahorrado un poco más, a los cocos. Un día que quería tirarle a los cocos y no tenía dinero, tuvo que cogerlo del monedero de su madre. Lo malo fue que después ganó un coco, pero como no podía explicar de dónde había salido, tuvo que guardarlo debajo de la cama. Hasta que la madre lo encontró y entonces empezaron las explicaciones y los arrepentimientos deprisa y corriendo.

–... O sea que mañana cogeré las tijeras de podar y cortaré el cable de la tele. Te juro que se va a acabar de golpe tanto Doraemon pero ya.

–Lo siento, pero tengo que ir a hablar con el encargado. A estas horas ya deberíamos estar sentados a la mesa.

–No es que la quiera, pero es mi madre –prosigue Calimero.

–Yo voy tirando.

–Claro, claro, haz lo que tengas que hacer.

Jordi no consigue recordar si Calimero estaba el día que ganó el coco en la feria. Solo consigue ver a su madre preguntándole, con aquella voz entre enfurecida y resignada, qué hacía aquel coco debajo de la cama.

Delante de la barra del bar, Tarik lo espera cámara en mano, como un soldado presentando armas.

–Ahora no hagas demasiadas fotos –le dice Jordi–. La gente no queda bien cuando zampa.

Casi tropieza con Elisenda, que está hablando con una mujer que lleva un collar con el osito de Tous.

–Hola, Jordi. ¿Qué tal? Estarás contento, ¿no?

–Ni te lo imaginas.

–Estás tan guapo, así de oscuro… Si te pasara por encima el péndulo, seguro que giraría a la izquierda.

Elisenda lo ha cogido del brazo. A la mínima lo toca. Cada vez le ocurre más a menudo, pero solo con mujeres que rondan los sesenta, sobre todo si están castigadas por la celulitis. En este caso resulta particularmente comprometido porque es una de esas señoras que actúan como si estuvieran en la flor de la vida.

–Una cosa, Jordi, ¿no podrías pedirles que suban un poco el aire acondicionado? Mira, hasta ayer no sabía qué ponerme, y al final he pensado que quizás por la tarde refrescaría. Total, que ahora me muero de calor.

Elisenda lleva un conjunto turquesa a base de capas que parece reciclado de alguna boda invernal.

–Pues te queda maravillosamente –dice otra mujer, que lleva un vestido naranja entallado y escotado que muestra con generosidad los estragos que ha causado el paso del tiempo en los brazos y el cuello.

–Intentaré solucionarlo –dice Jordi antes de desaparecer.

Más allá ve a Rosa. Con lo bajita que es, con ese vestido malva parece un jarrón. ¿Y ese pasmarote quién es? ¿Su amante? ¿Acaso todo el mundo se ha presentado con el amante, en la boda de su hija?

–Hola, Jordi.

–Hola.

–Oye, ¿me ves pálida?

–No, ¿te encuentras mal?

Tiene el color de siempre, de pechuga de pavo deshuesada.

–Me ha dado como un mareo. Puede que sea una bajada de azúcar.

–¿Quieres que vaya a buscarte una Coca-Cola?

–No hace falta. Creo que se me está pasando. ¿Os conocéis?

Le presenta al pasmarote. Jordi no retiene su nombre.

–Me dedico a la renovación y mantenimiento de instalaciones de calefacción.

–Qué interesante… –dice Jordi.

–¿Por qué lo dice? ¿Quiere renovar la suya?

–Por ahora no, gracias. No es el mejor momento.

Y señala a su alrededor. ¿No se da cuenta? Comida, bebida, todo eso tendrá que pagarlo alguien ¿no?

–Me hago cargo. De todos modos, si espera a que haga frío, no podré servirle. Después todo son prisas. A partir de los diez años de antigüedad, es necesario un mantenimiento profesional. Mire, le doy una tarjeta por si más adelante...

Y le deja la tarjeta en la mano, como un prestidigitador.

–Por si más adelante –repite Jordi mientras se mete la tarjeta en el bolsillo de la americana y prosigue el camino hacia el encargado.

–Oye –le grita Rosa por la espalda–, ¿no te parece que esto se está alargando mucho? ¿No deberíamos pasar a comer?

Jordi estira el brazo hacia arriba y agita la mano sin volverse. Tanto podría querer decir «tengo prisa» como «no se puede hacer nada».

–Es un nuevo concepto... –dice el hombre de la calefacción.

Prefiere no hablar con los primos de Olot, que están justo en su camino. Está a punto de sortearlos, pero se interpone un camarero cargado de copas y tropieza con unas tías lejanas que viven en el Maresme. Una es delgada como una urraca, la otra achaparrada como una lechuza. Entre las dos deben de superar con creces el siglo y medio.

–Tengo tanta hambre que hasta me duele –dice la urraca–. ¿A ti no te duele nada, Jordi?

–¿Cómo dice?

–¿Qué quieres que le duela? –dice la lechuza–. Todavía no tiene la edad...

Entonces dan paso al interrogatorio:

–¿No te duele el bazo?

–¿Las articulaciones?

–¿Las piernas?

–¿Los músculos cansados?

–¿Las cervicales?

–¿Las rodillas que no te sostienen?

Se alternan a la perfección. En cuanto una se calla para tomar aire, empieza la otra.

–A este no le afecta ni el tiempo. ¿No ves que es un crío?

–No debe de saber ni lo que es operarse de juanetes...

–No debe de saber lo que es no poder hacer de vientre...

–Me los operé a plazos, ¿sabes? Primero uno y después el otro...

–¿El otro qué? –dice Jordi.

–El otro juanete, caramba.

–Y ten cuidado si haces yoga, que provoca diarrea...

–Tenía que ir con un bastón en cada mano. Ya me dirás cómo te agarras a la barandilla. Y cuando ya pude caminar, a operarse el otro.

–Se ve que se activan músculos que tenemos abandonados.

–¿Sabes qué me dice el urólogo? Que mi colon no es que sea irritable. Es que monta en cólera... Menos mal que existen los supositorios Vilardell.

–Yo no puedo beber ni una gota de alcohol.

–Yo no puedo comer picante.

–Yo no puedo beber bebidas carbónicas.

Es como el ora pro nobis.

–Yo no puedo comer embutidos. ¿Te imaginas? Ni longaniza, ni butifarra, ni una loncha de jamón. Nada de nada, chico.

–Nada de fruta. Ni tropical, ni roja, ni frutos del bosque. Ni un triste higo. Es que ni una mandarina. Ni olerlas. No puedes fiarte ni de la comida natural.

–Tengo que cuidarme cuando como fuera de casa. Si hay aunque sea un poco de pimienta, ya estoy lista.

–Ni un zumo de fruta. Me bebo uno y ya estoy corriendo al lavabo. A mí es que todo me laxa.

–Pues yo si me descuido es todo lo contrario.

–No sé qué es peor.

–Estoy harta. Un médico naturista me dijo que podía comer lechuga siempre que me limitara a la hoja. Pero el cogollo lo tengo prohibido.

–Busco al encargado –consigue decir Jordi–. ¿No lo habéis visto?

Pasan unos segundos de desconcierto, como si a las tías del Maresme les costara asimilar que alguien no se desviva por conocer de primera mano sus desajustes intestinales.

–¿Cuántos añitos tiene tu Marta? –pregunta al final la urraca.

–En noviembre cumplirá veintiuno.

–¡Pero si es una criatura! ¿Cuánto hace de la primera comunión?

–No la ha hecho...

–¿Y por qué se casa tan joven? –interviene la lechuza.

–¡Pues por qué quieres que sea! –dice la urraca–: Para reunir dinero.

–Entonces –insiste él–, ¿no habéis visto al encargado? Un hombre vestido de negro, con pajarita...

–Me parece que estaba con los novios –dice la lechuza–. Han pasado por aquí no hace mucho. Puede que los encuentres en el jardín.

–Voy a ver.

En un rincón del bar se ha reunido un bullicioso conciliábulo de parientes provenientes de América, la Península y las islas adyacentes. Jordi consigue eludirlos agachándose detrás de Jana y de Júlia, y sale al jardín.

ALIMENTACIÓN NATURAL

A finales de julio ya se podían comer moras, el alimento que predominaba tanto en el foso del castillo como en los alrededores del camino de ronda y en la falda de la colina. Al este, entre los cipreses y la Muntanyeta, unos cuantos granados daban unos frutos de una textura pétrea, llenos de gotas sólidas y ácidas, acabadas con un pedacito de madera puntiagudo como una aguja de pino. Las endrinas, que tenían aspecto de uvas de bonsái, resultaban demasiado agrias. Los tres amigos se aficionaron a comer unas florecitas de color lila que Churchill llamaba lobos, pero que según el abuelo de Jordi se llamaban perritos.

Antes de concentrar las actividades de ocio en el castillo, eran frecuentes las expediciones a un solar situado cerca de la fábrica de leche Ram, donde se alzaba un almendro silvestre. Biel trepaba y alcanzaba los frutos; los otros los abrían a golpes de piedra. Devoraban las almendras allí mismo, tibias y húmedas como carne cocida.

En septiembre ya se podían comer manzanas silvestres e higos, los suculentos higos del castillo [pero septiembre, ay, no llegaría para todo el mundo].

LA FAMILIA DE BIEL

Biel vivía en una casa de planta baja en la calle President Kennedy, en el «barrio de los americanos», situado entre la Carretera Nacional y la Muntanyeta. Tenía jardín, hecho que constituía una singularidad, pero lo más importante era el césped de la entrada, por aquel entonces un lujo exótico.

Cuando Biel y Jordi volvían juntos de la escuela, la madre de Biel salía a recibirlos con una sonrisa radiante y les daba un beso en los labios a cada uno. Pero el beso no era el único detalle turbador de aquella mujer, que entonces debía de estar en el lado soleado de los treinta. Entre semana solía llevar vestidos de una sola pieza, ajustados a unas sinuosidades dignas de una estrella de la Paramount de los años cincuenta. Los fines de semana predominaban la falda de tubo, los zapatos de tacón y la blusa ceñida. Biel no exageraba cuando decía que era la madre más guapa de Figueres. El tiempo se detenía cuando, apoyada en la entrada del jardín, se ponía una mano en la cadera y la otra, acompañada de un cigarrillo americano, subía lentamente hasta la boca. Daba una calada con los ojos cerrados y después dejaba que se acumulara una bocanada de humo que flotaba en su boca entreabierta hasta que, de pronto, era absorbida para regresar al cabo de un momento en forma de triángulo prolongado, difuminado, que se deslizaba entre sus labios como si toda ella hubiese entrado en combustión. Era una mujer firme, una belleza muy de la época, los cabellos de Veronica Lake derramándose cálidamente por las clavículas de nadadora, solo que sus ojos eran de color azul como los azulejos del palacio de Topkapi. Madres como aquellas solo salían en los anuncios de Nesquik.

En la cocina, de mobiliario blanco, la luz era más intensa que en el jardín, tal vez a causa de la presencia de la madre, que acumulaba la claridad del sol y la repartía con liberalidad. Era en aquella cocina resplandeciente donde les servía el pastel de manzana, el yogur o el zumo de fruta. La casa desprendía olor a aquellas meriendas ligeras y sabrosas, y sobre todo a ella, esa fragancia de limón que provenía de la parte posterior de aquellas orejas delicadas, de aquel aliento de humo, de aquella ropa que proyectaba los aromas de los suavizantes de importación.

Exceptuando la curva abdominal propia del consumidor habitual de cubalibres en la cantina de oficiales, el padre de Biel no tenía ninguna particularidad. No la necesitaba, ya que el uniforme de capitán resultaba lo bastante imponente, sobre todo cuando incorporaba la pistola reglamentaria, aquella Astra de color azabache que brillaba como si estuviese embetunada. Añadamos que de la nariz le brotaban unos pelos gruesos y rebeldes, que se enlazaban con un bigote que parecía postizo y que le daba un aspecto parecido al que presenta el padre mexicano en las cartas de familias. Sus patillas eran largas y rectangulares, en la línea popularizada por Manolo Escobar. Con los amigos de su hijo mantenía una distancia afable. Cuando reía, emitía un sonido parecido al de los dromedarios cuando están irritados. Ahora bien, coleccionaba –poca broma– elepés de los Beatles.

A menudo estaba fuera, en Zaragoza o en Madrid, de maniobras militares. La madre lo compensaba recibiendo grupitos de amigas. Si hablaban inglés, provenían de la colonia americana; si hablaban castellano, estaban casadas con militares; si hablaban deprisa, eran mallorquinas.

La familia se completaba con Nora, una niña de once años provista de un enorme aparato de ortodoncia –por aquel entonces, otro exotismo–, que se apresuraba a ocultar cuando veía llegar a los amigos de su hermano.

La casa era espaciosa y estaba decorada según las últimas tendencias. Al contrario que las de Jordi y Churchill –que acumulaban cómodas, cabeceras de cama, butacas y bibelots que habían pasado de generación en generación–, todo era nuevo: los electrodomésticos, los cuadros, el parqué, los muebles lacados y de bambú, las estanterías racionalistas recién compradas en Can

Canaleta. Incluso las fotografías que decoraban las paredes eran recientes. En aquella casa, Jordi vio por primera vez una licuadora y un teléfono supletorio, un televisor portátil en la cocina y una cadena de alta fidelidad en la sala donde cualquier visitante podía hojear aquella escandalosa edición ilustrada de *The Joy of Sex*. También fue en aquella casa donde descubrió la combinación de melón con jamón y la ensalada de tomate sin piel. Pero lo más extraordinario era que aquella gente comía gambas sin ensuciarse los dedos, utilizando con precisión el tenedor y el cuchillo.

En la formación de la familia había tenido un papel decisivo el azar. Una mañana de primavera de 1951, el abuelo materno de Biel había ido a solucionar un pleito familiar al Palacio de Justicia de Massachusetts. Allí había coincidido con Henry Bridgewaters, un antiguo compañero de promoción con quien fue a tomar una copa. Fue en aquel café de estilo colonial donde el abuelo de Biel oyó hablar por primera vez del pueblecito mallorquín llamado Deià. En aquella época no vivían allí, claro, ni Pierce Brosnan ni Caroline Corr, pero sí Robert Graves, que por cierto era primo segundo de Bridgewaters. Cuando llegó a casa, el abuelo de Biel transmitió a su esposa la descripción apasionada del pueblo. Con este relato, los Madison tuvieron suficiente como para decidir pasar las vacaciones en aquel paraje situado al otro lado del planeta. Les gustó tanto que siguieron yendo cada año. Fue allí donde su hija Melissa trabó amistad con el hijo de una de las familias más respetables de la ciudad, los Sastre, una saga de terratenientes que desde principios del siglo XIX alternaba los cargos políticos y los militares. Melissa Madison era desenvuelta como una cheerleader, sabía mantener la espalda recta en las cenas con invitados y tenía un cuerpo bien proporcionado. Como todos los chicos de Deià la deseaban, eligió al que tenía la casa más bonita.

De 1979 a 1993 –en que se retiraron a una mansión de las afueras de Boston, a medio camino de Cambridge–, los padres de Melissa vivieron en Seúl, donde él trabajaba de asesor cultural en la embajada norteamericana. Las relaciones con la administración venían de lejos, ya que un primo lejano de los Madison, rama de Virginia, fue el cuarto presidente de los Estados Unidos.

Por lo que respecta a los padres de Gabriel Sastre, seguían viviendo en la misma casa de Deià, que compartían con una criada *fulltime* y una cocinera por horas.

La madre de Biel no trabajaba. Ni siquiera ejercía las funciones mínimas de ama de casa, ya que cada tarde iba Belén –una gallega dulce e incansable– a cocinar, hacer las camas y quitar el polvo. Así Melissa podía consagrarse a sus aficiones, que eran, por este orden, redecorar la casa, recibir amigas y preparar zumos de fruta. Destacaba entre las otras madres, no solo por la amabilidad y la disponibilidad, sino por la expresión permanente de felicidad que le embellecía el rostro, y que años más tarde Jordi relacionaría con una vida sexual satisfactoria.

En cada habitación predominaba un color. El lavabo era verde pistacho y no tenía pestillo, lo que incomodaba a los invitados. La habitación de Biel, que era azul, tenía estanterías llenas de maquetas de aviones, un radiocasete, una mesa de trabajo y una librería llena de novelas protagonizadas por adolescentes: Tom Sawyer, Huckleberry Finn, Jim Hawkins, Mijail Strogoff, Dick Sand, Mary Lennox y sobre todo William Brown, del que tenía la colección completa en inglés; aseguraba que no había vuelto a leer ninguno desde que los había devorado, uno tras otro, el verano en que cumplió diez años, a la sombra de un patio de Binissalem que era propiedad de una tía abuela soltera.

En una pared de la habitación de Biel, un póster de dos metros cuadrados reproducía las banderas de todos los países del mundo. La otra pared estaba decorada con el plano del castillo y los retratos enmarcados de Montgomery Cliff, James Dean, Romy Schneider y Marylin Monroe. Cuando recibía la visita de algún amigo, se tumbaban bajo la ventana, en un rincón habilitado con alfombra y cojines. Allí escuchaban música, jugaban a juegos de mesa –Biel era imbatible en la oca y el Scrabble– e ideaban planes que no se llevarían a cabo.

Si en alguna asignatura no sacaba sobresaliente, sus padres lo miraban como si fuera un tahúr de Mississipi.

En verano, su playa preferida era la Almadraba. Había que cruzar toda Roses, pero tenía la ventaja de que se practicaba top-less.

Los programas favoritos de televisión eran los siguientes: del padre, *La clave*; de la madre, *Hombre rico, hombre pobre*; de la hermana, *Vacaciones en el mar.* Biel prefería leer, jugar con el Scalextric, escuchar música o irse al castillo.

El padre tenía un Dodge Dart gris metalizado, de importación; la madre, un Renault 5 amarillo canario. Los dos eran asiduos de los trenes de lavado.

Cuando se despedían, los padres de Biel se daban un discretísimo beso en los labios. ¿Estaban enamorados? Es difícil de determinar, ya que ella trataba al marido con la misma euforia condescendiente con que se dirigía a todo el mundo. En cualquier caso, pensaba Jordi, no debía de costar demasiado amar a aquella mujer.

La característica principal de la familia era que todos los miembros eran forasteros: emigrantes de gama alta.

La divisa habría podido ser: «Intentemos sacar el máximo partido de todo lo que se presenta, pero sin lastimarnos».

JUST WILLIAM

(LOS POST DE CHRIS)

Antes de que se inventaran los centros juveniles, las colonias y las ludotecas de horario intensivo, el verano era la época en que los niños escudriñaban el mundo. En los años setenta, el modelo del aventurero adolescente fue William Brown, *Just William*, es decir, *Guillermo el Travieso.*

La autora era Richmal Crompton (1890-1969), una maestra que abandonó la enseñanza a causa de una enfermedad, y que desde entonces se consagró a la escritura. En aquella Inglaterra de mansiones, buganvillas, té y mermelada de frambuesa, William y sus amigos se servían de una inocencia edénica para poner en evidencia las contradicciones de los adultos, y también para combatir la inanidad de los otros niños. La pandilla capitaneada por William mostraba una capacidad de rebelión que despertaba un enorme interés en los niños que crecían bajo la dictadura. De hecho, la España franquista fue uno de los lugares donde más éxito tuvo la serie, que llegó a los treinta y ocho volúmenes.

Por otro lado, a aquellos niños de los años setenta el mundo de William Brown les resultaba tan próximo como el de un niño klingon. Vivía en una casa con jardín y pérgola –muy alejada del estilo que imperaba en los pisos de protección oficial de la época–, consumía comidas tan exóticas como pastel de carne y agua de regaliz, y combinaba los pantalones cortos con la corbata y la gorra de rayas (el mismo uniforme de colegial que popularizaría Angus Young, el guitarrista de AC/DC). Muchos lectores compartían, en cambio, el menosprecio que sentía por sus hermanos –dos pijos rematados– y se sentían solidarios con él cuando era incomprendido por maestros, padres y adultos en general. Resultaban admirables el afán de exploración, el uso elaborado de la ironía, su facilidad para meterse en líos, la cabezonería con que defendía sus certezas y la capacidad de argumentación ilimitada. Cuando estaba a la defensiva, su muletilla era: «No hago sino constatar un hecho».

William Brown devoraba libros de aventuras, sobre todo los que protagonizaban Davy Crocket y Daniel Boone. Podríamos definirlo como un gran explorador. Sus travesuras solían ser efectos colaterales de las ansias de descubrir el mundo.

21 DE ABRIL DE 2007

14.40 HORAS

Sentadas en posturas fotogénicas en las sillas de teca del jardín, unas cuantas amigas de Marta parecen posar para la revista *Jalouse*. Ellas no lo saben, pero Jordi se ha acostumbrado a pasearse por sus fotologs. Está al corriente de su vida virtual, de los nicknames con que se han rebautizado, de las aventuras con que llenan su ocio.

Llega a tiempo para oír unas frases de Noia Labanda:

–Y le dije, yo me voy a la cama con cualquiera, pero tú eres especial. Agrégame a favoritos: es lo más cerca que vas a estar de mí.

–Qué cabrona eres –dice PsychoCandy–. Me encanta.

Y se abrazan como teletubbies.

¿Qué se supone que debe hacer, él, ahora? ¿Fingir que es sordo?

–¡El padre de la novia! –exclama Halley, que se levanta y le estampa dos besos–. ¿Conoces a todas estas tías buenas?

Realmente, es una buena cantera. Todas llevan vestido y sandalias, cabellos alisados, kohl en los ojos y labios de color cereza. Predominan los flequillos en diagonal, excepto los de Halley y Noia Labanda, que son rectos y cortos. Lo que no acaba de discernir Jordi es si son guapas de verdad o solo son jóvenes.

–A la madrina de la boda supongo que sí la conoces, ¿verdad, Maixenka? –Y, volviéndose hacia Jordi–: No sé si estás enterado de que se dedica al Land Art. Se está especializando en el estudio de las esculturas de rotonda. Bueno, cuando está apurada también diseña estampados de sábanas.

–¡Eh! –se queja Maixenka, que tiene los ojos color violeta y lleva un vestido que recuerda una piel de cebra–. Esto es un golpe bajo.

–Para nada –continúa Halley–. Si son muy bonitas. Maixenka, Jordi. Esta es Mònica, que trabaja en animación flash para webs. Mònica, Jordi.

Monika_Shift, que tiene la piel morena de rayos UVA, lleva un vestido hasta la rodilla con un dobladillo como los de la época del charleston.

–Candy –sigue Halley– samplea solos de Jimmy Hendrix y los convierte en música afterpop. Candy, Jordi.

PsychoCandy tiene el pelo oxigenado. Lleva un vestido blanco con lunares negros y un cinturón del tamaño de una faja.

–Y aquí tenemos a Estel, que compone y toca la guitarra en un grupo indie. Tiene más de un vídeo colgado en el Pitchfork… Estel, Jordi.

–Eso de indie es una simplificación tremenda –precisa Estel, que lleva un vestido de cuadros diminutos y una gorra de conductor de autobús a juego. Del cuello le cuelga una cadenita con un identificador del ejército norteamericano. En su fotolog, firma como RockStar.

–Meri –prosigue Halley–, que está preparando un trabajo de final de carrera sobre un fanzine de los ochenta que quizás conozcas. Meri, Jordi. ¿Cómo se llamaba, el fanzine?

–*Guaita mi esmegma* –dice Meri, que lleva una docena de brazaletes y un vestido Picapiedra con sandalias de patricio romano–. Lo recuerdas, supongo.

–Claro, claro –miente Jordi, que es asiduo de su fotolog, donde es conocida como Tres Martinis.

–Meri se muere de ganas de que le presentes a ese Tarik tan sexy –añade Halley.

–¿Pero qué dices? –dice Meri.

–Lo que oyes –dice Halley–. Y –sin apartar los ojos de Jordi– ya debes de conocer a Noia Labanda, que coordina una página de Art & Repertoire. Noia Labanda, Jordi.

–No creas que busco el paradigma blockbuster –le espeta Noia Labanda, que tiene un kanji tatuado en el cuello y lleva un vestido rojo ultra corto rematado por un escote de los que la madre de Jordi llamaba palabra-de-honor.

–Ni se me había pasado por la cabeza –dice él.

–¿Te quieres sentar con nosotras? –dice Halley–. Un ratito, va. No te vamos a comer…

Una de las tigresas le clava una silla detrás de las rodillas y él se deja caer.

Después de dar tantos besos, en los labios le ha quedado el sabor de seis maquillajes diferentes.

–Tu hija está preciosa –dice Estel.

–Überfashion –concreta Maixenka.

Hablan de esa manera sibilante que es la marca de la high life de Figueres.

–¿Sabes que le hemos regalado el Pack Novios entero? –dice Noia Labanda–. Lo lleva todo incluido: piling corporal, barro & vichy, regenerador facial, hidromasaje, depilación láser, pedicura, manicura y no sé qué me dejo…

–Vaporarium y ducha ciclónica –completa Halley.

–¿Y no entraba también el maquillaje? –se interesa Noia Labanda.

–Sí –dice Halley–. El estudio, el de prueba y el definitivo. Corregir cejas, resaltar pómulos, todos los detalles.

–¡Uala! –exclama Meri–. Solo por eso ya vale la pena casarte.

–En cambio… –empieza Mònica.

–En cambio… –repite Estel.

–En cambio, digámoslo todo, el novio es outlet total –dice Meri de carrerilla.

–Efectivamente –confirma Noia Labanda–: Todo lo que lleva es como mínimo de hace tres temporadas. Para mí que lo ha pillado todo en La Roca Village.

–¿Y qué me decís del anillo de acero inoxidable? –añade Estel–. Alguien debería explicarle que esas garruladas hace años que no se llevan.

–Por no hablar de su madre –dice Meri–. Es de esas mujeres que piensan que un fular Burberrys es el colmo de la elegancia.

–¿Qué credibilidad va a tener alguien con esos pendientes? –remacha Noia Labanda.

–Y otra cosa –dice Estel–: Si no te arreglas un poco el pelo cuando se casa tu hijo, ¿cuándo lo vas a hacer?

–Lleva un baño de color que debe de habérselo hecho el

siglo pasado –remata Meri, que acaba de levantarse–. Cuando se agacha se le ve la raya bien blanca.

–Venga, chicas, comportaos –dice Halley–. Jordi debe de estar pensando que somos unas arpías.

Él abre los ojos y niega con la cabeza, aunque sin demasiada convicción.

–La que es genial es la madre de tu mujer –le dice Estel.

–Hostia, sí –confirma Mònica–. Si tienes esos pómulos, nadie puede llevarte la contraria.

–Ya me gustaría a mí que mi abuela se vistiera como Laurie Anderson –dice Estel.

Encima de la mesa, al lado de las patatas chips, Meri deja un plato con rodajas de longaniza y una botellita de agua mineral.

–Tienes cara de hambre –dice, mirando a Jordi–. Toma, come algo.

–Un segundo en la boca, una eternidad en las cartucheras –sentencia Maixenka.

–Los tíos no tienen cartucheras –la corta Noia Labanda.

De alguna parte ha salido un chico rubio que se dirige a Halley.

–Estás preciosa, hoy.

–¿Solo hoy?

–Te pareces tanto a Audrey...

–Gracias, Pol. Iré a verte los jueves.

–¿Los jueves?

–Sí, a Sing-Sing.

El chico pone cara de no entender nada.

–Acabas de suspender el examen –dice ella.

Antes de que se vaya se dan un beso.

–Te buscas cada pipiolo... –dice Mònica–. Cuando son fabulosos es a partir de los treinta. Atentos y nada pesados. Y ya han aprendido a hacer regalos.

–Y otras cosas –añade Meri.

–*I love you, oh, you pay my rents* –canturrea Noia Labanda.

–Qué bonito debe de ser despertarte cada día al lado de la persona a la que quieres –suspira Estel.

Cuando pasan Tarik y Gibert con sus cámaras, todas levantan la barbilla y les ofrecen un medio perfil.

–¿Me pasas el agua? –le dice Candy a Meri.
–Sí, pero deja un poco para mí.
–Oye –dice Mònica–, ¿os acordáis de Carla?
–¿Aquella pedorra siliconada que trabajaba de relaciones públicas en el Decathlon? –dice Maixenka–. ¿La que se martirizaba con la dieta de la alcachofa?
–Sí. Bueno, ahora trabaja en Otto Zutz. ¿No lo sabéis? Su churri pesa ciento treinta kilos.
–Debe de estar muy desesperada –dice Noia Labanda.
–Carla nunca ha tenido estilo –remata Candy.
Pero ¿qué es esto? ¿*Sexo en Nueva York*?
–Eh, que te he dicho que no te acabaras el agua –dice Meri–. No sabes cómo me ha costado encontrar una. Ya me conozco. Si sigo bebiendo cava sin comer, doy un espectáculo.
–Lo vas a dar igualmente –dice Noia Labanda–. Yo también te conozco.
–No es broma –dice Meri–. Hay cava a saco, pero el agua está racionada.
–El cava no va bien para el cutis –dice Maixenka.
–Yo también tengo la boca seca. Y el estómago vacío –dice Halley mirando a Jordi, que al fin se da cuenta de la indirecta.
–Voy a ver si encuentro al encargado.
Ya no se acordaba de que tenían que haber estado comiendo desde hacía una hora.

DOS INSCRIPCIONES

Carlos Lemaur, maestro de ingenieros del siglo XVIII, ha pasado a la historia por haber diseñado el canal del Guadarrama, que no llegó a ser construido y que debía permitir navegar en barco entre Sevilla y Madrid. Sí que se llevó a cabo, en cambio, uno de los proyectos de su hijo Manuel, sin duda menos ambicioso: el acueducto que conectaba el castillo de Figueres con la Fuente de los Frailes, en Llers, que tenía que garantizar el abastecimiento de agua potable a toda la guarnición. Una vez en la fortaleza, el agua llenaba la gran cisterna central, de una capacidad de 10.000 metros cúbicos.

Algunas tardes de aquel verano de 1977, Jordi, Churchill y Biel bajaban por el sendero de margaritas que partía del camino de ronda y conducía al inicio del acueducto. Allí, los tres amigos se acercaban a la garita ciega pisando el majuelo y la aulaga que crecían por todas partes, y leían en voz alta el mensaje grabado sobre el cemento:

> El que ensucie el agua
> o arroje arena
> será castigado a la ley del código penal del G/J de M.

Si giraban a la derecha, llegaban al circuito de motocross de Els Arcs. Si giraban hacia el otro lado, pasaban por debajo de los pilares del acueducto, construidos con sillares, bóvedas de ladrillo y revestimiento de piedras sin pulir. Por allí llegaban a uno de los sitios más solitarios y desolados del rodal.

Los lados del camino ejercían funciones de vertedero incontrolado. A lo largo de las exploraciones, los tres amigos habían encontrado los materiales habituales en esos parajes: sillas despanzurradas, colchones podridos, casquillos de bombilla, marcos de ventana, zapatos desparejados, sofás destripados, muestrarios de azulejos, montones de escombros. Quizás eran menos previsibles los armarios desmontados de una habitación entera de adolescente –con los pósters de cantantes y futbolistas todavía pegados en las puertas de contrachapado– y una docena de gallinas muertas en avanzado estado de fosilización.

Las gallinas eran el límite. Uno de los tres amigos pinchaba una con un palo o le aplastaba la cabeza con un ladrillo. Era el gesto acordado para rehacer el camino. Hasta que un día Biel los condujo un centenar de metros más allá, hasta donde los otros no se habían aventurado nunca. Junto al puente que cruzaba la autopista, en un lugar donde se acumulaba el barro seco, los vidrios rotos y los harapos de ropa petrificados por los elementos, se alzaba un monolito erigido con la misma piedra que el castillo. Esculpidas en bajo relieve al lado de una cruz rodeada de cadenas, encima de una lista de nombres y apellidos, se podían leer estas palabras:

Caídos por Dios y por la Patria
22 de Agosto 1936
Caballeros de España
¡Presentes!

La medalla de Caballeros de España y la palabra «¡Presentes!» estaban tan inundadas por la tinta negra que los goterones se habían solidificado. Era difícil discernir si la persona que se había tomado la molestia de llevar el bote de pintura y el pincel hasta aquel paraje lo había hecho con la intención de resaltar las letras o bien de ocultarlas.

Desde allá se veía el acueducto en toda su extensión. Tres años antes, en 1974, la concesionaria de la autopista Barcelona-La Jonquera había demolido cien metros de los arcos originarios, que habían sido sustituidos por tres pilares de cemento que permitían el paso de los vehículos: un parche funesto.

EL BLOG INTERMITENTE DE TINA: VENECIA

Llegamos por la carretera que viene de Treviso, más bien cutre. Qué pena vivir aquí, en una rotonda delante de una gasolinera, a tres cuartos de hora del Florian, el bar más chic de la plaza más chic de la ciudad más chic. Hoy estábamos allí. Sheena ha camelado a unos belgas de mediana edad, que nos han invitado a Dom Pérignon. Cuando teníamos las burbujitas bien puestas les hemos estrechado educadamente la mano y les hemos dicho que si nos seguían nos pondríamos a gritar. Después hemos practicado el viejo arte de la passeggiata, pero resulta que al lado de Sheena no me mira nadie.

Los dadaístas volvían horripilados de la guerra. Peggy Guggenheim volvía horripilada del espejo. Le gustaba rodearse de obras de arte que, como ella, rompían con el canon de la belleza.

Huyendo de las multitudes –de todos esos chicos de nariz aguileña que nos piden el nickname del Facebook– llegamos al Museo de Historia Natural, que nos ha costado un huevo encontrar. No hay ni dios. Alucinamos frente a los restos de un cocodrilo *Sarcosuchus imperator*, el inspirador del diseño de la góndola.

Como tenemos agua por todas partes, nos dedicamos al alcohol.

21 DE ABRIL DE 2007

15.05 HORAS

PsychoCandy le ha dicho que había visto al encargado en el porche, pero Jordi solo encuentra invitados; cada vez más, por cierto. ¿Cómo puede ser que hayan proliferado de esta manera? Y no conoce ni a la mitad.

Una mujer consuela a un niño que llora a raudales, la boca abierta y los mocos como estalactitas.

–¡Afortunado, que ya la tienes casada!

Es Güibes con su mujer. Altos y apuestos, quizás no son felices del todo, pero como mínimo no parece que se arrepientan de haberse conocido. Incluso su aspecto, formal sin pedanterías, está conjuntado.

–No sé si conoces a Txell.

–Nos hemos visto alguna vez –dice ella–. Gracias por habernos invitado.

Se estrechan la mano y se dan dos besos. Entretanto, las manos cuelgan entre los dos cuerpos, blandas e indecisas.

–Felicidades –continúa Txell, que tiene unas pecas alrededor de la nariz que le hacen la cara simpática–. Acabamos de verlos pasar y dan gusto. Con el vestido y el peinado parece mayor, pero de cerca ya se ve que es una niña.

–Los hijos nos hacen mayores –sonríe Güibes.

¿Tienen hijos? Si lo supiera, Jordi haría referencia a ellos. Para salir del paso improvisa una frase ambigua.

–A vosotros no se os ve demasiado agobiados.

–¿Qué quieres decir? –pregunta Txell.

Güibes colabora:

–Los nuestros pasan por la edad difícil. Siempre le buscan los tres pies al gato. Nunca sabes por dónde te van a salir.

La mujer asiente.

–Un día te cuentan cosas que preferirías no saber, y al día siguiente les cuesta saludar cuando se levantan de la cama.

–No se llevan mucho, ¿no? –tantea Jordi.

–¿Qué? –se extraña Güibes.

–Jobar, pero si son gemelos –dice Txell–. Creía que lo sabías.

En uno de los campos de enfrente, un tractor arrastra una máquina descomunal. Detrás se levanta una polvareda que sube hacia el cielo y se confunde con la bandada de gaviotas que siguen el surco, atravesada por los rayos solares que descienden en diagonal. Lo mismo puede sembrar que cosechar. A Jordi se le escapa la mecánica de los ciclos naturales.

–¿No habréis visto al encargado, verdad? Es un hombre vestido de oscuro, con pajarita.

–Aquí lo único que hemos visto es un niño que se ha hartado de llorar –dice Güibes–. Estaba jugando a la Game Boy, a punto de batir su propio récord, cuando se le han acabado las pilas. Como no tenía de recambio, se ha puesto a chillar.

–Bueno, y también porque el padre ha pensado que podía arreglarlo con un sopapo –dice Txell.

–Nosotros en casa jamás hemos tenido ni Game Boy ni consolas –prosigue Güibes.

–Y mira que los gemelos nos las pedían cada año –añade Txell–. Ahora ya han desistido. Se inventan sus propios juegos, ¿sabes? Así se acostumbran a apañarse solos. Para hoy me han dicho que han preparado una encuesta. Harán preguntas a los invitados y después confeccionarán una estadística.

–Antes, sin tantas boberías electrónicas éramos más felices que ahora que tienen de todo –dice Güibes–. Nos entreteníamos con cualquier cosa. Los niños de ahora no saben jugar como antes. ¿No crees?

PICO-ZORRO-ZAINA

Cuando cursaba primero de bachillerato, Marta Recasens recabó información para realizar el trabajo de investigación, coordinado por el profesor de Educación Física del instituto, que no llegó a acabar. El trabajo consistía en la descripción sistemática de los juegos más populares a los que habían jugado sus padres: tres en raya, canicas, matías, palomato... Jordi se ilusionó con este proyecto, que probablemente fue el último que compartió con su hija antes de la aparición de Bad Boy. En la redacción del trabajo también intervino el novio que Marta tenía en aquella época, Toni, que estudiaba segundo de Pedagogía. A continuación, transcribimos una de las fichas.

Nombre completo del juego

Pico-zorro-zaina

Introducción

El juego era practicado a mediados de los años setenta en el patio del colegio Sant Pau –entonces, San Pablo– de Figueres, fuera del horario escolar, y siempre por alumnos varones. Aun estando prohibido durante alguna temporada, en la práctica fue uno de los juegos más populares de la década, quizás porque no requiere ningún material ni ningún terreno especial para practicarse, ni tampoco unas aptitudes determinadas ni un gran aprendizaje por parte de los jugadores.

Origen del juego

No he encontrado datos sobre el origen del juego. No parece que las palabras castellanas *pico, zorro, zaina* tengan relación alguna entre sí, ni tampoco con los signos manuales que las representan. Si bien *pico* y *zorro* son sustantivos comunes que tienen numerosas acepciones, *zaina* es un adjetivo polisémico que cuando se aplica a los caballos significa «castaño oscuro», y cuando se aplica al ganado vacuno, «negro». La procedencia de las tres palabras es igualmente variada: el término *pico* parece tener un origen céltico, mientras que *zorro* proviene del galaicoportugués, y *zaina* deriva del árabe. Pico y Zaina son aldeas de Galicia y palabras del argot de la delincuencia.

El juego no está documentado en Cataluña hasta el inicio de los flujos inmigratorios de los años sesenta.

Reglas

El preludio es similar al que se practica antes de cualquier juego de equipo. Los jugadores se colocan delante de los dos capitanes. Estos, mediante el método de pares-impares, establecen un turno de elección. Luego escogen de manera alternada a los jugadores que formarán parte de cada equipo, que se sitúan detrás de su capitán. Los jugadores más buscados suelen tener complexión atlética, aunque también se valora la agilidad y el sobrepeso.

No hay un número máximo de jugadores por equipo; en algunos casos pueden superar la docena. Una vez completados los dos grupos, se decide –también según el método de pares-impares– qué grupo salta y cuál recibe.

Para jugar al pico-zorro-zaina solo se necesita un espacio de unos dos metros de ancho y de una longitud variable, que oscila entre los diez y los treinta metros. Era frecuente utilizar como base el alféizar de las ventanas de la planta baja de la escuela, situadas en las caras norte, sur y este. En las temporadas de apogeo del juego, era posible ver cinco o seis equipos en acción al mismo tiempo, sobre todo en la cara este, la más apartada.

El árbitro, llamado «madre», se sienta con las piernas abiertas en el alféizar de la ventana y se cubre los genitales con las manos colocadas en forma de cazoleta. A continuación, uno de los jugadores del equipo que recibe se aproxima, inclina la espalda y coloca la cabeza entre las piernas del primer jugador, sujetándolo con fuerza por encima de las rodillas y así, sucesivamente, se forma una fila perpendicular a la pared hasta el último jugador del equipo que recibe.

Entretanto, los miembros del otro equipo se han agrupado a cierta distancia. Cuando el árbitro considera que el equipo que recibe está bien colocado, da la señal de inicio. Entonces el primer jugador del equipo que salta corre y, sin disminuir la velocidad, coloca las palmas de las manos sobre la espalda de uno de los últimos jugadores y se propulsa hacia delante. Un buen saltador se puede elevar por encima de cuatro o cinco jugadores. A continuación se van añadiendo, de uno en uno, todos los demás. Si alguno de los jugadores que salta cae al suelo, se produce un cambio de turno. Por el contrario, si alguno de los jugadores que reciben no aguanta el peso y cae de rodillas al suelo –acción que se llama «deslomarse»–, el equipo vuelve a recibir.

En el caso de que todos los jugadores salten correctamente y que el otro equipo aguante el peso, empieza la segunda parte del juego. El jugador que ha saltado pronuncia o «canta» las siguientes palabras:

–Pico-zorro-zaina.

Al mismo tiempo, hace un gesto con la mano que sea visible para el árbitro pero no para los jugadores del otro equipo. Los gestos posibles son tres: *pico*, con el puño cerrado y el pulgar arriba –a la manera de los emperadores romanos que salvaban a los gladiadores de la muerte–; *zorro*, con el puño cerrado –al estilo socialista–; y *zaina*, con los cuatro dedos abiertos y el pulgar cerrado (parecido al gesto que simboliza las cuatro barras catalanas). Un jugador del otro equipo debe adivinar el signo. Si no lo consigue, el jugador que ha cantado le contesta cuál era el signo correcto y el equipo vuelve a recibir. La secuencia completa es la siguiente:

–Pico-zorro-zaina.

–Pico.

–Zaina.

Y vuelven a saltar.

En cambio, si el jugador que adivina lo acierta, el que canta responde: «Es». Por ejemplo:

–Pico-zorro-zaina.

–Zorro.

–Es.

Entonces se produce un cambio de turno.

Tácticas principales

El antiguo conserje del centro, el señor Octavi, ha mencionado la táctica Barneda, que proviene del nombre del primer jugador del colegio que la utilizó. Consiste en concentrar la fuerza del salto en sentido vertical, elevándose lo máximo posible para caer con todo el peso encima del último jugador de la fila, que solía «deslomarse» aparatosamente. Por regla general esta táctica era utilizada por jugadores con sobrepeso que saltaban en último lugar para hundir las defensas del otro equipo. En algún caso, sin embargo, se hacía uso de la táctica Barneda en la fase inicial para aprovechar el factor sorpresa. Si el jugador no se deslomaba, los otros se veían obligados a pasar por encima del primer saltador. Como el salto era más elevado, la violencia del choque con que caían era también superior.

También recordaba la táctica que consistía en saltar sin utilizar las manos para propulsarse ni para aterrizar. El saltador tenía que ser lo bastante hábil para tirar las piernas adelante y a la vez curvar el cuerpo hacia atrás en el aire si quería evitar un doloroso aterrizaje con los genitales. Con esta táctica no se conseguía saltar ni más arriba ni más lejos, pero como el ángulo del salto era menor, no terminaba con un encontronazo seco sino con un roce violento sobre la espalda de los jugadores que recibían y que provocaba, según recuerdan los entrevistados, un dolor intenso parecido a una quemadura. En honor a su inventor, este salto se llamaba Churchill.

LAS FORMAS DEL AZAR

Si en 1659, a causa de la Paz de los Pirineos, el reino de España no hubiera cedido al de Francia los condados del Rosellón y del Conflent, el Ampurdán no se habría convertido en territorio fronterizo y, por lo tanto, no habría tenido tanto interés militar.

Si la ciudad de Figueres no estuviera situada en el punto en que confluyen la montaña y la llanura del Ampurdán, es decir, en el lugar idóneo para detener una penetración militar procedente de Francia, no habría sido el sitio elegido para construir el castillo.

Si el sistema ideado por el ingeniero militar Sébastien le Prestre de Vauban (1633-1707), basado en enormes fortificaciones situadas en zonas de frontera, no hubiera estado vigente durante el siglo XVIII, el castillo de Sant Ferran no existiría.

Si la Fuente de los Frailes no hubiera estado en Llers, el ingeniero Carlos Leamur no habría construido el acueducto que la conecta con el castillo de Sant Ferran.

Si en noviembre de 1976 el capitán Gabriel Sastre no hubiera sido destinado al Centro de Instrucción de Reclutas número 9, situado en Sant Climent Sescebes, y si su hijo no hubiera sido uno de los jugadores de whist, todos los hechos precedentes no tendrían importancia en esta historia.

SEGUNDA PARTE

UNA TARDE DE ABRIL

En la vida, para comprender de verdad cómo son las cosas de este mundo, tienes que morirte, al menos una vez.

GIORGIO BASSANI, *La novela de Ferrara*

21 DE ABRIL DE 2007

15.40 HORAS

Siguiendo las instrucciones transmitidas por el encargado, los invitados han entrado en el salón de banquetes, han buscado sus nombres en las tarjetas de las mesas y han tomado asiento. Tanto la mesa de los novios como las otras diez tienen doce sillas cada una. Ciento veinte personas fue la cifra de invitados que se fijó al final de la ardua negociación que entablaron todas las partes con Jordi, en apariencia la única persona solvente implicada en la ceremonia. De estos ciento veinte invitados, la mitad corresponden al novio y la otra mitad a la novia; ahora bien, como el novio tenía más parientes próximos, se consensuó que los amigos comunes –una decena– serían contabilizados como amigos de ella. De los cincuenta invitados restantes, veinticinco correspondían a Marta, quince a Nora y diez a Jordi.

En el centro de cada mesa, sobre el mantel blanco, cuesta ver el diminuto ramo de flores presuntamente silvestres; en cambio, el ramo de la mesa de los novios resulta demasiado ostentoso. Las sillas han sido revestidas con una funda beis ajustada a los ángulos, como si a alguien le diera vergüenza mostrarlas tal cual son.

Los novios todavía no han hecho acto de presencia.

El salón tiene tres paredes. La que sería la cuarta está formada por cinco puertas correderas de vidrio que dan al jardín. En la parte superior de cada pared cuelgan unos bafles repartidos a razón de uno cada cuatro metros. Una pantalla gigante, de momento apagada, está situada en cada esquina. Al lado de la mesa de los novios, un órgano eléctrico y un micrófono de pie descansan sobre una tarima, a punto para la música en vivo, contratada por trescientos treinta euros, impuestos incluidos.

Las otras mesas son redondas, pero la de honor es rectangular. Los comensales se sientan del mismo lado, de espalda a la pared, en la posición en que suele representarse la Santa Cena. Al lado del lugar reservado para Marta se sientan, de derecha a izquierda, Jordi y su esposa, su suegra, su padre y Cati. Al lado de la silla vacía destinada a Bad Boy se sientan, de izquierda a derecha, Rosa, sus padres y los abuelos paternos del novio. Como Cati y el abuelo paterno del novio quedan en los extremos más alejados, no es necesario que se esfuercen en buscar puntos comunes entre sus intereses. La pamela de la suegra reposa en una silla que el encargado le ha habilitado con una deferencia servil [y si crees que algún invitado se sentará encima de manera inadvertida, te equivocas].

En las mesas más próximas se reúnen, distribuidos por edades, los otros parientes: la retahíla de Figueres y los que han venido de Olot, del Maresme, de Navarra, de América, los amigos y compañeros de trabajo de los padres de los novios y algún personaje que no encaja en ninguna de estas categorías, como Gibert, la alcaldesa –que resulta que adonde tenía prisa por llegar era a la comida– y el instalador de calefacción, que se sientan a la mesa más alejada. En medio hay dos ocupadas por los amigos de los novios, que se dedican a calentar el ambiente coreando eslóganes como por ejemplo «Que salgan, que salgan», «No lo llaméis amor, sino sexo» y similares.

Sin previo aviso, los invitados se ven ensordecidos por unas notas lentas y empalagosas que provienen de los bafles. Sin duda, la persona que gradúa el volumen padece una disminución notable de la capacidad auditiva. Después se añade la voz:

Por ti me casaré,
es evidente,
y contigo, claro está, me casaré,
por ti me casaré,
por tu carácter,
que me gusta hasta morir no sé por qué.

Los jóvenes, y después el resto de los invitados, se levantan y aplauden. En la mesa de los novios, la primera en reaccionar ha sido Cati.

–¡Es Eros Ramazzotti! –grita.

Por un instante, Jordi había pensado que se trataba de Bad Boy en persona.

Todas las miradas se vuelven hacia la puerta del jardín, por donde entran los novios cogidos de la mano, caminando con una solemnidad no exenta de gozo, precedidos por Tarik, que les dispara sin parar con la réflex digital mientras camina de espaldas.

Por encima de los aplausos, se oye la voz estridente de Elisenda:

–Cerrad la puerta, que se escapa todo el aire fresco.

Por ti me casaré,
por tu sonrisa,
porque estás casi tan loca como yo,
y tenemos en común más de un millón de cosas
(por ti me casaré),
por ejemplo que los dos odiamos las promesas
(por ti me casaré),
pero yo seré tu esposo, tú serás mi esposa,
y yo prometeré
que te querré,
y tú también prometerás
que me querrás.

Jordi se suma a los aplausos –aunque no sea más que para ahogar la canción– mientras los novios se acercan a la mesa y ya no queda ni un solo invitado sentado. Por el fervor de los aplausos, se diría que Renata Scotto acaba de interpretar *Madame Butterfly*.

Una cuestión de piel,
firmaremos nuestro amor en un papel
y pobre del que se ría
es un estúpido, no sabe,
no comprende que el amor es simpatía.

La pasión desata gritos dispersos: «Tío bueno», «Estupenda», «Vivan los novios», «Que se besen». Puesto que no se atreve a gritar lo que le pasa por la cabeza, Jordi opta por no sumarse. Finalmente, la pareja llega a la mesa.

En el mismo momento en que se sientan, la canción es sustituida por otra. Empieza con unas notas de teclado electrónico, lentas y épicas y después, por encima –pero por debajo de los aplausos, que no han cesado– se mezcla una voz femenina que canta en inglés.

–Seguro que ya conocéis a Enya –aclara Bad Boy sin dirigirse a nadie en particular–. Es de la banda sonora de *Gladiator.*

–¿Os gusta la música? –dice Marta–. La ha elegido toda él...

Y se le pega, orgullosa.

–Francamente, en estos casos soy partidaria de Ray Coniff –comenta la suegra de Jordi.

«David gladiator», «David gladiator», gritan los amigos del novio.

La puerta del jardín se abre para dar paso a cuatro hombres vestidos con delantal y tocados con un gorro de cocinero, que avanzan siguiendo el ritmo de la canción. Transportan un carro metálico con una bandeja donde yace un pescado que debe de medir por lo menos un metro de largo, rodeado de una guirnalda en la que se alternan en orden tomates y patatas cocidas. En el dorso, el pescado tiene clavada una bengala encendida. Cuando los camareros empiezan a servir vino blanco, los aplausos llegan a la apoteosis. Tarik, arrodillado ante la mesa de los novios, hace fotos a discreción. Tres Martinis y Monika_Shift se le suman con las cámaras de los teléfonos móviles.

El padre de Jordi y Cati levantan los vasos y se miran con lujuria. Todo indica que será un día largo.

EL INSTITUTO

Antes hemos dedicado un capítulo al colegio Sant Pau. Ahora es el momento de referirnos al instituto.

No todo el mundo sabe que en Figueres hay dos Ramones Muntaner.

Uno es el hombre de piedra esculpido por Frederic Marès y sentado en la plaza de la Fuente Luminosa, no demasiado lejos de Jaume I. Escribe sobre un libro voluminoso que tiene en el regazo, pero lleva sombrero y abrigo –de ante, de los que utiliza Denzel Washington en *American gangster*–, como si estuviera a la intemperie. La sensación que transmite es de incomodidad.

El otro Ramon Muntaner es el instituto de educación secundaria. Para referirse a él, la mayoría de los figuerenses han utilizado tradicionalmente el genérico «el instituto», ya que durante más de un siglo no hubo ningún otro. El segundo que se abrió, bautizado con el nombre de Alexandre Deulofeu, enseguida fue conocido como «el nuevo» o «el de arriba», mientras que el primero siguió siendo el instituto por antonomasia. Tuvieron que construirse dos o tres más para que la gente se acostumbrara a hablar de «el Muntaner».

Después de la densidad represiva del colegio Sant Pau, el instituto no fue una bocanada de aire fresco sino más bien una inyección de anarquía, áspera y perfumada como un sorbo de ginebra.

La primera novedad era que un montón de chicas compartía la clase con ellos. Desprovistas de bata, al alcance de la mano, resultó que superaban en estatura a los chicos y que estaban dotadas de las mismas curvas femeninas que aparecían en revistas como *El Trompa* o *El motel de Venus*. Se mostraban perfectas y acabadas, mientras que ellos parecían a medio cocer. Cercanas, nerviosas, exaltadas, febriles, aquellas chicas se pasaban el día emitiendo aullidos de alegría y sonrisas indiscriminadas, besándose amistosamente y propinándose codazos histeroides. Se desplazaban en grupitos, parecía que concentradas en las baldosas del suelo pero en realidad disparando miradas bajas a aquellos compañeros llenos de acné que transitaban por los pasillos sin un destino claro, con las manos hundidas en los bolsillos de unos pantalones que les apretaban más a cada lavado.

Entonces el Ramon Muntaner era el único instituto de la comarca. Asistían un montón de adolescentes campestres procedentes de Llers o de Cantallops, acostumbradas a dar el pienso matinal a las gallinas, pero también las sofisticadas ninfas de Roses y de Cadaqués, asiduas a beach parties y al free pass de las discotecas, que dominaban las técnicas más avanzadas del morreo, a las que había que añadir las hijas de los comerciantes y constructores más prósperos de la ciudad –chicas de marca, de gimnasio y de peluquería semanal–, que vivían junto a la Rambla, fumaban Fortuna mentolado y frecuentaban la discoteca Charly, donde se rozaban con los herederos más codiciados de los aledaños.

En el año 1977, la pirámide social del instituto incluía, más o menos, los mismos estamentos que Marta recitó a su padre una tarde intimista de 2001. De la cúspide a la base, se sucedían las sexys, las populares, las motivadas, las fáciles, las apalancadas, las acopladas, las matadas, las marginadas, las taradas y las desechables.

Por aquel instituto habían pasado Salvador Dalí y Josep Pla, y los dos habían dejado descripciones poco halagadoras. Situado en un antiguo convento de franciscanos, al lado de la iglesia de la Inmaculada, había conocido tiempos mejores pero todavía conservaba una cierta pátina de prestigio, como un mueble viejo que da pena tirar porque en la época de la bisabuela era de categoría. Las aulas de la planta baja daban a un claustro de columnas adustas pero bastante amplio y acogedor, sobre todo a causa del juego de luces y sombras que producían los cipreses. A la hora del recreo, el claustro se llenaba de jóvenes entregados a conversaciones y juegos ingenuos en comparación con lo que vendría más tarde, pero que a buen seguro escandalizaban a los fantasmas de los monjes que expiaban allí sus pecados. Otros estudiantes preferían salir del recinto y diseminarse por la calle Sant Pau, donde podían comprar golosinas, cruasanes y tortas de chicharrones, jugar a la primera versión del Space Invaders instalada en el bar Estudiantil o bien irse a fumar al Salón Dinámico de la Plaza Triangular, o simplemente llegarse hasta los jardines Enric Morera a esperar la hora de volver.

El organigrama de aquel centro era vasto e incomprensible. Incluía tutores, coordinadores, jefes de seminario y jefe de estudios, junto a cargos más imprecisos. En la práctica, el control era incomparablemente más laxo que en el colegio Sant Pau. Cada hora entraba un profesor distinto al aula. Venían de Soria, de Granada, de todo el territorio cubierto por el Ministerio de Educación. Muchos no entendían el catalán, y en ocasiones costaba entenderlos a ellos. Pero eran jóvenes y apasionados, abiertos y permisivos. La profesora de filosofía citaba a Bertrand Russell, la de música ponía discos de Yes, el de dibujo disertaba sobre la estética de la revista *Creepy*. Otros permitían comer pipas y fumar en el aula.

Era un momento de apertura, de descubrimiento multidireccional. Las elecciones de los delegados cumplían con escrupulosidad los protocolos democráticos. Las huelgas, pintadas, manifestaciones y asambleas –era la época de las reivindicaciones de los profesores interinos, entonces llamados PNN– se traducían puntualmente en el instituto, adaptadas a los conocimientos políticos de los alumnos, que eran entre escasos e inexistentes. Aquellos adolescentes habían pasado del fascismo más estricto a una democracia representativa, y cada dos por tres asamblearia.

En una manifestación que recorrió la Rambla y que llegó hasta el Ayuntamiento, en protesta por un proyecto de ley de reforma educativa que ningún manifestante había leído, tuvo éxito un eslogan que se refería al ministro de Educación y que permite hacerse una idea de la altura del debate político que reinaba en el instituto: «Seara, Seara, te vamos a romper la cara».

Los profesores eran cercanos y amistosos, es decir, débiles. Más de uno lo pagó caro. Unos cuantos de aquellos alumnos de primero de BUP, que tan solo unos meses atrás estaban en el colegio Sant Pau, tenían antecedentes violentos; la proporción no era menor entre los que llegaban de Los Fosos. Les gustaba provocar, mentían a la perfección, tenían la lengua y la mano rápidas, habían aprendido a contraargumentar de manera convincente, se defendían atacando. Eran más, disponían de más energía y se habían criado en el combate cuerpo a cuerpo. Aquella generación de profesores no numerarios, rousseaunianos y vulnerables, fue derrotada en pocas semanas. Cuanto más humanos y comprensivos se mostraban, más crueles eran los ataques de los estudiantes, que se mostraban particularmente amenazadores con las profesoras más jóvenes y desarraigadas. Aquellas chicas andaluzas recién licenciadas, ingenuas y socialistas, abandonaban el aula de repente, corrían sujetándose la falda floreada y antes de que llegasen a la sala de profesores y rompieran a llorar, algún alumno ya despertaba las carcajadas de todo el mundo imitando su flaqueza.

Se había girado la tortilla. Ahora ser joven significaba mandar.

EN LA FÁBRICA ABANDONADA

El 17 de agosto de 1977 por la tarde, Jordi estaba tumbado en la cama cuando entró su padre.

–Tu madre y yo hemos estado hablando. No sabemos qué pasó en el castillo, pero no te lo vamos a preguntar jamás. Si quieres nos lo cuentas y, si no quieres, no. Eres nuestro hijo y te queremos lo mismo.

A finales de agosto e inicios de septiembre, Jordi y Churchill visitaron tres o cuatro veces la casa de Biel. Las visitas seguían un patrón. La madre les abría, les dedicaba una sonrisa brusca y los conducía a la sala, donde encontraban al capitán sentado en el sofá con el gato siamés en el regazo. Nora no estaba nunca. La madre les llevaba una jarra de limonada recién exprimida. Explicaban anécdotas de Biel. Rememoraban frases, escenas, ocurrencias. La madre se sentaba con la espalda recta y sonreía de manera maquinal. El padre, hundido entre los cojines, asentía. Cuando la limonada se terminaba, la madre les llevaba otra jarra, ahora acompañada de galletas de té. Al cabo de media hora, Jordi y Churchill se marchaban. Los padres de Biel eran tan amables y considerados que costaba percatarse de si aquellas visitas los complacían o los disgustaban.

Un fin de semana de mediados de septiembre, el padre no estaba. Poco después de que se sentaran, la madre les dijo que tenía que marcharse a hacer un recado. Que podían quedarse si querían, que al cabo de media hora regresaría. Aquel día se terminaron las visitas.

Desde entonces, Jordi y Churchill a duras penas se comunicaban. Después de ponerse de acuerdo respecto a la versión oficial del accidente, habían decidido no volver a hablar del asunto. No solo para prevenir contradicciones ante terceras personas, sino con la intención de «superarlo» (era el verbo que utilizaban). Como no podían hablar de lo que les interesaba y no les apetecía abordar otras cuestiones, se impusieron un silencio drástico, que no obstante les resultaba muy violento, sobre todo cuando coincidían en el patio o a la salida del instituto y eran conscientes de que concentraban las miradas de los compañeros. Así que poco a poco fueron tanteándose, rehaciendo las relaciones como dos examantes que trabajaran en la misma empresa y que necesitasen mantener los contactos laborales después de haber roto. Las charlas sobre chicas, música, exámenes o política eran un territorio seguro en el que podían simular una relación normal.

En noviembre, una vez reconvertidos en compañeros, entonces sí, volvieron a distanciarse, y esta vez de forma definitiva. Era fácil, ya que no coincidían en los mismos espacios. Churchill había elegido las opciones más fáciles: letras, religión y técnicas del hogar. Jordi había preferido ciencias, ética y diseño gráfico. Fuera del instituto, Churchill frecuentaba el bar Breston, la discoteca Rachdingue y jugaba al futbolín en el Salón Dinámico, donde flirteaba con las hijas del dueño. Jordi era asiduo del bar Quatre y la discoteca Charly, y jugaba al billar en el San Antonio. Churchill se decantaba por las atmósferas más cortantes del rock, mientras que Jordi se cobijaba en las melodías más dulces del pop. Los fines de semana, Churchill salía con Cubeles y Dalfó; Jordi, con Pierre y Calimero.

Una tarde, después de las clases, Jordi y Churchill coincidieron en la fábrica de ladrillos abandonada de Vilafant, situada entre el barrio de Les Forques y el río Manol, por entonces uno de los sitios más devastados del Ampurdán: una zona deshabitada, sin bosques ni cultivos, medio yermo y medio vertedero, dominado por el perfil de la fábrica. Todavía se amontonaban los ladrillos alrededor, apilados de cualquier manera, como si los obreros hubiesen abandonado el trabajo de improviso. Tendida como un animal muerto, con las vigas a la vista, las puertas y las ventanas destruidas por la intemperie y el vandalismo, la fábrica estaba presidida por una chimenea alta y torcida que parecía a punto de caerse.

Eran una veintena. Tocaban guitarras y bongos, corría la cerveza y el hachís. Jordi, que había llevado la cámara, conserva alguna foto de aquel día: Churchill con la cazadora negra llena de chapas, mirándolo de reojo mientras levanta una botella de Xibeca, la chimenea como telón de fondo. En otra imagen, bajo un cielo que palpita, Lina habla con Oliver mientras en un rincón Barneda enciende un porro.

Dos días después, Jordi y Churchill se encontraron en el mismo lugar para quemar el juego de whist y acordar no verse durante un tiempo.

SEXO, DROGAS, ROCANROL E INFORMÁTICA

No todo el mundo tiene derecho a escoger las inclemencias del destino, pero cada cual es responsable de los refugios que utiliza para protegerse de ellas.

Jordi, y sobre todo Churchill, se dejaron llevar –sin saberlo– por la tríada que consagraron aquel 1977 Ian Dury and the Blockheads, a la que habría que añadir la informática. Veámoslo.

Sexo

Jordi era platónico, aspiraba a la perfección y basaba su táctica, si es que puede llamarse así, en dirigir miradas lánguidas a unas chicas determinadas. Churchill era aristotélico, perseguía un récord numérico y atacaba de frente porque, como decía él, «el *no* ya lo tengo». Los resultados saltan a la vista. A lo largo de los cuatro años que pasaron en el instituto, Jordi salió con dos chicas, Cesca y Neus. Cuando acompañaba a Cesca a su casa, se besaban y él le presionaba los pechos por encima de la blusa. Con Neus se acostumbraron a tocarse en casa de ella, cuando sus padres no estaban, pero la chica se negaba en redondo a «ir más allá». En el mismo lapso, Churchill –que ya era conocido como Sex Machine– practicó el coito con un total de siete compañeras de instituto, una de las cuales quedó fecundada.

Drogas

Al principio, Jordi y Churchill fueron al unísono: en primero de BUP consumían hachís esporádicamente, en segundo lo mezclaban con alcohol, en tercero probaron las anfetaminas y en COU se iniciaron en la cocaína (la presencia del Papanatas deambulando por las calles de la ciudad en un mal viaje permanente les había inoculado una prevención innegociable ante el consumo de LSD, por no hablar de los inyectables).

La diferencia entre los dos amigos era de grado; lo que para Jordi resultaba excepcional, para Churchill se había convertido en una costumbre. En otras palabras, se había habituado a ir colocado. En tercero de BUP se convirtió en un traficante a pequeña escala: compraba pastillas de hachís de veinte gramos, y él mismo las cortaba y las vendía al detalle con unos beneficios que superaban el setenta por ciento. Las ganancias las reinvertía, en proporciones variables, en sexo, drogas y, cada vez más a menudo, rocanrol.

Rocanrol

En 1977 murió Elvis Presley y nació The Police. Vieron la luz álbumes como el *Never Mind the Bollocks* de los Sex Pistols, el *Rocket to Russia* de los Ramones, el *Marquee Moon* de los Television y el *The Clash*, del grupo homónimo. Fue el año en que Damned, Suicide, Blondie y Talking Heads grabaron el primer elepé. Había muerto el rock, había nacido el punk.

A finales de la década de los setenta, cuando llegaba la hora del recreo, en el claustro del instituto siempre había alguien que tocaba la guitarra: «Simpathy for the Devil», «The House of the Rising Sun» y, para los más virtuosos, «Stairway to Heaven». La primera la cantaba a menudo Lina, una chica de pelo castaño que recordaba a la versión más crooner de Marianne Faithful, y que destacaba por la suavidad morbosa de sus mejillas y de su voz. Todo el mundo daba por hecho que sería cantante profesional. Churchill no paró hasta que se fue con ella a la cama. La relación duró bastante: tres semanas. Fue Lina quien le hizo descubrir The Runaways, John Mayall y el Plastic Bertrand de *Ça plane pour moi*. En el apartado de rock duro, Churchill tan solo tenía un disco de Black Sabbath que había comprado en Can Caussa porque le había gustado la portada. En aquella época al rock no se le dedicaban programas de televisión ni aparecía en los anuncios y pocas veces arañaba algún titular en la prensa (la única estrella pública era Keith Moon, el batería de los Who, más que nada porque había decidido probar todas las drogas del mundo, incluidas las legales). Las marcas de bebidas no patrocinaban conciertos masivos. Las operadoras de móvil tampoco, porque no existían. Había que comprar revistas –a menudo difíciles de encontrar fuera de la capital– como *Popular 1*, *Star*, *Vibraciones* o *Sal Común*. Poco a poco, Churchill se construyó su canon: Lou Reed, Ted Nugent, Burning y Oriol Tramvia, el único catalán que sonaba lo bastante desesperado para su gusto, si exceptuamos Decibelios y La Banda Trapera del Río. Antes de los exámenes, siempre escuchaba «Walk on the Wild Side»: para darse ánimos, decía.

Después de profundizar en las investigaciones sobre la ley del mínimo esfuerzo, Churchill no tuvo problemas para aprobar BUP y COU. Decidió que quería estudiar sociología, entre otros motivos porque la única universidad en la que podía matricularse estaba en Madrid, y él consideraba prioritario establecerse cuanto más lejos de Figueres mejor. Llegó a la capital española en 1981, cuando la Movida era un fenómeno incipiente. Alquiló un apartamento en la calle de Valderribas, oscuro pero habitable, no demasiado lejos de la estación de Atocha, y se tiñó el pelo de azul cobalto. Frecuentaba los templos de plástico color mandarina y los antros de neón rosa al estilo de Morocco, El Sol, Jardín o Quadrophenia. No le costó demasiado ambientarse. Tomaba copas con jóvenes desconocidos, pero también con los que más adelante serían considerados los must de la época: Haro Ibars, Bonezzi, El Zurdo, Mariné, Los Costus, Fabio McNamara, gente así (cuando lo contaba, Churchill siempre utilizaba esa expresión: «gente así»). En los lavabos del Archy, en el decurso de un encuentro intenso y efímero –era el gran momento del polvillo boliviano–, descubrió que era gay. En fin: en tercero de carrera llevaba una cresta de doce centímetros y seguía una dieta en la que los ingredientes principales eran sustancias prohibidas. Puede dar una idea de su implicación el hecho de que formaba parte de la comitiva que entró con Andy Warhol en el Museo del Prado el día en que el rey de la anilina fue a comprar postales.

A principios de los ochenta, el punk había experimentado un proceso similar a la mitosis con que se dividen las células. La parte más festiva y ligera se había convertido en new wave, mientras que la vertiente más oscura y densa se había transformado en dark wave. Madrid siguió sobre todo la segunda tendencia. Pronto se convirtió en la capital del rock siniestro que habían inaugurado Siouxsie and the Banshees, Joy Division y Killing Joke. En aquellas canciones, la guitarra latía en segundo plano como una herida infectada y cedía el protagonismo a un bajo que se aliaba con los teclados martilleantes, la batería sonaba como si alguien estuviera clavando a un condenado en la cruz, y el cantante parecía un barítono torturado. Los temas principales eran la inadaptación y el asco, los estigmas y la agonía, el dolor y la degeneración, las mutilaciones y la muerte. Aquellos grupos que tenían telarañas en el corazón se convirtieron en su hogar. Se hizo asiduo del Rockola, donde asistió al último concierto que ofreció Décima Víctima y al primero de Gabinete Caligari. Cuando vio a Jaime Urrutia ante el micrófono diciendo «Somos fascistas» recordó con nostalgia el brazalete con el distintivo de Sturmscharführer que se había fabricado en COU, y que se ponía de vez en cuando para pavonearse, igual que se habría puesto la hoz y el martillo si durante aquellos años ser comunista no hubiese estado de moda.

Quedó muy afectado por la muerte del cantante de Parálisis Permanente, con quien había compartido algún desvarío nocturno. Desde que lo había conocido, Eduardo Benavente –pálido, ojeroso, demacrado, cadavérico– había sido su ídolo. Churchill se sabía de memoria aquellas letras inhóspitas que hablaban de psicópatas, de sadomasoquismo, de hermanos siameses, de síndrome de abstinencia, de asesinos en serie. Eduardo Benavente había seguido sus propias instrucciones, ya que había vivido más deprisa que nadie y había dejado un bonito cadáver tras de sí. Desapareció de una manera limpia, en un accidente de coche, a los veinte años, los mismos que tenía Churchill en aquel entonces.

Después de la muerte de Benavente, Churchill asumió la dark wave como una religión. A la salida del Stella, propinó un puñetazo a un desconocido solo porque le oyó decir que le gustaba Rick Wakeman.

A pesar de las noches siniestras, Churchill no había abandonado el atletismo. Su remedio contra la resaca era salir a correr en cuanto se levantaba, aunque hubiera dormido dos horas o no supiera dónde tenía la mano derecha. Llegaba al parque del Retiro por el sur y trotaba entre eucaliptus y cedros, entre gatos y vagabundos, entre yonquis y parejas dormidas, hasta que desembocaba en la estatua del Ángel Caído, que él consideraba un homenaje a los compañeros desaparecidos. Enfilaba por la avenida de Uruguay y cogía caminos arriba y abajo a paso ligero durante tres cuartos de hora. Muchos días se encontraba fatal, y no era extraño que vomitara entre los parterres, pero después de darse una ducha de agua fría se sentía renacer.

Cada tres o cuatro meses se subía a un talgo y regresaba a Figueres, donde seguía curas de sueño, de sol, de comida. Por eso se salvó de la caída, pero sobre todo por el rechazo a la aguja hipodérmica, no solo a causa del precedente del Papanatas, sino porque entonces ya no se odiaba a sí mismo y al mundo, sino que había consolidado una especie de pacto de caballeros, un convenio de supervivencia con el cuerpo.

Aparte de recuperarse de los excesos madrileños, en Figueres también asistía a los ensayos de La Cripta, que tenían lugar en el sótano de la iglesia del Bon Pastor. Churchill siempre ha sostenido que tuvo un papel capital en la fundación de este grupo de culto, tan de culto que solo se conserva una canción grabada en un disco colectivo, aparte de copias pirata de alguno de los escasos conciertos que ofreció. La verdad, sin embargo, es que Churchill nunca dominó ningún instrumento musical y que fue expulsado de La Cripta cuando los otros miembros se percataron de que lo único que deseaba era salir al escenario a destrozar los instrumentos después del concierto, siguiendo el estilo inaugurado por Pete Townshend y consolidado por Joe Strummer.

Churchill no era músico, ciertamente, pero tenía cualidades. Sabía prever si una canción conectaría con el público y disponía de grandes reservas de persuasión. La Movida madrileña se extinguía en el momento en que sus negocios como camello habían sufrido contratiempos. Poco a poco se introdujo en productoras discográficas, primero como cazatalentos a porcentaje y después como asesor de jóvenes promesas. No valía la pena acabar la carrera de sociología. Se hizo objetor de conciencia para concentrarse en el trabajo. A principios de los años noventa, ya establecido como superviviente, consiguió canalizar una parte de la energía musical que circulaba por Madrid y se estableció como agente de grupos emergentes. El rock había salido del armario. Todos los bares nocturnos ofrecían videoclips y en la televisión ya no eran raros los programas musicales. Con el tiempo se convirtió en director de una pequeña empresa de representación y promoción, que en los primeros años del siglo XXI producía beneficios regulares. Limitaba las drogas a un par de esnifadas mensuales y, por lo que se refiere al sexo, bueno, todavía lo llamaban Sex Machine.

Informática

¿Y qué había hecho Jordi, entretanto? Sus relaciones con la música habían seguido el camino inverso, ya que después del instituto dejó de interesarle y con los años abandonó por completo la costumbre de comprar discos.

Al contrario que Churchill, era incapaz de aprobar todas las asignaturas con un suficiente, tal vez porque se tomaba muy en serio las relaciones sentimentales. Cuando se enamoraba, los estudios le estorbaban. Además, tenía ganas de aprender un oficio y conseguir más *argent de poche*. Después de renunciar a acabar COU, cumplió el servicio militar en Cartagena. Cuando terminó, en 1982, estudió en una academia de fotografía de Barcelona. Allí aprendió los rudimentos de la profesión: la escala de grises, los métodos de iluminación, el proceso de revelado. Vivía en una pensión de la calle Major de Gràcia y se pasaba horas caminando por las calles cuyos nombres conocía de cuando jugaba al Monopoly. Al principio, sus fotos imitaban las de García-Alix, pero con el tiempo tanteó estilos propios. Para Navidad tuvo lista la serie titulada *Animales muertos encontrados en la carretera*, una veintena de imágenes de gatos, perros y erizos aplastados que había positivado él mismo en su ampliadora y que expuso en el bar Bis-bis de la calle Sant Josep de Figueres, con un balance final de cero ventas.

Poco después trabajó en una franquicia en la entrada del zoo de Barcelona. El trabajo consistía en fotografiar a los visitantes. Pero se aburría. Si quería aprender el oficio de verdad y a la vez ganar dinero, la única salida era colaborar con un estudio fotográfico especializado en lo que en argot se denominaba BBC (bodas, bautizos, comuniones).

El otro aprendizaje que hizo en Barcelona fue el del coito. Después de enamorarse de una modelo que iba a posar a la academia de fotografía, decidió que de momento más valía no implicarse en ninguna relación estable, ya que el dolor del desamor era excesivo. En cambio, consideraba necesario iniciarse en los aspectos técnicos. Así pues, una vez por semana visitaba un prostíbulo de la calle Valencia, donde preguntaba siempre por la misma chica, una colombiana eficiente que lo inició en el arte de la retención.

Otro refugio de Jordi era la informática, que a la larga confluiría con el de la fotografía. En 1984 tenía un ordenador Spectrum con el que aprendió a programar en lenguaje Basic. En 1986 adquirió un Amstrad, que utilizaba para copiar juegos y distribuirlos entre sus amigos a cambio de pequeñas sumas de dinero. A causa de una remodelación de la sucursal del Banco de Bilbao donde su padre tenía domiciliada la nómina, consiguió un IBM de manera gratuita. Con el tiempo llegaron los Pentium, el escáner, los bailes de tarjetas gráficas.

Superado el período de aprendizaje, se consolidó como fotógrafo profesional. No se perdía ningún Salón Sonimag y visitaba periódicamente tiendas de confianza de Barcelona, como Boada y Pont Reyes, donde se mantenía informado de los últimos avances. Adquirió la costumbre de comprar cada año una cámara y un ordenador. Fue de los primeros fotógrafos de Figueres que utilizaron la tecnología digital, una circunstancia que lo diferenció del resto de la oferta y le granjeó una clientela deseosa de modernidad. El éxito le venía también por razones estéticas, ya que –según las particularidades de cada demanda– emulaba las tomas de Frederic Meylan en el *Bazaar*, las imágenes post-*Vogue* al estilo de Piero Gemelli, el erotismo soft de la revista *Photo*, la publicidad hipercoloreada de Cheyco Leidmann, e incluso el arriesgado blanco y negro de Norman Parkinson, en el límite del calendario Pirelli. Si las fotografías no lo convencían, las manipulaba con los precedentes de lo que más tarde sería el PodMedia Creator. Le dio trabajo a Kevin, un jovencito que resultó ser un gandul. Lo despidió y cogió a Tarik, un muchacho tan diligente que al cabo de un año ya le ofreció un contrato basura.

También utilizaba la informática para el ocio. Había transformado el garaje –donde vivía desde 1997– en un compendio de artefactos de última generación, que incluían cámara para videoconferencias, escáner SCSI, impresora en tinta indeleble, fotocopiadora láser, webcam Joinsee, copiadora de discos a alta velocidad y pantalla extraplana de 42 pulgadas. Añadamos la aspiradora Robot Zasprom, la bicicleta estática con pantalla líquida, el microondas de pantalla táctil, la PDA y la colección de móviles ultrafinos al estilo de Motokrazr. Más que un garaje, aquello parecía la habitación de un adolescente geek, si no el interior de una cápsula espacial.

El último refugio de Jordi era internet. Al principio, surfeaba entre páginas pornográficas, donde se sintió cautivado por la taxonomía alfabética con que los webmasters clasificaban el material: aged, alone, amateurs, anal, animals, anime, asian, ass... Pero pronto se cansó de masturbarse. Después reencontró en la red sus juegos preferidos de la primera juventud: se ensarzó en réplicas de juegos de marcianos de los ochenta, pirateó las últimas versiones de los videogames de acción, participó en trivials en línea y en juegos de rol multiplayer. Jugó al ping-pong, al billar, al pacman, al golf, a la butifarra, a serpientes y escaleras, a las máquinas del millón. Pintó, hizo solitarios, desactivó campos de minas, resolvió puzles, lanzó bolas de nieve, cazó patos, se perdió en un bosque encantado, le tiró salchichas a un perro, pilotó quads por calzadas romanas y naves en misiones interestelares. Luchó contra pirañas, policías, terroristas, amazonas, hombres lobo, caballeros medievales, moscas carnívoras, monstruos del pantano. Fue tanquista, conductor de rally, araña, vigilante de la playa, cazafantasmas, ninja, Skywalker, pato Donald, alquimista, espeleólogo, gorila, Super Mario, detective, playboy, alien, gestor de un parque zoológico, soldado en Vietnam, ladrón de Bagdad, prisionero de Zenda. Pasó horas jugando al Quake y, en equipo, al Counter Strike. Después de unos meses de delirio lúdico, de insomnio desenfrenado –cuando descubría con consuelo el primer rayo de sol que se colaba por debajo de la puerta del garaje–, se estabilizó como especialista en Oblivion y laberintos electrónicos. Aunque esta ludopatía disminuyó, no dejaba de conectarse regularmente a webs sobre juegos de ordenador, en particular a Meristation y Abandonware, especializada en programas descatalogados.

A continuación se adentró en lo que él llamaba «series». Saltando de link en link, invertía jornadas enteras en pasearse por webs que trataban las temáticas que más le interesaban en cada momento: la manipulación fotográfica, las bodas, la calvicie, la melancolía...

Cuando el entusiasmo decaía, cambiaba de obsesión sin abandonar las anteriores: de vez en cuando todavía pasaba ratos fulminando invasores alienígenas o sumergiéndose en sucesiones fractales de links.

Para Jordi, los chats fueron una moda efímera. Se inventaba un sobrenombre, intercambiaba opiniones con otros miembros y acababa sintiéndose todavía más solo. Después llegaron los weblogs. Cada día consultaba dietarios virtuales en que los desocupados contaban sus experiencias, pero por esta vía también llegó el tedio. Los únicos dietarios que le interesaban eran los de Halley, que simultaneaba un cuaderno de bitácora virtual en el que daba cuenta de sus viajes (*El blog intermitente de Tina*) y un dietario informal (*Los post de Chris*), donde colgaba comentarios sobre todo lo que se le pasaba por la cabeza, desde las interpretaciones de la lágrima final de *París, Texas* hasta la necrológica de Leslie Cheung, pasando por las medidas de cintura de Audrey Hepburn o sus bandas sonoras preferidas. Predominaban las notas sobre cine, pero también colgaba algunas sobre música y arte moderno, y una lista de nombres de mujeres titulada *Vidas que valdría la pena vivir.* También añadía fotografías, vídeos, links, letras de canciones y versos de su madre.

Con el aumento de la velocidad de transmisión tomó cuerpo la penúltima obsesión de Jordi: las películas. Primero estuvo un mes pendiente de YouTube, visionando uno tras otro todos los videos caseros y las grabaciones efectuadas por friquis de cualquier lugar del mundo. Después se pasó a las producciones convencionales. Utilizaba el eMule para bajarse películas, que almacenaba en discos duros extraíbles. Pero no era en absoluto de esos piratas que coleccionan películas que no ven: su media de consumo superaba las diez por semana. Organizó su festival de cine particular a partir de Internet Movie Data Base. Se dedicaba a repasar la trayectoria de sus actores fetiche, todos de origen italiano: John Turturro, Joe Pesci, Joe Mantegna y Steve Buscemi; y sobre todo sus actrices preferidas, que tenían en común la esbeltez: Linda Fiorentino, Catherine Keener, Angelina Jolie y, últimamente, Keira Knightley. Había descubierto que si eliminaba todas las películas que no le interesaban, o sea, las fantásticas, las infantiles, las cómicas, las bélicas, las de psicópatas y los westerns, solo quedaba un tema, que era el adulterio. Con el tiempo se especializó en ver películas que trataban el adulterio desde todos los puntos de vista. Tenía una colección de más de un millar, agrupadas en una base de datos diseñada por él mismo. Para localizarlas, ordenarlas y gestionar estadísticas, utilizaba un sistema de palabras clave que llamaba «etiquetas».

Desde hacía poco, simultaneaba la afición por las películas con el seguimiento de páginas en las que los usuarios colgaban fotos personales de manera periódica, es decir, los fotologs. Había empezado por casualidad el día en que descubrió una dirección electrónica escrita con la letra de Marta en el bloc de notas de la cocina. Por la noche la tecleó en el ordenador y descubrió el género del dietario fotográfico. La página correspondía a Girl in the Mirror, una estudiante de Montessori que se fotografiaba delante de los espejos de todos los bares y discotecas en los que entraba y dejaba las fotografías a disposición de los internautas interesados. A partir del fotolog de Girl in the Mirror, Jordi accedió a la galaxia formada por los de Neurotica, Pink Chameleon, Sheena, Halley, Bum-bum, Dark Princess, Monika_Shift, Confuzzion, Tres Martinis, FRíVoLa, Karla, Perricholi, Sweet Jane, Indolent, RockStar, NatQueen, Maixenka, Kelandry, y también a la constelación de B3rt9!, Laia4ever, MalDia, Maga, Pájara y Broona, que se recomendaban mutuamente sus fotologs en círculos que no tenían fin, ya que cada uno era el eje de una amplia constelación de amigos, compañeros de clase, vecinos y conocidos en general, que a su vez eran los ejes de otras constelaciones. El perfil era similar: chicas entre quince y veintipocos años que se fotografiaban a sí mismas con cámaras digitales y colgaban las fotos en la red.

Jordi curioseó a fondo, descubrió la colonia cosplay, las otakus profesionales, las ego pictures, la red Black and White, de allí pasó al grupo de japonesas góticas que vivían en Chile, a las parejas de gothlolis, desde las que volvía a PsychoCandy, FRíVoLa y Tres Martinis. La mayoría de los fotologs eran antologías de momentos Roxanne recogidos por la cámara del móvil, imágenes que ilustraban la utopía juvenil: películas, canciones y consignas («Sexy», «Wapa», «Te quiero», «Siempre juntas»). Según se infería de aquellos fotologs, la existencia consistía en mirar a la cámara y reír, gritar, besarse y torcer la lengua. Predominaban los cuerpos tuneados –piercings y tatuajes– y los complementos de moda: gafas de sol gigantes, sombreros de todas clases, botas altas, bambas de colores, camisetas de tirantes. Los mundos de la enseñanza y del trabajo no existían. Las fotografías mostraban chicas divinas, imposibles, sofisticadas y glamurosas como estrellas del Swinging London, resplandecientes como los personajes de las primeras novelas de Bret Easton Ellis. Uno de los géneros en boga eran las fiestas: final de curso, aniversarios, verbenas, beach parties, paso del ecuador, Erasmus, despedidas de soltera, fin de año… Las fotologgers también colgaban fotos deprimentes, aunque bonitas. Así enlazaban con la dark wave a través de las posturas melancólicas en la línea Sisters of Mercy.

En los álbumes familiares de la casa de la calle Sant Llàtzer, la juventud de Jordi se reducía a ceremonias oficiales: bodas, cumpleaños, inauguraciones, jura de bandera… Para los adolescentes de los años setenta, el ocio cotidiano apenas había accedido a la fotografía. El advenimiento de las cámaras digitales, en cambio, había dado forma a un conjunto de espacios cotidianos hasta entonces invisibles a los adultos. Salvo escasas excepciones, la calidad era mínima; pero no importaba. Con aquellas imágenes, Jordi accedía sin filtros a aquel mundo que ya se había resignado a ignorar.

Tantos años después, resultaba posible meterse dentro de la cabeza de un teenager. Del mismo modo que el de aquella baronesa de los Champs Elysées, el lema de los fotologs podría haber sido *Non titubans*: la vida era maravillosa u horrible, sin término medio. Ni viejos ni niños eran procedentes, solo la felicidad promiscua que aparece en *La máquina del tiempo*. Eran *Pretty vacants*, como la canción que Johnny Rotten cantaba el último verano en que Jordi fue niño. Resultaba imposible imaginarse a aquellas chicas tan fotogénicas descongelando la nevera, tomando apuntes en clase, desatascando el lavabo, cortándose las uñas del pie o haciendo cola para renovar el DNI. Jordi seguía los fotologs como los ciudadanos de los países comunistas escuchaban Radio Liberty: intuían que era falso pero, qué caray, soñar no le hace daño a nadie [o sí, pero no adelantemos acontecimientos].

Todo fue bien hasta que Marta abrió su propio fotolog. Era como los demás, lleno de fotografías insulsas, mal enfocadas, a veces obscenas, una obscenidad despreocupada, como la de las orquídeas. Entonces las relaciones entre Jordi y su hija eran poco fluidas, y el fotolog le permitió descubrir un continente escondido. En concreto, fue útil para seguir la relación de Marta con Bad Boy, el autor del fotolog homónimo, especializado en aparatos de musculación, discotecas pastilleras y películas de gladiadores. El inicio fue muy romántico. Un día que había llovido, Marta y Bad Boy colgaron la misma fotografía: una pareja bajo el aguacero, paseando abrazados como Bob Dylan y Suze Rotolo en la portada de *The Freewheelin'*. A partir de esta coincidencia –que quizás no fue más que una estrategia de Bad Boy–, Jordi hizo todo lo posible por interrumpir la relación. Pero no tuvo éxito. Reencontró al chico de la cabeza rapada en fotos de grupo, después en planos medios, después en un primer plano –la misma nariz que su padre–, y las palabras «Eres especial» sobreimpresas. Dejó de seguir el fotolog de Marta el día en que se topó con una fotografía de ella y Bad Boy con las lenguas en contacto.

21 DE ABRIL DE 2007

16.15 HORAS

Los camareros retiran los restos del medallón de rape a la marinera con almejas, y el estrépito con que entrechocan los platos y los cubiertos se añade a la cháchara general. ¿Es casual que en estos salones sea tan difícil entender algo de lo que dicen los compañeros de mesa? ¿O bien las deficiencias acústicas forman parte de una estrategia calculada? De hecho, sin entenderse resulta raro discutir y, por lo tanto, debe de ser estadísticamente difícil que se produzcan escenas desagradables. El mismo truco, si Jordi no recuerda mal, que se utiliza en las discotecas, donde el volumen obliga a basar las relaciones en la comunicación no verbal, que en algunos casos puede resultar mucho más fluida.

A la derecha de Jordi se sienta su esposa, con quien ya se lo han dicho todo; a la izquierda está Marta, que no para de cuchichear y toquetearse con Bad Boy. Así pues, Jordi lo tiene difícil para participar en alguna conversación, pero se encuentra rodeado de las que inician, transforman y fusionan sus compañeros de mesa. A causa de la mala acústica del local, y también de la disposición de la mesa, no se atreve a intervenir, pero se hace una idea aproximada del contenido.

Los padres de Rosa se muestran muy pendientes del aumento de la inseguridad ciudadana: «Ya nos han entrado dos veces». A los abuelos paternos del novio, en cambio, los obsesiona sobre todo la inseguridad laboral. No les preocupa el futuro del hijo empresario ni el de la hija enfermera, pero el hijo mediano se ha visto afectado por el cierre de la fábrica Zodiac de Roses, que fabricaba componentes para fundas de cojines de seguridad de automóviles. De momento cobra del paro, pero más vale no confiarse. Ya no tiene edad de aprender un oficio ni de apuntarse a una empresa de trabajo temporal. Participa en un programa sobre series de televisión en Radio Vilafant, pero de manera desinteresada. De aquí han pasado a comparar el carácter de sus tres hijos. La hija –a quien, salvo sus padres, todo el mundo llama «la tía Montserrat»– no les ha dado jamás ningún problema, excepto que ahora ha adoptado a un niño de Mozambique, un gesto que los padres encuentran loable si bien innecesario. Por lo que respecta a los dos hijos varones, son muy distintos. El menor siempre protesta ante cualquier sugerencia, pero acaba por ceder. El mayor, en cambio, parece aceptar, pero en realidad no se deja influir por nadie. Por cierto que la madre ha pedido al menor que localice al mayor a ver si asiste al casamiento de su propio hijo, David, o sea, Bad Boy.

–Aunque sea a la fuerza.

Jordi golpea repetidamente la copa de cava con la cucharita de postre. Poco a poco se impone el silencio.

–Me gustaría que hiciéramos un brindis.

Deja una pausa para que los invitados llenen las copas. Después se vuelve hacia su suegra, que le dedica una mirada agradecida antes de levantarse y mostrar a todo el mundo su vestido rosa. Unos segundos de protagonismo no hacen daño a nadie, ¿no? Tarik, seguido de cerca por Gibert, ha cambiado el objetivo de la cámara. La suegra se aclara la garganta.

–Señoras y señores, amigos y compañeros, parientes queridos que habéis venido de cerca y de lejos. Queremos agradeceros que estéis aquí para celebrar juntos este enlace tan anhelado. Quiero desear a los novios que este camino que hoy empiezan a recorrer esté lleno de amor, de salud, de comprensión y de felicidad, y que se prolongue durante toda la vida, que esperemos que sea lo bastante larga como para que puedan disfrutar de toda la dicha que les aguarda.

El instalador de calefacción empieza a aplaudir, pero todavía no es el momento.

La suegra levanta la voz.

–Ahora me gustaría que todos alzáramos las copas y brindásemos por los novios.

–¡Vivan los novios! –se desgañita Cati.

–¡Vivan! –la secunda un clamor intergeneracional.

Mientras todo el mundo sorbe el cava, los aludidos proceden a batir el récord mundial de morreo indoor.

Se oyen los acordes iniciales de la canción de Enya que ha sonado antes y se redoblan los aplausos, «David gladiator», «David gladiator». La puerta del jardín se abre para dar paso a cuatro hombres vestidos con delantal y tocados con gorro de cocinero, que avanzan siguiendo el ritmo de la canción. Transportan un carro metálico con una bandeja donde yace un mamífero cocinado que debe de medir fácilmente un metro y medio de largo, rodeado de una guirnalda de salsa marrón. Al dorso, el animal lleva clavada una bengala encendida. Cuando los camareros empiezan a servir vino tinto, los aplausos llegan a la apoteosis.

De pie en lo alto de una silla, Tarik fotografía a discreción.

–Cerrad la puerta –dice Elisenda–, que se escapa todo el aire fresco.

Después del brindis, Jordi no ha podido aguantar las ganas de volverse a mirar a su esposa. Tal como había adivinado, le ha visto los ojos húmedos. Ya no hacen el amor ni a oscuras, pero la emoción de ella todavía lo emociona.

CÓMO SE CONOCIERON

Jordi conoció a la que sería su futura esposa un sábado por la noche de finales de 1984 en la discoteca Charly. El grueso de la clientela lo componían estudiantes de BUP, pero como era la única discoteca digna de Figueres, se llenaba de gente con intereses musicales poco o nada coincidentes. Después de abrir las puertas se conectaba la pantalla de vídeo, que lo mismo podía reproducir un concierto de Stray Cats como uno de Supertramp. Después venían las tres fases: primero un cajón de sastre que incluía éxitos de new wave y technopop, a continuación las lentas y al final el rock, de Status Quo a Patti Smith. Era el concepto de la escuela unitaria aplicada a la música.

En aquella época, Jordi había dejado de frecuentar el Charly, entre otras razones porque la edad de los clientes habituales era ostensiblemente menor que la suya. El sábado por la noche salía disparado hacia algún bar o alguna discoteca de la costa, pero aquel día sus padres cenaban fuera y se habían llevado el coche. Jordi había llamado a Oliver, que aquel día tampoco disponía de transporte y había quedado con Àngel Mauri para ir al Charly. Jordi se había acoplado con resignación.

Antes de bajar las escaleras de la discoteca, vale la pena que nos refiramos a la indumentaria de la época. Jordi, Oliver y Mauri, que habían acabado el instituto hacía tres años, perseguían el difícil objetivo de no parecer adolescentes ni adultos; ni estudiantes, ni obreros, ni oficinistas. Era igualmente indispensable que no los identificaran como miembro de ninguna de las tribus urbanas de la época. De hecho, se trataba de no parecer nada, de no ser asociado a ningún colectivo. En aquel momento de su vida, superado el gregarismo adolescente, resultaba prioritario afirmarse como individuos. En la práctica, este reto se resolvía con una indumentaria que hoy consideraríamos a medio camino entre dos modalidades que han acabado confluyendo: nos referimos a los estilos lolailo y macarra, con unas gotitas añadidas de teddy boy. Los tres llevaban mocasines negros –podían ser de cualquier marca mientras no incorporaran borla ni cordones, preferiblemente comprados en Calzados Rosa–, calcetines de deporte –blancos, con rayas horizontales por encima del tobillo– y vaqueros, gastados con moderación. Encima de este conjunto llevaban una americana vieja, a ser posible de su padre.

Pero quizás la nota más característica era el peinado, una reminiscencia que provenía de la época de la motocicleta de 75 cc, es decir, de los dieciséis a los dieciocho años. Para conseguir el moldeado que perseguían, primero había que ducharse. A continuación, antes de que el pelo se secara, se trataba de circular con la moto hasta que quedaba adecuadamente tumbado hacia atrás. El modelo capilar era Simon Le Bon, el cantante de Duran Duran, pero quizás algún lector –alguna lectora– tenga más fresco el que lleva el príncipe andrógino de *Shrek*. En aquella época en que el casco no era obligatorio para circular por la ciudad, la forma del pelo lo imitaba bastante bien. Si no disponían de motocicleta, con un secador se conseguía un efecto similar.

Así pues, estaban los tres sentados en uno de los sofás del Charly bebiendo y fumando, intercambiando comentarios más o menos sardónicos y esperando que la siguiente canción les fuera más propicia. Formaba parte del ceremonial mirar alrededor con rictus de dolor de estómago. Aunque se suponía que Jordi estaba asqueado del technopop y que había acompañado a los otros para no quedarse solo en casa, la verdad era que le costaba mantener los pies quietos ante el bombardeo sincopado de los teclados y de las cajas de ritmos que le percutían el tórax mientras se terminaba el segundo vodka con limón. Sonaban, uno tras otro, The The, Eddie Grant, Simple Minds, Culture Club, Devo, Orchestal Manoeuvres in the Dark, The Human League, Depeche Mode, The Cure, Soft Cell, Eurythmics. Si los pies iban por su cuenta, los ojos tampoco se quedaban quietos, ya que hacía rato que se resistían a perder el contacto con una chica que bailaba al fondo de la pista, de cara al espejo, detrás de un bafle que le ocultaba parte del cuerpo. Según cómo se movía la chica, Jordi distinguía su vestido blanco entallado, ceñido de cintura para arriba y ligeramente acampanado más abajo, como el que lleva Debbie Harry en la portada del álbum *Parallel Lines*. Los cabellos, lisos y dorados, casi le tapaban la cara que, según cómo giraba el cuello, le resultaba familiar. Extendía los brazos con movimientos lánguidos, como una ola que llegara a la playa después de un viaje transatlántico, pero de vez en cuando lanzaba los pies adelante con decisión, o pegaba los brazos al cuerpo y saltaba al estilo pogo, o daba vueltas como si estuviera familiarizada con el ballet clásico. El contraste entre el candor que transmitía el vestido blanco y la atracción que despertaba aquella manera súbitamente brusca de bailar, añadido a las formas que resaltaba el vestido, tenían el efecto de mantener a Jordi pendiente de sus movimientos sin escuchar las frases que segregaban Mauri y Oliver. Pero con la siguiente canción todo cambió. Todos y cada uno de los clientes de la discoteca bajaron en tropel a la pista en cuanto oyeron los primeros acordes y aquellas carcajadas de Sting en segundo plano.

Se lanzaron los camareros que un rato antes habían acabado el turno en el Atalaya, los gitanos que bajaban en grupo desde más arriba del Parque-Bosque, las estudiantes de las Escolapias que tenían la habitación empapelada con pósters del Sting mod de *Quadrophenia*, los admiradores de Sid Vicious que se empujaban con complicidad cuando sonaba «So lonely», las pijas del instituto que cantaban el estribillo –«You don't have to put on the red light, put on the red light, put on the red light»– con el acento canalla de las estancias de verano en Killarney, los fumadores de porros que adoraban los ecos reggae de la guitarra de Andy Summers, los carrozas de treinta años que iban a ligar con el aliento cargado de bacardí, los jóvenes desubicados que –como Oliver y Mauri– tenían como objetivo acercarse a una chica mínimamente tetuda. Incluso las prostitutas más cultivadas salían a bailar «Roxanne». ¿Acaso no hablaba de una puta redimida, la canción? Entonces todavía no se había rodado *Pretty Woman*, y moverse dentro de aquel embrollo de cuerpos iluminados con luces rojas donde se practicaban todas las formas de baile conocidas –«You don't care if it's wrong or if it's right»– era lo que más se parecía a la aceptación social. Fue en uno de aquellos momentos de armonía general, en uno de aquellos momentos Roxanne en que daba la sensación de que todo el universo giraba en el mismo sentido, cuando Jordi se situó al lado de la chica del vestido blanco, en un rincón de la pista, y cuando vio su cara en el espejo sintió aquel vacío repentino entre los pulmones que solemos identificar con el enamoramiento. El vodka le proporcionó la audacia que necesitaba. Procurando no ser arrastrado por las decenas de cuerpos que se apretujaban en la minúscula pista, Jordi maniobró hasta situarse justo delante de la chica, cosa bastante difícil ya que no dejaba de moverse ni un instante.

Alguien decidió que era el momento ideal para encender la máquina de humo, que expulsaba a los pies de la pista un vapor oleoso y melifluo, diseñado para que trepara por los cuerpos siguiendo el modelo de la niebla que flota en el Támesis.

El problema de Jordi eran los brazos. Con las piernas más o menos se arreglaba. Las levantaba, las flexionaba, daba pasos adelante y atrás, levantaba los talones y dejaba caer el peso del cuerpo a un lado y a otro. Pero no sabía mover los brazos. Lo había intentado a menudo delante del espejo de su habitación, pero todo lo que se le ocurría le parecía travolta o místico o afectado o todo a la vez. O sea que se concentraba en las piernas. Como mucho se cogía las manos de vez en cuando y las llevaba de un lado a otro –y esto si había alcanzado un nivel determinado de alcoholemia–, la única manera de moverlas que conocía que no hacía que se sintiera como si celebrara la victoria en el podio después de una carrera de karts.

Así que colocaba los pies ahora a un lado y después al otro, tiraba un codo a la derecha y la cadera a la izquierda, en los cambios de compás lanzaba los omoplatos atrás y poco a poco se situaba a la sombra de la chica, que volvía a estar delante del espejo. Estas maniobras le ocuparon toda la canción y parte de la siguiente, que era «The Tide Is High». Media pista se había vaciado y la chica ya tenía espacio suficiente para lanzarse de un lado a otro con cierta violencia, como si estuviera en un concierto en el CBGB, pero también podía ser que levantara los brazos en semicírculo y juntara lentamente las puntas de los dedos. La luz de un foco rojo iba a parar de vez en cuando a la parte superior del vestido, en el punto en que, a través de la humareda, los cabellos brillantes tomaban contacto con la tela. «Blondie», la bautizó Jordi.

Entonces la chica se volvió, le acercó los labios al oído y le susurró con una voz azucarada y un poco demasiado aguda dos palabras que él no se habría atrevido a soñar.

–Hola, Jordi.

Qué delicioso era agacharse, notar cómo la mano de ella le rozaba ligeramente el pelo y ver cómo aquella boca se le acercaba, él que se preguntaba cómo sabía su nombre, y ella que tenía que gritar para que él pudiera oírla en medio de todos aquellos decibelios que salían del bafle, y aquello era Frankie goes to Hollywood y el humo había desaparecido y ella estaba tan radiante que parecía comestible.

–¿No me reconoces?

Parecía más joven que él. Quizás estudiaba COU. Era posible que lo recordara de cuando él iba al instituto, de la época en que las chicas se fijan en los estudiantes mayores que ellas. Pero sería muy triste tener que reconocer que él no la había visto nunca, aunque en el instituto no debía de llevar los labios pintados ni aquellas estrellitas de purpurina en los pómulos que brillaban bajo la iluminación que, ahora que se había desvanecido el humo, adoptaba la forma de relámpagos intermitentes.

Entonces Jordi ignoraba que las chicas abandonan la infancia de un día para otro, como una serpiente cambia de piel. En un fin de semana sustituyen el peinado, la ropa, las amistades, las pautas de conducta. Salen a la calle y ni los vecinos las reconocen, y piensan «debía de hacer siglos que no la veía» porque no saben que la metamorfosis se ha producido en cuestión de horas.

Pasaban los minutos. Sonaba «Moonlight Shadow» y Jordi tenía que conseguir mantenerse cerca de ella porque sabía que Mike Oldfield era la frontera entre las canciones rápidas y las lentas, y ahora veía claro que estaba llegando el momento de bailar agarrados, de abrazarse mientras los focos descansarían y las manos adquirirían independencia y explorarían partes del cuerpo que el resto del tiempo les estaban vedadas, o sea que rozó los cabellos de Blondie –ya definitivamente Blondie, porque no se podía llamar de ninguna otra manera, con aquella cara que absorbía la luz y aquellas rodillas rutilantes bajo el vestido– y se acercó a su oído derecho, que olía a lavanda y a canela y a algún manjar desconocido.

Alrededor de Jordi, multitud de sombras punteaban guitarras invisibles. No sabía qué decir, o sea que soltó unas cuantas sílabas imprecisas.

–Brasiasfunarranpodlis.

Tenía que ganar tiempo hasta que acabara la canción, hasta que recordara quién era aquella chica que ahora fruncía el ceño y le sonreía como si lo conociera desde siempre.

–¿Cómo dices?

Y él que olía de nuevo aquel perfume de canela y se atrevía a acariciarle fugazmente la parte de debajo de la otra oreja mientras se acercaba y se balanceaba al mismo ritmo:

–Esgafacmodipsufriuba.

(Justo en aquel momento, en el Rockola de Madrid, Churchill se zambullía –modalidad apnea– en el gótico eléctrico de Bauhaus.)

Ahora sonaban los acordes de «Sharing the Night Together», una canción que incorporaba unas voces de falsete como las que habían puesto de moda los Bee Gees, y entonces Jordi se acercó y la tomó por la parte más estrecha del vestido, y se abrazaron, y hacía años que no bailaba un lento en el Charly, si es que quedarse inmóvil en un lado de la pista podía considerarse bailar, y ella era Blondie, y estuvieron enlazados y moviéndose escasos milímetros durante por lo menos cuatro de aquellas canciones lentísimas, y entretanto él iba pegándose a ella y le llegaba un olor cálido, y era como frutos del bosque, un aroma suave y acre como el azúcar de flor, pero el azúcar no huele, o sea que debían de ser moras o madroños, y era un perfume rojo como el foco que por atrás le hacía brillar los cabellos. Era picante y punteado, como el chicle de canela que entonces acababa de sacar al mercado una multinacional de la alimentación, o más bien era regaliz rojo, sin duda, era el mismo olor de los paquetes de regaliz rojo que compraba Calimero antes de entrar al cine de la Catequística, y entonces ella se acercó a su oído y le susurró que cómo era posible que no la hubiese reconocido, que era Nora, la hermana de Biel.

BLONDIE

(LOS POST DE CHRIS)

Nacida en Miami en 1945, Deborah –Debbie– Harry pasó de ser camarera y conejita Play Boy a cantar en un grupo hippy a finales de los sesenta. En el año 1974 se reconvirtió en la voz y la imagen del grupo Blondie: una rubia dotada de una fotogenia mayúscula, que ella reforzaba con minifaldas, camisetas ceñidas, vestidos rojos y un uso estratégico del cuero negro. Como en inglés *blondie* significa «rubia», no han sido pocos los que han confundido el nombre del grupo con el de la cantante.

Instalados en el Bowery neoyorquino, los Blondie sacaron el primer álbum en el año 1977. Su historia se confunde con la de grupos de la época como Television y Ramones: tocaban en el bar CBGB y se relacionaban con los iconos del momento, de Suzi Quatro a Andy Warhol, que, pintando su fotografía con anilinas, la situó en el mismo panteón que a Mao Zedong y Elizabeth Taylor. Los Blondie empezaron actuando como teloneros de Iggy Pop y David Bowie, y vendieron seis millones de copias del tercer disco, *Parallel Lines*, un combinado entre new wave y música de discoteca injertado con reggae y sonidos de garaje. Décadas después, todavía muchos ciudadanos podrían corear sin dificultades canciones como «Atomic», «Call Me», «The Tide Is High» o «Heart of Glass», que unían una sólida base rítmica con el contrapunto melodioso de una voz femenina con carácter.

Cuando el grupo se disolvió, en 1982, Debbie Harry aumentó la participación en películas, que ya había iniciado en los años setenta. Con el tiempo fue dirigida, entre otros, por Marcus

Reichert, David Cronenberg, Peter Greenaway y John Waters. En 1998, Blondie se reagrupó e inició una segunda etapa con éxitos como «Maria».

Deborah Harry demostró que se podía unir sex appeal y afterpunk, que se podía ser pin-up y conversar con William Burroughs, que se podía tocar como los New York Dolls y elevar la temperatura de la pista de baile. Pero sobre todo fue un símbolo oscuro de la belleza, de un erotismo tan posmoderno que se comentaba a sí mismo. En 1981 fue elegida por *Harper's Bazaar* como una de las diez mujeres más atractivas de América. Su cara, pálida bajo la cabellera de Medusa, irradiaba suavidad y tensión. Por separado, los pómulos y los hoyuelos de las mejillas podrían haber pasado desapercibidos, pero resultaban definitivos cuando se combinaban con aquel labio superior que tendía a abrirse hacia arriba en una sonrisa entre incitante y falsamente tímida.

A finales de los setenta y principios de los ochenta, Deborah Harry fue una de las mujeres más deseadas del planeta. Visto con perspectiva, su cara de gata en celo y sus posturas hipersexuales tienen todas las características de una parodia. La cantante de Blondie fue mucho más que una rubia teñida, como demuestran sus lecturas públicas, sus conciertos de jazz y los centenares de entrevistas ingeniosas que ha concedido en los últimos treinta años. Dentro de la mitología del oxigenamiento autoirónico, es el puente que une a Marilyn Monroe y Madonna.

DOS NÁUFRAGOS

Jordi y Blondie se regalaron el primer beso la misma noche en que se re-conocieron. ¿Fue en el Charly? No. Aun cuando la forma en que bailaron las canciones lentas ponía en evidencia una cierta atracción mutua, la fase del contacto bucal todavía no había llegado. En la pista, Jordi la ceñía por las caderas. Ella, por su parte, le enlazaba los brazos por detrás del cuello y le acariciaba con los dedos la punta de los cabellos con la parsimoniosa delicadeza de una anémona. Él tenía que inclinarse ligeramente hacia delante, en un gesto que le formaba una joroba pero que, en compensación, le adelantaba la pelvis. A medida que giraban por la pista, las manos de Jordi resbalaban por el vestido y tendían a descender hacia la zona que marca la frontera con las nalgas. Cuando se separaron, él se ruborizó en la oscuridad porque había detectado un principio de erección que, dada la proximidad de los cuerpos, difícilmente a ella podría haberle pasado desapercibida.

–Erapfetsievastova –dijo.

Después de los lentos, se imponía salir.

Las luces de la calle se reflejaban en los escaparates de las tiendas cerradas. Ella se dejaba llevar, él no sabía a dónde dirigirse. Enseguida estuvieron en la Rambla. De allí, Jordi –los nervios, la fuerza de la costumbre– se desvió hacia la calle Sant Pau. No había nadie por ninguna parte, o bien ellos no veían a nadie. Como no quería pasar por delante de su casa, no bajaron por la calle Sant Llàtzer sino por la siguiente. Después de la Calle Nueva llegaron a la plaza de la Fuente Luminosa, que les ofrecía un show de rayos fosforescentes en exclusiva, aunque ellos no estaban para juegos de agua. Ramon Muntaner escribía su crónica, como siempre, pero sin mirar a Jaume I, que cogía la espada con una mano y el escudo con la otra porque hay que saber atacar sin descuidar la defensa. Fue ante aquella estatua cuando ella hizo el gesto de sentarse en un banco. Pero él prefería seguir, aunque no sabía hacia dónde. Por la calle de la Rutlla llegaron enseguida a la plaza del Grano. Coronada por una doble cubierta por donde se colaba la luz de la luna, ocupada por columnas de acero alineadas entre la penumbra, tenía un aire más bien tétrico. Por la calle Concepción desembocaron en la plaza del Escorxador, presidida por un edificio bonito pero que apestaba a pescado, por lo que era inviable como cobijo amoroso.

Siguiendo por la calle Pella y Forgas llegaron a la plaza de la Victoria (entonces nadie la llamaba plaza Tarradellas). De este punto parte la carretera que lleva a Llançà y Portbou, es decir que proporciona una cierta sensación de periferia. Oscura, amplia, desértica, alejada de las rutas habituales, la plaza de la Victoria parecía un lugar excelente para iniciar algo. Los edificios quedaban lejos y no había pista de skate ni parque infantil ni ninguna sensación de horror vacui, tan solo una explanada serena como un jardín zen con un olivo en medio. Parecía que el lugar los estaba esperando.

Debemos advertir que los desplazamientos que hemos reseñado se habían llevado a cabo en un silencio casi religioso. ¿Por qué callaba ella? Lo ignoramos. ¿Por qué callaba él? También lo ignoramos, pero acariciamos la hipótesis de que no pensaba en el futuro y apenas en el presente.

El monumento erigido en homenaje al compositor Pep Ventura da la espalda a la carretera de Llançà. Está formado por una composición escultórica y una cabeza metálica del músico –estilo cabezudo– colocada sobre un pilar de granito. La composición muestra una sardana en alto relieve, formada por bailarines adustos de tamaño natural, a medio camino entre el arte soviético y los campesinos industriosos que Frederic Marès diseñó para la fachada de la Caja de Ahorros. El monumento a Pep Ventura no pasará a la historia del arte, pero tiene una característica que en aquel momento resultó crucial: lo rodea un pequeño foso que entonces estaba lleno de agua. Con una mirada, Jordi y Blondie acordaron que aquel sería su destino. No les costó nada saltar la valla que rodeaba el monumento. Entre aquel gesto y los metros de césped que tuvieron que pisar, la aventura tomaba el indispensable aire de transgresión. Cuando estuvieron delante del agua, él dio un salto y, desde la plataforma del monumento, le alargó la mano. Ella vaciló, pero al final se arremangó un poco el vestido y dio un saltito. Él la asió para impedir que cayera al agua, ella rio y lo cogió por la nuca, y fue entonces, todavía abrazados después de subir los cuatro escalones, en aquella minúscula isla rectangular habitada solo por ellos dos, en la discreta oscuridad de la última plaza de Figueres, cuando sus labios se unieron por primera vez.

Toda relación presenta un momento álgido. El suyo fue aquel beso. Una escena tan redonda ya no se repetiría, pero ellos no se dieron cuenta hasta que estuvieron casados y con una hija.

No nos precipitemos. ¿Ya hemos dicho que la base del monumento parece diseñada para que pueda albergar, bien comprimida, una cobla? Disponían de suficiente espacio como para tumbarse con comodidad. Dejemos allí a los dos náufragos, besándose y volviéndose a besar, descubriéndose y reinventándose, mientras acabamos el rodeo que debe retornarnos a la boda de su hija.

LOS NOMBRES DE BLONDIE

Con el tiempo, Jordi acuñó un montón de términos cariñosos para referirse a Blondie: Rubi, Brigitte, Grace, Muchacha de canela, Strutxi, Dancing Queen, Nico, Sourire, Sugar, Norma Jean, Platinum.

Ella le llamaba «amor», «cuchi cuchi» y «vida», pero sobre todo «Jordi».

21 DE ABRIL DE 2007

16.50 HORAS

Una vez más, el alcohol muestra su poder como lubrificante social. En la mesa de los novios, las charlas pierden aristas y se deslizan sin obstáculos por encima de los platos de ternera con compota de albaricoques y tomillo. Los impedimentos acústicos ya no son relevantes. En algún momento parece que los invitados se encuentren en una de aquellas novelas de George Eliot donde las comidas son un modelo de perspicacia al servicio de la unidad de conversación. Ahora bien: ¿es concebible un acto social sin monólogos?

La suegra de Jordi –a partir de ahora la designaremos también con el nombre de Melissa– alterna sus temas de conversación preferidos: la evolución de las costumbres en la Costa Este y en el mundo en general, el papel preponderante de la UMD en la transición democrática, la decoración de interiores y la felicidad de su nieta preferida. Solo en una ocasión ha sobrepasado estos límites: cuando ha debatido con la madre de Rosa –que se ha levantado para oírla mejor– la conveniencia de la dieta mediterránea. Después de intercambiar unas cuantas recetas orales, han coincidido en que resulta prioritario consumir verdura de manera regular. La madre de Rosa se ha mostrado muy contenta de tenerla como parienta política y ha elogiado a Marta: «Me gusta porque es una chica sencilla». Después se han dedicado a hablar de los parientes difuntos.

Aparte de Biel, ¿quiénes son los ausentes más notorios de la mesa? En primer lugar, el abuelo materno de la novia, Gabriel Sastre, que perdió la vida cuando limpiaba su arma reglamentaria el 13 de abril de 1994. En segundo lugar, la abuela paterna de la novia, la peluquera Carmina Soler, fallecida en el año 2002 a causa de una embolia fulminante. Por la otra parte no hay que lamentar ninguna muerte, pero sí una ausencia notable, ya que el padre del novio no se ha presentado.

Cati ha informado con un cierto detalle al resto de los comensales sobre las actividades –laborales, domésticas y de ocio– que desarrolla desde que se levanta hasta que se va a la cama. Ha tenido que emplear un volumen elevado, ya que ocupa uno de los extremos de la mesa. Por lo que se refiere a la ceremonia, a Cati le ha parecido tan «guay» que estaría dispuesta a casarse al día siguiente. Ante esta declaración, al padre de Jordi se le ha borrado la sonrisa y ha cambiado de tema sacando a colación el debate sobre la renovación del Tribunal Constitucional. Melissa se ha visto obligada a recordarle que no se considera de buen tono hablar de política en la mesa de los novios.

En el último tramo del segundo plato, el tema estrella es el viaje de novios.

–Pues tiene que ser bonito, un crucero por el Mediterráneo –apunta la madre de Rosa.

–Nos hace mucha ilusión –dice Marta–. ¿Verdad que sí, David?

El cabrón guiña un ojo.

–Nosotros no hemos viajado demasiado –dice el padre de Rosa–. En nuestra época ya teníamos bastante con trabajar. Hacíamos una salida al año, y no siempre. Suerte que ahora, con los viajes del Imserso, nos estamos resarciendo. ¿No es cierto, mamá?

Su esposa asiente.

–Nosotros ni eso –interviene la otra abuela–. Con una tienda se es muy esclavo. No podíamos tomarnos vacaciones ni en verano.

–Qué contrariedad –apunta Melissa–. En casa hemos viajado mucho. Ver mundo es la mejor educación.

–Pues entonces yo soy muy educada –dice la esposa de Jordi, a quien a partir de ahora también llamaremos Nora–. Me paso la vida arriba y abajo.

–Yo también creo que hay que viajar –coincide Cati, que demuestra una cierta constancia en el consumo de vino blanco–. Lo digo yo, que recorrí toda Europa con el interrail.

Jordi no se resiste a comentarle a Nora:

–Ahora no hace falta. Te casas y ya te pagan el viaje.

–No seas pesado.

–¿Qué dices, Jordi? –pregunta su padre.

–Nada. Bueno, sí: que tengo que ir a supervisar el reportaje fotográfico. Si me disculpáis...

Es un placer abandonar la mesa. Mientras se aleja distingue perfectamente, por encima del bullicio y sin que lleguen a confundirse, las carcajadas de Elisenda y las exclamaciones de la lechuza. Halley y Tres Martinis conversan animadamente con los primos de América, no demasiado lejos del rincón donde departen, de pie, el encargado y la alcaldesa. Más allá, en la mesa del rincón, los ojos de Tarik se iluminan al verlo llegar.

–Sígueme –le dice Jordi–. Vamos al jardín.

Cuando están sentados en las sillas de teca, Tarik deja las cámaras encima de la mesa y le confiesa que notaba síntomas de fatiga ante el despliegue oral de su vecino, el experto en calefacción.

–Estaba a punto de quedarme el radiador más económico. Dice que es un nuevo concepto.

–No creas que has venido aquí a charlar y a atiborrarte –dice Jordi–. ¿Te quedan tarjetas de memoria?

–Para tres bodas más.

–Muy bien. Cuando hayan retirado los platos aprovecha para fotografiar a todo el mundo antes de que repartan los postres. Uno por uno y en grupos. Hazlo tal como están sentados. Así será más fácil ordenar las imágenes. Si esperas a que sirvan los cafés, se les nota demasiado cansados.

Jordi está satisfecho del nivel de formalidad con que modula las relaciones con Tarik. Bajo una capa de brusquedad viril, se considera amistoso y comprensivo, más cerca del hermano mayor que del padre. ¿Es necesario añadir que se inspira en el último Clint Eastwood?

–De momento la boda va bien, ¿no? –dice Tarik–. Estarás satisfecho...

–¿Qué quieres que te diga?

Si pudiera, estaría en su garaje viendo *Niágara*.

–Hay unas cuantas chicas muy guapas... –sigue Tarik.

–La belleza se va, pero la mujer se queda. Antes de liarte, fíjate bien en su madre. Acabará siendo como ella.

–¿Ah, sí? Pues tu mujer no se le parece demasiado.

–Lo sé de sobras. Nora es una excepción. No se ha vuelto como su madre sino como su abuela.

–¿Cuál? ¿La de Mallorca?

–No, la otra. La conocí hace años, en Corea.

–¿En Corea?

–Sí, en Corea. ¿No sabes que fuimos de luna de miel?

–No.

Delante tienen el jardín, más grande que el salón de banquetes. En primera línea está el césped con los monumentos que hacen las veces de decorado. Después de los parterres y los rosales, se transforma en un bosque mediterráneo. Crecen olivos, eucaliptus, matojos, una naturaleza que parece que haya brotado sin ton ni son, cruzada por una red de caminos de grava que, después de conducir a una pérgola, confluyen en la piscina. Desde la balaustrada que rodea el jardín se puede contemplar un paisaje de cultivo.

–Era 1985 –dice Jordi–. No teníamos ni veinte años. Nosotros no queríamos hacer como todo el mundo. ¿Sabes a qué me refiero? Éramos distintos, hostia. Y orgullosos. Nadie tenía que darnos dinero solo porque nos casáramos. Ni siquiera hicimos lista de bodas. Éramos un poco pánfilos. De hecho, estuvimos a punto de no hacer ningún viaje. Pero los abuelos de Nora, los de América, nos suplicaron que fuéramos a verlos. El abuelo, que era agregado de la embajada en Seúl, no podía dejar el trabajo para venir a nuestra boda, y se obstinó en que los visitásemos. Yo estaba convencido de que trabajaba para la CIA. Pero no tuvieron que insistir demasiado. La verdad es que nos hacía gracia ir a Corea. Además, podría sacar fotos. Los abuelos de Nora no solo nos pagaban el viaje sino que se comprometían a prepararnos una ruta por la zona. Él no podía dejar el trabajo ni un solo día, pero su mujer estaba dispuesta a ser nuestra guía.

»El viaje fue horrible. Tuvimos que hacer no sé cuántas escalas técnicas. La verdad es que Seúl no era un lugar nada habitual para ir de viaje de novios, y no me extraña. Para colmo, yo sabía aún menos inglés que ahora, o sea que no podía separarme de Nora ni un momento, cosa que entonces ya me parecía bien.

Los abuelos nos recibieron con mucho afecto. Él era alto y delgado, estirado y severo, estilo James Cromwell. Ella era rellenita y tocaba de pies en el suelo, como sería su nieta pasados los años. [Por favor, Jordi: no tan rellenita].

Por uno de los caminos de grava se acercan Makinero y Maixenka, inconfundible en su vestido de cebra. Se los ve muy puestos en su papel de padrinos, o sea, hablando bajo como si intrigaran.

–Como en Corea no había demasiado que ver –prosigue Jordi–, acordamos que haríamos una escapada a Japón, que está allí al lado. Éramos tan hippies que preferimos Hiroshima a Tokio. Lo que más me conmovió fue el Museo de la Paz, el dedicado a la bomba atómica. Lo recuerdo como si fuera ahora. Todavía veo los dibujos que hicieron los supervivientes y las figuras de cera que representaban a las víctimas bajo la luz roja.

»Cuando salimos, parecía que todo seguía igual: el parque, la fuente, el estadio de béisbol al otro lado de la calle. Pero quedé tocado. Son cosas que se te quedan dentro, ¿sabes?

»Antes de volver a Seúl, la abuela nos llevó a una tienda donde vendían reproducciones de vestidos y armas de los antiguos samuráis. Compramos una espada corta, que todavía utilizo como abrecartas y que hoy servirá para hacer los primeros cortes del pastel. Es un poco hortera, lo reconozco, pero no tanto como una katana de un metro de largo. Y además, es auténtica, el único recuerdo que tengo de aquel viaje. No comprábamos souvenirs porque lo considerábamos de clase media. Que es lo que éramos, claro. No, ahora que lo pienso, tengo otro recuerdo: las fotografías. Las expuse en una sala que tenía la Caixa al lado de la biblioteca, en la esquina de la calle Pi i Margall.

Desde el lugar en el que están, Jordi y Tarik pueden apreciar los movimientos de dos hombres con delantal que acaban de llegar del bar transportando un carro metálico con una bandeja vacía encima. Otros dos hombres se les acercan sosteniendo con dificultades el pastel de bodas, un zigurat de más de un metro de altura hecho de nata y nueces, bañado con chocolate y decorado con rosas de pastelería. Siete pisos, o sea, mil euros. Un quinto hombre les ha llevado los gorros de cocinero y se ha vuelto a la cocina.

–Lástima que Nora ya no tenga abuelos ni abuelas –dice Jordi–. A los viejos siempre les gustan, las bodas.

Tarik fotografía a los hombres que llevan gorro de cocinero.

–Deberíamos entrar –dice Jordi.

En el salón, los camareros ya han retirado los platos sucios. En el momento en que Jordi se sienta a la mesa, por los bafles se oye la melodía pegajosa de un teclado.

–¿Es «Da Ya Think I'm Sexy»? –pregunta Bad Boy.

–¿Cómo dice? –quiere saber la madre de Rosa.

–De Rod Stewart –aclara Marta.

Los cuatro hombres con delantal y gorro de cocinero avanzan al ritmo de la canción.

–¿Alguien podría hacer el favor de cerrar la puerta? –dice Elisenda.

Encima del carro metálico se balancea el pastel, coronado por una figura que no es la pareja de muñecos vestidos de novios que todo el mundo espera, sino la reproducción en color fresa, bastante conseguida, de un pene de tamaño natural.

–¡Por el amor de Dios! –grita la urraca.

Los dos padrinos se acercan sonrientes al pastel. Makinero se lleva la reproducción del pene y en su lugar Maixenka coloca la pareja de novios de plástico. Está claro: era una broma. Los camareros empiezan a servir el cava. Todo el mundo aplaude.

–¡Guardadme el corcho! –dice el padre de Jordi–, que los colecciono.

–¡El ramo! ¡El ramo! –gritan Berta y Jana.

–¡El *bouquet*! –precisa el encargado.

Unas cuantas invitadas se han situado delante de la mesa de los novios en forma de line-out, como en un partido de rugby. Marta se levanta con el ramo en la mano, se vuelve de espaldas y lo lanza hacia atrás, un poco desviado hacia la derecha.

El line-out se ha convertido en melée. Después de una pelea incruenta, el ramo reaparece en las manos de Llúcia, la hermana premenopáusica de Rosa.

–¿Todavía está soltera, esta? –dice el padre de Jordi.

–¡Por favor! –lo hace callar Melissa.

La madre de Rosa pone paz:

–Cualquier edad es buena si hay amor.

–¡Bien dicho! –remacha Cati.

MARTA: EL ORIGEN

Fue casarse e instalarse en un apartamento más pequeño que el de *Un tranvía llamado deseo* (Etiquetas: Nueva Orleans, Vivien Leigh, ella es la cuñada, tono de tragedia griega, final de psiquiátrico). Estaba situado en Santa Margarida, la urbanización de hoteles y apartamentos turísticos del sur de Roses. La propietaria del piso, una clienta habitual de la madre de Jordi –«tinte y quitar volumen, ya sabes»– se lo alquiló con la condición de que lo abandonaran cuando llegara el calor, es decir, cuando algún turista bávaro estuviera dispuesto a pagarlo a precio de oro. Jordi y Blondie no se lo pensaron dos veces. Antes de verano ya encontrarían otra cosa. Entretanto, pagaban un precio simbólico –simbólico para la propietaria, se entiende– y disponían de todo el bloque de pisos para ellos solos. Era el año 1985, cuando los inmigrantes más depauperados todavía no habían descubierto las ventajas económicas de las urbanizaciones del litoral en temporada baja.

El apartamento apenas si tenía los muebles indispensables. Mejor, menos trabajo. Tan solo añadieron algún aparato electrónico, en concreto la cadena de música que les habían enviado los parientes de Deià como regalo de bodas. Juntar las tres colecciones de discos –las suyas y la de Biel, heredada por Blondie– fue un gesto que los unió de forma más simbólica que la ceremonia de casamiento. La primera tarde que pasaron en el piso se dedicaron a colocarlos por orden alfabético. Surgió una nueva colección, que ocupaba dos estantes e integraba sus propiedades sin llegar a disolverlas, ya que cada cual sabía de dónde procedía cada disco.

Por la tarde paseaban por las calles vacías de la urbanización, entre las marquesinas de bares y las terrazas de las heladerías, y repasaban los escaparates de las agencias inmobiliarias rotuladas en alemán, todo cerrado y lleno de polvo como en un pueblo fantasma. Pero sus cuerpos tendían a adherirse y, por lo tanto, no les molestaban los lugares espectrales, al contrario. En la playa se sentían como los únicos habitantes del planeta. Se sentaban y observaban las estrellas hasta que les cogía frío. Entonces se volvían con las caderas pegadas por las aceras vacías.

Años después, cuando vio *Frankie and Johnny*, Jordi recordó aquellos días en que se sentía como Al Pacino al lado de Michelle Pfeiffer: era demasiado bonita para él, pero él la amaba, y eso le confería un aire de la belleza de ella.

Por aquel entonces los fines de semana Jordi trabajaba para un fotógrafo especializado en bodas. Los equipos se componían de tres personas: el encargado de las fotografías, el del vídeo y el ayudante. Él era el ayudante. Se encargaba de transportar y montar los focos de vídeo, echaba una mano a los familiares a la hora de situarse de manera correcta en las imágenes de grupo y, en los momentos culminantes, hacía sus propias fotografías de seguridad, por si fallaba algún carrete. Los fotógrafos profesionales no podían correr el riesgo de que un error técnico los dejara sin la imagen de la entrada a la iglesia o del intercambio de anillos, que calificaban inexorablemente de «entrañables». Por norma general, las fotografías de Jordi eran innecesarias, pero a veces alguna acababa pegada en el álbum oficial. Algunas mañanas entre semana, si tenían mucho trabajo, echaba una mano en los positivados. Lo que más le gustaba era ayudar en los fotomontajes, tan artesanales como los de Josep Renau durante la guerra civil. Aprendía mil detalles en cada ceremonia, y planeaba montar su propia empresa, para la que ya tenía nombre comercial: Foto Recasens - Bodas y Bautizos.

Las tardes las tenía libres. Si Blondie iba a trabajar, Jordi comía en casa de sus padres, veía un rato la televisión, tomaba una cerveza en el Oslo y, después, pasaba a buscarla por la agencia de viajes. Compraban cualquier cosa congelada y volvían al apartamento de Santa Margarida (ellos decían «a casa»). Prácticamente no cabían los dos en la ducha, pero no eran raros los días en que la compartían y después escuchaban algún disco y, tumbados sobre la alfombra del comedor, hablaban de futuros posibles.

No se oía ningún ruido. Bueno, Jordi aseguraba que le llegaba el balanceo de las olas. El apartamento estaba situado a un centenar de metros del mar, pero él sostenía que desde la cama distinguía perfectamente los lamidos del agua sobre la arena, como otra respiración.

Uno de aquellos días de invierno en que llovió, saliendo de la agencia les dio pereza pasar por el súper. Ya encontrarían algo en la nevera. Después de ducharse, Jordi encendió una barra de incienso y puso uno de los elepés del álbum *Decade*, un regalo de los primos de Boston, a medio camino entre el blues del oeste y la electricidad de los Freak Brothers. Neil Young cantaba con la voz aguda del primer Sting, y vocalizaba con la misma oscuridad nasal que el último Kurt Cobain. Las canciones eran lamentos casi demasiado armoniosos para ser creíbles. Le pareció raro que Blondie no apareciera cuando sonaba «Like a Hurricane», una pieza que incluía alguna frase de su vocabulario familiar confundida entre los riff, que surgían lentos y claptoneantes. Después llegó «Love is a Rose», la canción ideal para que apareciese ella con la toalla enrollada en la cintura, como una princesa hindú, los cabellos goteando sobre los senos y un leve perfume de regaliz tras las orejas. Seguía el ritmo, lenta y melosa, delante del balcón. Cuando sonaron las largas notas de guitarra eléctrica de «Cortez, Cortez» se pusieron a bailar. Bueno, bailar no es la palabra. Descalzos sobre la alfombra, los cuerpos pegados apenas se movían, como en un remake del día en que se habían encontrado en el Charly. «Cortez, Cortez» es un bajo y una batería que se abrazan en una balada que podría ser de Aerosmith mientras por encima aletea un punteo fluorescente, como el que emprendería Rory Gallagher después de un copioso desayuno irlandés. Seguían cogidos cuando sonaban los punteos largos y nostálgicos, las notas de adagio que los envolvían como una guirnalda de flores hawaianas y the women all were beautiful. Daban vueltas iluminados por las diminutas columnas de luces verdes y rojas del amplificador en el corazón del edificio vacío, y hate was just a legend y no existía nada más ni nadie más excepto ellos y el ritmo era pausado como el andar de un animal prehistórico. Tumbados sobre los cojines, ni siquiera se dieron cuenta del cambio de canción, de la guitarra unplugged de «Campaigner», y solo después Jordi fue consciente de la armónica de «Long May You Run», una pieza pop que podría haber firmado Al Stewart, con los coros que entran en el momento justo, una canción que Blondie le explicó más tarde que era una despedida.

Desde aquella noche, Jordi está convencido de que Marta, que nació en noviembre, fue engendrada durante «Long May You Run», y que por eso es tan dulce y sentimental y la va a echar mucho de menos.

LA FAMILIA (AUTÉNTICA) DE JORDI

Después de ahorrar durante varios años y de aceptar un préstamo sin interés que les habían ofrecido los padres de Nora, desde 1992 la familia de Jordi –la segunda, la auténtica, la suya, la que no se encontró al nacer– vive en una casa adosada en la calle de la Jonquera. Una rampa desciende hasta el garaje. «Bien colocados, caben cuatro coches», insistía el promotor inmobiliario, y quizás sería cierto en caso de vehículos monoplaza. Subiendo un tramo de escaleras se accede a la planta principal, que incorpora la cocina, un pequeño lavabo y una sala de estar de cincuenta metros cuadrados con una chimenea de obra. Las estanterías contienen, entre otros cachivaches, la enciclopedia que les obsequiaron las tías del Maresme para su boda, la colección de novelas de bolsillo que regalaba un diario cada domingo y los álbumes de fotografías familiares que Jordi se resiste a abrir. El piso de arriba incluye el lavabo grande y las habitaciones: a un lado la de ellos y el armario vestidor, al otro la de Marta y el trastero.

A medida que Marta crecía, la casa se parecía más a un apartho-tel. Al final, el concepto de comida familiar se diluyó por completo, ya que Jordi y Nora se procuraban los alimentos por su cuenta. Marta se preparaba verdura y se cocinaba algún bistec, pero sus padres se abastecían de productos precocinados en diferentes establecimientos, aunque preferían los de la cadena de congelados La Sirena. Lo que cambiaba era la guarnición: Nora se espolvoreaba algas y potingues macrobióticos que no acababan de cuadrar con la sólida artificiosidad de las croquetas fabricadas en serie ni con las gambas congeladas a toneladas en el litoral chileno; por lo que respecta a Jordi, se había habituado a la salsa rosa, que mata el regusto que se pega a la carne de matadero.

Cada mañana, Nora caminaba hasta la agencia de viajes. Si había quedado con algún tour operator para hacer una visita guiada fuera de Figueres, cogía el Twingo que compartía con Marta. Jordi poseía un Renault Megane Grand Tour que le permitía cargar sin problemas todo el material fotográfico.

Sus programas de televisión favoritos eran los siguientes: de Nora, *CSI Las Vegas*; de Marta, el culebrón *El cor de la ciutat*. Jordi no tenía tiempo de mirar la televisión a causa de su adicción a internet; la única serie que le interesaba era la de la familia Simpson, y seguía los episodios por ordenador.

En verano, a Jordi y a Nora les era indiferente qué playa elegir. A ella le complacían todas, él las odiaba sin distinciones. Cuando Marta se hizo mayor, Jordi dejó de ir, pero hasta entonces ayudaba a Nora a clavar la sombrilla, a pelar la fruta, a excavar el agujero en la arena. La que se encontraba más incómoda era Marta; no a causa de lo que los sociólogos llaman «abismo generacional», sino por la vergüenza que sentía cada vez que sus padres se enfrascaban en discusiones bizantinas que se iniciaban en el coche, se perfilaban mientras estaban tumbados en la toalla, proseguían dentro del agua –desde donde el sonido se transmitía con fidelidad hasta la orilla– y se transformaban en un silencio glacial durante el viaje de vuelta.

¿De qué se jactaban secretamente? De seguir juntos. Al principio, la divisa de Jordi era la que figuraba en la bandera de Brasil: «Ordem e progresso». Con el tiempo, había renunciado al progreso. Desde hacía unos años la había cambiado por otra: «Aguantar como sea».

DOS MIRADAS INAUGURALES

a) La primera mirada inaugural tuvo lugar en Llançà hacia marzo de 1989, en el concierto que ofreció La Cripta al aire libre. Jordi y Nora estaban apoyados en el tronco de un plátano situado a unos veinte metros del escenario. Recuperaban el placer de salir: Marta tenía dos años y ya no daba ningún problema cuando tenía que dormir en casa de los abuelos.

El batería de La Cripta se sentaba con las piernas tan abiertas como el de Parálisis Permanente e imprimía a las canciones el mismo ritmo sincopado que el de New Order. El bajo vestía como Bruce Springsteen y tocaba con la energía desbocada de un telonero de Metallica. El guitarra llevaba una corbata mod y rascaba las cuerdas con la exactitud africana de Talking Heads. El saxo sonaba como jazz progresivo, más o menos como el de Psychedelic Furs llevado por la cafetosis: hipaba, aullaba, relampagueaba, rasgaba y después emulaba el saxo espídico que aparece por sorpresa en algunas canciones de los Doors. Durante aquellos prontos, el saxo de La Cripta ocultaba el sonido del sintetizador, que tendía al rock industrial. El cantante, cuando no chillaba como los Dead Kennedys, utilizaba la voz de barítono de los vocales de la ola siniestra. En general, el grupo actuaba con unas dosis razonables de rabia y distorsión.

Entre el público, no bailaba nadie. Cerca del escenario, un hombre gritaba «olé», como si estuviera en la plaza de toros.

–No son canciones para bailar –había determinado un día Churchill después de asistir a un ensayo feroz–, son canciones para suicidarse.

Cuando sonó «Grito hacia Roma», Jordi consideró que había llegado el momento de procurarse otra cerveza. Se encontraba en aquella etapa de dicha lúcida que precede a la embriaguez, cuando la realidad se ordena en series de imágenes pausadas y armónicas. Al principio, «Grito hacia Roma» es una exhibición de algarabía feísta de donde emergen, fatigados, los versos de Federico García Lorca. Jordi se encaminaba hacia la barra –«Manzanas levemente heridas por los finos espadines de plata»– hurgándose los bolsillos en busca de monedas cuando vio a una jovencita vestida de un modo que ya no era siniestro pero que todavía no llegaba a gótico («Mundos enemigos y amores cubiertos de gusanos caerán sobre ti»). Lo llevaba todo negro, no solo la ropa, sino también las uñas, los labios y el pelo, que contrastaba con una piel que parecía tapizada de polvos de arroz, aunque también podía ser blanco natural, de ave nocturna; dark barbies, las llamaban. Fue entonces cuando Jordi se sintió aguijoneado por el deseo ilícito. Se fijó en la boca entreabierta, en los pechos no mucho más grandes que pelotas de tenis bajo la camiseta de franjas violetas, en las piernas delgadas bajo la falda hasta los pies, de donde sobresalían las puntas de unas John Smith de color negro, diminutas como cabezas de ratón. Se fijó sobre todo en los cabellos levantados en un rebujo como el que puso de moda el cantante de The Cure, y también en el flequillo en forma de dientes de tiburón, imitando el que llevaba Winona Ryder en *Beetlejuice*, que entonces acababa de estrenarse en el Savoy. Después de cinco años de no fijarse en ninguna chica excepto en Blondie, Jordi la deseó con el ardor de una recidiva.

Cuando se acabaron los versos de García Lorca, la canción de La Cripta se resolvió en un largo fade out. Entonces entró una caja de ritmos que parecía salida de un disco de Kraftwerk, se añadieron los teclados y finalmente una guitarra florida y jubilosa, como si aquello fuera una jam session entre Tangerine Dream y Thompson Twins. Jordi entendió un verso: «La ruptura no es posible, hay atajos infinitos». Después vio que la jovencita, que podría muy bien haber sido la hija –más bien la nieta– de Lily Munster, desaparecía en dirección al escenario. Pero el daño ya estaba hecho. Primero pensó que se había enamorado, pero pocos minutos después se sorprendió mirando con deseo a otra dark barbie, y se dio cuenta de que aquello no era amor, sino una membrana –la membrana conyugal– que se resquebrajaba por momentos.

b) La segunda mirada inaugural se produjo en la Rambla de Figueres un domingo del año 1999. Jordi y Nora habían reinstaurado el paseo dominical como una manera de prevenir malentendidos y desencuentros. Se sentaban en la parte interior de la terraza del Express, detrás de la mampara de vidrio, y mientras veían pasar a la gente endomingada como en un desfile de modelos repasaban lo que no habían tenido tiempo de decirse durante la semana.

Habían pedido patatas fritas y dos cañas, que fueron servidas con presteza por uno de los camareros de toda la vida, de una mediana edad que se internaba a pasos rápidos en la senectud. En aquel momento pasaron Marta y Cristina (entonces todavía no se llamaba Halley). No era extraño que los padres y la hija coincidieran en algún tramo del paseo dominical. Jordi se había casi acostumbrado a que Marta simulara no verlos cuando la acompañaba alguna de sus amigas. Pasaron riendo de aquella manera escandalosa en que se ríe a los doce años.

Entonces Jordi vio cómo el camarero de mediana edad las seguía con la mirada y descubrió, incrédulo y aterrorizado e indignado, que la mirada de aquel camarero de toda la vida se clavaba en el culo de su hija.

En dos primaveras separadas por una década, Jordi experimentó un cambio de percepción que reordenó el mundo. Dos miradas automáticas, dos deseos que él no esperaba, dos instantes que iniciaban un movimiento que culminaría años más tarde: el deseo que Jordi sintió por la chica de Llançà fue avanzando hacia otros deseos, hacia los azares que acabarían conduciéndolo a Perita en Dulce. El deseo que Marta despertó evolucionó, se reflejó en otros, jugó sus cartas y finalmente coincidió durante el tiempo suficiente con el deseo de Bad Boy.

21 DE ABRIL DE 2007

17.15 HORAS

–¡Qué rico! Lástima que hayan tardado tanto –dice Marta.

¿Cuándo se hará mayor, esta niña? ¿Acaso piensa que un pastel de mil euros se corta en un momento? ¿O es que se ha creído que el pescado y la ternera que se han comido eran los que habían visto desfilar con la bengala?

Con la punta de la servilleta, Bad Boy elimina los restos de nata con nueces que habían quedado sobre el labio superior de Marta.

Al cabo de poco segundos, Jordi está en el porche. En las sillas de plástico están sentadas Halley, Tres Martinis y PsychoCandy, las tres con una copa de cava en la mano, como si posaran para una foto promocional de The Bangles.

–Hola –sonríen al mismo tiempo, con la precisión de un equipo de natación sincronizada.

–Hola. ¿No estaríais mejor en las sillas de teca?

–Oh –dice Candy–, este rojo queda mejor con mi vestido.

–Cuando veo un pastel de chocolate, salgo corriendo –informa Tres Martinis.

Halley enciende un cigarrillo.

–Jordi, ¿es cierto que al pack de la novia se añadió un masaje con chocolate?

Jordi acerca una silla y se sienta delante de ellas procurando aparentar serenidad.

–Me temo que sí.

–Debe de ser tan sexy... –dice Candy.

–Y el peinado le queda genial –dice Halley.

–Chicas –dice Tres Martinis–, si me van a hacer todo eso, yo también me caso.

–¿Habéis probado la depilación láser? –dice Candy.

–Yo sí –dice Halley.

De repente, las tres levantan una pierna y la ponen encima de la mesa, a dos palmos de Jordi. Incluso los gorriones que estaban picoteando los restos de los canapés se paran a mirar.

–Pues yo no veo la diferencia –dice Candy.

–Porque es reciente. Tú espera quince días –dice Halley.

–¿A ti qué te parece, Jordi? –dice Tres Martinis–. Podrías darnos una opinión objetiva. Pasa la mano. Por aquí, por debajo de la rodilla. Así...

–Déjalo en paz –dice Halley–. ¿No ves que lo estás mareando? Además, una opinión objetiva es un contrasentido.

Pero ninguna de las tres baja la pierna.

–Son Muixart –dice Halley–. De cuero. Trabajado artesanalmente. ¿Te gustan?

–Mogollón. Las mías son Uterque. ¿No te parece que brillan demasiado? Yo quería algo más casual, pero no tenían mi número. ¿Y las tuyas?

–Vermont –dice Tres Martinis–. Las compré por la hebilla. Me hacen una marca por detrás y me tengo que poner una tirita. A los tíos los pone a cien. Es como si descubrieran que soy frágil.

–La que es frágil es Mònica –precisa Halley–. Por no decir otra cosa. Le he recordado que lo sublime y lo ridículo se tocan, pero no se ha dado por aludida.

–Sí –dice Tres Martinis–. Alguien tendría que explicarle la diferencia entre ser original y vestirse para una fiesta de disfraces.

–No hay nada que hacer –dice Halley–. Está loca por esas chustas de puente aéreo.

–Se me está durmiendo la pierna –dice Candy, sin moverla–. Últimamente me pasa a menudo. Quizás debería hacer aeróbic o pilates. El médico siempre me dice que tengo que moverme. ¿Tú todavía haces batuka, Halley?

–Yo no he hecho nunca. Me confundes con Sheena. Le duró medio año. Me parece que fue cuando se cansó del culturismo, antes de interesarse por el jiu-jitsu.

–Joder con Sheena... –dice Tres Martinis–. Está como una chota. ¿Por qué no ha venido?

–Uf –dice Halley–, tenía que pasar un fin de semana en Montecarlo y ya hace diez días que está allí. Se ve que se ha liado con el hijo de una especie de jeque del Yemen... Seguro que desayuna con champán cada día... ¡Ah, hola!

Jordi se vuelve. Es Nora. Qué contraste: Las West End girls y la chica de ayer.

–¡Hola, chicas! ¿No queréis postres? Están repartiendo... esperad, que lo he memorizado... plátano caramelizado, cremoso de chocolate y fruta de la pasión.

Las tres piernas han desaparecido de encima de la mesa.

–Te has olvidado de la vainilla –dice Jordi.

–¡Vainilla! –dice Candy–. ¡Me encanta la vainilla!

–A mí me gustaba cuando era pequeña –dice Halley–. Ahora la he aburrido. Pero os acompaño.

Cuando era pequeña, dice.

DE PROLETARIO A ARISTÓCRATA (BE-BOP-A-LULA)

Era con la canción «Be-Bop-A-Lula», en particular con el ritornelo –«she's my baby»– que afloraban los recuerdos mejor guardados de Jordi.

Al principio, Marta era un elemento extraño que había venido a interponerse entre Nora y él. Ya no había intimidad, sino pañales que cambiar, ropa para lavar y tender, suelos llenos de babas que fregar, habitaciones llenas de juguetes que recoger, y una multitud de gadgets dispendiosos que había que adquirir con urgencia, desde chupetes ergonómicos hasta mordedores de agua helada, gorritos de lana, móviles giratorios, ceras de colores, cuentos sumergibles, ositos de peluche homologados, fruta de plástico, muñecas con bocina incorporada...

Cuando Marta empezó a caminar, hubo que reestructurar la casa para que no se lastimase. Entonces todo era bloquear escaleras, anular cajones, archivar sillas, redondear las esquinas de las mesas, tapar los orificios de los interruptores. Si salían a pasear, aquel elemento extraño tiraba la comida al suelo, vomitaba restos que le ensuciaban la americana, salpicaba, escupía, sufría cólicos en los lugares más inadecuados, lloraba y resultaba imposible saber el motivo. Era un horror.

También lo fastidiaba pasearla con el cochecito, tener que pararse cada dos por tres para dejar que todo el mundo la mirara y le hiciera carantoñas y lo felicitara, entablar relaciones indiscriminadas con otros padres, asistir a fiestas infantiles donde todo quedaba pringado de caramelo y de yogur de fresa.

«Nunca más», se decía.

La relación con Nora también se resintió. Finalmente, veía su cuerpo tal como era. Aquellos pechos que lo habían hecho enloquecer no eran para él, sino para Marta. Los había usufructuado durante un tiempo, pero ahora se daba cuenta de que estaban diseñados para amamantar a la cría, no para que jugara el macho. Las caderas no eran un adorno sensual, sino que servían para aguantar a la niña con una mano mientras con la otra agitaba un puchero donde se calentaba un biberón al baño maría. Y por lo que respecta al erotismo, bueno, era una tapadera. Aquello no era para que él se metiera, sino para que saliera Marta. Simplemente había caído en una trampa biológica. Se había comportado como el mamífero que era.

En cuanto salieron de la clínica con Marta metida en una cestita de las llamadas «moisés», llevados por un optimismo algo fuera de lugar, aprendieron que ser padres quería decir ser proletarios. El trabajo era inacabable, día y noche, sin horario, ni domingos libres, ni vacaciones, ni huelgas de celo. Fue en aquella época cuando, por primera vez en su vida, Jordi sintió envidia de la gente que se aburría.

Más tarde, alcanzadas las etapas de control de los esfínteres y de la comprensión oral, pasaron de proletarios a burgueses. Entonces la prioridad era dominar el arte de enfadarse y de reñir en las dosis adecuadas. Esta etapa se consolidó cuando Marta entendió el significado de la partícula condicional «si», es decir, el mínimo común denominador de cualquier amenaza o promesa.

A partir de la entrada en la adolescencia, Jordi se sintió como un aristócrata arruinado. Iba perdiendo a Marta poco a poco, como un capital precioso e irrecuperable. Le costaba convencerse a sí mismo de que debía resignarse a pasar de ser necesario a convertirse en un espectador que brindaba unos consejos que ella ni siquiera retenía.

Era con el «Be-Bop-A-Lula», y sobre todo con el ritornelo –«she's my baby»–, cuando recordaba las frases que Marta no volvería a pronunciar, cuando rememoraba lo que ya no iban a compartir y que no podía evitar repetirse a sí mismo en una salmodia sin fin. Porque lo que recordaba eran los momentos Roxanne que habían compartido, cuando él la veía, ya no como un elemento extraño sino como el centro de su mundo, en aquella época en que todo lo que necesitaba era que Marta se sintiera bien.

Ya no volverán a preparar una ensalada de pasta –de pie en la cocina, rodeados de envoltorios recién abiertos, luchando juntos con el rallador de zanahorias y el abridor de latas, cortando la lechuga demasiado pequeña y el tomate demasiado grande– para después coger los tres el coche y dejar que el domingo transcurriera en cualquier loma soleada cerca de Puig Neulós.

Ya no volverá a ser una fiesta ir al supermercado, cuando ella blandía su lista de la compra y llenaba su carrito –provisto de una banderita triangular como la de los autos de choque– con más celeridad que él.

Ya no volverá a dejarle el ordenador maquiavélicamente abierto en algún programa didáctico para que ella se iniciara sin sospechas.

Ya no volverá a pasar las sobremesas del fin de semana en la mesa del comedor jugando a las damas, esforzándose por colocar las piezas de manera que ella pudiera matarle tres o cuatro de golpe, fingiendo sorpresa cada vez que ella soltaba el gritito vikingo de victoria. Ya no volverá a ser una aventura desplazarse hasta el centro de reciclaje, cuando ella llevaba un cubo de playa reconvertido en recipiente de residuos triunfales –el papel de embalar de un regalo de Reyes, un bote de espárragos, el envoltorio de un huevo Kinder, una lata de Sprite– y los iba colocando uno por uno en los contenedores de colores con el mismo entusiasmo con que se entregaba a los juegos de representación del centro juvenil.

Ya no volverá a creer que tiene sentido acarrear aquellos dieciséis kilos que pesaba ella sobre los hombros durante la cabalgata de los Reyes Magos, los camellos de plástico que avanzaban paso a paso hasta la llegada sincronizada al pesebre, los villancicos dificultosamente memorizados en las horas de tutoría, las bolas irrompibles de colores colgadas de las ramas más bajas del abeto, las horas pasadas en Can Ramiro consensuando con Nora los juguetes más atractivos y menos nocivos.

Ya no volverá a poner –ni a quitar, con la misma solemnidad– la palanca de seguridad que impedía abrir desde el interior las puertas traseras del coche.

Ya no volverá a retorcerse de risa a su lado viendo episodios de Merry Melodies, Doraemon, Harold Lloyd o Shin Chan, que ahora lo dejarían indiferente.

Ya no volverá a ejecutar las acciones más ridículas con aquel entusiasmo incombustible, cuando era un descanso y una maravilla ver el mundo con los ojos color de miel de Marta.

Porque ahora ella es la baby de Bad Boy.

Y ELLA, ¿QUÉ QUERÍA SER DE MAYOR?

A los dos años, Marta quería ser hada. A los tres, Bambi. A los cuatro, un enano. A los cinco, una golondrina. A los seis, patinadora. A los siete, telefonista. A los ocho, fotógrafa. A los nueve, astronauta. A los diez, veterinaria. A los once, actriz. A los doce, dibujante. A los trece, esteticista. A los catorce, cantante. A los quince, maestra. A los dieciséis empezó el curso de monitora infantil. A los diecisiete lo acabó. A los dieciocho trabajó en el centro juvenil. A los diecinueve entró en la guardería a hacer una sustitución. A los veinte ya tiene un contrato de un año y solo espera que la hagan fija para tener sus propios hijos.

VIDAS QUE VALDRÍA LA PENA VIVIR

(LOS POST DE CHRIS)

Abigail Breslin
Afrodita
Alanis Morissette
Alicia Koplowitz
Àngels Santos
Annette Bening
Annie Lennox
Audrey Hepburn
Aurora Bertrana
Bessie Smith
Bette Davis
Boxcar Bertha
Camille Claudel
Caresse Crosby
Carson McCullers
Charlotte Corday
Chihuahua Pearl
Chrissie Hynde
Circe
Cleopatra Jones
Coco Chanel
Courtney Love

21 DE ABRIL DE 2007

17.35 HORAS

Los camareros van distribuyendo: café o cortado, con o sin cafeína, un chupito de licor de manzana o una grapa o una copa de coñac.

–Ya deben de tener el piso, ¿no? –se interesa uno de los abuelos del novio.

Realmente da la sensación de que no están en sus cabales.

–De momento, uno de alquiler –explica Melissa.

Por si acaso la broma no dura demasiado.

Desde que han repartido el pastel, la conversación no ha vuelto a ser unitaria. El padre de Jordi –que se ha desabrochado disimuladamente el cinturón– explica con entusiasmo los problemas que le surgen en el huerto que tiene en la carretera de Francia. El agua, que escasea. Una tórtola, que se le come la fruta. Las patatas primerizas, que le salen pequeñas. Las reivindicaciones territoriales del vecino, que sostiene que los límites de la finca no se corresponden con las escrituras.

A cada momento los novios se levantan para saludar a alguien. Prodigan besos y abrazos por todas partes. Salen al jardín a hablar con los fumadores. Conspiran con los padrinos, que coordinan las actividades paralelas. De vez en cuando, Marta contempla a Bad Boy con el embobamiento de Krazy Kat. Hay que reconocer que lleva la fiesta en los ojos.

–Voy un rato cada día –explica el padre de Jordi–, por la mañana muy temprano, que es cuando se trabaja mejor. Cultivo tomates, patatas, guisantes, lechugas y zanahorias. Las zanahorias son lo que más cuesta. Son muy señoras. Pero lo consigo. Tengo setenta y ocho años y lo consigo. Todavía estoy fuerte. Todavía puedo satisfacer a una mujer, ¿verdad?

Como es sordo, habla en un volumen demasiado elevado. Padre, por favor.

Cati le sonríe.

–Cuando te jubilas –interviene el padre de Rosa–, lo importante es tener trabajo: ir a pasear a un nieto con el cochecito, comprar la comida en el mercado, contar con alguien que te acompañe a dar la vuelta al castillo, echar una carta en correos o jugar la partida de envite canario. Si tienes programa, ya puedes estar contento.

–Yo voy al cementerio dos veces por semana –dice su mujer–. Tengo allí a mis padres. Les cambio las flores y me siento un rato. Me encuentro bien, en el cementerio. Es que llega un día en que conoces a más gente dentro que fuera.

Qué temas. Por favor.

–Hablando de cementerios –interviene Melissa–, ¿sabéis que a veces me roban las flores? Esto en Boston no pasa.

Jordi recibe una de aquellas miradas gélidas que a la suegra se le escapan de vez en cuando. Ha durado un segundo.

–Estoy tan contenta –dice Rosa–. Más contenta que nerviosa –señala la copa de cava–: será esto.

Las pantallas se han encendido. Jordi ya lo ve venir.

–Yo estoy feliz –dice Nora, que le coge la mano–. Este no, porque no sabe lo que es sufrir, pero yo a partir de hoy me quedo muy tranquila. Marta no tuvo una adolescencia demasiado difícil, pero algún susto que otro sí me dio.

–Son tal para cual –subraya Rosa con satisfacción.

Los novios vuelven a paso ligero y se sientan.

–Cerrad la puerta –dice Elisenda–, que se escapa todo el aire fresco.

Los camareros corren las cortinas de los ventanales. Se apagan las luces. En las pantallas aparece una fotografía de Marta y Bad Boy con defectos evidentes de enfoque e iluminación. Sobreimpresos, aparecen sus nombres y la fecha de hoy. De fondo se oye una música festiva que Jordi no identifica.

Después aparecen fotografías que recuerdan a los anuncios de teléfonos móviles. Es un montaje en Power Point o algún programa similar. Las imágenes se suceden separadas por transiciones estandarizadas (persianas, recuadros, fundidos, círculos, barridos). La tipografía es innecesariamente variada. Si se acuerda, Jordi pedirá una valoración ponderada a Gibert, «el puto amo».

Primero aparece una tanda de fotografías de Marta, que ya se sabe que sonríe siempre, incluso en las fotografías de carné. Las imágenes comienzan cuando era un bebé –aplausos, gritos, «qué cachas»–, pasan por la etapa de las colas de caballo y de las mechas de color turquesa y llegan a la actualidad: sola, en grupo, con Berta y Júlia, con Halley, Tres Martinis, Maixenka. Los padres, como si no existieran. De vez en cuando Jordi reconoce algún sitio: el restaurante Lizarrán, la Selva de la Aventura, el bar Federal, el Camp Nou. La serie acaba con dos imágenes. En la primera, Marta está en un aula del instituto; abajo, sobreimpreso, se puede leer «Tengo clase». En la segunda, Marta lleva un vestido negro y un collar de perlas; debajo, sobreimpreso, se puede leer «Tengo mucha clase». Aplausos generales, ella que no sabe si reír o llorar.

Es guapa, pero Blondie lo era más.

Después llega el turno de las fotografías de Bad Boy, igualmente ordenadas de manera cronológica. Pronto queda claro que el ambiente es distinto. Abundan chándales, cráneos rasurados, botas Doctor Martens, toros de Osborne, grafitos, skates, pantalones holgados, camisetas XXL. Las fotografías muestran al novio con bañador pirata, con gorra, con cazadora ajustada, con una camiseta negra en la que se lee «Orgullo obrero», con otra que reza «Patinar no es un crimen», sin camiseta, levantando el puño, mostrando los dientes, apoyado en el marco de la puerta, el cigarrillo tras la oreja, la barbilla levantada, más chulo que Mickey Rourke. La serie acaba con una imagen en la que conduce la excavadora; abajo se puede leer, sobreimpreso: «Makina total». Aplausos y griterío.

Frank Sinatra, con «Fly Me to the Mooon», anuncia la tercera y última tanda.

–El viejo Frankie –murmura Melissa, como si fueran amigos de infancia.

Esta es la serie que a Jordi se le hace más larga. Aparecen los novios juntos en fiestas, en bares, caminando por la calle, cada vez más juntos, más relajados, más abrazados. La última imagen los muestra en la playa, ella encima de él, morreándose con fruición; aplausos y silbidos, gritos de «David gladiator».

Bueno, ya está. Jordi ha sufrido pero podría haber sido peor.

–¡Qué bonito! –dice Nora, que se levanta y se acerca a Marta.

Se abrazan torpemente, la madre medio agachada y la hija vuelta de lado, hechas un embrollo de brazos y codos. A Jordi le sorprende sentirse orgulloso y tierno.

ESCENAS DE LA VIDA COTIDIANA

Primera escena

Una mañana de 1987 en que había trabajado hasta tarde, Jordi encontró a Nora en la cocina preparando un pastel de manzana. Marta jugaba en el suelo con un vaso de plástico, promoción de una marca de leche en polvo que habían comprado en la farmacia. De fondo, sonaba una cinta de canciones infantiles. Podría haber sido una escena agradable, pero a Jordi lo agobió. En primer lugar, porque las únicas recetas que Nora conocía se reducían a la del Boston Cream Pie –galleta, chocolate, cherry marraschino– y a los pasteles de manzana; hacía uno cada semana y a aquellas alturas él ya estaba más que saturado. En segundo lugar, porque había oído aquella cinta infantil unas ciento cincuenta veces; algunas noches no podía conciliar el sueño porque aquellos pareados pegadizos le retornaban como una cena mal digerida y le daban vueltas sin parar por todas las circunvoluciones del cerebro. Pero lo que lo fastidió por encima de todo fue el delantal que llevaba Nora. Hecho de rizo, de color amarillo plátano, algo chamuscado de un lado. El problema no se limitaba a aquel delantal en concreto. Sencillamente, Jordi no soportaba los delantales. Bueno, los aguantaba cuando los llevaba cualquier otro. Pero ver a la chica que tres años atrás se llamaba Blondie embutida en un delantal hacía que se sintiera –¿cómo decirlo?– estafado. Sí, era consciente de que no podían comer cada día en el restaurante, de que tenían que prepararse ellos mismos la comida, y de que el delantal resultaba útil para no ensuciarse la ropa. Lo sabía, pero no le servía para evitar la náusea cuando veía a Nora con el delantal, y aquella vez en particular, que coincidía con el enésimo pastel de manzana, con la cinta infantil y con una noche en la que había dormido mal y en que había visto en la televisión aquel videoclip de Queen, «I Want to Break Free», donde aparecía Freddie Mercury en una cocina que le recordaba la suya. Añadamos que, entre el momento en que había sentido formarse aquella náusea y el momento en que asía la cafetera para llenarse una taza, Jordi ya había tenido tiempo de sentirse culpable por detestar aquella escena que tendría que haberlo colmado de satisfacción legítima como esposo y padre de familia. En particular, se sentía culpable de odiar aquellas canciones infantiles que producían un placer tan evidente a su hija, que ahora le sonreía con la cara embadurnada de papilla de fruta.

Segunda escena

Una tarde de 1991, cuando volvía de ajustar un presupuesto de boda con una familia de Bàscara, Jordi entró en la habitación de Marta. Las cortinas tapaban los últimos rayos de sol. Un pañuelo estampado cubría la lámpara de la mesilla de noche. Marta, que todavía no había cumplido los cinco años, dormía a su manera desmañada, con la cabeza hacia atrás, un brazo bajo la cabeza y el otro cruzado en diagonal sobre el cuerpo, junto a su osito de peluche preferido. En una silla al lado de la cama, Nora permanecía sentada con las manos entrelazadas y la miraba. Cuando Jordi había salido, después de comer, ella ya estaba allí.

–Me da una pena... –dijo Nora cuando él entró.

Frente a las enfermedades ocasionales de Marta, Jordi reaccionaba como un gestor eficaz. A partir de los precedentes y de la información contenida en los libros de consulta, decidía si valía la pena llevarla al médico. Si era necesario que tomara medicamentos, confeccionaba una ficha en la que constaban las dosis y el horario, y a poco que pudiera se encargaba de suministrárselos él mismo a la hora exacta. Rescataba los viejos intercomunicadores del armario para oír si se quejaba, y continuaba pasando facturas, llamando a los clientes o seleccionando contactos fotográficos. Cada tres cuartos de hora, abría con cuidado la puerta de la habitación, echaba una mirada y volvía a sus obligaciones.

Nora, en cambio, se limitaba a sentarse y mirar a Marta con compunción. Como mucho, le daba sorbitos de los frascos de las flores de Bach con que su amiga Elisenda se sacaba un sobresueldo. Llamaba al trabajo, daba cualquier excusa y se quedaba al lado de la cama horas y horas en concentración silenciosa. Incapaz de hacer nada, ni siquiera se levantaba para comer ni salía a comprar medicinas. Sencillamente se mantenía inmóvil, como si la conexión visual entre Marta y ella fuera lo único que podía garantizar la curación. Cada vez que entraba alguien en la habitación pronunciaba la misma frase, como si toda su energía estuviera condensada sobre su hija y no pudiera esforzarse en construir ninguna otra, como si su estado de ánimo no variara a lo largo de las horas ni se pudiera expresar de ninguna otra manera.

–Me da una pena...

Jordi sabía que esta actitud dramática de Nora no era tan útil como su propia conducta, casi profesional. Por esa razón sentía un agradable complejo de superioridad, que enseguida se le mezclaba con otro inverso. Porque, ¿no resultaba envidiable aquella capacidad que Nora tenía de olvidarse de todo, de consagrarse a la hija enferma como si el resto del mundo se hubiera detenido? De acuerdo, no era una actitud práctica, pero, ¿no constituía la mejor manera de mostrarle a él que sus fichas horarias no podían compararse con la entrega amorosa y absurda de ella, tan inequívocamente maternal?

Tercera escena

Es una mañana de sábado de 1993. Marta y Nora habían visitado a una amiga que disponía de piscina, y Jordi se preparaba para hacer su visita semanal al supermercado. Antes de confeccionar la lista de la compra, inspeccionó la nevera, el congelador y los armarios de la cocina. Agrupó las compras –bebidas, féculas, lácteos, conservas, congelados–, ideó el itinerario más corto a partir de la distribución de los pasillos y se dirigió al supermercado.

Quince minutos después se encontraba parado con el carro de la compra delante de una oferta de papel higiénico que no podía desestimar. Si compraba dos paquetes de treinta y seis rollos de una marca de eficacia contrastada, le salían a un precio irrisorio. Después de asegurarse de que la consistencia del papel era satisfactoria, colocó los dos paquetes gigantes en el carro, que lo llenaron hasta el punto de taparle parte de la visión. Decidió, entonces, realizar un primer viaje al coche y volver para comprar el resto de productos de la lista. Antes, no obstante, añadió dos paquetes más de papel higiénico, que tuvo que sujetar con las manos para que no se cayeran.

En la caja, mientras hacía cola, se dio cuenta de que la chica que tenía delante era una de las que había jugado en el equipo de baloncesto de La Casera hacía una eternidad. Quizás a causa de la práctica continuada del deporte, conservaba una silueta apetitosa bajo los vaqueros ceñidos. Con el centenar largo de rollos de papel que le ocupaban el carro hasta más arriba de los ojos, Jordi se sintió todavía más ridículo que aquel día en que se había dejado la ventana abierta en el túnel de lavado. Se volvió como si buscara a alguien a quien atribuir la irrisión de la escena, pero no había nadie. La chica, por suerte, no lo conocía. Pero esto no era lo más importante.

Lo importante, se dijo Jordi, es que nos habituamos a culpar al otro –a la otra– de nuestros errores. En este punto se basaba la economía moral del matrimonio. Más tarde, en casa, mientras colocaba los rollos de papel en el armario, intuyó que él era tan responsable como Nora de sus fracasos, en particular del cambio de expectativas que se había producido con el paso del tiempo. ¿Quién le iba a decir, unos años atrás, que acabaría adquiriendo aquella reserva anual de papel higiénico? Ahora bien, ¿quién podía mantenerse idéntico a sí mismo a pesar de los años? Estaba casado, tenía una hija. Había que moverse, avanzar, evolucionar. Y esta convicción gobernó su vida aproximadamente hasta cinco años más tarde, cuando se fue a vivir al garaje.

EN LA CARNICERÍA

De vez en cuando, para introducir cambios en su dieta a base de congelados, Jordi entraba en una carnicería y compraba queso y embutido. Si pasaba una mala temporada, la estancia en la carnicería lo llevaba a plantearse una serie de preguntas sin respuesta, seguidas de una revelación final. Mientras esperaba, rodeado de Antonias y Conchitas que tendían a colársele con obstinada habilidad, entraba en un bucle obsesivo que podríamos intentar resumir de la siguiente manera:

–¿Qué hago aquí perdiendo el tiempo cuando podría estar mirando una gran película en la intimidad del garaje?

–¿No podrían poner percheros y más sillas y alguna revista frívola, como en el resto de salas de espera del mundo civilizado?

–¿Por qué no nos rebelamos de una vez por todas en lugar de aguantar como pasmarotes reprimidos a que nos toque el maldito turno?

Al cabo de unos minutos, el bucle experimentaba un salto cualitativo. Llegaban el tedio, el mareo y, con ellos, la revelación:

–Todas estas salchichas, estas butifarras, estas costillas de debajo de la paletilla, este lomo adobado, estas vísceras, estas piernas de cordero, estos pies de cerdo, este jamón de Teruel, esta sobrasada de Mallorca, estas chuletas, estos hígados de ternera bien criada, estas ternillas envueltas en papel parafinado, estas pechugas de pollo de granja con la piel tan tirante [y que a partir de 1992 le recordarían una determinada escena londinense que no se le borraba de la memoria], debían de pertenecer a un ser vivo que había tenido ilusiones, pasiones, amistades, que había echado de menos a su familia, que había amado a algún congénere, que había forjado proyectos, que alguna vez se había formulado preguntas sobre el sentido de la vida... Y míralo ahora, convertido en piezas expuestas en la vitrina, iluminadas con fluorescentes que ni siquiera calientan. ¿Somos mucho mejores nosotros, los clientes que entretenemos la espera hablando del AVE o de las pensiones? No. ¿Somos más útiles, acaso? No, no, no. Nuestras piernas, nuestras costillas, nuestros pies, ni siquiera servirán para que alguien los mire, los evalúe, los compre, los cocine y finalmente los incorpore a su metabolismo.

–Mmmm –decía entonces la psicóloga sincrética.

¿ERA AQUELLO LO QUE QUERÍA HACER CON SU VIDA?

Después de unos precedentes que no llegaron a resolverse, la primera crisis seria –aunque banal y todavía invisible a los ojos de Nora– tuvo lugar en el año 1994 ante uno de los pasos de cebra de la parte baja de la Rambla. Los tres miembros de la familia Recasens-Sastre salían de la ferretería Cofac. Jordi transportaba una bolsa llena de clavos y tacos de pared, y con el brazo sujetaba diez metros de valla de plástico enrollada que tenía que servir para separar el jardín de la calle. Nora cargaba con una caja con un ventilador de oferta, una bolsa de congelados llena de ensaladilla rusa y canelones, y otra con pan Bimbo y manteca de cacahuete. Marta había encontrado a Carlota y se habían puesto a charlar (entonces nadie habría sospechado que más adelante se tatuaría un kanji en el cuello y que se haría llamar Noia Labanda).

Cuando Jordi se dio cuenta de que algo no iba bien, Carlota ya no estaba y Marta se tambaleaba en los adoquines de la calle ante una furgoneta de reparto de helados que acababa de frenar en seco, con el consecuente desplazamiento y deformación de la carga, como les reprocharía el conductor durante los diez minutos siguientes. Antes de dejar la valla de plástico enrollada en la acera y proceder a rescatar a Marta –que lloraba de terror a un palmo del parachoques– Jordi sintió que se había producido un salto cualitativo. Pero no fue hasta que estuvo sentado en el sofá de su casa, con la niña sana y salva –después de ordenar las compras del día y de discutir con Nora sobre las responsabilidades de cada uno– que se hizo, con la misma nitidez articulatoria que si estuviera hablando en voz alta, una pregunta que desde entonces se aferró a su mente: «¿Es esto lo que quiero hacer con mi vida?».

21 DE ABRIL DE 2007

17.50 HORAS

Sobre la tarima, situado detrás del órgano eléctrico, el músico acciona botones con la parsimonia de un funcionario mexicano. La cantante, envuelta en un vestido que parece inspirado en el que llevaba Michelle Pfeiffer en *Los fabulosos Baker Boys*, ordena los papeles del atril y se retira.

Del órgano eléctrico surgen los primeros compases de vals. Jordi se levanta con la espalda tan recta como puede, tira de la silla de Marta y le ofrece el brazo, que ella acepta. Cuando se dirigen al espacio que ha quedado vacío delante de la mesa, algunos invitados aplauden, pero otros los hacen callar. Decididamente, las normas de etiqueta son confusas.

Jordi coloca la palma de la mano derecha sobre el omóplato izquierdo de Marta, levanta el otro brazo y empiezan a dar vueltas.

–Es el vals de *Amélie* –grita Cati–. Me encanta.

A Jordi aquella película no acabó de gustarle, pero desde luego no es el momento de hacer críticas.

Aunque habían ensayado este baile durante una semana, él no había acuñado ninguna frase breve y ocurrente que provocara la sonrisa de su hija ahora que todo el mundo los está mirando. Le basta con no pisarla. Marta se limita a dejarse llevar con una mirada que él no le había visto nunca hasta hoy. Quizás sí que es el día más feliz de su vida...

[Si esto fuera una novela de uno de aquellos escritores norteamericanos que dan clases de *creative writing*, ahora podrías leer, por ejemplo, que los fotones solares han recorrido ciento cincuenta millones de kilómetros para hacer resplandecer los ojos de Marta].

Cuando suenan las primeras notas del segundo vals, una versión jazzística de *El Danubio azul*, Bad Boy saca a bailar a Rosa. Padre e hija, madre e hijo, bailan rodeados de miradas de respeto, de miradas de envidia, de miradas fatigadas.

Era su último vals y se le ha hecho corto. Cede a Marta a su marido flamante y se dispone a bailar con Rosa. Bien mirado, es una manera bastante delicada de escenificar la pérdida de una hija.

Otras parejas se suman al baile: los padres de Rosa, que dan vueltas con vacilaciones; Melissa con el padre de Jordi –un detalle bonito, padre: gracias–; la alcaldesa y un tío solterón de Navarra, que la achucha con manos lúbricas; Elisenda y un hombre con americana de tweed, más estirado que Jeremy Irons; el matrimonio Güibes, que se nota que han asistido a cursos de baile de salón. Después llegan las parejas acostumbradas a las fiestas de pueblo, los amigos y amigas de los novios que no saben cómo moverse pero que en poco rato encuentran su camino y si no les sale bien da igual porque esto es una boda y todo vale.

Los camareros han retirado discretamente las mesas. En medio del salón ha quedado un espacio muy amplio, donde a cada momento dan vueltas más bailarines. Calimero se dirige a la puerta corredera y está a punto de chocar con Candi, que se afana por hacer una fotografía con el móvil donde aparezcan los bailarines y ella. Gibert se da cuenta y abandona un momento la cámara de vídeo para hacérsela.

Jordi pretende retirarse al bar a roer su desconsuelo, pero a medio camino se le interpone un hombre corpulento que no le resulta del todo desconocido.

–¡Felicidades otra vez! –le espeta.

A continuación, Jordi se hace una idea aproximada de lo que debe de ser el abrazo de un oso pardo.

–¿Nos conocemos? –inquiere, mientras recupera el aliento.

–Nos han presentado después de la ceremonia. ¿Se acuerda? Me llamo Anselm Ferrandis. Soy amigo de Llúcia, la hermana de Rosa.

Realmente, una boda no es el mejor sitio para estar solo.

–Mucho gusto.

–Soy veterinario homeópata, para servirlo.

–Ahora iba al bar.

–No se preocupe. Yo lo acompaño.

Siempre había dicho que ciento veinte invitados era excesivo.

–No crea que lo he felicitado solo porque ha casado a su hija. Lo he hecho también porque le está quedando una ceremonia preciosa: la comida, el servicio, la música, el ritmo, todo en general. Puedo decírselo con conocimiento de causa porque en los últimos meses he estado en unas cuantas bodas. Desde que me he separado, hago mucha vida social. Ha sido un proceso largo y doloroso, pero le aseguro que ahora soy feliz.

–Me alegro.

–En el aspecto profesional tampoco puedo quejarme. Los dueños de animales domésticos están cansados de tratamientos agresivos. Usted ya debe de conocer los principios del doctor Hahnemann... La aplicación de la homeopatía en los animales irracionales se está demostrando tanto o más efectiva que en los seres humanos, ya que los animales no tienen prejuicios. Mire el caso de Tigre.

–¿Quién?

–Tigre, el gato de Rosa. Tiene doce años y con mis tratamientos está tan fresco que todavía persigue a las gatas del callejón. Y no es un caso aislado, ni mucho menos. Nos encontramos en un momento de expansión. Dentro de un par de meses tendré un consultorio nuevo. Abro uno en Girona, en la calle del Carme. Antes era una óptica. Los dueños se jubilan, y no tienen hijos que quieran continuar con el negocio. En la trastienda he encontrado un montón de material y no sé qué hacer con él. Sobre todo cristales graduados. Los hay a cientos. Y gafas optométricas, de esas de metal, con la montura abierta por arriba, de las que los ópticos utilizan para hacer las revisiones. Tengo amigos que vienen, se las prueban y se llevan las que les quedan bien. A mí no me importa. Al contrario. De todos modos lo tiraré todo. Quizás usted encontraría algún cristal que le sirviera. ¿No tiene presbicia?

–¿Perdón?

–Vista cansada. ¿No tiene problemas a la hora de leer?

–No leo mucho.

–Pero usará el ordenador… ¿No le cuesta enfocar la pantalla? ¿No le da dolor de cabeza?

–Pues ahora que lo dice…

–Un día que esté por Girona, llámeme y quedaremos. Estaré encantado de servirlo. Usted viene a la tienda y se lleva los cristales que le vayan bien. Y eso que se ahorra. No puedo hacerle unas gafas nuevas, claro, pero me quedan monturas optométricas que le servirán para salir del paso. Son más resistentes que bonitas, pero en casa cada cual va como quiere, ¿no le parece? Si acertamos con los cristales, más adelante ya tendrá tiempo de encargarse unas que le queden mejor. Usted mismo: yo no gano nada, ya lo ve.

El camarero los atiende con acento sudamericano. Jordi pide un estomacal Bonet. El veterinario homeópata, un agua sin gas. ¿Ya hemos remarcado que tiene los labios más carnosos que Ben Gazzara?

–Durante un tiempo quería aprender a beber –prosigue el veterinario homeópata–. Como era muy difícil, he hecho algo mejor: aprender a no beber.

–Me parece que lo entiendo –dice Jordi.

–Una vez divorciado, me metí en un bar y me sentí como el primer día que entré en la biblioteca de la facultad: quería abrir todos los libros. No sabía por dónde empezar, ¿sabe lo que quiero decir? No le hablo de las botellas, no, sino de las mujeres. Usted ya me entiende. Me cogió una especie de mareo…

–Sí, le comprendo.

–Ahora que hemos entrado en confianza, le diré que aquel día terminé en la cama con la camarera. Vaya pedazo de muslos… Ya no era una niña, ¿sabe? Mire, a mí cada vez me gustan más jóvenes. La amplitud del compás va aumentando, ¿sabe lo que quiero decir? Ahora bien, las más fáciles, estadísticamente hablando, son las que tienen entre treinta y treinta y cinco. Hay una razón, no crea. Quieren pescar a alguien y formar una familia. De pronto, les coge prisa. Se les activa el reloj biológico, ¿sabe lo que quiero decir? Te persiguen. Y si no te pescan, pasan el rato. Ya no tienen edad de hilar fino. También puede ocurrir que estén casadas con un marido estresado. Ocurre mucho en esa edad, entre treinta y treinta y cinco. Entonces también es muy fácil. Solo se trata de saber cuándo tienes que ponerte el anillo y cuándo tienes que quitártelo. Las casadas los prefieren casados y, las solteras, solteros. Y también gusta mucho un poco de barba. A mi edad ya me salen pelos blancos en el mentón, ¿ve?

–Tiene un aire a lo Sean Connery...

–Gracias. Eso las tranquiliza mucho. Ven a un hombre con barba blanca y no se resisten. Después todo consiste en dejarlas enseguida. Quiero decir, antes de tomarles afecto. Y, sobre todo, antes de que nos dejen ellas. Porque siempre hay alguien que se cansa antes. El cansancio no llega de manera simultánea, ¿sabe lo que quiero decir? Es una quimera, como el orgasmo simultáneo.

–¿Podría ponerme otro estomacal, por favor? –le dice Jordi al camarero.

–Ahora salgo con Llúcia, la hermana de Rosa. Pero no duraremos demasiado. Eso que tiene los pechos grandes, como a mí me gustan. Ya me daba mala espina, pero cuando se ha peleado por hacerse con el ramo de la novia le he visto las orejas al lobo. Tenemos que dejarlo pero ya. Ya encontraré a otra. Un banquete de boda es un buen lugar para conocer gente. Y no crea que hablo por hablar.

Quizás Jordi también debería pasarse al agua mineral. ¿Por qué se siente tan cansado? ¿Es el sueño? ¿Es la comida? ¿Es el yerno? ¿Es la edad? ¿Es el alcohol? ¿O es este pesado? Tantos invitados y tenía que topar precisamente con este.

–Lo más jodido –asegura el veterinario homeópata– no es cuando dejas de follar. Lo más jodido es cuando dejas de meneártela.

PRIVATE

Cuando, poco antes de la Semana Santa de 1986, la casera les pidió que abandonaran el apartamento de Santa Margarida, Jordi y Nora alquilaron un pisito en la calle Panissars. Durante los años siguientes vivieron una época llevadera. En el aspecto profesional, Nora consolidó su trabajo en la agencia de viajes. Lo único que tenía que hacer eran visitas guiadas en inglés. En Foto Recasens-Bodas y Bautizos, Jordi no daba abasto con tanto trabajo y había contratado a un ayudante por horas. Marta dotaba a sus vidas de unidad. En 1988 pasaron una semana visitando las rías de Galicia. A principios de los noventa, parecía que Jordi había superado la Crisis del Delantal de Color Limón y la Crisis de la Dark Barbie de Llançà.

La idea surgió allá por el Sant Jordi de 1992, en una sobremesa en casa de los padres de Nora. Mientras servía el café, Melissa expuso su teoría:

–Hay que hacer tres viajes al año. Uno con la familia, otro con la pareja y otro en solitario. Hay que mantener los tres niveles de relación, incluyendo el de la relación con uno mismo. El nivel más importante, sin embargo, es el de la pareja.

Cuando el comandante –lo habían ascendido– le dedicó una sonrisa falsamente cordial, Jordi tuvo la certeza de que aquello era una encerrona.

Jordi tenía su propia teoría, la de los desplazamientos concéntricos. En primer lugar había que conocer con detalle la ciudad, después la comarca, después la provincia, después el país... Le parecía ilógico ir a California sin haber pisado Bélgica, por ejemplo. Se cuidó mucho de decirlo, no obstante. Lo ponía nervioso aquella reunión en la que todo el mundo parecía tener un orden del día excepto él.

–¿Cuánto tiempo hace que no vais de viaje, vosotros dos solos? –preguntaba la suegra.

Jordi balbuceó unas palabras.

–Yo viajo, pero no con él –resumió Nora.

Se refería a los trabajos para la agencia de viajes. Y, en efecto, vaya si se movía.

Jordi consiguió articular una frase:

–No es el mejor momento.

Se habían embarcado en una hipoteca para pagar la casa adosada de la calle de la Jonquera, adonde habían ido a vivir hacía dos meses.

La madre miró al comandante, que se apresuró a decir:

–Bueno, eso no es ningún problema. Os regalamos el viaje. Y nos quedaremos a Marta.

Desde que habían cobrado la indemnización, los suegros se permitían una cierta prodigalidad. Las frases sonaban como si estuvieran ensayadas. Jordi miró a Nora, que le guiñó un ojo con picardía.

–¿Y adónde...? –preguntó.

–¿Qué te parece a Londres? –dijo ella.

Y ya estaban. Los suegros habían sufragado el viaje, sí, pero ellos habían tenido que hacerse cargo del hotel y del resto de los gastos, que eran cuantiosos. Habían seguido el consejo de Melissa, que sostenía que solo los marginados se alojaban fuera de los lujosos hoteles del West End.

Él no había estado nunca en Londres, de manera que hicieron las visitas más elementales, de las ardillas de Hyde Park a las joyas de la Corona. También se dejaron caer por la tienda Forbidden Planet, entonces situada en Saint Giles High Street, donde Jordi se gastó unas cien libras en una estatuilla de resina de Astérix.

El objetivo declarado de Nora era el Electric Ballroom.

–Montan noches monográficas, de techno y tal. Pinchan las mejores canciones de todos los tiempos. Es el paraíso. Me muero de ganas de que vayamos.

–Ya hablaremos.

Jordi consiguió atrasarlo hasta el último día. Como Nora no soportaba el metro, tuvieron que gastarse una pequeña fortuna pagando un taxi que los llevara hasta Candem. Y bueno, en la High Street abundaban los clubes, los locales y los pubs, pero aquel día el Electric Ballroom estaba cerrado a cal y canto.

Nora, que aquel día había recuperado la ropa mejor conservada de Blondie, reaccionó con un ataque de histeria en plein air.

–Vamos, pequeña, que no hay para tanto.

Pero ella tenía razón. Jordi sabía la ilusión que le hacía, sabía que al día siguiente no tenían tiempo de volver, sabía que estaba condenado a aguantar la legítima protesta de ella durante un periodo de tiempo prolongado.

A Jordi, Londres le daba la sensación de un lugar donde habían ocurrido grandes acontecimientos, gestas de la humanidad en esferas muy variadas de la cultura, la economía y la política, pero donde hacía años que no sucedía nada nuevo. La ciudad se había convertido en un parque temático de sí misma, una inmensa zona de ocio, un escenario que parecía diseñado para desarrollar actividades comerciales de manera sofisticada, placentera e ininterrumpida. Desde su desembarco en la ciudad, tenía la impresión de que había llegado tarde. Había llegado tarde al pop, a la psicodelia, al rock sinfónico, al glam, al punk, a la dark wave, a los New Romantics. Había llegado tarde incluso a la moda de los revivals.

Eran los inicios del grunge. Los transeúntes llevaban vaqueros polvorientos y unas greñas desafiantes que les colgaban por encima de las camisas de franela. Más de uno disminuía el paso y se quedaba mirando a aquella mujer con sobrepeso, vestida de negro brillante y rosa Roxette, que expelía lágrimas y mocos sentada en la acera.

–Venga, Nora, vámonos. Ya encontraremos algún otro lugar que te guste.

El barrio estaba muy animado, hecho que en Londres significa que se había establecido un buen ritmo de facturación. Decidieron que entrarían en el primer lugar que encontrasen a la vuelta de la esquina. Fue un pub oscuro, cosa que se agradece cuando el rímel se ha corrido hasta la barbilla.

(Una frase de *El apartamento*: «No te pongas rímel cuando salgas con un hombre casado». Situada en los años cincuenta, ella es la ascensorista que ama al directivo: Etiquetas: Shirley McLaine, gran empresa, juego).

Al cabo de tres Guinness, Nora volvía a estar animada. Era ella la que se encargaba de pedir las consumiciones, así como de los contactos en general. El inglés de Jordi se restringía a los ámbitos del software y de la fotografía. Aunque podía llegar a entender alguna frase si la leía, sabía que sus lagunas lingüísticas eran tan enormes que ya no tendría tiempo de llenarlas.

Nora había establecido relaciones con el grupo de la mesa de al lado. No fallaba: siempre que alguien oía su acento, pensaba que vivía en Nueva Inglaterra. Deshacer el malentendido abreviando su biografía era una buena manera de iniciar una conversación.

–Dicen que arriba hay más ambiente –dijo ella al cabo de un rato.

A Jordi no le apetecía asistir como invitado de piedra a un diálogo compuesto de sonidos guturales indistinguibles. Además, acababa de localizar un diario en la barra. Lo cogió y se sentó al lado de la lámpara. La lectura –por fuerza intuitiva– de la prensa era uno de los pocos ámbitos de comunicación de los que disponía en aquella ciudad, y pensaba aprovecharlo.

–Subo con ellos, si no te importa.

–Tú misma.

¿Era posible que no entendiera ni un solo titular? ¿Cómo es que los ingleses tienen esa manía por los monosílabos? ¿Es para ahorrar tinta? ¿O para conseguir que quienes eligieron francés cuando tenían catorce años no entiendan ni torta? *Pil, nip, rip, bid, tip, crist, strip, slip, lisp...* Lástima que los romanos no acabaran de latinizarlos... Y además había que añadir el obstáculo insalvable de los phrasal verbs. A veces Jordi conocía el significado de los dos términos por separado, pero no tenía ni idea del significado que adquirían cuando se juntaban en noticias incomprensibles, sin contexto: *miss out, work up, put across, keep back, give off...* Y las palabras que creía entender, resultaba que eran trampas para incautos. Ya sabía que en inglés un *recipient* no servía para llenarlo, que *actual* no quería decir del día, y solo un indocumentado podía creer que *silicon* quería decir silicona...

¿Cuánto rato hacía que se estaba peleando con aquel diario roñoso? ¿Qué debía de estar haciendo Nora en el piso de arriba?

Después de las escaleras de madera que subían en semicírculo, llegó a una sala de estar que mediría un centenar de metros cuadrados. Los clientes estaban situados en el lugar adecuado, como en una fotografía del *Vanity Fair*: dos chicas murmurando confidencias en el sofá rosa, una pareja de mediana edad brindando en el balcón, dos grupitos repartidos entre las butacas de cojines policromados, la barra con taburetes y la chaise longue, todo iluminado por luces indirectas de colores cálidos. El volumen de las conversaciones era bajo para los estándares mediterráneos. Jordi paseó la vista arriba y abajo sin encontrar a Nora. ¿Dónde se habría metido?

Aparte del balcón, solo había dos puertas: TOILETTES y PRIVATE. Estuvo un rato de pie ante los lavabos, de donde no paraban de entrar y salir chicas desdeñosamente esbeltas. Oh, ¿por qué no había nacido unos cuantos años más tarde, cuando el inglés ya era obligatorio? Como mínimo, podría dirigirles la palabra.

PRIVATE. Letras de imprenta negras sobre blanco. La oficina, sin duda.

Dos años atrás había visitado con Nora y Marta el zoo de Barcelona. Ellas habían salido enseguida del aviario nocturno. Eran unas instalaciones sombrías, llenas de pájaros malhumorados que picoteaban restos rosáceos de seres vivos, en algunos casos todavía latiendo, entre luces azuladas que recordaban la iluminación de *Encuentros en la tercera fase*. De fondo se oían los ruiditos que producen las aves de rapiña. En concreto, un búho asiático emitía un ruido agudo en lapsos regulares, a medio camino entre el chillido de una clueca suspicaz y el borborigmo de una sirena de ambulancia. A Jordi, aquel ruido le recordaba otro conocido, que cada vez oía menos a menudo, y que se parecía al que se oía por debajo de aquella puerta.

Giró el picaporte y abrió.

Era un pequeño despacho decorado al estilo de un detective de los años cuarenta, como el de Jack Nicholson en *Chinatown* (película de incesto camuflada de adulterio. Etiquetas: Faye Dunaway, Los Ángeles, especulación hídrica). Había una mesa de madera, una silla de brazos, un armario archivador con un ventilador encima, fotos enmarcadas en las paredes, una alfombra, un perchero, una ventana. Y dos elementos que habrían desentonado en un film de detectives. Uno era el ordenador. El otro era el hombre que, de espaldas y con los pantalones bajados, imprimía a sus nalgas un movimiento de vaivén a alta velocidad. Resultaba difícil no admirar su ritmo de pistón, de una regularidad fabril. Tumbada encima de la mesa, las piernas levantadas, las manos aferradas a la espalda del hombre como si temiera caerse, la cabeza apoyada sobre un montón de facturas, la boca abierta y un hilo de baba goteando, Nora tenía aquella cara de satisfacción animal que Jordi casi había olvidado.

El ruido del roce recordaba al que producen unas chanclas que, todavía mojadas, se desplazan por la moqueta polvorienta de un hotel de temporada, los pies pegándose y despegándose del plástico, la suela húmeda adhiriéndose y desadhiriéndose. No: el ruido recordaba más bien al que hacen los carniceros competentes cuando arrancan la piel del pollo crudo mientras hablan del precio del gasóleo o de lo que sea que hablen los carniceros competentes.

Cuando el hombre acabó, se subió los pantalones y salió.

–Vamos –dijo Jordi.

Caminaron durante horas. Él procuraba orientarse en cada esquina, el mapa bien agarrado, como si así pudiera evitar que la situación se le escapara de las manos. Apenas hablaron. Los recuerdos se acumulaban: la silenciosa hermana de Biel, la Blondie más radiante, la Nora de las crisis periódicas. Pensaba: si aquello era el final, si debía gritar, si tenía que esperar a que ella se disculpara, si tenía que abrazarla para que estuviera tranquila, si era culpa de él por haber retrasado tanto aquella visita. Pensaba: si la quería demasiado o demasiado poco, si la quería como un hermano, como un cuñado, como un tío, como un marido aburrido. Pensaba: si tenía que pegarle, si tenía que abandonarla, si debía actuar o limitarse a caminar en silencio y pensar en lo que debía hacer. Le molestaba no sentirse tan dolido en los sentimientos como herido en el orgullo.

Al final cogieron un taxi. En el hotel, a él le dolía la cabeza y a ella los pies. Se tumbaron en la cama y se durmieron vestidos. Pero antes ella le resumió la vida del hombre del pub. Según le había explicado, a finales de los setenta había estudiado canto en el conservatorio, y en los ochenta se había ganado la vida haciendo segundas voces para los estudios de grabación. Cuando le dijo que había formado parte del coro de la canción «The Voice», de Ultravox, Nora perdió el mundo de vista.

–¿Sabes a cuál me refiero, no?

–Claro. ¿Pero el coro no estaba hecho con sintetizador?

No reconocería la cara del hombre del pub si volviera a verlo, pero no se le ha ido de la cabeza aquel culo grande y brillante, perfectamente inglés.

DE LA TEMPERATURA
Y OTRAS INCOMPATIBILIDADES

No nos pongamos dramáticos. Un desliz lo puede tener cualquiera. En un matrimonio hay factores más importantes. Nos referimos, por ejemplo, a la incompatibilidad térmica. Jordi se había planteado en más de una ocasión si se podía invocar como motivo de divorcio.

Al principio, también en este aspecto Blondie y él se complementaban, circunstancia que facilitaba la interacción. Pero a partir del nacimiento de Marta, la relación cambió. En la cama, si él estaba a gusto, ella tenía calor. Si ella estaba a gusto, él tenía frío. En verano, ella exigía dormir con ventilador porque si no –sostenía– se asfixiaba; en invierno, insinuaba que él solo reclamaba el nórdico con el objetivo de hacerla sufrir. Para ahorrarse discusiones, Jordi cogía alguna prenda de ropa y se iba al sofá o al garaje.

Pero esta era tan solo una de las incompatibilidades.

Estaba la incompatibilidad biorrítmica. Él se retiraba cada vez más tarde, mientras que ella tendía a madrugar. Una hora después de medianoche, él se sentía pletórico, algunos días incluso eufórico. Se le ocurrían innovaciones profesionales y maneras de desbloquear asuntos pendientes, programaba viajes relámpago a lugares que siempre había querido visitar, preveía nuevos encuadres que lo harían sobresalir como fotógrafo de prestigio. A veces acababa masturbándose. Nora, en cambio, se despertaba a las seis de la mañana, se levantaba y ponía un disco de Michi.

A causa de estas incompatibilidades, con el tiempo era menos frecuente que emprendieran alguna actividad conjunta en la cama. Ella solo tomaba la iniciativa por la mañana, cuando él estaba rendido; en cambio no reaccionaba de madrugada, cuando él se encontraba más predispuesto. E incluso cuando se ponían de acuerdo surgía un problema de hábitos: Jordi prefería servirse de un número limitado de posturas mientras que Nora era partidaria de la innovación. En las escasas ocasiones en que los dioses del amor les eran propicios, quedaba patente otra incompatibilidad: la rítmica. A él le gustaba mantener el andante hasta el final, en que aceleraba hasta el allegro, o en ocasiones hasta allegro vivace. Ella en cambio prefería empezar con un allegro –a veces con spirito– y en el movimiento final ralentizar hasta el adagio. Ya se ve que la cosa no tenía remedio.

La incompatibilidad musical irritaba a Jordi tanto o incluso más. Hagamos un poco de historia. Cuando nos hemos referido a los años de Churchill en Madrid ya hemos hablado de la new wave, que concentraba la parte más festiva del punk. Pues bien, también la new wave se fraccionó. Surgieron dos descendientes opuestos, los New Romantics y los góticos, que no obstante coincidían en el amor por el maquillaje, los disfraces y el teatro en general. Si los góticos eran fúnebres, los New Romantics vivían en una comedia de colores. A Nora le gustaban porque eran hedonistas, porque les obsesionaba la moda, porque les gustaban las túnicas de mago y los pantalones bombachos, porque resultaban ingenuamente provocativos, sofisticadamente afeminados. Vestían como Hugh Grant en *Remando al viento*, para entendernos. Devotos de la imagen, se disfrazaban de piratas y de personajes de cómic, como lo harían más tarde las chicas cosplay que Jordi encontraba en los fotologs. Girando el rock al revés, se sincronizaron con el technopop. Pues bien: los gustos de Nora se habían enquistado en este movimiento. No era extraño que su repertorio musical fuera limitado y, finalmente, repetitivo, ya que escuchaba una y otra vez las mismas canciones de Visage, Duran Duran, Spandau Ballet, Japan, Adam and The Ants... Pero su preferido entre todos era, de lejos, el grupo Ultravox. Desde hacía lustros, cada domingo por la mañana despertaba a medio barrio poniendo «Hymn» (si estaba contenta), «Visions in blue» (si estaba triste), o bien «Viena» (si se sentía confusa). En cambio había dejado de poner «The Voice», que fue su preferida hasta el 92. También mostraba debilidad por las canciones que había compuesto e interpretado en solitario el líder de Ultravox, Midge Ure, a quien Jordi llamaba de manera despectiva Michi. Nora consideraba que no era un día de fiesta si no se empezaba con una de sus canciones. Cuando la que sonaba era «Breathe» –cada vez menos–, le apetecía quedarse en la cama con él.

Por lo que respecta a Jordi, sus relaciones con la música se habían acabado. No se sentía a gusto ni cuando escuchaba los grupos nuevos ni los que le habían gustado años atrás. Consideraba la música en bloque –igual que el acné o los tebeos– como una reliquia de la juventud, entendiendo la juventud como la vida anterior al estado matrimonial. Ni siquiera había tenido un walkman. Podríamos decir, por lo tanto, que no escuchaba música si no era en defensa propia. Cuando dos vecinas se ponían a charlar cerca del garaje, o cuando se repartían las bombonas de butano, o cuando los exaltados salían a tocar la bocina porque el Barça había ganado la liga, él se conectaba a alguna emisora clásica del iTunes; de barroco, casi siempre.

Por el contrario, Nora se había mantenido fiel –exasperadamente fiel, congelada en el grado cero de la evolución– a la música que escuchaba a los dieciocho años. Esta continuidad en los gustos, asociada a sus cambios físicos, angustiaba a Jordi.

El domingo, cuando Jordi finalmente se levantaba, la encontraba abajo escuchando música embutida en su pijama de pingüinos, balanceando el cuerpo a derecha e izquierda, levantando las rodillas con los ojos cerrados, como si el tiempo no hubiera pasado, como si fuera uno de aquellos soldados japoneses que, olvidados en una isla del Pacífico, habían continuado la guerra en solitario años después de que se firmara la paz. Entonces Jordi se formulaba a sí mismo una pregunta capciosa: «¿Estás seguro de que esto es lo mejor que puedes encontrar?». No podemos afirmar que buscara explícitamente una amante, pero su índice de disponibilidad no dejaba de aumentar.

21 DE ABRIL DE 2007

18.10 HORAS

Mientras el músico y la cantante revisitan el hit parade de las fiestas de pueblo de todos los tiempos, Jordi deambula del salón al jardín, del jardín al bar, del bar al porche, del porche al salón y vuelve a empezar sin dejar de sorber con paja una botella de litro de agua de Vilajuïga. En vista de que le da vueltas la cabeza y de que todavía queda fiesta para rato, ha decidido no retrasar más la fase del agua mineral. Cuanta más beba, antes se le pasarán los efectos combinados de los vinos, el cava y el estomacal Bonet. No está borracho, tan solo mareado. El agua mineral, combinada con un par de cafés con hielo y la deambulación continuada, lo pondrán a tono en poco rato. Ahora bien, durante ese lapso mantiene las facultades comunicativas al mínimo. No procesa las frases largas y, como ha imprimido al cuerpo un movimiento constante, no tiene tiempo de oír las réplicas de las conversaciones. Ni siquiera puede separar a los individuos de los grupos, clanes, peñas, pandas y camarillas con que tropieza.

Con la esperanza de que sean útiles para que el lector –la lectora– se haga una composición de lugar, ofrecemos una selección de las frases que oye Jordi durante los veinticinco minutos de paseo circular:

–Tiene el estudio hecho una leonera.

–Al principio vigilaba salas en el museo, y mira ahora.

–No se te ocurra mojar las hojas de las hortensias cuando las riegues.

–Ya son ganas, ir a la India a buscar un crío.

–Tienes que esperar hasta que el sofrito coja aquel color tostado.

–Jugando, jugando, los niños se hacen daño.

–Yo no es que sea machista, pero para mí es más normal ver a una mujer barriendo que a un hombre.

–¿Te has fijado que según cómo sea la cucharita el yogur tiene un sabor distinto?

–En Madrid tienen el Prado del Rey y aquí tenemos el Pont del Príncep.

–El tutor me dijo que el niño no daba pie con bola.

–Y cada vez que le pasa la nuera por delante, se le van los ojos.

–Cuando habla de la UMD se da unos aires…

–Mira si escribe bien que incluso le han publicado un libro.

–Tú no sabes cómo me llega a picar.

–En casa siempre hemos tenido aspiradoras de la marca Rowenta.

–Si naces con la flor en el trasero, ya te puedes tumbar aunque se hunda el mundo.

–Le aconsejo que utilice un abono de los que ya incorporan el herbicida.

–Lo mejor que te puede pasar es nacer en Rusia. Siempre y cuando te adopten, claro.

–Pues a mí lo que más me gusta del conejo asado es roer aquellas costillitas.

–Dicen que eran los más despiertos de la escuela.

–Si falla la familia, falla todo.

–Mira que yo siempre le digo que no las chupe, las tapas de los yogures.

–Y me suelta: «Yo soy un eyaculador precoz… porque empecé de pequeño».

–Se ve que tiró una mesa a una niña, o una niña a una mesa, no te lo sé decir.

–Por suerte, tengo el periquito.

–Su marido no pintaba nada. Ni siquiera lo arrestaron.

–¿Por qué soy tan complicada?

–Ahora utilizo el Wilkinson Sword Extra Beauty.

–Si después lo friegas bien fregado con Vim, no se nota nada.

–Yo no soy nada envidiosa, pero me mira de una forma que le cruzaría la cara.

–Y la vecina tiene un perro que se llama Tetasgrandes…

–Es que los vecinos tienen un ruso de cuatro años que se porta muy bien.

–Antes que comer sopa de sobre, me quedo sin cenar.

–Se ve que era tan fino que parecía una niña.

–No he conocido nunca a una mujer normal que sea soltera.

–Me gustan los de soja porque no dejan regusto.

–¿Sabes por qué los tíos se meten siempre las manos en los bolsillos?

–Al final tendré que llevarlo a conferencia.

–Después se duerme enseguida. Nunca llegamos al segundo.

–Se apuntó sobre todo para progresar más deprisa en el escalafón.

–¿Y no te aburres nunca?

–Personalmente, me parece que es una cuestión de cortesía.

PERITA EN DULCE: UNA PRESENTACIÓN

–¿Edad?
–Treinta y dos.
–¿Está casado?
–Sí.
–¿Desde hace cuántos años?
–Diez.
–¿Es su primer matrimonio?
–Sí.
–¿Hijos?
–Sí. Una niña.
–¿Cuántos años tiene?
–Ocho... Ocho o nueve.
–¿De qué trabaja?
–Soy fotógrafo.
–¿Y su esposa?
–Guía turística.
–¿Se siente bien con su mujer?
Pausa.
–Depende. A veces. No lo sé. Según.

Esa era la cuestión. Si supiera cómo está, no necesitaría ir al psicólogo, ¿no?

Le había costado mucho decidirse, pero había pensado que, cuanto más tardara, más le costaría. La eligió porque era mujer y porque era sexóloga, además de psicóloga. A un hombre no podría explicarle según qué cosas, y por otra parte no sabía si lo que se tenía que arreglar era la cabeza o si estaba más abajo.

–Mmm... ¿Cuál es el problema?
–Bueno, hay algo que no funciona.

–Perdone, pero ¿no podría concretar un poco?

–Bueno, por eso he venido. No sé muy bien qué nos pasa. Quizás si usted va preguntando…

Nora no sabía reír. Lo hacía en un tono demasiado agudo, a un volumen desmesuradamente elevado. Cuando hablaba, gesticulaba de mala manera, movía las manos arriba y abajo, las abría y las cerraba, las disparaba y las contraía. Él, antes, ni se fijaba, o tal vez no le daba importancia, o es que quizás entonces no era preocupante. Pero ahora lo ponía muy nervioso. Pero mucho. Cuando ella le explicaba alguna anécdota del trabajo, sobre algún turista que se había perdido o sobre una rueda del autocar que se había reventado, movía tanto las manos que él se mareaba. No lo soportaba. Y cuando se reía de aquella manera suya, con aquellas explosiones histéricas de teenager, entonces es que le cogían ganas de tirarle algo a la cabeza. Eso es lo que le había pasado el otro día: había sentido el impulso de tirarle, uno tras otro, todos y cada uno de los ositos de peluche que tenía Marta en su habitación. No habría sido doloroso, pero… ¿qué pasaría si aquel impulso se hacía más intenso y los ositos se convertían en platos o en la tostadora eléctrica? Tal vez es eso lo que debería explicarle a la psicóloga.

–¿Está enamorado de su mujer?

–Bueno, enamorado, enamorado…

–¿Ama a alguna otra persona?

–No, me parece que no.

–¿Duermen juntos?

–Sí.

–¿Podría decirme cada cuánto tienen relaciones?

Pausa.

–Bueno, no lo sé…

–Mmm… Aproximadamente…

Pausa.

Estaban ante la mesa del despacho, él sentado en una butaca y ella en el sofá. Formaban un ángulo de noventa grados, como si fueran un primer ministro y un dignatario extranjero. Lo había decepcionado un poco no haberse podido tumbar en el diván preceptivo. De hecho, ni siquiera había diván. Claro que ella ya le había dejado claro que no era psicoanalista, sino una psicóloga sincrética, que tomaba lo mejor de cada escuela, tanto de Reich como de Skinner, fueran quienes fuesen, aquellos dos.

–Pues...

–Le ayudaré... ¿Una vez por semana? ¿Una vez al mes? ¿Una vez al año?

–Pongamos que una vez al mes.

«En el mejor de los casos», pensó.

–¿Le parece sexy, su mujer?

–Pues, la verdad es que se ha abandonado mucho. Sobre todo desde que tuvimos a la niña.

–Mmm... ¿No lo excita, su mujer?

–No mucho, no.

–¿Tiene problemas de erección con su mujer?

–A veces sí.

–¿Ha hecho el amor con otras mujeres, últimamente?

–No.

–¿Y desde que está casado?

–No.

–¿Ha tenido alguna amante?

–No.

–¿Ha tenido relaciones efímeras?

–No.

–¿Ha contratado a alguna prostituta?

–No.

–¿Tiene erecciones matinales?

–A veces.

–¿Normalmente sí o normalmente no?

–Normalmente sí.

Entonces fue ella quien hizo la pausa. Releyó lo que había escrito, lo miró y prosiguió.

–Dígame dos defectos de su mujer.

–Es gorda y desordenada.

–Y dos cualidades.

Tuvo que pensar.

–Es buena persona. Es simpática.

–¿Su relación se ha basado alguna vez en el sexo?

–No lo sé. Quizás no exactamente.

–¿En qué se basaba?

–Es una larga historia.

–No se preocupe. Tenemos tiempo.

Cuando se despidieron, la psicóloga le dijo que no se preocupara, que habían avanzado mucho. Que el primer día siempre era así. Que volviera al cabo de una semana y continuarían trabajando.

* * *

En la segunda sesión, ella fue más directa.

–¿Usted tiene fantasías sexuales?

–A veces.

–Quiero decir, cuando está despierto.

–Sí.

–¿Tiene fantasías con su mujer?

–No.

–¿Y con otras mujeres?

–Sí.

–¿Y con otros hombres?

–No.

–¿Tiene parafilias?

–¿Perdón?

–Parafilias... Quiero decir si se excita pensando en escenas de exhibicionismo, voyeurismo, sexo teatralizado...

–No.

–¿Se masturba?

Pausa.

–¿Quién? ¿Yo?

–Sí, usted. Aquí no hay nadie más.

–Pues... a veces.

–¿Cada cuándo? ¿Cada semana?

Pausa.

–Cada semana.

–¿Cuántas veces?

–Tres. Tres o cuatro.

–¿Se ha masturbado esta semana?

–Sí.

–¿Pensaba en alguien en concreto?

Pausa.

–Sí.

–¿En quién?

Pausa larga.

–En usted.

A la psicóloga sincrética no debía de faltarle demasiado para instalarse en la treintena. Era del tipo pequeña y mona, con facciones delicadas, la naricita respingona y los cabellos lisos como cuerdas de violín. A Jordi enseguida le había recordado la actriz que interpretaba a la relaciones públicas de la serie *Vacaciones en el mar*, con quien ya había tenido fantasías eróticas hacía casi dos décadas. La semana pasada, la psicóloga llevaba una camisa blanca que contrastaba con el color tostado de su piel. Debajo se insinuaban dos pechos pequeños y graciosos como toda ella, muy lejos de aquel desbordamiento reblandecido que lo aterrorizaba cada vez que Nora se quitaba el sostén. Y por lo que había visto el segundo día, en que llevaba una falda por encima de la rodilla, las piernas y el culo también eran de teleserie.

–¿En mí?

–Ejem... sí.

–Mmm... Disculpe, ¿me está diciendo que tiene fantasías sexuales conmigo?

Pausa.

Débilmente:

–Sí.

La psicóloga se levantó y fue hasta la puerta.

«Ahora avisará a la policía, o a un amigo de la infancia que es entrenador de kickboxing», pensó Jordi.

–Ya te puedes ir, Carolina –dijo la psicóloga–. Hoy cerraré yo.

En los últimos años, Jordi había tenido tantas fantasías que quizás se merecía llevar una a la realidad.

–Levántate y quítate los pantalones –dijo la psicóloga cuando volvió a sentarse.

Él se levantó del sofá.

–Y los eslips. Quiero ver esa erección.

Y, en efecto, la erección quedó bien a la vista.

–Camina un poco. Me gusta mirarte así.

Cuando Jordi hubo dado un par de vueltas por el despacho, ella lo cogió del pene, como si fuera el mango de un destornillador, y se lo llevó hasta el espejo del lavabo.

–Mírate bien. ¿Tú crees que tienes problemas sexuales? Por cierto, ¿no me has preguntado qué son las parafilias? Pues ya lo ves. A mí me excitan los espejos.

Jordi se sentía más animado que nervioso. En el espejo, sus reflejos los observaban, expectantes.

SU CASA ERA DONDE TENÍA EL ORDENADOR

Durante tres o cuatro semanas se vieron en el despacho de ella. Pronto ya no era la psicóloga sincrética sino Perita en Dulce. Después pasaron alguna tarde en el garaje de él, cuando Nora estaba en el trabajo. Perita en Dulce mostraba una mente y un cuerpo abiertos a nuevas experiencias. Jordi tocaba el cielo con los dedos.

Una tarde que habían estado en el garaje, lo llamó su suegra.

–Jordi, ¿puedes venir después del trabajo? Tengo que cambiar de sitio el sofá.

–¿A las nueve y media va bien?

–Perfecto.

Cuando llegó, Melissa lo invitó a un negroni y se sentaron en las butacas del jardín. A Jordi le pareció que había llegado el momento de tener aquella charla pendiente sobre Biel, pero se equivocaba.

–No me interrumpas hasta que termine, por favor. Ya sabes que te considero un yerno modélico. Pues bien: me he enterado de que tienes una amante. Empezaba a estar preocupada, ya que entiendo que las amantes son la mejor garantía del matrimonio. Te he dicho que no me interrumpas. Por favor. Te hablo movida por el sentido práctico. Marta cumplirá pronto nueve años. Es una edad muy difícil. No quiero que Nora y tú os separéis, pero no es necesario que dejes de ver a la psicóloga. Que, por cierto, es una mujer atractiva y elegante. Te felicito, tienes buen gusto. Lo que hay que evitar por encima de todo es el escándalo. No os podéis ver ni en tu casa ni en el despacho. Figueres es demasiado pequeño. Déjame acabar, Jordi. Lo que te propongo es que os veáis aquí. Yo le abriré por la puerta principal y tú puedes entrar por el jardín. Por esta calle no pasa nadie, y aunque alguien os viera a ti o a ella entrando por separado, no os relacionaría. Os dejaré preparada la habitación de invitados. Entretanto, yo me iré y podréis estar tranquilos. Confía en mí. No lo hago solo por ti. Lo hago por Marta. Y también por Nora, que así no se enterará. Y otra vez ten más cuidado. Ya está todo dicho. Cuando queráis veros, solo tienes que llamarme con un poco de antelación para que me pueda organizar. Y ahora, por favor, ayúdame a cambiar de sitio el sofá.

Desde que se veía con Perita en Dulce, las relaciones con Nora habían mejorado. Jordi se mostraba más relajado y cariñoso, y siempre estaba dispuesto a echar una mano con los deberes de Marta o a pasar la aspiradora. Melissa tenía razón. Había que evitar el escándalo.

Se sentía como Yuri Alekséyevich Gagarin, el primer hombre que había dejado la Tierra y había vuelto.

El plan de la suegra funcionaba. Al cabo de poco, Perita en Dulce se presentaba en casa de Melissa con media hora de antelación. Se habían hecho amigas.

Los amantes también se citaban en otros lugares. Jordi aprendió pronto a dominar la logística de la infidelidad. Aprovechaban sus desplazamientos profesionales. A finales de verano durmieron una noche en el hotel Ibis de Perpiñán con motivo de la exposición Visa Pour l'Image; en noviembre ella se lo combinó para pasar un par de días en Madrid con motivo de la feria de informática SIMO; viajaron juntos a Colonia para visitar la Photokina. Ahora bien, en esos lugares era siempre posible encontrar a un conocido. Habían probado los hoteles de la autopista, pero eran muy fríos… ¿A dónde podían ir que fuera más seguro? Pronto llegaron a la conclusión de que era más fácil encontrar a un figuerense en Manhattan, París o Marrakech que en el Bajo Ampurdán. Son legión los figuerenses que frecuentan Barcelona o Girona, pero se pueden contar con los dedos los que entran de vez en cuando en el espacio comprendido entre el Montgrí y L'Ardenya, que queda demasiado cerca para alquilar un apartamento y demasiado lejos para ir a darse un chapuzón o tomar el aperitivo en invierno. No es extraño que Jordi y Perita en Dulce acabaran convirtiéndolo en su refugio. Cuando llegaban a Verges tenían la sensación de que entraban en un mundo aparte. La sensación se acentuaba en la frontera de Platja d'Aro: pasado Palamós venía una subida que acababa en un túnel que era la entrada al valle de Aro, el límite entre el Ampurdán y la Selva, una dimensión reservada a ellos dos. Había gente de Girona que iba a Platja d'Aro, y gente de Figueres que iba a Girona, pero la comunicación entre Figueres y Platja d'Aro era nula. En las terrazas, en el cine, en el Paseo Marítimo, se sentían invulnerables.

Jordi aprovechaba para llevar a la práctica su teoría de los círculos concéntricos. ¿Cómo era posible que un territorio tan próximo le fuera tan desconocido? Antes de viajar al extranjero, valía la pena recorrer treinta o cuarenta kilómetros y explorar todos aquellos poblados, por otro lado tan románticos. Paseaban por el castillo de Begur o por las calles medievales de Vulpellac, tomaban el sol en la isla de Cap Roig y pasaban la noche en el Mas Salvi de Pals, o se llegaban al hotel de Sant Sebastià, encima de un acantilado que los hacía sentir tan poca cosa que dormían abrazados toda la noche. También optaban por los establecimientos de gama alta, por el Mas Torrent o La Gavina de S'Agaró, donde Perita en Dulce era Ava Gardner y él el capitán Van der Zee, como en *Pandora y el Holandés Errante*.

Dos lugares se fijaron con persistencia en la mente de Jordi. Uno era la playa de Sant Pol, justo al lado de uno de sus hoteles favoritos. En las mañanas de otoño paseaban por encima de los travesaños de madera del paseo, empapadas de salobre. Entraban en el único bar abierto, situado en el centro de la plaza, a medio camino entre S'Agaró y Sant Feliu. Encontraban al camarero –que alternaba el catalán del Ampurdán y el castellano de Málaga– en una mesa cerca de la barra, envolviendo cubiertos con servilletas de tela. Siempre pedían lo mismo, un café solo y un bocadillo de jamón serrano. Lo llamaban «el menú de los amantes»: el café porque habían dormido poco, el jamón para recuperar la energía. De vez en cuando pasaba un coche, como si la calle respirara. Se sentaban delante de la mampara con la puerta un poco abierta. Les llegaba un hilillo de aire y el murmullo de mar. Las olas se inclinaban como una ofrenda y, en un cielo de tiramisú, el sol se levantaba para secarles los cabellos, todavía húmedos de la ducha. Un gorrión se decidía a entrar y picoteaba las migas que dejaban caer al suelo. Ellos querían creer que era siempre el mismo.

–Míralo, ya vuelve a estar aquí –decía el primero que lo veía.

El otro lugar era Torroella de Montgrí. Se alojaban en una pensión situada al lado de la Plaza Mayor. Comían allí mismo o salían a descubrir restaurantes, en Corçà, en Colomers, en Llafranc, en Castell d'Aro. Por la noche tomaban una copa en el paseo, iban al cine –qué descanso no tener que elegir– y, si no les daba pereza, se plantaban en coche en L'Estartit a vagabundear ante las Medes o escuchaban jazz en el Mas Sorrer, junto a un campo de girasoles. Algún domingo se levantaban temprano –en aquella pensión todavía era posible oír un gallo desde la cama– y subían al castillo. Si no se lo impedían las nubes bajas veían Figueres, pero nunca distinguieron el castillo de Sant Ferran.

Se encontraban cada dos o tres semanas. Así les daba la sensación de detener –de ralentizar– la erosión sentimental. Jordi intuía la fórmula del adulterio: estaba enamorado de Perita en Dulce, pero no lo suficiente como para compartir la vida con ella; estaba harto de Nora, pero no lo bastante como para abandonarla. Para Navidades, fue fácil comprar regalos para las cuatro: la amante, la esposa, la hija y la suegra.

Ya hacía tiempo que las cosas iban razonablemente bien, salvo que se sentía como un niño abriendo cajones en una casa que no es la suya. Sabía que en cualquier momento lo echarían. Cuando había llegado a una combinación inmejorable de costumbre y aventura, Perita en Dulce le comunicó que lo dejaba. Sin dramas, de manera civilizada. Acababa de iniciar una relación que parecía estable y no quería engañar a su nueva pareja. Habían sido amantes durante diez meses.

Justo cuando ella había decidido interrumpirlo, él esbozaba cambios vitales. No se planteaba convivir con Perita en Dulce, pero sí le parecía factible dejar a Nora y hacer vida de pareja cuando fuera conveniente. «Puedo separarme cuando quiera –se decía–. Mi casa es donde tengo el ordenador».

Con Perita en Dulce habían acordado que aquella relación era un regalo, o sea que cuando se acabara no tendrían derecho a quejarse ni a reclamar. Aun así, cuando ella le comunicó que se había terminado, Jordi se sintió vacío. Pasó unos días malos. La reencontraba en cualquier detalle: en la blusa de un escaparate, en la piel de una mujer detenida en un semáforo, en el gesto de una actriz en una película, en una rodilla que desaparecía por una esquina. Se había obligado a no contárselo a nadie, a no compartirla con ningún amigo. Solo podía hablar de ella con su suegra y, francamente, no le apetecía. Se sentía desfallecer cuando en la radio sonaba un tango o un bolero de los que antes lo hacían sonreír de vergüenza ajena. Ya no podía escuchar música porque todas las canciones hablaban de lo que sentía por ella. Antes de conocerla, intuía que le faltaba algo. Ahora sabía qué era exactamente lo que echaba de menos: sus brazos, los lóbulos de las orejas, la sonrisa que le dedicaba cuando le proponía algún juego nuevo, los senos a la medida de sus manos.

Los primeros días después de que ella lo dejara, caminaba tan concentrado que no era extraño que se tropezara con un bordillo o con una farola. Los recuerdos lo acompañaban allí donde fuera. Cuando llegaba a un sitio, se preguntaba si le gustaría a Perita en Dulce. Cuando hablaba con alguien, imaginaba lo que habría dicho ella.

Al cabo de quince días se fue acostumbrando. Tres meses después, cuando ella le telefoneó, ya lo había digerido por completo. Quedaron en el despacho de ella.

–Lo hemos dejado –le dijo cuando lo vio.

Después lo cogió del pene y se lo llevó al lavabo.

Aquella segunda vez duró un año. Hasta que ella encontró otra pareja estable. Jordi se irritó. Experimentaba el síndrome del amante, es decir, la sensación de quedarse con las migajas de la mesa. Cuando se le hubo pasado el enojo, la echó de menos, pero no tanto como la primera vez. Tenía una fantasía. Viajaban en barco, se desviaban de la ruta, naufragaban, morían todos menos ellos dos (en las fantasías no hay piedad). Los buscaban, los daban por muertos, los lloraban, los olvidaban. En la isla había de todo. Además, en el barco encontraban cajas llenas de salacots, de sostenes de blonda, de manuales para náufragos, de gafas de buceo, de semillas de crecimiento rápido, de limonada…

Sabía que un día u otro le volvería a llamar. Tardó bastante. Al principio, fingió que se resistía. Después decidió irse a vivir al garaje.

Su relación como amantes fijos discontinuos se prolongó durante más de diez años, hasta 2006, cuando a ella le ofrecieron participar en un proyecto de investigación en una universidad de Gales. Acordaron interrumpir las comunicaciones excepto en caso de emergencia [y en este punto debemos añadir que Jordi no supo nada más de ella].

Con Perita en Dulce en Gales, ya no se sentía como Yuri Gagarin, sino como los astronautas que estaban en la estación orbital cuando la URSS desapareció. Después de aterrizar, descubrieron que su país había dejado de existir.

No se puede negar que aquella mujer había hecho un buen trabajo. A veces no basta con las palabras. En la película *La casa de juegos*, la única manera que tiene la psicóloga de curar al cliente deprimido es prestarle el dinero que debe; en el caso de Jordi, Perita en Dulce encontró el remedio adecuado, ya que le dio como amante la estabilidad que le faltaba con la esposa. En aquellos diez años, a Jordi no se le había vuelto a pasar por la cabeza visitar a un psicólogo. Ahora, sin embargo, el síndrome volvía a aflorar. No solo tenía ganas de tirarle a Nora los peluches. Ahora le pasaba lo mismo con los madelmans.

LOS NOMBRES DE PERITA EN DULCE

Jordi había acuñado una serie de términos afectuosos para referirse a Perita en Dulce: Killer, Bobita, Cuca, Eva, La Concha de Oro, Pitufa, Chup-chup, Pedacito de Luna.

Ella le llamaba: «Jordi», «cariño» y «mi psicópata preferido».

LA LIBRETA GUERRERO

De las tardes que compartió con Perita en Dulce en casa de su suegra, nos interesa una en particular. Se encontraban en el lugar habitual, la habitación de invitados. Aquel día Jordi le había hecho un masaje y ella se había adormilado. El problema era que las dos almohadas habían quedado debajo de ella. Él quería dormir la siesta, pero no se sentía cómodo sin almohada, así que buscó otra.

En el armario encontró toda clase de trastos: una tienda de campaña, disfraces, libros de cocina, un juego de café, una vela... Detrás de los abrigos había retratos conocidos: James Dean, Romy Schneider, Montgomery Clift, Marilyn Monroe. En un rincón, el póster de las banderas del mundo se sostenía en pie gracias a la caja del Scalextric, que aguantaba una columna de libros de Jules Verne y de Richmal Crompton. Lo encontró al fondo del armario, detrás del juego antiguo de la oca. No la almohada que buscaba, sino una carpeta negra, atada con gomas elásticas, que contenía una libreta Guerrero escrita a mano que empezaba así: «10 de enero de 1977. Me llamo Biel Sastre Madison. Mi padre es capitán de infantería y toca la guitarra. Mi madre –que se llama Melissa– es la mujer más guapa de Mallorca, de España y de Massachusetts». Seguían una cincuentena de páginas escritas con la misma letra, pequeña y puntiaguda.

Aquella noche, Jordi se la pasó sentado en el futón del garaje, absorbido por la lectura. Al día siguiente fotocopió el diario de Biel y a la semana siguiente devolvió el original a su lugar sin comentarlo a nadie.

21 DE ABRIL DE 2007

18.35 HORAS

Pep Ymbert, propietario y único empleado de la Disco Móvil Ymbert, es un hombre de unos cuarenta años que está sentado en un taburete delante del ordenador y la mesa de mezclas. Lleva una camiseta negra ceñida con las letras FBI impresas en color amarillo, un pañuelo rojo atado a la cabeza y unos pantalones piratas que dejan al descubierto unas pantorrillas tatuadas con arabescos azul marino. Encima de él, sostenida por dos bafles, una fila de focos de colores se encienden y se apagan al ritmo de la música. La Disco Móvil Ymbert recuerda a un puesto raquítico de feria de muestras, pero el volumen con que sale proyectada la música permite que incluso los sordos se hagan una idea de lo que está sonando.

It's fun to stay at the Y-M-C-A.
It's fun to stay at the Y-M-C-A.

Cuando ve a Jordi, Ymbert levanta la mano con el dedo pulgar hacia arriba y le sonríe. Han coincidido en tantas bodas que se ha negado a cobrarle nada. En el maletero del coche, Jordi le guarda una botella magnum de Costers del Segre.

El lugar en que Jordi y Marta han bailado el vals de *Amélie* está lleno de cuerpos amontonados que se rozan, dan vueltas, saltan, se contorsionan y dan palmas. En el centro sobresale la cabeza de Bad Boy; en la mano que le acaricia la nuca brilla el anillo de acero inoxidable con el diamante falso. En segunda línea, Güibes, ahora en mangas de camisa, coge la cintura de su mujer y flexiona las rodillas como si hiciera ejercicios de calentamiento. Un poco más allá, Nora y Elisenda, la una al lado de la otra, ensayan una coreografía que consiste en levantar los brazos y después juntar y separar las manos por encima de la cabeza mientras levantan y bajan los pies como si pisaran uvas. Hacia la izquierda, Maixenka y Makinero se abrazan sin prestar demasiada atención a los compases. A su lado, Jana y Júlia bailan con más recogimiento. Algo más allá, el veterinario homeópata estruja a la tía Montserrat.

A la izquierda, media docena de niños imitan con poca gracia los movimientos de los mayores. A la derecha, Tarik saca fotos de la pista y, más allá, Gibert filma a Tarik.

It's fun to stay at the Y-M-C-A.
It's fun to stay at the Y-M-C-A.

La gente que no baila se ha refugiado en el jardín. En las sillas de teca, Melissa habla con un hombre de mediana edad que lleva gafas de carey, pantalones de cheviot y americana de tweed. Deben de tratar cuestiones de intendencia, ya que todos los invitados norteamericanos se quedan unos días en casa de Melissa. Desde que vive sola, aprovecha cualquier excusa para llenar la casa de gente.

Jordi los saluda con la mano. Ya hace tiempo que ha renunciado a la comunicación verbal con los anglófonos.

Buenas noticias: el agua de Vilajuïga ha hecho efecto. Ya no siente aquella pesadez, aquella lentitud de reflejos, aquellas dificultades de comprensión. Pero la lucidez puede ser dolorosa.

Un hombre de cabellos canos, con la cara prodigiosamente roja, se apoya en la balaustrada.

–Padre –se acerca Jordi–, ¿estás bien?

–Sí, sí, no te preocupes. Me temo que he comido demasiado.

–No me digas que has estado bailando. ¿No sabes cómo tienes la presión?

El padre le sonríe como un niño pequeño que hubiese cometido una travesura. En la boca le brillan dos dientes de oro.

–Ya se me pasará.

–¿Y Cati?

–Estará dentro. Déjame solo.

Jordi le obedece. Es esta etapa de la vida: los padres se vuelven pequeños cuando los hijos tienen tantos quebraderos de cabeza que no pueden dedicarles el tiempo que necesitan, ni a los unos ni a los otros.

–¿Has visto a Joana?

Como la mayordoma de *Rebeca*, la vieja con cara de lechuza tiene la capacidad de aparecer de repente. Joana debe de ser la urraca.

–No.

Cuando la lechuza se esfuma, las tres chicas que descubre en el césped resultan, por contraste, más atractivas. En el momento en que las ve, cada una con una copa de cava sostenida en posición vertical, la lucidez que acaba de estrenar le indica que era eso lo que su inconsciente estaba buscando.

–Hola –dice Halley.

–Hola –la secundan Meri y Mònica.

–¿Qué tal? –pregunta Jordi–. No me diréis que os estáis aburriendo.

–No nos ofendas –dice Halley–. Estábamos reunidas.

–Pues ya me voy –dice Jordi.

–No hace falta –dice Halley–. Hemos acabado enseguida. Oye, estamos buscando informes. ¿A ti qué opinión te merece Paco?

–¿Paco? Os referís a Makinero…

–¿Cómo sabes que se llama así?

Él se limita a sonreír discretamente.

–Queremos saber si te gustaría como yerno –dice Mònica.

–Más o menos como Bad Boy –responde, rápido.

–Conoces todos los nicknames… –Meri parece sorprendida.

No hace falta añadir que Jordi también sabe que Meri es conocida como Tres Martinis. Pero ahora se limita a rascarse la barbilla como si estuviera reflexionando.

–Nos parece que no haría buena pareja con Maixenka –interviene Mònica–. Una cosa es que sean padrinos de boda, y otra que bailen como si estuvieran en un videoclip de Sergio Dalma. Pobre Maixenka, solo le falta enamorarse de un pelao.

–¡Y qué pelao! –salta Meri–. Hacía tiempo que no daba con alguien que se hiciera más el interesante… ¿Quién se cree que es? ¿Justin Timberlake? ¿El gran Gatsby?

–Al lado de Makinero –dice Halley–, Seymour Glass es un cuáquero.

–Un amish –dice Mònica.

–Pero si lo miras con atención –añade Meri–, tiene pinta de matarse a pajas.

–Pobre Maixenka –dice Mònica–. Con todo el trabajo que le espera en la tienda…

–¿En la tienda? –interviene Jordi–. Creía que era artista.

–Maixenka trabaja en una tienda de souvenirs –le informa Meri–. Es artista en horas libres. ¿Qué creías? Mònica está en una tienda de animales, y yo llevo las cuentas de la empresa de mi padre. La única que no pega sello es Sheena. Bueno, y Halley.

–Eh –salta Mònica–, no te metas con ella, que se ha pasado todo el fin de semana haciendo el montaje de vídeo.

Halley cambia de tema:

–Jordi, ¿sabías que uno de tus parientes americanos es oceanógrafo en paro? ¿De dónde ha salido ese pelma? Es de Massachusetts y no sabe ni quién es Nuno Bettencourt. ¿Se puede ser más redneck? Tiene unos gustos peores que los de Bad Boy, que ya es decir.

¿Quién debe de ser el tal Bettencourt? Un político, seguramente… La lucidez atrapa a Jordi y le hace decir:

–Voy al bar. ¿Queréis algo?

–Dudo de que tengan absenta –dice Mònica.

–Ciao –dicen las otras.

Delante de la barra del bar, un corro de hombres discute animadamente sobre la mejor manera de preparar una paella de mar y montaña.

En el porche, la urraca ha arrinconado a Calimero en una esquina y lo somete a un monólogo despiadado. A Jordi, la lucidez le hace encontrarle un cierto parecido con la Joan Baez sexagenaria, que también llevaba los cabellos cortos y canosos en una fotografía que había visto la semana anterior en el diario. ¿Qué dirían, las tres gracias que acababan de dejar el jardín? Como mínimo, que parece una maestra de refuerzo.

Un poco más allá, los cuatro abuelos de Bad Boy beben zumo de frutas con ademán solemne, como si estuvieran comulgando.

–¿Has visto a tu padre? –pregunta Cati, que ha salido del lavabo.

Jordi niega con la cabeza.

Los hombres del bar mantienen el corro, solo que ahora hablan de la tortilla de ajos tiernos.

–Es un nuevo concepto –dice el instalador de calefacción.

Cuando Jordi está a punto de irse, uno de los parientes de Olot se acerca y le dice:

–Marta está hecha una mujer, ¿verdad?

Jordi no sabe si es un elogio o una ofensa, si debe sentirse satisfecho o abofetearlo. Al final mueve un poco los labios, como si sonriera.

LAS TRES ETAPAS DE MARTA

Jordi tenía la sensación de que el crecimiento de Marta se había desarrollado en tres etapas.

a) La primera fue la etapa de los Reyes. A los cinco años, Marta se dio cuenta de que su familia constaba de dos ramas: la de la abuela Melissa, que seguía la tradición del Papá Noel, y la del resto de la familia, que seguía la de los Reyes Magos. A Jordi no le costó demasiado hacer comprender a Marta que el mundo era tan pero tan grande que Santa Claus, San Nicolás, Papá Noel y los Reyes Magos tenían que repartírselo en áreas de influencia.

En aquella época, Marta estaba muy interesada en las banderas, tal vez por razones genéticas. Un domingo después de comer, mientras veían una película en la televisión, podía preguntar:

–Papá, ¿qué es azul y amarillo?

Jordi se levantaba, consultaba la página de las banderas de la enciclopedia y le decía, por ejemplo:

–Suecia.

Entonces, indefectiblemente, Marta preguntaba:

–¿Van los Reyes o Papá Noel, a Suecia?

O bien un día, en la playa, veía una sombrilla:

–Papá, ¿qué es verde, amarillo y rojo?

Y cuando volvía a casa, Jordi abría la enciclopedia y decía:

–Camerún.

–¿Y quién lleva los regalos a Camerún?

Estas preguntas se alargaron durante unos cuantos meses.

Cuatro años más tarde, ante los rumores que se esparcían por la escuela antes de las vacaciones de Navidad, Marta empezó una campaña en la que mostró una constancia y una persuasión encomiables. Durante días y días exigió a sus padres que le confirmaran si era verdad o no que los Reyes eran ellos. No se quedaba tranquila hasta que le aseguraban que todos aquellos rumores carecían de fundamento. Pero al cabo de unas horas volvía a preguntarlo, con la misma suspicacia, si no más. ¿Quién puede mentir de manera prolongada a una hija sin sentirse culpable? Llegó un día en que a la hora del postre, después de intercambiar un juego de miradas cómplices, sus padres le confesaron que los Reyes eran ellos.

Marta apretó con fuerza los labios, como hacía siempre que se aguantaba las ganas de llorar.

–Me habéis estado engañando todos estos días –saltó.

Ellos la miraban.

–Me habéis estado engañando todos estos años. Pero si he ido a esperarlos, y todo el mundo cantaba su canción…

Más silencio. La respiración acelerada. El tic-tac del reloj de la cocina. Un camión que hacía retumbar los adoquines de la calle.

–Me habéis engañado entre todos.

A Jordi le daba miedo seguir el curso de sus pensamientos. «Si esto es mentira –debía de pensar Marta–, es posible que cualquier cosa sea mentira». Y de ahí podía derivar la pérdida de confianza en los padres, en los adultos, en la sociedad en general.

«Ahora ya soy mayor –pensaba Jordi que pensaba Marta–, y tendré que mentir como los mayores».

Pero los pensamientos de la niña no iban tan lejos.

–Entonces ¿los Reyes son hombres disfrazados?

Justo la semana anterior había preguntado si Oriente quedaba muy lejos.

–Cuando sea mayor me iré a vivir a Oriente –había anunciado.

Pero finalmente resultó que sí sabía mentir como los mayores. Sus padres habían decidido que no le explicarían la verdad sobre los Reyes hasta el año siguiente, pero Marta había insistido tanto que lo habían adelantado. El argumento definitivo había sido este:

–En mi clase todas las niñas menos yo dicen que los Reyes son los padres, ¿lo sois o no?

El día que le dijeron la verdad, cuando las lágrimas le resbalaban por las mejillas, Nora no pudo dejar de preguntarle:

–¿Por qué lloras, si todas las niñas ya lo decían?

–Porque no eran todas las niñas. Era mentira.

Faltaban tres años para que Jordi se trasladara al garaje.

Todavía en 1999, en una ocasión en que Marta no se dejaba convencer para pasar una semana de colonias de verano en el Pirineo, Jordi decidió introducir una pregunta retórica como último recurso:

–¿Te he engañado alguna vez?

–Sí, con lo de los Reyes.

b) La segunda etapa fue la de la muerte. Jordi estaba convencido de que a los cuatro años Marta ignoraba qué era la muerte. ¿Cómo lo sabía? Lo comprobó el día que habían ido a pasear en bicicleta –ella aún llevaba ruedecitas– cerca de la carretera vieja de Vilabertran. Estaban cada uno a un lado del camino, separados por unos tres metros, cuando un todoterreno salió de una curva. Jordi calculó que Marta no tendría tiempo de cruzar el camino para reunirse con él.

–Quédate quieta hasta que haya pasado –gritó.

El todoterreno se acercaba, rugiendo amenazador bajo el polvo que él mismo levantaba. Marta miró a Jordi, miró el todoterreno y volvió a mirar a Jordi. Después frunció el entrecejo como hacía siempre que tomaba una decisión, dejó la bicicleta en el suelo y cruzó el camino corriendo. El todoterreno tuvo que frenar para no atropellarla. Marta acabó de llegar hasta Jordi y se abrazaron. Para ella, el peligro que representaba el todoterreno no era tan terrible como el de perder de vista a su padre. Esta anécdota acompañó a Jordi durante una larga temporada.

Un año después, un domingo por la tarde, Nora y él llevaron a Marta y a Mònica al cine Las Vegas a ver *La Bella y la Bestia*. Sentado mientras esperaba a que empezara la película, Jordi oyó esta conversación:

–El sábado fui a un cementerio –explicó Mònica–. Ya sabes lo que es un cementerio, ¿no?

–Sí –respondió Marta, no demasiado convencida.

–Es el lugar al que se va a dejar flores –aclaró Mònica.

–Pues yo creía que se iba a dejar a los muertos.

–¡Los muertos! ¡Pero qué dices!

Y las dos rompieron a reír.

Pero llegó el día. Después de semanas de villancicos, de decorar la casa, de montar el pesebre, de celebrar el nacimiento del niño Jesús –el niño más hermoso de todos–, tuvo lugar una conversación que a Jordi se le escapó de las manos. Nora freía las croquetas de carne asada, y padre e hija arreglaban los desperfectos que un portazo había ocasionado en el árbol de Navidad.

–¿Jesús existió? –preguntó Marta.

–Sí.

–¿Está vivo?

–No.

–¡Ah! ¿Se murió?

–Sí.

–¿Y cómo fue?

En ese momento, si no antes, a Jordi tendrían que habérsele activado todas las alarmas. Tendría que haber cambiado de conversación, sacarla al patio a jugar a la pelota, lo que fuese antes de seguir. No obstante, quizás ya era demasiado tarde. Decidió no engañarla.

–¿Lo mataron?

Jordi asintió.

–¿Quién?

–Unos soldados.

–¿Qué soldados?

–Unos soldados romanos.

–¿Romanos? –se extrañó Marta.

Hacía poco que Nora se había escapado un fin de semana a Roma con Elisenda, y había vuelto muy contenta, con centenares de fotos muy bonitas.

–Sí, romanos.

–¿Por qué?

–Bueno...

Y enseguida:

–¿Cómo lo hicieron?

De la manera menos cruda posible, Jordi le explicó que lo clavaron en una cruz.

–¿Era pequeño?

Esto es lo que sucede cuando se elimina la educación religiosa pero se mantienen los rituales más amables. En la escuela, Marta solo había visto imágenes del nacimiento de Jesús. Lo ignoraba todo sobre su vida posterior.

–No –respondió él–, había crecido.

–No se lo digas a mamá, pero estoy a punto de llorar –dijo la niña en voz baja.

Durante unos días, decía que cuando tuviera un hijo le pondría Jesús.

A los nueve años, Marta había asumido una interpretación personal de la religión. Por Navidad pidió un telescopio y un microscopio. Jordi repetía a todo el mundo que Marta quería verlo todo, el macrocosmos y el microcosmos. Pero no era tan sencillo.

–El telescopio es para ver a los abuelos y al tío Biel, que viven en el cielo.

Marta se hacía mayor. Después de los Reyes Magos y de la muerte, solo faltaba la etapa del sexo.

c) Era a principios del año 1997. Un domingo por la noche, durante la cena, Marta se quedó mirando a sus padres:

–¿Vosotros tuvisteis relaciones sexuales, verdad? Otro día que tengáis, avisadme. Quiero verlo.

En la escuela les habían explicado que el sexo era tan natural como la polinización de las flores. Hacerse mayor significaba darse cuenta de que sobre aquellas cuestiones presuntamente naturales planeaban las inhibiciones y los secretos más exorbitantes.

Unas semanas después, padre e hija miraban un álbum de fotografías. En una aparecía Carla, una chica que hacía de modelo en la academia de fotografía de Barcelona.

–¿Salíais juntos? –preguntó Marta.

–A veces.

–¿Hacíais el amor?

–No te lo voy a decir.

–Eso quiere decir que sí.

Pronto dejaron de hablar de estos temas. Mejor dicho, dejaron de hablar en general. La última vez que habían conversado largamente fue cuando ella empezó el trabajo de investigación de bachillerato sobre los juegos de infancia de sus padres. Entonces ya hacía seis años que Jordi vivía en el garaje.

LA MINIRRETROEXCAVADORA

Desde que descubrió las apariciones progresivas de Bad Boy en el fotolog de Marta, desde que siguió la evolución de sus intimidades en *El blog intermitente de Tina*, Jordi hizo todo lo posible por detener aquella relación. Ya contaba con que Marta se resistiría, pero no había previsto que lo haría con tanta obstinación. Tampoco sospechaba que su hija contaría con la ayuda de la madre, quien se mostraba fanática de la libertad de elección, o sea, partidaria de ignorar la experiencia adquirida a lo largo de más de dos décadas de matrimonio. Cuando madre e hija recibieron el apoyo explícito de la abuela, Jordi tuvo que resignarse a aguantar al futuro yerno.

Muchos aspectos de Bad Boy le disgustaban. El padre. El trabajo. Las gafas de macarra como las de Lou Reed en la portada de *Street Hassle*. La pertenencia a la tribu skinhead.

Pero Marta le explicó que las tribus eran cosa de los años ochenta. Que ahora simplemente había modas. Que en Figueres no había skinheads, sino *pelaos* (que venían a ser como una peña del Real Madrid), *quillos* (que venían a ser una peña del Betis), y *lolailos* (que eran quillos que no se habían puesto al día). Que Bad Boy no era nada de todo eso, sino que pertenecía a la categoría de los *chandaleros*, o sea, que era partidario de una indumentaria cómoda. Y que ahora ya ni eso, sino que había elegido virar hacia una mezcla entre *skater* y *tecktonik* y se dejaba crecer el pelo.

Madre e hija consideraron que era una buena idea invitar a Bad Boy a cenar. Prepararon una ensalada gigante y, siguiendo las indicaciones de un libro de recetas dirigido a gente que no sabía cocinar, prepararon una paletilla de cordero al horno que quedó bastante bien. Pero Jordi no la disfrutó mucho. No podía dejar de pensar: «Este torito se tira a mi hija». Y también: «Cabrón, ¿cómo te atreves?». Entretanto, el chico no se callaba. Que si en la obra iba adquiriendo responsabilidades, que si Marta era una chica fantástica, que si tenía ganas de fundar una familia.

Resultaba que aquel presunto expelao ya tenía veintiséis años, se había cansado de vivir en casa de su madre, de hacer gamberradas el fin de semana, y había encontrado una panoli como Marta que le hacía caso. Y no se andaban con pequeñeces: querían casarse, ni más ni menos.

Era un proceso imparable como una pesadilla. El siguiente paso fue conocer a la madre. Desde los años del instituto, Jordi la había visto alguna vez por la calle: más que conocidos, eran saludados. Cuando fueron a tomar café a su casa, les abrió la puerta Bad Boy, que había tenido la astucia de ponerse camisa y zapatos de cordones.

La madre los recibió en un sofá estampado, sentada entre Bad Boy y un gato atigrado de edad provecta. Ya se veía que quería con delirio a su hijo, el cual le pasaba dos palmos largos: «De pequeño era travieso, pero siempre ha tenido un corazón así de grande». El tema estrella fue el trabajo de la joven pareja, en otras palabras, el futuro glorioso que esperaba a una especialista en educación infantil y a un conductor de minirretroexcavadora. Porque ese era el trabajo de Bad Boy. Se encajaba en el interior de la cabina de una máquina diminuta, dotada de ruedas de oruga y de una pala situada al final de un brazo articulado, y se pasaba el día transportando y amontonando escombros arriba y abajo.

Ahora que Jordi no se interponía, los dos prometidos hacían planes con más afán. Hubo otros cafés. Hubo comidas y soirées conjuntas. Su hija, su esposa y su suegra salían cada dos por tres a mirar escaparates con vistas a la boda inminente. Se comportaban con tanta prodigalidad que Jordi las llamaba The Supremes. Ni siquiera le consultaban los precios.

Un buen día Nora lo hizo sentarse en el sofá de la sala –que no visitaba desde el siglo XX– y Marta los sometió a un desfile en toda regla: vestido, zapatos, guantes, diadema, collar y bolso.

–¿Estoy guapa?

–Sí.

¿Qué podía decir? Era la verdad. Pero cuando Jordi se enteró de los precios, fue a devolver la diadema y el collar.

Melissa pagó los zapatos de la novia. Nora se hizo cargo del viaje de boda. Marta costeó el anillo del novio. El ramo era cosa del padrino. Los novios y Rosa asumieron las gestiones legales y diseñaron el regalo de cerámica que se llevarían los invitados como recuerdo. Jordi ayudó a la confección de participaciones e invitaciones y al envío electrónico, pero la contribución principal fue a cargo de su tarjeta de crédito, a la que The Supremes parecían atribuir cualidades mágicas.

A Rosa le hacía ilusión que el banquete se celebrara en un restaurante del pueblo en que había nacido. Jordi lo conocía y no le pareció mal: el encargado era un hombre competente, y el jardín disponía de un decorado adecuado para las fotografías de exteriores. Rosa, The Supremes y él fueron a probar el menú. De primero, él quería ensalada de habitas con bacalao, pero ellas prefirieron pescado. De segundo, él quería pescado, pero ellas se decantaron por la carne. Eso sí, le dejaron escoger los vinos.

Jordi era partidario de comer temprano.

–No se preocupe –le dijo el encargado.

Una noche que volvía de la floristería, de supervisar los ramos de las mesas, Jordi vio a Bad Boy trabajando. Estaba en una esquina de la calle Rubaudonadeu. Como la minirretroexcavadora que conducía era algo más ancha que la entrada del edificio que estaban derribando, cada vez que entraba la descantillaba. Cuando estaba dentro de la obra, incrustaba con fuerza la máquina contra un montículo de escombros, llenaba violentamente la pala, la levantaba y retrocedía hasta que había cruzado la entrada. Giraba la cabina, levantaba el brazo articulado y dejaba caer el contenido de manera ruidosa en un camión volquete. Después volvía a descantillar el portal y se incrustaba de nuevo contra el montículo. ¿Eran manías de Jordi o aquel trabajo tenía un simbolismo sexual obvio?

EL BLOG INTERMITENTE DE TINA: MADRID

Enero de 2007

Escapada de Fin de Año a Madrid con Su-zu, Marta86 y Bad Boy. Un amigo de mi padre nos ha dejado las llaves de un piso medio abandonado en Gran Vía, a la altura del bar más oscuro del mundo, el Chicote, en aquella zona en la que los edificios están coronados por figuras mitológicas y caballos de bronce de tamaño natural o más.

Vamos de compras a la calle Serrano. En la plaza Colón vemos una bandera española gigante. Su-zu canta «Els Segadors», pero como nadie le hace caso, acaba enseguida. Deben de pensar que somos rumanos.

El Reina Sofía es aburridísimo. Solo me han gustado dos cosas: un cuadro que representa un planeta cúbico y uno de los pocos audiovisuales que se proyectan, que muestra un lobo y un rebeco encerrados en una sala de color blanco. Es de Mircea Cantor (Rumanía, 1977). En la sala de esculturas, me doy cuenta de que la obra más observada soy yo: body art.

Un nuevo dicho: «Eres más feo que el Ministerio de Sanidad».

La noche de Fin de Año, si no tienes ganas de gastarte cien euros en un cotillón, solo puedes cenar de dos maneras: o haces horas de cola en un Pans & Company, o compras la comida en una de las tiendas de comestibles regentadas por chinos que abundan al sur de la Plaza Mayor. Cenamos en un banco de la misma plaza, al lado de unos bolingas del Foro, y nos dirigimos a la Puerta del Sol. En la entrada, los policías nos hacen vaciar latas y botellas en vasos de plástico que nos suministra un empleado municipal venido como mínimo de Gambia. Después aquello se llena, se llena. Bebemos, bebemos, bebemos. Así, una horita. Después, le damos las doce chupadas a los porros que ya llevamos hechos. Todo el mundo se abraza y se besa, nosotros también. Después, la masa se nos lleva calles abajo. Sensación de descontrol, de malentendido, de toma de la Bastilla. Lo que pasó más tarde lo encontraréis documentado en el fotolog. Yo no tengo palabras.

Una imagen para la posteridad: cuando vamos al piso, en la barra de un lounge de lujo, un operario municipal –la palabra LIMPIEZA resaltando sobre el anorak fluorescente de color verde– moja un cruasán en el café con leche, sentado junto a los representantes más noctámbulos de la burguesía internacional.

La frase del viaje es: «They do it all the time», de Violent Femmes. ¿Verdad, Martona?

Sabía que Madrid me reservaba algún descubrimiento. Cerca de donde dormíamos, en la calle Alcalá, habían inaugurado una exposición de artes plásticas sobre la Movida. Poca cosa: un vídeo muy flojo de Paloma Chamorro, portadas de revista con Almodóvar y obras que son más fiesta que arte. A lo sumo, resultarían dignas de estudiantes aventajados de Bellas Artes: El Hortelano, Javier de Juan, Sigfrido Martín Begué, Ceesepe, Guillermo Pérez Villalta, Carlos Berlanga... En la planta baja, hacia el final, casi paso por alto los cuadros de Txomin Salazar: kitsch, o sea, bien. *La domadora de esclavos*, de 1983, puro hembrismo. *Lucía Mártir*, de 1985, travestismo new wave. Y, señoras y señores, tachín-tachán, *De la soledad de Zeus, nacimiento de Halley*, donde se ve una POLLA enorme, venosa, suculenta, preciosa, que me eyacula, o sea, eyacula mi cometa, una lechada de colorines. El cuadro es de 1986, you know.

21 DE ABRIL DE 2007

18.50 HORAS

La Disco Móvil Ymbert hace retumbar el salón. Bad Boy y Marta se dirigen a los invitados reticentes, los toman de la mano y se los llevan a la pista quieran o no. Así es como, de manera imprevista, Calimero emite una de sus carcajadas de vespino y se pone a bailar con la urraca, sin gracia pero con ganas, justo al lado de Noia Labanda, Halley, RockStar y Monika_Shift, que siguen el ritmo con los pies descalzos y miran a través de los dedos índice y corazón a la manera de Uma Thurman en *Pulp Fiction* mientras Tarik no para de fotografiarlas desde todos los ángulos posibles y desde alguno imposible. Jordi no reconoce la canción, pero las voces son de los Beatles, o sea que en algún lugar de la pista tiene que estar Melissa. Y efectivamente, allí está, los brazos agitándose como olas y el rostro en éxtasis.

–Lo peor de hacerse mayor es no hacerse mayor.

Lo ha dicho la lechuza, que acaba de salir de la nada y señala con la barbilla hacia delante, en dirección a Melissa o quizás a la urraca. Da lo mismo. Jordi tiene el tiempo justo de esconderse detrás de una columna, porque Bad Boy y Marta acaban de salir a buscar bailarines. Pero el peligro se esfuma, ya que de inmediato vuelven a la pista arrastrando a Gibert y a Candy, que se ponen a bailar sin resistirse demasiado, lo que significa que el reportaje sobre el making of ha entrado en crisis.

Empiezan a sonar los acordes de «Roxanne». Automáticamente Jordi busca a Nora y sus ojos se encuentran porque resulta que ella también lo está buscando. Ymbert levanta el pulgar cuando ve que se incorporan al revoltijo de bailarines. Es un profesional.

Ha dado con la única canción que podía hacerlo entrar en la pista de manera voluntaria. Es uno de los méritos de Ymbert: se informa sobre los gustos de novios y familiares y los sorprende con canciones personalizadas.

Entre los bailarines que se han incorporado cuando se han oído los primeros acordes de «Roxanne», Jordi distingue a Cati, que tira a un anciano de la corbata.

–Lo va a matar –dice cuando detrás de aquella sonrisa desencajada reconoce a su padre.

–Déjalos tranquilos –le dice Nora sin dejar de moverse.

Bailan separados, moviendo las caderas con los codos pegados al tronco: estilo guateque.

–¿Y ahora qué vamos a hacer?

–Yo pensaba salir al jardín.

–No me refería a eso.

Fuera, se sientan en silencio en un banco, como si reflexionaran sobre las últimas palabras que ha pronunciado Nora. Es un momento de hiato.

La lucidez que el agua de Vilajuïga ha proporcionado a Jordi hace que le resulte violento ver invitados desconocidos, ora uno ora otro, pululando por ahí delante. En cambio reconoce a la pareja que discute agriamente, oculta tras unos matojos: el veterinario homeópata y Llúcia, la hermana de Rosa.

Poco después comparece Halley, intercambia varias frases en inglés con Nora y desaparece cuando le suena el móvil. Pero antes le guiña el ojo a Jordi, o bien Jordi se lo imagina, que para el caso es lo mismo. De la conversación, lo único que ha entendido ha sido el «Oh, my God» de Nora.

–¿De qué hablabais?

–De nada, cosas nuestras…

Poco después, Nora aguza el oído, grita «¡Es Yazoo!» y se precipita hacia la pista.

All I needed was the love you gave
All I needed for another day.

Ya no hace sol, pero todavía es de día. Dios mío, ¿son todo metáforas, hoy?

And all I ever knew...
Only you.

–Nosotros ya nos vamos...

Son los Güibes. Jordi se levanta del banco.

–Nos lo hemos pasado muy bien, pero estamos un poco cansados.

–Los gemelos se quedan –añade la mujer–. Ellos aguantan más. Ya los traerán unos amigos.

Ya se han ido. Desde el salón llegan fragmentos de canciones cada vez que se abre la puerta corredera. Jordi reconoce Whitesnake y Boney M. A lo mejor sí que el tiempo lo iguala todo.

–Hola, Jordi.

–Hola, Lina. ¿Ya te han dicho que estás muy guapa?

No es cierto, pero se conocen desde hace tanto tiempo que lo ha dicho sin pensar. Habían coincidido en el instituto y, después de que ella volviera de una larga temporada en París, se han reencontrado en unas cuantas bodas. Lina es una cantante de estándares de jazz que sabe adaptarse a las necesidades del público. La relación calidad-precio no está mal.

–¿Has oído el rumor? Dicen que viene el padre del novio. Su hermano fue a buscarlo y dijo que no volvería sin él.

–No fastidies.

–¿No te han dicho nada? Eh, ¿a dónde vas?

–Necesito una copa.

Jordi entra en el bar en el mismo momento que Llúcia. Ambos piden un whisky. Cuando hay barra libre, es una tentación ahogar las penas en alcohol. Es lo que piensa Jordi, en cambio dice:

–Antes me gustaba el scotch. Ahora prefiero el bourbon.

–Pues a mí me la repampinfla –dice Llúcia–. La marca, me refiero.

Debía de ser guapa, en los años ochenta.

Ya sea por la duración, ya sea por el consumo de alcohol, las bodas estimulan la sinceridad mucho más allá de lo que resulta habitual. Jordi ha visto la escena otras veces: la mujer despechada que se sienta en la barra con la intención de olvidar algo que acaban de decirle, algo que sospechaba pero que todavía no había oído nunca. Lo que no es tan habitual es que esté sentada al lado del padre de la novia.

Ni tampoco al lado de una jovencita como esa.

–Estel, ¿qué haces aquí?

–Me emborracho. ¿Y tú?

–También, pero es que yo no tengo remedio.

–¿Tú crees que he traído a Gibert a la fiesta para que se encandile con Candy? Hola, ¿tú quién eres?

–Hola, me llamo Llúcia y bebo porque todos los hombres, excepto Jordi Recasens, son una pandilla de cretinos.

–Yo me llamo RockStar, y bebo por la misma razón.

Brindan.

–¿Puedo acompañaros?

Es Lina.

–La cantante, ¿no? –dice Estel/RockStar–. Qué vestido tan bonito llevas... Hostia, tía, ¿sabes que me recuerdas mogollón a Marianne Faithfull?

–¿Ah, sí? ¿De qué época?

–De los setenta.

–Ups... Otro whisky, por favor.

Los hombres del corro dedicado a la gastronomía observan a Jordi con hostilidad. ¿Dónde se ha visto que alguien acapare a tantas mujeres?

Y todavía dos más, porque llegan Júlia y Jana en un elevado estado de excitación.

–¿Qué hacéis aquí? –dice Júlia.

–¿No sabéis que están a punto de cortar el pañuelo de cuello del novio? –dice Jana–. Como no lleva corbata... ¿No queréis un trozo? ¡Dicen que da buena suerte!

De repente, Jordi y Lina se han quedado solos delante de cuatro whiskys.

A él no le cortaron la corbata. Pero no sabe si es por eso que no tuvo suerte.

SUS CACHIVACHES

Hasta ahora hemos expuesto varias teorías, no sabríamos decir si complementarias o excluyentes, sobre los motivos que impulsaron a Jordi a trasladarse al garaje. Fue, tengámoslo en cuenta, un cambio gradual. Inicialmente allí tenía el taller de revelado. A medida que los procesos fotográficos se digitalizaron, los aparatos se redujeron y el espacio libre aumentó. Ya no necesitaba una mesa de estudio para montar los álbumes de boda con cinta adhesiva porque lo maquetaba con el ordenador y enviaba el disco al laboratorio, que se encargaba de confeccionar el libro. Jordi iba llenando de trastos el espacio ganado: la vieja máquina de escribir Underwood que le había cedido su padre, la cómoda de su abuela y, más adelante, una pequeña colección de juguetes de infancia que había rescatado en el último momento cuando su madre pretendía regalarlos al hijo de su primo de Horta d'en Capallera: el fuerte Comansi con los soldados y los indios de plástico, la nave interestelar tripulada por pitufos, el castillo promocional de Palotes, el tren Payá, la pistola Júpiter, la estrella de sheriff ganada en el puesto de las tortugas, el Bulldozer Magic Action, los madelmans que de vez en cuando tenía ganas de tirarle a Nora –«lo pueden todo», como repetía el Pelusa–, la pandereta con dibujos japoneses, el mini revólver de petardos, el Cine Exin, las canicas, la mesa de casino en miniatura, el Monopoly y unos cuantos fajos de cromos y de supermortadelos. Nora se refería al conjunto con la expresión «sus cachivaches» mientras dejaba caer la mano derecha y giraba los ojos hacia otro lado en un gesto en que confluían el fastidio y la constatación de un comportamiento enfermizo.

Con el tiempo, Jordi cumplió uno de sus antiguos proyectos, que consistía en dividir la mesa en dos, una dedicada al trabajo y la otra a las aficiones. Estaban pegadas, una delante de la otra, cada una con su teclado, sus cajones y sus cubetas. Compartían la misma pantalla giratoria, situada en medio, que ejercía funciones de frontera. Las dos mesas, adquiridas en Euromueble de Bru aprovechando una oferta de enero de 2x1, eran de madera lacada. En la mesa pública, Jordi planificaba la temporada de bodas, gestionaba la cuenta de correo profesional, facturaba servicios, consultaba webs de novedades tecnológicas, almacenaba e imprimía fotografías, compaginaba álbumes. La mesa privada era sobre todo una máquina de recordar. En los cajones tenía guardadas las fotocopias del diario de Biel, una selección positivada del Fondo Tulipán Negro, los discos duros extraíbles que contenían las mejores películas de adulterio de todos los tiempos, los recuerdos de Perita en Dulce –frascos con arena de la playa de Sant Pol, entradas de congresos, tíckets de teatro, resguardos de taxi y de hotel– y la caja en la que guardaba los dibujos de Marta hasta que había cumplido los doce años. Al fondo del cajón de abajo había una caja con los chupetes que se habían llevado un año los Reyes Magos, los dientes de leche envueltos con un pañuelo de seda y trabajos manuales de la guardería en proceso de desintegración, elaborados con pan seco, cáscaras de huevo y granos de arroz.

En el verano de 1997 se hizo llevar el objeto que mejor escenificaba el traslado. Nos referimos al futón japonés. La razón que aducía ante él mismo para dormir en el garaje era la incompatibilidad térmica entre Nora y él que hemos mencionado en algún otro sitio. En vista de que ella no pensaba desconectar el aire acondicionado en todo el verano, él había decidido hacer vida en el garaje hasta que acabara la temporada de calor.

Hacía tiempo que Nora no ponía los pies allí. Cuando Jordi llevó el futón ya tenía una estufa, un armario de cocina con provisiones, un microondas provisto de grill y una nevera llena de pan congelado y paquetes Findus. En épocas de mucho trabajo, cuando las bodas se sucedían sin parar, Jordi cenaba allí y a veces dormía en el suelo, encima de los cojines de un sofá viejo. Durante aquel otoño, tanto él como Nora se habían acostumbrado a dormir solos. El paso siguiente fue cambiar la puerta destinada a los vehículos por una pequeña: así ganaba un tabique. El lavabo ya estaba cuando compraron la casa. Jordi no quiso instalar aire acondicionado porque se suponía que él era el friolero. En verano solía quedarse en ropa interior. A partir de un día en que Marta entró de improviso, se acostumbró a tener a mano una vieja bata azul celeste que había pertenecido a Nora.

Con el tiempo, «sus cachivaches» se vieron enriquecidos con un robot aspirador y una bicicleta estática. Y no solo eso. El gerente de una empresa de vending que había quedado muy satisfecho con las fotografías de la boda de su hijo, le regaló una máquina dispensadora de café, té y chocolate, con mantenimiento gratuito incluido. Una vez al mes recibía la visita de un empleado taciturno, que añadía café y chocolate en polvo y revisaba los niveles de agua. La máquina de vending había consolidado la rutina matinal de Jordi. Se levantaba, se tomaba un cortado y se duchaba escuchando las noticias: pequeños placeres de soltero.

Para no tener que lavar, se acostumbró a utilizar material fungible. Cada quince días adquiría paquetes de platos de papel y cubiertos de plástico en Ca l'Emilianna; las dependientas debían de pensar que su vida transcurría en una fiesta continua. Compraba legumbres cocidas en Ca la Petronila, platos precocinados en el supermercado Esclat y congelados en La Sirena. También disponía de género en reserva para subsanar emergencias: yogures, zumo de frutas, botes de garbanzos, latas de conserva y de refrescos, galletas Petit Écolier. En fin: en el garaje tenía todo lo necesario en cuanto a alimento, trabajo, higiene y ocio.

Hemos mencionado la incompatibilidad térmica como la razón inicial del traslado. Con el tiempo, Jordi intentó otras explicaciones. Su relación con Nora había cruzado el ecuador, es decir, había dejado de ser globalmente aceptable a pesar de pequeños incidentes aislados, y se había transformado en un fiasco compensado por pequeños oasis de armonía. A veces se llegaba a plantear el traslado al garaje como una iniciativa que tenía como objetivo paradójico la reconciliación: una leve separación para tomar impulso antes de reanudar la convivencia.

Pero había otras razones, y no nos referimos solo a los problemas de crecimiento de Marta ni al volumen con que los discos de Nora celebraban la llegada del domingo. En 1997, la relación con Perita en Dulce ya se había consolidado. Él se encontraba tan bien cuando estaban juntos que le parecía violento compartir la cama con Nora, cada vez más extraña en su vida, por decirlo con la expresión que consagró la película de Richard Quine (*Strangers When We Met*, la adúltera –Kim Novak– se hace amante del padre de un compañero de escuela de su hijo. Etiquetas: años sesenta, arquitectura, final con sacrificio). Esta era la razón que se explicaba a sí mismo en momentos de autoestima elevada. Las razones para mantener el matrimonio eran mezquinas, mientras que las razones para interrumpirlo parecían heroicas. Por eso se había inventado aquella teoría según la cual el garaje permitía no vivir ni dentro ni fuera, ni juntos ni separados. El garaje era un hinterland, un territorio neutral, la última frontera. También era, ya lo hemos visto, una garçonnière, un refugio, un museo de la infancia, una manera de congelar el tiempo.

En momentos de sinceridad superior, cuando desaparecían los principales filtros de autoengaño, Jordi se atrevía a reconocer que se había trasladado al garaje para evitar convivir con los objetos que le recordaban la época en que las relaciones con Nora eran otras. Cuando estaba solo, admitía que lo que no soportaba de dormir juntos era apagar la luz de la mesilla y, al cabo de unos minutos, sentir los ruiditos que emitía aquella mujer que un día se había llamado Blondie.

EL BUCLE DE LOS PENSIONISTAS

Si tenía que bajar a Barcelona a buscar material fotográfico, Jordi cogía el Mégane y volvía cargado. En cambio, si el objetivo del viaje era estudiar las principales novedades de tiendas y grandes almacenes, prefería la comodidad del tren. También prefería este medio de transporte cuando viajaba para reunirse clandestinamente con Perita en Dulce. Les gustaba sentarse cara a cara y actuar como dos desconocidos, es decir, dirigiéndose la palabra tan solo para comentar las incidencias del viaje o bien cuando él, con galantería, se ofrecía para subirle o bajarle la maleta al compartimento del equipaje. A Jordi le resultaba grato mantener en contacto algún segmento de su pierna con la de ella hasta que bajaban y, confundidos entre los transeúntes, se encaminaban al hotel convenido.

Un día de mayo de 2001 coincidieron en uno de estos viajes con un matrimonio de jubilados que subió en la estación de Flaçà y se sentó delante de ellos. Era como si un director de escena lo hubiera preparado especialmente para él. El matrimonio que tenían delante debía de andar por los setenta años. El hombre, pálido, enjuto y afeitado con calvas, llevaba una camisa vieja en la que se marcaba en relieve la camiseta imperio, jersey de nudos, vaqueros de tergal y mocasines con agujeritos. La mujer, tranquila y pechugona, se había puesto una blusa blanca y una rebeca gris. Completaba el equipo con una falda de monja y unos zapatos embarrados. Más detalles: necesitaba con urgencia una visita a la peluquería, tenía voz de pito y los dedos como morcillas.

A partir de la charla que mantenían, Jordi dedujo que el hombre iba a visitar a un médico especialista en circulación de la sangre. En lugar de agradecer a su mujer que lo acompañara, sin embargo, mantenía una pueril actitud de ofendido, ya que ella se había dejado la citación médica encima de la mesa del comedor y habían tenido que retroceder a buscarla, con el peligro –por suerte no cumplido– de perder el tren. La mujer asumía que la culpa era suya, ya que –al parecer– tenía competencias exclusivas sobre citaciones médicas, aunque fuesen referidas al marido. Él insistía en que la culpa era de ella, la reñía a un volumen innecesariamente elevado, a trompicones, callando el tiempo suficiente como para recuperar fuerzas y continuar ensañándose. La mujer se refugiaba en un silencio humilde mientras él retomaba el tema desde nuevos ángulos, introduciendo pequeñas variaciones que le permitían mantenerla contra las cuerdas. Sin avanzar, limitándose a repetir con otras palabras lo que había dicho un momento antes. Saltaba a la vista que reñirla era uno de sus placeres.

Las rodillas de Jordi y Perita en Dulce se rozaban, juguetonas, siguiendo el traqueteo del tren.

–Y menos mal que me he acordado –repetía el anciano, que había comprobado que tuvieran toda la documentación cuando todavía estaban a tiempo.

Por la ventanilla desfilaban plantaciones simétricas de chopos y campos de trigo punteados por masías construidas encima de las colinas.

La mujer se limitaba a manosearse los dedos con contrición. Hasta que a la altura de Maçanet contraatacó:

–¿Ya le has dado de comer a Estevet?

Aquella pregunta tuvo el efecto de darle vuelta a la situación. En lugar de responder, el hombre se hundió en el asiento mientras la mujer levantaba la barbilla. A partir de los balbuceos de él y de las gélidas precisiones de ella, Jordi dedujo que el tal Estevet era un animal doméstico –un canario, un loro, quizás un gato– cuyo mantenimiento correspondía de manera exclusiva al hombre.

–¿Y no se te ha ocurrido que hoy no íbamos a comer en casa?

Silencio.

–¡Pobre animal! ¡Todo el día solo y sin comer!

Silencio.

–Ya te digo que no sé dónde tienes la cabeza.

–Sí, pero tú te habías dejado la citación médica…

–Anda, anda, no me cambies de tema, ahora.

Este nuevo reparto de papeles marcó el resto del viaje. La mujer suspiraba y soltaba frases cortas que tenían la función de recordar la incompetencia del marido. «Qué barbaridad», «Ya te digo», «Es que eres tan sabio», «No me puedo fiar de ti», «Qué daño te ha hecho Estevet», «Siempre te crees que lo sabes todo». «Quien no tiene memoria tiene piernas» y un franco «Cada día estás peor, chico». El olvido de él era esencial, ya que confirmaba que se comportaba como un irresponsable absoluto, mientras que el olvido de ella era accidental, una rara excepción en una larguísima serie de aciertos. El hombre se refugiaba en el silencio, abrumado por aquel torrente verbal.

Inicialmente, a Jordi la situación le hacía gracia, pero al cabo de media hora se sentía abatido.

Cuando llegaron al hotel, Perita en Dulce tuvo que recurrir a procedimientos no habituales para reanimarle el deseo.

¿Por qué le había afectado tanto aquella charla? Durante gran parte del viaje, había tenido la misma sensación inquietante que de niño lo asaltaba ante uno de aquellos espejos del Tibidabo donde años atrás habían ido con la familia. Los espejos le devolvían una imagen deforme en la que, sin embargo, se reconocía sin titubear. La energía y la constancia que mostraban los dos ancianos gruñones a la hora de reprocharse con virulencia aquella serie de detalles irrelevantes le recordaban conversaciones recientes –si es que se las podía llamar conversaciones– con Nora: la misma guerra sorda, que adoptaba la forma de escaramuzas desorbitadas y repetitivas como las que había oído entablar en más de una ocasión a sus padres. Utilizando un término informático, desde aquel día se refirió interiormente a aquellas peleas circulares con la expresión «el bucle de los pensionistas».

Discutir era un arte que Nora no dominaba. Se contradecía a sí misma sin inmutarse, tergiversaba las palabras de él, improvisaba cambios en el núcleo argumentativo, repetía tozudamente datos que él acababa de refutar... En fin: aspiraba a tener el monopolio de la razón en todo momento, aunque acabara la discusión sosteniendo lo contrario de lo que había afirmado al principio.

Nora tenía unas cuantas campañas en marcha –con los eslóganes correspondientes–, hacia donde acababan confluyendo todos los debates, tanto si venía a cuento como si no. Por ejemplo, aunque –pongamos por caso– iniciaran la charla comentando los horarios intempestivos en que aullaba el setter del vecino, Nora podía concluir con una de sus frases fetiche: «Tienes que prestarle más atención a la niña». O bien, si discrepaban sobre algún viaje que podían emprender juntos, ella soltaba aquello de «Solo te preocupas por ti». Las crisis, por banales que fueran las causas, suscitaban enmiendas a la totalidad.

–Es que eres una inútil –se quejaba él.

–Ya no me quieres –constataba ella.

Jordi era lo bastante lúcido como para darse cuenta de la frecuencia con que también él recurría a sus propios eslóganes: «Es que no sabes ni dónde tienes la cabeza», cuando le reprochaba a Nora la desorganización con que vivía; «Ya no tienes veinte años», cuando se refería a los peinados, al maquillaje, a la ropa que usaba; «Te estás quedando sorda», que era el eslogan que había escogido con motivo de la campaña por la disminución del volumen de la música.

Lo peor era que en la relación con Perita en Dulce se colaban tímidos indicios de campañas similares, sobre todo cuando ella insistía en verlo más a menudo de lo que él consideraba necesario, o cuando pretendía modernizarle la ropa, o cuando fantaseaba alrededor de su vida en común, situada en un horizonte lejano pero, no obstante, factible.

Con todo, no eran aquellas tendencias las que preocupaban más a Jordi. Lo peor eran sus propios bucles, las dudas que siempre estaban dispuestas a martillearle el cerebro y que solo acallaba a fuerza de trabajar en el garaje hasta que caía, rendido, a altas horas. Así, desde aquel viaje en tren, cada vez que veía a una pareja de jubilados le venía a la cabeza el fatídico bucle de los pensionistas, que le llevaba a compararlo con sus propias rutinas matrimoniales, hasta que se imaginaba en medio de una disputa, jorobado y tembloroso y arrugado, con una Nora –o, todavía peor, con una Perita en Dulce– igualmente decrépita pero llena de energía argumentativa.

Últimamente había notado otra tendencia. Cuando tenía alguna discrepancia con Nora, en lugar de discutir se veía invadido por interrogantes genéricos que tendían a tomar forma de bucle infinito: ¿Por qué se había casado con ella? ¿Por qué habían tenido a Marta? ¿Por qué no se separaban de una vez? Y, a continuación, de una manera genérica: ¿es posible quererse toda la vida? Bueno, no tiene que ser toda la vida, pero: ¿durante diez o veinte años? ¿Cuál es el límite? ¿Había fallado él o ella? ¿O era la institución, la que no funcionaba? ¿Sería mejor vivir solo? ¿O con los amigos? Pero ¿cuáles? O, para plantearlo de una manera científica: ¿cuál era la fórmula de la pareja? ¿Cómo se podía estirar hasta el límite sin que acabara convirtiéndose en matrimonio? He aquí las preguntas que lo perseguían siempre que alguna disfunción se interponía entre él y Nora. En un estadio inicial, fueron la clase de preguntas que, todavía pendientes de verbalización, lo condujeron a Perita en Dulce. Y ciertamente, Jordi no habría sospechado nunca que la psicología podría ayudarlo tanto. Habían pasado seis años y justo hacía uno que había notado que las preguntas volvían a perseguirlo. Y no solo preguntas, sino impulsos. De vez en cuando soñaba con matarse. Bueno, era una fantasía, todo el mundo tenía alguna, ¿no? Algún día que regresaba en coche por el cinturón de ronda y se acercaba un camión en sentido contrario, tenía la tentación de girar el volante y estrellarse. ¿Era normal, eso? Quién sabe... En todo caso, había conseguido engañarse a sí mismo olvidando que era más bien la repetición con que esa fantasía le ocupaba los insomnios, y no solo las ganas de tirarle los ositos de peluche a Nora, lo que lo había decidido a ponerse en manos de Perita en Dulce.

Poco después de toparse con los jubilados en el tren, Nora y él coincidieron en el pasillo.

–Hay una mancha en nuestra habitación –dijo ella–. Tendrías que echarle un vistazo.

«Nuestra habitación» sonaba conciliador.

–No te preocupes –dijo él–. Será la humedad.

Para contrastar la tendencia al bucle, Jordi intentaba recordar a la pareja de jubilados que se encontraba con su abuelo Josep cuando subían al castillo: siempre cogidos de la mano como si acabaran de conocerse. ¿Todavía era posible hacer las paces con Nora? Había oído decir que cuando los niños se iban de casa, los matrimonios revivían. ¿Abandonaría algún día su reclusión en el garaje y volverían a empezar?

Una semana después volvieron a coincidir, esta vez en el armario vestidor.

–¿Ya le has echado un vistazo a la mancha?

–No he tenido tiempo.

–Hazlo, por favor. Es fea.

Había dicho «por favor». ¿Era una aproximación o una táctica interesada? A Jordi le parecía que el volumen corporal de Nora se había reducido ligeramente. ¿Había empezado otra dieta o es que tenía un amante? ¿Cuándo se habían dado la vuelta, las cosas? ¿Cuándo se habían originado aquellos malentendidos que se habían alargado durante años? ¿Desde cuándo se negaban a transigir como si fueran rivales irreconciliables?

A la tercera va la vencida. Fue cuando ella acudió a buscarlo al garaje, donde descansaba después de un fin de semana con dos bodas.

–La mancha no para de crecer. No me des más largas, joder.

–Ya te dije que le echaría un vistazo.

–Ahora.

Separarse era cuestión de tiempo. ¿Cómo podía ponerse así por una simple mancha? ¿Creía que tenía la menor posibilidad de que alguien más aguantara sus majaderías premenopáusicas?

Bueno, era un momento tan bueno como cualquier otro para echarle un vistazo.

La siguió hasta la habitación, donde hacía meses que no entraba. Y sí que era fea, la mancha. De un palmo de largo, bajando por un rincón encima del espejo.

–¿No te parece que huele mal? –dijo Nora.

Él acercó la silla y se subió. Sí que despedía un olor, ligero pero desagradable.

–No noto nada –dijo.

–Vendrá del tejado.

–¿Del tejado?

Tenía que ganar tiempo. ¿Había que subirse al tejado, ahora que se disponía a terminar la declaración trimestral del IVA? ¿O era mejor defender encarnizadamente su territorio y postergar cualquier interrupción hasta que hubiera terminado los trabajos urgentes? ¿Era el momento adecuado para iniciar un duelo?

–Sí. Del tejado. Por este lado no tenemos vecinos…

–Vaya, vaya.

Cinco minutos después estaba subido en la escalera y sacaba la cabeza por encima de las tejas. Nora estaba debajo con los brazos cruzados, expectante.

Era una gaviota. Debía de haber llegado desde los humedales. Si no encontraban comida en la costa, se aventuraban hasta Figueres. Pesaría unos doce kilos como poco. Todo indicaba que, después de sufrir algún problema con el vuelo, había caído en picado y, con el golpe, había roto un par de tejas. Se había abierto la cabeza, pero el líquido que bajaba por la pared de la habitación parecía provenir del vientre: sangre, riñones, bilis, lo que sea que tengan dentro las gaviotas, mezclado con el agua de las lluvias recientes. El líquido tenía el color y la consistencia de la salsa que acompañaba la ternera con setas que preparaba la abuela María, pero exhalaba una poderosa fetidez. Habría que sustituir las tejas, pero antes había que sacar a aquel animal.

–Necesito una bolsa de basura.

La gaviota era otro símbolo, pero ¿de qué?

VIDAS QUE VALDRÍA LA PENA VIVIR

(LOS POST DE CHRIS)

Diane Arbus
Dorothy Parker
Edith Piaf
Emmylou Harris
Erika Lust
Florence Griffith
Gala Diakonova
Hannah Schygulla
Isabel Coixet
Isabelle Hupert
Isadora Duncan
Isak Dinesen
Jane Birkin
Jane Campion
Jo March
Jodie Foster
Katharine Hepburn
Kiki de Montparnasse
Kim Gordon
la condesa descalza
la diosa Nut

21 DE ABRIL DE 2007

19.10 HORAS

Un hombre sale del lavabo abrochándose la bragueta y se suma al corro de delante de la barra. Otro está diciendo:

–Pero ¿existen las residencias femeninas? Yo creía que se las habían inventado los guionistas de las películas pornográficas.

Los otros hombres ríen.

–¿Vienes a bailar? –dice Jordi.

–Pensaba que no me lo pedirías nunca –dice Lina.

En el salón, Jordi y Lina contemplan el espectáculo. Una veintena de invitados se han cogido por las caderas y han formado una fila que, capitaneada por un Bad Boy desprovisto de pañuelo de cuello, serpentea al son de la conga del canuto. Entre los componentes de la conga, Jordi distingue a The Supremes –pamela incluida–, Mònica, Meri, Tarik, Berta, Laia, la tía Montserrat, el veterinario homeópata [tranquilo, que este pesado no volverá a aparecer] y hacia el final los padres de Rosa, con cara de sentirse atrapados.

Llega Llúcia con el vaso en la mano.

–¿Por casualidad has visto al amigo de mi hermana?

–¿Quién?

–Ya te lo han presentado, ¿no? El instalador de calefacción...

–Creo que estaba en el bar.

–Voy a ver si lo encuentro. Hace rato que no se le ve el pelo. –Y, dirigiéndose a Lina–: Es que son todos unos mierdas.

Se aleja con pasos inseguros.

Desde la conga del canuto, una Marta exultante le sopla un beso a Jordi.

–Tienes una hija que no te la mereces –dice Lina.

–Lo sé perfectamente. Pero hay uno que todavía se la merece menos, y ese sí que no lo sabe.

Cambio de canción. Los componentes de la conga se reagrupan en columnas e inician una coreografía country. Los padres de Rosa aprovechan para retirarse de manera discreta.

–Necesitaría un par de copas más para bailar esto –dice Lina.

–¿Quieres volver al bar o salimos al jardín?

–Salgamos.

En las sillas de teca están sentadas Noia Labanda, Mònica, Halley y Estel/RockStar. Las cuatro tienen un cigarrillo encendido y un trozo del pañuelo de Bad Boy enganchado en el vestido.

–Chicas –anuncia Estel–, esta mujer estupenda se llama Lina.

Las otras se presentan y alaban su vestido.

–Lástima que no estemos todas –dice Estel–. Faltan tres que están muy ocupadas rompiendo el corazón a unos pringados.

Venga, Jordi, no digas que no te sientes bien sentado junto a una vieja amiga como Lina y oyendo a esas chicas que hablan como los personajes de una película de Ben Stiller.

Pero Ymbert está pinchando los éxitos históricos de las discotecas de todos los tiempos, y no pasa mucho tiempo antes de que las amigas artistas de Marta salgan disparadas hacia la pista. Han sonado, una tras otra, «Dancing Queen», «Le Freak», «Funky Town» y «Born to Be Alive». Quizás para ellas tan solo se trata de música bailable. En el caso de Jordi, son las canciones que detestaba cuando tenía su edad y que ahora lo enternecen como las fotografías de alguien que ya no está.

–¿No te tomarías otro whisky?

–Si me lo traes –dice Lina.

Desgraciadamente, no hay ningún camarero a la vista.

–Me parece que te toca a ti –tantea él.

¿Era una alucinación, aquello, o acaba de pasar un grupo de pelaos llevando a Bad Boy en brazos como si fuera un torero? Los seguía, con cara de desubicada, la madre de Rosa.

Segundos después, un grupo más nutrido ha seguido la misma dirección, o sea, hacia la pérgola.

–¿Vamos? –se levanta Jordi.

–Lo tienes claro –dice Lina, que no se mueve ni un centímetro.

El grupo se ha concentrado alrededor de la piscina. Por encima de las cabezas, Bad Boy se saca el tres piezas, la camisa, los calcetines, los zapatos. Hasta que se queda en calzoncillos.

Se oye la voz indignada de Noia Labanda:

–¡Por favor! ¡Pero si son Abanderado!

–¿Cómo dice? –pregunta la madre de Rosa.

Bad Boy se tira de cabeza a la piscina y da unas brazadas de crol. Cuando sale, aterido pero con aire de perdonavidas, suenan unos pocos aplausos.

–David gladiator –dice Makinero.

–¡Ahora la liga! –grita Maixenka.

–¡La liga! –la secundan Júlia y Jana.

De repente, en la piscina solo quedan Bad Boy y Makinero, que le aguanta la toalla.

Todo el mundo se ha trasladado al salón. Cuando Jordi llega, suena «Stayin' Alive». Marta está a un lado de la pista, arremangándose la falda hasta la mitad del muslo. De la pierna derecha se saca una liga roja y hace donación solemne a Maixenka, que se la lleva a una mesa y la trocea con unas tijeras de cortar pescado. Después se organiza una cola muy civilizada y todo el mundo se lleva un trozo de liga a cambio de algún billete.

En segundo plano, un camarero sitúa en una mesa los pequeños jarrones de arcilla que los invitados se llevarán de recuerdo. Son obra de Rosa, que ha participado en dos talleres de escultura rusa en la Fundación Clerch i Nicolau.

En el momento en que suena «Tell Me Why», la media de edad de los bailarines de la pista no debe de superar los veinticinco años. Tarik baila una especie de tango amazigh con Meri. Marta se deja llevar por uno de los primos de Boston, el único ser de la pista que lleva la americana abrochada. Bad Boy guía a la alcaldesa, que ríe y tira la cabeza hacia atrás. Gibert y Candy lanzan puños al aire como si estuvieran en un concierto de heavy metal. Laia y Berta bailan al estilo aeróbic. Maixenka y Makinero se enroscan como dos boas enamoradas. Delante de las primas monas de Mallorca, dos adolescentes idénticos –deben de ser los gemelos Güibes– se libran a una coreografía ejecutada de manera simultánea pero sin ninguna relación con la música.

A continuación llega una versión bailable de lo que parece una pieza de Pink Floyd y la pista se llena todavía más.

Minutos después, cuando Ymbert pincha una canción de Mika, es cuando Jordi toma conciencia de un aspecto que las últimas piezas tienen en común: un ritmo frenético, sí, pero sobre todo la tesitura de contratenor de los vocalistas. Los bailarines balancean las caderas, giran los brazos como una divinidad hindú y profieren gritos agudos. Decididamente, parecer gay está de moda.

¿Quién se acerca desde el bar? Es Llúcia, que camina con la determinación insegura de los ebrios. En cuanto llega al centro de la pista, menea las caderas en forma de espiral. No se puede decir que esos movimientos constituyan exactamente un baile, pero resultan tremendamente eróticos. Con una mano se acaricia los pechos voluminosos por encima de la blusa, y con la otra se sube la falda a cámara lenta. Primero muestra las botas, que hasta ahora estaban tapadas. Son de piel negra, ceñidas a la pierna con cremallera, y le llegan casi hasta la rodilla. Después muestra un trozo de muslo y la falda sigue subiendo.

PASAR LA ITV

En la primavera del 2007 escaseaban las mujeres sin botas. Debajo de las faldas de toda clase y condición, por fuera o por dentro de los pantalones –anchos o ceñidos, arremangados o piratas, los que se arrastran por el suelo– dominaban las botas de mouton, de piel de tigre, de plástico, de cuero, de vaquero, de rombos, de flores, de ante, de gamuza, de imitación de piel, de cuadros escoceses, de colorines, de charol, con o sin costuras. Botas mates o brillantes, puntiagudas o chatas, delgadas o afelpadas. Botas con tacón bajo, alto o de vértigo, de aguja o de cuña o de plataforma.

Botas de combate como las de Mila Jovovich en *Ultraviolet* o las de Angelina Jolie en *Tomb Raider*. Botas de poscombate como las de Daria Morgendorffer. Botas blancas de country como las de Dolly Parton. Botas rojas que hacen juego con la minifalda como las de Nancy Sinatra. Botas altas de charol como las de Julia Roberts en *Pretty Woman*. Botas altas de piel de ciervo como las de Greta Garbo en *La reina Cristina de Suecia*. Botines de bailarina de cancán. Botas de látex abrochadas hasta la rodilla como las de Betty Page. Camperas polvorientas como las de Norma Jeane en *Vidas rebeldes* o las de Meryl Streep en *Silkwood*. Botas de hebilla virulenta como las de Tina Turner en *Mad Max*. Botas aeronáuticas como las de Jane Fonda en *Barbarella*. Botas de top model con minifalda, arrugadas y con tacón, como las de Alice Taglioni en *El juego de los idiotas*. Botas rígidas como las de Charlotte Rampling en *El portero de noche*. Botas con cremallera, con corchetes, con tachuelas. Botas de trampero noruego, de mosquetero libertino, de dominatrix, de majorette de Narbona. Botas vintage, bondage, bizarre, moschino, victorianas.

Centrémonos, por favor. Estamos en el polígono industrial Empordà Internacional, en el término de Vilamalla. Situación: entre el cinturón de ronda, la carretera de La Bisbal y la N-II Figueres-Girona. Fecha: principios de abril de 2007. No había que fijarse demasiado para darse cuenta de que a las calles del polígono les hacía falta un buen asfaltado. No eran raros los baches, los hoyos, los motoncitos de grava que se había desprendido de la calzada. Las naves alojaban un almacén de madera, una distribuidora de paté, una empresa de transportes, una panificadora, un cash and carry. Detrás de la báscula de camiones, los edificios bajos y cuadrangulares se confundían bajo la luz del atardecer. El color predominante era el gris del cemento y del metal de las vallas y los contenedores bajo el amarillo macilento de las farolas. En la esquina, una guirnalda de bombillas se enroscaba en un olivo desde Navidad. Entre las zarzas de los solares se escondían pequeños ecosistemas de insectos.

¿Qué hacía Jordi en el polígono Empordà Internacional? Había llevado el Twingo a pasar la revisión. En aquel momento aparcaba en la entrada de la nave de la ITV, al lado del almacén de libros de texto, y ponía el freno de mano.

Cuando se abrió la puerta del Dyane 6 culón y polvoriento que tenía delante, la vio. Primero salió una bota negra y reluciente, que se adhería a la pierna y la reseguía hasta poco antes de la rodilla. A continuación, unos breves centímetros de carne –rutilante, nacarada– hasta la falda. Después apareció la otra bota, la otra rodilla, unos centímetros de la otra pierna –ahora la parte interior– y la propietaria de todo aquello, que se encaminó hacia la oficina.

Jordi se fue tras ella. Tenía cuarenta y tres años, había visto muchas botas, muchas rodillas y muchas piernas. Quizás en otro momento no habría sucedido nada. Pero estaba atravesando una mala época. No por Nora –ya estaba acostumbrado–, sino por Perita en Dulce, que el año anterior se había trasladado a Gales. Jordi estaba irascible, saltaba por nada. Su diagnóstico era «Se ha roto el equilibrio», una manera fría de reconocer que la echaba de menos. En pocas palabras: no lo había superado. Mejor dicho, tenía recaídas. O sea que miró con interés las botas, las rodillas, las piernas que habían salido del Dyane 6. Sin Perita en Dulce se sentía –¿cómo lo diríamos?– propenso. Ciertamente, aquellas piernas estaban bien torneadas. Y –un factor importante–, se movían bien, con ritmo y decisión. Todavía más difícil: la propietaria había demostrado que sabía sacarlas del coche con gestos económicos y elegantes, ahora una y ahora la otra, ni demasiado juntas ni demasiado separadas, como lo haría la esposa de un embajador plenipotenciario o una actriz antes de pisar la alfombra roja de los Oscar. Además, se trataba del tipo de bota preferido de Jordi: ceñida, con tacón, dejando visible un pequeño fragmento de piel por debajo de la falda, aquel contraste entre la dureza del cuero y la suavidad de la pierna intuida bajo la bota. No llegaba a parafilia: era solo una inclinación.

Jordi entró en la oficina de la ITV. Detrás del mostrador, en segundo plano, estaban sentadas dos chicas con bata blanca; más cerca, otra acercaba un impreso a la mujer de las botas para que lo firmara. La radio desgranaba las jeremiadas de una cantante sudamericana. El plafón rebosaba de anuncios y consejos, que incorporaban en letras amarillas sobre fondo azul el logotipo donde se podía leer: INSPECCIÓN TÉCNICA DE VEHÍCULOS. Cuando la mujer de las botas se volvió, Jordi se concentró en uno de los carteles: «La seguridad industrial: un reto colectivo, una responsabilidad compartida. ¿Su tractor ya ha pasado la ITV? Nuestra entidad dispone de Unidades Móviles para revisar vehículos agrícolas y tiene disponibilidad para ir a realizar inspecciones a cualquier población que lo desee, siempre y cuando exista un mínimo de tractores. Generalitat de Catalunya, Departamento de Trabajo e Industria, Dirección General de Energía, Minas y Seguridad Industrial». Cuando la mujer se dirigía a la puerta de salida, sus miradas se cruzaron. Estaría al principio de la treintena. Llevaba los labios y los ojos pintados, pero el cabello necesitaba algún retoque. A Jordi le atraía su aspecto, entre desamparado y digno.

Sobre el mostrador había caramelos envueltos con un plástico que llevaba el logotipo de la ITV. Una de las chicas con bata blanca introdujo una moneda en la máquina de café, un modelo más evolucionado que el que tenía Jordi en el garaje. Al lado había un expendedor de refrescos y uno de latas de cacahuetes. Por unos momentos, el aroma a café rivalizó con el olor de ambientador que impregnaba la oficina.

–La documentación, por favor –dijo la chica del mostrador, como si fuera un mozo de escuadra frustrado.

Cuando Jordi salió, la mujer estaba apoyada en la puerta del Dyane 6. Era la tercera de la cola. Sostenía el cigarrillo cerca de la boca, inmóvil delante del cartel luminoso de la ITV. Tenía el cabello rodeado de un halo de fluorescencia de un color amarillo rabioso y la cabeza sumergida en el humo, que serpenteaba lentamente por encima del cabello como en un fotograma de Wong Kar-Wai.

Los años que Jordi había sido amante de Perita en Dulce le habían hecho ganar confianza en sí mismo. Quizás era el momento de abordar a aquella mujer antes de que la autoestima regresara a los niveles usuales en un matrimonio de largo recorrido. ¿Qué podía perder?

Se acercó aparentando indignación compartible.

–¿Quién iba a pensar que encontraríamos esta cola? ¿Para esto teníamos que reservar hora? Y treinta y cuatro euros, casi treinta y cinco. Es una tomadura de pelo...

Ella lo miró, se acercó el cigarrillo a los labios, lo aspiró con fruición y, cuando espiraba el humo, apuntó una media sonrisa. Eso lo animó.

–Son fuertes estos trastos franceses –prosiguió él, palpando con familiaridad la carrocería del Dyane 6–. Seguro que no tiene ningún problema para pasar la revisión.

Ella volvió la cabeza y lo observó entre la serpentina de humo que se resistía a abandonarla. Sí, sin duda, era una mujer atractiva.

–Excepto... –continuó Jordi.

–¿Sí? –dijo ella.

–Excepto que me he fijado que le falla una luz trasera. No pasa nada. Emitirán uno de esos informes de «favorable con defectos». Cambias la bombilla, vuelves y emiten el informe favorable.

Un tuteo furtivo, que estaba pero no se notaba. Jordi se mantenía en forma.

–La bombilla... –dijo ella.

–Sí. La bombilla. La bombilla izquierda de la luz de posición trasera. ¿No has llevado el coche al taller mecánico?

–No. ¿Por qué?

–Todo el mundo lo lleva a un mecánico de confianza antes de pasar la ITV. Sobre todo siendo un coche viejo. ¿Cómo lo has hecho los otros años?

–Es la primera vez que vengo.

Jordi se acercó al parabrisas y señaló la etiqueta de la ITV anterior.

–Pues alguien debía de traerlo.

–Supongo –dijo ella.

Silencio. Punto muerto. Cambio de tercio.

–Dentro te harán abrir el capó…

–El capó… –repitió ella, insegura.

–Sí. ¿Ya sabes cómo se hace? Hay gente que no tiene ni idea de dónde está la palanca.

–¿Qué palanca?

No es que fuera idiota. Simplemente, le faltaba cultura automovilística.

–¿Me permites?

Cuando la mujer se apartó del coche, Jordi abrió la puerta, apoyó una rodilla en el asiento y se inclinó hacia el interior. Por encima de los efluvios a patatas chips, a chicle y a cerrado, apuntaba un suave perfume a limón, a chocolate, a menta, a claveles, a comino, a comida dulce y picante, especiada, que debía de ser el olor que despedía ella. Era como si hubiera violado su intimidad. En el suelo, los envoltorios de galletas se mezclaban con las cintas de casete y las migas, muchas migas. Después de explorar bajo el volante y la guantera, localizó la palanca.

–Mira. ¿Lo ves? Tienes que empujarla hacia abajo.

Cuando lo hizo se oyó un chasquido.

–Ahora ya se puede abrir.

Jordi salió del coche.

–Muy amable –dijo ella, algo glacial.

Parecía una despedida. Jordi retrocedió unos pasos y se plantó a medio camino entre los dos coches –no quería perder terreno– hasta que a ella le llegó el turno de entrar. Después entró en el Twingo y se sentó a tamborilear el volante.

No tardó en meterse en la nave, él también, detrás del Dyane 6.

Predominaban los colores azul y amarillo. Primero debía superar el control medioambiental. Un chico vestido con un mono de color azul marino introdujo un aparato en el tubo de escape.

–Acelere, por favor. Más…

Después le hizo abrir el capó y examinó el motor. Todos los operarios trabajaban con el mismo ritmo, ni cordiales ni apresurados, siguiendo una rutina afianzada por la experiencia.

Con un gesto preciso, otro le arrancó el adhesivo de la última revisión.

–Avance.

En el segundo control, Jordi tuvo que encajar las ruedas en el espacio que le indicaba otro operario.

–Frene, por favor. A fondo.

Después fue el momento de accionar las palancas: intermitentes, luces largas y cortas, faros de niebla, limpiaparabrisas, claxon… Le hicieron poner la marcha atrás. El operario examinó los cinturones de seguridad.

–Avance hasta el foso.

El tercer operario le dijo que obedeciera las indicaciones que oiría por el altavoz. Después bajó las escaleras y se metió debajo del coche.

–Acelere.

Jordi lo oía a duras penas.

–Bien. Gire el volante a la derecha. A la derecha. Ahora a la izquierda. Izquierda. Gracias. Aparque y espere fuera, por favor.

Dejó el coche al lado del Dyane 6, enfrente de una empresa de distribución de alimentos al por mayor.

La mujer de las botas estaba apoyada en la valla metálica. Parecía desconsolada.

–¿Cómo ha ido?

¿Era posible que no lo oyera?

–Qué, ¿cómo ha ido? –insistió.

Ella le mostró un papel. Inspección desfavorable. Aparte de la luz trasera, tenía que cambiar las pastillas de freno.

–No te preocupes –dijo él–. Es una reparación rápida.

La mujer mantenía la mirada en el suelo. No parecía que tuviera intención de hablar.

El operario le llevó el papel a Jordi.

–Tenga. Está todo correcto.

La mujer parecía a punto de romper a llorar. Otro punto muerto. La hora de las decisiones.

–Pareces muy afectada. Deja el coche aquí y ven conmigo a tomar una copa. Te explicaré lo que tienes que hacer.

Sorprendentemente, ella se dejó llevar.

Antes, cuando buscaba la nave de la ITV, Jordi había visto un bar, el único edificio del polígono que no era gris sino de color arena.

Resultó espacioso, limpio y bien iluminado. Cuando entraron, lo sorprendió el elevado volumen de las conversaciones, de las imprecaciones, de las carcajadas, en competencia con el ruido de la máquina del café y del televisor ultraplano, que emitía un documental de animales acuáticos ante la indiferencia general. La clientela estaba formada exclusivamente por hombres, la mayoría con el cigarrillo o el puro colgando de los labios, unos cuantos vestidos con mono azul, que repasaron a los recién llegados, sobre todo a la mujer, sin dejar de hablar ni de gesticular.

Se sentaron en una mesa cubierta con manteles a cuadros verdes y blancos.

–¿Qué quieres tomar? –dijo Jordi.

–No lo sé.

Ahora que la tenía sentada frente a él, Jordi confirmó que aquella mujer era del tipo sensual. Los labios entreabiertos pintados de rojo fresa, aquella lasitud contagiosa, los cabellos desordenados como si acabara de levantarse de la cama.

–¿Una cervecita?

–No. Prefiero un Cacaolat caliente con coñac. ¿Sabes dónde está el lavabo?

Unos pechos anchos y –aun así– altivos.

–No. Sí, mira. Aquí a la derecha.

Bajo la falda, las nalgas se unían a la parte superior de los muslos con la perfección de un logaritmo. Aquello no era un culo, sino la demostración de que la belleza existía.

Jordi se acercó a la barra amplia, de aluminio, junto al jamón que colgaba del techo. Al lado, el semanario *L'Empordà* y el *Interviú*. Detrás de la barra, unos dibujos hacían referencia al dios Baco. Arriba, una colección de jarras de whisky QP Land. Abajo, una hilera de briks de leche, tres cajas de puros, unas ollitas con alioli, la lista de números ganadores de la lotería y de la ONCE.

Parecía que los clientes habían acordado prescindir de las preposiciones.

–Un carajillo Magno.

–Un bocadillo panceta.

–Un cubata Gordon's.

–Ponme una galta, nen.

Tras el cristal, los alimentos crudos se exponían a las miradas de los clientes antes de pasar por la parrilla: butifarras, salchichas, codornices, bistecs, pinchos, abundante carne sanguinolenta ordenada como en la vitrina de un museo. Sobre la barra, frascos de aceitunas, banderillas y guindillas en conserva. Bajo las estanterías de las botellas, un consejo:

Si quieres criarte fino y hermoso
buen vino y mucho reposo.

Pagó en cuanto le sirvieron. Cuando se dio la vuelta y se reencontró con la mujer entre el mero que ocupaba la pantalla de televisión y tres hombres con aspecto de encofradores, bajo la reproducción de *El Gran Masturbador* –de un amarillo explosivo que contrastaba con la pared verde pastel–, lo invadió una intensa sensación de irrealidad. Cogió las bebidas y se sentó frente a la mujer sin saber qué decir. Por suerte, habló ella después de dar un trago que le dejó un bigotito de Cacaolat que eliminó con un preciso golpe de lengua:

–Has tenido una buena idea. Ya me siento mejor.

–Tenías mala cara.

Silencio. Muy bien. ¿Y ahora, qué?

–¿Es tuyo, el coche?

–Sí. No hace demasiado que lo tengo. Me lo regalaron.

Otro punto muerto.

–Me gustan mucho tus botas.

Ella sacó una pierna de debajo de la mesa y miró la bota, apreciativa.

–Gracias. A mí también. Hace un par de años que las tengo y todavía parecen nuevas.

Él tenía que añadir algo, lo que fuese.

–Mi hija se casa dentro de quince días.

La mujer lo miró como si no lo entendiera.

¿Por qué lo había dicho?

–Se casa con un indeseable. Lo siento. No es cosa tuya. Pero me paso el día pensando en ello. Se me ha escapado. Lo lamento, de verdad.

La mujer sabía mirar. Consiguió que se sintiera como si ella lo entendiese.

–¿Tú no tienes hijos?

Ella negó con la cabeza. A partir de cierta edad, activamos unas barreras invisibles cuando hablamos con alguien a quien no conocemos, pero ella lo miraba como si hubiera decidido prescindir de protecciones. El único ser humano femenino que en los últimos años había mirado a Jordi de aquella manera había sido Perita en Dulce.

Qué atractivo tan desolado emitía aquella mujer... ¿De dónde le venía, tanta indefensión? Pero fue un solo momento. Enseguida bajó la barrera.

–¿Nos vamos? –dijo ella.

–Sí.

Fuera, Jordi le abrió la puerta del coche.

–Me ha gustado mucho hablar contigo. Pero ahora que lo pienso, no te he dicho nada de mis talleres mecánicos favoritos. Cualquiera se ve capaz de desmontar un delco, pero hay que hacerlo con un cierto cariño, ¿sabes a qué me refiero? No me molestaría asesorarte... ¿Te importa si nos vemos otro día?

Aquello sí era una aceleración, pero quizás en un lugar poco adecuado: delante del bar del polígono industrial, rodeados de tráileres y de furgonetas de reparto, bajo la luz gélida de las farolas, rodeados por el hedor de caucho, de gasóleo, de cámara frigorífica.

Al otro lado de la calle había un edificio del Ministerio de Agricultura, a medio camino entre una pagoda desafectada y un bungalow militar.

–¿Tú crees que es conveniente? –dijo ella.

Gas a fondo.

–Deberíamos ser discretos. Soy un hombre casado.

–Yo soy una puta.

Estamos –ya lo hemos dicho– en abril de 2007. Todas las mujeres llevaban botas, entonces.

Llevaban botines las vendedoras de cocinas por módulos, las acordeonistas, las profesoras de francés, las peluqueras caninas, las vendedoras de ropa interior, las flâneuses, las antiguas seguidoras de Digit Arts. Llevaban botas de media caña las monitoras de centros excursionistas, las administrativas de autoescuela, las cobradoras de las estaciones de servicio, las profesoras de aeróbic, las jugadoras de baloncesto, las oyentes de Flaix FM, las lesbianas, las antiguas seguidoras de Sangtraït. Llevaban botas altas las concejalas, las administrativas de concesionarias de automóviles, las profesoras de matemáticas y de danza contemporánea, las secretarias editoriales, las dependientas de perfumería, las analistas clínicas, las comerciales de inmobiliaria, las trabajadoras de bingo, las estudiantes de económicas, las seguidoras de Mónica Naranjo, las administrativas de la ITV, las secretarias de la agencia de viajes donde trabajaba Nora.

Cuando la mujer entró en el coche, se expandió aquel perfume de chocolate, de menta y de comino que él había percibido en el Dyane 6.

Las calles estaban llenas de camiones aparcados. Las aceras eran estrechas e inacabadas. En la esquina, dos hombres fumaban a oscuras.

Todas las mujeres llevaban botas. Las prostitutas también, claro. Ahora que lo pensaba, la mujer llevaba botas de prostituta, solo que Jordi no se había dado cuenta.

Le explicó que se alojaba en un burdel en la carretera de La Jonquera. Era una trabajadora independiente que tenía derecho a médico y a psicólogo, y que se quedaba todo lo que ganaba restando el precio de la habitación.

–Pareces buena persona –le dijo antes de subir al Dyane 6–. No quiero engañarte.

Jordi se quedó delante de la nave de la ITV, los brazos apoyados en el volante, iluminado por la luz neblinosa de la farola. Al lado de la palanca de marchas descubrió el caramelo que se había llevado de la oficina. Lo desenvolvió, se lo metió en la boca y no arrancó el motor hasta que se hubo fundido.

UNA IMPLOSIÓN DE COLORES

Jordi, que había pasado por una crisis vital poco antes de los treinta años, no tuvo ninguna sensación especial en junio de 2003, cuando cumplió los cuarenta. Ni unos meses antes ni unos meses después. Profesionalmente, estuvo absorbido por la consolidación de la fotografía digital. En el ámbito amoroso, Perita en Dulce le seguía brindando una excitación cómoda, una moderada satisfacción, una aventura consolidada que se parecía a los primeros años compartidos con Blondie.

Cuatro años después, en cambio, la inminencia de la boda de su hija, que coincidía con la desaparición de su amante, tomó la forma de una crisis de identidad. Jordi ya sabía quién era. También sabía cómo era (más o menos). En cambio, no acababa de estar seguro de por qué era así y no de otra manera. De tarde en tarde lo acometía de nuevo la convicción de que su vida había sido consecuencia de aquel verano de 1977. No podía descartar que necesitara un psicólogo, pero se negaba a buscar uno, ya que con Perita en Dulce fuera del país lo consideraba una infidelidad. De manera que se sumergió en internet en busca de ayuda. Visitó webs de psicología, de autoayuda, de new age, de holística, de estimulación de las capacidades positivas. Respondió tests multiopción y cuestionarios detallados. Lo primero que descubrió fue que no sufría una depresión. No tenía ni un solo síntoma: no se sentía cansado, no se sentía inútil, no tenía problemas de concentración, no había perdido el interés por los placeres, no tenía dolores inexplicables ni trastornos digestivos, no se sentía derrotado, no se rechazaba a sí mismo.

Bien mirado, el problema era que en muchos aspectos continuaba pensando igual que a los trece años. O, mejor dicho, continuaba pensando como Biel. Jordi no había escrito nunca un diario personal, o sea que no tenía modo de saber exactamente lo que le pasaba por la cabeza en aquella época, pero no debía diferir demasiado de lo que había escrito Biel en la libreta Guerrero. Era como si a los cuarenta y tres años recuperase los sentimientos enterrados bajo capas de eufemismos y de autoengaños. Solo se sentía él mismo en ausencia de gente, sobre todo de mujeres: sin su madre, sin su esposa, sin su hija, sin su suegra, sin su amante. Era como si tan solo afrontara los hechos en el fulgor de las grandes crisis, cuando no dejaba de sentirse solo ni siquiera cuando estaba en compañía, cuando no cesaba de conversar consigo mismo. Recordaba una frase del diario de Biel: «Titán: aquel que le busca sentido a lo que no lo tiene». Él no lo habría expresado mejor. Entonces, cuando dejaba de ser un niño, igual que ahora, que había dejado de ser joven, contemplaba la vida sin entusiasmo, pero también sin desesperación. Sin vivir del todo, sin sentirse feliz ni abatido, sino como un actor que asistiera a la representación de su propia obra. Como un jugador. Como un turista. O como el fotógrafo del Fondo Tulipán Negro.

En las primeras bodas que había cubierto como fotógrafo, muchas imágenes habían resultado inservibles. Las había movidas, desenfocadas, cortadas, oscuras, veladas, superpuestas. Otras cumplían con todos los requisitos técnicos, pero no podían hacerse públicas porque la gente no salía lo suficientemente presentable. El padrino con los ojos en blanco. El novio riendo con la boca llena de pastel. La sobrinita bostezando. La suegra gritando de alegría con los empastes de las muelas a la vista. Una invitada que bailaba con medio pecho fuera del vestido. Un hombre que no se había dado cuenta de que llevaba la americana manchada de mousse. El padrino desperezándose. La copa de cava rota en el suelo. El padre con manchas de sudor en las axilas. La novia fumando con cara de aburrimiento. El novio con los calzoncillos que le transparentaban cuando salía de la piscina. Todas esas imágenes desestimadas, Jordi las había ido guardando en una caja de cartón de desodorante Tulipán Negro que desde que se habían trasladado desde el piso de la calle Panissars había quedado arrinconada en el garaje.

En pocos años, la caja había acumulado centenares de fotografías. ¿Qué podía hacer con ellas? No lo sabía. A veces fantaseaba con crear una web y agruparlas por temas. Esa no era en absoluto la iniciativa de una persona deprimida. Había invertido mucha energía e ilusión en el archivo y mantenimiento de aquellas imágenes, que él seguía llamando el Fondo Tulipán Negro, aunque ahora ya no las guardaba en la caja, sino en un disco extraíble. Era la misma energía e ilusión que había puesto a los diecinueve años en las fotografías de animales aplastados. Entonces había conducido durante horas por carreteras secundarias buscando entre las zarzas. Cuando encontraba un perro o un gato o un conejo o un erizo reventados, se acercaba, sacaba la cámara, enfocaba con cuidado, buscaba el mejor encuadre. Las tripas diseminadas por el asfalto. Un plano de los dientes sobresaliendo del cráneo espachurrado. El corte limpio de una extremidad. Los ojos comidos por las hormigas. Si la luz no era buena, volvía al día siguiente. A menudo se tumbaba en la cuneta o se subía a un árbol. No eran actividades propias de una persona deprimida.

La tendencia de Churchill a la música oscura, ¿no podría atribuirse a un carácter similar, que tal vez no tenía nada que ver con la suerte de Biel? Es más: el entusiasmo que mostraba Biel por las ruinas del castillo, ¿no sería otra prueba de esas afinidades electivas, de ese afán de encontrar la belleza en la aniquilación? ¿No era posible que los tres hubiesen congeniado porque compartían la manera de ver el mundo? El diario de Biel contenía suficientes entradas para dar esa impresión. Todavía recordaba una frase que le había oído decir un día al salir de la escuela, cuando pasaban por Can Monells: «Me dan asco los pájaros felices en sus jaulas».

Si aquello no era depresión, ¿qué era? Existía una vieja noción, alejada del argot de los psicólogos conductistas contra quienes le había prevenido Perita en Dulce, donde encajaban todos los síntomas. Nos referimos a la melancolía.

La melancolía no está causada por ninguna circunstancia exterior, sino que es innata, constitucional. Puede definirse como una tristeza vaga, profunda, sosegada y permanente. Aristóteles había escrito: «Los melancólicos son naturalezas serias y dotadas para la creación espiritual». Para dar nombre a ese tedio de la vida, a ese dolor de existir asociado al temperamento del artista, los románticos crearon el término *spleen*.

Cualquiera puede estar triste, pero no todos los espíritus pueden sentir melancolía, aquella maldición halagadora, aquella energía que puede transformarse en belleza. Era el estado de ánimo necesario para componer «While My Guitar Gently Weeps» o cualquier canción de Evanescence, uno de los grupos preferidos de Marta. Cuando oía aquella voz femenina acompañada por el piano, aquellos lamentos aterciopelados, a Jordi le cogían ganas de llenar la bañera con agua caliente, meterse en ella, cortarse las venas con una navaja recién afilada y dejar, entre el agua, la sombra de una rúbrica sanguinolenta.

La melancolía era recordar momentos bellos que ya no volverían, pero también pensar en lo que no había sido, en lo que no había podido ser. Absorbidos por ese balance circular de la nada pasan los días los melancólicos. ¿Había alguna definición que capturara con mayor fidelidad el estado de ánimo de Jordi?

Más datos recopilados en otras webs. La melancolía era negra, y todo lo contagiaba de ese color, de esa implosión de colores. Victor Hugo había escrito que la melancolía consistía en la felicidad de estar triste. Era melancólica Virginia Woolf, la mujer que nunca consiguió olvidarse de sí misma. Era melancólico Edgar Allan Poe, uno de los escritores que Biel había admirado.

«Cada suicidio es un poema sublime de melancolía», había escrito Balzac.

Quizás Biel –el final de Biel– había sido la excusa que necesitaban Jordi y Churchill para consagrarse como melancólicos.

21 DE ABRIL DE 2007

19.40 HORAS

Ha aguantado cuando Llúcia ha empezado el estriptis y cuando el encargado y el camarero se la han llevado discretamente. Ha aguantado los éxitos de bailes más rancios de las últimas décadas. Ha aguantado como ha podido el «Be-Bop-A-Lula», y el «Qué va a ser de ti», de Joan Manuel Serrat. Ha mirado hacia otro lado cuando Ymbert ha pinchado el «She's Leaving Home», y las lágrimas han mojado las mejillas de Nora. Pero no estaba preparado para oír «À ma fille», de Charles Aznavour:

Je sais qu'un jour viendra où triste et solitaire
En soutenant ta mère et en traînant mes pas
Je rentrerai chez nous dans un «chez nous» désert
Je rentrerai chez nous où tu ne seras pas.

En el instituto, el profesor de francés les había hecho aprender esa canción de memoria. Tan ridícula que le parecía entonces. Más de una vez se habían reído de la letra con Oliver y Peris. Ahora, en cambio, tiene que salir del salón.

¿Cómo lo sabía, Ymbert? Pues porque en una boda lejana Jordi le había confesado cuáles eran las canciones que lo dejaban más hundido, las que le tocaban la fibra sin que se pudiera resistir. Ahora se le había ocurrido hacer uso de aquella información confidencial. Si quería verlo llorar, no lo conseguiría. Pero acababa de quedarse sin la botella de vino que le guardaba.

Toi tu ne verras rien des choses de mon coeur
Tes yeux seront crevés de joie et de bonheur
Et j'aurai un rictus que tu ne connais pas
Qui semble être un sourire ému mais ne l'est pas.

Fuera cae la noche. Un camarero hace guardia delante de una mesa cubierta de paquetes de tabaco. Para unos cuantos invitados será un regalo mejor recibido que los jarrones de arcilla que Rosa ha estado modelando y pintando de colorines durante los últimos meses.

DÉJÀ VU

Si las primaveras y los otoños se suceden sin tropiezos, tarde o temprano se instala en la mente la sensación de abandonar el territorio de la juventud. Antes de que este abandono sea asumido, se producen avisos inevitables. En el caso de Jordi, el problema no era tanto que los adolescentes lo trataran de usted como que los ancianos le pidieran que los tuteara. Cuando salía por la noche, enseguida tenía ganas de volver a casa. Había dejado de esperar con ilusión que llegaran las noches de San Juan y de Fin de Año. Le gustaba más Ella Fitzgerald que Deep Purple. De vez en cuando se le escapaba un «Dios mío» o un «Ay, Señor» que le costaba reconocer como propios. Evitaba los espejos. Si no estaba familiarizado con un plato, sentía la tentación de preguntar: «¿Esto engorda?». En las promociones de los supermercados encontraba discos que recopilaban las canciones que había amado. Había comprado acciones del Banco Santander. Se sentía aludido cuando alguien hablaba de «la fatiga de los materiales». Vivía separado de los jóvenes: desconocía su vocabulario, no entendía por qué iban vestidos de aquella manera, por qué se comportaban de un modo tan estrafalario. Pero lo que le molestaba más era la expresión «para la edad que tienes». No tienes muchas arrugas para la edad que tienes. Estás bastante bien para la edad que tienes. Era peor si parecía un elogio. Los había que salían con aquello de: «Te conservas». ¿Acaso tenía cara de anchoa?

Como persona organizada, había decidido años atrás que no se dejaría sorprender. Él mismo quería escoger el instante en que dejaría de ser joven. Fueron unas cuantas despedidas. Cada una estaba diseñada para ser la última, pero no tardaba en presentarse otra que, esa sí, tenía que ser la definitiva.

La primera fue cuando nació Marta. Era una criatura deseada, prevista y preamada. Jordi dejó de llevar camisetas y se adentró en la lectura de los clásicos de la pediatría y la psicología infantil. Tan solo tenía veintitrés años, pero se sentía maduro y –¿para qué negarlo?– un poco acabado.

La segunda vez parecía que la juventud debía quedar definitivamente atrás. En el verano de 1992, los Ramones ofrecieron un concierto en el Palacio Ferial de Girona. Jordi, que se planteaba asistir como un gesto ritual de despedida, fue acompañado de Bru. No fue en absoluto un mal concierto: los cuatro Ramones se mantenían idénticos a sí mismos y se esforzaban por tocar las canciones igual que en sus discos, que era lo que pedía el público en general y Jordi en particular. Mira cómo se desgañita coreando «Gabba Gabba Hey» y «Hey, ho, let's go». Aunque terminó afónico, no consiguió confundirse con el resto del público, que aparentaba la mitad de años que él. ¿Era el único padre del concierto? No se puede descartar. En fin: se fue a casa convencido de que ya era adulto.

La tercera vez fue al año siguiente, cuando Pierre, Calimero y unos cuantos más organizaron la Fiesta de los Treinta Años en la masía de los abuelos de Pierre. Fue un encuentro familiar, con esposas y criaturas incluidas. En total, eran treinta y ocho. Algunos amigos estaban felizmente solteros, otros felizmente casados o felizmente separados. Jordi, que entonces pasaba un mal momento, se dedicó a mirar a unos cuantos a los ojos, a ponerles una mano en el hombro y preguntarles: «Tío, ¿tú crees que es esto lo que queríamos?».

La cuarta despedida a la juventud no fue prevista y, por lo tanto, resultó más dolorosa. Fue en 1998. La madre de Nora –una enamorada de la comida picante– los había arrastrado a la Feria del Alioli de Creixell, donde Jordi había pasado unas cuantas horas intercambiando frases banales con gente a la que conocía de vista. En principio, la única consecuencia de aquel acto tenía que ser la persistencia del gusto a ajo en la boca, que como es sabido no desaparece ni enjuagándose con litros de colutorio concentrado. Pero al día siguiente, Jordi vio las fotografías. Tarde o temprano, a la mayoría de los hombres les llega, casi siempre antes de lo que habían previsto. Nos referimos al momento en que descubren que la calvicie ha iniciado su ataque inexorable. En la fotografía, Jordi aparecía de espaldas, absorto en la operación de beber moscatel de un porrón. En medio del cráneo, la coronilla se resolvía en una elipse de un color blancuzco, como una galaxia que comenzara a girar en ese instante. Constatado el fenómeno, estuvo decaído unas horas pero, práctico como era, enseguida buscó soluciones. Después de estudiar el caso y de confrontar opiniones especializadas, adquirió un frasco de minoxidil en la farmacia, y empezó a aplicarse un par de centímetros cúbicos en el cráneo y a frotarlo con energía antes de irse a dormir. Los estragos no aumentaron demasiado, aunque el claro de la coronilla no desapareció. Se acostumbró a taparlo con los mechones de cabello que se dejaba crecer alrededor.

En el año 2003 lo llamó Calimero, que estaba organizando la Fiesta de los Cuarenta Años, esta vez en modalidad únicamente masculina. De hecho, no fue una fiesta, sino una cena de diecisiete comensales en un restaurante de nivel medio-alto. En los postres, cuando ya no sabían qué decirse, surgió la posibilidad de visitar un prostíbulo. Jordi no tenía ningún inconveniente en engañar a su esposa, pero le daba pena ser infiel a su amante, con quien vivía una época particularmente dulce. Acabó jugando al futbolín en un bar de Darnius con Pierre y Dalfó. Aunque la experiencia fue bastante insulsa, la satisfacción con que contemplaba su fidelidad contribuyó a asentarlo en la adultez.

El año siguiente vivió una experiencia penosa cuando estaba viendo *Mi vida sin mí* (Ella conoce a su amante en una lavandería pública. Etiquetas: época contemporánea, tono elegíaco, final con cáncer). Cuando menos lo esperaba, aparecía la madre de la protagonista, que ya tenía dos nietos. Y resultaba que era, atención, Deborah Harry. Bueno, se dijo Jordi, uno no deja de ser joven cuando quiere, sino cuando el mito erótico de su juventud interpreta papeles de abuela.

Desde que Marta hacía planes para casarse, Jordi no se sentía adulto, sino viejo. Pero lo más duro todavía estaba por llegar: fue el año anterior, cuando Perita en Dulce abandonó el país. Perdida la amante y a punto de perder a la hija, la decadencia de su relación con Nora se hacía demasiado notoria y él se sentía como un zapato desparejado, solo que ahora sin remedio. Fue en esta época cuando llevó el coche a pasar la ITV, y sintió como si alguien hubiese soplado sobre las cenizas para reavivar las brasas.

Tres días antes de la boda estaba en el garaje delante del ordenador. Acababa de trasegar tres vasos de una botella de whisky que le había regalado un cliente. Estaba surfeando entre los fotologs de Marta y de sus amigas, a punto de revolcarse en un lodazal de melancolía. En aquel momento sintió la necesidad impostergable de hablar con alguien. Pero ¿con quién? Como había concentrado todo su afecto en Perita en Dulce, no disponía de ningún interlocutor fiable. Había reducido las amistades al nivel del stand-by, y en el trabajo no tenía compañeros, sino clientes y un subordinado. Sí, había coincidido con antiguos amigos en la Fiesta de los Cuarenta, o en el entierro de Àngel Mauri, pero después pasaban meses –años– sin que supiera nada de ellos y sin echarlos de menos.

Por último decidió visitar a aquella prostituta tan empática que había conocido en la ITV.

Encontrar el prostíbulo no fue difícil. No había demasiados edificios blancos de cuatro plantas situados, como ella le había dicho, al pie de la carretera de Francia. Aparcó entre coches de matrículas amarillas: compran unos cuantos cartones de tabaco, llenan el depósito de gasolina y la prostituta les sale gratis.

Bajo el rótulo azul de *Entrée*, dos guardias de seguridad le echaron un vistazo y ya estaba dentro.

Es común a la mentalidad masculina el objetivo de redimir a una puta. Con un solo gesto se satisface el ideal de sacar a alguien del arroyo, y a la vez se consigue compartir la cama con una mujer agradecida y sin prejuicios. Pero Jordi no tenía complejo de Pigmalión. Tan solo aspiraba a hablar con alguien. Bueno, eso es lo que se decía a sí mismo, y nos lo creeremos.

Hasta que estuvo en el bar no se dio cuenta de la dificultad de la empresa. La luz era indirecta, verde y roja, más indicada para sugerir formas que para permitir identificar a una mujer a quien solo había visto en una ocasión. Todos los taburetes de la barra estaban ocupados. Había unas quince prostitutas solo en aquella sala. Hombres y mujeres se desplazaban arriba y abajo, se sentaban, se levantaban, entraban o salían, reían y bebían, charlaban y se manoseaban. El humo y la música sincopada se enlazaban como una telaraña que él iba separando a medida que avanzaba. De repente, se detuvo. La imagen de una mujer desnuda proyectada en la pared se parecía a la que buscaba. Pero no, no era ella.

–¿Qué tal?

Se lo había preguntado una pelirroja con un vestido escotado que también habría podido servir como camisón.

–Bien, ¿y tú? Estoy buscando a una mujer...

–¿No te sirvo yo?

En este punto la chica le mostró la punta de la lengua saludando entre los labios.

–Sí. Bueno, no. Quiero decir que busco a una mujer concreta.

–Yo soy concreta –dijo ella, pasándole la mano por el occipital.

Era atractiva, realmente. No la habrían rechazado como portada de revista, tanto de deportes, como de moda, como de contactos. Tenía un acento melifluo, antillano.

–Sí, sí, ya lo veo, pero es que busco a otra. ¿No podrías ayudarme?

La chica hizo un gesto de fatiga y le dirigió una mirada que él no supo interpretar. Podía significar que dudaba de si decía la verdad, o bien que calibraba su poder adquisitivo, o bien que calculaba hasta qué punto le salía a cuenta ayudarlo.

–¿Cómo se llama? –preguntó finalmente, dirigiendo los ojos a un grupo de hombres que acababa de entrar.

–No lo sé.

–No quiero decir el nombre de verdad, sino el que usa aquí.

–No lo sé.

–¿De dónde es? ¿Es española?

–Sí... Supongo. O ya hace años que llegó.

Ella no hizo nada para detener su suspiro.

–A ver si nos entendemos... ¿Tiene algo especial que la distinga?

–Unas botas negras.

Miró a su alrededor. Debía de ser el calzado más abundante del local: botas y zapatos de plataforma.

–¿No sabes nada más?

–No. Bueno, sí. Tiene un Dyane hecho polvo.

–¿Ah, sí? Pues yo tengo un Roberto que me pone a mil.

Jordi volvía a estar solo. Entretanto, se había producido una aglomeración en la entrada del local. Para abrirse paso hacia la barra había que sortear manadas de pasmarotes. Mientras se acercaba, se fijaba en la cara de todas las mujeres, pero no encontró a la que buscaba. En cambio vio un taburete que acababa de quedar libre. Se lanzó hacia él y pidió un whisky.

Unas cuantas chicas estaban detrás de la barra comunicándose con los clientes, verbalmente o no. El servicio era bastante rápido.

–Aquí lo tienes, amor.

–Oye...

–¿Sí?

–Estoy buscando a una mujer. No sé cómo se llama, ni su nombre auténtico ni el de... guerra, ni sé de dónde es, pero tiene el cabello oscuro y lleva unas botas... como las tuyas, sí. Y tiene un coche de color beis, un Citroën Dyane 6. ¿La conoces?

La mujer de la barra se limitó a llevarse el billete de veinte euros y no mostraba ninguna intención de devolverle cambio. Antes de irse había movido la cabeza de un lado a otro, pero no como si respondiese a su pregunta, sino como si dudara de su estado mental.

Jordi se bebió el whisky y dejó que los cubitos se le fueran fundiendo en la boca. Después se puso el vaso en el ojo y buscó a través de él a la mujer de las botas negras, haciendo girar el taburete y sintiéndose como el comandante de un submarino observando por el periscopio. ¿Estaba borracho? No exactamente. ¿Había bebido demasiado? Eso quizá sí.

En los pisos superiores, se figuraba a las prostitutas recibiendo órdenes como las que daban los operarios de la ITV: adelante, frene, no frene, frene con la mano, acelere...

Cada vez eran más, de diferentes medidas y edades y etnias, pero sin rastro de la que buscaba. El ritmo con que entraban los hombres por la puerta concordaba con el ritmo con que descendían las mujeres por los ascensores y las escaleras –exactamente como si en algún lugar alguien fuera abriendo compuertas–, de manera que la proporción entre los dos géneros tendía al equilibrio. Pero la atmósfera se cargaba más allá de lo que parecía soportable. A la simbiosis con que se mezclaban el humo y el chumba-chumba se añadían pequeños gritos de alegría y los aromas de colonias, perfumes, geles y desodorantes de las mujeres, y los olores menos alentadores que despedían los hombres.

Una sensación se imponía: no era la primera vez que estaba allí. Si hubiera puesto los pies en el local antes, sin duda se acordaría, pero por encima de las dudas razonables su cerebro se negaba a dejar de vivir aquel momento como un *déjà vu*. El ruido, la muchedumbre charlando y la disposición del local le traían a la memoria fragmentos de imágenes que no acababan de transformarse en un recuerdo preciso. Había vivido un momento así en aquel mismo espacio: olores violentos, cuerpos empujándose, explosiones de alegría no del todo forzadas, una celebración que reunía a gente de orígenes diversos unida por un solo objetivo. Pero no era exactamente igual. La sensación que predominaba en el recuerdo era radicalmente opuesta. ¿Tal vez era él, que había cambiado, quien veía diferentes las dos experiencias?

Giró unos grados en el taburete. La visión no mejoraba demasiado si se quitaba el vaso de delante del ojo. Tuvo la seguridad de que no encontraría nunca a la mujer de las botas. Tal vez le había mentido. Quizás lo ponía a prueba. Quizás era una manera de deshacerse de él. Debía de ser una mujer como cualquier otra, honesta y formal –tal vez casada–, que se lo había sacado de encima de manera expeditiva. No era imposible que se hubiera inventado que trabajaba en aquel local. Al fin y al cabo, él le había propuesto poco menos que convertirse en amantes. Y la primera vez que se veían. Sí, ahora lo veía claro: llevaba botas de prostituta, pero no lo era. Quizás ni siquiera había visto *Irma la dulce*.

–Hola, amor, ¿ya te vas?

Las retiradas siempre son difíciles. Hay que cuidar el frente sin perder de vista la retaguardia. Jordi no había visto una densidad de cuerpos como aquella desde el día en que hizo piña bajo un castell de cuatro de ocho, en una escapada de fin de semana con Nora y Marta a Vilafranca del Penedès. Ahora que había decidido abandonar el local se sentía prisionero como se sintió entonces, inmóvil y rodeado de extremidades y torsos desconocidos mientras el castell humano se erigía encima de él. En según qué multitudes siempre es posible encontrar un sendero zigzagueante que discurre entre grupos confusamente distribuidos en semicírculos. Pero allí los cuerpos estaban unidos de manera compacta, sin un intersticio donde colocar el codo o la rodilla para después meter el cuerpo como un pequeño roedor que se escapa hacia la madriguera, que era más o menos como se sentía. La atmósfera podría haberse cortado, pero no hacía falta un cúter: habría bastado con un cuchillo de plástico de los que se utilizan para trabajar la plastilina. Aquella mezcla de música y aliento era densa como la niebla, y él se sentía casi aerodinámico en los escasos momentos en que conseguía avanzar un milímetro y apartar unas cuantas volutas, que se le pegaban a los brazos y al pelo.

Había ganado dos metros hacia la puerta. A aquel ritmo quizás tardaría una hora en abandonar el local. Optó, pues, por dirigirse a las espaldas que se interponían delante de él, primero golpeándolas con un índice tímido, después añadiendo los disculpe, los excusez-moi que parecían exigirle los rostros, extrañados o incluso ofendidos, cuando se giraban y lo veían, indiferente y apresurado y con aquellas ganas frenéticas de volver al recogimiento de su garaje. Eran mejillas rubicundas, hinchadas, húmedas, porosas, fláccidas como la atmósfera que las rodeaba. Pero todo desapareció, el chumba-chumba se detuvo y la humarada se disolvió cuando uno de aquellos rostros fue el de él, el del inesperado, el odioso, el siempre repelente Bad Boy. Los ojos de Jordi se clavaron en él durante un rato largo. No había palabras, nada que decir excepto mirarse con incredulidad, la misma incredulidad que certificaba que no era ningún error, sino ellos a tres días de la boda, el suegro y el yerno atrapados en el lugar equivocado, petrificados uno ante el otro mientras la música, ahora sí, volvía a sonar, y el humo volvía a filtrarse por la nariz y Jordi empujaba furioso, y pisoteaba y braceaba como si nadase, perdidas las convenciones sociales, y durante un segundo le pareció ver la cara de la mujer de las botas confundida entre las otras, pero entonces daba igual porque ya abandonaba el local, indiferente a los comentarios airados que dejaba atrás, y caminaba unos metros a la derecha y se apoyaba en una valla metálica.

Fue entonces, cuando miraba a su alrededor y tomaba aire mientras los vapores alcohólicos se le concentraban en un punto determinado del cerebro, el momento que el *déjà vu* eligió para perfilarse. Jordi reconstruyó la última ocasión en que había estado en aquel mismo lugar, veinte años atrás.

Fue en el bautizo de Marta, aquella ceremonia que tanta pereza les daba organizar, pero que Nora y él decidieron llevar adelante para no decepcionar a sus padres, católicos practicantes, que entonces los estaban ayudando en los inicios, siempre difíciles, cuando a duras penas ganaban lo suficiente para pagar el alquiler del piso de la calle Panissars. Fueron los padres de Jordi y de Nora quienes, en una cumbre celebrada en la calle President Kennedy, decidieron sufragar la fiesta del bautizo sin reparar en gastos: un centenar de invitados que celebraron un banquete pantagruélico allí mismo, cuando aquel edificio no era un prostíbulo sino un hotel restaurante especializado en celebraciones familiares, dotado de una fuente de aguas sulfurosas, un parque y una capilla.

Esta, pues, fue la séptima vez, pero no la última, que Jordi Recasens dejó de ser joven.

21 DE ABRIL DE 2007

19.50 HORAS

Cuando Jordi cierra la puerta tras él, la música desaparece bruscamente, como si Ymbert acabara de apretar el interruptor de la Disco Móvil. El silencio se transforma en ruido de gravilla pisada a medida que se adentra por uno de los caminos del jardín. Antes ha visto un banco de madera que ahora se le aparece como un destino plausible. Nada le gustaría tanto como dejar de simular que está contento.

Pero no llega hasta allí. Apoyada en la balaustrada de debajo de la pérgola, recortada ante los campos bañados por la luz del atardecer, Halley expele el humo de un cigarrillo mientras habla por el móvil. La curva que dibuja su nariz no es menos antológica que la de Lindsay Lohan. Es la mejor luz del día: con el sol puesto, sin sombras. Lástima que haya dejado la cámara en el coche. Lástima, también, del ruido de la gravilla pisada. Halley ha vuelto el cuello con la celeridad de un ave de presa, pero cuando lo ha visto le ha sonreído. Debe de ser una de las formas de la sonrisa de circunstancias que se reserva al padre de la novia, pero ha sido en buena medida radiante. Ahora el móvil reposa encima de la balaustrada: un Hello Kitty de Siemens, de un color malva que hace juego con los cabellos azulnegros (de Bagheera).

–¿Has salido a fumar?

Su voz es un punto demasiado aguda, pero la última sílaba ha sonado cálida.

–No –dice él–. He salido a olvidar.

Halley da una larga calada al cigarrillo que sostiene con su mano de alabastro. Su brazo es igualmente estatuario: blanco y sin sombra de vello. ¿Cómo lo hará? ¿Cómo se llamaba aquel poeta que abandonó a su prometida cuando descubrió que tenía pelos en el pubis? Pero ¿siempre tiene que estar comparando? ¿Y él? Ya hace años que el pecho se le ha llenado de pelos, solo que ahora se le están volviendo blancos, ay, Señor: blancos.

Por encima de sus cabezas, en un cielo bajo, una nube derrapa en cámara lenta.

Jordi enseguida se ha arrepentido de su frase, un poco grandilocuente para iniciar una conversación después de un banquete de boda. Por suerte, Halley no ha cometido la indelicadeza de preguntarle qué es lo que quiere olvidar. Aceptar un cigarrillo habría sido una manera de relacionarse más civilizada. Habría provocado una serie de gestos consagrados por la costumbre, que admiten, sin embargo, variaciones sutiles y enriquecedoras: las mujeres que cogen la mano con la que los hombres sostienen el encendedor y la acercan al cigarrillo, las que protegen la llama haciendo un cuenco con la mano como si quisieran simbolizar la fragilidad de la combustión, las que apagan la cerilla mirando fatalmente al hombre a los ojos. ¿Cómo se llamaba aquella película? Greta Garbo encendía un cigarrillo y disparaba el humo a los ojos de un hombre que en aquel mismo instante caía en su telaraña, ¿*El demonio y la carne*, quizás?

El cuello de Halley es tan blanco que a Jordi le parece que ve bajar por él el humo camino a los bronquios.

El silencio los separa. Tiene que decir algo, lo que sea.

–No sabía que tenías perro.

Ella levanta una ceja, una sola, que forma un arco ojival. ¿Es posible que alguien ejecute un gesto tan preciso sin haberlo ensayado ante el espejo? Sus ojos tardan pocos segundos en iluminarse. Parece que alguien haya encendido un foco de cien luxes.

–Eh, no te equivoques. No es un perro. Es Maximilià, el único macho fiel y paciente, equilibrado y generoso. Sabe escuchar y sabe perdonar, o sea que es mi mejor amigo. De pequeña quería el mismo perro que Chelsea Clinton, ¿sabes? Le enseñaba a sentarse como el de *Las Meninas*. Ahora lo amo.

Los ojos de Halley son de un color gris muy claro, estilo husky, pero líquidos y dulces como granos de uva moscatel vistos a contraluz. Oh, Jordi, ¿cómo puedes haberte vuelto tan cursi, de repente? ¿Es por este día que se hace tan largo o es por ella?

–No sabía que visitabas mi fotolog.

–¿Te molesta?

Calada. El color de sus ojos ha cambiado cuando ha entreabierto los labios para proyectar el humo en un ángulo isósceles. Ahora son de ron y chocolate con irisaciones de café irlandés. Sí, sin duda era *El demonio y la carne* (Sinopsis: ella traiciona al primer marido por el amante, al amante por el amigo del amante. Comentario: cine mudo, sí, pero ¿se puede decir más sin hablar?).

Dos cubitos flotan en un líquido verde en el vaso que ella acaba de coger, con el pulgar y el índice, de algún sitio que se mantenía fuera del campo visual. Pipermint, con cierta probabilidad.

El flequillo de Halley se interrumpe de pronto en medio de la frente, como un telón que no acabase de bajar. Lleva un vestido ceñido de color carmín, con encaje en las mangas y el cuello. Al lado de uno de los trozos del pañuelo de Bad Boy, ahora lleva un fragmento de la liga de Marta, también sujeto con un clip. En uno de los pies, sobre las sandalias de cuero, da dos vueltas un collar de esmeraldas, aparentemente de imitación. Es como una geisha que se hubiera encaprichado de los primeros Damned.

Ante la inminencia de un recuerdo –Llançà, 1989–, Jordi se apresura a disparar:

–Se considera de mal gusto estar más guapa que la novia.

–¿A qué te refieres exactamente? ¿Al vestido? ¿Al peinado? ¿A la sombra de ojos? ¿A la forma de las cejas? ¿Al color del pintalabios?

¿Ella se le ha acercado o ha sido una alucinación? Su cuello tiene la misma consistencia mórbida, de un blanco teñido de rosa, que el de las aristócratas de finales del siglo XIX que pintaba melancólicamente John Singer Sargent. Hacía una generación que Jordi no se sentía como si caminara por una cuerda floja. ¿La memoria lo engaña, o es el mismo aroma que despedía Blondie cuando esa chica todavía no había nacido? Pero lo que dice no tiene nada que ver.

—Tal como sostiene Lord Darlington, yo estaba convencida de que las bodas no eran fashion. Pero estaba equivocada. Marta está preciosa. ¿Sabes a quién me recuerda? A Lady Windermere.

—No la he visto.

—Es de Oscar Wilde. Bueno, hay una versión con Scarlett Johansson: *A Good Woman*.

Muy bien. ¿Y ahora qué?

—Hueles muy bien. ¿Qué colonia llevas?

—No pienso decírtelo. Pero si quieres una pista, tiene nombre de número. Oh, perdona.

Halley se aparta unos pasos e inicia un parloteo a alta velocidad. El móvil es un colibrí detenido al lado de su cabeza. Cuando ríe se le forman dos hoyuelos en las mejillas. ¿Cómo los llamaban? ¿De la picardía?

Las nubes se deslizan por el cielo del atardecer, excepto aquella que permanece quieta.

La llamada ha finalizado. Ella lo mira, la punta del labio superior ligeramente levantada.

—Te felicito —sonríe—. Todo ha salido redondo. La comida era excelente. Bueno, salvo el vino.

Después de hablar mira hacia el infinito, hacia donde ya casi no se distingue la bandera de Ucrania que forma el campo: dos franjas de color azul y amarillo, el cielo y el maíz o lo que sea.

—Has tenido suerte con Marta —prosigue.

—Lo de los hijos es una lotería... Quiero decir que, normalmente, supone tirar el dinero.

Cuando lo mira, ella cierra un poco los ojos, como si lo estudiara.

—No sabía que tenías sentido del humor.

—¿Es importante?

—Es decisivo. Al lado de otros factores, claro.

—Como por ejemplo...

—El aspecto. Por ejemplo, si me lo preguntaras te contestaría que en estos momentos prefiero los ositos a los cachas.

Tiene que aguantarle la mirada. Tiene que aguantarle la mirada. Tiene que aguantarle la mirada. Dios mío, ¿está flirteando con una amiga de su hija?

—¿Qué otros factores?

–La edad.

–Entiendo.

Primero fue el hijo de la peluquera. Después, sucesivamente, el amigo de Churchill y de Biel, el marido de Nora, el padre de Marta. Y ahora, el suegro de Bad Boy. ¿Qué le queda?

Lo mira como una isla que esperara a su náufrago. Jordi inspecciona los alrededores. ¿No habría algún observador imparcial que pudiera ayudarlo a dilucidar si esa sonrisa puede englobarse entre las que se dedican de manera rutinaria al padre de la novia? Hace tan solo unos minutos, ante la pista de baile, estaba convencido de que le desagradaban los jóvenes. Es la imagen que se forjó durante aquellas largas noches de sábado de los primeros años del siglo, cuando ni Marta ni sus amigas disponían de carné de conducir. A las tres de la mañana, él las esperaba a la salida de la discoteca para depositarlas casa por casa. Sentados en el parking entre los coches, se distribuían toda clase de adolescentes provistos de botellas de vodka, de ginebra, de calimocho, emitiendo trabajosamente frases que él no conseguía entender. Entonces, cuando ejercía de padre, sentía a los jóvenes como miembros de otra especie, un mundo remoto e inalcanzable.

Se encuentra en la edad del peligro: ni lo bastante joven para forjarse ilusiones con fundamento, ni lo bastante viejo para excluirlas por completo. Viene a ser el drama que musicalizó Jethro Tull: demasiado viejo para el rock and roll, demasiado joven para morir.

–Hola...

¿Y este de dónde ha salido? Es el chico rubito de antes.

–Déjame tranquila, Pol. ¿No ves que estoy ocupada?

–Pero es que...

–No seas coñazo. Vete a hacer un poco de funky chicken. Piérdete, tío.

Pol ha desaparecido con el rabo entre las piernas.

Es imposible que Halley se interese por alguien como Jordi. Pero es precisamente ella la que ahora lo mira como si lo conociese, la que no muestra ninguna intención de cortar esa conversación cada vez más ambigua –o menos, da igual–, la que no parece que quiera volver a la pista de baile. ¿Y ahora qué? Bueno, Jordi no se ve con ánimos de interrumpir ese regalo inesperado. Sobre todo ahora que ella vuelve a hablar.

–Estoy pensando en cerrar el fotolog. Ya me he trasladado al MySpace. Tal vez al final me tomaré vacaciones de mí misma. Ya veremos. De hecho…

–¿Sí?

Da un sorbo al pipermint. Sabe gestionar los silencios, esta chica.

–Durante mucho tiempo no sabía si quería ser escritora o personaje. Ahora quiero ser las dos cosas. Bueno, y musa también, claro.Vivo en una película que todavía no sé si es un drama o una comedia. Ya sé que suena muy inmaduro, pero…

–¿Pero?

–… pero lo que me gustaría es escribir un libro.

–¿Un libro? Pero… ¿tú no estudias… cómo se llama… Audiovisuales?

–Las películas me encantan, pero no tengo sentido del espacio, ¿sabes? Me falta lo que los profes llaman «el don de la escenografía». Estoy más interesada en el guion. Hace dos años escribí el de un corto. También lo dirigí y lo protagonicé. Está colgado en el YouTube, pero no acaba de convencerme. Filmar un corto es fácil, pero no me atrevo con un largometraje. Ahora quiero probar con algo más sencillo, como una novela… No pienso pasarme la vida colgando mis pajas mentales en internet…

¿En el YouTube, ha dicho? Bueno, ya buscará el cortometraje. Y las pajas mentales, también.

–Escribir una novela no me parece tan sencillo –discrepa él.

–He leído las mejores. Estuve saliendo con un doctorando en literatura inglesa. Me enseñó a leer, ¿sabes? Hacíamos *close reading*… Pero soy demasiado egocéntrica, solo se me ocurren historias sobre mí y no quiero indagar en mi interior. Todavía no. Y tampoco quiero pasarme semanas ciega de éxtasis como Elizabeth Wurtzel, o encerrarme meses en un manicomio como Susanna Kaysen. Necesito un tema oscuro y significativo, pero no quiero quemarme… ¿Me entiendes o no?

– …

–No tengo bastantes ingredientes. Me falta la perspectiva de los años. No tengo ni idea de escenarios históricos. Se puede viajar a todas partes excepto en el tiempo. Y sobre todo, ¿sabes qué me falta?

–...

–Un muerto, me falta. Hostia, a veces me parece que he tenido una vida demasiado regalada. Mi padre y mis hermanas me han apoyado en todo. Todavía no se me ha muerto ningún amigo, ninguno al que yo haya querido de verdad... Excepto mi madre, pero yo era demasiado pequeña. Ya casi no me acuerdo.

Calada y sentencia:

–No se lo he perdonado nunca.

Un camarero se acerca transportando una bandeja llena de copas de cava. Jordi le indica que deje unas cuantas. Cuando se va, Jordi coge una y sorbe hasta que las burbujitas le salen por los ojos.

–Ya sé cómo escribir –continúa ella–, solo me falta una historia. Mira, me encantan las simetrías ocultas, las listas, los capítulos rizomáticos. Por encima de todo, adoro los epílogos. Soy barroquita sin llegar a la tematización de la forma, que diría Ruffinelli. Me parece correcto suspender la incredulidad del lector, ma non troppo. Lo que no soporto es toda esta porquería de planteamiento-nudo-desenlace... Es como el culo. ¿Me entiendes o no?

–Claro que sí. Tú estás saliendo del planteamiento, y yo estoy entrando en el desenlace.

Cada cual lo suyo. Jordi continúa hablando mientras ella lo observa desde el medio perfil.

–Es como cuando firmas el papel de la visa y te das cuenta de que han aparecido aquellas rayitas verticales de color rojo. Quiere decir que se te está acabando el papel.

–No te equivoques. En el primer acto tienes el Carné Joven y en el tercero tienes el Carné de Jubilado. Si no tienes descuento es que estás en el segundo acto, y tienes para rato...

–El segundo acto empieza cuando tienes un hijo.

–El segundo acto se acaba cuando tienes un nieto.

¿Un nieto? ¿Pero de qué está hablando?

–¿Y sabes qué es lo que odio más? –sigue ella–. El orden cronológico. Es tan obvio, ¿no te parece? Es el no-montaje. A mí me gusta empezar por la mitad, ex abrupto, después saltar atrás, volver adelante. ¿Conoces *Memento*? La he visto once veces. Sé la novela que tengo que escribir, en serio... Me encantan los rompecabezas. Y las pretericiones. Y los finales triples. Y, desde luego, una cierta dosis de metaliteratura. ¿Sabes lo que hace Kundera? Oh, perdona.

Otra vez el móvil. Bla, bla, bla.

Siempre que Jordi sube a un avión, lee las instrucciones que hay que seguir en caso de emergencia. Casi las sabe de memoria, pero en cada viaje vuelve a repasarlas por si se ha producido algún cambio en el protocolo de seguridad. En los dibujos de las instrucciones aparece un pasajero perdido en el avión siniestrado. Lleva un jersey verde, pantalones azules y zapatos amarillos. Camina a cuatro patas como si buscara algo mientras a su alrededor el humo se hace más espeso y lo mismo puede ser que el avión se estrelle como que se hunda en el océano, a menos que el piloto se arriesgue a intentar un aterrizaje de emergencia. No hay nada seguro salvo el peligro. Pues bien, así es como se siente él ahora.

Halley ha guardado el móvil y le ofrece una excusa en forma de sonrisa. Lo más bonito de cuando sonríe es que se le forman unas arruguitas finas alrededor de los ojos. Las ojeras que se le marcan, impropias de su edad, delatan alguna desazón desconocida. A Jordi le gusta que los dientes de Halley no tengan la blancura dentífrica que solo existe en la publicidad, sino que sean de un blanco imperfecto que se parece al color del marfil. También le gusta que cuando ríe levante la cabeza y se le vean los cuatro puntos de sutura bajo la barbilla, secuelas de una caída de infancia que Jordi recuerda porque motivó una reunión que obligó a replantear las medidas de seguridad de la guardería. Le gusta que parezca vulnerable porque no es una imagen, no es una idea, no es algo acabado: es Halley. Sabe hablar y sabe callar, y Jordi no tiene ganas de separarse de ella porque ya ha medio olvidado que Marta acaba de casarse y si continúa vaciando copas quizás lo olvidará del todo.

–¿Y tú qué, no escribes? –dice ella.

–No. Nunca en la vida. Bueno, escribí un verso, hace años.

–¿Un poema?

–No. Solo un verso. Debía de ser… debía de ser antes de que tú nacieras.

Un paso en falso. ¿En qué zona de los limbos se encontraba ella, entonces? Bueno, continuemos.

–Todavía me acuerdo. Decía: «Aquellas tardes de regaliz».

–Un decasílabo. Mi madre también los escribía… Eres un clásico, tío.

«Tío», le ha dicho. Y es entonces cuando Jordi oye pasos sobre la grava y vuelve la cabeza. Se acerca un hombre atlético que lleva la cabeza rapada y una perilla de sal y pimienta que se alarga hasta el mentón, fina como la de un chivo. Viste íntegramente de negro: camisa de seda, pantalones estrechos, zapatos de punta. Lleva cuatro aros en una oreja y un piercing doble que le rodea una ceja. Los labios sostienen un puro de un palmo de largo. Camina hacia ellos con seguridad. Bueno, no solo con seguridad. Da la sensación de que el restaurante y el jardín le pertenecen.

–Hola, Jordi –dice sin quitarse el puro de la boca.

LA FAMILIA DE HALLEY

Cuando no estaba en el piso del Born que compartía con una artista visual de veintinueve años, Halley vivía con su padre y sus hermanas en una mansión situada en la parte alta de Roses, con vistas al mar. El padre, contratista de obras, pasaba las tardes en el bar jugando a cartas con los amigos. Los espacios más acogedores se los habían repartido las cuatro hermanas, que oscilaban entre los veinte años de Halley y los veintiséis de Liana. Algunos ámbitos eran felizmente compartidos, como la sala de estar, y otros religiosamente privados, como las habitaciones de cada miembro de la familia.

Los aromas eran numerosos y dependían del momento: tostadas con mermelada por la mañana, experimentos gastronómicos y perfumes por la noche. En verano, cremas aftersun; en invierno, la leña de encina que quemaba en las dos chimeneas. El ambiente habitual en la casa era una mezcla de piso de estudiantes, de *Mujercitas* y de sitcom de media tarde, o sea, un poco estilo Tenenbaums.

La madre –los mismos ojos que Pola Negri– había estudiado Magisterio, pero estuvo tan ocupada con las hijas que apenas ejerció. Sí que había tenido tiempo, en cambio, de publicar dos libros de poesía en decasílabos blancos y de escribir los primeros capítulos de una novela. Era especialista en francés y afirmaba que de mayor quería ser parisina, pero no pudo llegar, ya que perdió la vida a los treinta y tres años en un accidente en la carretera de Cadaqués, cuando Halley estaba a punto de empezar la educación primaria. De ella conserva recuerdos vívidos, no siempre relevantes, como las veces que le había explicado que, durante los incendios de Cadaqués de 1983, dos hidroaviones

–uno rojo y otro amarillo– cargaban agua en la bahía y no tomaban altura hasta que estaban a punto de chocar contra el antiguo edificio de correos, después reconvertido en oficina de turismo. Halley imagina esos aviones de colores con más vivacidad que otros recuerdos, reales pero borrosos y parciales, como las veladas más o menos literarias que su madre organizaba en el jardín.

Una de las fotografías que Halley más aprecia muestra a su madre con Maria-Mercè Marçal en el claustro en ruinas de Sant Pere de Roda, bellas e insolentes, mirando a cámara como si supieran que aquella sería la imagen que Halley decidiría que las representaría. En blanco y negro, desenfocada, despuntada y agrietada, la fotografía reúne todas las características del mito irrecuperable, ya que las dos mujeres murieron, el claustro fue restaurado e incluso el negativo desapareció en alguno de los numerosos cajones que alberga la casa, de manera que Halley dispensa a la fotografía la veneración que se reserva a los incunables.

La familia materna era de un pueblecito del Baix Cinca. La familia paterna, originaria de Roses, se había enriquecido gracias a la construcción de apartamentos en primera línea de mar. ¿Cómo se habían conocido los padres de Halley? En el año 1978 ella trabajaba de maestra en Roses. En las fotos de la época muestra orgullosa los cabellos rizados y los pendientes en forma de pagoda, las gafas John Lennon y el Habanos permanentemente colgado de los labios. Añadámosle los ponchos de lana, las faldas floreadas, los capazos de mimbre, el pachuli, todos los gadgets del tardohippismo. Tenía la belleza de Annie Hall y el empuje de Janis Joplin. El que sería su marido, cinco años más joven que ella, se enamoró nada más verla. Fue en la calle, como en los peores anuncios. Enseguida diseñó un plan de ataque y lo llevó a cabo de manera sistemática: llamadas, joyas, ramos de flores, horas de espera bajo el balcón. Cuanto más anticuado era el procedimiento, más se enternecía ella. Se casaron en la ermita de la Mare de Déu del Mont, ella con un vestido vaquero y él con corbata y chaqueta de pana. La novia no bromeaba cuando decía que quería tener cuatro hijos. Los tuvo uno tras otro, de 1979 a 1986, y fueron todas niñas. Decidían el nombre por turnos. Ella eligió Liana y Laura; él, Núria y Cristina. Liana hacía de madre,

Núria se dedicaba a la floricultura, Laura era una romántica. Solo Cristina/Halley había cursado estudios superiores.

Tanto el padre como la madre provenían de una familia numerosa. Entre hermanas, primos y tíos, Halley había disfrutado de una superficie social vastísima.

Aunque ausente, la madre estaba más definida que el padre, quien se había mantenido toda la vida en un discreto segundo plano, consagrado a la misión de asegurar el futuro económico de la familia, una misión que había alcanzado con creces.

La madre había tenido un Dos Caballos. El coche actual del padre era un Land Rover Defender, gris de serie y de polvo, para hacer visitas a pie de obra, y un Audi RS4, de un azul de alta mar, para las citas con empresarios y políticos. Cuando una de las hijas se sacaba el carné de coche, el padre le regalaba un Smart Fortwo, pequeño y manejable. Por otra parte, con los ingresos que les proporcionaban las inversiones en renta fija y variable, las chicas podían acceder a otros vehículos de su gusto. Así, Halley era propietaria de una motocicleta Honda XR 400, que utilizaba en los desplazamientos de verano.

Sacaba sobresaliente en todas las materias, sabía hasta dónde podía jugar con los chicos que le hacían gracia y –en caso de resaca estival– escuchaba a Ludovico Einaudi con los auriculares en la playa nudista mientras libaba latas de Coca-Cola Zero.

Uno de los rituales preferidos de las hermanas consistía en llevar juntas los cuatro Smarts al tren de lavado; mientras limpiaban a mano los Ibiza y los A3 tuneados, los quillos las admiraban a distancia, porque intuían que cuatro mujeres juntas eran invencibles. Después tomaban un aperitivo en una terraza frente a la playa. De vez en cuando se les sumaba su padre, que las miraba –entre orgulloso y asustado– y asentía a todo lo que decían. Algún fin de semana salían a navegar los cinco con el yate que él había comprado para no aburrirse cuando se jubilara.

El domingo por la tarde se lo reservaban para ver comedias sentimentales en la sala de estar. Por cierto que ninguna de las hermanas estaba casada ni desprovista de pareja.

Los programas favoritos de televisión eran los siguientes: del padre: *Los Soprano*; de las hermanas, de mayor a menor, *A dos metros bajo tierra*, *House* y *Perdidos*; Halley recuperaba ediciones de *La bola de cristal* en el YouTube, que alternaba con el visionado de temporadas enteras de *The Wire* y *In Treatment*.

No tenían playa preferida: les gustaban las calas y variaban por sistema.

¿Habían estado enamorados, sus padres? Sí, muchísimo.

La característica principal de la familia era que las hijas no habían tenido ninguna preocupación económica.

La divisa podría ser: «La tendremos siempre presente, pero nunca con rabia ni desconsuelo».

VIDAS QUE VALDRÍA LA PENA VIVIR

(LOS POST DE CHRIS)

Lady de Winter
Lady Marian
Lara Croft
Leni Riefenstahl
Leonora Carrington
Lilian Hellman
Lilith
Linda Lovelace
Lizzie Bennet
Lou Andreas-Salomé
Lucy Liu
Lucy Westenra
Madame de Récamier
María Magdalena
Marie Curie
Marilyn Monroe
Marla Singer
Martha Gellhorn
Mary Poppins
Morticia Adams
Mulan
Murasaki Shikibu

21 DE ABRIL DE 2007

20.10 HORAS

–¿Qué pasa, Jota-Erre? ¿No me presentas a esta diosa?

Unos segundos de silencio para digerir lo que es indigerible.

–Churchill, Halley. Y no me llames Jota-Erre.

Se dan dos besos. Ella dice:

–Halley es mi nombre de guerra. En casa me llaman Tina. Fuera, Chris.

–A mí me llaman Churchill excepto en la intimidad, donde soy conocido como Sex Machine.

La bromita de siempre. Pero a ella le ha hecho gracia.

–He oído hablar de ti –dice Halley–. Pero no sé a qué te dedicas exactamente...

–Soy agente musical. Llevo grupos de culto que serán conocidos dentro de diez años. Bueno, con un poco de suerte, dentro de cinco. Mi Madre es del PP, Desguáceme Esto, Belchite, Sin Arrumacos, Fisting & Banging, Serafines Esparramaos, gente así. ¿No has oído la versión reggaeton de «No te suicides todavía»?

–No.

–Pues deberías. Es de Frenesí Didáctico. Te gustarían. ¿Tu qué clase de música escuchas?

–Oh, un poco de todo. Cuando estoy deprimida, Portishead. Cuando estoy contenta, Offspring. Cuando voy borracha, Strombers. Cuando tengo resaca, Victoria de los Ángeles. Cuando estoy enamorada, Belle and Sebastian. Cuando estudio, Mozart. Después de un examen, Jarvis Cocker. Después del dentista, Spurts. Cuando estoy desfasada, Babyshambles. Cuando ovulo, Kings of Leon. Cuando me aburro, Arctic Monkeys. Cuando tengo insomnio,

Mishima. Cuando tengo buen karma, Radiohead. Por las mañanas, Manic Street Preachers. Por la tarde, Sonic Youth. Por la noche, John Coltrane. Y New Order, El Rey Amarillo, Guns N'Roses, Moby, Charlotte Gainsbourg, Siwel, Pernice Brothers... ¿Sigo?

Más trabajo para Jordi. Intentará recordar alguno de esos grupos y los buscará en Musicovery, en Goear, en SkreemR, en Microplasma.

–No hace falta –dice Churchill–. ¿Tu padre tiene una discográfica o has salido con un músico?

–Más bien lo último. Tenía un churri que tocaba el bajo en un grupo de noise pop. A los diecisiete años era groupie. Me pasé todo un verano en el Razz. Vivía allí, prácticamente.

–Yo en el instituto tocaba la guitarra –dice Churchill–, pero lo dejé porque perdía la sensibilidad en los dedos. ¿Ves? Todavía tengo...

No ha cambiado en absoluto. Mira cómo le acaricia el cuello.

En los años setenta, la gran atracción de las ferias de Figueres era la pista de autos de choque Juncá. Jordi ahorraba todo el año para ir. Dividía el número de fichas entre los días que iría a las ferias, y cada día se presentaba en la pista con una bolsa que contenía la cantidad exacta. Pero al cabo de un rato, que siempre se hacía corto, llegaba la última ficha, y el último viaje, que siempre era más corto que los otros. Sonaba la sirena y el auto de choque perdía velocidad hasta que topaba con una de las bandas laterales de caucho, y entonces era el momento de levantarse y abandonarlo porque algún otro que tenía fichas estaba dispuesto a ocupar su lugar. Así se siente ahora.

El Hello Kitty está vibrando. Halley se va al otro lado del jardín. Cuando camina, las piernas se le abren ligeramente hacia fuera desde la rodilla para abajo, un detalle morfológico que le acentúa el aspecto de sirena. Se sienta en el césped sin dejar de reírse y de gesticular. A aquella distancia, podría tener quince años.

En el sitio en que había estado, queda una reminiscencia que no es solo el perfume, sino un cambio en la luminosidad, como una cenefa de aire que cimbrea en su lugar [a nuestro parecer, la escena justifica el verbo *cimbrear*. No pensamos pedir disculpas por utilizarlo. Si alguien tiene algún problema, que se queje al editor].

–Tiene la figura de una barbie y la mente de una bratz –dice Churchill–. Y las piernas me recuerdan al solo de guitarra de «Shine On You Crazy Diamond». Está para mojar pan.

–Me debes seis mil euros, hijo de puta.

–¿Qué?

–Haz cuentas. El banquete, el viaje, el vestido…

–¡Venga ya! Todo el mundo sabe que lo del banquete se recupera con las donaciones de los invitados. El viaje, que cada cual se pague el suyo. Y el traje igual. ¿De qué vas?

–Y otra cosa. Los dados estaban trucados, ¿verdad? –dice Jordi.

–¿Qué mosca te ha picado? ¿Todavía estamos así? Aquello fue un accidente. ¿Cómo tengo que decírtelo?

–Estaban trucados, tío. Tú y yo lo sabemos.

–Venga ya, no seas lepra. No me culpes de tus errores. ¿Quién te mandó casarte con Nora? ¿No te has fijado en las miradas asesinas que me dirige Melissa? No tengo ganas de hablar del tema. Y menos delante de tu amiga.

–No sabía que te gustaban las tías.

–A nuestra edad ya no se puede hilar demasiado fino. Me parto el culo con aquella vieja consigna de «hambre o faisán». Mira, si son jóvenes me da lo mismo lo que tengan entre las piernas. Sobre todo si llevan correctores dentales: entonces son irresistibles.

–Pero si ella no lleva corrector…

–Calla, que me parece que ya acaba. Hostia, está tan buena que la habrían aceptado para una portada de Roxy Music. No sé si decirle que me la voy a pelar pensando en ella o que me gustan sus ojos. ¿Son verdes o grises?

–Búscate otra, picha brava –susurra Jordi–. No me toques los cojones.

–Vaya, vaya. O sea que quieres tirártela…

–Tú vete a pescar a otro sitio. Hay muchas jovencitas por aquí. Y jovencitos.

–He conocido a muchas como ella. Te va a torear cosa fina. Es una calientabraguetas, y no porque vaya mal servida. Esto no es una tía, es una central de reservas. Te vas a complicar la vida y no vas a sacar nada.

–No tienes ni puta idea.

–Crees que es diferente, que es one and only, ¿verdad? Todas estas lo parecen. Es como aquel disco de Black Sabbath, ¿te acuerdas? Todas las canciones empezaban bien y después se estropeaban. Tienes que saber retirarte a tiempo. Con ella deberías hacer un tratamiento termal, una semanita para oxigenarte y si te he visto no me acuerdo. Pero no sabrás. Calla, que ya viene.

Cuando Halley está a punto de llegar, Churchill coge una copa de cava y la levanta ceremoniosamente.

–Brindo por ti.

–Disculpadme –dice ella–. Era Sheena, desde Budapest. Ayer se tiró a un tío de Alaska que había conocido en el MySpace y está que no caga. Tenía que contármelo. Ya lo entendéis, ¿no?

Jordi abre los ojos.

–Si pasan veinte minutos sin que me llame nadie, me deprimo –añade ella.

–Brindo por ti –repite Churchill–. Tendrías que llevar el mismo cartel que aquellos tráileres gabachos que transportan barcos: *Convoi Exceptionnel.* El mundo sería más seguro si delante de ti llevaras un coche con sirena que avisara a los demás para que se aparten. Eres una amenaza para todos los matrimonios, incluyendo el tuyo.

–No estoy casada.

–Quiero decir, cuando lo estés.

–Si eres fea tienes que ser simpática o, como mínimo, buena persona. Si no eres fea, vas a tu bola.

–Pero tienes que invertir en cosmética –dice Churchill.

–Eso sí. Pero, oye... este no parece un anillo de casado...

Churchill levanta la mano izquierda para mostrar el enorme sello de color azul eléctrico que lleva en el meñique.

–Aquí llevo la viagra.

Vuelven a brindar, los dos.

Jordi se suma. ¿Qué tiene ahora en la cabeza? Una nebulosa de sensaciones. Si fuera posible separarlas, una podría ser la siguiente. Antes, las mujeres tenían bastante con ser jóvenes y atractivas. Con los años, aprendían a vestirse y a maquillarse. Ahora, en cambio, queman toda la pólvora a los veinte años: blusa ceñida, perfume, labios pintados, esteticista semanal... Sin tanta sofisticación, esa chica habría sido una preciosidad que él podría apreciar. Pero tal como iba, lo dejaba en un estado de shock que le impedía dilucidar lo que sentía. Añadamos la sinceridad que gastaba y la presencia del peligro público de Churchill. El resultado: un cacao mental considerable.

–Tú que eres lista –dice Churchill–, a ver si resuelves esta adivinanza. Uno se lo hace solo. Dos, el uno sobre el otro. Tres, en fila india. ¿Qué es?

Una guarrada, ya se ve.

–¿Los puntos?

–¿Lo ves? –dice Churchill–. Sabía que la acertarías.

–Un poco infantil, ¿no? –dice Halley.

Ríen mientras Jordi se esfuerza por encontrar algo que decir.

–No maduro, pero me salen arrugas en la cara –añade Churchill.

No es una gran frase, pero funciona: directa, picante y suena como una cita.

Churchill estudia a Halley con actitud profesional.

–¿No has pensado en dedicarte a la música?

–Claro.

–Tienes la voz más melosa que Laia de Glissando. Y, más importante aún, los labios de Nico, la nariz del Bowie de la época glam. ¿Cuánto mides, metro setenta?

–Aproximadamente.

–Perfecto. Y no tendríamos que cambiarte demasiado el estilo. De cintura para abajo, como Long Blondes. De cintura para arriba, como Cindy Lauper. Y qué cintura... Quedarías bien en un videoclip. ¿Nunca te han dicho que tienes los mismos pechos que Leonor Watling? Quizás deberías ir al gimnasio, estilizar los brazos...

Ella enciende un cigarrillo y envía el humo hacia aquella nube que se mantiene congelada sobre ella como un homenaje.

–He decidido no hacer ejercicio hasta los veinticinco.

–Un poco de jogging no te haría ningún daño...

–Prefiero el shopping. A los catorce quería ser estrella de rock. A los quince me interesaba la abyección. Después aspiré a ser una obra de arte. Ahora quiero ser novelista.

–Antes me gustaba el rock –interviene Jordi–. Ahora prefiero el blues.

–¿Novelista? –lo ignora Churchill–. Pero si eso está totalmente pasado de moda.

–Por eso mismo. Yo soy vintage. Mira, después de Duchamp se acaba el arte, pero después de Capote continúa habiendo literatura. Estoy harta de diletantes. Quiero encerrarme a escribir. Imagínate si soy novecentista que lo voy a hacer en catalán.

–Novecentista... –repite Jordi, como si paladeara la palabra.

–Hago los cortometrajes en inglés –prosigue Halley–, la poesía en francés, las canciones en castellano, la novela en catalán. Está todo por hacer, en catalán. ¿Sabes que no hay ni una puta página traducida de David Foster Wallace? ¿Al final tendré que hacerlo yo o qué? Juzgamos a los escritores por el retrato del libro, pero antes hay que escribir algo, ¿no?

Después de este ataque, da unos sorbitos a su pipermint. Esta chica bebe como los pajaritos, pero tiene un gran sentido dramático. Como Noia Labanda, que ahora aprovecha para entrar en escena.

–¿Estás aquí? Pensaba que te habían secuestrado.

–No te preocupes –dice Halley–. Esto es mejor que la Disco Móvil. ¿Conoces al padre de David? Churchill, Carlota.

Se dan dos besos.

–Pol pregunta por ti –dice Noia Labanda.

–Plasta de tío.

–Bueno, ya te lo he dicho. Me vuelvo. ¿Sabes que el tal Ymbert está pinchando elektro?

En cuanto Noia Labanda se va por el camino de grava, Halley se vuelve hacia Churchill.

–Cuando acabe de estudiar me instalaré en Berlín. Me interesa mucho la escena elektro. De pequeña quería vivir en Londres, pero a los seis años fui con mis padres y me decepcionó mucho. No encontré a Mary Poppins en ningún tejado. Las chimeneas estaban, igual que en la película, pero ella no. En cambio, solo aterrizar en Berlín levanté los ojos y vi un ángel en una ventana.

–¿Sabes alemán? –se interesa Jordi.

–Me enseñó mi ángel. Tampoco es tan difícil.

–Die Mensch-Maschine –dice Churchill.

–Die Grosse Liebe –replica Jordi.

–Autobahn, Unbehagen, Stockhausen, Ostrock, Bauhaus –continúa Churchill.

–Der Blaue Engel, Hannah Schygulla, Otto Preminger, Nosferatu –dice Jordi.

–Krautrock, Rammstein, Rottwailer, Schumann, Gott mit uns –dice Churchill.

–Kabinett das Doktor Caligari, Brigitte Helm, Einstein, Die Flambierte Frau –dice Jordi.

–Das Ich, Arbeit macht frei, Witthüsser und Westrupp, Nuclear Nein Danke, Bayern München, An Der Beat, Jawölh mein Führer –contraataca Churchill.

–Maria Braun, Marlene Dietrich, Der Himmel über Berlin, Herzog, Naturalwasser, Bitte schön, Das Boot, Ich bin Ein Berliner –remacha Jordi.

–Sois muy graciosos para ser consuegros –los interrumpe Halley–. Y vais conjuntados. Parecéis The Knack, tan de negro. ¿Lo habíais preparado o qué?

–¿Preparado? –salta Churchill–. ¡Por la leche de Santa Teresa! ¿Cuánto hacía que no nos veíamos? Más de diez años, ¿no? ¿Cuándo fue el entierro del capitán?

–Hace… trece años. Y entonces ya era comandante.

Hace rato que Jordi estudia las reacciones de su cuerpo para decidir si ha bebido demasiado. Es tarde para lamentar haberse acabado las copas de cava que el camarero había dejado a su alcance. En cambio Churchill, que está recibiendo una dosis de sonrisas de Halley que sobrepasa con mucho el protocolo, se muestra en plena forma. Los jóvenes sonríen mucho, ya se sabe. Pero esta chica no es como las demás. ¿De qué demonios habla, ahora?

–Me alucina Jean Tinguely, que diseñó una máquina que se autodestruía. El suicidio mecánico, ¿te lo imaginas?

Sería un buen momento para retirarse, tomarse un Alka Seltzer y sentarse un cuarto de hora en la taza del váter. Pero eso significaría abandonarla en manos de él. No, no huirá, y menos ahora que se siente como un invitado, y no como un padre.

–Hay ochenta libros que deben leerse –prosigue ella–. Me hizo la lista un noviete. Solo me faltan veintiuno. Después me pondré a escribir.

–Pero tú, ¿cuántos novios has tenido? –consigue intercalar Jordi.

Halley lo mira como si se hubiese olvidado de él.

–Bueno, eso depende de lo que consideremos un novio. Porque yo diferencio novio, churri, rollito y amigo con derecho a roce. De los que yo llamo novios, he tenido catorce.

–¿Y amantes? –preguntó Churchill.

–Uf, no los he contado. El amor es demasiado importante como para dejarlo en manos de una sola persona. Es lo que dice mi padre de las inversiones. Además, los celosos son unos avariciosos. Lo quieren todo para ellos.

–Oh, Cristina –dice Jordi.

–No me llames Cristina, joder. Pareces uno de mis tíos. Si no quieres llamarme Halley, llámame Tina, Tinotchka, Teeny, Chris, Chrissy. Como quieras, pero Cristina ni hablar.

Al cabo de un rato se ha relajado y la cara se le ha reconfigurado como antes.

–¿De qué hablábamos? Ah, sí, de novios. Esto... ¿No os parece que la penetración está muy sobrevalorada?

Oh, Halley.

–El amante es la mejor opción –dice Churchill–. ¿Por qué vas a comprarte un coche si puedes hacer autoestop?

Venga, hombre. Tú no haces autoestop. Tú coges un taxi.

¿Lo ha dicho o lo ha pensado?

–El amante es la luna de miel perpetua –sigue Churchill–. Todo son ventajas, si te fijas. ¿Sabes cuál es mi utopía sentimental?

–No.

Es exactamente como si Jordi se hubiera volatilizado.

–Aloha.

–¿Aloha? –repite ella.

–Sí. ¿Sabes lo que significa?

Cómo la mira, el muy pederasta.

–«Hola», ¿no?

–Quiere decir «Hola», «Te quiero» y «Adiós». ¿Te lo imaginas? Todas las grandes palabras a la vez. Llegar, amar y marcharse. Todo junto. Sin quebraderos de cabeza, sin dolor.

Eso sí que es una ofensiva. Churchill, ¿no recuerdas que tu hijo acaba de casarse?

–El dolor no tiene por qué ser molesto –responde Halley–. Con el dolor se aprende.

–Yo podría producirte un poco –se ofrece Churchill en el momento en que llega Bad Boy.

CÓMO SE CONOCIERON

Es posible que algún lector –alguna lectora– haya reaccionado con incredulidad ante la reaparición de Churchill en el papel de consuegro de Jordi. El problema no es la falta de indicios –que los ha habido–, sino la verosimilitud. Quizás alguien ya había encontrado poco convincente que al cabo de los años Jordi se casara con la hermana de Biel. Ahora bien, el enlace de las familias de los tres jugadores de whist en una sola boda, ¿no sobrepasa los límites de lo que resulta creíble? La respuesta sería afirmativa si hubiese intervenido el azar. Pero el azar no tuvo nada que ver.

Churchill no había negado nunca que fuera el padre del hijo de Rosa, si bien se refería a él con una sonrisa, como si quisiera dar a entender que no estaba del todo seguro. Según él, el problema venía de la madre, que no lo alertó del embarazo, ni a él ni a nadie, hasta que ya fue demasiado tarde para interrumpirlo. Cuando Churchill se enteró, Rosa y él ya ni siquiera salían juntos. ¿Tenía que casarse con alguien a quien no quería, con alguien que se había atrevido a ocultarle un hecho tan trascendente? Entonces se fue a estudiar a Madrid, y al cabo de poco salió del armario.

Pero los padres de Churchill no se desentendieron de su nieto. Formados en la penitencia, no les costó asumir como propio el pecado de su hijo. Visitaban a Rosa con regularidad y le abonaban una pensión mensual. Enseguida simpatizaron con los consuegros. Desde el nacimiento de David, adoptaron el papel de abuelos, si no con orgullo, con resignación.

Con el tiempo, Churchill se sumó al grupo. Cuando volvía a Figueres, visitaba a Rosa y charlaban sobre el futuro de su hijo.

En el momento en que empezó a ganar dinero, se hizo cargo de la ayuda económica que habían iniciado sus padres. A medida que David crecía, las relaciones entre padre e hijo se hacían más complejas, pero también más regulares. Aunque a veces David se mostraba hostil, desde los años del instituto se acostumbró a pasar temporadas en Madrid. Lo fascinaba el ambiente musical, el piso de soltero y la falta de prejuicios con que vivía su padre.

Jordi había seguido de lejos la trayectoria de aquel muchacho y había hecho todo lo posible por impedir que se cruzara con la de Marta. Tenían edades diferentes, amigos diferentes, ambientes familiares diferentes, pero al final había surgido un punto de contacto: Sheena, que formaba parte del antiguo círculo de amigas de Marta. En su búsqueda de aventuras, en 2005 Sheena se había adentrado en ambientes de pelaos. La única intervención del azar consistió en hacer coincidir a Marta y David en el bar La Serradora. Sheena los presentó y se dieron dos besos en la mejilla. Aquel día solo hablaron un rato. No fue amor a primera vista.

Todavía coincidieron alguna otra noche, sin consecuencias. Hasta que Jordi identificó a David en el fotolog de Marta y casi le dio un ataque al corazón. Su reacción consistió en pegarle una bronca a su hija de una intensidad desconocida y en prohibirle volver a ver a «aquel impresentable». No hace falta ser un especialista en psicología juvenil para darse cuenta de que aquella prohibición tuvo efectos contraproducentes. A Marta y David no los unía más que un vago interés pero, aguijoneados por la clandestinidad, no tardaron en convertirse en amantes. ¿No es acaso esta la misma sustancia que une a Tony y a María en *West Side Story*?

La relación entre Marta y David, por lo tanto, no se debe a la casualidad sino a la fatalidad. El temor de Jordi actuó como un designio. En la primera entrega de *Matrix* se puede ver una escena entre Neo y Oráculo que muestra el mismo fenómeno.

–No te preocupes por el jarrón –dice Oráculo.

–¿Qué jarrón? –pregunta Neo en el instante en que se vuelve y lo tira.

La advertencia de Oráculo y la prohibición de Jordi provocaron aquello que pretendían evitar. En el caso de Marta y David, el efecto fue más complejo, ya que la prohibición de Jordi no solo despertó la curiosidad de Marta, sino también la compasión y el morbo. ¿Podía ser tan malo, aquel chico? ¿Era posible que le atrajera, ella?

21 DE ABRIL DE 2007

20.35 HORAS

Era la primera vez en mucho tiempo que a Jordi no le había molestado ver a Bad Boy. Desde el encuentro en el prostíbulo, no habían vuelto a mirarse a los ojos. Después de susurrarse un par de frases al oído, Churchill y su hijo se han ido juntos.

Jordi siente como si su nivel de alcoholemia hubiera disminuido. ¿Cómo se le llama, a eso? ¿Trastorno psicosomático?

–¿Has visto alguna buena película, últimamente? –pregunta Halley.

Eso está bien. Con ella no es posible aburrirse. O tal vez es que no soporta el silencio.

–¿Últimamente? Buena-buena... *Breve encuentro.*

–¿*Breve encuentro*? No debe de ser un estreno, ¿verdad?

–Es en blanco y negro. De los años cuarenta. Una historia de adulterio, naturalmente.

–¿Por qué naturalmente?

–Bueno. Son las que me gustan. Es mi... ¿cómo te lo diría?... especialidad. Podría hacerte una lista de las imprescindibles, si te interesa.

–¿Has visto *Sexo, mentiras y cintas de vídeo*?

–Sí. Cuando la estrenaron me identificaba con el amante, pero ahora me parezco más al marido. Prefiero *A propósito de Henry*. Cuando la ves, te das cuenta de que para cambiar de verdad tienes que perder la memoria.

–Si te interesa tanto el adulterio, habrás visto *La hija de Ryan*.

–Desde luego.

–¿Y *Lost in Traslation*? Adoro a la Coppolita.

–No está mal. Quiero decir, dentro del género de conato. Si hay algo que me gusta son las películas de conato. No pongas esa cara. Es una de mis etiquetas. Quiere decir que no se puede hablar propiamente de adulterio, pero sí de consecuencias. Después de *Breve encuentro*, la mejor es *El proceso Paradine*. ¿No la has visto? Gregory Peck se enamora de una mujer. Ella no lo sabe. Él, me parece que tampoco. Pero un hombre se muere, un matrimonio se rompe, una mujer pierde la reputación. Ya debes de saber que un adulterio afecta como mínimo a cinco personas. Aunque sea un conato.

–¿Has visto *Ficción*, de Cesc Gay?

–No. ¿Está bien?

–Sí, si te gusta el conato del conato. Es como *Lost in Traslation* pero en una montaña del Pirineo. Mi preferida es *Deseando amar*. Si pudiera, viviría dentro de esa película. Y ya debes de conocer *Dos en la carretera*... Que no es precisamente de conato, si la recuerdas bien.

¿Qué es aquello que se acerca? Dos adolescentes con un bloc de notas... Una imagen del horror.

–Hola –dicen al unísono los que sin duda son los gemelos de Güibes mientras hunden la mirada en los senos de Halley.

Sonríen como dos mormones repartiendo biblias.

–Supongo que ya conocéis nuestras encuestas, ¿no? –dice el que tiene menos granos en la cara.

–¿Perdón? –dice ella.

–Las reglas son muy sencillas –continúa el que lleva la voz cantante–. Si contestáis, seremos breves y nos iremos. Si no, podemos ponernos muy pesados.

–*Mucho* –remarca el otro gemelo, que lleva una carpeta en una mano y un bolígrafo en la otra.

Disparad de una vez, pequeños delincuentes.

–Venga, tú –el primero se dirige a Halley–. Contesta de manera rápida y concisa a esta pregunta: ¿cuándo la cagaste?

–Eh... ¿Cómo?

Cuando lo dice, alarga la última vocal y deja la boca abierta de una manera tan sugerente que Jordi está a punto de plantearse el divorcio.

–Es muy fácil. Te repito la pregunta: ¿cuándo la cagaste?

Ella ríe como solo se ríe en la edad de oro.

–Yo no la he cagado, listillos.

El gemelo secretario apunta la respuesta mientras el otro se dirige a Jordi.

–¿Y tú? ¿Cuándo la cagaste?

–¿Quieres saberlo con exactitud?

–Sí.

–Pues el 16 de agosto de 1977.

–Me suena, esa fecha –dice el gemelo que tiene más granos.

–A mí también –dice Halley–. ¿No es el día que murió Elvis Presley? Joder, era el rey. Lástima que se haya abusado de sus canciones en las bandas sonoras. ¿No te parece, Jordi?

–Eres muy lista, nena. ¿Qué haces el sábado que viene? –dice el otro gemelo.

–No me llamo Nena, sino Halley. ¿Sabes qué es, Halley?

–No.

–Un repelente de insectos... No estoy bromeando, pequeñín. Es la marca de un atomizador que produce una multinacional farmacéutica en Santa Eulàlia de Ronçana... Lo venden dentro de unas cajas de color azul turquesa, con el cometa que se va, amarillo y verde... ¡Insektenschutzmittel! ¡Eh, a dónde vais, especie de mosquitos!

Los gemelos ya han desaparecido. Churchill ha desaparecido. En aquel rincón del jardín solo quedan Jordi y esa chica que tiene todos los atractivos de la juventud y ninguno de los inconvenientes de la inmadurez [dejémoslo así: a partir de ahora, prescindiremos de comentar estas observaciones más bien comprometidas].

Delante de Halley, Jordi no está seguro de si predomina el deseo o la envidia. Le gustaría ser Toulouse-Lautrec, el lisiado que conoció la Belleza, y a quien la Belleza respetó porque era artista.

Entonces coge aire porque se dispone a iniciar un ataque en regla.

–No está mal, tu fotolog. Quiero decir, desde el punto de vista de la técnica fotográfica.

–Eres muy amable. El de Tres Martinis tampoco está mal. Y el de Sheena me tiene robado el corazón.

–Yo prefiero el tuyo. Se nota que te interesa la fotografía...

–Sobre todo los autorretratos.

–La vida no se acaba con el Photoshop –prosigue él–. ¿Conoces el programa GIMP? Es una multiplataforma de retoque fotográfico, mucho mejor que esos programas tan populares. Todo el mundo se atreve, y que conste que a ti el trabajo te queda muy bien, pero te estoy hablando de cuestiones de base, no de detalles que puedan arreglarse quitando cuatro píxeles de aquí y añadiéndolos allá.

Es desagradable verse a uno mismo como un Patata cualquiera. ¿Tanto ha bebido? Cuanto más calla ella, con más ímpetu se explica él.

–No me refiero a las fotografías de ambiente, en la calle o en la discoteca, que no solo aceptan sino que requieren una cierta rudeza, quiero decir, las imperfecciones que hacen que algunas instantáneas sean memorables. No. Yo te hablo de las fotografías en blanco y negro que cuelgas de vez en cuando, como aquella en que te estás pintando el labio inferior, primeros planos que nunca...

Es el momento de utilizar la pausa.

–Nunca, nunca, nunca... –continúa.

–¿Nunca?

La atención de ella no parece fingida.

–Nunca, nunca, nunca –prosigue él, teatral y, por lo tanto, cada vez más seguro en su papel– se acercan ni de lejos a dar una cierta idea...

El camino a la victoria pasa por una adecuada administración de los intervalos.

–Una cierta idea... –lo anima ella.

Cuando sonríe, la boca se le abre hasta que queda en suspenso, toda ella en silencio durante unos segundos, los extremos de los labios bien perfilados, como si estuviera posando para un fotógrafo invisible.

–Una cierta idea de... cómo eres de verdad, de cómo te veo ahora y aquí. Las fotografías no te hacen justicia, Halley. Y no es que la cámara no te quiera. Es que deben tenerse en cuenta factores que a ti te pasan por alto.

¿De dónde ha sacado el cava, ella? Habría jurado que no quedaba. ¿Ya estaba allí o se lo ha traído alguien? Cuando lo mira por encima de la copa, Jordi pierde el hilo argumental. Y el uso de la palabra.

–¿Tú también crees que me parezco a Winona Ryder? ¿Sabes cuántas veces he visto *Inocencia interrumpida*? De Winona, es mi preferida.

–Bueno, yo quizás me inclinaría por *Gran bola de fuego*...

Pero ella es real. Y está aquí. Ahora se coge las manos, los dedos blancos y finos, las uñas de color negro.

–¿Qué decías que me pasa por alto? ¿Las cuestiones técnicas?

Venga, Jordi. Ahora estás en tu terreno. No pierdas esta oportunidad. A saco.

–Está, en primer lugar, la cuestión de la luz. La luz lo es todo. Hay que trabajar el entorno antes de hacer la fotografía, y no después con un programa de retoque. Necesitas focos para compensarla, para suavizar las sombras. Con uno a cada lado te quedarán las facciones separadas del fondo. Mira, se puede fotografiar de dos maneras: con trípode o mal. El trípode es más que un arte: es la conciencia de la fotografía. Y no olvidemos la óptica. El objetivo, pongamos que de cien milímetros, no te alterará en absoluto las proporciones de la cara. Estamos hablando de una gama tonal exquisita...

Aprovecha para cogerle la barbilla y girársela a derecha e izquierda.

–Esto es lo más importante. Lo demás son trucos. Podríamos utilizar un tercer foco cenital, para resaltar los cabellos.

Ella lo detiene con una mirada poco alentadora.

–Qué más –dice, el cigarrillo colgando de los labios que son del mismo color que la sangre en los filmes de Robert Aldrich.

–También podrías levantar la cabeza mirando hacia el infinito, como hacían las divas de los años treinta en las fotos de promoción.

Churchill tenía una expresión para referirse a las chicas que ponían la cara como Halley en esos momentos. Decía «madurita como la fruta a punto de caer del árbol».

–Podría hacerte un buen retrato. Tengo un plotter que llega hasta el metro de ancho. ¿Te imaginas? Una fotografía de cien por sesenta centímetros, en soporte noble, cien por cien algodón y tintas perdurables, o sea, que se conservaría toda la vida.

Propio de un charlatán, ese final. Ella mira al infinito. ¿Está posando o es que ya se imagina? Venga, Jordi, la estocada final.

–¿Sabes qué es un rip?

Ya empieza a dominar sus códigos. La ceja ojival equivale a un interrogante.

–Un programa de gestión de color. Te asegura que la imagen impresa sobre el papel quedará exactamente tal como la ves en la pantalla del ordenador.

–Muy bien, muy bien. Me has convencido. ¿Cómo quedamos?

–Tengo el estudio en mi casa. De paso te enseñaré álbumes de los mejores retratistas. ¿O ya has tenido un novio fotógrafo?

–Todavía no.

–¿Sabes dónde vivo?

–No exactamente. No he quedado nunca con Marta en vuestra casa. Bueno, había estado en la de antes.

–Es un poco difícil de explicar. ¿Sabes dónde está la antigua fábrica Ram?

–Más o menos...

–Da igual. Quedemos en algún sitio y vamos juntos.

–Propón tú.

–¿En el Café París?

No es el mejor lugar, pero ya lo ha dicho.

–Muy bien.

–¿Mañana?

–Mañana tendré una pinta horrible. Pero después viene Sant Jordi y estaré muchos días sin subir a casa... En Barcelona tengo tantas cosas que hacer que apenas si estoy en el piso. Y cuando llego aquí, no hago más que salir de noche y después duermo todo el día. De hecho, solo trabajo cuando viajo en tren. ¿Por qué te estoy metiendo ahora este rollo? ¿Sabes qué? Quedamos mañana. Ya me espabilaré.

–¿A qué hora?

–¿A las cuatro?

Demasiado temprano. Nora siempre se va a trabajar con el tiempo justo. No se trata de estropear... ¿Como lo dice Gérard Depardieu? «Ma dernière chance de bonheur».

(*La mujer de al lado*. Ella es la antigua amante, ahora reencontrada como vecina. Etiquetas: Fanny Ardant, afueras, coches franceses. La aspiración secreta de Jordi es morir como Gérard Depardieu al final de la película, de un tiro inesperado mientras hace el amor en el suelo del piso de la vecina.)

–Mejor a las cuatro y media.

–Perfecto.

Él se pone la mano en el bolsillo de la americana y saca un papel. ¿De dónde ha salido esa tarjeta de instalador de calefacción?

–¿Tienes un bolígrafo?

Ella parece ofendida.

–¿Crees que te vas a olvidar?

Tiene que apuntarlo porque es consciente de que ha bebido demasiado y tal vez lo olvidará cuando esté sobrio. Está a punto de decírselo, pero ella ya no está. Apoyado en la balaustrada, de espaldas a la oscuridad, la ve volver a la fiesta.

¿CUÁNDO LA CAGASTE?

–Cuando obligué a mi hijo a estudiar derecho administrativo.

–Cuando creé mi empresa.

–Cuando no me vendí los terrenos de mi padre.

–Cuando me negué a estudiar solfeo.

–Cuando me casé.

–Cuando no fui objetor de conciencia.

–Cuando acepté que mi hija se juntara con aquel sinvergüenza.

–El 16 de agosto de 1977.

–Cuando no llamé a casa para avisar de que llegaría antes de lo previsto.

–Cuando decidí estudiar Ingeniería Industrial.

–Cuando me quedé embarazada.

–Cuando rechacé aquel lectorado en Liverpool.

–Cuando no le dije que la quería.

–Cuando decidí abortar.

–Cuando me vendí el piso de mi abuela.

–Cuando me casé.

–Cuando no volví a llamarlo.

–Cuando me fui de casa.

–Cuando me divorcié.

–Cuando invité a aquella alumna a tomar un café.

–Cuando aprobé las oposiciones.

–Cuando dejé a Silvia.

–Cuando le encargué la casa a aquel arquitecto tan moderno.

–Cuando no quise perder nada.

–Cuando contraté aquella hipoteca a interés variable.

–Yo no la he cagado, listillos.

–El 16 de agosto de 1977.

–Cuando no me casé.

–Cuando no me presenté a las oposiciones.

–Cuando lo sacrifiqué todo.

–Cuando me hice la vasectomía.

–Cuando no morí en el momento adecuado.

–Cuando me casé.

–Cuando no creé mi empresa.

–Cuando decidí no abortar.

–Cuando me vendí mi colección de sellos.

–Cuando no me fui de casa.

–Cuando me salté aquel stop.

–Cuando nací.

–¿Qué mierda de pregunta es esta?

–Cuando no me casé.

21 DE ABRIL DE 2007

21.00 HORAS

El cielo todavía no está negro del todo, sino azul oscuro. Apoyado en el banco, Jordi busca las primeras estrellas. ¿Estará allí aquella nube detenida, aún? Cuando, al cabo de un rato, Halley vuelve y se le sienta al lado y dice que se está mejor fuera, se nota algo menos mareado, pero el gas del cava ha originado un ansia de sermón, una oralidad invasiva, unas ganas de discursear que nosotros nos hemos esforzado por reelaborar, gramaticalizando algunas frases, eliminando otras y completando todas las lagunas pertinentes.

–Es mentira que el amor no dure para siempre, Halley. El amor se mantiene inalterable a lo largo de los años. Este es el drama, precisamente. Es una cuestión que pertenece al ámbito de la física. Como la energía o la materia, la cantidad de amor que sentimos no aumenta ni disminuye. Lo que ocurre es que lo dirigimos hacia objetivos diferentes. El niño se quiere mucho a sí mismo porque no hay nadie más. Este amor se va repartiendo cuando descubre a los padres, los hermanos… Crecer significa aprender a resituar esta energía sentimental. Es como un capital que se mantiene estable, al margen de intereses e inflaciones. El adolescente retira gran parte del amor de los padres y lo reinvierte en amigos. Tenías razón cuando decías que el amor es demasiado importante como para dejarlo en manos de una sola persona. Enamorarse es arriesgarse a quebrar, ya que toda la inversión se concentra, y tal vez en alguien que no es lo bastante solvente. El resto del mundo desaparece, los amigos y hasta uno mismo, que deja de quererse. Cuando estamos en pareja queremos menos a los padres, cuando llegan los hijos queremos menos a la pareja. Ahora que Marta se va, ¿a quién querré?

(Están los codos estatuarios de Halley, los dedos prerrafaelitas de Halley, la gracia con que debe de estar levantando la ceja perfilada mientras él mantiene los ojos fijos en el espacio que tiene delante, cada vez más oscuro, como si hubiera caído el telón).

»El matrimonio es la oportunidad que la sociedad nos da para observar con detalle la degradación de la persona a la que amamos: la degradación física, pero también moral y, si tienes paciencia suficiente, intelectual. Este es quizás el mejor estímulo para no separarse. La oportunidad de vivir el envilecimiento de tan cerca resulta demasiado tentadora. Hace veinte años vi una película que se llamaba *Zoo*. Dos científicos hacían experimentos sobre los procesos de putrefacción de los animales muertos. Recuerdo las imágenes de animales pudriéndose a cámara rápida, la carne que se desgajaba y los gusanos que aparecían no se sabía de dónde mientras sonaba un cuarteto de cuerda muy acelerado de Michael Nyman. Cuando miro atrás, es esto lo que veo: mi matrimonio que se pudre. Pero no suena Michael Nyman, sino Michi.

(El alcohol se ha transformado en palabras. Algún detalle le avisa de que este monólogo no despertará el interés de Halley, pero ahora no puede parar. El objetivo ha cambiado. En este punto se trata solo de formular en voz alta el discurso que ha ido segregando en tantas noches de insomnio, el discurso que se ha hecho autónomo y lo utiliza a él para manifestarse. Lo único que puede hacer es no mirarla. Deja que sus ojos se pierdan en la luz de las estrellas y se mece en la corriente de palabras).

»Me he pasado años viendo el matrimonio de mis padres y los de los padres de mis amigos, observando parejas que se convertían en matrimonios, matrimonios que se rompían para reiniciar el proceso. No hay solución, Halley, sino disolución. En una pareja todo resulta nuevo, provisional, cualquier iniciativa es bien recibida. En un matrimonio todo sucede por enésima vez, la costumbre manda, cualquier cambio es para empeorar. Una pareja es un prólogo brillante, una aproximación brusca y dulce entre cachorros; un matrimonio es un epílogo grisáceo, una lucha tediosa entre mamuts. La pareja es un solo imprevisible de Charlie Parker, el matrimonio es el minimalismo pegajoso de Wim Mertens.

»Porque: ¿cuándo empiezan a ir mal, las cosas? ¿De un día para otro? Quizás sí. En mi caso fue después de un viaje a Amsterdam que Nora hizo con Elisenda. Era una de aquellas promociones de la agencia que casi salían más baratas que quedarse en casa. El día que Nora volvió no sentí nada, ¿sabes? Ni alegría ni tristeza. Me daba igual que estuviera o que no estuviera. Quizás mejor así. ¿No has entrado nunca en un salón de boda después del banquete, cuando ya no queda nadie? Yo sí, miles de veces. Bueno, miles no, pero centenares sí. Cuando está lleno, el salón parece contento, se le contagia la felicidad. Cuando los invitados se han ido, se lo nota afligido. Es la primera escena de *El padre de la novia*, la de Spencer Tracy, y también la del remake de Steve Martin. Se ve una panorámica de platos sucios, copas rotas, confeti pisoteado, y el padre hundido en una butaca, en el peor día de su vida.

(Algo no funciona. No es solo que Halley esté callada, sino el tipo de silencio que la rodea, más tenso de lo que correspondería. Pero no terminará hasta que haya devanado todo lo que tiene metido en los recovecos del cerebro, un chorro de palabras que aflora mientras no aparta los ojos del lugar donde antes se distinguía el Puig Neulós, tan ufano en lo alto de la cumbre).

»Conocer a alguien quiere decir intercambiar grandes cantidades de información. Es útil que el otro no sepa nada de ti porque te permite reinventarte. Este flujo puede durar unos meses. Con el tiempo, el intercambio de información disminuye porque os vais conociendo. Si superas la primera crisis, tarde o temprano llega el momento de buscar casa. Y venga a comparar barrios, hipotecas, y enseguida parqués, capacidades de congelador, precios de lámparas... Siempre hay información para contrastar. Después vienen los hijos. El nombre, los pañales, el biberón, la ropa, la cuna, el cochecito, las vacunas, la escuela, más datos que procesar. Para muchas parejas, supone el punto de no-retorno. Y, sin parar, información sobre los maestros, los amigos, el instituto, autoescuelas, motos, bares... Es más fácil ser practicante que creyente, Halley. Después los hijos se casan, generalmente con un cabroncito como Bad Boy, que solo que sea la mitad de mala persona que su padre ya me tendrá amargado toda la vida. Y para colmo hay que elegir el restaurante, el menú, el vestido, o sea, arruinarse, todo este jaleo que se termina hoy. Para después llegar a casa y descubrir que el silencio se os lleva. Quizás por eso vivo en el garaje.

»El otro día oí a una cantante por la radio que se preguntaba cómo sería el mundo sin amor. ¿Que cómo sería? Pues tal como es. Lo que resulta difícil de imaginar es cómo sería el mundo si todo el mundo estuviera enamorado. Porque... ¿tú crees que el camarero transportaría copas de cava durante horas con esa cara de muerto en vida si estuviera enamorado? ¿Que los cocineros se habrían tomado la molestia de cortar y preparar todos aquellos medallones de ternera? ¿Que el jardinero habría abonado y segado la hierba que pisamos? ¿Que el banquero estaría contento de habernos rehipotecado la casa para que pudiésemos pagar todo esto? ¿Que Ymbert vendría a poner las mismas canciones que pone en todas las bodas? No, Halley. Todo esto lo hacemos porque no estamos enamorados. La vida laboral se inventó para que no tengamos tiempo de darnos cuenta de que nos falta amor. El problema de casarse no es en absoluto el aburrimiento –que está asegurado–, sino que ese aburrimiento tome proporciones dramáticas.

(¿Cuánto rato hace que está hablando? Ha perdido la cuenta. El discurso elige siempre las sentencias más extremas aunque no se ajusten a la variedad de matices del pensamiento. Y ahora Halley le dice algo, pero no puede prestarle atención hasta que acabe de hablar).

»Y no obstante... no obstante, Halley, yo quise llevar a cabo el ideal del amor: la pareja fiel, amiga y con sexo cada fin de semana. El matrimonio como una obra maestra desconocida, un prodigio de delicadeza un poco kitsch, como una catedral hecha con mondadientes. Para lograrlo, para triunfar en el matrimonio, hay que ser un tipo de artista que ahora ya no existe. Hay que condensar mucha paciencia en muy poco espacio. Como aquellos chinos que, en las ferias, escriben tu nombre en un grano de arroz. Con Nora lo teníamos todo para ser felices, pero tan solo somos unos mamíferos que hemos visto muchas películas. Es demasiado tarde para convertirnos en la familia de Ned Flanders.

»No te cases, Halley. Hazme caso. El matrimonio es para los fracasados. Funciona si los dos son lo bastante débiles como para aguantarse. Lo he hecho todo mal excepto tener a Marta. No te cases. Y si lo haces, que no sea por amor. Puestos a hacer una obra, dedícate al body art. Bueno, ya lo haces... ¿No, Halley?

Jordi baja los ojos de las estrellas. A su lado no tiene las sandalias de cuero que esperaba ver, sino unos botines de color blanco. Unos botines de novia.

MARCEL DUCHAMP

(LOS POST DE CHRIS)

Cuando le pintó bigotes a la Gioconda, cuando convirtió un urinario público en escultura, Marcel Duchamp diluyó más que cualquier otro autor las fronteras de la obra de arte. Del conjunto de sus obras, hoy quiero recordar su matrimonio con Teeny.

En el otoño de 1951, unos amigos invitaron a Duchamp a acompañarlos a la casa que Alexina Matisse, Teeny, tenía en Lebanon, Nueva Jersey. Pocos días después, Duchamp la invitaba a cenar al Tavern on the Green, en Central Park. Desde entonces, la relación se fue consolidando.

Teeny tenía cuarenta y cinco años, sensibilidad y un carácter independiente; Duchamp tenía sesenta y tres y mantenía un perfil seductor. Pronto descubrió que la vida con Teeny podía ser muy agradable. Compartieron varios fines de semana en Lebanon hasta que decidieron instalarse en Nueva York. En 1954, confundidos entre parejas anónimas, se casaron en una oficina del Ayuntamiento.

Desde entonces veranearon en Cadaqués. Él mismo calificó aquellos años como «los más felices» de su vida. Sus amigos coinciden en aplicarles el mismo adjetivo.

En 1968, Marcel Duchamp cumple los ochenta y un años en Cadaqués. Después del verano, se instalan en Neuilly. El 1 de octubre, los Duchamp ofrecen una cena. El anfitrión está un poco pálido, pero animado e ingenioso como siempre. Cuando los invitados se van, lee a su mujer fragmentos hilarantes de un libro de Alphonse Allais que ha comprado el mismo día por la mañana. Poco antes de la una, Marcel entra en el lavabo. Al cabo de un rato, cuando le parece que tarda más de la cuenta, Teeny abre la puerta y lo encuentra tendido en el suelo, con una expresión plácida y satisfecha.

¿Y no son acaso una obra de arte, este matrimonio y esta muerte?

21 DE ABRIL DE 2007

21.35 HORAS

Algunos invitados vagan por el jardín o por el aparcamiento, otros descansan en los sofás o parlotean en sillas o sofás, otros –y no son pocos– se descoyuntan en la pista de baile, donde ahora suena «Meu amigo Charly Brown».

Sentado en el taburete frente a la barra del bar, Jordi bebe un café largo y repasa las botellas de whisky que tiene ante sí. Lo tranquiliza comprobar que están ordenadas según la clase: de malta, bourbon, blended, y dentro de cada apartado por el país de origen... Mientras queden barmans con ese sentido de la clasificación, no todo está perdido.

El Pelusa acaba de hacerle una visita.

–Vaya alegre por la vida, hombre –le ha dicho.

Ha perdido mucho pelo, pero siempre será el Pelusa.

–Momentos musicales –ha añadido.

–Prefiero estar solo –ha dicho Jordi.

–A mí plin, yo duermo en Pikolín.

Después llega Lina, que le regala un abrazo.

–Adiós.

Se siente muy cansado. Todo el sueño atrasado lo ha invadido de golpe.

En el espejo, vestido con camisa negra, ve a Bill Murray.

No es que haya olvidado la escena que acaba de tener lugar en el jardín, es solo que intenta soportar la desesperación con dignidad.

Tres sorpresas simultáneas: una mano que le acaricia la nuca, la voz de Halley y cinco palabras que no esperaba oír:

–Lo siento mucho, Jordi.

Por un momento, piensa que todo ha valido la pena si finalmente siente «le grand bonheur» que menciona Edith Piaf. Pero no es cierto. No todo ha valido la pena. Las novias suelen llorar el día de su boda, pero no porque su padre les aconseja que no se casen.

En el jardín, Marta ha apretado los labios con fuerza. Después ha iniciado un llanto silencioso y persistente. Jordi habría preferido una escena de histeria, una explosión que se evaporara al cabo de pocos minutos. Pero no. Cuando ha acabado su monólogo infame, su hija se ha limitado a mirarlo mientras las lágrimas trasladaban el rímel por encima del maquillaje, de las mejillas hasta el cuello, y él se sentía como un excremento colgado de un palo. Consciente de que no sabría, había intentado calmarla. Después ha ido a contárselo a Nora, como una expiación.

Halley le susurra al oído:

–Me han llamado al móvil. Te lo he dicho, pero tú no me oías. Cuando me iba, Marta ya venía.

Incluso ahora que tiene tantas ganas de morirse, Jordi no puede dejar de apreciar el brillo de Halley: le brillan los cabellos, los ojos, los pómulos. Esta chica realmente deslumbra.

–Lo siento mucho, en serio.

Halley le da un beso en la mejilla, largo y casto, como si lo acompañara en el sentimiento. Tiene la cara a un palmo. Es unas cuatrocientas veces más guapa que Marta.

–Siéntate un momento, Halley. Por favor.

–No puede ser, tío. Entiéndelo. Nos vemos mañana.

–Halley…

–Tienes la misma cara de alelado que Jeff Bridges en *Starman*.

En el salón, suena «Paquito el Chocolatero».

VIDAS QUE VALDRÍA LA PENA VIVIR

(LOS POST DE CHRIS)

Nico
Nina Hagen
Patrice Chaplin
Pippi Langstrump
Reggie Lampert
Regina Halmich
Remedios Varo
Renée Vivien
Sabrina Fairchild
Salomé
Sandra Uve
Sarah Bernhardt
Sheena
Sherezade
Sofia Coppola
Tamara de Lempicka
Tórtola Valencia
Valerie Solanas
Victoria Ocampo
Vivien Leigh
Zelda Fitzgerald

21 DE ABRIL DE 2007

22.10 HORAS

Rodeados de los primos de Boston, de Berta, de Tres Martinis, de Júlia, de Monika_Shift, de Jana, de PsychoCandy, de Laia y de otros invitados que aplauden con fervor, Marta y Bad Boy desenvuelven el coche, empapelado a conciencia con papel higiénico.

–Da un gustirrinín –dice el Pelusa.

Cuando han conseguido limpiar el parabrisas, los novios besan a todo el mundo. La abuela de Bad Boy los abraza a ambos a la vez, con una efusión un tanto etílica. Es el Twingo de los Recasens, pero lo conduce el novio. Es que lo quiere todo: la hija, el dinero, el coche.

Sacan la mano por la ventana y desaparecen por la calle arrastrando una sarta de latas de refresco atadas al parachoques.

En la acera se producen los últimos intercambios de teléfonos y direcciones electrónicas.

–¡No se olvide esto!

Es el encargado, que le lleva la espada samurái.

–Gracias –dice Jordi, sentado al volante, a punto de arrancar.

El encargado se inclina ante la ventana abierta.

–Esto... al final la factura subirá un poco más. Se ha consumido más cava del que habíamos previsto. Mire, aquí se lo traigo todo detallado...

Un par de mujeres se abrazan en la acera. A esa distancia, parecen Llúcia y Elisenda. En el porche, Churchill habla con Rosa.

Alguien golpea el cristal. Es Tarik, que le alarga el estuche con las tarjetas de memoria.

–Gracias, chico –dice Jordi.

–¿Podemos irnos ya? –pregunta Nora, inmóvil en el asiento del copiloto con un kleenex sobado en la mano.

Jordi maniobra para no atropellar a Ymbert, que está cargando un bafle en la furgoneta. Por listo se ha quedado sin la botella de vino.

Rosa se acerca:

–¿Os habéis acordado de recoger mi jarrón de recuerdo?

A Jordi le parece ver, por el retrovisor, un Smart que se aleja. Con o sin jarrón, sin duda se acordará de esta boda.

TERCERA PARTE

DE LA PRIMAVERA AL INVIERNO

These are your friends, from childhood for you
Who goaded you on demand the full proof.

JOY DIVISION, «Day of the Lords»

22 DE ABRIL DE 2007

16.20 HORAS

Jordi se sienta delante de un cortado en el Café París, repantigado en una butaca de escay de color granate que no habría disgustado a Cristóbal Balenciaga. Hace diez minutos que ha llegado y todavía no es la hora de la cita. En el garaje ya no sabía qué hacer. Se ha pasado la noche navegando por internet, buscando información sobre los grupos musicales y las películas que había mencionado Halley, recordando detalles desagradables de la boda, durmiendo a ratos, tumbado en el futón con los ojos fijos en el techo iluminado por la pantalla del ordenador. A la una y media ha aparecido en el fotolog de Halley la foto de Spencer Tracy cuando sale de la cocina en *El padre de la novia.* Debajo, sobreimpresa, la frase: «Mañana he quedado con alguien especial». ¿Es extraño que le costara dormirse?

Llevado por una mezcla de satisfacción pueril y de mala conciencia, antes de irse de casa ha salido a comprar un pastel de chocolate y lo ha dejado en la mesa de la cocina. Al salir de la panadería, ha imaginado que paseaba con Nora. Él llevaba un adhesivo en la espalda donde podía leerse: «Mi otro coche es un Rolls».

¿Desde cuándo la vida ha dejado de interesarle? No el cine ni la informática ni el Fondo Tulipán Negro, sino la vida. ¿Desde que desapareció Perita en Dulce? ¿O el desinterés viene de más lejos? ¿Es posible que ni siquiera en los mejores momentos de Perita en Dulce se sintiera tan vivo como ayer con Halley? No, no es posible. Sí que es posible.

Pide un agua mineral. Años atrás, cuando el local se llamaba Café Express, los camareros eran hombres hechos y derechos que llevaban americana y pajarita. Ahora son muchachitas con camisa y pantalones negros, que trajinan la bolsa con el dinero colgada de la cintura como si trabajaran en una gasolinera. Son menos profesionales, más jóvenes y simpáticas: un signo de los tiempos. ¿La ha mirado con deseo, a la camarera, cuando le ha servido la bebida? En absoluto. Tiene bien aprendido que la diferencia de edad es una barrera, no un estímulo. Excepto con Halley. El resto de las muchachitas son como abejas –se mueven deprisa, pequeñas y gregarias, indistinguibles y peligrosas–, pero a Halley él la ha visto y ella lo ha mirado. Tiene la clase de belleza que ya lo habría atraído muchos años antes. A pesar de las arrugas que se multiplican alrededor de los párpados y del velo que se nota en los ojos, la mirada de Jordi es la misma.

Halley representa el abismo de todas las posibilidades abiertas, de la vida por desplegar, sin errores previos, más allá de las servidumbres productivas y familiares. ¿No es ridículo no poder dejar de pensar en ella?

Pasan unos minutos de la hora. ¿Y si no se presenta? Cuando ella tenga su edad, a él ya le habrán diagnosticado lumbago crónico e hipertrofia de próstata. Elvis Presley sintetizó el dilema en los términos justos en la canción «It's Now or Never».

Pero no nos engañemos. La primavera ha pasado. Jordi ha tomado sus decisiones y ahora se siente como la estatua del jardín botánico.

Una manera de pasar el rato es fijarse en el entorno. El bar. Los diarios sujetos a un listón de madera. Las columnas decoradas con rayas verticales. No sabría decir si es un revival de los años cincuenta o bien de los ochenta. Debe de ser de los ochenta, porque en los altavoces suenan, de manera consecutiva, Boy George, Sade, Falco, Europe, Eagles, Paul Young, The Communards. ¿Cómo se le ocurrió quedar aquí?

Las mesas de madera y plástico han sustituido a las de mármol. Una niña lanza su aliento al cristal que da a la Rambla y dibuja su firma. La marquesina ha desaparecido. La calle sigue quedando un par de escalones por encima del suelo del bar, un desnivel que hace pensar en una pasarela de moda. Las rodillas de las mujeres que pasan por la calle quedan a la altura de los ojos de Jordi. Todas son más feas que Halley y más guapas que Nora.

Pide patatas y no se las sirven a granel, sino Frit Ravich. Por lo que respecta a las servilletas, mejor no pensar en las funciones que han tenido antes de transformarse en papel reciclado.

El desfile de modas no se detiene: una chica embarazada, dos niños cogidos de la mano, un individuo con la mirada fija, un matrimonio, turistas con abarcas, una vieja apuntalada en una joven ecuatoriana, una pareja, grupitos de adolescentes chillones.

¿Va a pasar mucho tiempo esperando?

El tique que le ha llevado la camarera le recuerda la factura de la boda. Tendrá que hablar con el encargado del restaurante. ¿Cómo puede pretender que haya que añadir dinero a un presupuesto que ya estaba inflado? O que lo pague Bad Boy: con tres o cuatro sobres de los que se ha metido en el bolsillo bastaría.

Cuando pasan veinte minutos de la hora, ya no puede estarse quieto.

Pasa por delante del bar Emporium. Se para delante de la cabina telefónica, bajo la señal que indica la dirección del castillo de Sant Ferran, simbolizado por una silueta que recuerda a una tortuga. La calle de la Portella y la de Sant Pere confluyen en una tapa de alcantarilla circular con cuatro triángulos grabados que forman una estrella de doce puntas. Jordi se sitúa encima. Delante, haciendo chaflán entre las dos calles que bajan, está la joyería Carbonell. A la izquierda queda la farmacia Bonmatí, presidida por un letrero de neón que proyecta una luz de color verde guisante. A la derecha, el bazar Andorra. Más arriba, la zapatería Palmira, y a la izquierda el Museo del Juguete. La tapa de la alcantarilla corresponde más o menos al centro de la figura que forman los cinco establecimientos. Puestos a esperar, más vale hacerlo en una estrella, ¿no?

Camina recorriendo los escaparates, observando con falso interés los artículos que están expuestos mientras no deja de dirigir miradas esperanzadas hacia el Café París. Vuelve de nuevo por si Halley ha entrado, pero no es el caso.

Cuando compara precios de zapatos en la zapatería Palmira, el escaparate refleja su imagen. Se ve a sí mismo de cuerpo entero, y mentiría si afirmara que la visión es agradable.

Las manos no aparecen porque las tiene cogidas a la espalda, detrás de la camisa de cuadros que le recorre la panza búdica.

Ve su tronco grueso, sus manos hinchadas, sus piernas delgadas dentro de los Levi's 501 demasiado nuevos, las puntas de sus pies mirando hacia fuera como un reptil antediluviano. Bueno, no exageremos. El espejo simplemente le ha devuelto la imagen de un prejubilado.

A los veinte tenía un cuerpo, a los treinta el cuerpo lo tenía a él, desde los cuarenta *es* un cuerpo.

Se acerca al escaparate para fijarse con mayor detenimiento. Uno de los motivos que hacen habitable el garaje es el tamaño reducido y la mala calidad del espejo del lavabo. Aquí se ve mejor: los cabellos escasos y quebradizos, los pelos que salen de todos los orificios y de las cejas a la Breznev, las mejillas en descenso, la piel gruesa y arrugada. Las orejas y la nariz han crecido mientras los labios se estrechaban y perdían color. Los ojos se han empequeñecido y hundido. La piel del cuello cae sin misericordia. En la boca, los dientes tienden a perder la formación y quieren ganar protagonismo, unos delante, otros de lado, los ángulos y los recodos ansiosos por atrapar los trozos de embutido que después de cenar extrae con el hilo dental. De nuevo lo asalta el complejo de sándwich: después de años de carísima ortodoncia, su hija tiene la dentadura perfecta; su padre la lleva postiza, o sea, impecable. En cambio, él... Ya no vale la pena arreglarla. Esperará unos años y hará que se la pongan nueva.

¿Vale la pena afeitarse cada día para evitar los pelos canos que le decoran la barbilla y que pueden resultar tan convenientes? No hace falta que se tatúe, ya que la piel se le rebela sola en forma de granos, pecas, pústulas, hongos, erupciones, abscesos, papilomas, manchas, venas, escamas, forúnculos, verrugas. Por no hablar de la caspa. Los vasos capilares se han roto y le han enrojecido partes de la cara. La grasa aflora a los lados del cuello. Míralo: se ha convertido en todo lo que detestaba a los trece años. No solo en el aspecto físico. Le molesta reconocerlo, pero en términos morales se parece cada vez más a Homer Simpson.

Las patillas merecen una mención especial. Su padre las había llevado gruesas y pobladas como las de Tom Jones, de Mack Meck, de Curro Jiménez, de Richard Wagner, de los colonos del *Mayflower*, del Sancho de *Honor de caballería*. A finales de los setenta, cuando empezó a afeitarse, Jordi no había dudado ni un momento a la hora de suprimir las patillas de raíz. ¿Había algún cantante que llevara? ¿Acaso tenían patillas Sting, o Robert Smith, o Paul Weller, o Ian Curtis, o Simon Le Bon, o Michi? Los amigos de Jordi habían asumido en bloque, de manera tácita, la ausencia de patillas como una postura generacional. Pero ahora estamos en 2007. Los jovencitos que aparecen en los fotologs de Marta y de Halley rivalizan en la longitud y la profundidad de sus patillas. La forma de hacha es mayoritaria en los sectores más estudiadamente desgarbados. Los hay que prefieren llevarlas en forma de espiral hacia atrás, de triángulo escaleno, de letra lambda. O bien en formato trapezoide. Ni un solo macho à la page opta por la ausencia de patillas. Muy bien. ¿Y qué se supone que debe hacer él? ¿Tiene alguna posibilidad de acción que no sea imitar a su padre o a los amigos de su hija? Complejo de sándwich, otra vez. ¿Debe optar por el anacronismo o tiene que dejarse un rectángulo vertical de un dedo de anchura, como los cuarentones que todavía salen a ligar los sábados por la noche en bares y discotecas que él desconoce? Su reflejo en el escaparate no le da respuesta.

¿Cómo ha podido pasársele por la cabeza que aquella chica bella e inteligente podía presentarse? A los ojos de Halley, él no es más que un fotógrafo de bodas medio calvo, casado con una mujer gorda e inútil, con quien ha tenido una hija que acaba de casarse con un bastardo.

Churchill tenía razón cuando dijo que Halley le complicaría la vida. Él esperaba, como mucho, que ella podría ocultar sus problemas durante un tiempo, hacérselos olvidar. Lo que no había sospechado es que al día siguiente lo plantaría. Ni tampoco que lo lamentaría tanto. Que ella se podía convertir en un nuevo problema.

En el escaparate de la zapatería ve el reflejo del Museo del Juguete. Cada Navidad iba con Marta a ver la exposición de caganers. Hasta que llegó aquella época infausta en que no quería ser vista por la calle con su padre. Volvió el año pasado, él solo, con motivo de la exposición *Pájaros de papel para Sadako*, organizada con el Museo de la Paz de Hiroshima. Sabía que lo afligiría, pero prefería la tristeza al tedio, porque recordar no era tan espantoso como prever.

Cuando se acerca a la entrada del museo, se fija en una placa adherida al muro: «Antigua mansión barroca atribuida a Pedro Martín Cermeño, el mismo ingeniero que proyectó el castillo de Sant Ferran». Quizás sí es el mismo estilo: dovelas, sillares almohadillados y aristas de piedra picada. La guerra y el juego.

Y entonces la ve bajar por la calle de la Portella, con una hora de retraso, y en la mente de Jordi el pasado, tanto el reciente como el lejano, se esfuma. Ya no está cansado de esperarla, ya no está casado, ya no la dobla en edad. Halley lleva una camiseta caqui sobre los hombros –donde se tensa, sugerente, el tirante de los sostenes–, minifalda estampada con cinturón de tachuelas y una maleta metálica de color anaranjado. ¿Volverá él a vivir algún otro momento Roxanne como ese? Difícilmente. Ahora ya está más cerca, delante del chaflán de la joyería: la boina blanca colocada de lado, los cabellos recogidos, las gafas de sol gigantes, la cara de seda con los ángulos de una modelo de Versace, la imagen perfecta de todo lo que él ha perdido, de todo lo que quizás no ha tenido nunca.

Halley le muestra su dentadura de marfil y le da un beso en cada mejilla, ligero como un pensamiento, mientras lo rodea con su aroma de fruta en sazón.

–Hostia, pensaba que ya te habrías ido. He tenido que aparcar en el Garrigal [adelantemos que esto es lo más parecido a una disculpa que jamás va a dirigirle esta chica].

–¿Nos vamos de viaje? –dice él, señalando la maleta.

–¿De viaje? Oh, no. Me he puesto lo primero que he encontrado, y he cogido más ropa por si acaso. Se supone que tienes que hacerme fotos, ¿no?

Aquella noche Jordi había revisitado, entre otros fragmentos, el final de *La edad de la inocencia* (Etiquetas: Nueva York, finales del siglo XIX, opulencia, pureza, conato). Recordaba con simpatía las dudas de Daniel Day-Lewis, que tenía que elegir entre la muchacha ingenua y la mujer lúcida, y el momento en que pronuncia la frase más optimista de toda la historia del cine: «Solo tengo sesenta y siete años». Jordi lo tiene más fácil, ya que Halley concentra en una sola persona la ingenuidad de *Una cara con ángel* y la promiscuidad sofisticada de *Desayuno con diamantes*. Y él tan solo tiene cuarenta y tres.

–¿Cómo estás? –dice ella.

–He soñado contigo –dice él mientras empiezan a subir por la calle Sant Pere.

–¿Ah, sí?

No parece sorprendida.

Cuando Jordi estudiaba fotografía en Barcelona, pasaba a menudo por delante de las galerías Halley, en el Paseo de Gracia: unos locales que ya habían dejado de existir cuando ella nació. Para él, Halley no es un cometa lejano, y menos aún la marca de un repelente de insectos, sino una reminiscencia irrecuperable. Quizás este detalle es una advertencia que le pasa desapercibida. A raíz de la conversación que tuvieron el día anterior, Jordi ha adquirido una enorme capacidad de ilusionarse y, por lo tanto, una capacidad en absoluto inferior de decepcionarse.

–¿Vamos a caminar mucho? –dice ella–. Estreno deportivas. Mira. ¿Lo conoces, no?

Y en un momento se descalza y le enseña la suela, que tiene un dibujo en forma de aguas. Entretanto, pierde el equilibrio y salta con gracia sobre un pie pequeño y apetecible.

¿Cómo se puede «conocer» una suela?

–Es la portada de *Unknown pleasures*. Diseño de Dylan Adair para New Balance. Una suela sexy que te cagas, ¿sí o no?

En el camino hacia el garaje, Jordi elude las calles más concurridas. Elige el Corriol de les Bruixes, la plaza de las Patatas y la calle de Llançà. Intuye una relación directa entre ocultar a una mujer y dedicarse al espionaje. Lo plasmó Alfred Hitchcock en *Encadenados* (Etiquetas: años cuarenta, Ingrid Bergman, la adúltera es la mujer del enemigo, la película menos cómica de Cary Grant).

De reojo, Jordi constata las virtudes de Halley. No nos referimos a aquel cuello largo, ni a las curvas de Dullita, ni a la expresividad facial que permite saber siempre lo que le pasa por la cabeza [ay, Jordi, que no has aprendido nada]. No es la clase de chica que hace que los albañiles y los lampistas se vuelvan por la calle: tiene demasiada clase [es bonito, pero ahora ya no hay duda: no has aprendido nada de nada].

Lo que más le gusta de ella son sus imperfecciones. Cuando ve aquella uña donde desaparece el esmalte, por ejemplo, o el vaivén algo excesivo de las caderas, o aquellos dedos delgados y pálidos, propios del canon de belleza tísica. Entonces queda deslumbrado como una falena a punto de abrasarse.

–No era necesario todo ese discurso de ayer en contra del matrimonio –dice ella–. Bastaba con que le hubieras recomendado *La sonrisa de Mona Lisa.*

¿Y eso a qué viene, ahora?

–No hace sol –dice él.

–¿Piensas que soy uno de esos pivones que se quitan las gafas de sol en la primera cita?

Cuando ya están en la calle de L'Albera, ella le pregunta:

–¿Me vas a contar todo ese lío entre Churchill, Biel y tú?

–Es una historia muy larga.

Entonces ella suelta una frase preciosa.

–No tengo prisa.

REÍR, LLORAR, GRITAR, CORRER

(LOS POST DE CHRIS)

En la década de los setenta, una de las secciones estelares de la revista *Diez minutos* era la que incorporaba cuatro fotografías en blanco y negro, cada una debajo de uno de estos titulares: PARA REÍR, PARA LLORAR, PARA GRITAR, PARA CORRER.

Hoy vamos a probarlo.

PARA REÍR

Las gafas de pasta de los nostálgicos de la Nouvelle Vague, los tíos feministas, los profes que buscan sus frases en Patatabrava.com, los aprendices de emo que no saben pintarse la raya.

PARA LLORAR

El Circo Americano, Las Grecas, Woody Allen, los revisores de tren que se hacen los simpáticos, la gente que dice «mañana será otro día», la camiseta del Che, el sombrerito estilo Pete Doherty, el politono con el silbido de *Kill Bill*.

PARA GRITAR

Los estudiantes que de día llevan bajo el brazo la carpeta de la universidad y de noche creen que se te van a tirar solo porque aceptas que te paguen un cubata en La Paloma (por si no te has dado cuenta, va por ti, Pol, especie de Beigbeder de pacotilla).

PARA CORRER

La World Music, *Porky's*, la rumba catalana, los jerséis Lacoste, el aroma de incienso, las chanclas, el pañuelo palestino, las películas de Eric Rohmer, los calzoncillos Unno, las versiones orquestadas de REM, los leggings negros con mini vaquera, los grupos con acordeón.

22 DE ABRIL DE 2007

17.45 HORAS

–¡Uala, qué cosa más *Unheimlich*! ¡Pero si vives como Shrek! –exclama Halley en cuanto entra en el garaje.

Y eso que Jordi lo ha arreglado. Ha arrinconado el armario de provisiones, la bicicleta estática, la estufa, la cómoda de la abuela, la bolsa de basura de tamaño familiar. Ha situado el futón vertical de cara a la pared, sostenido por la máquina de café y por un montón de diarios viejos. En el espacio libre ha montado el estudio de emergencia: los paraguas blancos que reflejan la luz, el trípode con la cámara fijada encima, los dos flashes sincronizados apuntando hacia el telón de fondo que oculta la reproducción –colgada con chinchetas– de una prostituta inmortalizada por Toulouse-Lautrec.

Mientras él acaba de preparar el escenario, Halley se sienta encima de la maleta anaranjada con las piernas cruzadas, más o menos como Ava Gardner en *Mogambo* cuando llega a la selva (Etiquetas: Kenia, Grace Kelly con salacot, un fotógrafo, gorilas). La diferencia es que, en vez de observar los movimientos de los nativos, Halley hojea las revistas de fotografía que Jordi ha dejado preparadas.

A continuación demostrará que es una modelo imaginativa, que conoce infinidad de posturas y que es capaz de producir sonrisas resplandecientes en serie. Eso sí, hará salir a Jordi del garaje cada vez que tenga que cambiarse de ropa, aunque sea para sacarse un foulard del cuello.

HALLEY'S INTERESTS

(MYSPACE)

General

Comida japonesa
Esponjas vibradoras
Plancha para el cabello
Mi perro Maximilià

Music

Death cab for cutie
Henry Mancini
Strokes
Mishima
Metallica
Johnny Cash
Foo Fighters
New Order
Guillamino
CocoRosie
Almadrava
Air

Movies

Barry Lyndon
Metropolis
Persona
Invasion of the Body Snatchers
Lawrence of Arabia
Singin' in the rain
The crowd

Books

Eudora Welty
Muriel Barbery
Arthur Rimbaud
Northrop Frye
Nick Hornby
Bartomeu Rosselló-Pòrcel
W.G. Sebald
William Blake

Heroes

Mi madre

FINALES DE ABRIL

Durante los días siguientes, las fotologgers de las constelaciones de Berta y de Halley se dedicaron a colgar fotografías de la ceremonia, del banquete, del jardín, de la pista de baile. Pero no todas las imágenes se limitaban a mostrar a los novios cortando la tarta o a Bad Boy saliendo de la piscina. Aunque habían estado en el mismo sitio que Jordi durante gran parte del día, las experiencias que habían vivido aquellas chicas no tenían nada que ver con las de él.

Las dos constelaciones coincidían en las frases melosas de felicitación. Aparentemente, el matrimonio seguía siendo un estadio envidiable.

Entre las consecuencias colaterales de la boda, hay que consignar la tórrida relación que se había establecido entre Makinero y Maixenka, perfectamente ilustrada con fotografías de diversa calidad. Otra liaison, la nacida entre PsychoCandy y Gibert, había propiciado la ruptura de relaciones con RockStar, que durante aquellos días se había limitado a colgar una fotografía de Leatherface armado con la sierra eléctrica. Debajo, en mayúsculas sans serif, se podía leer: «Estoy de mala leche».

Por lo que respecta a Marta y a Bad Boy, el viaje de novios no los había desconectado en absoluto de la red. Cada día ilustraban con alguna imagen más o menos impúdica la felicidad que imperaba en el crucero con que surcaban el Mediterráneo.

Una semana después, no obstante, solo ellos dos seguían refiriéndose a la boda. Los demás tenían otras historias que contar. La primera en abandonar el tema fue Halley, que después del fotograma de Spencer Tracy saliendo de la cocina colgó una imagen en la que aparecía Monika_Shift fotografiando a Gibert filmando a Tarik fotografiando a los novios. La fotografía siguiente era del último Elvis Presley –o sea, cuando tenía la edad de Jordi–, con una frase sobreimpresa: «Tengo un proyecto». Por lo que se refiere al blog de Sheena, en todas las imágenes aparecía el nuevo churri de Alaska.

Durante aquellos días se produjo un cambio en el nivel de interactividad de los fotologs. A partir de entonces, para poder dejar mensajes los visitantes necesitaban tener activado su propio fotolog. Puesto que Jordi no pensaba renunciar a escribir comentarios en el de Halley, se vio obligado a crear uno. Aparentemente se trataba de una mera formalidad o, si lo prefieres, una forma fácil de alentar la creación de fotologs [con el tiempo, sin embargo, aquel gesto de Jordi tendría unas consecuencias que él mismo estaba lejos de sospechar].

Entretanto, ¿cómo estaban las relaciones entre Jordi y Nora? Pues, la verdad, hacía tiempo que habían dejado de parecerse a *Nueve semanas y media*, pero de momento habían conseguido evitar *La guerra de los Rose*.

Que Jordi viviera en el garaje comportaba ventajas mutuas. Él podía acostarse tarde sin despertarla. Ella podía sintonizar M-80 en el radiodespertador sin oír resoplidos de protesta. Lo que habían consolidado no era una enemistad, sino un impase. No estaban ni bien ni mal, ni juntos ni separados. Era mejor que una separación, ya que nadie tenía que buscar casa ni pagar un abogado ni dar explicaciones. Al fin y al cabo, la situación era provisional, es decir, reversible. Si algún día se encontraban en la cocina o en el vestidor se saludaban afablemente. Les daba pereza romper aquel equilibrio. De vez en cuando, ella le llevaba al garaje restos de algún pastel que había cocinado. Él bajaba canciones de Human League y se las dejaba en un disco en la sala de estar.

De manera periódica se reunían para tratar cuestiones impostergables que les afectaban a ellos o a Marta. La boda había intensificado esos contactos. Se había restablecido algún puente, pero en esencia la situación era la misma.

La noche del miércoles 24 de abril, Jordi entró en la cocina en estado de excitación. Nora debía de haber empezado algún nuevo régimen, ya que su cena consistía en una ensalada de brotes de soja aderezada con aceite ecológico.

–Nora, ¿tú tienes idea de lo que es una cermeñada?

–No.

Seguro que ya se lo había preguntado. Siete años atrás, cuando había encontrado el diario de Biel, Jordi había creído que allí descubriría el significado de la última mirada que su amigo le había dirigido desde el acueducto, y había iniciado una discreta investigación para averiguar el significado de las palabras que no entendía. El contexto lo ayudó a adivinar algunas. La «jibarización», por ejemplo, consistía en transcribir la primera y la última palabra de un libro. En cambio no había sabido descifrar el significado de la palabra «cermeñada».

Recordemos que, mientras hacía tiempo en la calle de la Portella, Jordi había leído de manera mecánica la placa colgada en la entrada del Museo del Juguete, que atribuía el centro al mismo ingeniero que había proyectado el castillo de Sant Ferran, Pedro Martín Cermeño. Después Halley había llegado y el resto del mundo había desaparecido. Pero más tarde, Jordi recordó aquel apellido. No era demasiado forzado verlo como el origen de aquella sustantivación biélica. Y efectivamente, la construcción del castillo concordaba con la definición de «cermeñada» que aparecía en el diario: «Enormes dispendios de energía desprovistos de cualquier consecuencia positiva». Porque, ¿qué es el castillo –la belle inutile– sino una broma arquitectónica, un juego inacabable y dispendioso? Como la boda del día anterior, como el juego de whist, como las ilusiones que minuto a minuto se hacía respecto a Halley.

CÓMO SER MARTA RECASENS

Ahora imagina que levantas el vuelo y te elevas por encima de Figueres. Imaginemos que no eres un pájaro, sino un artefacto teledirigido dotado de cámara. Desde el cielo ves el dibujo de la ciudad: un intríngulis de terrazas, tejados y calles donde destacan las dos hileras de plátanos de la Rambla y el verde descuidado del Parque-Bosque. Vislumbras el verde triangular de la plaza de la Estación, el verde tropical de las palmeras de los jardines interiores, el verde amarillo de los plátanos de la plaza Gala-Dalí, el verde fúnebre de los cipreses de la plaza de San Pedro, el verde encarnado de los castaños de la calle Poeta Marquina, el verde fatigado del sauce de la plaza Enric Morera, el verde brillante de la plaza de la Fuente Luminosa, el verde plateado de las encinas de la plaza del instituto. Ahora sigues la carretera que lleva hacia el mar. Sobrevuelas el rectángulo del campo de fútbol y el círculo de la plaza de toros, el tanatorio y las salas multicine, las revueltas de las rotondas y del cinturón de ronda, el hipermercado de Vilatenim. Después de los campos de Vila-sacra, llegas al puente viejo de Castelló. Superas los humedales, los canales de Empúriabrava, Santa Margarida y la bahía de Roses. Cuando estás sobre el mar, te desplazas a más velocidad. No ves ningún delfín, tan solo barcas cerca de la costa y algún petrolero mar adentro. Ahora la velocidad se acelera todavía más. Millas y millas de olas y espuma. Mucho después distingues una isla con playas de arena blanca que es Córcega. Más millas en un mar que no se acaba. Ahora vuelves a ver tierra. Sin disminuir la velocidad llegas a Roma, cruzas los Abruzos y ya estás de nuevo en el mar. De pronto notas un frenazo brusco y lo ves frente a ti: un crucero de siete cubiertas, la antena del radar en proa, la chimenea en popa, las lanchas salvavidas alrededor. Los niños chapotean en las tres piscinas de la cubierta superior, los pasajeros descansan en las hamacas, los camareros circulan con bandejas cargadas de daiquiris, las parejas se fotografían en la barandilla, un empleado friega la cubierta. Ahora los distingues, dentro del jacuzzi de popa, relajados y abrazados como corresponde a unos novios en luna de miel.

Te metes en un túnel como el que aparece en *Cómo ser John Malkovich*. Entras dentro de la cabeza de Marta y accedes a sus recuerdos recientes. He aquí lo que su memoria ha retenido del día anterior:

–Diez de la mañana. En la mesa de recepción, Bad Boy se queja airadamente del precio de las excursiones por tierra firme, que no están incluidas en el viaje.

–Una del mediodía. En el gimnasio, Bad Boy estropea una máquina de abdominales después de poner los pies en el lugar que corresponde a las manos.

–Seis de la tarde. En el seminario de elaboración de cócteles, después de beberse una caipiriña, un Pisco Sour, un Manhattan, un Olf Fashioned y un Gin Fizz, Bad Boy agarra con las dos manos el culo a la camarera.

–Una de la madrugada. En la discoteca de la cubierta número tres, un animador enseña los pasos de la samba a Marta. De pie junto a la barra, Bad Boy los mira con ademán huraño.

–Dos de la madrugada. En el casino de la cubierta cuatro, la croupier rumana reparte cartas a Bad Boy, que tiene delante una columna de fichas que no deja de disminuir.

PRIMAVERA

A pesar de aquellas posturas de modelo profesional que Halley había adoptado en el garaje, pronto quedó claro que dejarse retratar no era más que un camino para conducir a Jordi al terreno que a ella le interesaba, o sea, al año 1977. Entre pose y pose le formulaba un número tan elevado de preguntas que acordaron que él se las contestaría otro día, y puesto que ese otro día no fue suficiente, acordaron otra cita, y después otra, y entre una cosa y otra los encuentros –«entrevistas» o, mejor dicho, «entrevistas de trabajo», como las llamaba ella– se fueron sucediendo. Algunos días quedaban para comer, otros se limitaban a tomar algo en un bar. Ella bebía tequila, nestea, bockdamm, horchata, Coca-Cola con granadina, café americano, whisky, clara, fanta, aquarius; él pedía un vaso de agua mineral para no perderse nada, para recordar, para idear réplicas al rebufo de ella, que dejaba la grabadora electrónica encima de la mesa y escribía en una libreta de anillas «monísima» comprada a propósito en la tienda Konema de la Rambla de Barcelona. En aquella libreta, tomaba apuntes no solo sobre la vida pasada de Jordi, sino también sobre cualquier aspecto que estuviera relacionado: la familia, los amigos, el amor, la música, el día a día y los domingos, pero también la moda, el parque automovilístico, los deportes, los juegos, el urbanismo. No le importaba seguir ramificaciones biográficas que la condujeran hasta la actualidad sin perder de vista el objetivo, o sea, descubrir qué había pasado aquel día en que él la cagó, es decir, lo que ella llamaba «los Hechos de 1977».

Aparte de esto, de Jordi también le interesaban sus conocimientos cinematográficos. La atraía su dilatada experiencia como consumidor diario de filmes. Le parecía instructivo conversar con alguien que había visto más películas que sus profesores de Historia del Cine y, más importante todavía, que las había visto de otra manera, buscando alguna revelación destinada específicamente a él, sin memorizar el nombre de los guionistas ni fijarse en la dificultad técnica de los planos secuencia, ni en los errores de raccord, ni en los anacronismos, sino buscando tan solo la verdad de los personajes, como una exploración vital, una investigación más en el largo camino que tenía que llevarlo a entenderse a sí mismo y a los demás. En particular, a Halley le encantaba que a cada momento, para hacerse entender, Jordi se ayudara citando frases o escenas de películas de todos los tiempos.

La historia que emergía de los recuerdos de Jordi reunía todas las características que ella deseaba. Valía la pena conocer in situ una serie de escenarios variados, donde ella acudía armada con la grabadora y la handycam. En un total de veintiséis salidas, visitaron los solares que quedaban alrededor de la estación de Figueres, subieron al monumento de la plaza Josep Tarradellas –que Jordi se empeñaba en llamar, anticonstitucionalmente, plaza de la Victoria–, simularon que deseaban comprar un piso en una agencia inmobiliaria que en los noventa había sido un gabinete psicológico, una noche saltaron la valla del colegio Sant Pau, otra se acercaron a la ITV de Vilamalla, y después a un prostíbulo de la carretera de La Jonquera, donde –a pesar de su insistencia– a ella no la dejaron entrar. Fueron juntos a Barcelona, a Perpiñán, a Llançà, a Santa Margarida, a Palafrugell, a Begur, a S'Agaró. Mientras Halley filmaba el entorno, Jordi la fotografiaba a ella. Disfrutaba experimentando con diferentes colores de fondo, descubriendo cómo la trataba la luz, cómo le refulgía la piel según el lugar y la hora. Consignemos que Halley no consideró necesario desplazarse ni a Seúl ni a Hiroshima. En cambio se hizo asidua de la Biblioteca Comarcal: subía a la hemeroteca del segundo piso y se enterraba entre los volúmenes encuadernados de los semanarios de los años setenta.

Entretanto, Jordi descuidó sus deberes como empresario autónomo y como pater familias. Cuando no estaba con Halley, rebuscaba libros, cómics, discos, juegos de mesa que se apresuraba a llevarle, a prestarle por un período indefinido, en la cita siguiente.

Meses antes, ¿quién le habría dicho que se encontraría de manera regular con una chica como aquella, que se desplazarían hasta una terraza frente a la playa o hasta un restaurante del interior, donde ella le formularía una batería de preguntas personales? Aunque Halley se comportara con profesionalidad, resultaba difícil no sentirse atraído por ella. Sin ser especialmente efusiva, de vez en cuando se le escapaba una sonrisa, le rozaba un brazo cuando salían juntos de un local, le enviaba un mail. Él se sentía tan confuso que necesitaba redactar órdenes del día para no perderse.

Ella hacía que se sintiera importante. Le telefoneaba y le decía:

–Tienes que explicarme cosas.

O bien, desde el lavabo de la biblioteca, recibiendo los últimos rayos de sol del día, le cantaba una canción por el móvil que, según la revista *Ampurdán*, sonaba en el año 1977 y que a ella le «encantaba».

O un día coincidían delante de sus ordenadores y ella le formulaba una pregunta tras otra, y él le contestaba sin siquiera releer las respuestas.

–Hoy vamos a batir el récord de mails –tecleaba ella.

–Vamos, vamos.

O él abría el correo y se encontraba un mensaje: «Tengo ganas de verte», y después, enseguida, otro: «Contesta contesta contesta», y tocaba el cielo con los dedos. ¿Es necesario añadir que nuestro hombre no borraba ninguno de esos mensajes, quizás previendo que el día que aquello se acabara podría degustarlos amargamente?

Antes de entrar en cualquier restaurante, Halley siempre se aseguraba de que se pudiera fumar. Por otra parte, podía pedir un entrecot o un bocadillo vegetal doble, según el día: lo engullía todo con la misma fruición.

Cuando estaba con Halley, Jordi no veía a nadie más. El entorno se difuminaba. Algún día aparecía un conocido, siempre de repente. Entonces ella improvisaba:

–Soy Montse, relaciones públicas de la cadena hotelera Easy Rider.

–Me llamo Magalí y me caso el mes que viene.

–¿Nos conocemos? Soy la sobrina divertida de Jordi.

Cuando él pronunciaba su nombre, lo paladeaba y lo expelía poco a poco, y era como si lo viese flotar en el aire antes de disolverse.

Sin ganas, cediendo a sus requerimientos, la llevó a los lugares que había frecuentado con Perita en Dulce. En un restaurante de S'Agaró, Halley devoró una fideuá en tres minutos mientras Jordi miraba los gorriones que daban saltitos entre los travesaños de madera del paseo e intentaba convencerse a sí mismo de que aquello no se podía considerar, bajo ningún concepto, una traición sentimental.

En el Café de la Posta de Perpiñán, que le recordaba al Café Royal de Figueres, le espetó:

–Nena, no sé si eres un lujo o una necesidad.

Después de comer en un self-service para camioneros ya en la frontera –con la Shakira de «Hips Don't Lie» en la pantalla del rincón–, ella levantó la mano y le tocó la frente.

–Tienes arrugas –dijo, con una voz que tenía la consistencia de una ensaimada recién horneada.

Si no estaban demasiado inspirados, la charla podía ir más o menos así:

–¿Cómo te encuentras?

–Bien.

–Pero si no tienes pulso.

–Entonces me habré muerto.

Era un fragmento de *Desayuno con diamantes* que servía para desentumecerse antes de la «entrevista».

Llegaba el 18 de junio y él recibía una felicitación de cumpleaños personalizada, con una playa dibujada, con trazos infantiles porque «no puedo hacerlo todo bien, ¿no te parece?».

Entonces él, inspiradísimo, le enviaba un mensaje en forma de sigla:

PETSI

(Pienso En Ti Sin Interrupción).

Y –a distancia, siempre a distancia– Halley se dejaba querer.

Había tomado muchos apuntes el día en que él le resumió cómo se revelaban las fotografías antes de la era digital. Meses más tarde, reconvirtió aquellas informaciones en una entrada de *Los post de Chris*.

Solo con que por la mañana encontrara un mensaje que dijera «Buenos días», Jordi sentía cómo le resonaban todas las cuerdas del corazón. Más de una vez al día, pensaba: «Nena nena mi nena».

POR QUÉ SE ENAMORÓ DE ELLA

No era demasiado difícil prever que, después de unos cuantos encuentros con Halley, Jordi pasaría de un interés más o menos gratificante a un enamoramiento firme. Puede ser útil, en cualquier caso, intentar examinar uno por uno los factores que lo atrajeron, y también el cambio de paradigma afectivo que él mismo entreveía.

Tenemos que apuntar, en primer lugar, que son pocos los espacios que comparten los miembros de dos generaciones sucesivas como Jordi y Halley. En las escasas ocasiones en que coinciden en el mismo sitio, suelen limitarse a mantener una conversación breve y superficial, si no guardan un silencio más o menos diplomático. Que alguien de la edad de Jordi fuera más allá de los comentarios convencionales con un ser nacido en los años ochenta ya era bastante extraño. Con el tiempo se había acostumbrado a mirar a las jovencitas como miraba un Ferrari o un olivo centenario: valoraba su belleza, pero ni se le pasaba por la cabeza emprender su conquista. En el caso de que la jovencita le sonriese, tal vez se habría encendido alguna alarma. No se puede descartar que Jordi hubiera sucumbido ante cualquier chica. Pero Halley no era cualquier chica.

Ocho atributos

Él sentía, en primer lugar, una atracción física. Halley medía 1,72 de estatura, tenía una sonrisa que resucitaría a un ciego –el copyright de la frase corresponde al novio número ocho–, un volumen pectoral que desafiaba las leyes de la gravedad, etcétera.

Sin embargo, los atributos preferidos de Jordi no eran estos sino los siguientes:

1) La mirada, que no le parecía arrogante ni huidiza, como la de tantas jóvenes con que topaba en su campo visual, sino directa y clara y transparente y toda una serie de adjetivos que Jordi, en los momentos más melancólicos de su vida de garaje, detestaba desgranar, pero que le servían de manera provisional para resumir o imaginar aquellos ojos grandes como los de un personaje de *Sunwell Trilogy* –la frase es del novio número doce–, de una profundidad matizada por el alzamiento de ceja ojival que ya hemos mencionado en algún otro sitio. Lo que más lo descolocaba era la mirada de ella mirándolo mirarla.

2) El tono de voz. A Jordi le fascinaba aquella consistencia quebradiza que le recordaba la gama de matices que cubre Gwen Stefani, la cantante que estaba de moda cuando Perita en Dulce curó los problemas psicológicos de Jordi y parecía que el mundo había dejado de girar.

3) La firmeza casi infantil de la piel, en particular la de las mejillas, suave y brillante como solo había visto en algunas fotografías de Helmut Newton. Por asociación de ideas, pasamos al siguiente atributo.

4) El culo. Por norma general, la evolución viene a ser así: a los veinte es pequeño, a los treinta está en su punto, a los cuarenta es grande, a los cincuenta deja de ser un culo. Sin embargo, tenso bajo los vaqueros indie, el culo de Halley se adelantaba a su tiempo, alcanzaba la plenitud circular en la etapa de máxima armonía del cuerpo. Era, en fin, un culito respingón dotado del mismo movimiento autónomo que la nariz de Nicole Kidman en *Embrujada*.

Y también:

5) Aquel aroma fresco, medio natural y medio de perfume de importación, que más adelante Jordi se obsesionaría por recuperar.

6) La gracia. Él nunca había sabido dónde poner las manos ni el cuerpo en general. Ella, en cambio, se movía con la naturalidad majestuosa de un sensei de tai chi chuan, con la artificiosidad trabajada de Kirsten Dunst en *María Antonieta*.

7) La felicidad. Halley estaba casi siempre de buen humor. La hacían reír situaciones que Jordi encontraba molestas o directamente insoportables. Incluso cuando quería reñirla –porque había llegado tarde, por ejemplo–, tenía que detenerse ante las chispas que surgían de aquellos ojos sistemáticamente pintados con rímel; qué diferente de Nora, aquella mujer que cuando reía lo ponía de mal humor. Jordi no tardaba en sumarse, en intentar contagiarse de aquella efusión, aunque solo conseguía transformarla en un humor gruñón como el que gravita sobre la película *Flores rotas*.

8) Y, claro, lo que lo atraía de ella –pero no por encima de los otros atributos, sino de manera paralela– era la diferencia de edad, que Halley –coqueta como ella sola– se encargaba de resaltar. De pronto decía:

–¿Has visto el grano que me ha salido en la frente? Eso es que todavía no he acabado de crecer.

Estos ocho atributos se combinaban con los que detallamos a continuación:

Una cría moderna

Halley no era solo joven: era rabiosamente contemporánea, de una modernidad explosiva.

Fijémonos, por ejemplo, en la manera en que utilizaba las nuevas tecnologías. Las relaciones adúlteras con Perita en Dulce se habían basado de manera exclusiva en el uso del teléfono móvil. Pues bien, Halley mantenía un fotolog, llevaba una vida social activa en MySpace, una doble vida en SecondLife, y una tercera en Facebook, y otras en Orkut, Twitter, Hi5, pero la cosa no acababa allí. En su blog, *Los post de Chris*, colgaba una serie de notas sobre temas relacionados con los Hechos de 1977: *El whist, Blondie, Just William, Marcel Duchamp...* Jordi los devoraba como si fueran cartas de amor.

Halley era velocísima enviando mensajes por SMS –«ola k ay? Kdmos 18? Kxs»– y podía mantener decenas de diálogos simultáneos en el Messenger, aparte de hablar por el Skype y multichatear en IRC y en una docena de sitios más. Cambiaba de móvil cada dos meses, de G3 para arriba, y dominaba el arte de la llamada en espera mejor que Tom Hanks en *La guerra de Charlie Wilson*. Guapa y tecnófila: para Jordi era una bomba.

Pero no se expresaba solo con palabras. Detengámonos en su forma de vestir. No era en absoluto una fashion victim; más bien al contrario, ya que imponía tendencias. Jordi estaba suscrito a *El Periódico de Catalunya* desde el año 1988, cuando volvieron del viaje de Galicia. Pues bien, durante aquel verano de 2007, una de sus rutinas sentimentales era consultar la sección donde el coolhunter de turno diferenciaba lo que era in de lo que ya había quedado definitivamente out. Pues bien: lo que era in –la diadema, el bolso gigante, el flequillo asimétrico, los guantes largos, las botas de motera chic, las cadenas de gangsta rap, la minifalda evasé–, Halley siempre lo llevaba desde hacía meses. Era tan cutting-edge que se había quitado el piercing de la nariz cuando la gente empezaba a ponérselo. En cambio no había sometido su cuerpo a ningún tatuaje. Según ella, no existía ningún dibujo, ninguna palabra o frase que tarde o temprano no la cansara. No obstante, fantaseaba con el proyecto de tatuarse el rímel alrededor de los ojos.

–Lo he calculado. Al cabo de los años, ¿tú sabes el trabajo que me ahorraría?

Aquella chica formaba parte de un paradigma que no existía en el siglo XX: era inteligente y gamberra, destacaba en todo lo que emprendía y en verano alargaba las noches hasta que clareaba. Era una intelectual con ropa ceñida, un peligro público que sacaba matrículas de honor, una cínica enamoradiza, una niña caprichosa con fuerza de voluntad, una pija tan sofisticada que odiaba a las pijas. Leía libros de Stanislaw Jerzy Lec en la playa nudista y escuchaba Sepultura mientras se duchaba. Resultaba imposible saber cuándo mentía, cuándo era hiperbólica, cuándo hablaba en sentido figurado, cuándo era regla y cuándo excepción. Conocerla era una tarea inacabable, ya que siempre quedaba algún recodo sin cubrir. Podía confundirse con una Lolita tardía, pero se expresaba con la precisión de un Humbert Humbert precoz. Ella ni siquiera veía en esto contradicción alguna [añadamos, con este plural mayestático, que cada vez nos gusta más: ¿acaso había alguna contradicción?].

En compensación, tenía lagunas que divertían a Jordi: ignoraba qué era un Hare Krishna, no sabía nada de Victoria Vera ni de Barón Rojo, no tenía reparos en reconocer que no tenía ni idea de quién era el superagente Anacleto, o Luis Mariano, o Bobby Sands, o el general Gutiérrez Mellado. Él, por su parte, se sentía como si se hubiera ausentado del planeta durante toda la década de los noventa. La infancia de Marta lo había desvinculado de la realidad, sobre todo de la música. ¿Eran tan importantes como decía ella, los Cranberries?

Quizás algún lector perverso –alguna lectora perversa– crea que lo que a Jordi le gustaba de Halley era lo que compartía con Marta. Al contrario. El hecho de que las dos amigas no tuvieran casi nada en común –excepto la guardería a la que habían ido y la inclinación por las tiendas Miss Sixty– lo tranquilizaba y lo animaba. Más bien prefería de Halley lo que compartía con la Nora de antes; o, mejor dicho, con Blondie. Un día que estaban en el Club Náutico de Blanes, Halley se sentó en cuclillas, se abrazó las rodillas, se acercó a la boca un azucarillo que había sobrado del café y le sonrió –porque sí– mientras lo roía con los incisivos. Él se conmovió porque era un gesto que había visto hacer a Blondie cuando Halley todavía no había nacido.

Pero Jordi no podía imaginarse ni a Marta ni a Blondie diciendo las procacidades que Halley soltaba como si nada, por ejemplo en un local a rebosar:

–¿Sabes que el otro día Mick Jagger estaba en el Jamboree? Lo llego a saber y voy y me lo tiro.

–Cuando acabe el libro me voy a pasar un año dando vueltas por los States, más caliente que una gata.

–Ayer los gemelos Güibes estaban en el bar irlandés de la plaza del Sol. Son monos, así, tan iguales. Empiezan a gustarme los menores, ¿sabes?

Claro que resultaba imposible averiguar si hablaba en serio. Era incapaz de dejar pasar una oportunidad de escandalizarlo. Para ella, la veracidad no tenía ninguna relevancia.

–Quiero ser algo importante a los veintitrés.

–Ajá –decía él, que ignoraba que esa frase procedía de *Bocados de realidad.*

A continuación, ella improvisaba:

–Después no sé si quedarme embarazada o bajar a África a cuidar niños, si meterme en el mundo de las drogas, dedicarme al videoarte, presentar un programa de rock alternativo o casarme y tener un montón de hijos.

Con aquella boca tamaño Cameron Diaz del color de una amapola cuando se abre, con aquella piel fúlgida y aquella mirada inacabable, Halley soltaba las sentencias más imprevisibles. A menudo costaba entenderla. Se servía de un idiolecto que ella llamaba cristinés, hecho de sobreentendidos que a Jordi –a veces felizmente– se le escapaban.

En suma: no solo era joven: era juvenil. Podía sufrir un ataque de risa –«partirse el culo» era una de sus expresiones preferidas– a raíz de un comentario cualquiera. Podía insultar a alguien y después decir que era «tan dulce». Podía mencionar a actores pornográficos en alguno de sus blogs y al cabo de pocas horas dedicar una entrada lacrimógena a su madre. Podía dar saltitos y servirse del léxico especializado de varias disciplinas científicas. Según el momento, podía parecer la hermana menor –o mayor– de sí misma. Un día le confesó a Jordi que dormía con un conejito de peluche. Pero quizás se trataba de una de sus metáforas.

No era menos emocionante el hecho de que los años ochenta estuvieran de moda, de manera que aquella «cría» –otra de sus palabras fetiche– escuchaba las mismas canciones que Jordi a su edad. Por todo ello, en más de una ocasión a él le resultaba inevitable sentirse como si los últimos veinte años no hubieran existido. Después la caída era dolorosa.

Halley era un compendio atractivo de la alteridad: otra edad, otro sexo, otra forma de hacer y de ser, de saber y de tener. A Jordi no le habría molestado lamerle el ombligo, pero quería acercarse, también –no es broma–, por razones epistemológicas: por el reto de excavar un túnel que lo pusiera en contacto con un mundo perdido. Escuchando la música que escuchaba Halley, viendo las películas que veía, oyéndola y mirándola, era como un aventurero internándose en territorio desconocido, aprendiendo una lengua y unas costumbres que los miembros de su propia tribu se vanagloriaban de desconocer. Era dos universos alineados, los dedos en contacto de la Capilla Sixtina, o más bien de *ET*.

Una utopía sentimental

La juventud es potencia y desconcierto, dos elementos que tienden a anularse mutuamente. Por lo que sabía Jordi, a la edad de Halley las chicas se pasaban el día dejando que el tiempo se deslizara, bromeando, repitiendo anécdotas sentimentales o familiares, relatando novatadas en la residencia, rememorando la última noche de bares o un late night show. Las tardes se esfumaban hablando de proyectos, de posibilidades, de dudas, de tanteos, de primeros pasos: la época de los puntos suspensivos, del «no sé». Lo que diferenciaba a Halley de las demás era que sabía perfectamente lo que quería. Podía ser enamorar a un hombre, escribir una novela o convertirse en diseñadora de chapas. Daba lo mismo. No necesitaba instrucciones para crecer. La peculiar combinación de energía, belleza, talento y determinación la convertía en un proyectil destinado a alcanzar cualquier objetivo que persiguiera. Se mostraba ávida en la época de la desgana. Era única y lo sabía, y por eso se comportaba como una piedra preciosa.

Cada vez que la veía acercarse, tan diferente de la vez anterior, igualmente radiante pero vestida y pintada y sonriente como si fuera otra, Jordi entreveía un cambio de paradigma afectivo. Su relación con Nora se podía resumir en unos meses de descubrimiento seguidos de años de erosión. Pero Halley, la mujer de los cien peinados y de los mil humores, le ofrecía la posibilidad de la embriaguez ininterrumpida. Con ella todo podía ser diferente porque cada día era otra. No hacía falta ser polígamo, bastaba con no volver a la misma calle, a la misma frase, al mismo ademán. Encontrarse en un lugar distinto en cada cita. Sobre todo, no descubrirla nunca delante del televisor con bata y zapatillas. Eliminar cualquier pauta. Encontrarse a cada momento, separarse durante una temporada indefinida, inventarse juntos en cada ocasión. No estar seguro, al verla, de si sonreír o temblar. No saber si acercarse para besarla, para tocarla y asegurarse de que era real, para confesarle los errores cometidos cuando ella aprendía a caminar, no saber nada excepto que ella estaba.

Momentos de ofuscación

Halley jugaba con él. En cristinés, hiperbolizando, todo lo que quieras, pero jugaba.

Por la noche, Jordi se levantaba maquinalmente del futón y en el fotolog de ella encontraba una fotografía de Steve Martin y una frase sobreimpresa: «Un hombre me pone».

Cuando se encontraban, ella le preguntaba si había sufrido abusos en la infancia, «como Rufus Wainwright» –y por la noche él googleaba aquel nombre, pero no acertaba con la grafía.

Otro día ella se presentaba fumando un porro. Cuando él la sermoneaba, respondía:

–No te preocupes. Mi camello es de confianza.

Si él levantaba una mano para acariciarle un mechón de pelo, ella lo fulminaba con la mirada. Entonces, en el garaje, él decidía dedicar unas horas a poner orden en el Fondo Tulipán Negro, pero no conseguía concentrarse. Al cabo de dos días ella lo llamaba y le decía que tenían que encontrarse. Él corría a verla porque cualquier cita podía ser la última.

Una noche visitaba el fotolog de Halley y encontraba un dibujo de Peter Griffith con una frase debajo: «Solo me excitan los hombres a partir de los cuarenta y dos años». Entonces Jordi pensaba que lo único que tenía que decidir era cuándo le ofrecería su vida.

¿A alguien puede sorprenderle que aquel hombre se ofuscara?

Conclusión

Todos los atributos de Halley confluían en un erotismo visual, de origen literario y sobre todo cinematográfico, que parecía diseñado especialmente para cautivar a Jordi.

Desde la penumbra del garaje la buscaba en todos sus escondites virtuales. Después se preguntaba cómo habría sido su vida sin Nora y sin Marta. ¿Él ya era así o con el tiempo se había convertido en algo distinto? Bajo todas aquellas capas y obligaciones, ¿aún había alguien? ¿Era algo, él? Meditaba sobre cómo le habrían ido las cosas si se hubiera crionizado a tiempo y se hubiera despertado para conocer a Halley.

Salía, caminaba sin rumbo, se sentaba en un banco a esperar que sonara el móvil.

Tenía ganas de huir con ella. Pero ¿a dónde?

Aquella chica –en fin– lo atraía como la luna al agua.

EL AÑO DE LA CONFLUENCIA

Ella

No es extraño que Jordi se sintiera atraído por Halley. Ahora bien, ¿qué encontraba ella en él?

Le gustaba que la desearan, de eso no hay duda. Pero tenía un código deontológico. Por ejemplo, nunca daba alas –queremos decir: seriamente– a nadie que sobrepasara los treinta y cinco años. Era su límite. El día de la boda, cuando Jordi la había encontrado en el jardín, ella había querido mostrarse amable, no seductora. La relación cambió cuando oyó la respuesta que él dio a la pregunta de los hermanos Güibes. La intrigó que él reconociera que «la había cagado» precisamente el 16 de agosto de 1977. Si no fuera por aquella fecha, no habría accedido a someterse a una sesión fotográfica con Jordi. Por otra parte, no era tan perversa como para iniciar un flirteo con el padre de una amiga. Solo tenía una razón para hacerlo: aquel hombre podía ayudarla a cumplir lo que ella llamaba «la misión» de su vida.

Halley tenía gracia para escribir, había conseguido sin dificultades acabar relatos y guiones, pero le faltaba una buena historia que explicar. Tenía que situarla en el único lugar que conocía lo bastante bien, el Alto Ampurdán, que además tenía la ventaja de no estar demasiado tratado por el cine ni por la narrativa. Figueres resultaba ideal: una ciudad que ella conocía de toda la vida, pero con la que no mantenía una familiaridad paralizante. Podía describirla de memoria, documentarse, desplazarse como si estuviera en un decorado de Cinecittà o de Second Life. Había decidido que la historia tenía que ambientarse en los años setenta, una época que la cautivaba. Si pudiera ser, en el año 1977. ¿Por qué?

Un amante germanista le había explicado que, de manera misteriosa, todas las transformaciones que correspondían a un siglo se concentraban en un solo año. Había sucedido en 1883, cuando en pocos meses de diferencia había muerto Karl Marx, había nacido Franz Kafka y Nietzsche había escrito *Así habló Zaratustra*.

Ella había encontrado una confluencia similar en el año 1977. Se había abierto el Studio 54 en Nueva York y se había grabado el «God Save the Queen» de los Sex Pistols. Era el año de *Fiebre del sábado noche* y de las madres de la plaza de Mayo. Era también cuando el Centro Pompidou había hecho la primera retrospectiva de Marcel Duchamp en Europa y cuando el padre del ciberpunk, William Gibson, había publicado su primer texto literario, *Fragmentos de una rosa holográfica*, que ella había traducido, como ejercicio de verano, el año que había cumplido los catorce.

En 1977 habían muerto René Goscinny y Elvis Presley. De una sola vez desaparecían Iznogud, Astérix, Lucky Luke, el pequeño Nicolás y el rey del rock and roll. Nacía Makoki, The Jam grababa el primer elepé y Joy Division daba el primer concierto.

1977 era –ella siempre había estado convencida– el año en que Maria-Mercè Marçal y su madre, que entonces estudiaba magisterio, habían subido a Sant Pere de Roda y se habían sacado la fotografía que siempre tenía sobre la mesa de trabajo. 1977 era el año ideal para situar la novela que su madre no tuvo tiempo de acabar, la novela que su padre –demasiado obediente– quemó siguiendo sus indicaciones en el lecho de muerte.

Él

Por otras razones, 1977 era también el año de Jordi: el que lo había marcado, la clausura y la inauguración, el año en que su vida cambió.

Pese a no haber conocido a Franco personalmente, Jordi había mantenido con él unas relaciones conflictivas. Que enviara a su abuelo a la cárcel era desagradable, que prohibiera su lengua materna era feo, que lo obligara a cursar Formación Cívico-Social era lamentable, pero la injusticia histórica más irreparable era que durante años lo hubiera obligado a compartir aula únicamente con seres de su sexo. Jordi –que solía tener a su padre en la aduana– convivía con su madre, su abuela y la retahíla de mujeres que se encontraban mejor en la peluquería que en su casa, pero no estaba acostumbrado a ver de cerca adolescentes de sexo femenino, y todavía menos a hablar con ellas. Este iba a ser uno de los grandes cambios de 1977, ya que fue el año en que comenzó primero de BUP en el Instituto Ramon Muntaner en régimen de coeducación. Pero entonces ya era demasiado tarde. Jordi nunca fue capaz de relacionarse con miembros del otro sexo con la naturalidad con que lo hacía, por ejemplo, su hija. Pertenecía a aquella generación que siempre veía gato encerrado en una amistad entre hombre y mujer.

Pero 1977 representó también un hito en otros aspectos. Fue, por ejemplo, el año en que recibió la primera clase de catalán, impartida con más voluntarismo que conocimiento por el maestro al que Biel llamaba Richelieu. Fue también el año en que el francés dejó de ser obligatorio, aunque Jordi continuó estudiándolo en el instituto, siguiendo métodos que le parecieron chocantes, como la audición de canciones de Françoise Hardy y de Charles Aznavour. Fue el año en que el inglés inició el camino que pronto lo llevaría a la hegemonía escolar: ese fue el camino que eligió Churchill. Optando por el francés, Jordi quedaba condenado a pasarse la vida sin entender la letra de las canciones.

El año 1977 es la tierra de nadie de la transición, la bisagra entre el franquismo y la democracia, entre la muerte del dictador y la Constitución, entre la represión sistemática y la libertad recién inaugurada. Es el año en que se estrena y se prohíbe *La torna* de Els Joglars, el año del motín de La Modelo y de la Ley de Amnistía, de las manifestaciones masivas y de los asesinatos de la calle Atocha, de las represiones con fuego real y del reinado de Ocaña en las Ramblas de Barcelona, de la desaparición de la censura, de las Jornadas Libertarias en el Park Güell, el año del riesgo, del castigo y del goce. Los historiadores han situado la culminación de la transición en el verano de 1977, entre las elecciones generales de junio y el retorno del presidente Tarradellas, en octubre. Entremedio hubo la manifestación del Once de Septiembre en Barcelona. La generación de Jordi, demasiado joven para luchar contra la dictadura, ni vivió los riesgos de sus hermanos mayores ni disfrutó de las ventajas que tuvieron sus hermanos menores: Jordi era demasiado joven para el Canet Rock de los setenta y demasiado mayor para el rock catalán de los noventa.

El verano del 77 fue el primero de lo que entonces se llamaba, con la fórmula vaga y peripuesta de las novelas de Colette, «el despertar de la sensualidad», y que se traduce con la aparición de humedades nocturnas, de fluidos desconocidos. El verano siguiente, Jordi se lo pasó descargando camiones en un supermercado de Empuriabrava. El del 77 fue el último en que no trabajó, que es una manera de decir que fue su último verano de verdad.

INSTRUCCIONES PARA CRECER

(los post de chris)

¿Cómo podemos identificar las películas que ayudan a crecer? No es difícil. Como mínimo cumplen dos de las tres características siguientes. En primer lugar, aparece lo mejor de cada casa: Angelina Jolie, Christina Ricci, Winona Ryder, Thora Birch, Scarlett Johansson, Evan Rachel Wood. En segundo lugar, las protagonistas se pasan el rato preguntándose qué pintan en la vida, pero da la sensación de que no se mueren de ganas de saberlo. En tercer lugar, nunca faltan las frases siguientes:

–Me estoy deprimiendo.

–Es realmente patético.

–Estoy a punto de vomitar.

Hollywood proporciona una película para cada etapa:

Thirteen, de Catherine Hardwicke (2003). Narra la primera crisis, que podríamos situar en el primer ciclo de ESO. Empieza el sexo, las drogas y el hip-hop.

Consejo: No te fíes de las populares.

Ghost World, de Terry Zwigoff (2001). Cuando se acaba el instituto, se presenta la segunda crisis. Dilema: ¿vale la pena ir a la universidad?

Consejo: no te enrolles con cuarentones, sobre todo si son fracasados.

Prozac Nation, de Erik Skjoldbjaerg (2001). La llegada a la universidad marca la tercera crisis. Con la inflación de libros, de amigos y de experiencias llegan los medicamentos.

Consejo: si no tienes cuidado, acabarás tan mal como tu madre.

Inocencia interrumpida, de James Mangold (1999). Una variante de la crisis anterior. En el caso de que no aciertes con la medicación, te pueden encerrar una temporada en un manicomio.

Consejo: ya que has cometido unos cuantos errores, no olvides convertirlos en una novela de éxito.

Bocados de realidad, de Ben Stiller (1994). Bueno, ya has acabado la carrera. ¿Cuánto tiempo crees que puedes pasar preguntándote qué quieres hacer en la vida?

Consejo: intenta no alargar la juventud hasta que empieces a hacer el ridículo.

VERANO

Halley era el centro del mundo. Él enseguida se había acostumbrado a aquellas «entrevistas de trabajo». Cuando ella no estaba, se sentía cada vez más... –¿cómo lo diríamos?– amputado.

Estaban las que podríamos llamar ausencias justificadas. A mediados de mayo, después de quedar casi cada día para hablar de los Hechos de 1977, Halley pasó una semana en el Festival de Cannes. Pero eso era solo el principio. A principios de junio, ella «tenía que ir» a Barcelona a oír a Patti Smith en el Primavera Sound. Quince días después, era el turno de Devo en el Sonar (la chica se pasó una semana tarareando el «Mongoloid»). En julio volvió a la capital porque «tenía que ver» a Scarlett Johansson, que rodaba allí *Vicky Cristina Barcelona*. Después fue el turno de Gossip, el grupo liderado por una cantante obesa y lesbiana a quien ella también «tenía que ver».

–Mala suerte –le decía, como si con esas palabras él tuviera bastante.

El 24 de julio, por su cumpleaños, Jordi tenía a punto una medalla de San Cristóbal para ella, pero tuvo que esperar hasta tres días más tarde para regalársela, cuando ella tuvo la agenda lo suficientemente vacía como para concederle un rato. A principios de agosto llegaba la fiesta mayor de Roses, y después la Acústica de Figueres, o sea que ella volvía a desaparecer.

¿Cuántas veces no se había presentado a una cita? Jordi prefería no llevar la cuenta. Halley no era partidaria de quedar con antelación, sino de improvisar el mismo día.

–¿Te va bien dentro de dos horas? –lo llamaba.

Y se presentaba al cabo de tres, con una sonrisa radiante, «la sonrisa que podría desarticular una célula terrorista», según el segundo novio poeta.

Si Jordi se quejaba por el retraso, ella le soltaba cosas como:

–Me has conocido en un momento extraño de mi vida.

O bien, de una manera menos enigmática:

–Acabo de cortar con uno de mis amantes.

O también:

–Tengo una regla muy dolorosa.

O, en fin:

–Se me ha hecho tarde en la masajista.

O, descaradamente:

–Estoy hecha polvo. He tenido una noche porno-romántica. Cuando me pongo la combinación que me compré en Oysho estoy irresistible.

Después él se quedaba abatido. Ella decía:

–¿No los odias?

–¿El qué?

–Estos silencios...

Tardó medio año en descubrir que eran las palabras que le decía Uma Thurman a John Travolta en el restaurante retro Jack Rabitt Slim's, en *Pulp Fiction* (Etiquetas: conato, gánsteres, drogas, bondage interracial).

De vez en cuando a ella se le escapaba alguna frase adolescente, por ejemplo en forma de mail enviado a altas horas de la madrugada: «Me siento como la protagonista de una película del cineclub Dioptría», «Si me equivoco, no pediré compasión», «Quiero ir a Hollywood / Quiero ir a la China, joder», «Acabo de ver *Last days*. ¿No tendrás un rifle a mano?». En aquellos momentos, él recordaba que ella no era exactamente una persona adulta. O cuando recibía canciones de Extreme o de Kiss comentadas en cristinés, y se sentía obsoleto. Y todavía era peor cuando lo que ella le enviaba eran baladas de Scorpions o el disco romance de Sally Shapiro o los lamentos pegadizos de Damien Rice. O cuando, en plena sesión de Messenger, le decía: «Te dejo, que Liana me llama para que vaya a cenar».

Él se lo tomaba demasiado en serio. Se sentía alternativamente como un dios o como un mendigo, según el caso que ella le hacía. Si cuando se levantaba no encontraba ningún mensaje de Halley en el buzón del ordenador, se pasaba un cuarto de hora enviándole frases de las que después se avergonzaba. ¿No se lo estaba jugando todo a una carta?

Jordi no había sentido nunca la necesidad de escribir, pero Halley había cambiado reglas y costumbres. Le hablaba de Leonora Carrington, la monja portuguesa, Renée Vivien, Victoria Ocampo, Vita Sackville-West. Su preferida de entonces era Clarice Lispector. Le enviaba montones de citas: «Me echaré tanto de menos cuando muera». Para triunfar en la vida, decía Halley, se necesita una desesperación dinámica, una biografía exótica, una cierta fotogenia, un nombre eufónico. Clarice Lispector lo tenía todo. ¿Y él?

Así pues, se intercambiaban frases. Las de él eran quejidos más o menos barnizados: «Vives en el instituto de belleza Rosestil. Hay lugares peores, supongo». Otras eran propuestas decentes: «¿Me concederías este baile?». Pero también se internaba en el registro lírico cuando citaba a Màrius Torres pensando que era Lluís Llach: «Corren nuestras almas como dos ríos paralelos».

Si ella no respondía en unos cuantos días, él se ponía un poco pesado. Entonces ella tecleaba, por ejemplo:

–Eh, que no eres mi amante, tan solo un Huckleberry friend.

Seguían unos días de intercambio de mails. Ella le preguntaba detalles de 1977 que se le habían pasado por alto en las entrevistas. Él le contestaba fragmentos recordados y, si fallaban, otros inventados. Después ella volvía a desaparecer y él tecleaba: «Dime algo». Se esforzaba en no insistir, pero no siempre lo conseguía: «Oh, Halley, la prórroga dura mucho más que el partido. ¿Cuándo nos veremos?».

Al cabo de unos días, ella le contestaba.

«Las cosas se me han complicado. Yo también estoy en crisis, tío».

HALLEY'S DETAILS

(MYSPACE)

Status: Freestyle
Here for: Amistades y rollitos de primavera
Orientation: Safo no me ha llamado, de momento
Hometown: Roses
Body Tipe: No me molestaría tener el de Catwoman
Ethnicity: Empordà
Religion: Egocentrismo
Zodiac sign: Leo (¡uargh!)
Smoke / Drink: Soy una viciosa / A partir de las 18 horas
Children: Quizás a los treinta y tantos
Education: Autodidacta con carrera
Ocupation: Intento ser feliz sin perder el control

LOS GALANES DE AUDREY HEPBURN

Jordi no había valorado las películas de Audrey Hepburn hasta que Halley le recomendó *Dos en la carretera*, que sería perfecta si no acabara tan bien. Después visionó toda su filmografía. Se entretenía comparando las edades de los actores que la habían tenido como pareja cinematográfica. Empezó con Gregory Peck, que en *Vacaciones en Roma* le lleva trece años de ventaja. No son tantos, y a él se lo ve juvenil. No como Humphrey Bogart en *Sabrina*: tiene treinta más, pero parece aún mayor y ella más joven, de manera que no se lo confunde con el padre, sino con el abuelo; por eso cuando se dan el beso al final la cámara se sitúa cautelosamente lejos. Henry Fonda le lleva veinticuatro en *Guerra y paz*, pero en *Una cara con ángel* Fred Astaire –ágil, sí, pero calvo y arrugado–, iguala el récord de Humphrey Bogart. Después se suma Gary Cooper, con una diferencia de veintiocho en *Ariane*. Y llega la alternancia: Burt Lancaster solo le lleva quince en *Los que no perdonan*, Cary Grant veinticinco en *Charada*, William Holden once en *Encuentro en París*, pero Rex Harrison la vuelve a sobrepasar en veintiuno en *My Fair Lady*. A partir de cuando Audrey roza la treintena, los galanes tienden a igualarse en edad si no es que, como en el caso de Albert Finney –*Dos en la carretera*– o Sean Connery –*Robin y Marian*–, son más jóvenes que ella.

SETENTA MINUTOS

Salta a la vista que no todo eran momentos Roxanne. ¿Cuántos cuartos de hora la esperó durante aquel verano? ¿Cuántas horas se quedó sentado en la terraza de un bar, plantado en una esquina o paseando delante del restaurante que había elegido aplicando unos determinados criterios de calidad, distancia y discreción? No las hemos contado, pero fueron muchas. Lo que sí sabemos es que desarrolló un ritual que acabó consolidándose, tan fosilizado como las ceremonias con que se organiza la entrega de los premios Nobel. A partir de mediados de junio, las esperas de Jordi tendían a seguir los estadios siguientes:

a) Desde un par de horas antes de la cita, era incapaz de concentrarse. Preparaba la ropa que se pondría, planificaba la ruta que seguiría para llegar, calculaba una y otra vez la hora de salida, repasaba con esmero los momentos culminantes de sus intervenciones orales –nunca olvidaba preparar alguna cita cinematográfica para deslumbrarla–, daba los últimos retoques al orden del día y lo imprimía, se afeitaba y se duchaba minuciosamente, se lustraba los zapatos, volvía a repasar el orden del día y por último salía precipitadamente.

b) Llegaba un cuarto antes de la hora prevista, por lo menos. Después venían los minutos de felicidad. No pensaba ni preveía nada, tan solo esperaba con intensidad, todo él imbuido de tanta esperanza que no le quedaba lugar para ninguna otra idea ni ningún otro sentimiento. Tampoco sentía ninguna necesidad física. Era como si se hubiera desprendido del cuerpo. Como mucho paseaba a derecha e izquierda al estilo centinela, se miraba –no demasiado– en un escaparate, echaba un vistazo al reloj. Este estadio, que emulaba el rito inaugural de la primera cita en el Café París, se prolongaba hasta la hora prevista. ¿Debemos añadir que ella no se presentó nunca con puntualidad?

c) El estadio siguiente se alargaba hasta la llegada de Halley –que se podía producir al cabo de diez minutos o de una hora larga– o bien cuando Jordi decidía que ya no aparecería; a partir del 2 de julio, estableció que no la esperaría más de setenta minutos. En este estadio se producían accesos de desesperación graduales, que se mezclaban con ataques de ilusión algo disparatados. Para entretenerse, Jordi retocaba el orden del día. También se fijaba en las mujeres que pasaban, buscando –en vano– una más atractiva que Halley. Encontraba algunas que la superaban de manera parcial: unas piernas mejor contorneadas, unos cabellos más suaves o un andar más airoso. Pero esa distracción lo cansaba y lo enardecía, y no tardaba en volver a preocuparse por la espera. Estaba seguro de que llegaría, y al cabo de un minuto estaba no menos seguro de lo contrario. Ella no cogía el móvil cuando, cada tres minutos, él la llamaba. Al cabo de media hora, aparecían los afluentes de sus bucles: caía en lapsos de obsesión repetitiva acerca de las relaciones sentimentales, del paso del tiempo, del matrimonio, de su vida y de su final. A medida que se acercaba a la línea fatídica de los setenta minutos, se sentía ridículo, patético y finalmente estúpido.

d) En el cuarto estadio, la autoestima de Jordi descendía hasta niveles de hundimiento moral. Paseaba sin rumbo, incapaz de volver a casa, de ponerse a trabajar, preguntándose repetidamente cómo era posible que hubiese llegado a creer que aquella chica podía acudir a la cita. En este vagar, la frustración no se dirigía contra Halley, sino contra él. También era posible que ella estuviera enferma o que hubiese tenido un accidente, ¿no? No había que pensar mal. Continuaba llamándola, sin éxito. Regresaba a casa, comprobaba los mensajes del ordenador –no había ninguno de ella– y redactaba un orden del día que ponía el énfasis en el protocolo de encuentros y anulaciones.

e) Al día siguiente, o al cabo de unos días, conseguía verla o hablarle, y entonces sentía la misma alegría sin objeto que muestra Gustav von Aschenbach cuando regresa al Lido en *Muerte en Venecia* (Etiquetas: conato, enfermedad, pederastia, delicadeza, sopor). Halley no se refería a la cita anterior. Si Jordi la mencionaba, ella apelaba a asuntos urgentes, a «un imprevisto», contaba una obscenidad o cambiaba bruscamente de tema. Él se dejaba llevar por aquella chica tan joven, guapa e inteligente que le hacía aquellas preguntas sobre su vida y con quien acordaba otra cita que volvía a conducirlo al primer estadio.

LA MÚSICA Y ELLOS

Para Nora, la música era un viaje en el tiempo. Cuando escuchaba lo que ella, de una manera un tanto pomposa, denominaba «los clásicos del techno» volvía a tener veinte años. No se trataba de una mera nostalgia, sino de un brebaje que le hacía olvidar el tiempo transcurrido, una máquina del tiempo que le impedía avanzar. La música trazaba un círculo a su alrededor que la aislaba del exterior. Cerraba los ojos y se sentía invulnerable. La música la redimía. Jordi todavía recordaba el día que habían salido a comprar una lavadora y en el hilo musical de la tienda sonaba «Enola Gay». Nora fue incapaz de concentrarse en las características técnicas del electrodoméstico que les describía el empleado. No dejaba de tararear como una majadera, y la decisión tuvo que tomarla él solo.

Cuando Marta tenía ocho años, la habían apuntado al Casino Menestral para que aprendiera a tocar algún instrumento, pero ella se cansó enseguida. En cambio, se había apuntado a las clases de baile funky y se llevaba la radio al baño. Si Jordi se atrevía a poner en duda las cualidades musicales de alguno de sus grupos favoritos, mostraba una irritación que lo sorprendía y lo divertía. ¿Qué canciones debía de escuchar ahora que vivía con aquel zoquete?

El espectro musical de Halley iba desde Erik Satie hasta Smashing Pumpkins, pasando por folk celta, rock sinfónico y dubstep. Las canciones no le servían para definirse sino que se las ponía como la ropa, según el día.

Churchill había convertido la música en un oficio. Era un técnico, un especialista. La música le servía para relacionarse, para aislarse, para ganarse la vida [era un cabrito con suerte, ya lo sabes, ¿no?].

Jordi vinculaba la música con la adolescencia. No solo porque era una distracción barata y, por lo tanto, útil para rellenar los largos ratos de pereza, tedio y ensimismamiento que caracterizan esa etapa vital, sino porque resultaba un medio eficaz para relacionarse con miembros del otro sexo. La discoteca y el baile habían sido fases intermedias en el acceso a las chicas que le gustaban. Por eso, cuando estuvieron casados, le había extrañado que Nora siguiera teniendo ganas de salir el sábado por la noche. ¿Para qué? ¿Acaso no estaban bien en casa, solos, haciendo lo que les viniese en gana?

Pero algunas tardes en que echaba de menos a Halley, Jordi escuchaba Radio Estel, y subía el volumen cuando oía una de aquellas canciones melosas de Simon & Garfunkel.

LOS ÓRDENES DEL DÍA

Lo que inquietaba más a Jordi y, al mismo tiempo, lo que lo estimulaba más de lo que nunca lo había estimulado Perita en Dulce era la ausencia de protocolo que regía los contactos con Halley. Uno de los conocimientos que había adquirido con el paso de los años –pongamos, a partir del cambio de milenio– era la tranquilizadora previsibilidad que gobernaba sus contactos con el mundo exterior, que le permitía comportarse con un sistema de rutinas comunicativas similar a las de un piloto automático. Cuando por la noche compraba una baguette en el supermercado Esclat, cuando facilitaba instrucciones técnicas a Tarik, cuando topaba con el vecino en la acera, cuando consensuaba con los novios el formato del reportaje videográfico, solo tenía que elegir entre una gama limitada de frases establecidas.

Una escena del primer *Terminator* puede ilustrar este fenómeno. Es el momento en que el ciborg interpretado por Arnold Schwarzenegger ha alquilado una habitación y oye una frase que le dirige el casero a través de la puerta. La pantalla muestra entonces el menú de tres o cuatro réplicas posibles que Schwarzenegger tiene implantadas en la memoria, entre las que elige una (que es, si no recordamos mal, «¡Fuck you, asshole!»). Pues bien: en la mayoría de intercambios comunicativos, Jordi procedía de una manera similar, es decir, eligiendo entre una cantidad limitada de reacciones pregrabadas. Casi siempre se limitaba a pronunciar un saludo cortés, pero a veces apuntaba un comentario meteorológico o se atrevía a exponer una opinión prudente sobre alguna noticia de primera plana. En todo momento, no obstante, daba con la combinación exacta de distancia y cordialidad que la situación requería, y la graduaba a lo largo de los años como si la segregara de manera automática. Estas rutinas, sin embargo, no servían con Halley.

No era solo que aquella chica sufría cambios de humor repentinos, a mitad de una frase, si no de una palabra. No era solo que lo sometía a una gama ilimitada de tratos, que iban de la familiaridad ninfal al respeto sarcástico. No era solo que a veces se le dirigía con un beso en la mejilla, a veces dándole una mano pequeña y fría, a veces abrazándolo como a un tío al que hace tiempo que se echa de menos, a veces susurrándole palabras en cristinés al oído, a veces levantando altivamente la barbilla como el campeón de Fórmula 1 cuando se dirige a un mecánico de boxes. No era solo que faltaba a las citas sin mostrar ningún arrepentimiento ni ofrecer ninguna excusa, aunque fuera falsa. No era solo que a veces le llenaba el buzón electrónico de mails entusiastas y a veces tan solo le reservaba el derecho a recibir un silencio obstinado. No era solo que, con pocos segundos de diferencia, se comportaba como Eliza Doolittle antes y después de conocer al profesor Higgins. Lo peor era que los ataques de inseguridad que lo perseguían desde la boda de Marta solo lo dejaban respirar cuando estaba con Halley, cuando veía a Halley, sobre todo cuando Halley le hablaba y le lanzaba una sonrisa como si se desprendiera de un ramo de flores, generosamente.

En la penumbra del garaje, Jordi no se cansaba de visitar las imágenes de su fotolog. Cada día aparecían algunas nuevas: bailando, fumando, hablando por el móvil, tocando una guitarra eléctrica, subiéndose a una farola, besando a amigas que no eran nunca ni la mitad de fotogénicas que ella, fumando, paseando ausente por tiendas de antigüedades, danzando hipnótica en el Viña Rock, devorando una pizza de tres quesos en El Racó, cenando pan con tomate y sidra en un piso de estudiantes, abrazando a toda clase de piojosos que se le enganchaban como garrapatas, fumando, luciendo gafas de sol que debía de comprar a docenas porque no repetía ninguna, fumando, bebiendo un combinado de color vainilla en el Hard Rock Cafe, filmando con la handycam, en un descapotable, fumando, en el carnaval de Roses disfrazada de prostituta napolitana o de bailarina de samba o de princesa trash –según el año–, comiendo tacos en una gasolinera, calentando el canódromo, besándose –eh, pero ¿quién es ese?–, bebiendo una botella de Heineken, lamiendo un helado de fresa gigante, en un pitch and putt, en un paintball, en un karaoke, en un camping, en una playa, en el Dragon Khan, al lado de las celebrities del Festival de Sitges, encima de un toro mecánico, en el zoo, a caballo, en quad, en moto, en segway, con patines, en yate, esquiando, en una escapada a Dubrovnik, en Benicàssim, en Les Deux Magots, en El Bulli, en el Sunset Boulevard, en Alexanderplatz, en el puente de Praga, sorbiendo un vaso de plástico en las barracas de la feria, sonriendo en infinidad de fiestas de cumpleaños, fumando, en blanco y negro, en sepia, coloreada, decolorada, sombreada, pixelada, de perfil, en contrapicado, distorsionada con morphing, en primer plano, los ojos de Halley, la oreja de Halley, los labios y la peca ovalada de debajo de la rodilla derecha de Halley. En el momento más imprevisto, de madrugada o a media tarde, colgaba una nueva fotografía y enseguida, como si se hubieran puesto de acuerdo, todos aquellos comentarios de amigas, de amantes, de admiradores, llenaban el buzón de mensajes antes de que a él se le hubiese ocurrido nada suficientemente brillante –o tan solo suficientemente enigmático– que teclear.

Jordi seguía la pista de los comentarios, entraba en otros fotologs que quizás contenían imágenes nuevas de Halley, y de manera maquinal añadía alguna a su colección. Aquella galaxia de amigas y conocidos colgaba fotografías como las de ella. Las posturas, los sitios, las letras de las canciones podrían confundir a algún visitante menos preparado –menos obstinado– que Jordi. ¿Solo él veía la diferencia?

De todos los fotologs por los que paseaba, el de Halley era el único que le provocaba aquel estado de ansiedad. Con su letra pequeña y desproporcionada –los puntos de las íes más grandes que los redondeles de las oes–, escribía frases de sintaxis deslavazada, a lo largo y de través en viejas libretas promocionales que llevaban en la cabecera el membrete de «Foto Recasens - Bodas y Bautizos». Eran monólogos inconexos, sartas de preguntas sin respuesta, declaraciones de intenciones, diálogos imaginarios, ofuscamientos lapidarios propios de un lavabo de estación o de un grafito en el muro de un convento desamortizado, recortes de conversaciones con Halley que él amplificaba o deshilachaba para aplacar el desasosiego. Después, cuando estaba calmado, reanudaba lo que había escrito e intentaba recuperar la esencia. Agrupaba las palabras que entendía en pequeñas constelaciones, separaba las cuestiones relevantes, garabateaba cuatro líneas más, como si compusiera un borrador interminable. En el mejor de los casos, creía recordar lo que había querido plasmar y, con dedicación y paciencia, lo transformaba en listas ordenadas de prioridades que, después de borradores sucesivos, se transformaban en el orden del día.

La primera vez que llevó el orden del día a una cita con Halley, ella no se presentó. La segunda vez, en el primer punto del orden del día se podía leer: «Puntualidad». Cuando ella lo vio, le dio la risa. Y a él también, claro, porque los órdenes del día no eran útiles en absoluto para establecer los temas de conversación cuando estaban juntos, sino para engañarse a sí mismo creyendo que podía ordenar su desbarajuste sentimental cuando estaba solo. La mayoría de los días en que ella se presentaba a las citas, él vivía un momento tan Roxanne que ni siquiera se acordaba de sacar el orden del día del bolsillo.

Un ejemplo de orden del día podría ser este:

1. ¿Cómo estás?
2. En serio: ¿cómo estás?
3. Tú, Lelaina.
4. Amor, honor, pavor.
5. Tal vez pienses que soy un miserable.
6. ¿Has visto alguna película buena últimamente?
7. Resituémonos. ¿Existe un nosotros?
8. Ruegos: míos.
9. Preguntas: tuyas.
10. ¿Te ha asustado el orden del día?

Cuando se dejaba invadir por las ideas fijas, Jordi ordenaba el mundo en términos dicotómicos. Al cabo de horas de darle vueltas –del futón al teclado y vuelta a empezar– conseguía reducir la madeja que formaban sus quebraderos de cabeza a una serie de lo que él llamaba «fórmulas», que solían tomar la forma de dilemas. A menudo la fórmula se condensaba en dos palabras, que él –como deferencia hacia ella– intentaba vincular a la cultura pop. No era extraño, entonces, que los órdenes del día se alargasen. Por ejemplo:

1. Descuido o crueldad.
2. Quadrophenia / The Wall.
3. Sentimientos: grandezas y miserias.
4. Huracán o tsunami.
5. Payaso – vertedero.
6. Marilyn vs. Audrey.
7. Haces que me sienta como un cargador de móvil.
8. El caballo y el mono.
9. Tú, my Sharona.
10. Jolly Jumper, por ejemplo.
11. ¿Me estudias o me trabajas?
12. La sandía y el melón.
13. El rock: ¿una moda o una manera de ser?
14. Ni sí ni no y venga lencería fina.
15. Laurence Olivier o Robert de Niro.
16. Entonces, qué, ¿nos vamos a vivir juntos?
17. El trágico y la dramática.
18. Cosas que hacen daño: el silencio.
19. Diésel o gasolina.
20. Ruegos y preguntas: ¿qué haces mañana?

Ella, por el contrario, lo sometía a interrogatorios implacables en los que no se desviaba ni un milímetro de sus objetivos, y mientras apuntaba las respuestas en su libreta –y cómo le gustaba, a él, aquella letra grande y redondeada, de niña precoz y diligente pero niña al fin y al cabo– ya le formulaba nuevas preguntas.

Halley adoptaba, entre muchas otras formas, la de la corriente subterránea. Tanto si estaba solo como si compartía un espacio con alguien, tanto si veía una película en blanco y negro como si fotografiaba a unos novios de cincuenta años, tanto si se lavaba los dientes como si cenaba una lata de atún con bocabits, ella siempre estaba ahí, un poco por debajo, invisible pero susurrante, recordándole que tenía un problema sin resolver.

Hasta que no podía aguantar la presión y entonces contestaba al teléfono de mala gana –porque no era ella– y podía llegar a mostrarse descortés y en ocasiones incluso maleducado con seres que no tenían culpa alguna de sus quebraderos de cabeza sentimentales.

En cuanto se habían separado, Jordi se daba cuenta de que no había sido capaz de hablar de lo que le interesaba, es decir, de ellos dos.

Por el camino de vuelta al garaje lo carcomían las dudas. Revisaba gestos, completaba frases, creía comprender miradas que le habían pasado por alto. Siempre había tenido una personalidad más bien analítica, pero no se había comportado nunca de una manera tan obsesiva como durante aquel verano. La llamaba y ella no cogía el teléfono. Le enviaba mensajes y ella no respondía. Entraba en el Messenger y ella lo ignoraba. Entonces empezaba a preparar el orden del día del próximo encuentro. Y funcionaba: cuando había destilado la idea y la había volcado en el papel, a veces conciliaba el sueño. Después ya podía tirarlo, pero se empeñaba en conservarlo hasta el encuentro, cuando, actualizado con bolígrafo hasta el último instante, se quedaba inútilmente en el bolsillo porque ella volvía a deslumbrarlo y él ponía aquella cara de pescado hervido, de merluzo in love, y ella se reía de él y él no sabía a dónde mirar porque le gustaba que ella riera, incluso que se riera de él, aunque le molestaba un poco si estaban rodeados de gente.

A altas horas, tumbado en el futón, pensaba que quizás se lo tomaba demasiado a pecho. Hasta que, sin poder evitarlo, se levantaba y miraba el fotolog. Entonces había cuatro posibilidades:

1) Ella había colgado una imagen que no tenía nada que ver con él. Entonces se sentía inexistente. Aquella chica no tenía tiempo de contestarle los mails, y en cambio le sobraba para demostrarle que llevaba una vida plena, y que pensaba seguir llevándola.

2) Ella había tecleado una frase que era posible interpretar de una manera que lo concerniese a él. Por ejemplo, un día después de verse, encontró en el fotolog una fotografía de Nico

y la frase «Just a perfect day». Solo por eso el muy cretino no se durmió hasta el amanecer.

3) Ella había colgado una frase opaca que facilitaba interpretaciones múltiples. Por ejemplo: «No soporto a los tíos simples». Oh, Dios mío. Aquella noche él había pensado tanto en eso, pero tanto, que al final había llegado a la feliz conclusión de que si le daba tantas vueltas no podía ser simple. Pero entretanto ya era hora de levantarse.

4) Ella no había añadido nada. ¡Halley! ¿Dónde te has metido?

LOS NOMBRES DE HALLEY

Jordi tenía toda una serie de términos sentimentales para referirse a Halley: Abril, Lulamae, Lara Croft, Pauline, Holly, Roxanne, Wasabi, Alba, Geisha, Winona, princesa Auda, My Sharonna, Isolda, Blanche, Pretty face, Bella, Summertime, Chilly, Enid, Heartbreaker, Keira, Monina, Ambigú, Sweet Jane, Vampirella, Pitufita, Currican, One and Only, Chamburcí, Mademoiselle Golightly, Señorita ThirdLife.

A ella no le gustaba el nombre de Jordi. Lo llamaba «tú», «Bunbury», «especie de Peppard», «bobo» y sobre todo «tío».

LAS PREOCUPACIONES DE BORAT

Es conveniente insistir en la manera en que Jordi se tomaba su caso. Contemplado desde fuera puede dar la sensación de que no escapa de una cierta vulgaridad. Debemos tener en cuenta, sin embargo, que a la acumulación de crisis –Marta, Nora, Perita en Dulce– se añadía el interés con que Halley se tomaba los Hechos de 1977, que obligaba a Jordi a recordarlos con una precisión dolorosa. Para colmo, Churchill había pasado a formar parte de su familia. Todas estas circunstancias hacían que Jordi no solo se replanteara el presente, sino que llegara a considerar el pasado como una equivocación de tal calibre que convertía el futuro en inviable.

¿Y qué ocurría cuando veía a Halley? Pues que ella se fijaba en que él tenía el brazo lleno de pelos negros, largos y gruesos, y pronunciaba una de aquellas frases que resultaban más hirientes porque eran espontáneas:

–¡Tío, si pareces Borat!

Y empezaba a reírse con una técnica parecida a la de Louis Armstrong: se vaciaba hasta quedarse sin una gota de aire y después lo aspiraba a bocanadas agudas para a continuación emitir unos gorgoritos casi inaudibles que él engullía como un tísico absorbe la brisa que entra por la ventana del sanatorio.

Estas humillaciones, que ella olvidaba en el acto, a él se le quedaban grabadas de manera indeleble.

–¿Cómo puedes acordarte de esas cosas? –se extrañaba ella si durante otro encuentro él tenía la indelicadeza de reprochárselo.

Durante aquellos meses, las otras mujeres de su vida dejaron de existir. Halley lo absorbía por completo. La miraba de una manera tan intensa que no le quedaba atención para escucharla.

Sudaba. Padecía temblores como si tuviera la gripe. No conseguía concentrarse hasta que analizaba la charla en diferido, en la serenidad del garaje. A continuación intentaremos aproximarnos con más detalle a la relación que tenía con ella.

• Halley vivía en un presente continuo. Hacer planes con ella era imposible. Cada vez que ella le cogía el teléfono, él habría podido escribir un informe sobre la manera de decirle «Hola». A veces parecía que cantara, pero también podía sonar fría como la voz metálica de la gasolinera diciendo «Ha escogido Diesel Plus». Cuando no se dignaba a cogerle el teléfono, se la imaginaba con algún joven de piel tersa y dientes blancos, sin pelos en las orejas ni problemas de colesterol, que sabía hacerla feliz.

• A menudo se imaginaba viviendo escenas con Halley como si fueran dos adolescentes de postal: caminaban abrazados por la calle con un auricular cada uno, se sentaban en un banco del parque, iban juntos al cine, actividades que en su caso podríamos calificar como mínimo de anacrónicas. Otros días prefería ser Marlon Brando en *El último tango en París*. En general, a causa de la falta de imaginación, o quizás a causa de su formación fotográfica, no era capaz de verse viviendo un largometraje juntos; lo más habitual era imaginarse dentro de un fotograma, congelados en el tiempo, inmóviles para siempre, como Paul Newman y Robert Redford en la escena final de *Dos hombres y un destino*, cuando están a punto de morir pero no mueren porque la imagen siguiente no llega.

• Al contrario que Halley, necesitaba establecer contacto cada día, aunque fuera por correo electrónico. La veía por la calle, con sus pantalones de bolsillos bajos, el jersey de rayas rojas y negras, la cola proyectada verticalmente... pero cuando llegaba a su altura resultaba que se había confundido.

• Si ella no estaba, no lo aplacaban las malas noticias. Como el mundo no le gustaba, apenas si levantaba la vista del ordenador. Los juegos arcade ya no lo distraían, pero se había acostumbrado a ver películas de kung-fu y westerns porque en algunas escenas no pensaba en ella.

• Tenía tantas ganas de acercarse a Halley que siempre encontraba una razón para excusar las insolencias con que ella lo obsequiaba. Quién sabe si la función de aquella chica era resguardar su matrimonio, mantenerlo a salvo de los quebraderos de cabeza de su hija, protegerlo de sí mismo.

• Perita en Dulce había sido un fuego controlado. Halley era un cometa que podía quemarlo todo, pero a la vez era un mascarón de proa: resultaba imposible dejar de irle detrás.

• Lo que había empezado como un premio inmerecido se estaba convirtiendo en un castigo abusivo. Más aun en la medida en que él se había obligado a no compartir sus inquietudes con ningún amigo. Le parecían obscenos los borrachos que, sentados en un taburete de bar, explicaban sus complicaciones anímicas a los amigos de sus amigos.

EL COMETA

(UN MAIL)

¡Hola, pendejo! Te copio un pasaje de un libro que me ha gustado: *Un hombre de palabra*, de Imma Monsó:

«Le llamaré Cometa. Es el apodo que tenía en la época en que le conocí. Ignoro por qué le llamaban así, pero puedo imaginar mil motivos: porque los cometas escapan siempre. Porque desprenden calor. Porque dejan un largo rastro luminoso. Porque parecen ligeros, ligeros en la distancia, como su cuerpo etéreo y leptosomático, como su figura a lo lejos, esbelta y espigada. Porque (como los cometas de órbita), siempre regresaba pero, como sucede con los cometas de órbita, siempre cabía la sospecha de que no volviera».

Leptosomático... Qué bonito. Parece que hable de mí, ¿no crees?

P.S.: ¿Cuándo me vas a contar los Hechos de 1977?

ANTECEDENTES

1794. Las tropas del general francés Dominique-Catherine Pérignon asedian el castillo de Figueres. Un centinela, ante la evacuación de cuatrocientas mulas que no le ha sido notificada, da el alto y dispara. Le sigue un episodio de caos nocturno, con tiros de fusil y de cañón, que se salda con dos muertos del ejército defensor, caídos por fuego amigo, como diríamos ahora.

1806. Después de las campañas napoleónicas, llegan al castillo de Sant Ferran centenares de fugitivos de origen prusiano con la intención de ingresar en el ejército español. Son alistados en unidades destinadas a las colonias de América, pero se niegan a ir. Durante el verano siguiente, muchos encuentran la muerte en el castillo.

1810. Desde finales del año anterior, el general Mariano Álvarez de Castro, defensor de la ciudad de Girona, se encuentra en poder del ejército francés. Después de estar encarcelado en Perpiñán, el 21 de enero vuelve al castillo de Figueres. Al día siguiente muere. No se puede descartar que el deceso fuera causado por heridas de bayoneta, por enfermedad o por veneno. La leyenda estipula que los soldados franceses lo torturaron hasta que murió de sueño. J. Napoleón Fervel, en *Campagnes de la Révolution Française dans les Pyrénées Orientales*, plantea abiertamente la tesis del suicidio.

1837. El 28 de agosto, el cabo Josep Pujol y el soldado Pedro Álvarez se sublevan lanzando gritos contra la reina y contra la Constitución. Secundados por la tropa, liberan presos, queman retratos, inutilizan cañones, toman prisioneros y acaban dominando la fortaleza. La insurrección es reducida el 1 de septiembre. Al mes siguiente son fusilados.

1897. Una parte del castillo es habilitada como prisión de los rebeldes cubanos que luchan contra la metrópolis. Muchos no saldrán vivos.

1936. El llamado «tribunal de las Calaveras» condena a muerte a varios ciudadanos, que son ejecutados en el foso. Los hechos son conmemorados en un monolito situado en el camino exterior, en la zona este del castillo.

UNA ESCENA DE LOS AÑOS SETENTA

Después de un desayuno copioso en su piso de Amer, Pere Carré dio un beso a su madre, bajó las escaleras, arrancó el camión volquete, sintonizó el programa *Protagonistas* y condujo hasta Verges, donde recogió a Xicu Masferran, amigo de infancia sin oficio ni beneficio que le echaba una mano cuando el trabajo lo requería. Se conocían lo bastante bien como para viajar casi en silencio –había que gritar mucho para que las voces se oyeran por encima del motor y de Luis del Olmo– hasta Figueres, y de allí al Cabo de Creus pasando por Cadaqués. A las once y media llegaron a su destino: una explanada no demasiado lejos del Pla de Tudela, apartada de la carretera, donde encontraron decenas de rocas metamórficas de dimensiones variadas, de las que se utilizan para componer esculturas de rocalla en el césped de los jardines con pretensiones.

Al cabo de media hora ya habían cargado el camión. Después regresaron hasta Verges, donde comieron de menú a pie de carretera. Xicu Masferran volvió a casa con el dinero acordado en el bolsillo y Pere Carré prosiguió el viaje por Jafre hasta Sarrià de Ter, donde cogió la autopista en dirección a Francia. Había previsto cruzar la frontera y pasar la noche en Arle del Roine. Al día siguiente había quedado en un centro de jardinería de Saint-Laurent du Var, a las afueras de Niza. Allí descargaría las rocas y cobraría el transporte. Con el camión vacío regresaría a mayor velocidad. Esperaba conducir hasta casa sin detenerse.

A pesar de ser el heredero del Mas Carré, a Pere nunca le había gustado trabajar en el campo. Cuando su padre murió, vendió la masía y las tierras. Con el dinero y una hipoteca se compró un camión volquete y un piso, adonde llevó a su madre. Al cabo de poco ya se ganaba la vida transportando materiales de construcción a tanto el kilómetro. Hacía una semana de vacaciones al año y no tenía que levantarse temprano a ordeñar vacas. Tenía treinta y cuatro años. Todavía estaba a tiempo de encontrar a una mujer que le cocinara y paseara con él los domingos por la mañana.

Aquel transporte a Niza se lo había propuesto un amigo suyo que conocía a un mayorista de jardinería de Lloret que sabía de unos franceses interesados en la importación de rocas ornamentales. Enseguida se pusieron de acuerdo en el precio. Por aquel entonces no se consideraba un delito llevarse unas cuantas piedras del Cabo de Creus, que ni siquiera era un espacio protegido. O sea que Pere Carré aprovechó que en verano no tenía demasiado trabajo. Dos días antes los franceses habían hecho personalmente la selección de piedras y las habían dejado en el lugar estipulado.

Era la primera vez que viajaba tan lejos con el volquete. Por regla general, nunca iba más allá de Girona ciudad. Si hubiera estado más familiarizado con el territorio habría cogido la autopista en Figueres en lugar de dar un rodeo por Sarrià de Ter. Hasta 1996, año en que murió de cáncer de páncreas, tendría tiempo de arrepentirse de haber hecho caso del consejo de Xicu Masferran, que no conducía y que tenía una visión radial de la provincia; en su opinión, para ir a cualquier sitio había que pasar por Girona.

En la recta de Colomers, Pere Carré puso la radio y movió el dial hasta que localizó *El disco del radioyente*. Después de entrar en la autopista, se paró a orinar en un aparcamiento y condujo con la intención de no parar hasta bien entrada Francia. A las 16.25 pasaba por debajo del puente de Vilafant a ochenta kilómetros por hora. El sol lucía con fuerza desde la parte de Llers. Por la radio sonaba una canción de Albano y Romina Power. Cien metros por delante de él, vio un acueducto que cruzaba la autopista. Encima del acueducto, ahora ya muy cerca, había dos figuras. La primera estaba quieta. La segunda parecía borracha. Había abierto los brazos y corría con el cuerpo hacia delante, como un pájaro que quisiera emprender el vuelo.

LOS HECHOS DE 1977

El desarrollo urbanístico de Figueres ha dejado fuera áreas desprovistas, o bien de la tipicidad que exigen las agencias turísticas, o bien de las comodidades que atraen a las agencias inmobiliarias. Entre estas bolsas impermeables a los circuitos oficiales podemos mencionar las casitas con huerto del final de la calle de la Oliva, las mansiones solitarias que quedan por encima de la Clínica Figueres, las viviendas republicanas situadas entre la plaza Josep Tarradellas y la avenida Villalonga, los chalets primitivistas del sur de la Carretera Nacional, las calles anónimas del tramo final de Pere III, el ambiente neorrealista de las calles Llançà y Sant Roc. Si el castillo de Sant Ferran ha sido útil para situar películas medievales, las prestaciones de estas zonas las hacen útiles para filmar películas ambientadas en los años setenta. Sucedió con *Carreteras secundarias*, donde aparece la entrada del Instituto Ramon Muntaner.

El bar L'Abrigall, situado en la esquina redondeada de la calle Sant Rafael, el único edificio de planta baja en toda la calle Monturiol, ha sido uno de estos ámbitos inalterados. Fue allí donde Jordi citó a Halley el 16 de agosto de 2007 a las cuatro de la tarde para explicarle los Hechos de 1977.

Mientras la esperaba sentado a la barra, Jordi recordó la época en que su padre lo llevaba a aquel mismo bar a ver los partidos de fútbol, en aquella época en que la clase media no disponía de televisor. Durante aquellas noches de fin de semana, sentado en una de aquellas mismas mesas, Jordi se esforzaba por seguir las evoluciones a las que aquellos jugadores fantasmales –provistos de cuatro sombras, una por punto cardinal, que no dejaban de perseguirlos en sus desplazamientos– sometían a la diminuta pelota extraviada en la pequeña pantalla en blanco y negro. En L'Abrigall solo había cambiado el aparato de televisión. Lo demás estaba igual: el toldo exterior de rayas azules y blancas, el falso techo, las sillas de hierro y plástico granate, las mesas de madera chapada. Encima de la barra permanecían los mismos ceniceros de vidrio marrón. Detrás, el linóleo, el mosaico, las botellas de Licor 43, de Calisay, de Ponche Caballero. En la pared, el ventilador, el reloj de péndulo de Coca-Cola, las reproducciones de cuadros de Salvador Dalí.

Si alguien pedía una cerveza, recibía la pregunta de siempre:

–¿Estrella o San Miguel?

Y cuando alguien abría la cartera, daba la sensación de que saldrían los antiguos billetes con la gitana que pintó Julio Romero de Torres o con mosén Cinto tocado con la barretina.

Halley llegó al cabo de veinte minutos. Llevaba unos minipantalones vaqueros, zapatillas de camuflaje, una camiseta Bee Band sin mangas y una gorrita rosa Guru, que combinaba con los labios de un tono rabioso. Siempre estaba a punto por si pasaba algún director de cine (Night Shyamalan o Erik Skjoldbjaerg, eso daba igual).

–Mira –dijo a manera de saludo–, hoy he traído el bloc de notas y el lápiz que compré en la piazza San Marco.

A continuación transcribimos las palabras que pronunció Jordi.

Te diré lo que quieres saber. Escúchame, por favor, y deja de garabatear, que me agobias. Si quieres, pon la grabadora.

Teníamos trece años y un verano entero para nosotros. Quedábamos siempre después de comer, a veces por la mañana, muchos fines de semana también. Al principio también venían Calimero, Pierre, Güibes, pero poco a poco el grupo se fue reduciendo a Churchill, Biel y yo. Estábamos bien juntos. Había como un equilibrio inestable, ¿sabes? No nos aburríamos nunca.

Solíamos encontrarnos en casa de Biel, que era la más acogedora de Figueres, igual que lo era su madre. Merendábamos, nos encerrábamos en la habitación, escuchábamos música, hablábamos, compartíamos uno de los cigarrillos de Churchill. Biel tenía cartas, damas, la oca, los juegos que se podían encontrar en todas las casas y alguno más estrambótico que le habían regalado sus parientes de América. Churchill prefería jugar a fútbol en Horta o en el Camping Pous, pero Biel y yo éramos dos contra uno. Cuando nos cansábamos de estar encerrados, nos íbamos a dar vueltas por las afueras del castillo.

La segunda semana de julio ya habíamos agotado todos los juegos. Cada cual tenía uno preferido. Cuando terminábamos la partida, discutíamos sobre cuál sería el siguiente. No encontramos ningún sistema de alternancia que se pudiera considerar equitativo, ya que unos juegos duraban más que otros. Hasta que un día se nos ocurrió fabricar un juego hecho de juegos, una especie de oca gigante, tan complicada que una sola partida nos durara todo el verano. Compramos cuatro cartulinas en Can Trayter, las pegamos con celo y ya teníamos el tablero, que medía cinco o seis palmos por cada lado.

Dibujamos un circuito con muchas curvas, un poco Le Mans, tú ya me entiendes. Biel se entretuvo en pintarlo con rotuladores. Entre todos fuimos rellenando las casillas. Eran doscientas treinta y dos, todavía me acuerdo. Apartábamos los muebles y jugábamos en el suelo, en silencio, concentrados, como si siguiéramos un rito sagrado. Cada casilla obligaba a jugar a un juego. Si alguien caía en la número 3, teníamos que jugar una partida de parchís; el que ganaba adelantaba casillas, los otros se quedaban en el mismo sitio. Si alguien caía en la número 4, había que jugar una liguilla de ajedrez. El que ganaba adelantaba casillas, el que quedaba segundo no se movía, el que perdía tenía que retroceder. Una casilla obligaba a jugar al póquer, otra al futbolín, a canicas, al dominó, al Scalextric, a matías, a pulsos, a penaltis...

Churchill quiso complicarlo todavía más. En las primeras casillas añadimos atajos que permitían avanzar más deprisa. En cambio, al final incluimos pruebas que había que superar. Obligaban a hacer algo desagradable o asqueroso o difícil o peligroso o todo a la vez. Si lo conseguías, seguías adelante; si no, quedabas inmovilizado durante unas cuantas jugadas, o bien tenías que retroceder.

Las prendas eran de todo tipo. Hacer treinta abdominales. Llevar a una determinada chica al Parque-Bosque. Aguantar unos minutos sin respirar. Comer cinco flanes seguidos. Robar en una tienda. Alguna era inofensiva, como usar las pinzas de la tienda de Churchill para alcanzar diez paquetes de detergente en un minuto. En fin, cosas de críos.

Hacia el final del juego las prendas se volvían un poco más bestias. En la parte de arriba de la Rambla, en la acera entre el Café Express y Can Marcó, había un semáforo y al lado una de esas cajas metálicas por donde pasan los cables eléctricos. Si ponías una mano en el semáforo y otra en la caja te daba calambre. No era casi nada, un pellizco. Te daba calambre y pasabas la prueba, ya me entiendes. Ahora ya no encontrarás nada, ni semáforo ni caja…

¿Más pruebas? Deja que piense… Comer una hamburguesa cruda. Saltar por encima del buzón que estaba delante del cuartelillo de la Guardia Civil. Pasar cinco minutos de reloj en uno de aquellos bares de la calle de la Jonquera. ¿Otra peor? Matar a un animal que pesara más de diez kilos. En esa casilla caí yo.

A Biel le parecía que no podíamos pasarnos el verano jugando a un juego que no tenía nombre, o sea que convocamos un concurso donde participábamos nosotros tres. Nos dimos unos días para ir proponiendo nombres. Me acuerdo de alguno. «Up-Jenkins», que era un juego que salía en una novela de piratas que tenía Biel. Yo propuse «El Juego Cuarenta y Seis», porque la caja más grande de Juegos Reunidos Geyper tenía cuarenta y cinco. No me acuerdo de los nombres que propuso Churchill.

Una tarde que fuimos a casa de Biel, lo encontramos muy animado. Ya había encontrado el nombre.

–Es perfecto –decía–, no hace falta que busquemos más.

Resulta que en uno de sus libros preferidos los personajes jugaban a un juego de cartas. No conocía las reglas, pero parecía muy absorbente.

–Por un lado –argumentaba Biel–, conocemos las reglas de un juego que nos hemos inventado pero que no tiene nombre. Por el otro, sabemos el nombre del juego preferido de Phileas Fogg pero desconocemos sus reglas. Si lo juntamos, tendremos juego y tendremos reglas.

Desde aquel día, nuestro juego se llamó whist. Tener nombre lo convertía en una actividad más seria. Como Phileas Fogg, queríamos cumplir objetivos ambiciosos, ser audaces sin dejar de ser razonables, o sea, unos caballeros. Cuando jugábamos al whist, el mundo se paraba. Siguiendo las indicaciones de las casillas, podíamos acabar jugando a juegos más bien aburridos, como por ejemplo la mona o la chinica o el tres en raya o el Scrabble o las damas chinas, pero eran emocionantes porque formaban parte del whist.

Los alrededores del castillo parecían diseñados para superar pruebas. Fuimos añadiendo algunas nuevas, sobre todo Churchill. Trepar por una pared agrietada. Increpar a los soldados que hacían guardia en las garitas. Robar un rollo de alambre de uno de los almacenes del foso. La casilla más peligrosa, la que estaba al inicio de la recta final del juego, tenía dibujado un acueducto.

Ahora necesito otra cerveza. Una San Miguel, por favor.

El 15 de agosto jugamos al whist en casa de Churchill. Biel, que iba por delante en el juego, cayó en la casilla del acueducto.

Al día siguiente pasamos a buscarlo y subimos al castillo. Quizás para no mostrar miedo, estuvimos haciendo bromas todo el rato. Hasta que tuvimos el acueducto ante los ojos. Lo habíamos visto un montón de veces, pero aquel día parecía más amenazador. ¿Sabes de qué acueducto te hablo, no? Es de la época en que construyeron el castillo. Está hecho con la misma piedra. Biel decía que era como un cordón umbilical.

No es difícil subir. Cuando estás encima del acueducto, caminas unos cuantos metros y, como la pendiente de la colina aumenta, enseguida estás a tres o cuatro pisos de altura. De una parte a otra, hay unos trescientos metros. El agua va, o iba, por dentro. La parte superior está tapada. Queda un palmo en medio, de un color más claro, sin liquen. Como un sendero.

En el año 1974 destruyeron la parte central del acueducto porque la autopista tenía que pasar por debajo. Los pilares originales no dejaban pasar los vehículos por en medio, así que suprimieron los que molestaban y los sustituyeron por tres de hormigón, grises y rectilíneos, sin arco, con la separación adecuada para que cupieran los dos carriles, el de ida y el de vuelta. La parte superior del acueducto la dejaron igual. Bueno, igual no. Los responsables añadieron una barandilla de metal, pero solo en la parte que quedaba encima de la autopista. Debe de ser uno de los pocos puentes del mundo que dispone de protección tan solo en el tramo central. Si subes al acueducto, primero tienes que pasar un centenar de metros sin baranda. Después caminas protegido y cuando se acaba la baranda te espera un centenar de metros más sin seguridad. Solo estás seguro en medio, pero llegar no es seguro en absoluto.

La prueba consistía en llegar hasta la baranda y volver. Como Biel no parecía demasiado convencido, Churchill propuso que él iría delante. Subió y, desde arriba, ayudó a Biel a trepar.

Yo los miraba desde el camino. Churchill caminaba por encima del acueducto con la misma tranquilidad que si estuviera en la Rambla. Biel lo seguía más despacio. Daba dos o tres pasos y se paraba. Cuando hubo avanzado unos veinte metros, volvió la cabeza, levantó una mano y me miró. Me miró, ya me entiendes. Todavía lo veo, allá arriba, vuelto hacia mí, la silueta proyectada contra el cielo, la mano levantada, la boca medio abierta como si me quisiera decir algo. Pero estaba callado. Solo me miraba. ¿Esperaba que le dijera que se parase? ¿Era una mirada de despedida? ¿O más bien tenía que ver con Churchill, con el grupo que formábamos los tres? ¿Qué esperaba? ¿Quería que me añadiera a ellos? ¿Quería que lo detuviera? Desde entonces no ha pasado ni un día en que no me pregunte qué significaba aquella mirada.

Cuando Biel siguió adelante, pareció que perdía el equilibrio. Se puso a levantar y a bajar los brazos deprisa, como si quisiera volar. La cintura se le iba a la derecha y a la izquierda, las manos no paraban de moverse, y al final corrió hacia delante. Parecía que bromeaba. Tal vez entonces habló, porque Churchill, que ya estaba junto a la baranda, volvió la cabeza. Los dos vimos cómo caía. Con el impulso que llevaba, el cuerpo fue a parar al otro lado de la valla de la autopista.

Después todo sucedió muy deprisa. Aquel camión cargado de rocas le pasó por encima y se lo llevó. Churchill volvió corriendo por encima del acueducto, bajó y saltó la valla. Yo lo seguí como pude. Se oían los frenos que chirriaban. Algunos coches encendían y apagaban las luces, otros se paraban. Bajaron los primeros conductores. Los neumáticos del camión habían dejado un camino marcado en el suelo que llevaba hasta Biel.

El chófer del camión estaba arrodillado frente a él. Otros se acercaban. Nadie se atrevía a tocar el cuerpo, que estaba doblado como el de una marioneta. Los coches tenían que apartarse para no atropellarlos. Se oían los cláxones que pasaban como una ola. Todos los conductores hablaban a la vez. Una niña gritaba. ¿Qué debíamos hacer? Entonces los móviles no existían. La autopista estaba lejos de todo. Los vehículos no podían salir hasta La Jonquera. Churchill dijo que iba a pedir ayuda. Yo lo seguí. Volvimos a saltar la valla y nos pusimos a correr. Ya sabes la distancia que hay, más de un kilómetro. Cuando llegué al Club de Tenis, ya había perdido de vista a Churchill. Se notaba que practicaba atletismo. Cuando llegué al hospital, con el corazón saliéndome por la boca, ya salía una ambulancia.

Y ahora, ¿qué te parece si subimos al castillo?

EL WHIST

(LOS POST DE CHRIS)

Phileas Fogg juega al whist con sus compañeros del club de Pall Mall, y también en el largo viaje alrededor del mundo. Juegan al whist los personajes de Charles Dickens, de Jane Austen, de George Eliot, de Rudyard Kipling, de Gógol. Juegan los invitados que visitan a Eugénie Grandet de Balzac, el ministro de Asuntos Exteriores de *Rojo y negro* de Stendhal, los pretendientes de *El primer amor* de Turguenev, el Lord Jim de Joseph Conrad. En *Los crímenes de la calle Morgue*, Edgar Allan Poe sitúa al whist por encima del ajedrez. En el lecho de muerte, el Iván Ilich de Tolstói recuerda las partidas que jugó al whist como los mejores momentos de su vida. Después de acompañarlo en la agonía, sus compañeros se van a jugar al whist.

Algunos autores sostienen que cuando el conde de Sandwich inventó el bocadillo para no tener que abandonar el juego, estaba jugando al whist.

Pero ¿de qué estamos hablando?

El whist es un juego de cartas que nació en el siglo XVIII en el Reino Unido y que se convirtió en el juego de sociedad por excelencia del siglo XIX. Con los años se ha convertido en un motivo recurrente de la narrativa decimonónica, como las calesas, el grisú o la escarlatina. Todavía lo encontramos a principio del siglo XX, como certifica la película *Miss Potter.* Y ahora, ¿no se juega? Pues sí y no: el whist evolucionó y se transformó en el bridge.

Lo que convierte el whist en un juego memorable es que el resultado no depende solo del azar ni tampoco de las habilidades de cada jugador, sino que combina de manera óptima ambas variables. Las reglas son sencillas, pero las consecuencias resultan complejas. Se juega en parejas, una contra otra, después de repartir todas las cartas. En cada partida uno de los palos es el triunfo, es decir, que vence a los demás. Este palo lo escoge cada jugador por turnos, aunque la elección se puede delegar en el compañero. Los miembros del equipo contrario pueden «doblar» para aumentar el valor de los puntos, y los primeros, si tienen buenas cartas, pueden «redoblar». En cada mano, los jugadores están obligados a tirar una carta del mismo palo que la primera. La carta más alta de cada palo es «firme». Si el jugador no tiene de ese palo, se dice que «falla» y entonces puede matar con un triunfo o tirar cualquier otro palo. Para agotar todos los triunfos, se puede «arrastrar».

En otras palabras, las reglas del juego más popular de la literatura inglesa son las mismas que las de la butifarra, el juego preferido de mi padre. «Juego de mudos», se llama a menudo a la butifarra, y *whist* significa precisamente «silencio».

LA RUTA DEL COLESTEROL

Jordi había consagrado el miércoles 15 de agosto a dos tareas. La primera, convencerse a sí mismo de que al día siguiente tendría el coraje de regresar, aunque fuera treinta años después, al escenario de lo que Halley llamaba los Hechos de 1977. La segunda, contrastar las webs de información meteorológica para asegurarse de que no habría problemas. A mediados de agosto, la temperatura solía ser elevada, pero para el día 16 se anunciaban tormentas y lluvias en todo el país.

Ya estamos a día 16. La mayoría de los diarios hacen referencia al trigésimo aniversario de la muerte de Elvis Presley. Otras noticias: un terremoto en Perú, las fiestas del barrio barcelonés de Gràcia, el debate sobre la independencia de Escocia, la ampliación del aeropuerto del Prat, el entierro de Lluís Maria Xirinacs, un atentado en Irak.

Saliendo del Abrigall, Jordi y Halley subieron al castillo con el Smart Fortwo de ella. A media subida se pararon para que él le enseñara el ciprés en el que habían construido la cabaña. Después se sentaron en el Banco del General. Algún cretino había tenido la idea de colocar una enorme señal de aparcamiento justo delante, de manera que la vista quedaba tapada. Al otro lado de la carretera, algún otro haragán –o quizás el mismo– había destruido uno de los aparcamientos más deseados de la noche, el que Churchill llamaba el Chingódromo: una pequeña plataforma que ofrecía vistas excelentes de la ciudad, muy valorada por los propietarios de automóvil, ya que desde allí se distinguía L'Albera, el golfo de Roses y una porción de Mediterráneo. Bien colocados, cabían tres coches, uno al lado del otro. Ahora, la plataforma estaba ocupada por un mapa panorámico, varios bancos y una papelera, todo de la misma madera estilo Ikea.

–Qué, ¿vamos? –dijo ella.

Más cambios. Una serie de flechas situadas en lo alto de estacas clavadas en el suelo indicaban el sentido de la marcha. Alguien había decidido que había que dar la vuelta en sentido inverso a las agujas del reloj, es decir, dejando las garitas a la izquierda.

–Vamos por allí –dijo Jordi, señalando en dirección contraria.

Desde arriba del túmulo se veía la iglesia de Vilabertran y el montículo de Castelló. Más cerca, el campanario de San Pedro y el edificio Jubar. Ni rastro de la cúpula geodésica del Museo Dalí, que queda tapada por las casas militares de la calle Castell.

Detrás de los humedales, a lo lejos, el mar era blanco como un sorbo de leche.

–A dar la vuelta al castillo –la informó– los ancianos lo llaman «hacer la ruta del colesterol».

El cielo estaba nublado y soplaba tramontana. Miles de hormigas transitaban por la tierra agrietada. A lado y lado del camino se mantenían las matas de hinojo y las zarzas de siempre. El olor tampoco había cambiado: de polvo y de tomillo agostado. Jordi royó una mora y le dio otra a Halley, que la probó y la escupió.

Dejaron a la izquierda los prados, la carretera de Llers, la autopista, el barrio de los gitanos. A la derecha, el castillo era el mismo: ángulos rectos, un aire de aristócrata arruinado, las murallas carcomidas y encima –sobresaliendo entre las troneras– higueras, olivos y pitas. Uno de los edificios del interior era de color salmón. Quizás el aspecto general era menos amenazador que años atrás. Un jeep circulaba por el foso transportando viajeros que llevaban un casco amarillo.

Cuando se encontraban a la altura de la primera cantera, Halley se detuvo y encendió un cigarrillo.

–¿Falta mucho?

–Tú sígueme.

Abandonaron el camino y bajaron por una escalera derruida. La entrada de las contraminas estaba tapada.

–Esta puerta no estaba.

Alguna empresa subcontratada debía de dedicarse a segar regularmente los hierbajos del foso. Más allá, un edificio en ruinas parecía a punto de derrumbarse.

Por la escalera subieron al baluarte. Arriba, detrás del zarzal, dos puertas parecían cerradas por dentro.

Halley no decía nada. Mejor.

–Nos pasamos aquel verano merodeando por aquí, evitando a los soldados de patrulla. Nos colábamos por debajo de los alambres, entrábamos en los almacenes, abríamos cajas podridas, mirábamos por todas las aberturas, subíamos escaleras que no iban a ninguna parte, nos llevábamos a casa órdenes e informes militares con la tinta borrada por la humedad. El castillo era nuestro juguete.

Ella escribía en el bloc de notas.

Ya volvían a estar en el camino. Un hombre con chándal los adelantó resoplando. Por encima del viento, se oía el ruido de los camiones que pasaban por la autopista. Las casas se habían acabado. Encima de la colina, las antenas de radiofonía dominaban las canteras de Llers, al otro lado de la autopista.

Las hiedras colgaban de las murallas. Después de una curva apareció el acueducto, aparatoso y mutilado. Los pilares añadidos a los arcos de piedra del acueducto eran aún más feos de lo que Jordi recordaba. Al irse acercando, se iban perfilando los recuerdos. Ya se distinguía la baranda.

Halley tomaba panorámicas con la handycam.

–Fíjate –dijo Jordi–. ¿Habías visto alguna vez un puente que tuviera solo un tramo de barandilla en medio?

–No me extraña. Cuando se trata de dinero, las empresas hacen lo mínimo. A la concesionaria de la autopista le debía de dar lo mismo que alguien cayera fuera de sus límites. Por lo visto, no lo calculó bien.

Bajaron por el camino. En la pared que cerraba el acueducto, encontraron la vieja amenaza de aplicar el peso de la ley militar a quien ensuciara el agua.

El paso que permitía subir al acueducto estaba detrás, entre las endrinas.

–¿Me ayudas? –pidió ella.

–¿Estás segura?

–Por favor.

Jordi juntó las manos y ella trepó. Despedía un aroma agradable: a menta, quizás a gel de ducha.

–¿Tú no subes?

–No.

Tendrían que dejar un ramo de flores de plástico, como se hace en las curvas de las carreteras.

–¿Cuánto has dicho que había en el lugar más alto? –dijo ella dando unos pasos–. ¿Veinte metros?

–Calculo que equivale a un cuarto piso. Para, por favor.

–No sufras, hombre. Es a partir de aquí cuando se estrecha. Todavía queda un buen trozo hasta la baranda. ¿También soplaba tramontana, aquel día?

–No. Hacía calor. Mucho calor.

Halley debía de ser la primera persona que se ponía a escribir subida al acueducto.

El olivar de la derecha estaba muy bien cuidado. Junto al camino que conducía al circuito Els Arcs, pintado sobre la piedra, se conservaba el anuncio de una autoescuela. Al otro lado, alguien había añadido un ideograma japonés y una pintada conmemorando el Dream Team.

–Es guay, tan tétrico –dijo Halley, que ya bajaba.

–Hacia allá lo es todavía más –dijo él, señalando el puente que cruza la autopista, en dirección al monolito dedicado a los fusilados.

Ella encendió un cigarrillo.

–¿Vamos?

A ambos lados del camino se amontonaban colchones, muebles, persianas, una lavadora, una silla de playa, una bobina, una tabla de planchar, una sombrilla oxidada.

De detrás del acueducto apareció un Mirafiori polvoriento con dos individuos en su interior que parecían recién salidos de *Rocco y sus hermanos*. Se mostraron sumamente interesados por las piernas doradas de Halley antes de desaparecer bajo el puente de la carretera de Llers.

Jordi propuso volver atrás. Ella accedió.

Cuando estuvieron de nuevo junto al acueducto, preguntó:

–¿Dónde estabas cuando se cayó?

–En el camino. Allí.

De repente, le volvió la imagen: Biel inerte en el asfalto, atravesado sobre la raya discontinua. Ella filmaba en todas direcciones.

Fue tranquilizador volver al camino de ronda. Ya habían completado más de la mitad del recorrido. Hacia la parte de Els Arcs, unos pilares parecían cansados de esperar al edificio que estaban destinados a aguantar y que ya no llegaría.

–¿Qué hay aquí dentro? –preguntó Halley señalando el castillo.

–Nada. Espacio. Ahora se puede visitar pagando.

–¿Vosotros entrasteis?

–No. Nos quedábamos en el foso. Bueno, Biel sí que entraba, con su padre.

Ya estaban al otro lado, siguiendo el camino que discurría paralelo a la carretera de Francia. Se detuvieron. Un mechón de cabellos impulsado por el viento tapó los ojos de Halley. Cuando Jordi se acercó para apartárselo, ella se puso a caminar.

Ante una plataforma de piedra natural, él dijo:

–Esto era nuestra roca de los sacrificios.

Por un hueco de la muralla, detrás de una garita medio derruida, se veía parte del interior de la fortaleza: edificios desalojados, abandonados como una colonia en la luna.

–¿Tú crees que tengo pinta de lesbiana? –y, sin transición–: ¿Viste las lágrimas de San Lorenzo, el otro día?

¿De qué está hablando esta flor?

–Uf –prosiguió–, no sé ni lo que digo. Bueno, sí. Me ha dado un yuyu en el vertedero. Había que ser valiente para venir solo.

Habían pasado por el campo de tiro, las cuadras y las garitas de la entrada.

–A este castillo le falta compañía –añadió ella.

Tal vez sí. Cuando era adolescente, a Jordi el castillo le parecía absurdo. Ahora, la sensación predominante era de lástima. Tantos esfuerzos para nada, desarmado, desperdiciado, invadido por malas hierbas, para acabar convertido en atracción turística.

–Mira, una antena de Retevisión –dijo ella alegremente–. Aquí seguro que hay cobertura.

Una hora y media después de haber salido, volvían a estar en el Banco del General.

Bajaron hasta el monumento dedicado al general Álvarez de Castro.

–¿Ves? Aquello es la depuradora.

La visita se había acabado. Jordi intentó brindarle una mirada que no fuera demasiado penosa. Ella le dio un breve beso en la mejilla izquierda. Después se quitó la gorrita Guru y se la encasquetó a él.

–Te queda muy bien. Te la regalo.

–¿Nos vemos mañana?

–Me voy a Andalucía.

Cuando la miraba bajar por la carretera, el humo del Smart le hizo pensar en la cola de un cometa.

EL BLOG INTERMITENTE DE TINA: SEVILLA

RockStar se va a Sevilla porque tiene examen de Historia del Arte. En lugar de encerrarse a estudiar, se va a ver museos. Yo la acompaño.

Cataluña es gótica, Andalucía es barroca.

Sevilla: naranjos, azulejos, tapeo, chacina, Permitido Fumar.

Caen cuatro gotas y los sevillanos, ilusionadísimos, despliegan sus paraguas, que siguen la moda de hace quince años.

Colgado en un rincón del crucero, cerca de la Giralda, el documento Guinness certifica que es la catedral más grande del mundo. He dejado a RockStar delante del retablo y me he paseado por los jardines árabes. Chip, chap, sonaban mis zapatos sobre el barro (te equivocaste, Eliza: la lluvia en Sevilla no es ninguna maravilla).

Quisiera ser uno de los patos que viven en estos jardines. Tienen fuentes, árboles y un arte no figurativo. ¿Qué más se puede pedir?

Nos reencontramos en el Museo de Bellas Artes. RockStar toma notas. Yo también. He tenido una idea para escribir una tesis doctoral. Se trata de comparar los cuadros barrocos que representan a la Inmaculada Concepción. Se me ha ocurrido en la sala de Murillo. Me impresiona una Inmaculada a la que llaman «La Niña», de más de dos metros de altura. Son los elementos de siempre –el vestido blanco y azul, el espejo, la palma, las flores– pero la Virgen tiene cara infantil y cuerpo de mujer. Bajo las nubes, cabecitas de ángeles.

En la Inmaculada de Pedro Muñoz de Villavicencio, los ángeles ascienden al rebufo de la Virgen, como si estuvieran en el circuito de Montmeló.

Aviso: no tengo nada contra María, pero me cae mejor Eva.

La Inmaculada de Juan de Valdés parece abducida por un ovni. Domingo Martínez era espabilado: pintó un cuadro apaisado para que cupieran santos, y sobre todo obispos y reyes, que eran los que pagaban.

Lo mejor de la Inmaculada Concepción es el puente de diciembre.

Me ha gustado Gustavo Adolfo Bécquer pintado por su hermano. «Como en los billetes», dice un abuelo del Imserso.

Bécquer tenía un kiki.

Halley también lo absorbía –quizás más aún– cuando la comunicación se cortaba.

Si Jordi no hubiera estado tan pendiente del teléfono y del ordenador, quizás se habría percatado de que algo no iba bien en el matrimonio de su hija. Desde que habían vuelto del crucero por el Mediterráneo, se habían producido una serie de indicios que en otras circunstancias no habría tenido problemas para detectar. No nos referimos a estados de ánimo más o menos intuidos, sino a los silencios prolongados y a las miradas de alarma que le habían pasado por alto el día en que Nora y él fueron a cenar a la nueva casa de Marta, cuando él en lo único que pensaba era en cuándo volvería Halley de Andalucía.

Después de la visita al castillo, ella había dejado de contestar a sus requerimientos. La reacción de Jordi consistió en enviar mensajes:

«Su seguro servidor».

«Esto es endurance».

«Adorar cansa».

«Deje el currículum encima del piano y ya le llamaremos».

Al cabo de unos días se dejó de rodeos y le envió unos cuantos SMS que podríamos considerar de protesta:

«¿Qué pasa? ¿Ya tienes todo lo que querías?».

«Este silencio es una mierda, ¿lo sabías?».

El mutismo prolongado le molestaba tanto que los mensajes de la tercera oleada rozaban el insulto personal, y, por lo tanto, no los reproduciremos.

En la oscuridad del garaje Jordi tuvo un momento de clarividencia durante el cual compuso un autorretrato en forma de silogismo, como los que elaboraban en el instituto con el PNN de Filosofía:

1. Hay que ser insensible para no enamorarse de ella.
2. Hay que ser un pánfilo para no mandarla a paseo.
3. Así pues, soy un pánfilo sensible.

Por muy dolido que estuviera, no sabía prescindir de las visitas al fotolog. Nada nuevo: instantáneas de fiestas –que ahora incluían bailaores–, letras de canciones, fotogramas de películas de Hong Kong. *El blog intermitente de Tina* hablaba de Sevilla, claro. En *Los post de Chris* encontró unas notas sobre el whist, pero ningún mensaje que pudiera considerar dirigido a él. Tampoco en la página de MySpace se habían producido novedades remarcables. Jordi estaba tan pendiente de estos cambios que por la noche no se acordaba de aplicarse el minoxidil ni de pasarse el hilo dental por los intersticios, castigados por el régimen basado en las galletas Petit Écolier.

Profundizaba en los recuerdos, buscaba nuevos ángulos de aproximación. Googleaba uno por uno los nombres de la lista *Vidas que valdría la pena vivir.* O bien decidía olvidar a Halley, aunque fuera un rato. Con este objetivo organizó un ciclo en el garaje con las películas de adulterio que más lo conmovían: *Eyes Wide Shut, Ser o no ser, El próximo año a la misma hora, El gran Gatsby, Bésame, tonto, La insoportable levedad del ser, 8 ½, Doctor Zhivago, El paciente inglés.* Pero no conseguía concentrarse.

Los días se sucedían. ¿Era mezquino aspirar a la ceniza de antes? Después de enganchar el carro a una estrella, ¿se podía volver a casa? ¿Dejaría de llamar a las puertas del cielo, algún día? Ya se ve que se sentía metafórico. Y generoso: la cómoda de la abuela estaba llena de regalos que no había podido evitar comprarle por si volvía a verla. Incluso escribía: copiaba poemas, rememoraba encuentros, improvisaba fragmentos autobiográficos.

Finalmente, ella le envió una cita de Clarice Lispector no demasiado halagüeña:

«Lo que madura plenamente se puede pudrir».

Jordi optó por un silencio digno. Al cabo de unos días, recibió un mensaje enigmático:

«Valentino se retira».

Él contestó:

«Es joven para dejar la competición. Pero las carreras de 500 son muy duras».

La respuesta fue:

«¡Hablo del modisto, pedazo de animal!».

Solo faltaba un mensaje para que se instaurara el Gran Silencio.

UNA PESADILLA CORTA

Halley había desaparecido después de avivar el recuerdo de Biel. En la mente de Jordi se alternaban ambos.

Tumbado en el futón, recordaba la cadena de hechos.

Los padres de Biel habían estudiado todas las opciones. La iglesia de la Inmaculada tenía un aforo correcto, pero le faltaba personalidad, quizás porque seguía la estética franquista de los años sesenta: demasiado nueva, demasiado iluminada, con unos bancos sin personalidad y unas vidrieras que parecían hechas a toda prisa. La iglesia de las Francesas, en la plaza del Escorxador, era demasiado pequeña pero, además, durante la misa chicos y chicas despeinados tocaban la guitarra a un lado del altar, y los asistentes entonaban unos espirituales negros que, traducidos al catalán, recordaban a las consignas del PSUC. La de San Baldirio, situada en medio de un parking, parecía un chalet alpino: poco ceremoniosa. Otras iglesias y capillas fueron desestimadas sobre todo a causa de sus dimensiones. Los padres de Biel deseaban una despedida multitudinaria y solemne, de modo que optaron por la iglesia de San Pedro, la más grande y antigua de la ciudad.

Jordi asistió al entierro con Güibes, Churchill y Pierre. No conocía demasiado la iglesia porque sus padres eran asiduos de la parroquia de la Inmaculada. Aunque habituados a la liturgia católica, los cuatro amigos se sentían tan abrumados por la muerte de Biel, por la escenografía gótica, por la grandeza, el frío y la oscuridad de la nave, que se sentaron tan atrás como pudieron, en la parte derecha del crucero, entre la capilla de San Sebastián y la de la Concepción. A causa de la reverberación acústica, empeorada por unos altavoces roncos, Jordi solo entendió un pasaje de toda la homilía: «Yo soy la resurrección y la vida. El que cree en mí, aunque muera, vivirá. Y todo el que vive y cree en mí no morirá nunca». De pie ante un atril, a la izquierda del altar, oficiaba un anciano vestido de blanco que llevaba una estola lila. Había un púlpito de piedra a cada lado, y una estatua imponente de San Pedro, también pétrea, al fondo del ábside. A Jordi le pareció entender que Biel –«el malogrado Gabriel», decía el cura, como si fuera un trabalenguas– era un afortunado porque había entrado en la casa del Padre. ¿Era posible que se refiriera a la muerte como un premio?

Durante la ceremonia, a Jordi le sobró tiempo para observar la iglesia. El ataúd estaba situado delante del altar, en el pasillo central. Sobre una plataforma se encabalgaban tres coronas de flores: la de la base militar de Sant Climent –con una bandera española–, la del colegio Sant Pau y la de la familia. En los bancos de la izquierda del pasillo se sentaba la familia, con los padres y la hermana de Biel en primera fila. En los bancos de la derecha abundaban los uniformes militares. También asistían el alcalde, el director de la escuela, toda la gente que los diarios de la época calificaban de «primeras autoridades», y que sabían cuándo había que sentarse o levantarse, una cuestión que a Jordi siempre se le escapaba. Las primeras autoridades habían colocado pañuelos en el reclinatorio del banco para no ensuciarse los pantalones cuando se arrodillaban.

A la izquierda de la nave, un Cristo de tamaño natural yacía dentro de una urna de vidrio iluminada. En la capilla de la derecha, la estatua de la Virgen estaba flanqueada por pinturas que representaban cuatro ángeles adultos con túnica blanca, dotados de alas esponjosas y aerodinámicas, inmóviles en un ademán forzado, como si no supieran qué hacer con unas alas tan grandes. Dos revoloteaban sosteniendo una corona. De los que estaban en el suelo, uno empuñaba una espada en llamas y el otro una rama, quizás de olivo; los cuatro tenían la misma nariz griega, la misma barbilla voluntariosa que aparece en la iconografía de los regímenes totalitarios, el mismo tupé de los cantantes de rockabilly. De la estatua de la Virgen, sorprendían los pies, desproporcionadamente grandes, con unos dedos rechonchos como morcillas.

Las columnas incorporaban relieves de piedra que mostraban

la Pasión de Jesús. Los vitrales, pequeños y lejanos, mostraban escenas que Jordi no conseguía identificar.

El ataúd estaba colocado sobre una plataforma con ruedas. Acabada la misa, dos hombres lo transportaron hasta la puerta seguidos por el sacerdote; los padres y la hermana de Biel cerraban el cortejo. Cuando la gente salía de la iglesia, los encontraban a los tres en fila en el porche. Los asistentes pasaban por delante y les daban la mano como en una recepción oficial. Cuando llegó su turno, Jordi no fue capaz de soltar la frase ritual. Él no podía limitarse a acompañarlos en el sentimiento, ya que se sentía íntimamente culpable.

LA TORRE Y LA CÚPULA

La iglesia de San Pedro está situada en el centro de la ciudad, junto al antiguo teatro que fue transformado en Teatro-Museo Dalí. Si el observador las busca desde lejos, se dará cuenta de que tanto la iglesia como el museo tienden a ser engullidos por los edificios adyacentes. A pesar de esta evidencia empírica, en los logotipos se resalta el campanario de la iglesia y la cúpula geodésica del museo como el skyline más distintivo de la ciudad. Ciertamente, la columna fálica y la esfera –vinculada a formas más bien femeninas– conforman una imagen poderosa. Compendian la tradición religiosa y el arte moderno, la solidez de la piedra y la fragilidad del vidrio. Cabe recordar, no obstante, que la cúpula y el campanario son añadidos del siglo XX, ya que tanto el teatro como la iglesia fueron destruidos en la guerra civil. He aquí los dos símbolos de la ciudad: decorados contemporáneos situados en lo alto de una historia truncada.

En Figueres el arte y la religión conviven pero no se hablan. Cada institución posee su clientela propia, casi siempre excluyente. El museo recibe turistas vestidos con ropa informal, mientras que a la iglesia asiste población nativa endomingada. Ya hace años que la cola del museo se alarga por delante de la Librería Surrealista, supera la calle Maria dels Àngels Vayreda y se prolonga tiendas de souvenirs abajo, a veces hasta la calle Besalú, pasando por delante de la iglesia de San Pedro. Cuando se celebra un entierro, el público religioso y el artístico se superponen, sobre todo en verano, cuando el contraste indumentario resulta más chocante. Pero en 1977 las visitas al Teatro-Museo Dalí eran más limitadas, o sea que en honor a la verdad el narrador tendrá que ahorrarse esta descripción tan jugosa, esta antítesis pintoresca entre las chanclas y los zapatos de charol, entre las camisetas ajustadas y las americanas oscuras, entre las riñoneras deportivas de las estudiantes de arte holandesas y los voluminosos monederos de piel de serpiente de las beatas locales.

REVELACIÓN

(LOS POST DE CHRIS)

El fotógrafo saca el papel sensible de la ampliadora y lo sumerge en la cubeta de líquido revelador. Poco a poco surgen las sombras, los grises, las siluetas y finalmente los volúmenes. Cuando la fotografía ha alcanzado el punto exacto de revelado, el fotógrafo la retira y la coloca en la segunda cubeta, la de ácido acético, para impedir que las sales de plata continúen ennegreciéndose y que algún trozo de papel quede demasiado oscuro. A continuación, la extrae y la sumerge en la tercera cubeta, donde el líquido fijador garantiza que la fotografía no se desvanecerá al cabo de unos meses. Después, para eliminar los restos de los líquidos, hay que lavar el papel con agua abundante. El proceso acaba con la fotografía colgada para que se seque.

El arte empieza con un estallido de luz y acaba en la cámara oscura. Entre el deslumbramiento y las tinieblas transcurren la impresión, la revelación, la acidez, la fijación, la limpieza y el secado: los seis pasos en la escritura de una novela.

[Ya habrás advertido que si el narrador de esta historia se sirve de la primera persona del plural no es por modestia. Sencillamente somos dos. También te habrás dado cuenta de que, cuando es incapaz de callar, el narrador se suelta dentro de los límites de unos corchetes como estos, desde donde una vocecilla matiza, adelanta, comenta y se hace la interesante].

UNA LARGA PESADILLA

El juicio fue una larga pesadilla. Estaban implicados el Ministerio del Ejército –propietario del acueducto–, el Ministerio de Obras Públicas –responsable de las obras–, la concesionaria de la autopista, la aseguradora del camión de Pere Carré, el ministerio fiscal y los padres de Biel, que se constituyeron en acusación particular. Inicialmente se produjeron una serie de discusiones bizantinas acerca de la poca altura de la baranda y la escasa distancia que cubría. Después estas cuestiones resultaron irrelevantes ya que todo se reducía a dilucidar cómo había muerto Biel, si a causa del golpe contra la calzada de la autopista, o a causa del atropellamiento del camión. Los forenses se declararon incapaces de averiguarlo, dada la diversidad de contusiones que presentaba el cadáver. Al final, resultó que la cuestión no era procedente, ya que en último término la causa del mal causado era el acueducto. La responsabilidad patrimonial correspondía al Estado, que era el propietario de la obra y no había tomado las medidas necesarias para evitar que alguien subiera y se cayera.

Churchill y Jordi, puesto que eran menores de edad, solo tuvieron que declarar por escrito. Tal como habían acordado, evitaron referirse al juego de whist.

En ningún momento las investigaciones se dirigieron a dilucidar qué hacía Biel encima del acueducto. El sumario no se interroga sobre las causas que lo habían inducido a arriesgar su vida poniéndose a correr en un espacio tan peligroso.

Jordi barajaba tres causas del accidente: los nervios, el vértigo y la pérdida del equilibrio. Pero aún no sabía por qué Biel se había vuelto y le había dirigido aquella mirada que no dejaba de perseguirlo.

Cuando se dictó sentencia, el Estado tuvo que pagar una indemnización cuantiosa a los padres de Biel. Había pasado una década desde el accidente.

ESCENAS DE SACRIFICIO

Seamos rigurosos. Neguémonos a descartar ninguna hipótesis. Por ejemplo, ¿os habéis fijado en que en los libros preferidos de Biel abundan las escenas de autosacrificio? Hemos recuperado tres:

1) En *Las aventuras de Tom Sawyer*, una niña rasga sin querer una página del libro preferido del maestro. Cuando lo descubre, el maestro pregunta a todos los niños quién ha sido el culpable. Tom se levanta de un salto:

–He sido yo.

2) En *Peter Pan*, el protagonista exclama que «la muerte debe de ser una gran aventura». No pasa mucho rato antes de que Campanilla se trague el veneno para salvarlo.

3) En *Drácula*, después de ser mordida, la joven Mina Harker reúne a sus amigos:

–Tienen que prometerme, cada uno de ustedes (incluso tú, querido esposo mío) que, cuando llegue el momento, me matarán.

Durante colecciones de minutos que él revisitaba sin fatiga, Halley había conseguido que Jordi se olvidara de sí mismo. Durante días y semanas que lo asaltaban sin consuelo, Halley lo había hecho sentir como un dinosaurio. Recordaba la primera mirada que lo había desasosegado, el día de la boda, y el primer silencio que, una semana más tarde, lo hundió. Sin Halley se sentía bastante peor que cuando se había dado cuenta de que se derrumbaría si no se ponía en manos de una psicóloga, y también peor que cuando la psicóloga había fijado su residencia en el Reino Unido.

Jordi había recuperado el desequilibrio constitutivo, la sensación de deriva, el vértigo y el desasosiego que habían caracterizado su época adolescente. Con una diferencia: todas las plaquetas se le habían atrofiado, también las figuradas, de modo que sus heridas sentimentales tardaban más en cicatrizar.

De hecho, sabía muy poco de Halley. Cuando no estaba obsesionado recordando los Hechos de 1977, el día se le iba intentando adivinar lo que debía de estar haciendo aquella chica, procesando e interpretando las palabras que ella había dejado caer como hojas secas. Regresaba a las frases que había memorizado sin esfuerzo, las degustaba como haikus, les daba vueltas como si fueran las manifestaciones de un oráculo, las analizaba con la exhaustividad que Nabokov dedica a los gestos más banales de Ana Karenina. Era como si pasase el día visionando la cinta de sus encuentros, zapeando entre los momentos más incomprensibles. Estaban las imágenes del fotolog, sí, renovadas a diario, pero que tan solo le informaban sobre su lado festivo. Estaban *Los post de Chris* y *El blog intermitente de Tina*, que le servían para comprobar que él no le hacía ninguna falta. Estaba el cortometraje que ella había dirigido y protagonizado, y que él había visto ochenta y siete veces en YouTube. Estaban los mensajes que ella le había enviado y que él releía con la obstinación de un talmudista. A pesar de todas las aproximaciones, ella se le escapaba como arena entre los dedos.

¿Cómo era aquella chica? No se parecía en absoluto a él, ni a como era entonces ni a como había sido a los veinte años. Tampoco se parecía a como había sido Nora, y menos aún a como era Marta, ni a nadie que él hubiera conocido excepto la constelación de amigas artistas. Con Halley, la experiencia resultaba estéril.

¿Qué esperaba de él? Ahora que se había interrumpido la comunicación, ¿debía mostrarse tal cual era, con la verdadera dimensión de su patetismo adultescente? Ya se le había pasado la época de enviarle flores o de formar una tuna compostelana que la despertase para cantarle florituras desvergonzadas, de plantarse bajo el balcón de su casa día y noche, lanzando ramitas a la ventana o esperando a que saliera para ofrecerle su corazón devastado.

En el salvapantallas tenía una fotografía de *Eduardo Manostijeras*. Winona Ryder –vestida de colegiala de los años cincuenta, blusa blanca y falda roja– abrazaba por detrás al lúgubre Eduardo, como si no quisiera dejarlo escapar. Él miraba sus manos monstruosas, que no podrían acariciarla nunca.

Media docena de veces al día se decía a sí mismo: «Despiértate, hombre». Se suponía que estaba cuerdo. Y, aun así, no podía dejar de recrear las escenas que habían compartido antes del Gran Silencio, que se había iniciado a finales de agosto. No podía dejar de volver sobre algunas de sus conversaciones. ¿Era un falso recuerdo o realmente habían bromeado sobre el beso que se daban Keira Knightley y Johnny Depp –sus dobles, por lo que a edad se refiere– en *Piratas del Caribe 3*? ¿Aquello podía incluirse en el apartado de coquetería indiscriminada?

Se sorprendía deseando vivir en el fotolog de Halley, donde todo el mundo era joven y ocioso y atractivo y un poco memo [eh, eh, alto: no exageremos].

Solo el recuerdo de Blondie podía competir. A la misma edad era más bonita que Halley: la mandíbula menos prominente, la nariz menos de corista y unos movimientos que no se acercaban tanto a los de un ofidio. Encima de la mesa del garaje destinada a las actividades no profesionales, dentro de una caja de bombones ovalada, guardaba un mechón de cabellos dorados que su mujer había accedido a darle una lejana tarde de domingo, cuando Halley no era ni siquiera un proyecto. En otra cajita tenía cuatro dientes de leche de Marta. Una de las responsabilidades familiares que Jordi asumía más a gusto era ejercer la función de Ratoncito Pérez: se encargaba de comprar un regalo cada vez que a Marta se le caía un diente y de esconderlo bajo la almohada cuando se había dormido. No había encontrado nunca el momento de tirar aquellos incisivos diminutos («Me da cosa», era su expresión). Abrir las dos cajas, esparcir el contenido encima de la mesa y ver cómo los dientecitos de Marta se enredaban con el mechón de cabellos de Blondie significaba dejar de pensar en Halley. Resultaba triste pero al menos era otro tipo de tristeza.

En 1977 había empezado un paréntesis que ahora se desmenuzaba como el vidrio de un parabrisas después de chocar con una piedrecita –preciosa– imprevista. Como un alien oculto en su interior, había resurgido la esencia de Jota-Erre: el que se reía cuando a Biel le daba un calambre en el semáforo de la Rambla, el que había matado a un cordero a pedradas, el que se masturbaba en un calcetín con el mismo frenesí con que ahora lo hacía en un kleenex.

¿Cómo le habría ido sin el juego de whist?

Apenas habían pasado unas cuantas semanas desde que había dado la vuelta al castillo con Halley. Desde entonces no recordaba los nombres de las personas que le presentaban, ni un compromiso, ni una cita, ni una cara. Estaba en pausa, en suspensión: sin agenda, detenido, pendiente, esperándola.

–¿Tienes miedo de que empiece algo, o de que acabe? –le había preguntado él en julio.

–Yo no tengo miedo.

Cuando Halley había dejado de responderle los mensajes, él le había escrito: «Me has hecho sufrir. Me haces sufrir». Al cabo de dos noches, recibió el último mensaje de ella: «Eres un bobo encantador».

Y después, el Gran Silencio. Halley había pasado el e-cleaner, lo había borrado del disco como si fuera un fichero temporal, un archivo de datos anticuado, con la misma despreocupación con que él vaciaba periódicamente la papelera de reciclaje.

Tres años atrás, cuando la bigamia asimétrica estaba consolidada, Jordi había pasado un fin de semana con Perita en Dulce en París con la excusa de un encuentro de fotógrafos profesionales. A la salida del Jardin des Plantes, ella había ido al servicio y él se había sentado en el césped. Delante de él se había concentrado una treintena de jóvenes abigarrados. Lo único que tenían en común era que llevaban auriculares. De repente, sin previo aviso, se pusieron a bailar. Se movían al mismo ritmo, de manera coordinada, pero en silencio. Debían de haberse citado en algún chat de internet después de acordar qué música escucharían. Privado de auriculares, Jordi seguía aquellos movimientos con interés, pero sin entender nada. La misma sensación que tenía con Halley.

Jordi echaba de menos una escena de despedida, un encuentro en algún lugar recóndito y memorable, unas palabras vacilantes, quizás tiernas, un final solemne, protocolario, audible. No se resistiría. No montaría ninguna escena. Solo quería que ella le diera un beso en la mejilla y le dijese adiós. Lo asumiría. Lo que lo mortificaba era su mutismo, que él traducía en términos de indiferencia o –según el estado de ánimo– de menosprecio.

Una noche le había dolido ver en el fotolog una imagen de ella sonriendo en un banco de madera que enseguida identificó como uno de los situados en la entrada del castillo de Figueres, el Chingódromo al que el joven Churchill llevaba a sus conquistas. ¿Se trataba de un mensaje? ¿Hasta dónde habían llegado aquellos dos? ¿Es que él se había vuelto tan paranoico como para imaginárselo? ¿O es que el otro seguía siendo tan Sex Machine como siempre?

Al día siguiente de encontrar esta fotografía, Tarik tuvo que ir a buscarlo para cubrir una boda. No era solo que se hubiera hundido en la depresión –por decirlo de una manera folletinesca–, sino que estaba tan cansado que ni siquiera se había acordado de poner el despertador. Tarik tuvo que encargarse de todo. Era un aviso: Foto Recasens podía perder la clientela. Hasta entonces, Jordi tenía preocupaciones de todas clases menos económicas; ahora parecía que podía comenzar la época de los quebraderos de cabeza sin excepción.

«Eh, ¿hay alguien ahí?», tecleaba en el ordenador.

O en un SMS: «Hola hola hola pequeña».

Sin respuesta.

Hasta que llegó el 16 de septiembre. Después de una noche en que durmió una hora escasa, se levantó y encendió la radio. En las noticias, recordaron que un día como aquel, treinta años atrás, había muerto María Callas. Jordi se lo tomó como un mensaje dirigido personalmente a él, que se había negado a contar los días que hacía que no veía a Halley. Pues bien, había pasado un mes exacto. Del 16 de agosto al 16 de septiembre: de Elvis Presley a María Callas. Entonces lo vio tan claro como Robert de Niro en *Taxi Driver* cuando decide comprar todas aquellas pistolas. Puso en marcha el Messenger y el Outlook, dejó el móvil encima de la mesa, abrió una lata de cerveza y empezó el bombardeo. Eran las 11.20 horas.

Jordi, que últimamente tenía la cerveza Moritz como bebida favorita, había descubierto aquel verano que en el supermercado Estel las podía adquirir en envase de lata, cómodamente empaquetadas dentro de una caja de cartón. Cuando se había bebido una, la dejaba encima de la mesa; cuando había acumulado unas cuantas, las apilaba en el suelo. Poco a poco había perfeccionado la pila, a medio camino entre la columna geométrica que forman los productos de oferta en el supermercado y el castillo normando que esculpe en la playa el creador amateur. En aquel final de verano, en la pila –que invadía el pasillo que conectaba con la puerta–, debía de haber entre doscientas y trescientas latas. Cuando hubo colocado, en equilibrio precario, las últimas de la mesa, empezó a dirigir mensajes sistemáticos a Halley. Primero tecleó frases más o menos directas:

«Aquí el especialista en el 77. ¿Por dónde andas?».

«Eh, hola, soy tu fan».

«Susúrrame ciao, al menos».

Dos Moritz más tarde, tecleó una serie de mensajes que fácilmente podríamos calificar de patéticos. Eran las 12.45.

«Apareces en todas las películas que veo».

«Te espero desde antes de que nacieras».

«Lo he perdido todo dos veces, ¿sabes?».

También le citaba diálogos de películas:

«–¿Y le duele todo el tiempo?

–Solo cuando respiro. (*Chinatown*)».

Pero de qué manera se irritaba cuando sonaba el teléfono y no era Halley, cuando recibía mails o SMS de clientes o de distribuidores que no tenían ninguna culpa de no ser ella.

No solo las Moritz se le subían a la cabeza: la dinámica del bombardeo se lo llevaba por delante. En cuatro horas le envió trescientos cuarenta y ocho mensajes alternando los dos ordenadores –el fijo y el portátil– y el teléfono móvil, y le llenó el buzón de voz con exclamaciones e improperios.

Después de enviar un mensaje, se arrepentía y enviaba otro para corregirlo o matizarlo. A continuación matizaba el segundo, y así sucesivamente, de manera que emitía retahílas de palabras que ya no se referían a él y a Halley, sino a los mensajes defectuosos anteriores, en una espiral autorreferencial que, cuanto más le molestaba, más crecía.

Los mensajes más elaborados los extraía del bloc de notas de Foto Recasens - Bodas y Bautizos, donde había dejado el rastro de las ideas que no lo dejaban dormir. Cuando conseguía concentrar su estado de ánimo en una síntesis satisfactoria, la modelaba y pulía, y después la enviaba.

«Me esfuerzo por dejar de escribirte, pero me siento como si estuviera haciendo huelga de hambre en una isla desierta».

O bien: «Ya sabes que la mejor Hepburn es la Katharine».

Otros mensajes podían sonar amenazadores.

«Dime que no te lo montaste con mi consuegro».

«Me resisto a odiarte».

«Vuelvo a tener ganas de estamparme contra un coche».

«¿Ya lo sabes, no, que Holly era una putita de lujo?».

«Contesta, joder».

Fueron frases como estas las que precipitaron los acontecimientos. Aunque hay que añadir, en descargo de Jordi, que se combinaban con otras incomprensibles, melancólicas, claramente bienintencionadas:

«Eres infantil y salvaje y te quiero como a un perro».

«Que lo nuestro sea imposible no tiene ninguna importancia».

«Pienso en ti siempre siempre siempre siempre, cuando me siento bien y cuando me siento como una legaña e incluso cuando veo documentales de guerra».

«Debes de pensar que soy un tío fácil».

«PETSI».

«De momento alquilemos un piso en la Marca de l'Ham, después ya veremos. ¡Ahora!».

«¿No ves que te quiero, pequeña tontita?».

«¡Dispárame!».

«Casémonos, va».

Aquel bombardeo tuvo una banda sonora. Ya sabemos que, a diferencia de Nora, Jordi no encontraba redención en la música, pero durante el último mes la agudización de la crisis sentimental lo llevó a buscar todos los consuelos posibles, incluyendo las canciones que sonaban en la radio. Pronto descubrió que se repetían unas determinadas pautas. Algunas canciones –muy pocas– eran la cristalización de momentos de felicidad vividos por su autor; podían resumirse con la frase «Qué bien estoy tal como estoy». Otras eran intentos de desplazar a algún ser humano; algunas decían «vete», muchas más podían resumirse con un «ven». Pero lo que pretendían la mayor parte de las canciones que prefería Jordi era interrumpir un movimiento: musicaban un «no te vayas». Eran estas últimas las que le servían para compadecerse de sí mismo. La más explícita era el «Ne me quitte pas» de Jacques Brel, que él se sabía de memoria desde el instituto. Pero en el año 2007 la que más sonaba era el «Baby, Please Don't Go». Durante la segunda semana de septiembre, con ayuda del programa Ares de descarga de archivos, Jordi había almacenado cincuenta y tres canciones que incorporaban el estribillo de «Baby, Please Don't Go». Unas versionaban el tema original de Muddy Waters y otras ni siquiera se inspiraban en ella. Todas, sin embargo, incluían alguna estrofa donde el autor le rogaba a alguien que no lo abandonara. Tenía canciones de Bob Dylan, de AC/DC, de Van Morrison, de Ted Nugent, de Tom Petty, de Frank Zappa, de Chicago, de John Lee Hooker, de Sheryl Crow, de los Animals, de Led Zeppelin, de Bill Wyman, de los Doors, de Bee

Gees, de Rick Astley, de Aerosmith, de Sonny and Cher, de los Cowboy Junkies. Las colocó a las cincuenta y tres en la playlist aleatoria del iTunes y las hizo sonar todo el tiempo que duró el bombardeo: unas quejas melodiosas que condensaban su súplica de «No me dejes, nena» en modalidad hippy, pop, jazz, blues, country, metal, glam, disco, reggae, garaje, sinfónica, acid house, post-indie y bluegrass.

Lo único que comió en toda la mañana de aquel 16 de septiembre fueron los garbanzos cocidos que quedaban del día anterior. Había agotado todas las reservas. No es extraño, pues, que a las 15:55 se viera asaltado por un furioso ataque de hambre. Hizo lo que acostumbraba hacer cuando se olvidaba de ir a buscar legumbres o croquetas o empanada gallega, es decir, llamar a una de las pizzerías de cabecera y pedir una Tejana con doble ración de carne.

Por eso cuando sonó el timbre abrió sin preguntar quién era. No había transcurrido tiempo suficiente como para que el motorista tuviera tiempo de llegar con la pizza, pero una de las nociones que había perdido Jordi durante las cuatro horas de bombardeo era la del tiempo. Así que se precipitó a la puerta con toda la euforia del hambriento a punto de saciarse, y fue la misma euforia la que lo hizo tropezar con el castillo de latas Moritz, que cayeron al suelo y se pusieron a rodar en todas direcciones con un ruido parecido al que emite el hombre de lata en *El mago de Oz* cuando se estrella en el viaje a la Ciudad Esmeralda.

Pero antes de ver quién tocaba el timbre, debemos añadir que el bombardeo no fue inodoro. Y no nos referimos solo al hedor a garbanzos cocidos y a los más habituales de café y de moho que emanaban del garaje, estrictamente mal ventilado. De hecho, la única medida de limpieza que aplicaba Jordi era poner en marcha cada mañana el robot aspiradora –él la llamaba R2-D2– y dejarlo encendido hasta que se acordaba de apagarlo. Desgraciadamente, el robot no tenía competencia sobre las mesas ni las estanterías, donde por encima de los libros de informática y de los viejos paquetes precintados de papel fotográfico se acumulaba un dedo de polvo.

Para saber a qué olía el bombardeo tenemos que remontarnos al año 1981, cuando el departamento de Sociales del

Instituto Ramon Muntaner llevó a los alumnos de COU a la redacción de *La Vanguardia*, entonces situada en la calle Pelayo de Barcelona.

Después de la visita, los profesores concedieron a los estudiantes una hora libre para dar una vuelta por el centro de la ciudad antes de coger el autocar que tenía que devolverlos a Figueres. Churchill, Cubeles, Jordi y Güibes se metieron en la boca de los Ferrocarriles Catalanes situada al principio de las Ramblas y entraron en unas galerías subterráneas sombrías y a pesar de ello bautizadas como Avenida de la Luz. Enseguida encontraron lo que buscaban, una sala de cine donde vieron con gran expectación los últimos tres cuartos de hora de una película catalogada S presuntamente ambientada a principios del Imperio romano.

Pero: ¿qué tiene que ver aquella lejana excursión con el olor que despedía el garaje el 16 de septiembre de 2007?

Poco antes del bombardeo, cuando el Gran Silencio se prolongaba y Jordi se sentía como un derelicto en una playa tropical, una de las medidas de emergencia que tomó fue ir a su tienda fotográfica más querida, a Barcelona, la misma donde veinte años atrás había comprado la ampliadora checa Meopta.

Siempre que tenía algún problema impostergable, Jordi recurría a Foto Boada, un establecimiento que le producía efectos balsámicos. Era como un museo de la fotografía, un ámbito intemporal que se mantenía impermeable a la digitalización: no por amor a la resistencia, sino como una apuesta de calidad. En cualquier bazar o hipermercado era posible comprar cámaras electrónicas y tarjetas de memoria, pero Jordi se había acostumbrado a valorar que los dependientes lo atendieran sin prisa, y todavía más a que se mantuvieran al día por lo que se refiere a flashes profesionales e instrumentos de iluminación estática. La tienda se encontraba situada en la calle Tallers, donde en el verano de 2007 uno de cada diez transeúntes llevaba una camiseta de los Ramones, dos de cada diez imitaban la indumentaria de *Poseídos*, tres de cada diez iban tatuados, seis de cada diez llevaban auriculares, siete de cada diez fumaban y nueve de cada diez tenían menos de treinta años. No, realmente Jordi no se sentía como en casa, pero era el precio que debía pagar por acceder a Foto Boada.

(Un día que Halley se había presentado a una de sus «entrevistas» toda vestida de negro, Jordi le hizo una observación sobre las chicas góticas. ¡Vaya lo que dijo! Ella le hizo saber, en primer lugar, que la noción de color negro era una ridícula reminiscencia platónica que se concretaba de manera diferente en cada tejido: había que distinguir entre el negro africano (*maurus*), el negro murciélago (*vespertilio*), el negro cuervo (*anthracitus*), el negro hollín (*fuligineus*), el negro tiniebla (*tenebricus*), el negro infierno (*stygis*). En segundo lugar, y parecía extraño que tuviera que explicarle cosas tan elementales, ella no iba de gótica sino de raven).

Cuando volvía por la calle Pelayo hacia la estación de Paseo de Gracia, Jordi vio los carteles de la tienda Sephora, en la otra acera, al lado de la FNAC de plaza Catalunya, y decidió entrar.

Después de bajar por las escaleras mecánicas llegó a la tienda, que resultó ser subterránea, larga como una estación de metro pero iluminada con mayor distinción. Si añadimos que, cuanto más lo pensaba, más le parecía que estaba situada en el mismo sitio que la desaparecida Avenida de la Luz, tal vez se comprenderán los párrafos anteriores. Jordi se encontraba en el mismo sitio –bajo tierra– veintiséis años después, pero no en el cine decrépito donde había presenciado las bacanales de Mesalina, sino en una enorme e iluminada boutique de colonias, masajes y perfumes.

A la derecha, centenares de fragancias femeninas contenidas en frascos de medidas, tonalidades y formas diversas; a la izquierda, las colonias masculinas y el aftershave. En medio, los cosméticos. Todo aquello estaba custodiado por juanis en flor vestidas con uniformes de color fucsia, las orejas indefectiblemente perforadas por aros plateados. Jordi se dirigió a la que tenía más cerca.

–Busco perfumes con nombre de número...

–Perdón... –dijo la juani.

–Como el Chanel núm. 5... ¿Tenéis otros, así con número?

El Chanel núm. 5 estaba desestimado, ya que Jordi lo conocía perfectamente: era el que utilizaba Melissa, y no tenía nada que ver con el aroma que desprendía Halley.

–Bueno. Hay uno que tiene mucha salida. Se llama 212 de Carolina Herrera.

–¿Es caro?

–Sí –dijo la juani, sin saber que era la respuesta correcta. Bajo ningún concepto Halley utilizaría una colonia barata.

Cada departamento disponía de frasquitos de muestra y de un palito de madera, a medio camino entre el palillo y el cubierto chino, donde rociar el perfume. Jordi olfateó el 212. Bueno, podía ser el olor de Halley. Pero también podía ser que fuera otro.

Repitió la operación con el perfume 1881 de Nino Cerruti, con el 1916 de Myrurgia y con el M7 de Yves Saint Laurent. En ninguno de los tres casos tuvo la sensación de recuperar el olor que tanto echaba de menos. Bueno, el M7 seguro que no, porque lo había encontrado en la sección masculina. El 1916 era demasiado clásico. Ya que estaba, husmeó –en vano– la gama de productos Givenchy, los preferidos de Audrey Hepburn.

Había aspirado con un cierto detenimiento el olor de Halley durante los cuatro meses de entrevistas y de paseos por los escenarios de su pasado. En el garaje, para acercarse más a aquel aroma, encendía cigarrillos que dejaba consumir en un viejo cenicero Cinzano que le había comprado a un trapero.

De todas aquellas sesiones alrededor de los Hechos de 1977 solo conservaba dos regalos que le había hecho ella: la felicitación de cumpleaños dibujada con trazos infantiles –«No puedo hacerlo todo bien, ¿no te parece?»– y la gorrita Guru de color rosa que ella le había encasquetado después de que dieran una vuelta al castillo. Aparte, atesoraba tiques y tarjetas de bares y restaurantes –los desplegaba sobre la mesa a la manera de un abanico, como si así pudiera organizar su memoria–, y las dos únicas fotografías que poseía donde aparecían los dos. Una era de la boda: la que había tomado Tarik en las sillas de teca, que recordaba a las de Rebecca Blake en los años ochenta, donde aparecían aquellas mujeres bellísimas que parecían a punto de cometer un crimen. La otra estaba hecha en la carretera de Sant Feliu de Guíxols y se la habían enviado los Mozos de Escuadra como prueba del exceso de velocidad.

El resto de recuerdos eran vaporosos e imprecisos como el olor que emanaba de ella. Lo único que le había dicho Halley es que la colonia que utilizaba tenía nombre de número. Pero

¿cuál? Si no la localizaba en aquella tienda gigante, ya se podía olvidar.

En el Sephora, ante la duda, compró dos frascos que se la recordaban: uno de 212 y otro de 1881. Los tenía siempre en el garaje encima de la cómoda de la abuela.

Tenía la costumbre de levantarse de vez en cuando de la silla y esparcir sus perfumes, que por cierto no combinaban nada bien. Uno era juvenil y el otro tradicional, uno era fresco y el otro dulce, uno tenía vainilla y el otro almizcle. Pues bien, aquella mezcla era la que predominaba en el garaje cuando sonó el timbre y Jordi fue a abrir.

Quedó sorprendido cuando en la puerta no encontró al motorista de la pizzería sino a tres chicas que lo observaban con recelo y que entraron sin pedir permiso.

Solo podían ser las hermanas de Halley.

Pongámonos ahora en el lugar de aquella versión fraternal de los Ángeles de Charlie. En pocos segundos, cuando los ojos se les acostumbraron a la penumbra, sus sentidos recibieron una serie de estímulos que detallaremos a continuación, no sin rogar al lector –a la lectora– que tenga en cuenta que lo que leerá de manera sucesiva, ellas lo percibieron a la vez.

a) Ya hemos mencionado los perfumes 212 y 1881, que deben sumarse al hedor a habitación cerrada, al del jugo de los garbanzos de lata, al de cigarrillo requemado, al del café de máquina y al de cerveza sin gas, que sin duda estaba relacionado con

b) los centenares de latas que rodaban por el suelo –recordemos que el castillo Moritz se había derrumbado poco antes de que se abriera la puerta, parte de las cuales eran pisoteadas por

c) un hombre de cabello escaso y además despeinado que hacía días que no se relacionaba con ninguna máquina de afeitar. Los pelos le nacían con la determinación de cerdas, blancos los del mentón y más escasos los de las mejillas. Llevaba zapatillas y una bata azul celeste que recordaba a la que lleva el fornicador hirsuto de *El diablo y la señorita Jones*. Caminaba encorvado, contracturado de tanto teclear y de tanto compadecerse. Pero tal vez lo que impresionaba más era la montura metálica de gafas en semicírculo provista de palanquitas y pivotes por arriba y por los lados, y sobre todo el hecho de que fuera tocado con una gorra de color rosa, marca Guru, que le quedaba manifiestamente pequeña. Por detrás de él circulaba

d) un robot bajito, dotado de ruedas y escobilla, que se desplazaba de manera bustrofédica cubriendo toda la superficie del garaje, que incluía

e) el futón por hacer, con la ropa interior encima, situado al lado de una alfombra de diarios viejos, delante mismo de

f) la mesa doble cubierta por capas de papeles, de botes de comida, de discos, de latas, donde sobresalían dos ordenadores y un móvil conectados, de donde parecía provenir el asedio informático y telefónico que estaba sufriendo la hermana pequeña de las tres visitantes, la misma que aparecía en

g) la pantalla gigante de detrás de la mesa, que cada tres segundos proyectaba una imagen distinta: tumbada en la playa, tomando el té en un jardín, secándose el pelo, tomando una fotografía con el móvil, mirando al cielo con cara de diva, a un metro de los altavoces donde sonaba

h) una canción pegadiza que repetía una y otra vez el estribillo «Baby, Please Don't Go». Hasta que no estuvieron fuera del garaje, las tres hermanas no se dieron cuenta de que durante aquel rato no habían oído más que versiones diferenciadas y sucesivas de la misma canción, como si provinieran de una pesadilla.

¿Era extraño que lo miraran como a un loco?

Solo faltaba que descubrieran, encima de la mesa, la espada samurái y los dientes de leche de Marta puestos en hilera al lado del mechón de pelo de Blondie y de la felicitación que le había enviado Halley.

–Pero ¿quién es este pájaro? ¿Hannibal Lecter? –preguntó la hermana número tres.

No: no era extraño que lo miraran como si fuera un asesino en serie. Y a pesar de ello se situaron donde pudieron, tapándose la nariz con sendos kleenex y le advirtieron con serenidad que si no dejaba a su hermanita en paz no solo sería denunciado a la policía, sino que recibiría la visita de su padre, que llegaría armado con un fusil de aire comprimido que utilizaba para arponear lubinas en el Cabo de Creus. La justicia sería clemente con cualquier padre que se encontrara en aquella situación, añadió la hermana número uno, que parecía versada en jurisprudencia. La mezcla de alcohol, de sueño, de nervios, impulsaron a Jordi a resolver la situación en una sonrisa congelada, más o menos la misma que le dirigía a Marta cada vez que, en los días que transcurrieron desde la llegada del crucero, ella le preguntaba si le faltaba mucho para acabar el álbum de fotos de la boda, en el que él todavía no había empezado a trabajar.

Aquel breve simposio, durante el cual Jordi no abrió la boca, puso fin a «aquello», que era el término que las hermanas utilizaban, como si se hubieran puesto de acuerdo, para referirse a su relación con Halley. Jordi adivinó que ella les había revelado que recibía centenares de mensajes de un «hombre» –remarcaban esta palabra, que en sus labios sonaba como un reproche–, y les había facilitado su nombre y dirección.

Los vecinos de la avenida Perpinyà hablaron durante meses de aquellas mujeres –siete o diez, magnificadas por el recuerdo como una leyenda urbana– que llegaron juntas en sus Smart Fortwo, y que veinte minutos después partieron en direcciones opuestas, como brujas o hadas o ángeles, mientras Jordi las miraba apoyado en la puerta del garaje, inconsciente de la sonrisa que se le había acabado entumeciendo como un rictus.

Más tarde, devorando la pizza que había llegado a la mitad del simposio, Jordi intentó analizar los hechos. Pensó que por su vida no había pasado un cometa, sino un tornado. También pensó que Halley era del tipo cruel pasivo –no le contestaba pero no le decía nada demasiado feo–, mientras que las hermanas eran del tipo cruel activo. Lo pusieron como un trapo, con aquel tono tan educado que empleaban, sobre todo la hermana número dos. Según la versión de ellas, Halley era una criatura, y él venía a ser poco menos que un delincuente sexual. Además, ¿era necesario que le dijeran que tenía caspa? ¿Se consideraba un agravante, la descamación capilar?

Abrió otra Moritz y se resignó a echar de menos minuciosamente a aquella chica. Era eso lo que deseaba cuando había entrado en la tienda de colonia de la calle Pelayo: recrearla aunque fuese de manera fragmentaria. No había adelantado mucho.

Tenía seiscientas veintidós fotografías suyas, pero en ninguna parte había encontrado su olor.

[Nota bene: el día de la boda de Marta, Halley se había puesto una de las colonias más antiguas del mundo: Das Wunderwasser, la que lleva como nombre el número de calle –4711– donde vivía la familia de empresarios que la creó, las de letras doradas sobre el mismo fondo azul turquesa que el repelente de insectos Halley, la del aroma de cítricos, la misma que se pone de manera previsora Holly Golightly antes de abrir la carta de despedida que le envía su amante brasileño, pocas páginas antes de que se acabe *Desayuno en Tiffany's*].

RETRATO DE LA ARTISTA

Hela aquí. Mira cómo trabaja, absorta ante el ordenador, la espalda recta como una secretaria ejecutiva, la bata de color berenjena con sus iniciales bordadas sobre el corazón. Los pies descalzos –cada uña pintada de un color distinto– sobresalen de los pantalones de pijama color pistacho y danzan sobre las zapatillas a juego, a poca distancia de donde yace –una cita de *Las Meninas* que pesa cuarenta kilos– Maximilià, el perro más mimado de la villa de Roses.

Halley todavía no se ha hecho la cama, pero antes de sentarse a escribir se ha pintado los labios por respeto y por convicción. A los lados de los ojos, unas arruguitas casi imperceptibles delatan una semana intensa.

A la izquierda de la pantalla, dentro de un marco Art Déco comprado en una tienda de antigüedades de Saint-Germain-des-Prés, está la fotografía en la que aparece su madre y Maria-Mercè Marçal. A la derecha, un café con leche, cuyo humo se mezcla con la voluta de Camel Lights que sobresale del cenicero Captain Sensible comprado en la última visita a Carnaby Street. Más allá, un jarrón de arcilla vagamente ruso pintado a mano contiene un lápiz Staedtler, una pluma Montblanc Marlene Dietrich Special Edition, un bolígrafo BRIT POP que le regaló su hermana Laura, un espantasuegras del último Fin de Año, un paquete de chicles de limón Trident Fresh, un pen drive Kingston, un móvil Chocolat.

Los folios con esquemas –el árbol genealógico de los personajes principales encima de todo– ocupan media mesa. Más hacia la ventana están los listados cronológicos: el resumen por años y, más detallados, los correspondientes a 1977 y a 2007. Debajo, reunidas con un clip, la lista de canciones del Top Ten de los últimos decenios y un puñado de fotocopias de semanarios locales. Apoyados contra la pared, sostenidos por una estatuilla que imita la de los Oscars y por un altavoz del que llegan las notas de un cuarteto de cuerda de Michael Nyman, esperan su turno una novela de Álvaro Mutis, una historia de la UMD, el volumen *Figueres, ciutat de les idees* de Maria Àngels Anglada, y dos libritos ilustrados, uno sobre la iglesia de San Pedro y otro sobre el castillo de Sant Ferran. Al otro lado tiene las fotocopias encuadernadas del diario de Biel y el trabajo de investigación de bachillerato que Noia Labanda hizo sobre el arquitecto Josep Azemar. En el cajón, un cedé con el concierto de La Cripta en Llançà, la handycam y las libretas con la transcripción de las entrevistas.

Pegados a la pared con bluetack, se pueden ver de izquierda a derecha un mapa de Figueres con chinchetas de colores situadas en los lugares clave, un plano aproximado del garaje de Jordi Recasens, un esquema de la disposición de las mesas el día de la boda, una fotografía de Halley que imita la coloración por anilinas que practicaba Andy Warhol –regalo de un admirador del que ha olvidado el nombre, pero no la chaqueta de color calabaza que se ponía para impresionarla–, una instantánea tomada dieciséis años antes en que abraza a su madre y sonríe a la cámara con la desenvoltura de Shirley Temple, un póster de Lene Lovich que compró en la Feria del Disco de Coleccionista, un collage hecho de recortes de fotografías de ortodoncia que compuso cuando estudiaba tercero de ESO, el fotograma de *Stagecoach* donde Ringo se declara a Dallas.

Sobre la mesita de noche, un iPod, otra libreta, un paquete de perlas mentoladas Ricola, y un ramo de flores silvestres que le ha regalado su hermana Núria.

Cuando sale de la impresora la letra de una canción que ha encontrado en Azlirics.com, la mete en la carpeta con las otras. Se levanta y pone una canción de My Bloody Valentine. Se acerca a la ventana y mira el mar, que hoy no parece demasiado amistoso.

Le cuesta concentrarse. Tendrá que irse, si quiere acabar de escribir el libro.

Hoy solo le apetece escribir el retrato de la artista.

OTOÑO

Halley había desaparecido de su campo visual, pero no de su mente. Y no porque Jordi tuviera veleidades románticas y, por lo tanto, fuese partidario de aplicarse la dulce tortura de recordar escenas gloriosas que ya no volverían. No era uno de esos personajes que abundan en la literatura eslava, que constatan la rara felicidad de sentirse desgraciados.

Mentiríamos si afirmásemos que hasta entonces ejercía un control absoluto sobre sus pensamientos. No era la primera vez que una situación, sin que él pudiera hacer nada para evitarlo, le recordaba una escena vivida no siempre memorable que se le aferraba al cerebro. Cada vez que veía un jersey verde, por ejemplo, le venía a la cabeza aquel de cuello alto que siempre llevaba Pierre. Ante una cruz, oía la voz de Marta cuando, trece años atrás, le había preguntado cómo era posible que alguien hubiera crucificado a aquel niño tan bonito que todo el mundo adoraba en el pesebre. Si tropezaba con una pareja de la tercera edad, recordaba el bucle de los jubilados. Cada vez que coincidía con Cubeles, lo aguijoneaba el recuerdo de que todavía no le había devuelto un disco de los Motels que le había prestado cuando iban al instituto: el recuerdo no se había extinguido aunque fuera demasiado tarde para pedírselo, aunque aquellas canciones ya no le interesaran. Si oía el ruido de la piel del pollo cuando el carnicero la arrancaba del ala, veía a Nora tumbada sobre la mesa detrás de aquella puerta con el cartel de PRIVATE. Estos flashes lo asaltaban por mucho que se esforzara en disolverlos entre tantos datos olvidados, como desgraciadamente se le esfumaba tanta información valiosa. Todo aquello le servía para constatar sus limitaciones. Las molestias, excepto en el caso de Halley, eran soportables.

En cada ocasión en que volvía a una calle por donde habían paseado, en que escuchaba una banda sonora que habían comentado, en que algún transeúnte llevaba una prenda de ropa remotamente parecida a las que ella llevaba, en que oía hablar de un cometa o de una Cristina, en que llegaba a sus oídos alguna de sus expresiones preferidas –«Estoy podrida», «No te lo pierdas», «Ve con cuidado, tío»–, en que encontraba alguno de los platos que habían pedido, en que encendía el ordenador, en que veía un indicador de Roses, en que pasaba por alguno de los innumerables lugares donde él la había llamado al móvil, en que oía alguna palabra que le recordara el idioma cristinés, en que veía unos vaqueros rotos, o una chaqueta entallada, o un bolso de cuadraditos blancos y negros, o unos pantalones de rayas *Bitelchús*, o un vestido fucsia sin mangas, o unas manos de alabastro, o una sandalias, o una chica fumando, o comiendo con voracidad, o recogiéndose los cabellos por la calle, o escuchando música con su iPod, o encontraba un corazón de plata parecido al que ella llevaba un día en la pulsera, o una melena lisa –u ondulada, o roja, o larga, o un flequillo planchado en ángulo, cualquiera de los peinados que ella había llevado–, en cada una de estas ocasiones el recuerdo de Halley sobrevenía con un ímpetu que no dejaba de sorprenderlo. Incluso comer un bikini se convertía en una cita, en un homenaje al día en que vio cómo devoraba tres, uno tras otro, en una terraza de Port de la Selva.

También pensaba en ella cada vez que tropezaba con alguno de los complementos o marcas que ella detestaba: las diademas doradas, los zapatos de bailarina *Dirty Dancing*, los relojes diminutos, las calaveras pintadas en las uñas, las gafas Dolce & Gabanna, las bambas Adidas, los jerséis de Lacoste y de Rams 23.

Si Jordi intentaba no coincidir demasiado a menudo con Marta era sobre todo porque verla era como pasear por un bazar chino: encontraba el mismo estilo de las primeras marcas, pero reproducido unas cuantas temporadas después en versión barata. Marta le recordaba, primero, a Halley; después, su mezquindad como padre. Por lo que respecta a Nora, desde que había recibido la visita de las tres hermanas en el garaje la evitaba por pura vergüenza.

En multitud de ocasiones, Halley le había dicho que su actriz favorita era Audrey Hepburn, sobre todo en el papel de Holly

Golightly en *Desayuno con diamantes*. De hecho, cuando ella lo pronunciaba, era imposible distinguir si pronunciaba «Halley» o «Holly».

–Soy una versión mejorada –le había dicho un día mientras cenaban bajo los soportales de Calella–: ¿Te has fijado en que tengo pechos?

Desgraciadamente para él, en 2007 el mundo vivió un revival de Audrey Hepburn, lo mismo en recopilaciones de películas como en bolsos, carpetas, pósters, toallas, chapas, imanes, blocs de notas y toda clase de gadgets más o menos chic, que Jordi encontraba por todos lados y que tenían el efecto inmediato de recordarle a Halley, la sonrisa de Halley, el batacazo sentimental que se había pegado con Halley.

Pero a pesar de la omnipresencia de la actriz, el problema de Jordi no acababa ahí. Cualquier elemento relacionado con *Desayuno con diamantes* tenía el mismo efecto. Pensaba en Halley, por lo tanto, cada vez que los nombres o las obras de Truman Capote –autor de la novela–, Blake Edwards –director de la película– o Henry Mancini –compositor de la banda sonora– se cruzaban en su camino. Y no solo ellos.

Tomemos, por ejemplo, el caso de Phillip Seymour Hoffman, el actor que interpretó al protagonista del film *Capote*. Cuando Jordi veía *Misión imposible 3*, donde Hoffman hacía de malvado –o cualquier otra de las numerosas películas en que aparecía–, veía a Truman Capote y, por lo tanto, a Audrey Hepburn y, finalmente, a Halley. No era muy distinto cuando oía la música de *La pantera rosa*, compuesta por Henry Mancini, o cuando veía *¿Víctor o Victoria?* o cualquier otra película de Blake Edwards.

Salía a la calle y resultaba que todo el mundo llevaba las enormes gafas de sol con que Holly Golightly contempla el escaparate de la joyería Tiffany's. Como Audrey Hepburn se había convertido en icono de los diseñadores de colecciones de ropa, muchos de los trajes de novia se inspiraban en ella o, más propiamente, plagiaban a su diseñador de ropa, Hubert de Givenchy. El look ingenuamente frívolo se imponía por todos lados, en los cojines con que Marta y Bad Boy habían decorado su apartamento de alquiler, en las portadas de la revista *Cosmopolitan* que devoraba Melissa, en la postura de las invitadas a las bodas que se veía obligado a fotografiar mientras intentaba escapar del bucle donde todo remitía a Halley.

Jordi no podía evitar pensar en ella cuando veía alguna fotografía o actor o película u objeto aunque fuera remotamente relacionado con Audrey Hepburn, como por ejemplo Mickey Rooney –que hace de japonés en *Desayuno con diamantes*–, Julie Andrews –habitual en las películas de Blake Edwards–, *El Equipo A* –liderado por George Peppard, el actor que interpreta al vecino de Holly Golightly–, Alabama –de donde procedía la familia de Golightly–, una monja –*Historia de una monja*–, Rusia –por la película *Guerra y paz*–, el baile –*Una cara con ángel*–, los coleccionistas de sellos –por el final de *Charada*–, un coche quemado –*Dos en la carretera*–, Bélgica o el año 1929 –por el nacimiento de la actriz–, los niños de África –por su etapa como embajadora de Unicef–, e, igualmente, las mujeres ciegas, los Oscars, los nazis, los ángeles, los divorcios, Londres, Billy Wilder, Montecarlo, Broadway, Steven Spielberg, Suiza, John Fitzgerald Kennedy, Berlín, Sean Connery, el acebo, Carlos I, la Quinta Avenida, Brasil, la torre Eiffel y los perros yorkshire.

Eran casi infinitos, pues, los elementos que hacían entrar a Jordi en aquel círculo vicioso. Tomemos, por ejemplo, a Harrison Ford, que en los noventa había protagonizado un remake de *Sabrina*, una de las películas más conocidas de Audrey Hepburn. Si Jordi no quería pensar en Halley tenía que evitar las referencias a *Indiana Jones*, *El fugitivo*, *Blade Runner* y *La guerra de las galaxias*, entre otras. Si pretendía evitar *El fugitivo*, también tenía que sortear al adversario de Harrison Ford en la película, Tommy Lee Jones, que es también el director de *Los tres entierros de Melquíades Estrada* (Etiquetas: frontera, México, expiación), escrito por Guillermo Arriaga, que también había sido guionista de *21 gramos*. Precisamente en *21 gramos* tenía un papel memorable Naomi Watts, que fue la actriz principal de *Mullholland Drive*, de David Lynch, el director que en *Terciopelo azul* catapultó a la fama a Isabella Rossellini, la hija de Ingrid Bergman, protagonista de *Recuerda*, una película que tuvo como asesor artístico ni más ni menos que a Salvador Dalí. Y claro, Jordi podía intentar resistirse a tropezar con imágenes de Harrison Ford, Naomi Watts o David Lynch, pero no había manera de vivir en Figueres y no encontrar imágenes de Salvador Dalí noventa veces al día, de manera que la fórmula de despedida habitual de Halley, –«Hasta ahora»–, se había convertido en un resumen preciso de la situación. Pensaba en ella sin pausa, «todo el día, cada día», como decían cada diez minutos en Catalunya Informació, una emisora que ya no podía escuchar porque el eslogan le recordaba a su relación con Halley.

Aquel 2007 se tradujo al castellano la biografía de Audrey Hepburn escrita por Donald Spoto, hecho que obligó a Jordi a dejar de pasearse por delante de los escaparates de las librerías de la ciudad, en los que nunca faltaba la fotografía de la actriz en portadas y carteles promocionales. Desde aquella traducción había que evitar las librerías Mallart y Masdevall, que es como decir la zona que va de la calle Lasauca a la calle Ample. Jordi supo que Donald Spoto era también autor de una biografía de Marilyn Monroe, de manera que se obligó a evitar cualquier imagen de la rubia más fotografiada del planeta porque lo llevaba a pensar en Halley. Pero resulta que Spoto también había escrito libros sobre Marlene Dietrich, Ingrid Berman y Alfred Hitchcock, que cubrían gran parte del período de la historia del cine que le interesaba. Spoto era también autor de biografías de Francisco de Asís y, sobre todo, de Jesús, otro personaje omnipresente.

Cuando oía que una chica había sido atropellada, o secuestrada, o víctima de un alud, sufría pensando que era ella. Cien veces al día constataba, mirando los mensajes del móvil, que Halley no pensaba en él.

Un día de octubre en que volvía a casa después de hacer la compra, cuando casualmente tenía la mente en blanco, Jordi encontró en el buzón un tríptico que anunciaba la nueva campaña de promoción de televisores, cámaras de foto y de vídeo y navegador GPS de Caixa Penedès. El eslogan era: «¡No te lo pierdas!», una de las frases que Halley repetía siempre que tenía ocasión. Y ya no se pudo sacar a aquella chica de la cabeza durante una hora y media.

Ante cualquier estímulo positivo, lo primero que pensaba Jordi era qué diría Halley, cómo se lo tomaría Halley, con cuál de sus comentarios falsamente superficiales lo obsequiaría Halley. Si una empresa le ofrecía entradas para el teatro, si Nora le comentaba una oferta de la agencia para pasar un fin de semana en la isla de Malta, si descubría un local acogedor donde tomar un capuccino, pensaba qué diría Halley si él le propusiera acompañarlo, cómo sería compartirlo con ella, qué palabras le susurraría, de qué modo lo miraría, cómo movería los ojos y las manos y aquellos labios que él no probaría jamás.

De vez en cuando dejaba de resistirse a su recuerdo y salía a buscarla por los lugares que habían visitado, con el mismo apasionamiento estéril con que Joe Belle, el dueño del bar de Lexington Avenue, buscaba cada día a Holly Golightly por las calles de Nueva York. Pero no era un remedio, ya que solo de imaginar que la encontraba, sudaba y temblaba y sufría taquicardia y se sentía tan enfermo que tenía que sentarse hasta que se le pasaba.

Porque los límites de Halley eran los límites de su mundo. Pensaba tanto en ella que le daba dolor de cabeza, y cuando tenía dolor de cabeza no podía dejar de pensar en ella.

Si no podía detestarla, tenía que olvidarla. Y las dos opciones le estaban vedadas.

COMO UNA PARED

Llevamos varias páginas dándole vueltas, pero, ¿es posible hacerse una idea exacta de cómo se sentía Jordi? Intentémoslo.

Figueres no destaca por su arquitectura monumental. No hay ábsides románicos, ni baños árabes, ni portadas góticas. Parte de la culpa la tiene el castillo de Sant Ferran, que convirtió la ciudad en objetivo militar de primer orden. En proporción a las dimensiones, Figueres fue la ciudad más bombardeada de la guerra civil. Pero no todos los estragos son atribuibles a la aviación fascista. En 1936, el Ayuntamiento invirtió medio millón de pesetas de la época en derribar la iglesia de San Pedro, el monumento más antiguo de la ciudad. Después de la guerra, el Ayuntamiento entrante decidió reconstruirla. En una época de carencias graves, pues, a los gestores municipales les pareció prioritario destinar una proporción elevada de los recursos públicos a derruir y, acto seguido, volver a levantar la misma iglesia.

Los pocos monumentos que tiene Figueres, ¿en qué estado se encuentran? Cabe recordar que el único vestigio de las antiguas murallas, la Torre Gorgot –ahora Torre Galatea–, ha sido pintada de color borgoña, decorada con panes de tres curruscos y rematada con huevos gigantes.

Con todo, el centro de la ciudad conserva una cierta personalidad, que se debe al trabajo que desarrolló Josep Azemar (1862-1914) durante los primeros años del siglo XX. Este arquitecto convirtió Figueres en la capital de un modernismo a la medida humana. Brillante y eficaz, detallista y heteróclito, levantó la Clínica Figueres, el Matadero Municipal, la Sala Edison, el colegio La Salle, la sucursal bancaria de la plaza de la Palmera y la prisión, donde ha sido un privilegio arquitectónico cumplir condena. También diseñó las dos primeras casas donde vivió Salvador Dalí y los edificios más vistosos de la Rambla y de las calles Sant Pau y Monturiol. A finales del siglo XIX, Azemar había reconstruido el campanario de la iglesia de San Pedro, que no lo sobreviviría ni treinta años. Pero el edificio más bello de los que diseñó –porque lo más bello es siempre lo que ya no existe– fue la Cámara Agrícola, al final de la Rambla, de un modernismo tan centroeuropeo que en las fotografías que se conservan parece que esté a punto de salir un pájaro de cucú por el balcón. Erigida en 1904, la Cámara Agrícola fue derruida en 1968 para construir el Museu de l'Empordà, uno de los edificios más horribles del hemisferio norte.

Imaginemos ahora que somos una pared del Museu de l'Empordà. Pero no una pared cualquiera, sino una pared de la escalera. Tenemos que suponer a las paredes de cualquier museo cierta sensibilidad. A las de este les podemos atribuir un sentimiento de culpa en la medida en que son conscientes de que han ocupado el lugar de las paredes de la Cámara Agrícola, mucho más memorables. Pero esa pared en concreto, la de la escalera entre el segundo y el tercer piso, reúne otra característica, y es que durante años tuvo colgado *Un mundo*, uno de los cuadros más enigmáticos de la historia del arte. La autora, Àngels Santos (Portbou, 1911), lo pintó a los diecisiete años con la intención de plasmar en él todas las dimensiones de la realidad. Considerarlo surrealista sería empobrecerlo. De tres por tres metros, parece pintado por un Hieronymus Bosch que hubiese conocido la obra de Giorgio de Chirico. Muestra unos seres alados que encienden estrellas con la luz del sol mientras al fondo un planeta cúbico flota entre la nada del universo. Después de pasar años colgado en esa pared, *Un mundo* fue trasladado al Museo Reina Sofía de Madrid.

Y ahora volvamos a imaginar cómo se siente esa pared. Por una parte, es consciente de que ha suplantado a una pared mucho más bella. Por otra, se siente vacía, echa de menos el cuadro que le había hecho tanta compañía. Pues bien, es así, nostálgico y culpable, como se siente Jordi Recasens cuando, antes de intentar dormir, apaga la luz del garaje y nada se interpone entre él y la sensación de fracaso.

A LA + SALVAJE

(DEL FOTOLOG DE HALLEY)

(El texto está situado bajo una fotografía de Sheena con minifalda de leopardo, una telaraña tatuada en el hombro, tumbada sobre una mesa en una nave gótica llena de estanterías de libros, probablemente la Biblioteca de Catalunya.)

Porque eres un fenómeno de la naturaleza.
Porque fijas el camino.
Porque eres Ruby Tuesday.
Porque no eres de las que van tirando.
Porque sumas más que Edie Sedgwick + Kate Moss + Cory Kennedy.
Porque lo has empezado todo y te da igual no haber acabado nada.
Porque eres maneater.
Porque dominas el hábito de romper hábitos.
Porque solo la intensidad importa.
Porque te han nombrado ciudadana honoraria de Sin City.
Porque eres belle, pero no inutile.
Porque vas más tatuada que Jessica Alba y Victoria Beckham juntas.
Porque cambias, luego existes.
Porque has llevado a cabo el programa de Queen: «I want it all, I want it now».
Porque tienes el cuello más largo que Sabrina Fairchild.
Porque te has operado las tetas.

Porque eres salvaje, semperviva y best in town.
Y sobre todo porque te casas con un millonario esquimal que ignora que tienes más peligro que la Carmen de Bizet.
¡Felicidades, bruja!

UN DEJO DE PANAMÁ

Al principio, el desconsuelo que había invadido a Jordi solo se encontraba cómodo en la soledad del garaje. Se trataba, no obstante, de un tipo de desconsuelo que a mediados de noviembre se aburría y reclamaba una cierta deambulación. Entonces Jordi subía al coche y conducía hasta Roses.

El ambiente abatido propio de una villa turística fuera de temporada se adecuaba a su estado de ánimo. La mayoría de las pizzerías, heladerías, restaurantes, agencias de viajes, hoteles, pensiones, tiendas de souvenirs y terrazas de bar estaban cerradas. Se mantenían activas, en cambio, las inmobiliarias y los servicios no estacionales, como boutiques, sucursales bancarias, farmacias y peluquerías, aunque más bien vacías.

Roses lo recibía con indiferencia, sin esconder los boquetes, las fachadas melladas, los paneles desnudos, los buzones desencajados, los balcones sin cristales, las oberturas despintadas, los portales ruinosos. Hasta la primavera no valía la pena arreglar ni restaurar nada.

El sol no calentaba. La luz metálica de la bahía se fijaba encima de los escaparates, donde los maniquíes desnudos esperaban la ropa de la próxima temporada. Las gaviotas giraban sobre el agua inmóvil. En noviembre, Roses tenía un dejo de Panamá.

Mientras paseaba por aquel paraíso deteriorado, Jordi echaba de menos a Halley y meditaba sobre los errores que había cometido. Se entretenía observando el tesoro de la iglesia de Santa María, amontonado a los dos lados de la fachada bajo el bombardeo inmisericorde de los excrementos de paloma. Por la puerta entreabierta del SUF, espiaba la gimnasia de mantenimiento que con penas y fatigas llevaban a cabo las jubiladas del lugar. En la puerta cerrada del Picasso, rememoraba las horas que había pasado allí cuando la alopecia no era ni siquiera una hipótesis. En la calle Sant Sebastià, repasaba maquinalmente las postales, los artículos rebajados, las palas y los rastrillos de plástico, las guitarras infantiles, las gafas de sol, los discos recopilatorios de flamenco, las toallas estampadas, los sombreros mexicanos apilados como pirámides mayas, su reflejo en los bares vacíos.

En un par de interrogatorios efectuados a Marta, que él camuflaba de interés intergeneracional, había averiguado hacia dónde vivía Halley: en alguna mansión más allá de la Gran Vía Pau Casals, Francesc Macià arriba, después de la plaza de Llevant, en dirección a la Sureda d'en Mairó. Sentía un placer morboso cuando paseaba por aquella zona, preguntándose qué casa tenía más opciones de ser la sede de aquella ristra de hermanas, hasta que encontraba demasiado ostentoso el concierto que le dedicaban los perros que vigilaban el barrio. Nunca, por cierto, topó con aquel golden retriever que ella consideraba su mejor amigo.

Paseaba por delante del centro de estética Rosestil y por los bares preferidos de Halley. Sabía que de noche frecuentaba el Si Us Plau, con vistas a la bahía iluminada, que a veces cenaba en el Racó de la Llebre, que le gustaba tomar el café de la mañana en la terracita del Ona, en el otro extremo, justo delante del puerto. Pero cuando pasaba por delante, aunque fuera para verla un momento de reojo, no daba con ella. Si le apetecía tomarse algo caliente, Jordi se decantaba por el Poke Te Crec, en la plaza Sant Pere, a donde ella lo había llevado la única vez que se habían citado en Roses. Como la mayoría de los clientes fumaba, Jordi se dejaba arropar por aquella atmósfera cargada que él vinculaba con Halley. Unas cuantas pantallas planas estaban repartidas de manera estratégica, cada una sintonizada en un canal de televisión distinto. Se pasaba horas, en el Poke Te Crec, dando sorbos a un carajillo, aguzando el oído, atento al menor detalle, pensando qué le diría si la viese entrar de repente. Después lo sorprendía el contraste con el viento fresco y húmedo que lo esperaba cuando abría la puerta que daba al aparcamiento del muelle. Más allá, en la playa, un hombre rastreaba la arena con un detector de metales.

[El bar de invierno de Halley, que es como decir su segunda familia, era La Sirena, situado en la misma plaza Sant Pere. El camarero, que había salido algún fin de semana lejano con su hermana Liana, la trataba con la deferencia afable de los excuñados].

De regreso Jordi se detenía en la urbanización de Santa Margarida. Paseaba junto a los canales, se sentaba frente al edificio de apartamentos en el que había vivido con Blondie el milenio anterior –ahora Soe Kebab, restaurante Bei Peter–, observaba las antenas parabólicas que decoraban los balcones y acababa degustando algún plato belga en un pequeño restaurante situado delante del canal. En la puerta anunciaban «Hablamos español».

EL FONDO TULIPÁN NEGRO

Cuando el Jordi adolescente veía la teleserie *Con ocho basta*, no dejaba de sorprenderlo la democracia directa que regía en aquella familia, ya que sus padres no le preguntaban la opinión ni siquiera en relación con las materias que lo afectaban directamente. En la escuela, los maestros aplicaban de manera impune medidas draconianas que incluían la agresión física. En la calle, los cuerpos de seguridad del Estado disponían sin manías de las vidas de los ciudadanos. En los sermones dominicales –que su madre le obligaba a resumir cuando volvía a casa–, Jordi recibía instrucciones precisas sobre la manera de reprimir los instintos. Durante el servicio militar, fue tan vejado por los compañeros como por los superiores; en las ocasiones en que se resistió, las consecuencias fueron todavía más perjudiciales. Desde los trece años escondía un secreto horrible. Y, a pesar de esta larga resistencia a la frustración, necesitó ayuda externa para no hundirse después de que los encuentros con Halley se interrumpieran.

El dolor no era solo moral. Por la mañana se levantaba con un dolor de cabeza que superaba su capacidad de descripción. Según el médico de cabecera, cuando dormía la angustia se le acumulaba en los músculos de las mandíbulas, que mantenía en fricción durante gran parte de la noche. El resultado era una pérdida irreparable del esmalte dental, y en consecuencia un aumento de la sensibilidad ante los alimentos ácidos o las bebidas frías que convertía la ingestión en un martirio. A grandes males, grandes remedios: el especialista de la mutua le anunció que, o bien atacaba de raíz las causas de la angustia, o bien se colocaba cada noche un aparato de plástico. Jordi optó por la segunda opción sin desestimar la primera.

La ayuda que necesitaba provino del fracaso matrimonial de Marta. Al cabo de unos meses de la boda, la convivencia había sobrepasado los niveles de erosión que Jordi y Nora habían tardado años en alcanzar.

Halley había coincidido con Marta unas cuantas veces desde la boda, de manera que había seguido el proceso en tiempo real. No la sorprendió en absoluto que, a finales de noviembre, la flamante esposa regresara a la casa familiar de la avenida Perpinyà. En cambio Jordi no salía de su asombro. Había estado muy ocupado enamorándose de Halley, echando de menos a Halley, dándole vueltas a la relación entre él y Halley, y no se había dado cuenta de que el matrimonio de su hija hacía aguas. Le había costado mucho digerir que se fuese a vivir con Bad Boy, pero al final había reconocido que tenía todo el derecho a elegir a su marido. Y entonces, cuando ya tenía asumido a Bad Boy, se vio obligado a hacerse a la idea de que aquel matrimonio había sido un error. ¿El resultado? Varios miles de euros perdidos y Marta encerrada en su habitación durante horas, seguro que llorando en la cama, tal vez abrazada a uno de sus ositos. Desconcertado y abatido, consiguió hacer un hueco entre sus problemas para que cupieran los de su hija.

En conjunto, la vuelta de Marta al hogar familiar tuvo efectos beneficiosos. No solo porque, al verla tan afectada, las obsesiones de Jordi pasaban a segundo plano, sino sobre todo porque los fracasos sentimentales de padre e hija los unieron en un proyecto artístico.

Ya hemos mencionado el fotolog que Jordi tuvo que crear si quería dejar mensajes en el de Halley. Para mantenerlo operativo, se había acostumbrado a colgar fotografías de manera regular. ¿Cuáles había elegido? Pues una selección de las imágenes rechazadas que había reunido después de centenares de reportajes de boda, y que formaban lo que él llamaba el Fondo Tulipán Negro. A partir de las miles de fotografías que no habían podido formar parte de los álbumes oficiales, Jordi había construido una especie de canon feísta de bodas. En la selección de las fotografías que colgaba en su fotolog –también llamado Tulipán Negro–

aplicaba criterios de calidad, pero también de discreción, ya que había que mantener a los protagonistas en el anonimato.

Llevada por el espíritu de contradicción, por el impulso del acto gratuito, o por el interés que le suscitaban aquellas fotografías –cosa que no puede descartarse–, la misma Halley que no contestaba a los mensajes de Jordi había colocado el vínculo con el fotolog Tulipán Negro en su columna de favoritos, de manera que muchos amigos y conocidos acababan pasándose por el de Jordi. Había alumnos de Audiovisuales, pero también directores de cortometrajes, profesores de Estética, críticos de cine, diseñadores de moda, alumnos de Bellas Artes, examantes procedentes de diversos ámbitos de la cultura, cineadictos, friquis influyentes, gatekeepers, líderes de opinión, tendenciólogos, promotores culturales, disc jockeys, cantautores electrónicos, autores de castpods, intelectuales orgánicos, opinadores a tanto el minuto, directores de galerías de arte, una serie de personajes que acabaron convirtiendo Tulipán Negro en un fotolog de culto, en «lo más dernier cri», como resumió Tres Martinis en una cena de amigas en el Opium.

Algunos de estos visitantes virtuales estaban convencidos de que las fotografías eran obra de algún heterónimo de la propia Halley. Se trataba de imágenes originales, tomadas y editadas con dedicación, constancia y técnica profesionales. Y, lo más importante: formaban una serie con personalidad en plena recuperación de John Waters, Oskar Kokoschka y Francis Bacon. Como declaró el administrador del weblog Imagenio a la revista de referencia *Bad-Taste*, «a partir de un dominio innegable de la tecnología y con guiños a la estética de los ochenta y noventa, las fotografías de Tulipán Negro representan una crítica irónica a la par que objetiva que apunta al corazón de los rituales matrimoniales». «Los estilemas granulados y desenfocados de Zaprune y Abu Grair han prescrito tan deprisa como la teoría del desenfoque de Lars Von Trier –clamaba un gurú de origen sueco, que remataba–: El low-tech ha perdido su papel legitimador. La aftermodernidad es limpia e higiénica como un vaso de agua destilada visualizado a alta resolución».

Llovieron mensajes alentadores, citas y vínculos desde fotologs y webs de mucho prestigio –Flodeo, Picasaweb, Alivianate,

Jubbee, Cine.com–, los comentarios elogiosos en foros abiertos –Tripod, Metropolis, Fotoforum–, en revistas digitales –Le Cool, Paper de Vidre, Barefoot Queen, F8ezine– y en weblogs de referencia –Spectus, Backfocus, Slideroll–, así como en toda clase de webs alternativas (Mayesticks, Pimpampumblog, Gonzo.teoriza, N3fen, Kunst-bizarre, Trashcult). Un profesor de Comunicación Audiovisual de la Universidad Carlos III lo añadió a su lista de temas para realizar trabajos de curso. La facultad de Humanidades de la Universidad Pompeu Fabra invitó a Jordi –que declinó la invitación– a una mesa redonda sobre la interactividad transgresora como factor de cambio social. Cuando el suplemento «Culturas» de *La Vanguardia* le dedicó las páginas centrales, Tulipán Negro ya era el fotolog de moda en los ambientes de la cuarta vanguardia.

Antes, Jordi había recibido una llamada de Clara Garí, de la galería Côclea de Camallera, que le proponía exponer una docena de fotografías de gran formato. ¿Por qué no? En la misma exposición también sería posible acceder, a través de una red de ordenadores, a una selección de centenares de imágenes del Fondo Tulipán Negro. Después se podrían aprovechar para colgar alguna subserie en la web Slideshare.

Aquí era donde entraba Marta, que se añadió con entusiasmo a las tareas preparativas de la exposición con el propósito más o menos implícito de situar en segundo término sus preocupaciones de malcasada. Había que corregir los defectos de luz de las fotografías, volver a encuadrarlas, editar la banda sonora, crear títulos y subseries, establecer una agenda, mandar invitaciones, responder los mensajes que no dejaban de llegar. Aquel proyecto que era juego, revancha y reciclaje había unido a padre e hija en una atmósfera que no se diferenciaba demasiado de la que los había rodeado años atrás, cuando pasaban ratos jugando a las damas o al Pictionary.

Antes, sin embargo, hubo que dejar claras un par de cuestiones. Por lo visto, Bad Boy había explicado a Marta que había encontrado a Jordi en el prostíbulo. Todo el mundo sabe que las despedidas de soltero acaban en lugares así, para reírse un rato. Jordi tuvo que esquivar aquella situación mintiendo, ya que la verdad era demasiado complicada. La segunda cuestión tampoco era agradable: el dinero que había en los sobres que Bad Boy se había embolsado en la boda se había quedado en el casino del crucero.

–Tenías razón –concluyó Marta–. No tendríamos que habernos casado.

Él fingió que no la había oído.

Nora se limitaba a asomar la cabeza de vez en cuando por la puerta del garaje sin acabar de implicarse en aquella transformación de la ridiculez en arte, pero consciente de los beneficios que tenía en los miembros de la familia.

INVIERNO

–Hola –dice Halley en un tono quizás demasiado festivo cuando él abre la puerta.

La luz blanquecina que proyecta el ordenador difumina la oscuridad del garaje. De los altavoces sale música de oboe.

Detrás de Jordi, la pantalla muestra la imagen de una copa de champán rota, las gotas doradas y las pizcas de cristal salpicando una losa de piedra que lo mismo podría ser de la colegiata de Lladó como del castillo de Peratallada.

Jordi la mira por encima de las gafas optométricas. Su cara es la de alguien que pasa de un sueño a otro.

–¿Estás bien? –dice ella.

La respuesta tarda en tomar forma.

–¿Y tú me lo preguntas?

–¿Estás bien? –repite ella.

–¿A qué has venido?

–¿Estás bien?

–¿Quieres rematarme? ¿O simplemente vienes a comprobar que estoy hecho una ruina?

–¿Estás bien?

Esta vez, Halley ha formulado la pregunta con un repentino deje de fatiga.

–No. No demasiado bien. Cada vez que suena el móvil creo que eres tú.

Desde la sesión fotográfica de la primavera Halley no había vuelto al garaje. Ahora lo encuentra más amplio de como lo recordaba. Cuando los ojos se le acostumbran a la penumbra, distingue el futón, la cómoda, la estufa, la máquina de café, el telón de fondo enrollado en un rincón.

–Ha mejorado. Esto ya no es la barraca de Shrek. Ahora se parece a uno de aquellos pisos de yonqui que salen en *Trainspotting*. ¿Ya tenías el microondas, la otra vez?

Él se limita a mirarla.

–¿Son estas, las famosas gafas? Mis hermanas me han hablado de ellas. Son geniales. Tienes un aire de corredor de rally, o más bien de piloto de la *Enterprise*...

–¿Has venido a hablarme de mis gafas?

–He venido a decirte adiós. Me voy a Alemania. Me tomo un año sabático. Sin mi Maximilià me moriré de pena, pero tengo que hacerlo. Acabaré el libro y acabaré el alemán. Mira los de Tokio Hotel. Más jóvenes que yo y ya son famosos. No vale la pena esperar a la tercera edad para hacer las cosas. O sea que me instalo en Berlín. Un poco de Facebook por las noches y ya está. Concentración absoluta, tío. Ahora sí que cierro el fotolog. ¿Te acuerdas de Bardem haciendo de Reinaldo Arenas en *Antes que anochezca*? ¿Cómo se pasaba la película sudando mientras tecleaba en la máquina de escribir? Que por cierto era parecida a esta tuya... Ser escritor cubano es meritorio, ¿no crees? Prefiero ir hacia el norte. El frío me inspira...

Él solo la mira.

–¿No te parece que me parezco a Dorothy Parker, con este peinado? Se llama alisado japonés. Te clavan trescientos euros, pero vale la pena, ¿no? Que la literatura no nos haga perder la peluquería. Por cierto que este es mi color natural. Quizás no lo habías visto nunca.

Si descontamos la palidez de su cara y sus uñas comidas, Jordi no tiene mal aspecto. Se ha afeitado. Se ha arreglado el pelo. Lleva una camisa de rayas bien planchada. La mesa está en orden. No se ven latas de cerveza ni espada samurái alguna. Se nota un enternecedor aroma a masaje facial, de ese que ya no usa nadie.

–¿No te das cuenta de que te quise de verdad, pequeña tontita? Habría comido de tu mano. Por ti habría hecho todo lo posible, y también unas cuantas cosas imposibles. Y has preferido convertirme en... un amargado. Los pocos cabellos que me quedaban se me han vuelto canas. No duermo dos horas seguidas, ¿sabes?

–Sí, hombre, y el cambio climático también es culpa mía, ¿no? Eres tan exagerado...

–Hablo en serio.

–Ese es tu problema, que siempre hablas en serio. Son daños colaterales, joder. Never mind. Es lo que pasa cuando te enamoras de una vamp. ¿Has probado las infusiones de valeriana?

A Jordi le tiembla un poco la barbilla. ¿Está a punto de ponerse a llorar o finge?

–¿Te molesta si fumo? –pregunta mientras da la primera calada–. Si no quieres valeriana, toma Orfidal. No te hagas la víctima, tío. Me he maquillado expresamente para venir a verte.

–Ya no podré volver a escuchar Bach –dice él, silenciando los altavoces.

–¿Qué?

–La fiesta se terminó antes de empezar.

–No era una fiesta, Bunbury. Era un malentendido. Soy tu amigo imaginario.

–¿Por qué no me has dicho nada en todo este tiempo?

–No tenía nada que decir. Y solo han pasado unos meses.

–¿Desde que vinieron tus hermanas? Noventa y ocho días.

Ella ve la línea de muescas que él ha hecho en la mesa con el cúter.

–Como un náufrago… Tío, eres entrañable de verdad.

–Podría haber sido tan bonito, Cristina.

–No me llames Cristina. Me recuerdas a mi padre.

Él pone aquella cara de personaje de Ingmar Bergman, o sea, de empanado. Atención: está a punto de soltar una de sus frases.

–Todavía te interpones, nena.

–¿Qué?

–Quiero decir, entre la vida y yo. Eres más real que las cosas que me pasan.

–Oye –dice ella–, yo no sabía que no nos veríamos más después de dar la vuelta al castillo. El día que me bombardeaste estaba desconectada. Con mi ordenador, mis cancioncitas de Windsor for the Derby, mi scotch de doce años con cubitos de agua mineral. Estaba en 1977, exactamente. Escribiendo como una cabrona. Hasta que entré en el Messenger y flipé. Quiero decir que me asustaste, Peppard, en serio. Te tecleé algo y volví al 1977. Entonces entró Liana, mi hermana mayor, y me preguntó cómo me iba la vida. Yo le contesté que bien… y que alguien me había enviado un montón de mensajes. «¿Alguien? ¿Quién?». «Alguien… El padre de Marta», dije. «¿Y cuántos mensajes te ha enviado?». «Yo que sé», dije yo, «veinte o treinta». Entramos, y ya pasaban de cien. Es que estabas más pesado que James Blunt… Leímos unos cuantos y, ¿cómo te lo diría?, ya sabes que a mí me halagan tus cursiladas, toda esa pastelería fina, pero Liana se quedó preocupada. Lo entiendes, ¿no? Parecías un poco psicópata, rollo Glenn Close en *Atracción fatal*… Entonces, sin decirme nada más, pero nada de nada, te lo juro, decidió venir a hablar contigo. Bueno, ella y las otras dos. Y yo in albis. Funcionan así, es como el despotismo ilustrado. ¿Me entiendes o no? Soy la hermana menor, la Little Sunshine de casa. Todo el mundo procura mantenerme a salvo.

–Lo que me molesta más de todo es que, después de recibir tantas hostias, todavía no sé cómo eres.

Ella apaga el cigarrillo en el suelo.

–Tú no eras así –sigue él, sin demasiada coherencia–. ¿Costaba mucho llamar y explicarte?

Ahora que Jordi se ha levantado, Halley se da cuenta de que sus zapatos son nuevos. Y los pantalones también. Bueno, quizás ya era hora de renovar vestuario. No se puede ir siempre de perdedor encantador.

–Ni te olvido ni te odio –prosigue él con una solemnidad impropia de un garaje, rígido ante la mesa doble–. Lo que odio es esta autocompasión que no me deja en paz.

–Mmm… –murmura ella, como si quisiera emular a Perita en Dulce–. Hostia, ¿es una blackberry? Este modelo no lo conocía…

–Nadie te va a querer de una manera tan intensa, tan retorcida, tan desesperanzada. Pero no quiero ser tu tamagochi.

–Estás inspirado, tío. ¿Es por mí o por el dolor?

–Tal vez –dice él mientras se le acerca–, tal vez te perdonaría si me lo pidieras.

–Ahora tienes la cara como la de aquel osito, Timothy Spall. ¿Sabes que interpretaba a un fotógrafo en *Secretos y mentiras*? Un fotógrafo de bodas, precisamente… ¿No sabes de quién hablo? Interpretaba el papel de Colagusano en *Harry Potter*. Pero tú no la habrás visto. Como no hay ningún adulterio… Ja, ja… Es el personaje que tiene cara de rata. Eh, no te ofendas... A mí siempre me han gustado, las ratitas.

–Ratitas...

–¿Cómo están tus dientes, por cierto? Marta me dijo que tenías que ponerte un aparato para dormir.

–Ya estoy mejor. Entonces ¿has hablado con Marta?

–Pues sí que es raro, este sitio –dice ella, acercándose a los estantes de los juguetes.

Está el madelman esquiador, el madelman buzo, el madelman explorador y el madelman de la Policía Montada, discordantes como los miembros de Village People, los cuatro sujetos con pinzas Patterson en las almenas del castillo de Palotes, al lado de la estatuilla de Astérix.

Halley hace un círculo mirando alrededor.

–Estás hecho un hikikomori, pero esto no tiene nada de feng shui.

–Pero ¿qué dices?

–Frases. Es lo único que importa, al final: las frases. ¿Dónde tienes las pesas?

–¿Qué pesas?

–Todos los cuarentones levantáis pesas en el garaje, ¿no? ¿Acaso no has visto *American Beauty*? Bueno, da igual. Se está calentito, como mínimo. Podrías cultivar champiñones. Eh, que es broma. Te aviso porque como te lo tomas todo a mal... Oye, no pongas esa cara. Saldrás adelante. ¿No te das cuenta de que soy una niña caprichosa? Tengo que madurar. Me falta campo por correr. No tendrías que habértelo tomado tan a pecho. Mira, lo importante no es que estés casado, ni siquiera las diferencias de, digamos, Weltanschauung. Tampoco es que me desagraden los calvitos con barriguita. Un madurito vainilla de vez en cuando puede tener efectos equilibradores... Pero... ¿cómo quieres que, mmm, cómo quieres que me enamore del padre de una amiga? No es kosher. Y no creas que soy insensible. Siempre me conmueve el final de los melodramas. Eh, que lloré con *Historia de una monja*. ¿Te lo puedes creer? Venga, chico, no pongas esa cara. Eres tierno como una balada de los Corrs. Me caes bien, te lo juro, pero ¿de verdad pensabas que iríamos a vivir juntos a la Marca de l'Ham? ¿O que nos trasladaríamos de motel en motel hasta la derrota final? Esto nuestro no daba ni para un lostintraslation. Aunque hubieras conseguido seducirme, no habrías sabido qué hacer conmigo. ¿Quieres hacer el favor de sonreír un poco? Hostia puta, no conozco a nadie que sea tan segundo milenio... Eh, tómatelo bien, que esto tal vez es un elogio. Ten, un kleenex.

Se acerca a la pantalla de 42 pulgadas, que ahora está apagada.

–Me dijeron que valía la pena ver el slide-show que habías montado... ¿Dónde tienes el robot barrendero?

–¿Cómo? ¿Te refieres a R2-D2? Se estropeó.

–Veo que he llegado tarde... Quizás dentro de unos años escribiré una tesis sobre películas de estas que coleccionas. Había pensado centrarme en las que la música precipita la infidelidad. *El piano*, por ejemplo. Oh, qué bueno que estaba Harvey... ¿Me echarás una mano?

–Puede que sí.

–Es broma, bobo. No has aprendido nada, ¿verdad?

Ahora busca por los rincones.

–¿Dónde está?

–¿El qué?

–La caja de Tulipán Negro.

–La tiré hace tiempo. Guardo todas las fotos en formato digital.

Ella se acerca a la impresora.

–¿Con este trasto imprimes las fotos de la exposición? Ya debe de estar a punto...

–Casi, casi. Mi vida es una mierda, pero la exposición pinta bien.

–Me da que te vas a hacer famoso. Conozco gente que cuenta los días que faltan para la inauguración. En la facultad eres un mito, ¿te lo puedes creer? Todo el mundo habla de ti en el Escac, en el Imval, en la Complutense, incluso en Buenos Aires. Venderás material a paladas. Es el momento. No estás hundido, solo embarrancado. Puedes objetivar el caos. Si no puedes cambiar las cosas, siempre las puedes describir. No lo digo yo, lo dice Fassbinder.

Es el ocaso de una relación. Están a oscuras en una noche de invierno. ¿Hay algo más crepuscular?

–Ya puedes estar contento –sigue ella–. Los defectos se vuelven virtudes, ¿lo ves? Eres un padre, eres un hombre casado.

Dedícate a tus mujeres, tío. Te veo motivado. Y Marta está emergiendo, también. He visto que se iba muy contenta. A la galería, ¿no?

–Veo que estás al tanto de todo. Mira, si no fuera por la exposición ya me habría tirado al tren. Tengo incluso el sitio: detrás de Los Fosos, en una curva cerca de las últimas higueras que quedan en la ciudad. De vez en cuando voy y estudio la jugada.

–Has estado más jodido que Natalie Portman en *Los fantasmas de Goya*, pero ahora ya se ha acabado.

–Hiciste que se tambalearan mis convicciones más profundas. Me has dejado deslomado. He bebido el cáliz de la amargura. He vivido una cermeñada.

–Venga, Jota-Erre, no hagas frases.

–Pero si acabas de decir…

–Lo que he dicho no tiene ninguna importancia. Es que vives en el pasado. Concéntrate en la exposición. Los dos la necesitáis. Tal vez Marta más que tú. El arte es esto, tío. Salva vidas. Pero el Fondo Tulipán Negro no durará para siempre. Yo de ti iría pensando en otra cosa. ¿Por qué no cuelgas en abierto tu base de datos sobre el adulterio, con criterios de búsqueda por etiquetas y la posibilidad de imprimir las estadísticas y dejar comentarios? No es broma, te lo juro. Quizás encontrarías un patrocinador. Hay mucha gente que no sabe qué hacer con su dinero: el Rockefeller Center, la Getty Foundation…

Él pone aquella cara de *Starman*.

–Oye, ¿quieres que te envíe la novela cuando se publique? Cuento con que me llevará un año. Y después vendrá la película…

–La semana pasada me llamó Melissa para que la ayudara a mover el sofá. Durante un instante, me miró de aquella manera gélida. Después volvió a su mirada de siempre. Me dijo que eras peligrosa, que soy un ingenuo, que puede irse todo al traste.

–Tiene razón.

Se ha activado el salvapantallas del ordenador. Es la fotografía en blanco y negro de un hombre de mediana edad: las cejas espesas, los labios bien dibujados, el aspecto fornido, la mirada afable. Tiene la cabeza dentro de una especie de escafandra. Encima se pueden leer las iniciales CCCP.

–Creía que me tenías a mí de salvapantallas... ¿Quién es este payaso?

–Yuri Gagarin. Oye, Halley...

–He leído casi todos los mensajes del bombardeo. Yo sí que te conozco. ¿A quién se le ocurre enamorarse de mí? Por cierto, ¿no te creerías aquello del arpón de pescar lubinas, no? En el mar, mi padre solo se moja las piernas. Si quiere comer pescado, se va al restaurante.

–Eres ingrata como una reina. Cuidado con tu sonrisa. Duele.

–Va, déjalo ya, que me voy a sonrojar. Oye: deberías dejarte bigote. Entre Zapata y capitán Sparrow, un poco caído. ¿Me entiendes o no? Lo importante es que no lleves zapatillas. Todavía no estás acabado.

–Oye –dice él.

–Dime...

–¿Me dejarás leer la novela antes de publicarla? Quizás haya errores...

–Da igual. Lo que no sé me lo invento. Lo importante es la verdad literaria.

–¿Vas a cambiar los nombres?

–No lo sé. Ya veremos. Ah, guardo todo lo que me dejaste en una caja. Los cómics, los discos, los papeles. Cuando acabe ya te lo traeré.

–Quizás preferiría que no volvieras.

Ella le da un beso en la mejilla y sale de su vida.

YURI GAGARIN

(LOS POST DE CHRIS)

Yuri Gagarin nació en Smolensk en 1934 en el seno de una familia humilde. Después de iniciarse en el mundo laboral como obrero metalúrgico, ingresó en una escuela militar, y más adelante entró en el equipo de cosmonautas de la Unión Soviética.

Fue elegido entre tres mil candidatos para tripular el vehículo *Vostok I*, que en 1961 realizó un vuelo orbital alrededor de la Tierra. Gagarin fue el primer ser humano que abandonó el planeta. Si exceptuamos a Elías, el barón de Münchhausen, toda esa gente.

Lo que convierte la gesta de Gagarin en portentosa no es que saliera de la Tierra, sino que regresara con éxito. Las autoridades soviéticas habían calculado que tenía más probabilidades de morir que de sobrevivir, pero aterrizó con paracaídas y sorprendió a dos campesinas que lo encontraron cuando todavía no se había quitado la escafandra.

Gagarin no solo fue un astronauta famoso, sino que se convirtió en uno de los iconos pop de la Unión Soviética. Se le dedicaron canciones, películas, monumentos, sellos y plazas. Se le atribuyen dos frases célebres, una real y otra legendaria. La primera es «Vamos allá», pronunciada en el momento de despegar. La segunda fue supuestamente pronunciada en órbita: «Aquí no veo a ningún dios».

Una vez convertido en héroe nacional, se le prohibió volar. En 1968, el año en que volvieron a permitírselo, murió cuando el avión que pilotaba se estrelló.

Yuri Gagarin fue el símbolo del poder aeronáutico de la Unión Soviética. Todavía es venerado por todas las personas que querrían abandonar su mundo, aunque fuera durante un rato, y después poder volver a cenar a casa.

LAS DIFICULTADES DE EVOLUCIONAR CON DIGNIDAD

En las películas de terror, es frecuente un segundo final como el de *Carrie*: cuando los problemas parecen solucionados, surge una mano amenazadora del pantano. La visita crepuscular de Halley al garaje tuvo ese efecto, ya que Jordi sufrió unos días de recaída. De nada sirvieron los ánimos que le dio Marta ni las apelaciones a la exposición Tulipán Negro.

Durante aquella breve convalecencia moral se le ocurrió un juego que le sirviese de redención. Reemprendería el itinerario que siguieron con Blondie cuando se conocieron, de la discoteca Charly a la plaza de la Victoria. Es lícito entenderlo como una manera de intentar olvidar lo inolvidable, pero también como una manera de recuperar lo irrecuperable, como una celebración melancólica, aunque sea algo así como la de la zorra y las uvas.

Así es que al cuarto día se levantó, se duchó, se afeitó y se dirigió a la calle Caamaño, donde había empezado aquello que se acabaría convirtiendo en su matrimonio. Solo tenía que cerrar los ojos y se trasladaba a 1984.

Con los ojos abiertos, tenía enfrente dos zapaterías. Si los cerraba, en cambio, veía una tienda de deportes y la discoteca Charly. En medio, el restaurante Dynamic se mantenía como siempre: los nichos en semicírculo, los asientos de escay enfrentados –estilo restaurante de carretera de road movie–, los palos de hierro clavados en medio del paso.

En la acera de enfrente, una inmobiliaria había sustituido la antigua imprenta.

Unos pasos más allá, la Rambla estaba en el mismo sitio, solo que más gris y más espaciosa. Las baldosas ya no tenían colores, habían desaparecido las zonas ajardinadas de alrededor y aquellos paneles oxidados con los carteles de los estrenos cinematográficos. Los bancos de piedra de formas redondeadas habían sido sustituidos por otros de madera que tenían los ángulos rectos. El antiguo Cafè de l'Oli, uno de los locales más entrañablemente pringosos de la ciudad, había sido reconvertido en un hotel desinfectado y metálico.

Jordi se apoyó en la baranda de piedra situada junto al monumento a Narcís Monturiol. El juego consistía en confiar en que cuanto más se pareciera el espacio del recuerdo al espacio actual, más posibilidades tenía de restablecer los puentes con Nora.

Al principio de la calle Sant Pau había esperanzas. La peletería, el estanco, la armería y el bar apenas si habían sufrido cambios. El Royal mantenía el cartel donde se podía leer «Por la otra puerta», pero ahora incluía dos versiones más, en japonés y en árabe.

La calzada había sido remodelada. En las aceras, más accesibles, habían clavado sillas metálicas. Otro bar roñoso, el Cervantes, había sido transformado en heladería. El vestíbulo de la Sala Edison era una tienda de souvenirs, la peluquería era una inmobiliaria, la churrería era una franquicia de Naturhouse. Los helados Mira se mantenían, impertérritos. No muy lejos de donde había estado el Banco Occidental, Jordi recordaba la casa Singer, donde media docena de chicas pasaban las tardes ante las máquinas de coser eléctricas mientras escuchaban el consultorio sentimental de la señora Francis.

Malas noticias. La plaza Triangular ya no era triangular. La discoteca se había convertido en escuela de sardanas. El salón de máquinas del millón se había transformado en tienda low cost. Y, peor todavía, el vestíbulo del cine Las Vegas estaba lleno de polvo y de papeles sucios, la antigua tienda de comestibles se había convertido en una franquicia de ordenadores, y donde él recordaba aquella casita de planta baja de los años treinta, ahora se alzaba un edificio sin personalidad que alojaba la Oficina de Alimentación y Acción Rural del Consejo Comarcal del Alto Ampurdán.

Más abajo, en la misma calle Col·legi, la antigua librería se había transformado en un café.

La nueva reja del colegio Sant Pau le daba un aspecto de reformatorio.

Pero la Calle Nueva dejaba un cierto espacio a la esperanza. Algunas zonas se habían mantenido tan fieles a sí mismas como Jordi desearía que se hubiese mantenido su relación con Nora. En unas decenas de metros, de la peluquería a la pastelería, no se apreciaban demasiadas diferencias si abría y cerraba los ojos: la alpargatería, la panadería, la charcutería, la farmacia, la tienda de animales con el cartel Pajarería y Semillas.

Jordi detuvo el peregrinaje en el largo banco de piedra beis en forma de ola de la plaza de la Fuente Luminosa, que había sustituido los bancos de metal con agujeritos circulares. Ciertamente, prefería la tierra de antes, volcánica, de un color granatoso embellecido por la memoria, que contrastaba con el verde del césped y de los bancos y de los rosales, y también con la blancura iluminada del agua (o sea, la bandera de Irán). La taberna de Lucrecia, con el bello portal adintelado, se había convertido en un edificio de viviendas de color salmón, tan peripuesto que la mismísima Amélie podría vivir en él. Pero, como mínimo, eran la misma fuente y las mismas estatuas: la espada de Jaime I no se había movido ni una pulgada, y Ramon Muntaner seguía absorto en la escritura.

Cruzaba la plaza un chico con rastas que llevaba pantalones de camuflaje, chándal con capucha y unas gafas negras adheridas al frontal. Caminaba a grandes zancadas con las puntas de las Converse hacia fuera, como una rana. Al otro lado se había inmovilizado un hombre que llevaba traje y corbata, zapatos lustrados y un peinado inamovible que parecía que le acababan de componer en la peluquería Juanmiquel. Parecían igualmente seguros de sí mismos. Jordi se habría cambiado por cualquiera de los dos.

Desde allí se veía la plaza Catalunya, aquel vacío soleado en el lugar donde había estado la iglesia de San Baldirio.

Así era Figueres. Por un lado, se conservaban unos cuantos locales decrépitos que no habían recibido ni una mano de pintura en las últimas décadas. Por otro, habían salido como setas establecimientos de nueva planta que consideraban el pasado como un lastre. ¿Tan difícil era evolucionar con dignidad? Bueno, tal vez Jordi no era la persona más adecuada para responder a esa pregunta.

BONUS TRACK

Acabamos de contar las veces que aparecen los nombres de los personajes principales. El de Halley ocupa el segundo lugar, después del de Jordi.

La vinculación entre Halley y el libro, ¿depende de un hecho tan contingente como la asistencia a la boda de Marta? No. Halley comparte con Jordi un rasgo esencial, y es que su vida se ha construido a la sombra de una persona desaparecida de manera prematura. Jordi no se habría convertido en lo que es sin la muerte de Biel, Halley sería otra si su madre no hubiese fallecido cuando ella era pequeña. Para Halley, escribir es una manera de superar los límites de aquella muerte, de recordar a su madre, de reunirse con ella. Jordi reencuentra al amigo cuando habla de él, cuando piensa en él. Para él, recordar esa historia es un homenaje a Biel. Para Halley, escribirla es una celebración de su madre.

La escena dotada de más carga simbólica del libro sería la que uniera a estos dos personajes desaparecidos. ¿Estuvieron juntos alguna vez? Sí. ¿Hay testigos que lo recuerden? No. La madre de Halley ha aparecido discretamente al principio del libro: era la maestra innominada que sustituía a Richelieu en el colegio Sant Pau cuando los tres amigos cursaban octavo de EGB. Halley interrogó a Jordi hasta que él admitió que sí, que recordaba a aquella maestra llamada de manera genérica «la sustituta», pero que no podía rememorar ningún momento en que ella hubiera compartido alguna escena con Biel. Quizás mejor, de ese modo Halley puede imaginarla.

Es la última clase de un día de invierno. Los cristales del aula están empañados. Fuera oscurece. De los enormes radiadores de hierro colado surgen ruidos sordos, de agua que no acaba de desperezarse, de caldera sucia, de restricciones que se prolongan. Encima de la pizarra, impávidos, un retrato de medio perfil de Francisco Franco y una Inmaculada esponjosa y ruborizada, rodeada de angelitos con tirabuzones. En los percheros, detrás de la última fila, esperan los anoraks, las trencas, las bufandas deshilachadas, las gorras de tela y los gorros de lana. La maestra sustituta acaba de explicar la leyenda de Tristán e Isolda (no entra en el programa, pero nadie se lo reprocha). La ha contado como si acabara de suceder, como si todavía estuviera teniendo lugar: los dos amantes durmiendo en la cabaña del bosque, Tristán saltando sobre la harina ensangrentada, Isolda cruzando el río encima del ermitaño. Nada más acabar la clase, quizás algunos alumnos han olvidado aquel amor fatal, más fuerte que la voluntad de los amantes. Mientras sus compañeros abandonan el aula en tropel, Biel se abriga y se acerca a la mesa donde se sienta la maestra, que lleva un vestido estampado, botas de cremallera, trenza y pulseras de colores, y que lo rodea de un perfume floral que no se sabe muy bien si es real o figurado.

–Yo algún día amaré así –anuncia el niño.

La madre de Halley levanta una ceja. En el piso de arriba, los alumnos arrastran las sillas.

Biel susurra:

–Mi madre también es muy guapa.

Ya no queda nadie más en el aula. Por las aberturas del edificio sopla, insistente, el viento. La maestra coge las puntas de la bufanda de Biel y le hace un nudo detrás de la nuca.

–Así te va a aguantar –dice.

Biel sale del aula. La maestra se queda a repasar la lección del día siguiente. No lo saben, pero este libro no existiría sin ellos.

CABOS SUELTOS

Cuando se hubo recuperado de la visita de Halley, Jordi no solo recobró el interés por el Fondo Tulipán Negro, sino también por los placeres que poco antes se había empeñado en menospreciar. Nos referimos a llamar a Güibes para tomar una Heineken en la terraza del Diví, o caminar un rato con su padre por los bosques de Navata con la excusa de ir a buscar setas. Aún podía encarrilar su vida. Marta encontraría a otro chico, si no volvía con Bad Boy: ya los habían visto juntos. La exposición Tulipán Negro sería un éxito pero, aunque después colgara en internet su base de datos cinematográficos, tarde o temprano las maniobras de distracción se acabarían y Nora y él tendrían que decidir de una vez lo que seguían compartiendo. Las entrevistas con Halley sobre los Hechos de 1977 le habían hecho recordar lo que había sentido con Blondie, y ahora la distancia le parecía insalvable. No se conformaba con aquellos sentimientos de baja intensidad, con aquellos desencuentros sintomáticos, con aquella relación de primos distantes. No descartaba, sin embargo, que a medida que el recuerdo de Halley se hiciera menos vivo, Nora recuperase la centralidad perdida. Quizás acabarían siendo dos compañeros que soportan sus diferencias con humor, como el gato Garfield y su amo. ¿Se suponía que era eso lo que había que perseguir? ¿O era mejor trasladarse a Gales?

Vale la pena precisar que Nora no era tan repulsiva como la veía Jordi. Al contrario, estaba estupenda, y ni siquiera hace falta añadir «para la edad que tenía». Hasta ahora hemos respetado el punto de vista del marido, pero no podemos dejar de establecer que Nora era atractiva y desde luego más sexy que Jordi, era ella la que no habría tenido ningún problema en encontrar amantes, y de hecho me consta que no solo encontró en aquel viaje a Londres. Quizás su punto de vista no ha quedado lo bastante perfilado, pero ha llegado el momento de recordar lo que me dijo un día que me invitó a probar el delicioso Boston Cream Pie: Jordi era muy eficiente cuando se presentaba una emergencia, pero en el día a día ella había tenido que arreglárselas más o menos como una madre soltera. De hecho, Jordi dejó de prestar atención a Marta cuando entró en la pubertad.

Por lo que se refiere a Bad Boy, era un chico normal y corriente. No tenía gusto alguno para la música, y su nivel intelectual era similar al de los skinheads de *This is England*, pero en eso no difería de la mayor parte de sus contemporáneos masculinos, y no me refiero tan solo a calorros y bakalas. Durante el crucero cometió unas cuantas estupideces, pero podemos certificar que quería a Marta de verdad. Tenemos que darle tiempo. Hay que aprender a convivir, ¿no?

También hablé con Melissa, que para mí es el personaje más trágico de esta historia. Siempre bien arreglada, con la casa llena de gente, desbordando empatía... Pero su hijo murió a los catorce años, y el día que habría cumplido treinta y uno a su marido se le disparó la pistola en la cara. Solo le queda la hija, casada con uno de los jugadores de whist y consuegra del otro.

¿Y Halley? ¿Cómo estaba ella? [Cómo estoy yo, que empiezo a hacerme un lío entre la primera y la tercera persona. A partir de aquí abandono los corchetes.] El libro que estaba escribiendo era su manera de resolver aquel embrollo que se había iniciado el día de la boda, cuando se había encontrado a Jordi en el jardín. Entonces estaba –¡un momento de atención, por favor!– locamente enamorada. E-na-mo-ra-da: ¡menudos pastelazos escribía en el Post Secret! ¿De quién? Pues de Pol, aquel rubito que no sabe llegar en el momento oportuno. Los otros solo eran para pasar el rato. Habría dejado de fumar si Pol se lo hubiese pedido. De hecho, si había salido al jardín era para facilitarle el trabajo en caso de que se decidiera a abordarla. Si él no se atrevía, siempre podía hacerlo ella.

Jordi había aparecido y habían estado hablando. Cuando Pol llegó ya era demasiado tarde. ¿Por qué lo había mandado a paseo? Pues porque había bebido demasiado pipermint, porque era así de simpática y heartbreaker, y también para ponerlo celoso, y de paso castigarlo por lento y pusilánime.

Durante los meses de recopilación de datos, en cada desplazamiento, en cada entrevista, Halley se reafirmaba en la impresión de que la historia que le contaba Jordi Recasens era la que ella debía escribir. Se había encariñado con aquel hombre. Ya estaba saturada de machos alfa. Además, no todo tienen que ser jim-morrisons, ¿no? La divertía que estuviera marcado por un pasado tortuoso como un personaje de Tennessee Williams, que se pasara las noches viendo viejas películas. Era mayor, sí, pero no demasiado. ¿O no había nacido el mismo año que Brad Pitt y Johnny Depp? Y, sobre todo, ¿no era el padre de una amiga? No había nada más morboso, pero ella no se había atrevido. ¿Y si le cogía cariño de verdad? Lo mires por donde lo mires, un fotógrafo y una narcisista forman una pareja perfecta. Pero, ¿y si a él se le ocurría divorciarse? Qué responsabilidad...

Ciertamente, Jordi Recasens no tenía nociones de lo que, para entendernos, llamamos «psicología femenina». Pero es que si la tuviera ya no sería un hombre, ¿no? Aun así, en algunos puntos acertaba. Por ejemplo, Halley empezaba a estar de acuerdo con que la mejor Hepburn era Katharine. ¿Estaba madurando? Quizás sí. ¿Y qué hay de malo?

¿Por qué después de que dieran la vuelta al castillo ella había interrumpido la comunicación de una manera tan brusca? ¿Por qué razón se había instaurado lo que Jordi llamaba el Gran Silencio? Mientras Halley estaba en Andalucía con RockStar, alguien había comunicado a Liana que había visto a su hermana menor con un «hombre». Después de una breve discusión, Liana la había convencido para que cortara aquella relación antes de que se enterase Marta. A fin de cuentas, ya disponía de suficiente información. Lo mejor que podía hacer era imponer un final cuando todavía no había heridos. Halley estaba convencida de que dejar de contestar mensajes era la manera más rápida de conseguirlo, ya que sospechaba que una despedida formal solo serviría para prolongar la agonía. Actuó de manera que Jordi no creyera que la culpa era de él: que se sintiera fatal, pero no responsable. Desgraciadamente, él reaccionó como un hombre del siglo XX. En lugar de tomárselo con despecho, se había hundido en una melancolía insistente que solo había sido neutralizada con la visita de las tres hermanas al garaje.

Entretanto, Churchill la había llamado y habían quedado para verse. Aquel hombre tenía una buena historia que ofrecer. Ella quería preguntarle un par de detalles sobre los jugadores de whist: si había trucado los dados, y también si había oído lo que había dicho Biel desde el acueducto.

Estaban sentados en un banco de madera delante del castillo. Halley llevaba calcetines blancos y falda escocesa. Mientras él hablaba, ella contemplaba el paisaje que se extendía a sus pies.

En cosa de segundos, Churchill le había apartado las bragas y le había metido dos dedos dentro. ¡Por favor! Primero el padre de Marta, y ahora el suegro... Halley se levantó y se fue.

–Aloha –dijo él.

Antes, sin embargo, le había dicho dos cosas. La primera, que no era gay, sino que la había conocido demasiado tarde. La segunda, que no tenía dudas de que Biel se había tirado.

¿Quién era en realidad Jordi Recasens? A veces lo echaba de menos. ¿Era compasión? ¿Volubilidad? Ella vivía el momento, ya lo sabemos. Era absorbente, desconsiderada y cuántica. Sus sentimientos se curvaban, se dilataban, se aplastaban, se transformaban. Jordi, en cambio, era euclidiano, buscaba certezas, era previsible incluso cuando mentía.

Ella era una cría. Le encantaba engañar porque así vivía otras vidas. Le encantaba cortar relaciones. Cuando lo hacía, se sentía viva. Pero no era tan cafre como Tom Cruise en *Magnolia*. Seducir & Destruir no era su rollo.

¿Era culpa suya si Jordi confundía deseo y realidad? ¿Era culpa suya si la gente se enamoraba de ella? ¿Era culpa suya que le gustase sentirse querida, que se sintiera más atractiva cuando alguien la deseaba? ¿Era culpa suya que algunos hombres fuesen útiles para olvidar a los que ella amaba de verdad? Según Marta, sí.

Habían coincidido en el Si Us Plau después de su última visita al garaje. Marta había oído campanas, estaba ofendida y defendía a su padre.

–Eres una mala persona –le dijo.

Una reacción emotiva. Marta sí era buena chica, aunque no tanto como pensaba su padre. De hecho, había sido sexualmente activa antes que Halley. Con su expresión de no haber roto nunca un plato –o quizás por ello–, había destrozado muchos más corazones de los que su padre podía llegar a imaginar.

Marta tenía parte de razón, pero también es verdad que el éxito del proyecto Tulipán Negro se le había subido a la cabeza. Lo que había ido a decirle, a su manera incoherente y atropellada, era que ella, Halley, no estaba a la altura de las expectativas que despertaba. ¿Qué expectativas? Oh, daba igual que no se hubiera vuelto a poner en contacto con su padre, que no le respondiera los mensajes que aún recibía de vez en cuando. Marta, que acababa de darse cuenta de lo que había sucedido aquel verano, le había reprochado que pusiera en movimiento enormes energías sentimentales y que después se desentendiera.

Bueno, Halley no pensaba tomárselo como una cuestión personal. Había aprovechado la conversación con Marta para obtener algún detalle de la convivencia familiar que desconocía. Pero a aquellas alturas ni siquiera sabía por qué Biel había muerto. Bueno, quizás tampoco era tan importante. Al fin y al cabo, no estás leyendo una novela de Agatha Christie, ¿no?

Escribir era un no parar. Llevaba un ritmo mucho más lento del que había previsto. Ahora entendía la frase final de *Huckleberry Finn*: «Si yo hubiera sabido qué fastidio era esto de hacer un libro, no lo habría intentado, y no volveré a intentarlo nunca más». Esperamos que dirigir la película sea más sencillo.

Últimamente se había dado cuenta de que le gustaban los calvos: Billy Corgan, Michael Stipe, Bruce Willis, Ed Harris, Yul Brynner, Sinéad O'Connor, Mr Proper... Por otra parte, algún encanto debía de tener aquel hombre para que Perita en Dulce lo hubiese aguantado tanto tiempo, ¿no?

Lo que había aprendido Halley era que toda la experiencia que él había acumulado no servía para nada. Como mucho, para escribir *Los jugadores de whist.*

CENTRO DE RECICLAJE

Este libro tiene tres epígrafes, uno al comienzo de cada parte. Son útiles, pero no suficientes. Me costó mucho decidirme porque tenía más citas, que todavía soy incapaz de descartar. Helas aquí.

El pasado es un lugar extraño: allí hacen las cosas de otra forma.

L. P. Hartley, *The Go-Between*

Vive entre sueños desde que cambió su suerte,
busca un futuro que ha quedado atrás y no vuelve.
Duele no tener a quien culpar.

Décima Víctima,
«Escombros de un triunfo»

No conozco ningún otro modo de tratar
con tareas grandes que el juego.

Friedrich Nietzsche

Era el whist que habían lanzado, para llenarlo,
al abismo sin fondo de sus días vacíos.

«Los secretos de una partida de whist»,
Jules Barbey d'Aurevilly

Coqueteaba porque era divertido, y se ponía un bañador
ajustado porque tenía figura para lucirlo; se maquillaba
y se ponía colorete porque no lo necesitaba y se negaba
a aburrirse principalmente porque no era aburrida.

ZELDA FITZGERALD

–Desearía no amarte, así podría gozar de la vida.
No me había sentido infeliz hasta que te conocí, pero no
renuncio ni a un solo instante de los que he pasado contigo.

BURT LANCASTER a DEBORAH KERR,
De aquí a la eternidad

–¿Es por algo que he dicho o hecho?
–¿Y por qué tiene que ser culpa tuya? ¿Cómo puedes ser tan
egocéntrico?

CHRISTINA RICCI y JASON BIGGS,
Todo lo demás

–Cada cual tiene la mujer que se merece –sentenció Sokolov;
después miró el reloj y salió.

VASILI GROSSMAN, *Vida y destino*

Este no es mi lugar, pero he llegado.

ANTONIO GAMONEDA

El paraíso no es para vivir en él, dice Juan el Bautista,
es para visitarlo.

JOHN BERGER, *Hacia la boda*

La amistad es más trágica que el amor: dura más.

OSCAR WILDE

Francamente, Jim, ¡me parece que me habéis engañado, chicos! ¡Este cuerpo no es el mío!

ROBERT COOVER, *La fiesta de Gerald*

ENTRE SOMBRAS

Pocos días después de la visita crepuscular al garaje, antes de trasladarse a Berlín, Halley esperaba a PsychoCandy y Noia Labanda en el Café Jamaica. Fue allí, bebiendo un gin fizz y hojeando un suplemento literario, donde encontró un artículo sobre Robert Desnos. Poco antes de su muerte en un campo de concentración, Desnos había escrito su último poema, dirigido a su mujer, que estaba reproducido en parte en el artículo. Parecía que los versos se referían a Jordi Recasens.

Después de una sesión agotadora de karaoke y de beber un par de margaritas en el puerto de Roses, Halley volvió a casa, encendió el ordenador y navegó por la red hasta que reunió unos cuantos datos biográficos contrastados. ¿Quién era Robert Desnos? Un amigo de Marcel Duchamp que había formado parte del movimiento dadá y que había sido una de las almas del surrealismo. Profesionalmente, se había dedicado a la crítica cinematográfica. En 1944, la Gestapo lo detuvo en París por formar parte de la Resistencia. Después de pasar por Auschwitz, Buchenwald, Flossenbürg y Flöha, murió en el campo de Terezin a los cuarenta y cuatro años.

Es en Terezin donde se encontró su último poema. Después se descubrió que en realidad era una versión reducida de otro que ya había publicado en 1930. Da lo mismo. Habla de un hombre que ha amado tanto la sombra de una mujer que al final se ha convertido, él mismo, en una sombra. En los últimos versos, contrapone la sombra que es él a la vida soleada que es ella.

Ese eres tú, Jordi: una sombra que ama sombras.

DOS ESCENAS DESESTIMADAS

1) A finales de los setenta, pocas distracciones eran plausibles los domingos por la mañana en Figueres, mientras las madres preparaban el asado y los padres estaban pendientes de las carreras de motociclismo que retransmitían por televisión. Se podía ir a jugar al futbolín al Astoria o al San Antonio, pero no siempre había monedas disponibles. Se podía pasear por la Rambla, pero si no se encontraban con chicas o, al menos, con el Patata, resultaba tedioso. Se podía ir a la librería de la calle de Peralada a reírse un rato con los títulos de las novelas de Álvaro de Laiglesia que criaban polvo en el escaparate: *Una larga y cálida meada, ¡Qué bien huelen las señoras!, Se levanta la tapa de los sexos, En el cielo no hay almejas*... Otra de las actividades que ofrecían una inmejorable relación calidad/precio era visitar las carteleras de cine con los amigos: el ostentoso vestíbulo de Las Vegas, el escaparate modernista de la Sala Edison, la glorieta de la Juncaria, la taquilla con cuatro fotogramas escasos de la Catequística... Ocasionalmente, alguien compraba patatas fritas en la churrería de la calle Sant Pau y las compartía. Casi siempre el paseo acababa en los locales de la emisora de la COPE, en la calle Sant Llàtzer: colgadas con chinchetas en un panel protegido con cristal, unas fichas de colores informaban sobre la moralidad de las películas. Jordi y sus amigos suspiraban por ver las que merecían la categoría «para mayores con reparos», que por razones de edad les estaban prohibidas. La alternativa era conformarse con una de pistoleros y aplaudir con entusiasmo a los héroes cuando se lanzaban al galope a rescatar protagonistas que estaban a punto de morir de manera infame.

Pocos años más tarde, uno de los filmes considerados «de culto» por Jordi y sus amigos fue *The Warriors*, la mejor de todas aquellas cintas sobre bandas juveniles que arrasaban cuando iban al instituto. No eran conscientes de ello, pero aquellos videobares semiilegales, donde cualquiera podía degustar whiskies de bajo coste tumbado en cojines grasientos, fueron el primer síntoma de la crisis que más adelante tomaría forma con la clausura, uno tras otro, de todos los cines de Figueres. La Sala Edison, el cine monumental que acabó especializado en películas S y que agonizó durante una década, cerró las puertas poco antes de quedar en ruinas. En el lugar del Juncaria se levantó un bloque de pisos después de una clausura lacrimógena que consistió en el pase gratuito de *Cinema Paradiso*. La Catequística y Los Fosos dejaron de programar películas sin hacer aspavientos. El Savoy se despidió con un film de Jean Vigo y un concierto de Pascal Comelade que todos los asistentes recuerdan porque la luz se iba a cada canción. El Jardí se reconvirtió en teatro municipal con pretensiones. ¿Y Las Vegas? Cuando se abrió en los años sesenta, era una sala tan lujosa y digna que, años después, no reconocería nunca su decadencia. Siempre que Jordi hablaba con alguien de la película *Superman*, resultaba que ese alguien había ido al estreno en Las Vegas y que, como no había ninguna butaca libre, había tenido que ver la película sentado en las escaleras. En todos aquellos años, Jordi no había encontrado nunca a nadie que hubiese visto *Superman* sentado en una butaca. Eso eran La Vegas: una leyenda. Por ese motivo cerró sin despedirse. En 2007 todavía podía verse en el vestíbulo el cartel lleno de polvo del último estreno, *Fuera de control*, una comedia de controladores aéreos estrenada ocho años atrás.

Pero estábamos hablando de los videobares. ¿Quién no recuerda aquellos antros permanentemente sumergidos en una penumbra de pecera donde se veían filmes de bajísima resolución –todas las luces eran azules o verdes, lo mismo las de las furgonetas de alquiler como las de las farolas del puerto como las de las enormes linternas cilíndricas que acarreaban los ladrones vestidos con jerséis negros de cuello alto– que mostraban presos amotinados, policías corruptos, enfermeras insinuantes, gánsteres ultraviolentos, paracaidistas en el delta del Mekong, atracadores de tiendas de comestibles coreanas, practicantes del kung-fu volador y prostíbulos de Tinto Brass, o bien películas de relleno que contaban con Cristopher Walken o Teresa Russell? Fue allí donde, fingiendo interés por tramas delirantes, aquellos adolescentes que apenas habían tenido acceso a las ilustraciones de alguna Enciclopedia de Anatomía, se iniciaron en los rudimentos del erotismo táctil.

Volvamos a *The Warriors*. En una de las escenas iniciales aparecen dos componentes –chaleco marrón sobre la piel desnuda, el llamativo logotipo de la banda sobreimpreso en la espalda– caminando con determinación por una barriada de Nueva York. De las casas por donde pasan van saliendo otros miembros vestidos con el mismo uniforme, que se les suman en silencio sin dejar de caminar. Esta sincronización casi militar es la que pretendíamos homenajear en una de las escenas desestimadas. Se trataba de repetir el mismo movimiento, pero ahora con los Smarts Fortwo de las hermanas de Halley, que tenían que reunirse de un modo similar al de los Warriors para dirigirse en fila india al garaje donde Jordi llevaba a cabo su bombardeo comunicativo.

La escena se desestimó por una razón muy sencilla. Cuando se enteraron del bombardeo, las hermanas se encontraban en el hogar familiar, y decidieron movilizarse juntas, de modo que usaron el Audi del padre. Aun así, al final del capítulo titulado «Baby, Please Don't Go» no pudimos abstenernos de incorporar la imagen que reúne a los tres Smarts aparcados en batería delante del garaje.

2) Otra escena desestimada, pero no por falta de veracidad sino por una especie de código Hays personal, es la que presenta la muerte de un corderito a manos de Jordi. El pequeño rumiante tuvo la mala suerte de separarse del rebaño al día siguiente de la jornada en que él había caído en la casilla del whist que exigía la muerte de un animal que pesara como mínimo diez kilogramos. Los hechos son estos: a) el arma fue una piedra de grandes dimensiones que se había desprendido de la muralla del castillo; b) el corderito murió por trauma craneoencefálico en la roca de los sacrificios y fue abandonado en el vertedero ilegal.

EPÍLOGO

Un año y medio después

Mi intención era pasarme once meses en Berlín escribiendo seis horas al día. Al final las cosas se han complicado y han sido diecisiete meses. Después he intentado terminar el libro en Roses, pero ha sido imposible. El punto y final lo he puesto después de pasar una semana enclaustrada en el monasterio de Vallbona de les Monges (¡saludos, hermana hospedera!).

Aparte de escribir, he leído y me he documentado. He visitado el Parque-Bosque y la iglesia de San Pedro, he comprobado las victorias del equipo de baloncesto de La Casera, he revisado la programación de las ferias de Figueres de 1977. He conocido a dos supervivientes que me han aportado una nueva perspectiva: Belén, antigua criada de los Sastre-Madison, que me recibió rodeada de biznietos, y Richelieu, ahora un abuelo venerable ingresado en el asilo Vilallonga que pasa las tardes pintando acuarelas. He entrevistado a Calimero y a Pere Carré, me he hecho amiga de Lina, he tomado cafés con la tía Montserrat, he comido con Berta y Jana. He visto las películas preferidas de Jordi, he leído los libros preferidos de Biel, he escuchado las canciones preferidas de Churchill. Soy como D'Artagnan y *Los tres mosqueteros*: no aparezco en el título, pero el libro no existiría sin mí.

De hecho, tendría que haberlo escrito Biel. Yo habría preferido ser un personaje de Jane Austen: fijarme un objetivo sentimental, alcanzarlo merecidamente, acabar el libro en un momento de plenitud, encarada a un futuro sin sombras. Me habría gustado ser Elizabeth Bennet en la escena en que Fitzwilliam

Darcy le dice: «La amo», deja pasar unos segundos y añade «intensamente». Pero en el siglo XXI estas frases son inviables. He tenido que conformarme con reflejar una versión mejorada de mí misma.

No soy tan buena chica como Marta. Tampoco soy tan puñetera como Sheena. Eso sí, tengo una cara B, como los vinilos. Me corto las uñas y hago cola para renovar el DNI, y algún fin de semana incluso tiendo la ropa, pero esas son actividades backstage.

Aunque me gustaría conocer la versión de Perita en Dulce, mientras siga colgándome el teléfono no pienso viajar a Gales. En cambio me escapé a visitar el colegio Sant Pau durante la jornada de puertas abiertas de febrero, cuando se celebraban los setenta y cinco años de su inauguración. En una de las aulas encontré álbumes de muchas promociones de alumnos, pero en ninguno aparecían los jugadores de whist. Las aulas, por cierto, tenían las mismas ventanas y los mismos radiadores que treinta años atrás, las mismas baldosas marrones sobre las que Biel había vomitado el 1 de junio de 1977. En cambio las Inmaculadas de Murillo habían desaparecido. ¿Se pudrían en alguna dependencia municipal o fueron eliminadas sin contemplaciones? Caminé por el comedor, por el patio y por la pista, pero no por el antiguo gimnasio, que ya no existía. Imaginé los movimientos de cámara con que grabaría la entrada de Biel en el aula, el juego bárbaro llamado pico-zorro-zaina, el despacho del director –al estilo del que aparece en *The Wall*–, la escena donde mi madre explica los amores de Tristán e Isolda.

Ahora que he acabado, echo de menos a los personajes que me han acompañado mientras escribía el libro. Me he aficionado al Spotify, pero me falta algo. He abierto una cuenta de amigos y una página en Facebook que se llaman *Els jugadors de whist*, donde cuelgo fotos y vídeos mientras espero a que se me pase el síndrome de Estocolmo. Bueno, y otra en Twitter, *WhistPlayers*, para apostillas y demás.

Me quedan más novelas por leer de las que pensaba. Cuando dejo leer el borrador a alguien, recibo críticas bien fundamentadas que me hacen mejorar, a mí y al libro (un besazo, Noia Labanda). ¿Es verdad que he halleyzado todos los personajes? Bueno, a eso se le llama estilo propio, ¿no?

Mis lagunas cinematográficas no son menos considerables. He pedido el ingreso en la School of Theater, Film and Television de la Universidad de California. Al menos estaré cerca de Hollywood.

Me ha gustado mantenerme en segundo plano, graduar mis apariciones hasta que poco a poco he tomado protagonismo. He reescrito mis frases, he reinventado mi ropa, mis gestos, mis pensamientos. Iba a escribir: «Me he trascendido». No habría podido escribir un libro sin aparecer en él, pero me parece que he hecho algo más que contar mi vida. Tal vez al final me he soltado un poco, pero si alguien se atreve a preguntarme si he escrito una obra autobiográfica le escupiré a la cara.

¿Cuántas películas hemos visto que culminan con una grúa ofreciendo una visión desde las alturas que nos aleja de los personajes hasta que desaparecen, absorbidos por el entorno? No podemos resistir la tentación de acabar el libro de esa manera. ¿Dónde? En el castillo de Sant Ferran. ¿Cuándo? El 16 de agosto. Todavía mejor que una grúa, una cámara voladora distanciándose de Jordi y Halley en el camino de ronda, y que revela la perspectiva general del castillo, que desde el aire es un laberinto. Ahora la cámara muestra una visión de la autopista, después de la ciudad de Figueres, cada vez más arriba, mientras suena «While My Guitar Gently Weeps» en la versión interpretada por Tom Petty y Prince. Pero entonces la cámara vuelve –«I don't know why nobody told you how to unfold your love»–, se acerca a la autopista, al castillo, al acueducto, y volvemos a ver dos figuras, pero ya no son Jordi y Halley en 2007, sino Jordi y Churchill en 1977, bajando entre rastrojos, de forma atropellada, el primero cada vez más lejos –«With every mistake we must surely be learning, still my guitar gently weeps»–, en dirección al hospital, mientras, más allá del acueducto, los coches se detienen cerca de un camión cargado de rocas ornamentales, y las figuras humanas se concentran alrededor de un cuerpo tendido en el suelo y, ahora sí, la cámara se desplaza poco a poco hacia arriba, hacia las nubes, y la canción se acaba en ese momento porque ha llegado el

FIN

Diez lectores tuvieron la cortesía de leer el borrador y sugerir mejoras: Joan Daniel Bezsonoff, Eugènia Broggi, Jordi Cornudella, Sílvia Farrés, Antoni Ferrando, Josep Lluch, Mònica Martín, Camil·la Massot, Esteve Miralles y Xavier Santos. Flavia Company acometió la traducción con entusiasmo y diligencia. Algunos ámbitos tuvieron asesores específicos. Joan Manuel Pérez i Pinya editó el diario de Biel. Santi Pou desveló la pista del juego de whist. Sílvia Farrés pulió el original. En los ámbitos de su competencia, fue inestimable la ayuda de Xavier Camps (botánica), Jordi Puig (fotografía), Carlos Jiménez (derecho), Lluís Planes (liturgia), Jordi Rourera (edición), Pilar Peiró (medicina), Natàlia Chillón (cine), Noia Labanda (música), Berta Pagès (cultura teen), Josep Barneda (Figueres) y Victoria Wren (Londres). Eva Comas, Xavier Comas, Júlia Delgado, Àngela García, Clara Garí, Montse Gómez, Quim Noguero, Jordi Pagès, Clara Pi, Sebastià Roig, Jeroni Salom y Ferran Toutain tuvieron la amabilidad de escuchar largas sinopsis, de perfilar detalles o de acompañarme a los escenarios de la novela. La comunidad del Cister proporcionó una semana de recogimiento, y Max su compañía fiel. A todos –a todas–, muchísimas gracias.

UNA CARTA PARA VICENÇ

Flavia Company

Mi querido Vicenç, amigo añorado:

Esta es una carta que no debería haber existido. Una carta que no va a recibir respuesta. La escribo desde San Marcos Sierras mientras escucho el calor –aquí el calor tiene un sonido característico acerca del que te encantaría que charlásemos, un sonido de chicharras y de sapos y de crespines, grillos y ramas quietas– y pienso entristecida que ya no existe la posibilidad de contarte lo que pasa en este mundo y de recibir alguna de tus respuestas, siempre tan ingeniosas, tan atentas.

Esta es una carta que no debería haber existido porque este texto debería haber sido un epílogo al uso que pudiera mostrarte antes de que se publicara, palabras escritas para hablar de la novela que tenemos entre las manos, para expresar la profunda admiración que sigue provocándome *Los jugadores de whist*, que ya me sedujo allá por enero del 2010, cuando me escribiste para pedirme que fuese yo quien la tradujera del catalán al castellano. Y acepté y lo celebraste con palabras que me sonrojaría reproducir aquí. Sí puedo copiar, de tu correo electrónico del 26 de enero de aquel año, lo siguiente, que da cuenta de cuánto me ayudaste en esta ingente tarea de verter a otra lengua tu obra, con fidelidad pero sin miedo:

> Esto no quiere decir que me desentienda del proceso. Sobre todo al principio valdrá la pena hablar de la traducción, al menos hasta que encontremos el «tono».

Te contesté que había aceptado porque eras un autor al que admiraba y respetaba. Y porque solo traducía lo que me entusiasmaba.

Nuestro objetivo era que no pareciera una traducción. Y en ese profuso intercambio de correos electrónicos que tuvo lugar entre el 10 de enero y el 4 de junio de 2010 –correos que he conservado y que ahora leo emocionada e indignada por tu temprana muerte– contestaste a todas mis dudas con premura y generosidad, con paciencia y humor. Te involucraste sin pereza en el proceso, hecho que no solo benefició a la traducción sino que afianzó nuestra relación profesional hasta convertirla en una amistad literaria cuyos puntos cardinales estaba constituidos por distintas variantes de la complicidad y basados sobre pilares que sosteníamos desde un mismo lugar: el significado de la literatura, el concepto estético, el humor, el compromiso.

Pasamos de encabezar con nuestros nombres los correos a dedicarnos títulos como «muchacha» o «muchacho», «amigo autor» o «traductora domadora». Pasamos de hablar estrictamente de tu libro a comentar los de otros, a gastarnos alguna broma o a relatarnos anécdotas de la vida, como aquella vez en que me contaste que tenías que ir a comprarte ropa al H&M y, al preguntarte el porqué, apareció tu explicación:

> Mujer, tengo que comprarme ropa porque estoy aislado en BCN a más de 100 kilómetros de mi armario y tengo que ir cambiando de indumentaria si no quiero causar mala impresión a mis alumnos.

Fue una correspondencia divertida, emotiva. Y útil. Siempre respetuosa. Aceptaste con humildad y agradecimiento algunas observaciones que me atreví a hacerte sobre el original e introdujiste algunos de los cambios sugeridos.

Te dije que tu obra me parecía una catedral. Sigue pareciéndomelo, muchacho, Vicenç querido. Una catedral a la que entrar para curarnos de las soledades, cuestionarnos nuestros pasos, recobrar las memorias, sonreír ante las ironías de la vida y de la historia. Un templo de palabras desde el que volver a compartir contigo lo mucho que siempre dabas.

Releo tus correos una y otra vez. En uno de ellos me dices lo que sigue:

> Los jugadores te desean una buena, cálida y fecunda Semana Santa.
>
> Y una sonrisa de Cheshire para tu gatita.

Y entonces veo tu sonrisa, Vicenç, que siempre encendía la mía, y vuelve a acompañarme aquel silencio entrañable de ojos entrecerrados. Y me gustaría celebrar contigo la reedición de esta novela tuya, de esta novela nuestra. Miro a mi alrededor como si el gato de Cheshire pudieras ser tú y como si de pronto fuera posible verte aparecer de forma efímera entre las ramas del algarrobo blanco o del chañar o del quebracho colorado. Te gustaban los nombres de las flores y de los árboles. Más de una vez anduvimos buscando cómo traducirlos. Encontré justo estos correos que ahora copio y traduzco. El mío salió el 27 de enero a última hora:

> Allí donde dice, página 19, «panys de paret plens de [...] i ullastres...». La traducción de «ullastres» sería «acebuches» u «olivos silvestres»... «Olivos silvestres» parece demasiado. Con «olivos» bastaría. Pero «acebuches» le da un aire más misterioso, de cuento de Bella Durmiente, aunque es una palabra muy poco conocida... Pequeños detalles, pero ya que te tengo aquí al otro lado de «la cosa», ¿verdad?
>
> Suena muy bien en castellano, tu novela, de verdad. Y Mònica Martín tiene razón.
>
> Es un placer traducir tu prosa. Ayer le leí un fragmento de tu novela (en castellano) a una amiga argentina y se quedó «cautivada». Aquel fragmento que el personaje se declara mamífero, ¿sabes? La mujer mamífera... ¡ay! ¡Me gusta tanto! ¡Es tan atávico, tan profundo, tan emocionante!
>
> ¡Bueno, que tengo trabajo!
>
> Gracias a ti.
>
> Besos,
>
> FLAVIA

Y tú contestaste el 28, temprano:

> Voy contestando los mails por orden.
> «Basto» es perfecto.
> Me gusta «acebuches» por lo que dices: es misterioso.
> Me parece que esto va bien: obsesivos, sí, pero de manera coordinada y, sobre todo, con buen humor.

El humor estuvo siempre presente en nuestros intercambios. Recuerdo que tú también le buscabas tres pies al gato, creías en las casualidades, en los mensajes entre líneas. Entonces, como si persiguiera una señal, una pista, un guiño tuyo, una esperanza, la magia en la que siempre creíste, me voy a buscar «whist» a google y dice algo que no puede calmarme pero que sé que te habría gustado. Cuenta que la variante más conocida del whist es el juego de tres, también llamado «con muerto». Que la característica diferencial respecto de las otras variantes es que las cartas del cuarto jugador (el muerto) se descubren sobre la mesa.

Como si lo hubieses sabido. Esa intuición del artista que se entrega por entero a su cometido y vive en él para siempre. Sigues en la partida, compañero del alma. Tus obras son tus cartas y, hoy, vuelves a ser mano.